L'AFFAIRE DU Dr CREAM

Infographie : Johanne Lemay
Révision : Brigitte Lépine
Correction : Odile Dallaserra et Jocelyne Cormier
Photo de la couverture : William Notman Studio, 1874, Musée McCord, I-99949
Cartes géographiques : Mary Rostad

DISTRIBUTEUR EXCLUSIF :

Pour le Canada et les États-Unis :
MESSAGERIES ADP inc.*
Téléphone : 450-640-1237
Internet : www.messageries-adp.com
* filiale du Groupe Sogides inc., filiale de Québecor Média inc.

Catalogage avant publication de Bibliothèque et Archives nationales du Québec et Bibliothèque et Archives Canada

Titre : L'affaire du Dr Cream : de Québec à Londres : la traque d'un tueur en série à l'ère victorienne / Dean Jobb.
Autres titres : *Case of the murderous Dr. Cream.* Français
Noms : Jobb, Dean, 1958- auteur.
Description : Traduction de : The case of the murderous Dr. Cream : the hunt for a Victorian era serial killer. | Comprend des références bibliographiques et un index.
Identifiants : Canadiana (livre imprimé) 20220009945 | Canadiana (livre numérique) 20220009953 | ISBN 9782761959070 | ISBN 9782761959087 (livre numérique)
Vedettes-matière : RVM : Cream, Thomas Neill, 1850-1892. | RVM : Tueurs en série—Angleterre—Londres—Biographies. | RVM : Médecins—Angleterre—Londres—Biographies. | RVM : Meurtres en série—Angleterre—Londres—Études de cas. | RVM : Meurtres en série—États-Unis—Études de cas. | RVM : Meurtres en série—Canada—Études de cas. | RVMGF : Biographies. | RVMGF : Études de cas.
Classification : LCC HV6535.G6 L6514 2022 | CDD 364.152/32092—dc23

09-22

Imprimé au Canada

L'ouvrage original a été publié par Algonquin Books of Chapel Hill, une division de Workman Publishing Co., Inc., New York, sous le titre *The Case of the Murderous Dr. Cream: The Hunt for a Victorian Era Serial Killer*

Dépôt légal : 2022
Bibliothèque et Archives nationales du Québec

ISBN (version papier) 978-2-7619-5907-0
ISBN (version numérique) 978-2-7619-5908-7

Gouvernement du Québec – Programme de crédit d'impôt pour l'édition de livres – Gestion SODEC –
www.sodec.gouv.qc.ca

L'Éditeur bénéficie du soutien de la Société de développement des entreprises culturelles du Québec pour son programme d'édition.

Conseil des arts du Canada | Canada Council for the Arts

Nous remercions le Conseil des arts du Canada de l'aide accordée à notre programme de publication.

Financé par le gouvernement du Canada | Funded by the Government of Canada | Canada

Nous remercions le gouvernement du Canada de son soutien financier pour nos activités de traduction dans le cadre du Programme national de traduction pour l'édition du livre.

Nous reconnaissons l'aide financière du gouvernement du Canada par l'entremise du Fonds du livre du Canada pour nos activités d'édition.

DEAN JOBB

L'AFFAIRE DU Dr CREAM

DE QUÉBEC À LONDRES : **LA TRAQUE D'UN TUEUR EN SÉRIE** À L'ÈRE VICTORIENNE

Traduit de l'anglais (Canada)
par Marie-José Thériault

LES ÉDITIONS DE L'HOMME

Thomas Neill Cream en 1874, quand il étudiait la médecine à l'Université McGill, à Montréal. (Musée McCord I-99949)

Pour Kerry

Avis aux lecteurs

L'histoire que vous vous apprêtez à lire est celle d'un tueur en série s'étant attaqué à des femmes à Londres, à Chicago et au Canada il y a plus d'un siècle. Aucun dialogue, aucune scène et aucun détail n'ont été inventés ou embellis. Le moindre mot encadré de guillemets est tiré d'un dossier du tribunal ou des services de police, d'un reportage journalistique, d'un mémoire ou d'une étude historique, d'une lettre ou de tout autre document archivistique ou muséal.

Quand un médecin a mal tourné il est le pire des criminels.
Il a en lui l'audace et la connaissance.
– Sherlock Holmes, dans *Le ruban moucheté*,
par Arthur Conan Doyle, 1892

Le Dr Thomas Neill Cream est assurément
le pire monstre d'iniquité que ce siècle a connu.
– *News of the World* (Londres),
23 octobre 1892

Prologue

DES FANTÔMES

{Joliet, Illinois • Juillet 1891}

En ce vendredi serein, dernier jour de juillet 1891, la porte de fer du pénitencier d'État de l'Illinois à Joliet (Illinois State Penitentiary) s'ouvrit en grinçant sur un homme amaigri et blême pour le lancer dans le monde qu'il avait quitté près d'une décennie auparavant. Bien au-dessus de sa tête, au sommet des murs en calcaire gris de l'établissement carcéral situé à quarante milles au sud-ouest de Chicago, des gardes en pardessus bleus, armés de carabines Winchester, le regardèrent s'éloigner. S'il s'était évadé, l'un d'eux aurait pu à lui seul lui tirer seize balles dans le dos sans devoir recharger son arme.

Les joues creuses et le faciès anguleux de Thomas Neill Cream étaient le résultat d'années de travail forcé et de séjours dans l'enfer cauchemardesque de l'isolement cellulaire. Il avait troqué son uniforme carcéral zébré pour un costume neuf, modeste cadeau de l'État de l'Illinois, tout comme les dix dollars qu'il avait en poche. Une taie d'oreiller contenait ses rares effets personnels. Il avait aussi un billet de train pour le lieu de sa condamnation, mais il était peu probable qu'il ait eu envie de remettre les pieds à Belvidere, une ville du nord de l'Illinois. Quelques semaines avant la remise en liberté des détenus, le personnel de la prison – également désignée Joliet, tout court –

cessait de tondre leurs cheveux et ils pouvaient aussi se laisser pousser une moustache ou une barbe pour mieux passer inaperçus. Cette pratique n'avait en rien servi Cream puisqu'il était presque complètement chauve. En outre, ayant jour après jour emboîté le pas, pressés les uns contre les autres pour se déplacer lentement à la file indienne comme une chenille rayée géante, nombreux étaient ceux dont la démarche traînante trahissait le passé de prisonniers. « Sa tenue civile laisse voir les rayures[1] », remarqua le directeur de Joliet, Robert McClaughry.

Le pénitencier d'État de l'Illinois à Joliet. (Collection de l'auteur)

Cream avait été incarcéré neuf ans et deux cent soixante-treize jours. Quand avait débuté sa peine en novembre 1881, Chester Arthur venait d'être élu président après l'assassinat de James Garfield. Entre-temps, Grover Cleveland avait obtenu et perdu la présidence. L'occupant de la Maison-Blanche était maintenant Benjamin Harrison. Les gens qui avaient regardé par

1. Traduction libre. Il en va de même de la presque totalité des citations. NdlT.

l'oculaire du kinéscope d'Edison, dévoilé quelques semaines auparavant, y avaient vu, ébahis, des images en mouvement. Près d'un quart de million de résidences et de bureaux des États-Unis avaient maintenant le téléphone, qui n'était encore qu'une nouveauté au début des années 1880. À Springfield, au Massachusetts, les frères Charles et J. Frank Duryea bricolaient un prototype de ce qu'ils appelaient un « motor-wagon », un chariot à moteur, la première automobile à essence des États-Unis.

Même la lutte contre la criminalité avait connu une évolution durant l'incarcération de Cream. Quelques années avant sa remise en liberté, Joliet avait reçu un ensemble de curieux compas d'épaisseur et de règles. Étalonnés en centimètres et en millimètres, des graduations métriques rarement utilisées aux États-Unis, ces instruments avaient pour fonction de mesurer des parties spécifiques du corps humain. Ce nouveau système d'identification des criminels portait un nom aussi curieux et exotique que ses outils : le bertillonnage.

Le système se fondait sur onze mensurations, dont la taille, la largeur de la tête, les dimensions de l'oreille, la longueur du pied et de l'avant-bras gauches, et la longueur du majeur et de l'annulaire. Les sujets étaient également mesurés assis, les bras en croix. S'il était possible que chez deux hommes le pied soit d'une même longueur, il y avait peu de chances que deux individus présentent plusieurs mesures identiques, tandis qu'on estimait à une sur plus de quatre millions la possibilité qu'ils partagent exactement les mêmes onze résultats. Pour limiter encore plus les erreurs d'identification, ces données étaient accompagnées de photographies du sujet et d'indications quant à la couleur des yeux et à la présence de tatouages ou de cicatrices. Ce système « permet d'identifier avec une certitude absolue les criminels et hors-la-loi chroniques, affirma le préposé aux dossiers de Joliet, Sidney Wetmore. Il est impossible de se tromper ».

Le bertillonnage fut présenté comme la solution scientifique à un défi auquel étaient depuis longtemps confrontés les services de police et les tribunaux : l'identification des récidivistes, afin que ceux-ci ne bénéficient pas du traitement plus clément accordé aux délinquants primaires. Certains corps policiers et responsables d'administrations pénitentiaires photographiaient déjà les individus en état d'arrestation ou incarcérés. La police de Birmingham, en Angleterre, avait agi en tant que chef de file dans les années 1850 en faisant poser les suspects dans le studio d'un photographe pour les premières photos signalétiques. Cette pratique était déjà bien implantée à Joliet quand Cream y arriva en 1881, si bien que sa photo fut ajoutée à la galerie d'escrocs toujours plus imposante de l'établissement. La loi de l'Illinois exigeait que les récidivistes soient identifiés et sanctionnés comme il se devait: la déclaration de culpabilité pour une seconde infraction grave prévoyait une peine minimale de quinze ans de détention, tandis que les troisièmes contrevenants faisaient face à une peine d'au moins vingt ans. On ne pouvait pas vraiment se fier aux photos pour la surveillance des criminels, puisque les caractéristiques faciales changent avec l'âge, qu'une moustache ou une barbe peut suffire à modifier l'apparence d'un individu et à compliquer son signalement. Comme les clichés signalétiques étaient classés au nom du contrevenant, il suffisait alors à un criminel entreprenant de se doter d'un nom d'emprunt, solution qu'ils furent très nombreux à adopter.

C'est alors que fit son entrée Alphonse Bertillon. Commis aux écritures à la préfecture de police de Paris, il se lassa de rédiger des fiches signalétiques ne comportant que de vagues indications de l'apparence d'un délinquant. Grâce à son père, anthropologue réputé, Bertillon connaissait l'anthropométrie, l'étude scientifique des différentes mensurations et proportions du corps humain. Un jour de 1879, alors qu'il brassait des papiers, il s'aperçut que la tenue d'un registre des mensurations anthropométriques exactes des contrevenants permettrait de repérer facilement les récidivistes. Mais ses supérieurs se moquèrent de l'idée voulant que la science puisse contribuer à la lutte contre la criminalité. Trois ans s'écoulèrent avant que Bertillon ne soit autorisé à mesurer des suspects pour mettre sa théorie à l'épreuve. Mais il identifia en moins d'un an suffisamment de récidivistes pour démontrer l'efficacité de sa technique. Le système carcéral national français adopta le bertillonnage en 1885. Les forces policières et les établissements pénitentiaires d'autres pays européens lui emboîtèrent bientôt le pas.

L'avant-gardiste directeur de Joliet, Robert McClaughry, introduisit le bertillonnage aux États-Unis. La prise des mensurations fit bientôt partie du processus d'admission des nouveaux détenus à la prison de Joliet en 1887, et McClaughry encouragea d'autres établissements à adopter ce système afin de mettre la main au collet des récidivistes. « La certitude se substitue ainsi à l'incertitude, affirma-t-il, l'identification parfaitement digne de confiance à la divination de l'enquêteur ou au témoignage à peine plus sûr de la photographie. » Partout au pays, des forces policières et des administrations carcérales adoptèrent cette nouvelle technique de lutte contre la criminalité. Avant la fin de la décennie, cent cinquante forces policières et prisons américaines avaient recours à ce système. Ainsi que le nota un criminologue américain, le jeu d'instruments de Bertillon « devint la marque distinctive des corps de police modernes ».

Mais le bertillonnage avait des inconvénients et des détracteurs. Mesurer adéquatement les pieds, les oreilles et les doigts de délinquants tels que Thomas Neill Cream était un processus chronophage nécessitant l'intervention de techniciens qualifiés et bien formés pour que l'exactitude des résultats soit assurée. Usés ou endommagés en raison d'une utilisation constante, les instruments pouvaient produire des résultats qui attribuaient à un innocent les crimes d'un individu possédant un gabarit similaire. Puisque le principe fondamental de ce système était la constance de la dimension du squelette osseux, le bertillonnage ne pouvait pas être utilisé pour la surveillance de délinquants n'étant pas encore parvenus à leur maturité physique. En outre, puisqu'il n'existait aucun registre central, il était difficile de surveiller un suspect qui refusait de révéler où il avait vécu ou travaillé avant son arrestation. Certains responsables d'administrations pénitentiaires mettaient aussi en doute l'équité d'un système qui permettait de conserver les fichiers détaillés d'individus qui avaient purgé leur peine et pouvaient ne plus jamais enfreindre la loi. L'argument de McClaughry à l'encontre de cette thèse, à savoir que les registres étaient uniquement consultés quand un ancien détenu se rendait coupable d'une autre infraction, mettait en lumière la principale faiblesse de ce système, soit que la découverte de mensurations identiques prouvait seulement qu'un suspect incarcéré avait un casier judiciaire. Contrairement aux empreintes digitales qui mettraient encore de nombreuses années à devenir un instrument de détection, les registres de Bertillon ne pouvaient pas associer un contrevenant inconnu à une scène de crime. À l'occasion d'une rencontre nationale des directeurs de prison en 1890, McClaughry admit qu'« aucun homme ne peut être recherché par la police ou un enquêteur au moyen de ce système ».

Lorsque Cream sortit de la prison de Joliet à l'été 1891, très peu d'éléments pouvaient le relier à son lourd passé meurtrier. Ce médecin canadien avait obtenu son permis d'exercer d'une des plus grandes écoles de médecine au monde. C'était aussi un tueur nouveau genre qui choisissait ses victimes au hasard et les tuait sans remords. Un monstre sans pitié qui le faisait « pour le plaisir de tuer », comme le déclara avec incrédulité un journaliste du *Chicago Daily Tribune*. Un tueur en série, l'un des plus sanguinaires et prolifiques de tous les temps. Herman Webster Mudgett, un médecin qui se cachait sous le nom d'emprunt H. H. Holmes, avait assassiné au moins neuf personnes et allait être considéré comme l'un des premiers tueurs en série aux États-Unis. Mais au moment où il faisait sa première victime en 1891, et longtemps avant que l'infâme Jack l'Éventreur ne terrorise Londres en 1881, Cream était soupçonné d'avoir enlevé la vie à au moins six personnes, pour la plupart en les empoisonnant avec des médicaments contaminés. Sa plus récente victime était le mari de sa maîtresse. Ce crime était du reste celui qui lui avait valu d'être incarcéré dans une cellule sordide de Joliet. Ses cibles précédentes – deux au Canada, dont sa femme, et trois autres à Chicago – avaient été des jeunes femmes enceintes qui, souhaitant désespérément se faire avorter, avaient commis l'erreur tragique de mettre leur vie entre les mains de leur médecin.

À une époque où les enquêtes policières étaient souvent hâtivement menées et où la criminalistique en était encore à ses balbutiements, les enquêteurs ne disposaient pas des outils et de l'expertise nécessaires pour traquer un aussi formidable ennemi. On imaginait même difficilement l'existence de monstres de ce

Thomas Neill Cream peu après sa remise en liberté en 1891.
(Science and Society Picture Library, Londres, image 10658277)

calibre. Mais cela n'expliquait qu'en partie pourquoi Cream avait pu commettre impunément des meurtres dans deux pays différents avant d'être enfin incarcéré à Joliet. Ses titres de compétence et son statut professionnel, les enquêtes bâclées, la corruption des représentants de la police et de la justice, l'échec des poursuites et les occasions manquées le laissèrent libre de tuer encore et encore.

La fine trace documentaire des crimes révoltants de Cream était dispersée du Canada semi-rural à l'Illinois, et seuls quelques vagues souvenirs, dossiers de tribunaux et coupures de presse jaunissantes permettaient de tirer des conclusions. Le système d'identification de Bertillon, une technologie de pointe pour son époque, était impuissant à empêcher un criminel reconnu de s'évanouir comme un fantôme. Si un détenu remis en liberté souhaitait dissimuler son passé en disparaissant de la carte – et Cream le désirait très certainement –, il n'avait qu'à changer son nom.

I

« LE PIRE DES CRIMINELS »

Londres • 1891

1

« UNE GRANDE VILLE SOUS LE JOUG DU PÉCHÉ »

Revêtu d'un mackintosh contre les averses, un haut-de-forme sur son crâne dégarni, un homme se présenta à la porte d'une maison en rangée au 103 Lambeth Palace Road. Il dit à la logeuse qu'il s'appelait Thomas Neill et qu'il désirait louer une chambre. Il prit celle de l'étage, à l'arrière. Le 7 octobre 1891, Cream était de retour à Lambeth, un dédale étouffant de taudis crasseux et de fumées d'usines sur la rive de la Tamise opposée aux splendeurs gothiques des Chambres du Parlement. Il connaissait très bien ce quartier de Londres. Son garni était en face de l'hôpital St. Thomas, où il avait étudié la médecine plus de dix ans auparavant. Il remarqua que depuis sa dernière visite un nouvel édifice avait été érigé tout juste en aval de Big Ben. Avec sa façade constituée de bandes alternées de brique rouge et de pierre blanche sur des fondations en granit extrait du sol par des détenus de Dartmoor et d'autres prisons, il abritait le nouveau quartier général de la Metropolitan Police – la MET –, mieux connue sous l'appellation de Scotland Yard.

Cream était au cœur de la plus grande ville du monde, la capitale d'un empire à son zénith. Des zones écarlates sur les globes terrestres et les mappemondes délimitaient les territoires et les colonies lointains de la Grande-Bretagne – et les dizaines de millions d'individus – soumis au règne de la reine Victoria. Londres était une métropole tentaculaire de plus de cinq millions d'habitants, un resplendissant bastion de richesse et de pouvoir édifié sur la pauvreté, le crime et le désespoir. Les flèches des églises et le dôme de la cathédrale Saint-Paul, sorte de théière géante, étaient pointés vers le ciel depuis un océan de toitures en ardoise et de cheminées qui crachaient une fumée noire de suie. Une cohue d'équipages, de fiacres, de fourgons et d'omnibus encombrait les grandes rues. Le soir, les trottoirs devenaient des rivières de melons et de grands chapeaux à plumes quand hommes et femmes se déplaçaient tels des fantômes dans un monde inquiétant où le brouillard sinistre estompait la lueur vacillante des becs de gaz. Des voleurs à la tire, en quête de montres et de portefeuilles, se frayaient un chemin parmi la foule. À la recherche de clients, des prostituées scrutaient les auditoires des théâtres et des music-halls du West End ou déambulaient le long du Strand voisin, faisant ainsi de cette grande artère animée « un des scandales de Londres », comme s'en était plaint un observateur. Les riches enclaves de

Le Strand en 1890. Cream a beaucoup fréquenté cette artère animée de Londres. (Science and Society Picture Library, Londres, image 10436070)

la minorité privilégiée côtoyaient les immondes et dangereux bas quartiers tels Whitechapel où, trois ans auparavant à peine, le célèbre Jack l'Éventreur avait brutalement assassiné cinq femmes. Selon un rédacteur du *Daily Chronicle*, Londres était la Sodome et Gomorrhe des temps modernes, « une grande ville sous le joug du péché ».

Lambeth disputait à Whitechapel le titre de quartier de la ville le plus pauvre, le plus sale et au taux de criminalité le plus élevé. La police elle-même n'y était pas en sécurité – un bleu à sa première patrouille à Lambeth fut défenestré pour avoir confronté des voyous. Quand le journaliste Henry Mayhew voulut lever le voile sur le monde interlope londonien du dix-neuvième siècle, il se dirigea vers « la colonie bien connue de jeunes voleurs à Londres ». Il découvrit que des enfants de cinq ans à peine sillonnaient les rues en haillons et volaient pour survivre. « Fagin, Bill Sikes et Oliver Twist auraient été chez eux dans le Lambeth victorien, a écrit le célèbre auteur Simon Winchester. C'était l'essence même de la Londres de Dickens. »

La fumée et la suie des usines de Lambeth rendaient l'air étouffant. La fonderie de Maudslay forgeait des pièces de machines à vapeur, de pompes et d'autres merveilles mécaniques qui faisaient fonctionner la période victorienne. La célèbre entreprise de poterie de Henry Doulton fabriquait des cruches, des mitres de cheminées et des tuyaux de vidange en terre cuite. Des trains soufflaient et claquaient au-dessus des têtes sur des voies surélevées qui fendaient le quartier en deux. Ils allaient vers la gare de Waterloo, l'un des plus importants terminus de la ville. Des milliers de personnes – travailleurs, voyageurs en partance pour le sud de l'Angleterre, passagers des navires à vapeur arrivant de l'étranger par Southampton – franchissaient ses portes chaque jour. Même les morts dérangeaient les vivants. Les cimetières de Londres étaient si surpeuplés qu'un chemin de fer dédié, la ligne Necropolis, transportait les dépouilles d'une gare locale aux cimetières situés au sud de la ville. Dans les mots de l'historien de Londres Peter Ackroyd, Lambeth « était un dépotoir, dans tous les sens du terme ».

C'était aussi « le plus obscène et le plus infect » des quartiers chauds de la ville. Les environs de la gare de Waterloo, qui

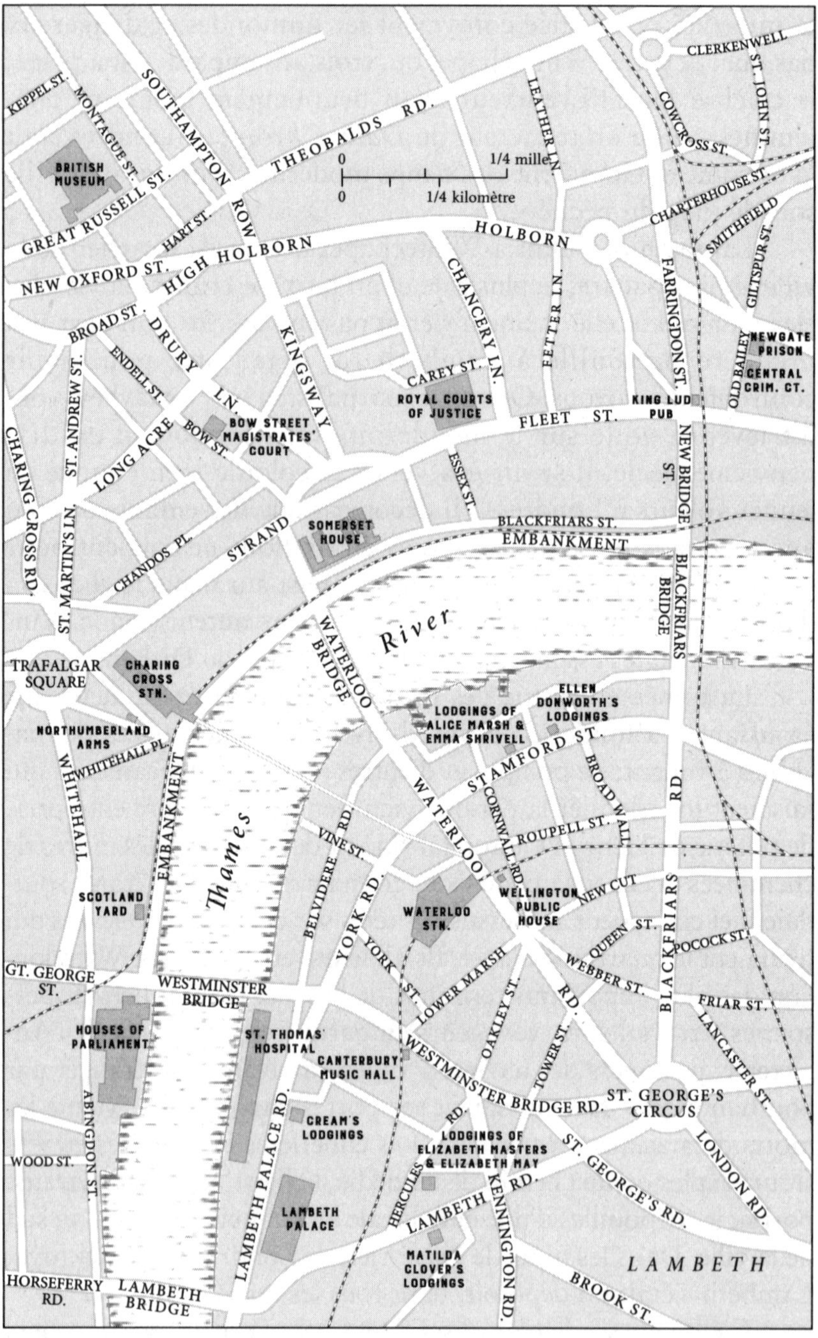

Londres au temps de Thomas Neill Cream, 1891-1892.

attiraient les filles de joie, reçurent le sobriquet de Whoreterloo (de *whore*: putain). Les piliers en maçonnerie des voies surélevées de la gare leur offraient des endroits retirés où elles pouvaient se livrer à leur petit commerce. Un résident du quartier se plaignit que cette suite « d'arcades sombres et humides encourageait le segment le plus louche de la population ».

La presse qualifiait les prostituées de « malheureuses », mais certaines des femmes qui travaillaient dans des lupanars, faisaient le tapin ou racolaient des clients dans les music-halls de Lambeth tels le Canterbury et Gatti's-in-the-Arches considéraient qu'elles avaient de la chance. La vie des jeunes femmes issues de familles pauvres et en difficulté était précaire. Il suffisait d'un malheur inattendu tels le décès d'un parent ou d'un mari, une séparation ou une rupture, la perte d'un poste mal rémunéré de domestique ou de travailleuse en usine pour qu'elles en soient réduites à se débrouiller seules. Certaines femmes de la classe ouvrière se tournaient vers la prostitution, ainsi que le fit remarquer la chercheuse britannique Kathryn Hughes dans une étude sur la vie et les comportements à l'époque victorienne, quand « les revenus issus de leurs activités physiques habituelles en tant que modistes, domestiques ou employées d'usine s'avéraient insuffisants ». Le trafic du sexe, fût-ce pendant quelques semaines ou quelques mois, était parfois la seule solution. Il leur offrait aussi ce que le monde victorien refusait à la plupart des femmes, quel que soit leur statut social: un revenu et leur indépendance. Une prostituée de Lambeth dit à Mayhew qu'elle empochait jusqu'à quatre livres par semaine, infiniment plus que ce qu'elle gagnait à « bosser comme une esclave » en tant que domestique à Birmingham.

Les prostituées étaient apparemment omniprésentes à Lambeth. Il y avait « plus de femmes que jamais dans les rues, et elles sont plus impudentes et tenaces », se lamenta le révérend G. E. Asker de l'église St. Andrew. Même lui se faisait accoster lors de ses déplacements dans le quartier. « Les lupanars sont de véritables enfers, ajouta Asker. On y entend souvent hurler, crier "au meurtre" et ainsi de suite. »

Le nouveau résident de Lambeth en ferait un terrain de chasse idéal.

■ ■ ■

Mary Cream n'avait que quatorze ans quand son frère aîné quitta la maison familiale pour poursuivre des études de médecine. Elle évoqua certains fragments de sa vie perturbée, les postes de médecin qu'il avait occupés en Ontario et à Chicago, sa condamnation pour meurtre. Quand elle le revit à Québec à l'été 1891 pour la première fois en près de vingt ans, elle ne reconnut pas l'homme qu'il était devenu. « Il était très rebelle et nerveux, se rappela-t-elle. Il n'avait pas toute sa tête. »

Cream était arrivé à Québec le 2 août, peu après sa sortie de la prison de Joliet. Il était âgé de quatre ans quand sa famille avait émigré d'Écosse au Canada et s'était installée dans la capitale de la province de Québec. Son père, William Cream, avait dirigé une importante société d'exportation de bois d'œuvre et possédait une immense fortune au moment de sa mort en 1887. Cream séjourna presque six semaines en ville, chez son frère Daniel. Les membres de sa famille se mirent à l'appeler Thomas Neill. « Il souhaitait renoncer, et renonça, au patronyme Cream du fait de ses malheureux ennuis », nota Thomas Davidson, un homme d'affaires de Québec, ami de la famille. Personne ne se douta que d'autres motifs puissent être à l'origine de ce changement de nom.

« Ses actions étaient parfois celles d'un esprit troublé », se remémora Jessie Read, l'épouse de Daniel Cream. « Son comportement changeait, il devenait quelqu'un d'autre », un instant surexcité et maniaque, l'instant d'après, le regard vide. Davidson, qui attribuait le « dérangement mental » et l'esprit « déséquilibré » de Cream à sa longue incarcération, fut indigné quand Thomas s'en prit « d'une façon absolument scandaleuse » à l'une de ses sœurs, possiblement Mary Cream, qu'il traita de menteuse et de fille de joie. Il répéta ces « atroces calomnies », nota ultérieurement Davidson, dans une lettre que Thomas expédia aux amis de sa sœur.

Davidson et Daniel Cream conçurent le projet de l'envoyer à l'étranger, se disant qu'un nouveau départ pourrait sans doute rendre à Thomas sa santé mentale et physique. Au moins, ils n'auraient plus à composer avec son comportement imprévisible et injurieux. En leur qualité de liquidateurs, Daniel et Davidson puisèrent dans la succession de William Cream une somme équivalant aujourd'hui à vingt-trois mille dollars américains pour aider Thomas à se remettre sur pied. Daniel comptait l'envoyer à Glasgow, non loin de sa ville natale de Barony, où il avait de la famille. Ils optèrent finalement pour Londres, que Cream connaissait depuis sa résidence à l'hôpital St. Thomas à la fin des années 1870. Un transatlantique à vapeur l'aurait déposé à Liverpool en un peu plus d'une semaine, mais ils lui préférèrent un voilier plus lent. « Nous pensions, expliqua plus tard Davidson, que cette longue traversée et ce changement de décor radical lui rendraient sa santé mentale et physique. »

Le 9 septembre, à la veille d'appareiller pour l'Angleterre, Cream rédigea un testament. Il affirma être « sain d'esprit » et fit curieusement de sa belle-sœur Jessie Read sa liquidatrice et unique héritière. Il lui laissait à sa mort la totalité de ses biens et tout legs que pourraient lui devoir les successions de ses parents décédés. Cream pressentait-il un malheur imminent, croyait-il ne pas revenir de ce séjour en Angleterre ? Le testament, qui tient en deux paragraphes rédigés dans l'écriture soignée et droite qui serait bientôt si familière aux enquêteurs de Scotland Yard, ne laissait pas entrevoir ses mobiles.

Il quitta la ville de Québec le lendemain matin. Le 1er octobre, après vingt jours en mer, il griffonna un billet à l'intention de Daniel Cream pour lui annoncer son arrivée en Angleterre.

■ ■ ■

Cream prit ses habitudes au restaurant de la Adelaide Gallery de Gatti, dans le Strand. Avec son élégant décor de plafonds voûtés, de vitraux et d'ornements de plâtre dans une palette bleu et or, l'endroit était très couru des gens de théâtre. Acteurs et auteurs dramatiques des salles voisines occupaient bon nombre de ses tables à plateau de marbre. Un jour que presque toutes étaient prises, Cream en partagea une avec un autre client.

Il lui dit s'appeler Thomas Neill. Il était distingué, vêtu avec goût, et « c'était un homme cultivé qui avait beaucoup voyagé », se remémora l'autre convive. Ils dînèrent ensemble très souvent. Cream préférait le pain et le fromage accompagnés de bière ou de gin aux œufs de pluviers et autres mets délicats au menu. Il disait beaucoup aimer fréquenter les music-halls de la ville. Il parlait d'argent et semblait obsédé par les poisons. Mais son sujet de conversation de prédilection était les femmes.

« Son langage pour parler d'elles n'était pas le moins du monde tolérable ou agréable », dut admettre son compagnon de table. Cream avait sur lui une collection de photographies pornograhiques qu'il prenait plaisir à montrer à son nouvel ami et aux autres convives. Nerveux et agité, il ne tenait pas en place même quand il buvait un verre au bar. Il était toujours en train de mastiquer ou de mordiller quelque chose, de la gomme à mâcher, du tabac, l'extrémité d'un cigare, et ses mâchoires « bougeaient machinalement comme celles d'une vache qui rumine ». Il semblait se méfier du moindre client ou garçon de table qui s'approchait de lui. Il souriait rarement, son rire semblait forcé et sonnait faux, comme celui d'un méchant de mélodrame. Les gens ne pouvaient s'empêcher de remarquer sa loucherie de l'œil gauche qui l'affublait d'une expression démente et sinistre. Cream soutint plus tard qu'il était venu à Londres pour consulter un spécialiste de l'œil et qu'il avait pris rendez-vous dès son arrivée avec un opticien de Fleet Street. James Aitchison diagnostiqua une hypermétropie, autrement dit une presbytie, et dit que ce défaut de convergence brouillait sa vision et lui occasionnait de violents maux de tête. Cela durait depuis l'enfance, conclut Aitchison, si bien que Cream avait besoin de lunettes correctrices depuis des années. Il lui en remit deux paires.

Plus Cream se dévoila à son compagnon de table, plus celui-ci en fut troublé. « Il était absolument pervers et ne semblait vivre que pour assouvir ses passions, se souvint-il. Il avait des habitudes et des goûts des plus dépravés. » Il ne cachait pas non plus sa consommation de drogues. Cream avalait constamment des pilules, trois ou quatre à la fois, disant qu'elles contenaient de la cocaïne, de la morphine et même de la strychnine, un poison mortel qui, intégré dans certains médicaments en quantités infinitésimales, agit comme un stimulant. Ces pilules soulageaient ses maux de tête, disait-il. Il semblait ravi d'ajouter qu'elles étaient également aphrodisiaques.

Cream s'était rendu compte qu'il pouvait plus facilement se procurer des narcotiques et des poisons à Londres. Entrant dans une pharmacie de Parliament Street, à un jet de pierre du nouveau quartier général de Scotland Yard, il dit être un médecin américain venu suivre des cours à l'hôpital St. Thomas. Le commis, John Kirby, ne trouva pas le nom de Thomas Neill dans le registre des médecins habilités de la pharmacie. « Je n'ai pas l'habitude de vendre des poisons à des individus dont le nom ne figure pas à mon registre », dit-il plus tard. L'accès aux poisons était limité par la loi. Si Cream n'était pas en mesure de prouver qu'il était médecin, une personne connue du pharmacien devrait se porter garante de lui. Mais Kirby dérogea à la règle et crut son nouveau client sur parole. Cet automne-là, il exécuta plusieurs ordonnances de Cream pour de l'opium et de la strychnine. Quand Cream voulut des capsules de gélatine vides dans un format peu courant en Grande-Bretagne, Kirby lui en dénicha chez un fournisseur. Les médecins et les pharmaciens les remplissaient de substances trop amères pour être avalées telles quelles.

Cream ne dit rien de ce qu'il comptait faire de la strychnine ou des capsules difficiles à trouver. Kirby ne lui posa pas de questions.

2

« LA FIÈVRE DÉTECTIVE »

« RESSENTEZ-VOUS UNE FORTE CHALEUR au creux de l'estomac, Monsieur ? et un battement désagréable au sommet du crâne ? [...] » demande Gabriel Betteredge, majordome de la maison de lady Verinder, à un autre personnage du roman de 1868, *La Pierre de lune* (*The Moonstone*). « Vous l'attraperez sûrement. [...] C'est ce que j'appelle la fièvre détective. »

Avec cette histoire pleine de rebondissements autour d'un diamant précieux (la pierre de lune du titre), Wilkie Collins créa l'un des premiers personnages de détectives de la littérature anglaise, le sergent Cuff, de la police de Londres. Les lecteurs peuvent être rassurés : « Il n'a pas son pareil dans toute l'Angleterre pour résoudre une énigme. » La première tâche qui l'attend dans *La Pierre de lune* est l'examen minutieux de la pièce où la pierre a été gardée. « Mon expérience personnelle dans les méandres des plus sales pratiques de ce sale petit monde ne m'a encore jamais mis en face d'une broutille », réplique-t-il à un collègue qui doute de la validité d'une pièce à conviction. Plus loin dans son enquête, il affirme sans ambages : « Je ne soupçonne pas. Je sais. » Betteredge, qui observe Cuff mener son enquête, devient bientôt un mordu de résolution des énigmes.

Les lecteurs victoriens aussi. Au dix-neuvième siècle, la criminalité et le meurtre étaient de véritables obsessions. Un marchand de journaux londonien déclara que « rien ne vaut un meurtre exceptionnel ». Les lecteurs recherchaient le « sensationnel » et le plaisir de plonger par procuration, à une distance de sécurité, dans un gouffre de malveillance et de scandale. Un historien britannique des sociétés y vit une forme de pornographie, un plaisir coupable qui trouvait sa satisfaction dans les journaux, les livres et le théâtre. Les écrivains se démenaient pour pondre des romans inspirés du dernier scandale, tandis qu'à Londres, les producteurs de spectacles portaient parfois les crimes à la scène avant même que le prévenu n'ait subi son procès. Les collectionneurs de souvenirs pouvaient acheter des figurines en céramique de tueurs et de victimes. À l'image de l'*Illustrated Police News* et d'autres lucratifs journaux jaunes remplis de faits divers criminels, la presse de grande diffusion publiait des comptes rendus hauts en couleur de morts violentes et des procès qui s'ensuivaient. On allait jusqu'à s'excuser auprès des lecteurs quand on ne leur donnait à lire que de banales descriptions de « crimes ordinaires ». En 1861, une publication de Londres, *The Spectator*, fit un survol des faits marquants de la semaine précédente dans les tribunaux britanniques : deux femmes avaient empoisonné leurs enfants ; un pensionnaire avait tué sa logeuse ; un médecin avait pratiqué un avortement fatal ; un homme était accusé d'avoir tenté de tuer son fils lors d'un différend à propos d'un héritage. Cela mis à part, nota le journal, « la semaine a été terne ».

Le meurtre pouvait aussi s'apprécier en personne. On affluait sur les scènes de crime dans l'espoir d'apercevoir la maison ou la ruelle où un meurtre avait été commis. On se bousculait pour avoir des places à la Haute Cour criminelle de Londres, Old Bailey, afin d'assister au rituel du procès et de la déclaration de culpabilité. Le magazine satirique *Punch* se moqua de ce voyeurisme en publiant une fausse dépêche au sujet d'un procès en cours : « Mince alors ! C'est encore plus passionnant que l'opéra, déclara une femme à une amie. Et le plus merveilleux, c'est que c'est vrai. »

Des dizaines de milliers de personnes venaient souvent assister au dernier acte de la tragédie, l'exécution du coupable. Ces veilles malsaines persistèrent même après qu'eurent été bannies les pendaisons publiques en Angleterre, en 1868. Une foule bruyante continua à s'assembler à l'extérieur des prisons le jour d'une exécution, poussant des acclamations quand la mort de l'assassin était confirmée. Ceux qui n'avaient pas la chance de voir le coupable pendu haut et court pouvaient visiter la Chambre des horreurs du musée Madame Tussauds, à Londres, où étaient exposées des figures en cire de meurtriers célèbres. L'essayiste anglais Thomas De Quincey fait la satire de cette soif de sang dans un ouvrage au titre provocateur, *De l'assassinat considéré comme un des beaux-arts.* Et dans *Blackwood's Magazine,* il écrit ceci : « La création d'un bon meurtre exige bien plus que deux idiots, celui qui tue et l'autre qui est tué, un couteau, un sac à main et une ruelle sombre. » Les gens du peuple se satisfont sans doute d'« une copieuse effusion de sang », mais « le connaisseur éclairé fait preuve d'un plus grand raffinement dans ses goûts ».

■ ■ ■

La création, en 1829, de la Metropolitan Police de Londres (MET) et de sa section des enquêtes en 1840 introduisit un nouveau personnage dans ces crimes et châtiments spectaculaires : l'enquêteur professionnel. Charles Dickens fut le premier à populariser le travail des détectives de Scotland Yard. Il acclama leur « intelligence inhabituelle » et leur sens de « l'observation attentive et de la perception rapide » dans un article de magazine publié en 1850. L'un d'eux, l'inspecteur Charles Field, servit de modèle quelques années plus tard au personnage de Mr Bucket, l'inspecteur du roman de Dickens, *Bleak House.* Bucket, « visiblement réfléchi et à l'œil de lynx », cerne facilement les situations et les gens. « Rien ne lui échappe », écrit Dickens.

Wilkie Collins puisa aussi son inspiration parmi le personnel de la section des enquêtes. Le sergent Cuff lui fut inspiré par l'inspecteur-détective Jonathan Whicher de Scotland Yard – l'homme et le personnage étaient aussi de fervents jardiniers – tandis que l'intrigue de *La Pierre de lune* se fondait sur une des affaires les plus célèbres et les plus curieuses de Whicher, le meurtre d'un enfant, en 1860, dans un domaine rural, Road Hill House. Mais Dickens et Collins n'étaient pas les premiers écrivains de polars. Edgar Allan Poe avait créé ce genre au début des années 1840, quand les premiers enquêteurs étaient descendus dans les rues de Londres, avec la nouvelle « The Murders in the Rue Morgue » (« Double assassinat dans la rue Morgue ») et d'autres nouvelles mettant en scène C. Auguste Dupin, un détective amateur qui résoud des mystères et des crimes grâce à ses raisonnements logiques. Mais le plus grand de tous émergea dans les années 1880 de l'imagination d'un médecin natif d'Édimbourg bien décidé à se forger une nouvelle carrière comme écrivain. Arthur Conan Doyle maria la logique du Dupin de Poe au sens de l'observation et aux déductions rapides d'un médecin en chair et en os qui avait été l'un de ses professeurs de médecine, Joseph Bell. Il incarna cette « nouvelle conception du détective » dans un personnage emblématique qui se révélerait bientôt au monde entier sous le nom de Sherlock Holmes.

Le médecin devenu écrivain, Arthur Conan Doyle, a créé le personnage emblématique de Sherlock Holmes – « une nouvelle conception du détective » – au milieu des années 1880. (Collection de l'auteur)

Holmes et son partenaire en résolution de crime, le Dr John Watson, firent leurs débuts en 1887 dans *A Study in Scarlet* (*Étude en rouge*), un polar d'abord paru dans le magazine *Beeton's Christmas Annual,* avant d'être publié en volume. Un critique du journal d'Édimbourg *The Scotsman* encensa cette histoire envoûtante qui démontrait qu'« un authentique détective doit faire appel à son sens de l'observation et de la déduction ». Ce récit posa les fondements d'un univers que des millions de lecteurs allaient connaître. Holmes et le Dr Watson, le narrateur, partagent un logement au 221B Baker Street, où ils reçoivent une kyrielle de clients désespérés et d'enquêteurs de Scotland Yard décontenancés. Holmes déploie ses formidables pouvoirs d'observation et révèle des détails à propos de ses visiteurs avant même que ceux-ci n'aient eu le temps d'ouvrir la bouche. Il se définit lui-même comme un « détective conseil » : quand la police échoue à résoudre un crime, elle sollicite son aide. « Ils me présentent tous les éléments de preuve dont ils disposent et, en général, je suis en mesure de mettre les choses au point grâce à ma connaissance des faits. »

Une deuxième aventure de Holmes, *The Sign of the Four* – devenu plus tard *The Sign of Four* (*Le Signe des quatre*), une histoire de meurtre, de trahison et de trésor perdu, fut publiée en Angleterre et aux États-Unis en 1890. Un chroniqueur américain prédit avec justesse que ce récit était « destiné à devenir un classique du genre ». Les lecteurs savaient maintenant que Holmes était expert en poisons et en substances chimiques, qu'il avait publié un ouvrage sur le thème ésotérique des diverses sortes de cendre de cigare et qu'il tenait à jour un registre encyclopédique des crimes et des criminels. Ils l'avaient accompagné dans ses fouilles des scènes de crime, verre grossissant à la main, à la recherche d'empreintes de bottes et de traces de boue et de sang, entre autres indices. Surtout, ils l'avaient vu voler la vedette à l'infortuné inspecteur Lestrade et à d'autres enquêteurs nonchalants de Scotland Yard. Quand la police de Londres était « dépassée par les événements » – dans *Le Signe des quatre*, Holmes observe dédaigneusement que c'est là « son état normal » –, il vient à son secours. « Vous avez élevé la détection au plus près du rang de science exacte qu'elle ne le sera jamais », note Watson.

Conan Doyle ressuscita Holmes et le Dr Watson à l'été 1891, soit un peu avant que Thomas Neill Cream ne débarque à Londres, dans une série de nouvelles publiées dans le *Strand Magazine*. Grâce à un important bassin de lecteurs et au format feuilleton, Holmes fit sensation. L'appétit du public pour les histoires de meurtre et les polars fut « presque insatiable », écrivit l'expert en romans policiers John Curran. Les lecteurs assaillaient les kiosques à journaux et les librairies, avides de payer six pence pour la dernière aventure de Sherlock Holmes. Au dire d'un témoin, « les cohues aux étalages des gares l'emportaient même sur celles que j'ai pu voir dans les ventes au rabais ». Ajustant leurs heures d'ouverture au nombre croissant d'amateurs de Holmes, les librairies fermaient tard le soir le troisième jeudi du mois, jour de publication du *Strand*, pour que les lecteurs puissent dévorer sa dernière aventure. Selon une estimation, deux millions de personnes en Angleterre, sur une population instruite d'environ sept millions d'individus à l'époque, lisaient le *Strand*. Partout aux États-Unis, les grands quotidiens reprenaient chaque tranche du feuilleton, valant ainsi au détective de nombreux fidèles américains.

Holmes était le héros fictif idéal à une époque où solutionner des mystères tenait du péché coupable. Selon l'historienne et critique littéraire britannique Judith Flanders, « les crimes commis passionnaient moins les lecteurs que la façon dont ils étaient résolus ». Cream, qui allait bientôt beaucoup s'intéresser au travail des enquêteurs londoniens, fut sans doute de ceux chez qui les pages de *La Pierre de lune*, de *La Maison d'Âpre-Vent* et des histoires d'Edgar Allan Poe provoquèrent une « fièvre détective », puisque tous ces textes figuraient sur les étagères de la bibliothèque du pénitencier d'État de l'Illinois.

■ ■ ■

Tandis que Dickens et Collins avaient fait des détectives de Scotland Yard des personnages héroïques et futés, le Lestrade de Conan Doyle contribua à perpétuer un tout nouveau stéréotype, le policier stupide et empoté. D'une histoire à l'autre, des indices échappent à l'enquêteur, ce dernier pourchasse le mauvais suspect ou fait appel à Holmes, qui se proclame « l'ultime et plus haute cour d'appel en matière de détection », pour qu'il l'aide à résoudre une affaire déroutante. Dans un feuilleton du *Strand Magazine*, Holmes réprimande l'inspecteur parce qu'il a laissé des curieux piétiner le sol « comme un troupeau de bisons » autour du cadavre d'une victime de meurtre, effaçant presque complètement du même coup les empreintes de bottes du tueur. La publicité autour des histoires du *Strand*, qui renforçait l'image d'une « force policière officielle » incompétente, vantait l'habileté de Holmes à résoudre des affaires « qui défiaient le plus grand talent de Scotland Yard, un "talent" envers lequel il manifestait un mépris considérable ». D'autres que lui éprouvaient du dédain pour la police. Dans les spectacles de certains music-halls de Londres, les agents de police étaient des scélérats ou des objets de ridicule. La presse leur était souvent hostile, surtout quand l'enquête d'un crime très médiatisé semblait stagner. Dans des éditoriaux indignés et des lettres vitrioliques, on exigeait des arrestations et remettait en question leur compétence. Le magazine *Punch* ridiculisa la « Section défective » et la *Pall Mall Gazette* exprima des doutes quant à l'intelligence des enquêteurs et des « bobbies » londoniens étourdis.

Lire ou entendre le nom de Sherlock Holmes irritait au plus haut point les enquêteurs de Scotland Yard. Les historiens de cette force policière notèrent le ressentiment qu'ils éprouvaient à être traités d'« incapables gâcheurs qui devaient toujours compter sur l'aide d'un détective conseil », donnant ainsi l'impression que Scotland Yard « pullulait d'imbéciles ». La *Police Review*, une publication spécialisée favorable à la police et lasse du « sarcasme persistant » de Conan Doyle « aux dépens de Scotland Yard », reprocha à l'auteur de « propager des erreurs malveillantes et populaires » sur les méthodes et la compétence de ses détectives. De son côté, Conan Doyle, paraissant prendre conscience des répercussions de ses récits, défendit l'image de Scotland Yard, du moins en privé. « Selon mon expérience, remarqua-t-il un jour, [les détectives de Scotland Yard] sont *beaucoup* plus compétents qu'ils n'en ont l'air. »

Les aventures de Holmes et du Dr Watson simplifiaient la difficulté inhérente à la détection en en faisant un jeu de société raffiné auquel tout un chacun pouvait s'adonner. Mais, dans la vraie vie, attraper des criminels demandait plus que « l'exercice de la raison pure », un don pour le détail ou pour « les déductions spectaculaires », grommela Frederick Wensley, qui joignit les rangs de la MET à la fin des années 1880 comme constable à Lambeth et grimpa les échelons jusqu'au grade d'inspecteur. Rassembler des preuves matérielles et monter une affaire qui passerait le test des tribunaux exigeait beaucoup de travail, de patience et d'ingéniosité. « C'est en recueillant *tous* les faits qu'un détective fait ses preuves », insista Wensley.

■ ■ ■

La fiction allait bientôt être confrontée à la réalité avec le retour à Londres d'un médecin nord-américain sur ses lieux de prédilection. Thomas Neill Cream allait devenir une des plus grandes vedettes de l'époque et mettre au défi les compétences des enquêteurs de Scotland Yard. Dans « The Adventure of the Speckled Band » (« Le ruban moucheté »), une des aventures de Sherlock Holmes publiées dans le *Strand Magazine* à l'hiver 1891-1892, le Dr Grimesby Roylott entraîne un serpent venimeux jaune à taches brunes (le « ruban moucheté » du titre) à entrer dans une pièce verrouillée, à tuer sa belle-fille et à s'échapper sans laisser de traces. Seul un médecin fin connaisseur des toxines et de leurs effets délétères, croit Holmes, pourrait planifier et mettre à exécution un crime aussi presque parfait. « Quand un médecin a mal tourné il est le pire des criminels, dit-il à Watson. Il a en lui l'audace et la connaissance. »

L'observation de Holmes selon laquelle les médecins qui tuent sont « les pires des criminels » allait bientôt se révéler sinistrement prophétique.

3

ELLEN DONWORTH

{Londres • 13 octobre 1891}

ELLE ÉTAIT ADOSSÉE À UN MUR dans Waterloo Road, à Lambeth, face à la tourelle en brique rouge du pub Wellington. Un flux constant de piétons passaient devant elle en sortant de la gare de Waterloo, ou se hâtaient en sens inverse pour ne pas rater leur train. C'était un soir d'octobre pluvieux et glacial. Des déluges d'eau et des vents violents s'abattaient sur Londres depuis le matin, arrachant les embarcations à leurs amarres le long de la Tamise et déracinant des arbres dans les parcs de la ville. Mais Ellen Donworth semblait indifférente au mauvais temps. Des hommes s'arrêtaient pour lui parler, puis ils l'accompagnaient jusqu'à une maison à quelques pas de là, dans une petite rue. Une quinzaine de minutes plus tard, elle était de retour à son poste.

James Styles était à l'entrée du pub à dix-neuf heures quarante-cinq quand Donworth piqua du nez et s'affaissa. Il courut lui porter secours. Elle avait des coupures et des ecchymoses au visage du fait d'être tombée. Un bobby qui passait par là s'arrêta aussi et lui demanda si elle avait besoin d'un médecin. « Je veux rentrer chez moi », dit-elle. Style l'accompagna à sa chambre du 8 Duke Street, un trajet d'un tiers de mille. Elle le parcourut souffrante et chancelante, longeant les minables immeubles de rapport de Stamford Street. Elle tremblait. Son visage se contractait convulsivement.

Les spasmes perdurèrent après qu'il l'eut couchée. La logeuse de Donworth et une autre pensionnaire, Annie Clements, vinrent à son aide. Elle était parfois « parfaitement raisonnable », se rappela Styles. Mais à d'autres moments, ils durent s'y mettre à trois pour immobiliser ses bras et ses jambes tant elle était agitée de tremblements et de convulsions.

« Un grand brun qui louchait m'a donné quelque chose à boire », dit Donworth à Clements. Le flacon contenait « une substance blanche ».

John Johnson, un assistant médical qu'on avait fait venir d'une clinique voisine, crut reconnaître la cause de ces violentes convulsions intermittentes. Un empoisonnement à la strychnine. « Elle en avait tous les symptômes », se rappela-t-il. Il fallait l'hospitaliser sur-le-champ. « Laissez-moi mourir dans mon lit », protesta Donworth. Mais on la poussa dans un fiacre qui la conduisit à St. Thomas, distant d'un demi-mille. Quand la voiture arriva à l'hôpital, Donworth était morte.

Deux jours plus tard, soit le 15 octobre, George Percival Wyatt, coroner des comtés de Londres et de Surrey, ouvrit à l'hôpital une enquête qui permit de brosser un tableau de la courte et pénible vie de la victime. Donworth, qui n'avait que dix-neuf ans, provenait d'une famille ouvrière, apprit le jury. Enceinte à seize ans, elle avait quitté la maison familiale pour vivre avec le père de l'enfant, Ernest Linnell, un adolescent lui aussi. Linnell faisait de petits boulots. Donworth fut embauchée par une des usines de Lambeth pour coller des étiquettes sur des bouteilles. À l'automne 1891, ils étaient tous les deux au chômage depuis plusieurs mois.

De quoi vivaient-ils ? demanda Wyatt à Linnell qui lui racontait son histoire. « Elle faisait le tapin, confessa-t-il, et rapportait l'argent à la maison. » Cette révélation provoqua des murmures dans la salle d'audience. Non seulement Donworth était-elle une prostituée, fit remarquer dédaigneusement un journal, mais Linnel avait en outre vécu des « produits de l'avilissement de la fille ».

L'autopsie ne révéla aucune cause évidente de décès. L'enquête fut ajournée pour permettre au Dr Thomas Kelloch, le médecin résident de St. Thomas, d'examiner le contenu de l'estomac de Donworth.

■ ■ ■

La Division L de la MET, qui patrouillait le district de Lambeth, ouvrit un dossier sur cette affaire le 19 octobre. Des agents interrogèrent des prostituées qui avaient vu Donworth entrer à trois reprises avec un homme dans la maison voisine de la gare de Waterloo dans l'heure qui avait précédé son décès. Les trois hommes paraissaient être des ouvriers et aucun d'eux ne correspondait à la description qu'elle avait donnée de celui qui l'avait fait boire. « La police a pu établir qu'elle n'a pu être accompagnée d'un grand brun, remarqua l'inspecteur-chef Colin Chisholm, entre le moment où elle est partie de chez elle et celui où elle a été trouvée dans Waterloo Road. »

Les Chambres du Parlement et le pont de Westminster vus de la rive de la Tamise du côté de Lambeth. À droite, l'hôpital St. Thomas. (Collection de l'auteur)

Quand l'enquête reprit son cours le 22 octobre, le Dr Kelloch confirma qu'elle avait été empoisonnée. L'analyse du contenu de son estomac révéla la présence de strychnine et des traces de morphine. Quelques détails supplémentaires firent surface concernant l'homme strabique de grande taille. Annie Clements dit que Donworth avait reçu deux lettres de lui et qu'il avait rendez-vous avec elle le soir de sa mort. Les lettres avaient disparu. Au dire de Clements, l'homme avait prié Donworth de les lui rendre. L'écriture sur les enveloppes était soignée, témoigna-t-elle. « Plus celle d'une dame que d'un monsieur. »

Le coroner Wyatt ne s'en souvenait pas encore, mais il avait vu cette même écriture quelques jours auparavant dans une étrange lettre lui annonçant que Donworth avait été assassinée :

Au coroner G. P. Wyatt, Esq.

Je vous écris pour vous dire que si vous et vos satellites échouez à déférer à la justice le meurtrier d'Ellen Donworth, alias Ellen Linnell, ayant vécu au 8 Duke Street, je suis disposé à vous aider à traduire le meurtrier devant les tribunaux, à la condition que votre gouvernement accepte de me verser £300 000 pour mes services ; rien à payer en cas d'échec.

C'était signé A. O'Brien, détective. Trois cent mille livres sterling, une somme aberrante, l'équivalent aujourd'hui de dizaines de millions de dollars. Wyatt supposa que l'auteur de la lettre était un farceur. Il la rangea dans un classeur et n'en fit aucune mention durant l'enquête.

Quand tous les témoins eurent été entendus, les jurés rendirent leur verdict. « La mort est due à un empoisonnement à la strychnine et à la morphine, dit le président du jury, mais aucune preuve n'est propre à démontrer la manière dont elles ont été administrées. »

Scotland Yard conclut à une seule explication possible. « Il est évident qu'elle a bu le poison en toute connaissance de cause », déclara l'inspecteur-chef Chisholm à ses supérieurs. Donworth était en dépression depuis la mort de son enfant et le fait de devoir se prostituer « lui a sûrement rongé l'esprit ». Chisholm s'entretint après l'enquête avec quelques jurés qui en étaient arrivés à la même conclusion : elle savait qu'elle allait mourir puisqu'elle avait bu le poison pour se suicider. Il n'y avait pas de grand brun strabique. Le commissaire James Brannan, de la Divison L, abonda en ce sens. « Je ne pense pas qu'une faute intentionnelle ait été démontrée », remarqua-t-il après avoir examiné le rapport de Chisholm.

Son étude du dossier conclue au quartier général de Scotland Yard, Robert Anderson, commissaire adjoint de la MET, fut du même avis. « Il s'agit clairement d'un suicide », nota-t-il. Mais une question demeurait sans réponse. Comment Donworth avait-elle pu se procurer de la strychnine, un poison auquel seuls les médecins avaient accès ?

■ ■ ■

William Slater dit qu'il plaisantait. Le joaillier de quarante-cinq ans emmena une femme de sa connaissance, Annie Bowden, boire un verre dans un pub à proximité de la gare de King's Cross, à quelque deux milles au nord de Lambeth. Il commanda des bières et sortit de sa poche un flacon contenant un liquide blanchâtre.

« C'est le poison que je vais avaler, dit-il. Il y en a assez pour tuer cinquante personnes. En veux-tu ? » Il pressa le flacon ouvert à ses lèvres avant de le suspendre au-dessus du verre de Bowden. Loin de trouver la chose amusante, elle porta plainte auprès de la police. Slater fut accusé de tentative de meurtre.

L'affaire éveilla l'attention de l'inspecteur George Harvey de la Division L. Trois jours à peine après qu'on eut attribué à un suicide le décès de Donworth, un homme avait été arrêté pour avoir voulu verser un liquide blanchâtre, possiblement un poison, dans la consommation d'une femme. Harvey rouvrit le dossier, puis il assista à l'interpellation de Slater le 3 novembre avec des témoins qui avaient aperçu Donworth en compagnie de ses clients le soir de sa mort. L'un des témoins, Constance Linfield, reconnut Slater dans une séance d'identification. « C'est lui, dit-elle. Je pense. »

Slater fut accusé du meurtre d'Ellen Donworth. On put lire en manchette d'un journal : « Capture présumée de l'empoisonneur de Lambeth ». Mais les éléments de preuve contre lui étaient minces. Une autre femme, qui avait vu Donworth avec ses clients ce soir-là, ne reconnut pas Slater. Le 21 novembre, le procureur demanda au magistrat Horace Smith de rejeter l'accusation de meurtre. L'allégation se fondait uniquement sur le témoignage de Linfield. La police avait échoué à trouver tout autre élément de preuve pouvant lier Slater à Donworth. Le procureur concéda que « trop de doute [persistait] pour qu'on attende d'un jury qu'il conclue à la culpabilité du prisonnier en se basant uniquement sur le témoignage de cette femme ». L'accusation du meurtre de Donworth fut rejetée, mais Slater dut être traduit devant les tribunaux pour tentative de meurtre sur Annie Bowden, même s'il n'avait pas été prouvé que le liquide blanchâtre qu'il avait brandi au pub de King's Cross était un poison. Son avocat insista qu'« il était coupable tout au plus d'avoir fait l'idiot ». Quand un jury acquitta Slater quelques semaines plus tard, le juge président fustigea les autorités pour cette « poursuite ridicule ».

À Lambeth, le dossier de police sur la mort d'Ellen Donworth fut fermé à nouveau.

4

MATILDA CLOVER

{Londres • 21 octobre 1891}

DES CRIS DÉCHIRÈRENT LE SILENCE NOCTURNE et s'introduisirent de force dans les rêves de Lucy Rose, la réveillant brusquement. C'étaient de vrais cris, ils provenaient de la chambre au-dessus, celle de Matilda Clover. Rose, une domestique qui habitait sur place, alla frapper à la porte de la logeuse, Emma Phillips, et les deux femmes se précipitèrent à l'étage. Couchée au pied du lit, Clover se tordait et criait, « toute convulsionnée », comme le dit Rose plus tard. Ses yeux bruns étaient « terriblement révulsés », sa longue chevelure brune était tout emmêlée et son corps tendu était secoué de spasmes violents.

« C'est ce Fred qui m'a empoisonnée, haleta Clover entre deux convulsions. Il m'a donné des capsules. » Si elle en avalait quatre avant d'aller au lit, lui avait dit l'homme, « je n'attraperais pas la maladie ». Une allusion à la maladie vénérienne, sans aucun doute.

Rose resta à son chevet pour la réconforter de son mieux. Les spasmes venaient par vagues, se calmaient un instant, puis l'agrippaient à nouveau. « Quand ils la laissaient tranquille, dit Rose, elle était assez calme et sereine. » Clover avait un fils de deux ans. « Amenez-moi mon bébé, supplia-t-elle à un moment donné. Je pense que je vais mourir. »

Phillips alla chercher un médecin. Elle déverrouilla la porte du 27 Lambeth Road, puis se hâta par les rues sombres au tracé fantaisiste en se protégeant de la forte pluie. Elle cogna à la porte de la maison de Robert Graham, le médecin de Clover, à quatre heures trente. On lui annonça qu'il s'était rendu au chevet d'un patient. Revenant deux heures plus tard, elle croisa Graham au moment où il sortait à nouveau de chez lui, cette fois pour un accouchement.

« Vous feriez mieux d'appeler un autre médecin, dit-il. Je ne peux pas vous accompagner. » Un assistant médical, Francis Coppin, consentit finalement à visiter la malade. Il était environ sept heures. Clover se tordait de douleur depuis plus de trois heures.

Coppin entra dans la chambre. « Son pouls était rapide, elle était en sueur et elle tremblait », se remémora-t-il. Il resta à son chevet une dizaine de minutes à peine, tout juste assez longtemps pour assister à une de ses convulsions, une violente « contraction du corps ». Il promit de lui envoyer un médicament qui mettrait fin à ses vomissements fréquents.

« J'ai conclu à de l'épilepsie, à des convulsions dues à une intoxication alcoolique », expliqua Coppin plus tard. Coppin, qui travaillait depuis une douzaine d'années comme assistant médical à Lambeth, avait acquis « une bonne expérience de la consommation d'alcool sous toutes ses formes, ajouta-t-il. Cette femme souffrait très certainement d'une consommation excessive d'alcool ».

Il était aussi certain d'autre chose: elle n'en avait pas pour longtemps à vivre. Les spasmes la torturèrent encore deux heures. Clover mourut à neuf heures quinze, le 21 octobre 1891 au matin.

■ ■ ■

Le Dr Graham arriva à midi. Clover, qu'il traitait pour son alcoolisme, l'avait consulté plusieurs fois au cours de ce mois. Elle n'avait que vingt-sept ans, mais « n'était absolument pas robuste, remarqua-t-il, et son mode de vie ne la prédisposait pas à une bonne santé ». Il eut un entretien avec Coppin, qui était revenu, et Phillips, la logeuse. Coppin décrivit la crise qu'avait subie Clover pendant son examen et dit que, selon lui, le décès était dû à une intoxication alcoolique. Clover était montée se coucher ivre, ajouta Phillips. Elle avait ingurgité une bouteille de brandy. Rose, la domestique, dit à Phillips et à Coppin que Clover lui avait confié avoir avalé des pilules, mais ils ne semblèrent pas la croire.

Le Dr Graham trouva de quoi écrire et rédigea le certificat de décès. « J'ai soigné Matilda Clover pendant sa dernière maladie », écrivit-il. Bien évidemment, c'était faux. « À ma connaissance, le delirium tremens est la principale cause du décès et la seconde, une syncope », soit une perte de conscience et une défaillance cardiaque résultant de symptômes sévères de sevrage alcoolique, bien qu'il ait su qu'elle avait beaucoup bu le soir de sa mort. Ses conclusions, basées sur des informations indirectes, étaient incorrectes. On venait de perdre une bonne occasion de dépister et d'arrêter un meurtrier.

« On ne m'a pas dit que sa dernière maladie avait commencé par des cris, une terrible agonie, des convulsions et des contractures tétaniques », soutiendrait plus tard le Dr Graham. Ces convulsions apparentées à celles du tétanos étaient typiques de l'empoisonnement à la strychnine, que même les admirateurs toujours plus nombreux de Sherlock Holmes pouvaient reconnaître grâce à l'expertise médicale d'Arthur Conan Doyle. Dans le deuxième roman mettant Holmes en vedette, *The Sign of the Four* (*Le Signe des quatre*), un cadavre est « contorsionné, ses membres tordus de la plus extraordinaire manière » et son visage pétrifié « dans un horrible sourire, un rictus forcé et figé ». Le Dr Watson annonce à Holmes que la victime a été empoisonnée « par un puissant alcaloïde végétal, une substance similaire à la strychnine ».

Le Dr Graham avait brièvement parlé à la jeune servante Lucy Rose, mais n'avait guère pris au sérieux son évocation des propos de la femme, à savoir qu'un homme lui avait remis des capsules de poison. S'il le lui avait demandé, elle lui aurait révélé un autre détail important : elle soupçonnait l'homme que Clover avait appelé Fred d'être venu à la maison quelques heures seulement avant que ne se déclenchent les souffrances de la victime.

Clover l'avait emmené chez elle au milieu de la soirée, dit Rose à la police plusieurs mois plus tard. Rose leur avait ouvert la porte et avait pu observer l'homme à la lueur d'une lampe à huile du hall d'entrée. Âgé d'environ quarante ans, grand et costaud, avec une moustache en broussaille, il portait un macfarlane et un chapeau haut-de-forme. Clover l'avait laissé dans les pièces qu'elle louait à l'étage et était sortie acheter deux bouteilles de bière Bass, nul doute au pub Mason's Arm, deux ou trois portes plus loin. L'homme était reparti avant vingt-deux heures. Rose avait entendu Clover lui dire bonsoir en l'accompagnant à la porte.

Matilda Clover. (*Penny Illustrated Paper*, 22 octobre 1892)

Rose n'avait jamais vu l'homme en question avant ce soir-là, mais sa visite n'avait rien d'inhabituel. « Clover avait coutume d'emmener des hommes au 27 », concéda-t-elle. Alcoolique, luttant pour élever seule son enfant, elle se prostituait pour survivre. L'abus d'alcool avait vieilli et durci ses traits et son visage gardait les traces de la petite vérole, mais Clover savait avoir fière allure. Quand elle posait pour un photographe, le chapeau à bords plats sur ses cheveux relevés en chignon et la veste chic à col montant, manches gigot et corsage ajusté mettaient en évidence la taille de guêpe de ce petit bout de femme de cinq pieds et un pouce. Phillips savait comment sa locataire gagnait l'argent de son loyer, mais elle jugeait que cela ne la regardait pas. « Elle recevait des messieurs », dit-elle, ajoutant qu'elle ne les avait jamais aperçus ou rencontrés.

Rose ne croisait que rarement les visiteurs de Clover. Mais elle en savait long sur le dernier, ainsi qu'elle le révéla plus tard. Au dire de Clover, Fred lui avait fait cadeau d'une paire de bottes de luxe et lui avait offert deux livres et demie par semaine pour qu'elle ne fasse pas le tapin en hiver. Un peu plus tôt le même jour, alors que Rose veillait sur l'enfant de Clover dans la chambre de cette dernière, son regard était tombé sur une lettre dans laquelle il était question d'un rendez-vous le soir même au music-hall Canterbury. La lettre était signée « À toi, Fred ». Clover avait dû l'apporter à son rendez-vous – quand Rose avait fouillé sa chambre après son décès, la lettre n'y était plus.

Deux autres prostituées de Lambeth connaissaient l'homme en macfarlane et haut-de-forme. Elizabeth Masters et Elizabeth May habitaient aux Orient Buildings, un immeuble résidentiel de Hercules Road, à deux pas de chez Clover. Quelques jours avant la mort de Clover, Masters l'avait rencontré à Ludgate Circus, un carrefour très fréquenté, voisin de la cathédrale Saint-Paul. Il lui avait offert un verre de vin au pub King Lud, face au rond-point, puis l'avait accompagnée à son appartement de trois pièces, à Lambeth. Ensuite, ils étaient allés au music-hall Gatti's, à quelques minutes à pied dans Westminster Bridge Road, où Masters avait donné rendez-vous à son amie Elizabeth May. « Il avait un regard particulier, dit Masters. Il louchait. »

L'homme écrivit à Masters quelques jours plus tard et lui fixa un autre rendez-vous. Au jour dit, Masters et May se penchèrent à leurs fenêtres du deuxième étage pour observer Hercules Road en attendant son arrivée. Une femme qu'elles avaient aperçue dans le quartier passa devant elles, un panier à son bras, un tablier blanc sur sa robe grise : Matilda Clover revenait du marché. Elle se retourna et sourit à l'homme en haut-de-forme qui marchait derrière elle, l'homme qu'elles attendaient, mais qui ne s'arrêta pas. Masters et May mirent leur chapeau en vitesse et les suivirent jusqu'au coin de la rue. Clover entra au 27 Lambeth Road et l'homme lui emboîta le pas.

Cream emmena Elizabeth Masters, une prostituée de Lambeth, au pub King Lud de Ludgate Circus. (Science and Society Picture Library, Londres, image 10436065)

■ ■ ■

Clover fut mise en terre le 27 octobre, six jours après sa mort subite. La fabrique assuma les frais de l'inhumation au cimetière de Tooting, à six milles au sud-ouest de Lambeth. Une plaque en métal avait été apposée au cercueil: « M. Clover, 27 ans ». Quatorze autres cercueils furent empilés sur le sien à la « Fosse nº 2215H ». Sa courte vie et sa mort atroce furent vite oubliées. Un journal de Londres déclara plus tard qu'elle n'était qu'« une pauvre paria, une fille de joie dont la vie n'avait d'importance pour personne ».

En raison du certificat du Dr Graham, qui attribuait le décès de Clover non pas à un crime mais bien à une défaillance cardiaque, il ne fut pas nécessaire d'en aviser la police ou le coroner local. Il n'y aurait pas d'enquête. Pour l'instant, Lucy Rose ne parla à personne du dernier visiteur de Clover. La nouvelle parvint aux oreilles d'Elizabeth Masters et d'Elizabeth May que Clover était morte peu après qu'elles l'eurent aperçue dans la rue. Mais elles ne pensèrent plus à l'homme qui leur avait fait faux bond pour la suivre chez elle.

5

« UN “LOUP-GAROU” HUMAIN »

LONDRES ENTRA DANS SON CAUCHEMAR le dernier jour du mois d’août 1888 avec la découverte du cadavre de Mary Ann Nichols dans une rue du district de Whitechapel, dans l’East End. Un assaillant armé d’un grand couteau lui avait tranché la gorge et ouvert le ventre. La victime suivante, Annie Chapman, fut trouvée une semaine plus tard dans une cour arrière, la gorge tranchée, avec des blessures similaires au corps. Trois semaines s’écoulèrent avant que deux autres femmes, Elisabeth Stride et Catherine Eddowes, ne soient assassinées le même soir. Cette fois, le tueur avait horriblement mutilé Eddowes.

L’un des quartiers les plus pauvres de la ville fut saisi de terreur. On put lire dans un article empreint de panique de l’*Observer* que « Whitechapel est pratiquement la proie d’un “loup-garou” humain en ce moment ». Plusieurs jours avant le meurtre de Stride et d’Eddowes, une agence de presse londonienne avait reçu une lettre écrite à l’encre rouge, adressée au « *Dear Boss* » (Cher patron). L’expéditeur tournait Scotland Yard en ridicule et formulait une mise en garde : « J’en ai après les putes et je n’arrêterai pas de les éventrer. » La lettre était signée Jack l’Éventreur. Le meurtrier de Whitechapel – tant la police que le public supposaient que les meurtres étaient l’œuvre d’une seule personne – avait maintenant un nom. L'Éventreur, se hâta de préciser la presse londonienne, visait « des femmes de la classe défavorisée » qui vivaient dans « l'immoralité » ou « l'excès, l'erreur et le vice ». Toutes étaient pauvres et luttaient pour survivre, mais l'historienne britannique des sociétés, Hallie Rubenhold, montra de façon convaincante que, contrairement à la croyance populaire de l'époque et d'aujourd'hui, elles n'étaient pas toutes des prostituées : trois des cinq victimes, conclut-elle, n'étaient pas impliquées dans le commerce du sexe. Une résidente de Whitechapel affirma à la presse en octobre 1888 que toutes les femmes de Whitechapel vivaient dans la terreur. « Beaucoup ont peur de s'aventurer seules à une trentaine de pieds de leur domicile après le coucher du soleil. »

Une opération policière d'envergure fut lancée pour mettre fin à cette boucherie. Des douzaines de détectives de Scotland Yard s'occupèrent quatorze heures par jour à tenter d'identifier le tueur. Selon une pratique tout à fait nouvelle, les lieux où les cadavres avaient été découverts furent bouclés pour protéger les éléments de preuve et l'on prit quelques-unes des premières photographies de scènes de crime. Tout comme la presse, la police présuma que les victimes étaient des prostituées, incitant un chef de Scotland Yard à déclarer qu'il était difficile de protéger des femmes qui se mettaient elles-mêmes en danger. « Sans aucune exception, dit Melville Macnaghten, les victimes appartiennent à la pire lie de l'humanité féminine, celle qui fuit la police et s'évertue à occuper les coins les plus sombres des ruelles les plus désertes. »

La peur et la frustration tournèrent à la colère. Dans une caricature du *Punch*, un bobby arpente Whitechapel les yeux bandés et trébuche, indifférent aux personnages louches qui l'entourent. Le *Times of London* publia la lettre d'un lecteur qui se portait à la défense de la police, mais cela ne suffit pas à réconforter les Londoniennes qui craignaient pour leur vie. Scotland Yard peinait à trouver l'Éventreur, disait le signataire de la lettre, car ils affrontaient « un maître incontesté », trop intelligent pour laisser des indices derrière lui. Grâce à « l'ignorance des méthodes de détection les plus élémentaires », protesta le *New York*

Tribune, l'Éventreur était libre de tuer encore et encore. Thomas Byrnes, chef du bureau des enquêtes de la police de New York, se vanta de pouvoir arrêter le coupable en moins de quarante-huit heures. Son plan ? Recruter cinquante femmes, les envoyer dans la rue et attendre que le meurtrier frappe encore. « Même si l'une d'elles mourait, raisonna-t-il sans se soucier le moins du monde des femmes qui lui serviraient d'appâts, j'attraperais le meurtrier. »

Plus d'un mois après le double meurtre de Stride et d'Eddowes, le tueur récidiva. Ce meurtre fut le plus horrible et le plus barbare de tous les cinq. Mary Jane Kelly fut découverte dans sa chambre, la gorge tranchée jusqu'à l'os, le corps transpercé de nombreux coups de couteau et éventrée. Puis, dix semaines après avoir commencé, ce carnage prit fin. La police arrêta ou interrogea des tonnes de suspects, depuis un personnage déséquilibré surnommé Leather Apron (Tablier de cuir) jusqu'à tous ceux dont le signalement correspondait à celui des hommes qui avaient été vus avec les victimes, mais aucune accusation ne fut portée contre qui que ce soit.

■ ■ ■

Pourquoi Scotland Yard était-elle incapable de mettre la main au collet du fou furieux qui terrorisait Whitechapel ? L'identité d'un tueur tend vers l'évidence : c'est un époux, un amoureux éconduit, un parent, une personne que la victime connaissait et en qui elle avait confiance. Le mobile pouvait être tout aussi transparent. L'appât du gain. La jalousie. La haine. La vengeance. « Toutes nos méthodes de détection du meurtre se fondent sur un certain nombre de suppositions tacites », remarqua le *Times of London* quelques semaines après le dernier meurtre de l'Éventreur, alors que s'estompaient la panique et l'indignation. L'une de ces suppositions était qu'« aucun crime n'est sans mobile ». Bien que les meurtres insensés et « parfaitement atypiques » de Whitechapel aient ébranlé la confiance de la population dans Scotland Yard, affirmait le journal, l'échec de la police à arrêter le meurtrier ne devait pas remettre en cause l'aptitude et les compétences des enquêteurs de la ville. « Il peut arriver que des crimes, commis avec une audace et une habileté peu communes, et appuyés par une chance inouïe, confondent nos techniques de détection les plus efficaces. »

La MET offrait peu en matière de formation à ses futurs enquêteurs. « Une jeune recrue recevait un entraînement de quelques semaines avant de se voir confier une patrouille où, laissée à ses propres moyens, elle apprenait sur le tas », se remémora Frederick Wensley, l'inspecteur dont la carrière avait débuté à Lambeth. Pour comprendre les criminels et leurs méthodes, il fréquenta les pubs et les débits de boisson où se réunissaient les escrocs. Il but avec eux, mangea avec eux, gagna leur confiance, s'entoura d'informateurs. « Un détective doit bien observer la nature humaine », convint William Gough, qui entra dans les forces de l'ordre dans les années 1890 et se hissa au rang d'inspecteur. « Plus il la comprend, plus il peut gravir les échelons de la profession. » Un des rites de passage était la visite du Musée du crime du quartier général, la pièce où l'on exposait les armes et autres éléments de preuve de certains délits notoires pour aider les nouvelles recrues à se faire une idée du fonctionnement de l'esprit criminel. Les agents tenaient des registres détaillés, rédigés à la main, de leurs enquêtes, mais l'entreposage était parfois un peu à la va-comme-je-te-pousse. Avant le déménagement de Scotland Yard dans le nouvel édifice sur la Tamise en 1890, dit un détective, les dossiers des affaires non résolues étaient remisés « sur les paliers et ici et là dans des armoires en tout genre ». Les photos des délinquants passés étaient conservées au Bureau des condamnés de Scotland Yard, mais quand ils cherchaient des suspects, de nombreux enquêteurs préféraient se fier à leur mémoire et à des descriptions écrites.

À la fin du dix-neuvième siècle, les détectives s'appuyaient sur des techniques de résolution de crime qui demandaient du temps et de la patience : la filature et la surveillance. On suivait les individus louches pour savoir s'ils fréquentaient des criminels notoires. Avec de la persévérance et un peu de chance, un enquêteur pouvait prendre un cambrioleur ou un receleur sur le fait. Les agents formaient des équipes de trois hommes ou plus, chacun étant visible par intermittence. « Le criminel moyen est toujours sur un pied d'alerte. Le fait de toujours voir la même personne, toujours au même endroit ou à peu près, éveille vite ses soupçons, expliqua Gough. Les surveillants se déplacent constamment et se relaient aux commandes. » La patience et l'endurance s'avéraient également nécessaires quand une rue ou un édifice était placé sous surveillance dans l'espoir que s'y manifesterait un suspect ou un complice. Les agents restaient sur place pendant des heures, indifférents au froid, à la faim et au danger. Un jour, Wensley se terra dans une cave pleine de rats pour attraper une bande de voleurs. Une autre fois, il surveilla des malfaiteurs du haut d'un viaduc ferroviaire pendant que les trains filaient à quelques pouces de lui.

Il fallait parfois plus que du travail et de la persistance pour résoudre une affaire. Une investigation pouvait dépendre d'un témoin qui s'était trouvé au bon endroit au bon moment, d'un objet abandonné sur une scène de crime, ou d'une fanfaronnade entendue dans un pub. « Les deux meilleurs détectives sont l'"inspecteur Chance" et le "sergent Bonne Fortune" », plaisanta un jour un collègue de Gough.

Le défi que comporte l'arrestation d'un tueur qui agit de manière fortuite et sans mobile apparent était bien connu du journaliste, auteur de polars et ancien policier George Dilnot. « Un meurtrier qui enfreint les règles de la logique complique beaucoup le travail des enquêteurs, remarque-t-il dans une des premières études des méthodes d'investigation. Le lien de cause à effet est détruit. L'enquêteur est confronté à des possibilités illimitées et à aucune probabilité. Rien n'a plus aucun sens. »

Durant l'hiver 1891-1892, trois ans après le carnage de Jack l'Éventreur, Londres fut à nouveau assiégée par un tueur qui s'en prenait à des femmes vulnérables, un monstre dont les crimes défiaient toute logique.

II

L'EMPOISONNEUR DE LAMBETH

Londres, Québec et l'État de New York
• 1891-1892

6

LOUISA HARVEY

{Londres • Fin octobre 1891}

TEL QUE CONVENU, UNE FEMME D'ENVIRON vingt-cinq ans attendit devant la façade gothique de St. James's Hall dans Regent Street, à proximité de Piccadilly Circus. Des sourcils soigneusement épilés couronnaient ses grands yeux pétillants et sa chevelure brune encadrait les traits délicats de son visage. La lumière des becs de gaz dansait et scintillait sur le trottoir lavé par plusieurs jours de pluies torrentielles. À l'intérieur, une attraction aussi impressionnante que n'importe quel spectacle émerveillait l'assistance : « Maintenant entièrement éclairé par la lumière électrique », disait une annonce. Trois soirs par semaine, le St. James's présentait la troupe des Moore and Burgess Minstrels, « mondialement connus », mais en ce soir humide d'octobre, la femme ne s'intéressait pas aux vedettes à l'affiche. Elle travaillait.

Un homme en pardessus noir, son crâne chauve coiffé d'un haut-de-forme, la toucha à l'épaule. Une moustache adoucissait ses traits anguleux, mais ses yeux gris fer que magnifiaient les épaisses lentilles de ses lunettes étaient particulièrement frappants : ils louchaient. Personne n'aurait pu dire qu'il était beau, mais la femme avait entraperçu le reflet d'une montre en or. Le haut-de-forme était le signe d'un homme du monde, un symbole de richesse et de privilège. La plupart des hommes lui préféraient le chapeau melon, moins formel, même pour une soirée au théâtre. C'était un homme à l'aise, le meilleur client qu'on puisse espérer.

Elle avait fait sa connaissance à l'Alhambra de Leicester Square, un immense théâtre de variétés de style mauresque, minarets inclus, qui comptait plus de quatre mille places aux balcons, debout et aux bars. Ce théâtre, qui possédait son propre orchestre et un répertoire de deux cent cinquante artistes, était réputé pour ses attractions musicales, ses numéros de danse et de comédie, des « spectacles de variétés de très haute qualité », comme le proclamait un guide de la vie nocturne londonienne. Mais la plupart des hommes de l'auditoire n'étaient pas là pour le spectacle. En réintégrant leur loge, les danseuses légèrement vêtues y trouvaient des lettres d'admirateurs aisés qui, parfois, leur faisaient ce que l'on qualifie poliment de « propositions malhonnêtes ». Des prostituées circulaient parmi la foule et balayaient la salle du regard. « Des femmes impudentes, enharnachées d'atours voyants, frisées et peinturlurées [...] poussent des nigauds à boire », fit remarquer un client qui savait résister à leurs avances. Le gérant de l'Alhambra estimait qu'une centaine de « demi-mondaines » étaient présentes la plupart du temps. Du moment qu'elles étaient propres, correctement vêtues et discrètes, comme la femme qui avait planifié un rendez-vous dans Regent Street, il tolérait leur présence.

La femme et l'homme en haut-de-forme longèrent une demi-douzaine de pâtés de maisons jusqu'au Paris Hotel de Berwick Street, dans Soho, une enclave délabrée à la lisière du quartier des théâtres du West End.

Il lui annonça qu'il était médecin à St. Thomas, de l'autre côté de la rivière, à Lambeth. Ce n'était pas tout à fait vrai. Il était médecin, soit, mais il n'avait aucune affiliation à cet hôpital.

Comment s'appelait-elle ?

Lou Harvey, répondit-elle. Lou pour Louisa. Elle lui confia qu'elle travaillait comme domestique, mais ils savaient tous les deux qu'elle mentait.

Thomas Neill Cream ne lui dit pas son nom et elle ne le lui demanda pas. Il ne servait à rien qu'elle le sache.

Au matin, avant de quitter le Paris Hotel, Cream lui remit trois livres, plus que ce que certaines prostituées gagnaient en une semaine. Elle avait raison : c'était un homme riche. Il lui proposa, apparemment à la blague, d'aller vivre en Amérique avec lui. Ils convinrent de se revoir un peu plus tard le même jour, à dix-neuf heures trente sur le Thames Embankment, les berges de la Tamise situées près de la gare ferroviaire de Charing Cross. Il l'emmènerait voir un spectacle de son choix. Elle opta pour l'Oxford Music Hall, dans Tottenham Court Road, l'un des meilleurs et des plus populaires en ville.

Louisa Harvey. (*Penny Illustrated Paper*, 16 juillet 1892)

Il lui dit une chose curieuse avant qu'ils ne se séparent.

« Il a dit que j'avais des taches sur le front, se souvint Harvey, et qu'il m'apporterait un remède qui les ferait disparaître. »

Quand elle arriva sur la berge ce soir-là, il l'attendait. Ils allèrent à pied boire un verre de vin à un pub voisin, le Northumberland Arms. Il lui offrit des roses achetées à une marchande de fleurs qui passait près d'eux. Ils revinrent au bord de la rivière ; les becs de gaz sifflants enveloppaient les berges d'une lueur étrange. Il tira de la poche de son gilet deux capsules ovales de couleur claire enveloppées dans du papier de soie.

« Ne mords pas dedans, lui dit-il. Avale-les tout rond. »

Il pressa les capsules dans la paume de sa main droite. Elle porta la main à sa bouche et parut les avaler, mais il voulut s'en assurer.

Montre-moi ta main, dit-il. Ce qu'elle fit. Elle était vide.

Il demanda à voir sa main gauche. Elle était vide aussi.

Il lui annonça un changement au programme. Puisqu'il avait rendez-vous à l'hôpital, elle devrait aller seule au music-hall. Il l'y retrouverait à la porte et ils passeraient la nuit au Paris Hotel. Il lui donna cinq shillings pour le fiacre.

« On se retrouve à vingt-trois heures, dit Cream avant de tourner les talons et d'aller à pied vers le pont de Westminster en direction de l'hôpital. Au revoir pour l'instant. »

Harvey n'avait pas pris les capsules. « Ça me paraissait louche, se remémora-t-elle. J'ai fait semblant de les glisser dans ma bouche. » Dans la lueur vacillante des becs de gaz, le médecin ne l'avait pas vue les passer d'une main dans l'autre. Quand il avait tourné la tête pendant une seconde, elle les avait jetées par-dessus le parapet de l'Embankment.

Harvey s'était méfiée de son nouveau et riche client. Avant d'aller à leur rendez-vous au Thames Embankment, ce soir-là, elle avait demandé à l'homme qui vivait avec elle de la suivre. Charles Harvey – elle portait son patronyme même s'ils n'étaient pas mariés – avait occupé le box voisin du leur pendant qu'elle et Cream buvaient un verre au pub Northumberland. Il les avait suivis jusqu'à la berge et, à la faveur de l'obscurité, il avait vu le médecin remettre les capsules à Harvey.

Quelques heures plus tard, à vingt-trois heures, Harvey sortit du Oxford Music Hall tel que convenu. Cream n'y était pas. Elle l'attendit une demi-heure, mais il ne vint pas.

C'est curieux, dut-elle se dire. C'était comme s'il ne s'était pas attendu à ce qu'elle respecte leur rendez-vous.

7

DES LETTRES DE CHANTAGE

{Octobre-décembre 1891}

CREAM ÉTAIT À LONDRES DEPUIS À PEINE deux semaines quand il empoisonna Ellen Donworth et la laissa pour morte sur le trottoir devant la gare de Waterloo, le 13 octobre. La chambre de Matilda Clover, dans Lambeth Road, où il lui fit avaler des capsules au soir du 20 octobre, se trouvait à environ dix minutes à pied de son garni du 103 Lambeth Palace Road. Il avait rencontré Louisa Harvey quelques jours plus tard à l'Alhambra et insisté pour qu'elle prenne en sa présence les capsules qu'il lui avait remises, sans doute pour le plaisir de constater de visu qu'il avait très vite gagné sa confiance et qu'il lui était très facile de la tuer. Il était certain de l'avoir vue prendre les capsules et tout aussi convaincu qu'elle était morte. Certes, les journaux n'en avaient pas parlé, mais la mort de Clover n'avait pas non plus été couverte par la presse. Il supposa sans doute que ces deux décès avaient été attribués à des causes naturelles.

Seul l'empoisonnement de Donworth avait attiré l'attention des autorités et de la presse. Cream avait adressé la lettre malicieuse de l'« inspecteur O'Brien » à George Percival Wyatt, le coroner qui enquêtait sur cette mort, en offrant de l'aider à identifier le tueur pour la somme faramineuse de trois cent mille livres. Quand il découvrit au début de novembre que William Slater avait été accusé du meurtre de la femme – son meurtre *à lui* –, son esprit tordu élabora un plan audacieux. Pourquoi ne pas reporter sur d'autres la responsabilité de ses meurtres ? S'il menaçait d'accuser publiquement des hommes riches et en vue d'avoir tué des prostituées, son silence leur coûterait cher. Et s'ils ignoraient ses demandes, il alerterait les autorités. Ainsi, en maître marionnettiste, Cream pourrait s'amuser à observer comment les enquêteurs de Scotland Yard se hâteraient d'accuser et d'arrêter d'autres innocents.

Cream rangea sa strychnine et ses capsules et prit de quoi écrire.

■ ■ ■

Le 6 novembre, une lettre fut livrée au bureau de W. H. Smith & Sons, la plus grande librairie et messagerie de presse en Grande-Bretagne. Elle était adressée à son propriétaire, William Frederick Danvers Smith, un député également connu sous le nom de Frederick Smith. L'expéditeur, un certain H. Bayne, affirmait que des missives compromettantes pour Smith avaient été trouvées parmi les effets personnels d'Ellen Donworth. « Si elles sont rendues publiques » ou tombent entre les mains de la police, « elles vous feront sûrement accuser du meurtre, menaça Bayne. Songez à la honte et à la disgrâce qui s'abattront sur votre famille si l'on vous arrête et vous jette en prison pour ce crime ». L'expéditeur proposait une solution : si Smith retenait ses services de conseiller juridique, Bayne lui éviterait « toute divulgation et toute humiliation liée à cette affaire ». Il incluait la copie d'une lettre prétendument expédiée à Donworth avant sa mort, lui annonçant que Frederick Smith envisageait de l'empoisonner avec un médicament censé provoquer un avortement. Le médicament en question contenait assez de strychnine « pour tuer un cheval », précisait cette seconde lettre. L'enveloppe oblitérée, adressée à Donworth, paraissait authentique.

Le correspondant dit à Smith de placarder une annonce sur la fenêtre des bureaux de W. H. Smith sur le Strand : « M. Fred

Smith souhaite un entretien immédiat avec l'avocat M. Bayne. » S'il voyait cette annonce, il rencontrerait Smith en privé. Un des associés de Smith, Alfred Acland, consulta les avocats de l'entreprise et ces derniers avertirent la police qui tendit un piège au maître-chanteur. L'annonce demandant l'entretien fut affichée à l'entrée des bureaux de W. H. Smith. Des agents firent le guet, mais personne ne se présenta au rendez-vous.

Frederick Smith fut une des cibles des menaces de chantage de Cream. Cream prétendait que le propriétaire de la librairie W. H. Smith avait assassiné Ellen Donworth. (*English Illustrated Magazine*, août 1892 / Collection de l'auteur)

Cream décida plutôt de mettre sa menace à exécution et alerta les autorités. À la mi-novembre, le magistrat qui présidait l'affaire, Horace Smith (sans lien de parenté avec les libraires), reçut une lettre d'un certain Campbell. « Slater, le prévenu que vous n'avez de cesse de renvoyer, est parfaitement innocent », affirmait l'auteur de la lettre. Le meurtrier de Donworth était Frederick Smith. Il conseilla fortement au magistrat de ne pas étouffer cette allégation sensationnelle. « Les preuves que j'ai en main suffiraient à faire pendre Smith. Je multiplierai les pressions sur la police si elle ne fait pas son devoir dans cette affaire. » Il inclut une copie de la lettre à Donworth dans laquelle Frederick Smith menaçait de l'empoisonner.

Le magistrat Smith montra ces documents à l'inspecteur Frank Thorpe de la Division E de la MET, la division responsable de la zone de King's Cross. Mais Thorpe, qui ignorait tout de la lettre de chantage adressée directement à Frederick Smith, ne crut pas utile d'ouvrir une enquête. Il n'alerta pas non plus les agents de Lambeth qui avaient investigué la mort de Donworth. Il se contenta de ranger les lettres dans un dossier.

Cream jeta ensuite son dévolu sur l'éminent cardiologue et neurologue londonien William Broadbent. Ce dernier reçut une lettre datée du 28 novembre qui l'accusait d'avoir empoisonné une autre prostituée, Matilda Clover. L'expéditeur disait s'appeler M. Malone, connaissait l'adresse de la victime – 27 Lambeth Road – et savait quel poison l'avait tuée : la strychnine. Malone prétendait que des éléments compromettants pour le Dr Broadbent, trouvés parmi les effets de Clover, seraient confiés à la police s'il ne lui versait pas la somme de vingt-cinq mille livres. « Je ne plaisante pas, précisa Cream. Vous savez très bien qu'une accusation pareille vous ruinerait à tout jamais. » Pour que ces preuves soient occultées, le Dr Broadbent devait, dans une annonce à la une du *Daily Chronicle*, offrir de payer Malone « pour ses services ». Le Dr Broadbent contacta Scotland Yard. Un autre piège fut tendu. La demande de services fut publiée dans les petites annonces du journal le 4 décembre et des agents surveillèrent la résidence de Broadbent au 34 Seymour Street, Marylebone. Puisque personne ne se présenta pour cueillir la rançon, aucune autre mesure ne fut prise.

À peu près en même temps, la comtesse Mabel Russell reçut une lettre qui lui était adressée à l'hôtel Savoy où elle résidait. La comtesse était actrice et chanteuse, plongée dans les querelles d'un divorce procédurier avec le comte Russell, petit-fils d'un ancien premier ministre britannique. L'expéditeur affirmait « être en mesure d'obtenir le divorce de lady R » grâce à des renseignements « qui enverraient son mari au gibet pour avoir empoisonné une dénommée Clover ». La comtesse remit la lettre à son avocat et sa curiosité la poussa à envoyer George Rich, son cocher, fouiller la question. Cette lettre disait cependant que Clover avait habité au 27 South Lambeth Road, où elle n'était connue de personne. Rich montra la lettre à un détective de Scotland Yard qui n'y prêta guère attention. N'étant apparemment pas au courant de l'allégation similaire concernant le Dr Broadbent, l'agent la lut, la rendit à Rich et mit fin à leur entretien. « Selon nous, cet incident était sans importance », se souvint Rich par la suite.

La comtesse Mabel Russell, actrice et chanteuse, reçut une lettre accusant son mari, dont elle était séparée, d'avoir empoisonné Matilda Clover. (*Sketch*, 8 mars 1899 / Collection de l'auteur)

Pourquoi Cream avait-il fait de Broadbent, Smith et Russell les cibles de ses tentatives de chantage ? Vraisemblablement parce que tous trois avaient fait la manchette à l'automne 1891. À la mort de son père en octobre, Frederick Smith, alors âgé de vingt-trois ans, avait succédé à ce dernier en tant que député du Strand et à la direction de W. H. Smith, la raison sociale sans doute la plus connue du pays. Ainsi que le fit valoir un biographe de l'entreprise, « ce nom était connu partout où l'on achetait, vendait, prêtait ou empruntait des journaux, des livres, des revues et des magazines dans la Grande-Bretagne de la fin de l'ère victorienne ». Le Dr Broadbent, un médecin de la reine Victoria et de la famille royale, traitait le futur roi George V pour une typhoïde. Durant le mois de novembre 1891, son nom apparaissait quotidiennement dans les comptes rendus de l'état de son patient qu'il remettait aux journaux. Le divorce des Russell et ses scandaleuses allégations de cruauté avaient fait la manchette la veille du jour où la comtesse avait reçu sa lettre.

Dans une Grande-Bretagne consciente des distinctions sociales, l'on s'attendait à ce que des aristocrates de la trempe du comte Russell, des politiques comme Frederick Smith et des professionnels comme le Dr Broadbent montrent l'exemple. Les allégations de Cream, si fausses et si extravagantes aient-elles été, pouvaient irrémédiablement entacher leur réputation. « Le fait d'accuser un homme de certaines offenses honteuses le couvre d'opprobre même s'il est innocent, put-on lire dans un exposé journalistique sur le chantage à Londres. Un homme hésitera souvent à se manifester et à accuser un vaurien et un menteur. » Smith était assurément conscient de la « honte et du déshonneur » que subirait son illustre famille s'il était publiquement accusé d'avoir assassiné une prostituée. Le Dr Broadbent savait sûrement que pareille accusation, lancée à l'endroit d'un médecin de la famille royale, ruinerait sa carrière. Il est tout à fait remarquable que les deux hommes aient eu le courage de porter ces lettres et ces allégations bidon à l'attention de Scotland Yard.

Cependant, Cream avait commis une erreur qui risquait de faire éclater sa culpabilité au grand jour si Scotland Yard établissait un lien entre la mort de Clover et celle de Donworth. En accusant quelqu'un d'autre de ses crimes, il avait révélé des détails qui le reliaient aux deux empoisonnements, que seul le tueur était en mesure de connaître. Mais les agents de la Division L de Lambeth ignoraient tout des lettres qui avaient incité leurs collègues d'autres districts de Londres à tendre des pièges au mystérieux maître-chanteur. La MET n'enquêta pas pour savoir s'il était vrai qu'une femme de Lambeth du nom de Matilda Clover avait été empoisonnée en octobre, comme l'affirmaient les lettres au Dr Broadbent et à la comtesse Russell, et pour l'heure, personne ne soupçonnait qu'elle avait été assassinée, encore moins empoisonnée à la strychnine comme Ellen Donworth.

■ ■ ■

Cet automne-là, un soir où Louisa Harvey scrutait les visages des hommes qui passaient devant elle dans le centre de Londres, elle vit Cream. Quelques semaines s'étaient écoulées depuis leur première rencontre, quand elle avait feint d'avaler les capsules qu'il lui avait données pour éclaircir son teint. Il était près de l'entrée de Piccadilly Circus, dans Regent Street, le lieu de leur premier rendez-vous. Il lui offrit un verre de vin dans un pub voisin d'Air Street et ils convinrent de se revoir plus tard en soirée. À sa grande surprise, Cream eut l'air de ne pas savoir qui elle était.

« Tu ne me reconnais pas ? » lui demanda Harvey au moment de le quitter.

« Non ; qui es-tu ? » Était-ce d'avoir l'esprit trop embrouillé par la drogue ou d'avoir fréquenté trop de prostituées ? Cream ne se souvenait pas d'elle.

« Tu avais promis de me retrouver à l'entrée du music-hall Oxford. »

« Cela ne me dit rien ; qui es-tu ? »

« Lou Harvey. »

Cream ne répondit pas. Il tourna les talons et s'éloigna d'un pas vif. Il venait de voir un fantôme.

■ ■ ■

Ce même novembre, Cream fit la connaissance de Laura Sabbatini, une jeune femme au teint mat, aux yeux et aux cheveux noirs. Elle était originaire de Berkhamsted, une localité de quelques milliers d'habitants à environ vingt-cinq milles au nord-ouest de Londres, où elle était venue étudier la couture. Cream modéra ses élans envers les prostituées tout juste assez longtemps pour lui faire la cour. Au bout de quelques semaines, il la demanda en mariage. « Je serai pour toi l'homme le plus fidèle, le plus loyal, le plus constant et le plus sincère que Dieu puisse avoir créé », jura-t-il. Il était de vingt ans son aîné, mais elle accepta. Sabbatini ne savait presque rien de lui, à part le fait qu'il avait été médecin aux États-Unis et qu'il était opiomane. Il prétendait que ce narcotique apportait un soulagement à ses maux de tête et il s'en procurait parfois en pharmacie quand ils allaient faire une promenade. La mère de Sabbatini donna son accord à ces fiançailles après que Cream lui eut adressé une lettre dans laquelle il promettait d'être un époux dévoué et se disait « exempt du moindre vice ». Plus tard, à l'occasion d'une fin de semaine à Berkhamsted, où il rencontra la mère de Sabbatini en personne, Cream se fit un point d'honneur d'accompagner sa fiancée à un service religieux à l'église que fréquentait sa famille.

Entre-temps, à Québec, ses connaissances recevaient des informations inquiétantes sur ses comportements. George Matthews, un pasteur presbytérien de Londres qui était en contact avec la famille, avertit Daniel Cream que son frère devrait être « confiné », qu'il n'était « pas apte à vivre en liberté ». Thomas Davidson, l'ami intime de leur père, admit qu'ils avaient fait erreur en envoyant Thomas à Londres. « Son esprit semblait être beaucoup plus faible que nous ne l'avions supposé, remarqua Davidson ultérieurement. Incapable de lui opposer une résistance, il s'était laissé emporter par le vice qui se répand toujours sur la métropole. » Cream était fauché, il avait flambé en moins de deux mois l'argent reçu de la succession de son père et paraissait incapable de gérer ses avoirs. Davidson demanda à Matthews de lui donner quinze livres pour le titre de transport qui le ramènerait au Canada. « Ses amis désirent qu'il rentre immédiatement à Québec où il demeurera chez son frère jusqu'à ce que son état s'améliore. »

Cream accepta de revenir au pays au début de janvier. Il n'avait pas vraiment le choix. Il se peut que ses tentatives de chantage auprès d'éminents Londoniens lui aient été inspirées par un manque d'argent. Il annonça à Sabbatini qu'il devait rentrer au Canada pour régler des problèmes liés à la succession de son père. Il lui demanda de lui écrire chez son frère Daniel. Deux jours avant Noël, il rédigea un nouveau testament, faisant de sa fiancée la légataire universelle du peu qui lui restait.

8

« UN HOMME VIL ET SANS RAFFINEMENT »

{Québec et l'État de New York • Janvier-mars 1892}

POUR WILLIAM SELLAR, CE FUT UNE TRAVERSÉE infernale. Rentrant au Canada au tout début de l'année, le représentant de commerce de Montréal avait retenu une cabine de luxe à bord du SS *Sarnia*. Peu après que le navire à vapeur de la Dominion Line eut quitté Liverpool dans la première semaine de l'année, il était en bons termes avec son voisin d'en face, l'occupant de la cabine 19. Le passager lui avait dit être médecin et avoir pratiqué à Chicago et à Londres.

« Il était très agité et nerveux », se souvint Sellar. Et il buvait beaucoup. Sellar lui suggéra de ne pas abuser de l'alcool. Cream répondit qu'il avait renoncé à l'opium après des années de consommation et que l'alcool lui « calmait les nerfs ». Il parlait sans arrêt des femmes rencontrées dans les rues de Londres et au théâtre, disait qu'il les invitait à dîner au restaurant et couchait avec elles. C'était « un homme vil et sans raffinement », au dire de Sellar, « sans une once de moralité ».

C'était aussi une vraie teigne. Cream réveillait Sellar en pleine nuit et, armé d'une bouteille de whisky, demandait à entrer chez lui pour boire un verre. Il n'arrivait pas à dormir, disait-il, et désirait parler à quelqu'un. N'osant pas le repousser,

Sellar lui ouvrait. L'homme était susceptible, il s'irritait facilement, il n'était « pas tout à fait bien dans sa tête ». Sellar endurait ses « propos lascifs » pendant des heures pour le ménager. « C'était probablement un homme dangereux quand il était contrarié », craignait-il.

Cream sur une photographie captée aux environs de son retour à Québec en 1892. (Science and Society Picture Library, Londres, image 10658278)

D'autres passagers gardèrent des souvenirs très nets du comportement de Cream pendant la traversée. Les premiers jours, « c'était un vrai gentleman », dit Robert Caswell, un aumônier de prison de Toronto. Puis il se mit à boire et on murmura qu'il consommait de la morphine. « Quand il était dans cet état, se souvint Caswell, il parlait beaucoup des femmes avec lesquelles il avait eu des relations intimes. Et il déblatérait de temps en temps sur les femmes en général. » Aux repas, il partageait la table du lieutenant-colonel Leon Vohl, un ancien militaire d'environ cinquante-cinq ans. « Il n'arrêtait pas de parler de femmes, se remémora Vohl. Il dit qu'à Londres, il en avait eu autant qu'il en voulait. » Cream avoua à Vohl qu'il prenait de la morphine

« mais qu'il était en sevrage » et avait entrepris une « étude spéciale » des poisons. Une autre fois, il mentionna en passant qu'il avait pratiqué des avortements sur plusieurs femmes. Ces aveux étaient surprenants, compte tenu du fait que Vohl avait été chef de la police de Québec pendant plus d'une décennie. John Cantle, représentant de commerce pour une compagnie pétrolière canadienne, se rappela que Cream avait dit détenir des renseignements sur un meurtre – quelque chose concernant « une femme empoisonnée à Londres ». Aucune des nouvelles connaissances de Cream ne le prit au sérieux, attribuant ses extravagances et ses rodomontades à l'alcool et aux stupéfiants.

Sellar se souvint qu'un jour, pendant la traversée, il avait confié à Cream ne pas se sentir bien. Ce dernier lui avait offert une capsule médicamenteuse que Sellar avait refusée.

■ ■ ■

Cream débarqua à Québec le 20 janvier 1892 dans un froid de moins vingt et prit une chambre à l'hôtel Blanchard. Il n'était plus question pour lui d'aller vivre chez son frère. L'épouse de Daniel Cream, Jessie Read, refusait qu'il mette les pieds chez eux.

Il invita un jour à sa chambre un autre client de l'hôtel, le représentant de commerce John McCulloch. Cream déverrouilla une malle en laque jaune, d'où il tira un coffret en métal à l'intérieur duquel il y avait une petite fiole à moitié remplie de cristaux blanchâtres de la dimension d'une tête d'épingle.

« C'est du poison », annonça Cream.

« Pour l'amour du ciel, cracha McCulloch, qu'est-ce que vous faites de ça ? »

« J'en donne à des femmes pour les débarrasser du bébé qui est en route », répondit Cream. Il ouvrit ensuite un tiroir où, à côté d'une petite boîte en carton, étaient alignées des fioles de médicaments toutes identiques. La boîte renfermait une vingtaine de capsules de gélatine vides mesurant environ un demi-pouce chacune. « J'en remplis ces capsules. » Puis, plongeant la main dans la malle jaune, il en ressortit une fausse barbe divisée en deux segments égaux.

« À quoi cela sert-il ? » demanda McCulloch quand il la vit.

« À masquer mon identité quand j'opère les femmes, expliqua Cream, pour qu'elles ne me reconnaissent pas si un jour elles me revoient. »

■ ■ ■

L'hôtel Blanchard était au cœur du Vieux-Québec et son nom était peint en lettres d'imprimerie sur deux édifices en pierre grise aux toits fortement inclinés. C'était un hôtel de deuxième classe aux chambres bon marché, sans doute ce que Cream pouvait s'offrir de mieux. Il avait dit au chef de police Vohl et aux autres passagers du *Sarnia* qu'il se rendait à Québec pour recevoir des fonds de la succession paternelle. Il rentrerait ensuite en Angleterre et épouserait Laura Sabbatini. Il leur montra sa photo pour les convaincre – et peut-être pour se convaincre lui-même – qu'ils étaient fiancés. Il lui fut facile d'obtenir de l'argent. Quelques jours après son arrivée, il eut un entretien avec William Brown, de la Banque de Québec, un des liquidateurs de son père, qui lui remit mille quatre cents dollars en actions de la banque et en argent comptant (environ trente-sept mille dollars américains aujourd'hui). Mais ce serait tout. « Dans l'état actuel des choses, considéra Brown, il a reçu plus que sa part de la succession. »

Il séjourna deux mois au Blanchard. Pendant ce temps, son frère Daniel lui rendit visite à l'occasion et Cream échangea une correspondance avec Sabbatini. McCulloch, qui était vendeur d'épices et de café pour le compte de la Pure Gold Manufacturing Company de Toronto, occupa une chambre à l'hôtel pendant huit jours. Cream avait eu beau avouer qu'il avait empoisonné des femmes et pratiqué des avortements, ils étaient restés en bons termes. Un dimanche soir, alors qu'ils faisaient une balade en calèche en ville, Cream lui montra les résidences de certains membres de sa famille et un chantier naval où il avait travaillé dans sa jeunesse. Cream buvait beaucoup et consommait de la morphine. Une fois, McCulloch le trouva « complètement abruti » par l'alcool et la drogue. Il se vantait toujours autant de ses conquêtes féminines. Il montra des images pornographiques à McCulloch et dit qu'il « s'était beaucoup amusé à Londres », qu'aucune prostituée ne lui avait coûté plus d'un shilling et qu'il en achetait parfois jusqu'à trois par nuit.

Un homme apte à lui fournir des stupéfiants et des poisons franchit un jour les portes de l'hôtel. Martin Kingman, représentant de commerce pour la G. F. Harvey Company, une société pharmaceutique de Saratoga Springs, dans l'État de New York, logeait au Blanchard quand il était de passage. Kingman n'avait pas une très haute opinion de Cream – il était « débauché, aimait parler de femmes et lire des livres salaces » –, mais il accepta ses commandes pour tout un éventail de narcotiques et de poisons mortels, dont de la strychnine, de la morphine et de l'opium. Les stupéfiants lui furent ensuite livrés au Blanchard. Cream écrivit peu après à la direction de l'entreprise, dit qu'il était médecin et offrit de devenir le représentant officiel de la société à Londres. Il se procura une trousse en cuir brun pour transporter des échantillons des produits de Harvey grâce auxquels, assurait-il, il mousserait leur vente auprès des médecins et des hôpitaux de Londres. Il confia ses projets à McCulloch et à son frère. « Il s'attendait à ce que cela lui rapporte une fortune », se rappela McCulloch.

■ ■ ■

Matilda Nadeau échangeait quelques mots avec Cream quand ils se croisaient au Blanchard. Il veillait à adresser la parole à toutes les femmes de chambre. Un jour, à la mi-mars, il annonça à la jeune femme de vingt-deux ans qu'elle devait être soignée et il lui offrit deux capsules de couleur foncée.

« Prends-en une à l'heure du thé, dit-il, et l'autre à l'heure du coucher. »

La première pilule qu'elle avala lui causa de vives douleurs à l'estomac. Son visage se couvrit de taches violettes. Ses mains se crispèrent sans qu'elle y puisse rien. Une sensation étrange l'envahit. Des verres de lait apaisèrent son estomac et elle se rétablit. Nadeau ne prit pas la seconde capsule.

■ ■ ■

À la fin du mois de mars, Cream était prêt à retourner à Londres. Il avait touché l'argent qu'il était venu chercher et personne de sa famille ne semblait impatient de le voir s'installer à Québec. Avant son départ, il commanda à un imprimeur local cinq cents exemplaires d'une circulaire dans laquelle on lisait ce qui suit :

La mort d'Ellen Donworth

Aux clients du Metropole Hotel
Mesdames et Messieurs,
La présente a pour but de vous annoncer que la personne qui a empoisonné Ellen Donworth le 13 octobre dernier travaille aujourd'hui pour le Metropole Hotel. Tant que vous y resterez, vous serez en danger.

Respectueusement vôtre,
W. H. Murray

Le Metropole était un hôtel haut de gamme qui avait récemment ouvert ses portes en face de la gare ferroviaire de Charing Cross. Louisa Harvey avait longé son élégante façade couleur chamois en compagnie de Cream quand, en octobre, sur le Thames Embankment, il lui avait remis des capsules. Un nouveau chantage prenait forme. Mais on ne sut jamais comment Cream comptait se servir de la circulaire mensongère ni pourquoi il avait ciblé le Metropole. Il demanda que les circulaires imprimées lui soient expédiées en Angleterre.

■ ■ ■

Cream et Kingman se rendirent à Saratoga Springs à une trentaine de milles au nord d'Albany pour une rencontre prévue le 22 mars avec George Harvey, le président de la société pharmaceutique. Harvey déclina l'offre que Cream lui réitéra de devenir l'agent londonien de la firme, disant qu'il se concentrait sur le marché nord-américain. Mais il offrit à Cream une remise sur les médicaments qu'il commanderait dans l'éventualité où il les revendrait.

Cream prit la trousse en cuir et les échantillons qu'il avait commandés, remit vingt dollars à la société Harvey et monta dans le train de New York. Il se procura l'une des deux cent vingt cabines de première classe du SS *Britannic* qui appareilla à treize heures trente le lendemain après-midi avant d'être avalé par un rideau de pluie et de brume. Le paquebot de la White Star, un des plus rapides de l'époque, pouvait transporter jusqu'à mille sept cents passagers de New York à Liverpool en moins de huit jours. Six mois plus tôt, Cream avait fait la traversée jusqu'en Angleterre à bord d'un voilier poussif. Cette fois, il était pressé. Il était en possession d'un tout nouveau stock de poison et des affaires en suspens l'attendaient à Lambeth.

9

ALICE MARSH ET EMMA SHRIVELL

{Londres • Avril 1892}

Le constable George Comley patrouillait son quartier quand il entendit grincer la porte du 118 Stamford Street. Un homme sortit de l'immeuble, et la femme qui lui avait ouvert resta sur le seuil. Il était deux heures moins quart, mais le fait qu'un homme quitte une résidence à cette heure de la nuit n'avait rien d'inhabituel dans ce secteur de Lambeth. Ainsi que s'en était plaint un des pasteurs du district, Stamford Street « fourmillait de maisons closes ».

Le constable 211 retint mentalement quelques caractéristiques de l'homme en question, sans doute en raison de l'élégance de sa tenue, puisqu'il portait un pardessus noir et un haut-de-forme. Comley supposa qu'il faisait cinq pieds et neuf pouces, peut-être même cinq pieds et dix, et qu'il était âgé d'un peu plus de quarante ans. La lune était pleine et le policier se trouvait à une trentaine de pieds de distance seulement, mais l'homme lui tourna le dos dès sa sortie et il ne put entrevoir son visage qu'un bref instant. Il avait une moustache. La monture dorée de ses lunettes se refléta dans la lumière d'un réverbère. Il semblait pressé. « Il s'éloigna d'un pas vif », se souvint l'agent de police, mais cela non plus n'avait rien de suspect. « La nuit était froide », reconnut-il.

Comley retraçait ses pas à environ deux heures trente quand un fiacre s'arrêta devant le 118. L'agent s'approcha et, au même moment, un autre constable de la Division L, William Eversfield, sortit en coup de vent de l'immeuble en transportant une jeune fille dans ses bras. Comley sut bientôt qu'elle s'appelait Emma Shrivell. « Il y en a une autre à l'intérieur », cria Eversfield. Ce dernier avait été appelé sur les lieux quand les deux femmes avaient été retrouvées dans leurs chambres de l'étage, hurlant et gémissant de douleur.

Comley fonça à l'intérieur et trouva Alice Marsh en chemise de nuit, étendue à plat ventre dans un couloir. Il la transporta jusqu'au fiacre qui les emmena tous à l'hôpital St. Thomas, distant de quelques minutes à peine. Marsh mourut avant leur arrivée. Le Dr Cuthbert Wyman, le médecin d'établissement, lava l'estomac de Shrivell. Les deux femmes avaient sûrement ingéré « un poison très puissant », dit-il à Eversfield.

On transféra Shrivell dans une salle. Comme elle pouvait parler, elle dit aux policiers que Marsh et elle avaient passé la soirée en compagnie d'un homme qui avait donné à chacune d'elles trois longues pilules. Elle en indiqua la dimension du pouce et de l'index. Elles les avaient avalées, puis elles avaient mangé du saumon en conserve avant d'aller se coucher. C'est alors qu'elles s'étaient senties très malades, au point de ne pas pouvoir rester debout ou assises. Shrivell ignorait le nom de l'homme. « Nous l'appelons Fred. »

« Était-ce le gentleman que vous avez accompagné à la porte à deux heures moins quart ? demanda Comley. Un homme à lunettes ? »

Oui, fit-elle. Sa description de Fred, un moustachu à lunettes, costaud, en pardessus noir et haut-de-forme, correspondait à l'homme qu'avait aperçu Comley. Elle ajouta un détail : le sommet de son crâne était chauve.

Au bout de trois heures, Shrivell mourut à son tour. Plus tard en ce même 12 avril 1892, l'inspecteur George Lowe de la Division L rédigea un rapport préliminaire de ce qui semblait être une affaire vite résolue. L'en-tête du Dossier no 77682 disait : « Empoisonnement accidentel probablement attribuable à la consommation de saumon en conserve. » Lowe résuma les comptes rendus des deux agents de police et des autres témoins et nota que la police avait recueilli aux fins d'analyse une conserve de saumon trouvée dans la chambre d'une des femmes. Les pilules que leur avait fait avaler l'homme furent mentionnées en passant, sans plus. Le commissaire James Brannan, commandant divisionnaire, examina le rapport et approuva les conclusions de Lowe dans un post-scriptum: « Il s'agit fort probablement d'un autre cas d'empoisonnement dû à la consommation de saumon en conserve. » Les agents de police savaient que les intoxications à la ptomaïne causées par une mise en conserve inadéquate ou des aliments périmés, consommés trop longtemps après l'ouverture de la boîte, étaient fréquentes. L'Amirauté britannique avait cessé récemment d'approvisionner ses navires en hareng en conserve après que quatre marins qui en avaient mangé furent intoxiqués. Les journaux londoniens du lendemain attribuèrent aussi les décès de Lambeth à du saumon contaminé.

Mais le Dr Wyman n'en était pas si sûr. Shrivell avait subi plusieurs convulsions atroces dans les heures précédant sa mort, ce qui démontrait qu'un poison mortel spécifique, la strychnine, avait sans doute été à l'œuvre. Il révéla ses soupçons le lendemain quand une enquête fut menée par le coroner George Percival Wyatt qui avait investigué la mort d'Ellen Donworth six mois plus tôt. Charlotte Vogt, la logeuse des deux femmes, inclut dans son témoignage un indice important concernant l'identité de Fred. Shrivell lui avait parlé du visiteur et des pilules avant l'arrivée des constables.

« Pensez-vous que nous avons été empoisonnées ? » lui avait demandé Shrivell.

Vogt leur avait dit que c'était stupide d'accepter des remèdes d'un inconnu.

« Ce n'est pas un inconnu, avait protesté une des femmes. C'est un médecin. »

Le Dr Wyman avait pratiqué des autopsies sur les deux victimes, prélevé des échantillons de leur estomac, du foie et des reins, et conservé ces prélèvements dans des bocaux en verre scellés à la cire. L'enquête fut ajournée en attendant les résultats des analyses de laboratoire.

Entre-temps, l'équipe de la Division L, située à environ un mille au sud de la gare de Waterloo, dans Kennington Lane, s'intéressa à deux pistes. La première était celle du saumon Acme Flag Brand, mis en conserve en Californie. Bien qu'il ait semblé tout à fait improbable que ce saumon ait empoisonné les deux femmes, il pouvait conduire la police au tueur. Une vérification faite auprès des détaillants et des grossistes confirma que cette marque de saumon n'était pas vendue à Londres. « Ce constat donne à penser que l'homme l'a apporté lui-même. » L'autre piste semblait plus prometteuse. Shrivell avait dit avant de mourir qu'il y avait une lettre de Fred dans une de leurs chambres. Les agents y avaient trouvé une missive dans laquelle le signataire, George Clifton, donnait rendez-vous aux deux femmes la veille de leur décès. La police conclut qu'il s'agissait du nom réel du mystérieux Fred. « Nous ne ménagerons aucun effort pour retracer ce Clifton », promit le commissaire Brannan dans une note jointe à un rapport. « Il faut trouver *Clifton* », insista un autre superviseur en soulignant son prénom dans le dossier toujours plus fourni de la police.

Alice Marsh et Emma Shrivell. (*St. Louis Post-Dispatch*, 15 novembre 1892)

Des détails sur les femmes et ce qui les avait poussées à se prostituer émergèrent. Marsh avait vingt et un ans, Shrivell dix-huit ans à peine. Elles étaient toutes deux originaires de la station balnéaire de Brighton. Marsh s'appelait en réalité Alice Burgess. Son beau-père, un poseur de papier peint, dit aux enquêteurs qu'elle avait travaillé comme domestique et qu'« elle était intègre ». Le beau-père de Shrivell, un marchand de poisson, révéla qu'elle avait vécu environ un an en concubinage avec un homme de la région. Les deux femmes étaient bonnes amies. Elles s'étaient installées à Lambeth un mois avant leur mort, après avoir mis tout ce qu'elles possédaient au mont de piété pour payer leur billet de train et annoncé à leur famille qu'elles avaient trouvé du travail dans une manufacture de biscuits. Au lieu de cela, elles avaient loué des chambres dans Stamford Street, rue où les bordels se succédaient.

Brannan dépêcha un sergent à Brighton pour collaborer avec la police locale, mais ni les parents ni les amis des victimes n'avaient entendu parler de ce Clifton. Les dépouilles furent expédiées dans leurs familles respectives en vue de l'inhumation et les couronnes de fleurs déposées sur les cercueils furent examinées avec soin, au cas où elles pointeraient vers Clifton. La lettre trouvée dans la chambre d'une des victimes avait été écrite sur le papier en-tête d'un hôtel de Chatham, une ville portuaire à l'est de Londres. La force constabulaire locale fut mise à contribution mais ne trouva aucun dénommé Clifton.

Un des agents qui dirigeait l'enquête sur le double empoisonnement, l'inspecteur George Harvey, avait investigué la mort d'Ellen Donworth. Se pourrait-il qu'un seul et même homme soit responsable de l'empoisonnement, en six mois, de trois prostituées de Lambeth ? Le bijoutier brièvement accusé du meurtre de Donworth, William Slater, fut de nouveau suspect. « Nous nous efforçons de tout savoir sur cet homme », pouvait-on lire dans un rapport interne. On envoya Comley rencontrer Slater dans la zone de King's Cross, et le constable fut sûr que ce n'était pas l'homme qu'il avait vu quitter le 118 Stamford Street. Slater était grand, il avait le dos voûté, une barbe en broussaille et ne ressemblait en rien à l'homme au chapeau haut-de-forme. Dans l'espoir qu'il y apercevrait Fred en train de sélectionner de nouvelles victimes parmi les prostituées de cette zone, Comley fut affecté au Strand qu'il patrouilla en civil. Il scruta en vain tous les visages qu'il croisait.

Les agents de la Division L étaient très contrariés et en manque d'idées. « Tous nos efforts pour retracer l'homme que le constable Comley a vu sortir de la maison le soir en question n'ont encore rien donné », déclarèrent l'enquêteur en chef Harvey et l'inspecteur en chef John Mulvany le 28 avril.

10

UN REMÈDE AMER

À LA MI-AVRIL 1892, TROIS BOCAUX EN VERRE remplis d'une masse écœurante d'organes humains et d'échantillons de tissus furent livrés à un laboratoire de l'hôpital Guy, à Southwark, en aval de Lambeth, sur la Tamise. L'un d'eux portait une étiquette au nom d'Alice Marsh, les autres au nom d'Emma Shrivell. Le Dr Thomas Stevenson, un des meilleurs médecins légistes de Grande-Bretagne, brisa le sceau de chacun des bocaux et se mit au travail.

Pendant une semaine, il soumit les échantillons nauséabonds, à moitié décomposés, à toute une série d'analyses. Il mit plusieurs jours à faire bouillir, refroidir, filtrer et déshydrater le liquide rendu par ces lambeaux de chair afin de le transformer en une poudre cristalline de couleur claire. « J'ai fait la procédure habituelle pour identifier la présence de strychnine », expliqua-t-il ensuite. Pour le test colorimétrique, il ajouta un composé d'acide sulfurique au résidu; celui-ci prit une coloration bordeaux-violet qui révéla la présence de strychnine. La substance précipitait au contact d'un réactif, comme on pouvait l'attendre de la strychnine. Le Dr Stevenson goûta ensuite au résidu. Le poison, expliqua-t-il ultérieurement, « a un goût métallique et amer très particulier ». Ses papilles gustatives confirmèrent les résultats des analyses. Il restait une dernière étape. Il fit une solution en mélangeant les résidus de chacun des bocaux et en administra une petite quantité par injection sous-cutanée à plusieurs grenouilles. Les animaux éprouvèrent bientôt « de violentes convulsions tétaniques » et moururent.

Les restes du saumon que les femmes avaient consommé avaient été envoyés pour analyse au laboratoire du Dr Stevenson, mais n'avaient joué aucun rôle dans la tragédie. Les traces de poisson dans la boîte de conserve « ne renfermaient pas de strychnine ni aucun autre poison », déclara-t-il. Une autre substance ou une méthode spécifique visant à masquer l'amertume de la strychnine avait été utilisée quand les femmes en avaient ingéré une dose fatale.

■ ■ ■

Le dix-neuvième siècle fut celui des empoisonneurs. L'arsenic, l'arme de prédilection des meurtriers, était en vente libre chez les épiciers et les pharmaciens, et apparemment omniprésent. On l'utilisait notamment pour se débarrasser de la vermine, des punaises de lit et d'autres insectes nuisibles. L'arsenic était aussi intégré aux médicaments utilisés dans le traitement de tout un éventail de maladies allant de l'asthme à la malaria, et en petites quantités dans les cosmétiques, les teintures, la peinture et le papier peint. Il était aussi fort utile quand on voulait se débarrasser d'un conjoint violent ou adultère, ou de tout autre importun, et il hâtait si efficacement le décès de parents riches que les Français lui avaient donné le nom de « poudre de succession ». Le magazine *Punch* publia en 1849 une caricature portant la légende suivante: « Facilité fatale; ou Des poisons pour qui en veut. » L'image montrait un pharmacien servant un gamin qui atteignait à peine le comptoir et qui réclamait « une autre livre et demie d'arsenic pour les rats ».

Inodore et incolore, l'arsenic s'incorpore facilement à la nourriture et aux boissons, et les symptômes d'une dose létale ressemblent à ceux de l'intoxication alimentaire, du choléra et d'autres maladies: douleurs abdominales, vomissements et diarrhée. Mais après la mise au point, dans les années 1840, d'une analyse de laboratoire pour la détection de l'arsenic dans les tissus humains, seuls les plus téméraires et les plus désespérés des meurtriers y eurent recours. En Grande-Bretagne, les empoisonneurs en puissance firent face à un obstacle supplémentaire avec l'introduction de la Loi sur l'arsenic en 1851 (*Arsenic Act*). Les détaillants furent dans l'obligation de tenir un registre du nom et de l'adresse de toute personne qui se procurait ce poison, de la quantité achetée et de son utilisation projetée, registre qu'on désigna sous le nom de « Livre des poisons » (*Poison Book*). Si l'acheteur devenait un jour un suspect dans une mort subite apparemment due à un empoisonnement, la police disposait d'une trace écrite.

L'arsenic étant « démodé », ainsi que le formula un politique britannique, les empoisonneurs cherchèrent des substituts à leur bon vieux poison. Dans les premières décennies du dix-neuvième siècle, les scientifiques leur proposèrent de multiples phytotoxines, notamment la morphine extraite du pavot à opium, la nicotine extraite des feuilles de tabac, et l'aconitine, un dérivé de l'aconit, ou plante tue-loup. La strychnine, un des poisons les plus toxiques qui soit, fut extraite pour la première fois en 1819 de la noix vomique, la graine en forme de disque du vomiquier, ou *Strychnos nux-vomica*, un arbre originaire de l'Inde. Lorsque ingérée, la strychnine s'attaque au système nerveux central en entraînant une hyperactivité des neurones moteurs. Les membres sont agités de convulsions, les muscles se crispent de façon incontrôlée en réaction au moindre stimulus, comme si le corps était un train devenu fou. La strychnine fut très rapidement utilisée dans les raticides et autres pesticides, et ajoutée en quantité trace comme stimulant musculaire dans certains médicaments et toniques. Elle était aussi le poison rêvé des empoisonneurs : elle agit en quelques minutes, on ne lui connaît aucun antidote, et elle est létale même à faible dose. Aussi peu qu'un demi-grain, environ quinze milligrammes, suffit à tuer une personne. Sa plus grande vertu – du point de vue du meurtrier, bien entendu – était qu'il faudrait attendre des décennies avant que des analyses ne permettent de détecter sa présence dans les tissus humains. « Dans l'état actuel de nos connaissances, déplora en 1848 le Dr Alfred Swaine Taylor, le plus éminent toxicologue britannique, le plus grand nombre de poisons d'origine végétale est à l'abri des analyses chimiques. »

La mort par strychnine est vraiment horrible, ainsi que purent en attester les témoins des violentes convulsions que subirent les victimes de Cream. La description qu'en proposa un médecin du dix-neuvième siècle donne froid dans le dos. Au bout d'environ une heure, parfois en quelques minutes seulement, la victime éprouve une détresse respiratoire. Elle ressent des picotements dans les muscles, souvent aussi elle a la nausée et des vomissements. La tête, les bras et les jambes se contractent et « le corps tout entier est secoué de frissons et de tremblements ». Les muscles du dos se crispent, le corps de la victime, si elle est couchée sur le dos, s'arque et s'appuie sur l'arrière de la tête et les pieds. La victime serre les poings. Ses globes oculaires sont exorbités. Les contractures touchent le visage et étirent la bouche en provoquant le « curieux sourire sardonique » que décrit le Dr Watson dans *Le Signe des quatre*. Les médecins parlent de convulsions tétaniques pour décrire ces spasmes, car ils ressemblent aux contractures et aux contorsions causées par le tétanos. Mais il existe entre les deux une différence cruciale : les contractures tétaniques sont continues, tandis que dans l'empoisonnement à la strychnine les convulsions cessent, puis reprennent. Des douleurs insupportables agrippent la victime, puis s'apaisent, comme si un tortionnaire invisible la soumettait à un jeu cruel. Dans les intervalles entre les spasmes, « l'intellect n'est pas touché », note le médecin qui décrivit les effets de la strychnine. La victime sait qu'elle est gravement atteinte et qu'elle va mourir, ce qui accroît sa terreur. Les spasmes s'intensifient jusqu'à ce que la mort intervienne par asphyxie ou arrêt cardiaque. En général, ce poison tue en moins de trente minutes, mais il peut arriver que l'agonie s'étire pendant deux heures ou plus. Ainsi que le fait remarquer un auteur scientifique de notre époque : « La strychnine arrive presque en tête de liste des poisons les plus épouvantables. »

Thomas Griffiths Wainewright, un artiste et écrivain menant un grand train de vie qui se tourna vers la fraude pour subvenir à ses besoins, fut sans doute un des premiers empoisonneurs à la strychnine. Jamais accusé de meurtre, il fut soupçonné d'avoir fait jusqu'à quatre victimes, dont sa belle-sœur, en 1830, après avoir contracté une assurance sur sa vie. La strychnine ne fit ses débuts dans un tribunal britannique qu'au milieu des années 1850, quand un médecin de Rugeley, au Staffordshire, fut accusé de meurtre. William Palmer avait troqué sa pratique contre l'élevage de chevaux de course. Il pariait aussi beaucoup, mais il était plus souvent perdant que gagnant. En 1855, quand un pari rapporta une somme importante à un ami et compère des hippodromes, John Parsons Cook, Palmer vit une occasion de s'emparer des gains de ce dernier pour rembourser ses dettes. Grâce à sa formation médicale, il connaissait un poison si mal compris et si difficile à détecter – la strychnine – qu'il pourrait grâce à lui tuer impunément.

Peu après avoir empoché son argent aux courses de chevaux et bu du brandy et du café avec Palmer, Cook tomba gravement malade. Palmer continua pendant plusieurs jours de lui donner à boire et à manger pendant que son état se dégradait. Puis, après qu'il lui eut fait avaler des capsules médicamenteuses, Cook fut saisi de convulsions si violentes que son dos s'arqua, ne laissant plus que sa tête et ses pieds en contact avec le matelas du lit. Il mourut au bout de quelques minutes. D'autres médecins qui le soignaient soupçonnèrent un empoisonnement. On découvrit bientôt que Palmer, qui prétendait que la succession de l'homme décédé lui devait quatre mille livres sterling, s'était procuré de faibles mais néanmoins létales quantités de strychnine pendant la maladie de Cook, la dernière fois le jour même de sa mort. Palmer fut encore plus suspect quand, ayant insisté pour être présent lors de l'autopsie, il tenta de toucher au bocal qui contenait l'estomac de Cook avant qu'il ne soit expédié à Londres pour analyse.

La présence de Palmer auprès de Cook durant sa maladie mortelle, sa situation financière catastrophique et ses tentatives maladroites pour brouiller les pistes, tout l'accusait. Le café et le brandy qu'il fit boire à Cook masquèrent l'amertume intense de la strychnine, ce qui était indispensable en cas de dose fatale. Mais un problème persistait. Le Dr Alfred Swaine Taylor, le toxicologue qui avait examiné l'estomac de Cook, admit au procès de Palmer en 1856 que ses analyses n'y avaient détecté aucune trace du poison. Taylor était néanmoins convaincu sur la base des symptômes que le décès était dû à la strychnine. Les avocats de la défense rétorquèrent que le tétanos pouvait provoquer des convulsions similaires et la mort soudaine. Toutefois, les achats de strychnine et le comportement suspect de Palmer étaient des éléments de preuve suffisants pour que le jury le déclare coupable. Jusqu'à trente mille curieux assistèrent à sa pendaison en juin de cette année-là. On supposa que Cook n'était que la dernière de ses nombreuses victimes. Il était soupçonné d'avoir empoisonné sa femme et son frère pour toucher leurs polices d'assurance vie, de même que plusieurs nourrissons et un de ses créanciers.

Le procès fit la manchette dans toute la Grande-Bretagne et souligna la nécessité de développer des tests fiables pour détecter la strychnine et d'autres toxines végétales. « Un jeu mortel du chat et de la souris » commença, écrivit la journaliste scientifique Deborah Blum, à mesure que les meurtriers produisaient de nouveaux poisons et que les scientifiques tentaient de les rattraper. Un chimiste belge, Jean Servais Stas, réalisa une grande percée en 1850 quand il mit au point une méthode d'extraction des alcaloïdes du tissu humain. Mais de quels poisons étaient constitués les résidus ? En en déposant de petites quantités sur la langue, les chimistes analytiques purent constater que les sensations de picotement et de brûlure étaient suffisamment variées pour qu'ils puissent identifier certains des alcaloïdes. Des extraits furent aussi administrés par injection à des grenouilles, des souris et d'autres animaux pour voir si les soubresauts de leur agonie correspondaient aux symptômes associés à un poison spécifique. Les scientifiques affinèrent ces méthodes rudimentaires au cours des deux décennies suivantes et mirent au point une batterie de tests chimiques qui conféraient aux extraits une coloration propre à chaque type de poison. Pour la strychnine, ce fut le bordeaux-violet.

Avec l'amélioration des techniques de détection, les législateurs britanniques instaurèrent des mesures visant à restreindre la vente de poisons autres que l'arsenic. Après 1869, seuls les pharmaciens agréés furent autorisés à vendre du chloroforme, de l'aconitine, du cyanure d'hydrogène (ou acide prussique) et

« tous les alcaloïdes végétaux toxiques », dont la strychnine. Les pharmaciens devaient tenir un registre de chaque achat et confirmer l'identité de tout nouvel acheteur. Il suffisait qu'une connaissance du pharmacien ou un autre client le lui présente et s'en porte garant. Tout comme la Loi sur l'arsenic, ces restrictions avaient pour but de décourager les meurtres et les suicides. Mais en pratique, elles n'étaient qu'un simple inconvénient pour quiconque était bien déterminé à se procurer du poison. Un acheteur qui essuyait une rebuffade ou ne pouvait acheter qu'une faible quantité de poison n'avait qu'à se rendre dans d'autres pharmacies jusqu'à accumuler une dose létale ou trouver un commis qui accepte de déroger à la règle. En 1871, une femme de Brighton fit perdre toute crédibilité à ces restrictions. Prétextant avoir besoin de strychnine pour tuer les chats qui avaient envahi son jardin, Christiana Edmunds put se procurer trente grains de strychnine, assez pour tuer soixante personnes. Elle s'était entichée de son médecin dont elle avait voulu empoisonner la femme avec du chocolat. Ensuite, pour brouiller les pistes et donner à croire qu'un fou furieux sévissait, elle avait distribué des chocolats et de la nourriture empoisonnés à d'autres victimes partout en ville. Plusieurs personnes tombèrent malades et un enfant mourut avant qu'elle ne soit arrêtée. Elle avait obtenu la strychnine en persuadant une boutiquière qu'elle venait de rencontrer de l'accompagner à la pharmacie et de répondre d'elle, puis elle signa le registre des poisons d'un faux nom. La revue médicale *The Lancet* en fut outragée et protesta : « Une substance aussi dangereuse que la strychnine ne devrait jamais tomber entre des mains inexpérimentées. »

Mais les poisons pouvaient être tout aussi mortels entre des mains expertes, ainsi que l'avait prouvé l'affaire Palmer. En Grande-Bretagne seulement, près de deux cents médecins furent accusés d'homicide au dix-neuvième siècle, la plupart pour avoir empoisonné leurs victimes. « Le médecin n'est pas un meurtrier ordinaire, affirme l'auteur de polars Rupert Furneaux, dans un livre où il explore les mobiles et les méthodes des médecins assassins. Il sait, ou devrait savoir, comment réussir. » Les médecins pouvaient se procurer de grandes quantités de poison sans éveiller les soupçons. Puisque de nombreux praticiens formulaient leurs propres médicaments, les pharmaciens avaient coutume de leur fournir des toxines telles que la strychnine ou l'arsenic. Les médecins connaissaient la quantité de poison à administrer, les symptômes auxquels ils pouvaient s'attendre et le temps que mettrait la mort à survenir. Ils pouvaient même émettre un certificat de décès pour brouiller les pistes. Quand l'épouse et la belle-mère du Dr Edward Pritchard succombèrent à des maux d'estomac similaires en 1865, à Glasgow, il signa les documents qui attribuaient ces décès à des causes naturelles. Mais quand des soupçons planèrent sur lui et qu'on exhuma les cadavres, on constata que les deux corps présentaient des taux mortels d'antimoine, un poison utilisé médicalement à petites doses pour induire le vomissement. Le Dr Pritchard fut reconnu coupable de meurtre et confessa ses crimes peu de temps avant d'être pendu.

Le respect dont jouissait le médecin suffisait en général à le maintenir à l'abri des soupçons. Les patients mettaient leur vie entre ses mains, les collègues qu'il consultait ou qu'il recrutait pour effectuer une autopsie croyaient difficilement qu'« un confrère médecin », comme le dit un observateur, puisse commettre un meurtre. « Entre tous les meurtres, l'empoisonnement est le pire, car le poison est administré en secret par une personne de confiance, écrit Rupert Furneaux. Et quand cette personne est un médecin, c'est encore plus odieux. »

Un médecin devenu assassin était « l'homme dont il est le plus difficile de s'emparer, put-on lire en écho à Sherlock Holmes dans le *Cincinnati Medical Journal* avant la fin du siècle. Il met tout son savoir scientifique et sa connaissance de la chimie et de la nature humaine au service de ses visées perverses ».

■ ■ ■

Au dix-neuvième siècle, enquêter sur une mort soudaine tenait autant de l'art que de la science, et l'incertitude était au rendez-vous. Les coroners et les médecins qui pratiquaient des autopsies devaient souvent s'en remettre à leur jugement. Les coups de couteau et les entailles qui tuaient instantanément étaient parfois impossibles à distinguer de ceux qui avaient été infligés après la mort, nota un manuel de criminalistique des années 1870, si bien qu'il était difficile de dire où et quand une victime avait été tuée. Selon l'auteur, les ecchymoses suspectes étaient « les plus problématiques », car elles pouvaient résulter d'une chute accidentelle plutôt que d'une agression, ou être dues à une maladie, à la décomposition ou à d'autres causes naturelles. Quand une balle se fragmentait en percutant un os, un seul coup de feu pouvait provoquer plusieurs plaies. Dans une affaire célèbre, une balle de plomb se cassa en deux en traversant la jambe d'un homme, les deux fragments perforèrent l'autre jambe, créant ainsi trois plaies d'entrée, deux plaies de sortie et un casse-tête pour le médecin légiste.

Les allégations d'empoisonnements posaient encore plus de défis. Il fallait soigneusement retirer les organes et les préserver en vue de leur analyse chimique ultérieure. Les médecins qui pratiquaient des autopsies devaient prélever des échantillons de vomi, d'urine et, si possible, de la nourriture ou des boissons consommées par la victime. Pour éviter la contamination qui pouvait fausser les résultats des analyses, ces spécimens étaient déposés dans des contenants propres et manipulés « avec un souci irréprochable de propreté ». Les médecins ne devaient pas masquer l'odeur nauséabonde des échantillons prélevés avec de la chaux et éviter d'utiliser des récipients en terre cuite en raison de leur teneur en plomb. Ce manuel de criminalistique des années 1870 incluait une mise en garde pour leur rappeler qu'il était très facile de commettre des erreurs : durant une autopsie, l'estomac fut déposé sur une fine couche de sable et l'on arriva à la conclusion erronée que la victime avait été tuée par ingestion de verre pilé.

Le meurtre par empoisonnement introduisit un nouvel acteur dans les tribunaux du dix-neuvième siècle, le témoin expert. Les procureurs recrutaient des médecins et des chimistes qui identifiaient les toxines utilisées et expliquaient les analyses de laboratoire complexes ; les avocats de la défense rassemblaient pour leur part des médecins et des scientifiques disposés à contester ces conclusions. Le procès de William Palmer pour le meurtre de John Parsons

Cook fut l'un des premiers de ces combats d'experts. Un scientifique aussi imposant et puissant que le Dr Alfred Swaine Taylor, qui était professeur de chimie et de jurisprudence médicale à l'hôpital Guy de Londres, et l'auteur d'un manuel britannique faisant autorité sur les poisons et leur détection, pouvait faire pencher la balance. « L'opinion d'un homme distingué dont le travail était à l'avant-garde des connaissances médicales pouvait rassurer les jurés tandis qu'ils exploraient l'ensemble des preuves accumulées, nota l'historienne Linda Stratmann. Il leur ouvrait une voie dans laquelle ils pouvaient s'engager en toute confiance. » Mais si des experts ne parvenaient pas à conclure d'un commun accord qu'un homme avait été empoisonné ou qu'il était mort de cause naturelle, qui devaient croire les juges, les jurés et, au bout du compte, le public ? Même le Dr Taylor, dans la foulée du procès Palmer, affirma qu'il était dangereux de « croire aveuglément que la chimie pouvait suffire à tirer au clair un empoisonnement mortel qui serait contesté ». Les jurés de qui l'on attendait qu'ils fassent leur devoir en envoyant les assassins au gibet voulaient des certitudes, non pas un débat scientifique animé et sans conclusion évidente.

La confiance du public dans le tout nouveau champ de la criminalistique fut mise à mal trois ans après le procès Palmer quand un médecin de Londres, Thomas Smethurst, fut accusé du meurtre de sa maîtresse enceinte. Les médecins qui l'avaient eue pour patiente soupçonnèrent un empoisonnement et le Dr Taylor, chargé d'enquêter sur l'affaire, découvrit de l'arsenic dans une fiole de médicaments appartenant au Dr Smethurst. C'est du moins ce qu'il crut. Il procéda ensuite à des analyses et, quand l'affaire fut portée devant les tribunaux en 1859, le Dr Taylor admit que l'arsenic provenait des substances utilisées dans ses analyses. Un jury déclara le Dr Smethurst coupable en dépit des tests bâclés, mais devant des preuves médicales si peu concluantes – d'autres médecins croyaient que la femme avait présenté des symptômes de dysenterie –, le gouvernement britannique prit la mesure sans précédent de gracier le prisonnier. Au mieux, une erreur de laboratoire avait permis à un tueur d'être libéré, au pire, elle avait presque fait condamner à mort un innocent. Le Dr Taylor, dit le *Dublin Medical Journal* dans un article incendiaire, avait « jeté sur sa branche de la profession un discrédit qui perdurerait pendant des années ». Cette prédiction s'avéra. La confiance que l'on avait de voir la science lutter contre le crime fut trahie et il faudrait des décennies pour la restaurer. « Aux yeux du public, au sein duquel on puise tous les jurés, la criminalistique était maintenant gravement déficiente », fit remarquer un auteur dans une étude du développement de la détection des activités criminelles.

La tâche de réparer les dommages et de faire entrer les enquêtes médico-légales dans le vingtième siècle incomba au successeur du Dr Taylor. Le Dr Thomas Stevenson se joignit à l'équipe de l'hôpital Guy au début des années 1870 et, à mesure que le Dr Taylor prenait progressivement sa retraite, il assuma l'entière responsabilité de l'enseignement de la chimie et de la médecine légale avant la fin de la décennie. Né dans le Yorkshire en 1838, le Dr Stevenson avait remporté des prix dans tout un éventail de domaines, dont la chimie, pendant ses études de médecine. Il excellait au travail en laboratoire et fut l'un des premiers scientifiques chargés de garantir la qualité de la nourriture et des médicaments vendus en Grande-Bretagne. En 1872, le Home Office, qui était responsable des poursuites criminelles, le recrutait pour analyser des spécimens prélevés durant une autopsie quand on soupçonnait un empoisonnement. En 1881, comme membre de l'élite des analystes judiciaires principaux du gouvernement, il était réputé pour sa minutie et sa précision. « Il ne tirait jamais de conclusions hâtives, dit un évaluateur, et ne se laissait jamais tromper par les apparences. » Quand son idée était faite, l'issue d'une affaire criminelle dépendait souvent de ses conclusions. « Il était un véritable prophète de malheur pour les coupables », écrivit un journaliste. Sa capacité à démonter les arguments de la défense « avec l'exactitude impitoyable d'un expert » suscita chez un autre une grande admiration. Des années d'expérimentations méthodiques sur les poisons lui conférèrent un talent probablement unique dans les annales de la criminalistique. Après avoir appliqué sur sa langue au moins cinquante alcaloïdes toxiques différents, il affirma pouvoir en identifier plusieurs simplement à leur goût.

Le Dr Thomas Stevenson, l'un des plus éminents toxicologues britanniques, pouvait identifier des douzaines de poisons à leur goût. (Collection de l'auteur)

Ce talent fut indispensable au Dr Stevenson en 1881, quand George Henry Lamson, un médecin d'origine américaine qui pratiquait dans la station balnéaire de Bournemouth, dans le sud de l'Angleterre, fut accusé d'avoir empoisonné son beau-frère, Percy Malcom John. Acculé à la faillite, le Dr Lamson rendit visite à John, qui était handicapé et vivait dans un pensionnat de Wimbledon. Le jeune homme devait hériter d'une somme importante, mais s'il mourait avant d'avoir atteint l'âge de dix-neuf ans, le Dr Lamson et son épouse toucheraient mille cinq cents livres. Durant cette visite, l'adolescent avala une capsule dont le Dr Lamson lui avait assuré qu'elle était inoffensive, mais il fut pris d'un violent malaise peu après que le Dr Lamson l'eut quitté en toute hâte pour prendre un train. Les convulsions étaient si intenses que ses camarades de classe durent le retenir sur son lit. On appela les médecins mais ceux-ci ne purent rien pour le sauver. Après une agonie de plusieurs heures, il mourut. Le jeune avait de toute évidence été empoisonné. Le Dr Lamson fut aussitôt présumé suspect et accusé du meurtre.

On demanda au Dr Stevenson d'identifier le poison dont s'était servi le Dr Lamson. Appliquant la méthode de Jean Servais Stas, il distilla des spécimens des organes internes, du contenu stomacal et de vomissures de la victime, puis goûta au liquide ainsi produit. Il déclara ressentir sur la langue « un picotement et un engourdissement ». Il goûta ensuite de l'aconitine, puisqu'on savait que le Dr Lamson s'en était procuré une semaine à peine avant le meurtre. Aucune analyse chimique n'existait pour ce poison rare, d'où la nécessité du test de goût. L'acotinine, rapporta le Dr Stevenson, produisit la même sensation de brûlure et d'engourdissement. Il injecta ensuite un peu d'urine de la victime sous la peau d'une souris, et celle-ci mourut en moins d'une demi-heure. Quand d'autres souris reçurent une injection d'acotinine, elles présentèrent les mêmes symptômes durant leur agonie.

Au procès, l'avocat qui défendait le Dr Lamson s'efforça de discréditer les résultats des tests du Dr Stevenson. Des scientifiques avaient récemment constaté dans des cadavres la présence d'alcaloïdes produits naturellement par le corps pendant sa décomposition. Pouvaient-ils être la source de la substance brûlante prélevée sur la dépouille de John ? Le Dr Stevenson enraya cette attaque. S'il était peu au fait de cette recherche récente, dit-il, il connaissait bien sa langue. Il était certain d'avoir goûté de l'aconitine. Les jurés délibérèrent moins d'une heure avant de rendre un verdict de culpabilité. Le Dr Lamson avoua peu avant son exécution.

Le rôle clé que joua le Dr Stevenson dans la condamnation du Dr Lamson contribua à asseoir sa réputation naissante en tant que toxicologue qualifié et expert légiste. Mais au printemps 1892, plus d'une décennie après le procès Lamson, les meurtres d'Alice Marsh et d'Emma Shrivell le placèrent face à l'un des plus grands défis de sa carrière : qui empoisonnait les femmes de Lambeth à la strychnine, et comment ?

11

« UN DRÔLE DE CLIENT »

{Mai 1892}

À LA REPRISE DE L'ENQUÊTE SUR LA MORT d'Alice Marsh et d'Emma Shrivell le 5 mai, la salle d'audience de l'hôpital St. Thomas était si remplie qu'il fut impossible d'en fermer la porte. Ses lunettes sur le nez, une longue barbe cascadant sur sa poitrine, le Dr Stevenson annonça les résultats de ses analyses : les deux victimes avaient ingéré une dose mortelle de strychnine, soit beaucoup plus que le demi-grain qui aurait suffi à les tuer. Il en avait trouvé jusqu'à sept grains dans les viscères d'Alice Marsh et un peu plus de trois dans les spécimens prélevés sur la dépouille d'Emma Shrivell.

Le jury du coroner rendit un verdict unanime de « mort par strychnine, sans preuve quant à la façon dont elle a été administrée ». Les membres du jury blâmèrent Scotland Yard de n'avoir pas su identifier un suspect. « La police n'a pas déployé des efforts suffisants » pour chercher l'auteur de la lettre trouvée dans la chambre d'une des victimes, annonça le président du jury. Les enquêteurs de la Division L avaient cependant informé le coroner Wyatt de ce qu'ils avaient entrepris pour retracer l'homme dénommé Fred ou Clifton, et le coroner se porta à leur défense. Refusant d'en dévoiler les détails, il assura le jury que « des enquêtes exhaustives avaient été menées ». Le président du jury rétracta son blâme mais il y eut aussi des protestations dans la presse. Le meurtre de Donworth était toujours irrésolu, put-on lire dans *Reynold's Newspaper*, et les récents homicides de Lambeth semblaient déconcerter la police tout autant. « Il faudra apparemment ajouter deux autres meurtres à la liste déjà épouvantablement longue des crimes insolubles commis à Londres. »

La Division L, qui avait eu en main les constatations du Dr Stevenson une semaine avant qu'elles ne soient rendues publiques, était déjà à la recherche de la source du poison. À la fin avril, le commissaire James Brannan adressa une requête à toutes les divisions de la MET afin qu'elles dénombrent les grossistes en médicaments, les pharmaciens, les médecins et les chirurgiens susceptibles d'avoir vendu de longues capsules contenant un composé de strychnine à un client répondant au signalement de Fred. Ces enquêtes n'aboutirent pas. À Chatham, où l'on soupçonnait George Clifton de vivre, la police fut priée d'effectuer des recherches similaires, mais elles échouèrent aussi.

Une nouvelle piste émergea quand un artiste d'un des théâtres de Lambeth se présenta. Charles Burdett avait parlé à Alice Marsh quelque temps avant sa mort. Elle lui avait confié qu'un homme – « un capitaine de navire », avait-elle dit – lui avait demandé de vivre avec lui, « car c'était fort dommage qu'une fille comme elle fasse le trottoir ». Un jour qu'ils étaient en promenade, Marsh lui avait montré l'homme en question. Ce dernier correspondait à la description que Shrivell et le constable Comley avaient faite de Fred. Burdett ajouta quelques détails supplémentaires. Il avait une grosse montre en or et une canne, et le visage buriné d'un homme « qui vit dehors ».

Cela ouvrit un tout nouveau champ d'enquête. Un officier ou un steward de navire pouvait avoir eu accès à des médicaments contenant de la strychnine ou s'être procuré le poison à l'étranger. En outre, le calendrier d'un marin pouvait expliquer l'écart de six mois entre le meurtre de Donworth et les empoisonnements de Marsh et de Shrivell. On s'efforça d'identifier les navires qui avaient été à quai à Londres en octobre, quand Donworth était morte, et de déterminer ceux d'entre eux qui étaient aussi au port le 12 avril. Cette tâche énorme exigeait des semaines de travail. La police de Liverpool fut priée de mener la même enquête, mais en fut incapable. Quelque trois mille navires étaient entrés au port depuis octobre, dit-elle à la Division L. Il serait impossible de vérifier si un homme dont le signalement correspondait à celui de Fred avait fait partie d'un de leurs équipages.

Puis, une percée survint après deux semaines de frustrations et d'impasses. Un sergent de la Division L, Alfred Ward, un des nombreux agents faisant du porte à porte à Lambeth à la recherche de prostituées qui avaient peut-être connu Fred ou les femmes assassinées, frappa au 88 Lambeth Road. La logeuse, une certaine Mme Robertson, lui dit que sa domestique, Lucy Rose, pourrait peut-être lui être utile puisqu'elle travaillait au n° 27, à quelques pas de là, quand une femme y était morte l'automne précédent. Pendant l'entretien qu'elle accorda à la police le lendemain, soit le 27 avril, Rose raconta à Ward et à l'inspecteur George Harvey que Matilda Clover était morte soudainement en octobre 1891 après la visite d'un homme. Un costaud d'environ quarante-cinq ans, moustachu, coiffé d'un haut-de-forme et revêtu d'un pardessus. Un certain Fred.

La nouvelle se répandit à tous les échelons de la police. « Une autre affaire a été portée à notre attention qui influence matériellement celle-ci », annoncèrent le lendemain l'inspecteur en chef John Mulvany et l'inspecteur Harvey à leurs supérieurs. Le 30 avril, le Home Office autorisa l'exhumation du corps de Clover et demanda au Dr Stevenson d'analyser sa dépouille pour y détecter la présence de strychnine. Même avant l'annonce des résultats, l'agent responsable de la Division L était convaincu que la victime avait elle aussi été empoisonnée à la strychnine. « Il ne fait aucun doute », déclara le commissaire Brannan à un collègue, que les quatre femmes avaient été assassinées « par le même individu ».

■ ■ ■

Peu après dix-neuf heures, le constable George Comley s'arrêta dans Westminster Bridge Road et passa en revue la foule massée devant le music-hall Canterbury. En ce soir tiède et printanier de mai 1892, après plusieurs nuits de patrouille en civil sur le Strand à la recherche du suspect prénommé Fred, il faisait de nouveau sa ronde à Lambeth. Le public venait assister à la représentation de vingt heures quinze mettant en vedette Will Evans et Ada Luxmore, les « Musical Eccentrics ». Un homme élégant à lunettes faisait les cent pas devant l'entrée et observait la foule.

« L'homme, se remémora Comley, regardait fixement les femmes », surtout celles qui avaient des allures de prostituées. « Cela éveilla mes soupçons. » C'est alors que le constable se rendit compte qu'il ne lui était pas inconnu.

Quand il fit équipe avec un de ses sergents, Alfred Ward, pour prendre le suspect en filature, il était presque minuit. Comley était certain d'avoir vu l'homme sortir de l'immeuble à logements de Stamford Street le mois précédent, juste avant qu'Alice Marsh et Emma Shrivell ne meurent empoisonnées. Ils le suivirent tandis qu'il accompagnait une femme du Canterbury jusque chez elle. Les agents attendirent qu'il ressorte de l'immeuble et le filèrent jusqu'au 103 Lambeth Palace Road, où il s'introduisit avec une clé.

Ward rendit visite à la femme un jour ou deux plus tard et l'interrogea. L'homme était récemment arrivé des États-Unis, lui avait-il dit, et « n'avait qu'un but : s'offrir des femmes ». Ward et deux constables furent assignés à sa surveillance.

« Il importe de retracer les déplacements et les antécédents de cet homme, griffonna le commissaire de la Division L, Brennan, dans un rapport interne qui révélait la percée probable et tant attendue. Une enquête minutieuse a été lancée dans ce but. »

Cinq soirs plus tard, le 17 mai, pendant que des agents le surveillaient de loin, l'homme entra chez une autre prostituée de Lambeth, Violet Beverly. Il y resta trois heures et, comme le dit poliment la police, il eut « des rapports » avec elle. Ward alla ensuite trouver la jeune femme pour savoir ce qu'elle savait de lui. S'étant présenté comme le représentant d'une société pharmaceutique américaine, lui dit Beverly, il lui avait montré une trousse en cuir pleine de fioles d'échantillons médicamenteux très colorés. Il lui avait aussi préparé une « boisson américaine » qu'elle avait prudemment refusé de goûter. Constatant que la vie de la jeune femme était en danger, Ward lui expliqua pourquoi la police avait pris l'homme en filature. Beverly avait rendez-vous avec lui. Elle promit de révéler à la police tout ce qu'elle apprendrait encore à son sujet.

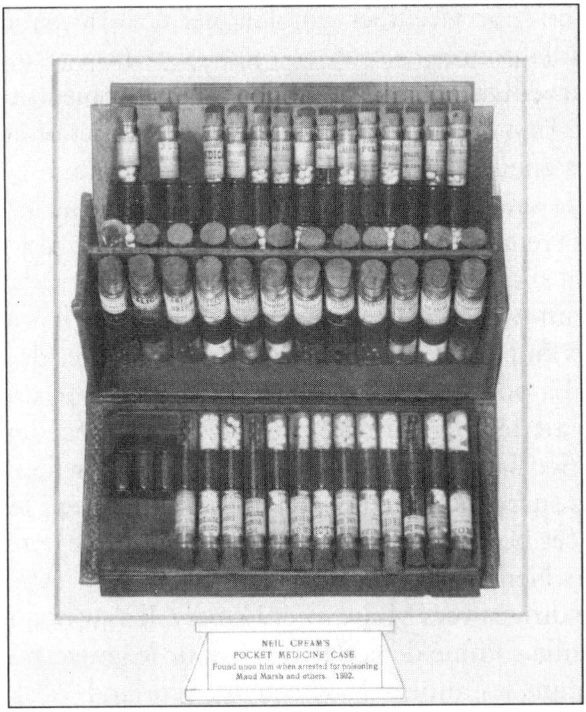

Cream avait une trousse en cuir remplie d'échantillons médicamenteux qu'il avait rapportés des États-Unis, notamment une fiole de strychnine. (Science and Society Picture Library, Londres, image 10658282)

La police eut bientôt un nom : la mention d'un certain « Dr Neal » apparut pour la première fois dans un rapport déposé le 19 mai. On l'associa rapidement à Neill, mais la police mettrait encore plusieurs semaines à découvrir le nom complet de Cream.

Était-il l'empoisonneur recherché ? La Division L en doutait. Il était médecin et semblait être un authentique représentant pharmaceutique. La trousse d'échantillons qu'il avait montrée à Beverly était « exactement ce que posséderait un représentant de commerce ». Le fait qu'il fréquente les prostituées de Lambeth ne faisait pas de lui un assassin. « C'est un individu extrêmement sensuel, conclurent l'inspecteur en chef Mulvany et l'inspecteur Harvey, mais il ne cherche pas à dissimuler son identité et nous ne pensons pas qu'il soit l'homme recherché qui se fait appeler "Fred". » Quoi qu'il en soit, Neill était « un drôle de client », remarqua un superviseur, et semblait mériter « l'attention que lui accorderait la police ».

La surveillance clandestine de Cream fut bientôt révélée à ce dernier. Une des femmes auxquelles Ward s'était adressé lui fit part des enquêtes de la police. Mulvany et Harvey en furent ulcérés. « Je sais par expérience qu'on ne peut pas se fier à ces femmes, fit remarquer leur supérieur, Brannan. C'est pourquoi il nous sera si difficile de recueillir des preuves. »

Puis, un Américain du nom de John Haynes, mécanicien de navire sans emploi, porta plainte au poste de police de Kennington Lane. La police harcelait un de ses amis, dit-il, un médecin dont il avait fait la connaissance le mois précédent. Si les agents de Scotland Yard se vantaient de pouvoir filer discrètement leurs suspects, les constables qui surveillaient les mouvements de cet homme avaient été vus. Le nom de son ami ? Le Dr Thomas Neill.

On le dirigea vers Mulvany et Harvey. Il s'avéra que Haynes avait travaillé comme détective privé pour le gouvernement britannique dans les années 1880, quand Scotland Yard avait enquêté sur l'implication d'extrémistes irlando-américains, les Fenians, dans plusieurs attentats à la bombe perpétrés à Londres. Il avait connu Cream environ un mois auparavant, expliqua Haynes aux enquêteurs ; ils dînaient ou buvaient souvent un verre ensemble. À un moment donné, Haynes s'était aperçu qu'on les surveillait. Quand il demanda à Cream pour quelle raison la police le filerait, son nouvel ami lui débita une incroyable histoire de complot et de meurtre.

Cream lui avait raconté que Walter J. Harper, un de ses copensionnaires du 103 Lambeth Palace Road, étudiait la médecine à l'hôpital St. Thomas et « avait ses habitudes chez des prostituées de bas étage », dont Marsh et Shrivell. De fait, l'étudiant les avait rencontrées à Brighton où une de leurs amies était tombée enceinte de lui. Il avait pratiqué un avortement, mais la femme, employée dans un hôtel de l'endroit, était morte. Harper avait tout avoué à Cream parce qu'il voulait « se débarrasser » de Marsh et de Shrivell qui le faisaient chanter. Il avait demandé à Cream de lui procurer de la strychnine. Cream avait refusé et prétendu avoir expédié à Shrivell un billet anonyme pour la mettre en garde contre les intentions de Harper. Il y avait plus. Selon Cream, Harper avait utilisé de la strychnine pour empoisonner trois autres femmes, en l'occurrence Ellen Donworth, Matilda Clover et Louisa Harvey. Secoué par le sérieux de ces allégations, Haynes avait promis de faire enquête.

Mulvany et Harvey ne crurent pas à leur chance. Ils arrivaient tout juste du bureau de George Percival Wyatt, le coroner ayant enquêté sur les décès de Donworth, Marsh et Shrivell. Juste avant de clore l'enquête sur la mort de Marsh et de Shrivell le 5 mai, Wyatt avait reçu le billet ci-dessous, adressé au président du jury du coroner :

> *Cher Monsieur,*
>
> *Je désire vous informer par la présente que l'un de mes agents détient la preuve formelle que Walter Harper, un étudiant en médecine à l'hôpital St. Thomas, fils du D*r *Harper de Bear Street, Barnstaple, est responsable de la mort d'Alice Marsh et d'Emma Shrivell. Il a empoisonné ces jeunes femmes à la strychnine. Vous recevrez cet élément de preuve quand vous aurez payé ma facture pour services rendus au détective George Clarke du 20 Cockspur Street, à Charing Cross, à qui je remettrai cette preuve quand il aura acquitté ma facture.*
>
> *Respectueusement vôtre, Wm. H. Murray*

Wyatt avait ignoré cette lettre, à son idée l'œuvre d'une personne qui en voulait aux Harper et qui souhaitait que cette allégation scandaleuse soit rendue publique afin de les couvrir de honte. Il y avait une agence de détectives George Clarke à Londres. Mulvany et Harvey découvrirent que son directeur, Henry John Clarke, avait reçu une lettre similaire d'un certain William Murray. Si Wyatt entrait en contact avec lui, disait la lettre, Clarke promettait de lui remettre la preuve de la culpabilité de Harper à la condition que le coroner accepte de rémunérer Clarke pour agir comme intermédiaire. Clark avait considéré la lettre comme un canular.

Ajoutées aux renseignements récoltés par Haynes chez son nouvel ami, ces deux lettres détournèrent l'attention de Cream. La police avait un nouveau suspect, Walter Harper, « peut-être coupable des empoisonnements de Lambeth », nota un enquêteur principal sur une copie de la déclaration de Haynes. Un agent fut dépêché à Brighton pour enquêter sur le décès possiblement lié à un avortement et sur tout ce qui pourrait relier Harper à Marsh et à Shrivell. Cream semblait s'être tiré d'affaire. L'équipe de surveillance fut démantelée. Le fait que Cream ait affirmé que Harper avait aussi tué Clover ne fit sourciller personne, bien que la police n'ait considéré sa mort comme un homicide que depuis peu. « Puisqu'il fréquente souvent des prostituées de Westminster Bridge Road, raisonnèrent Mulvany et Harvey, Cream les avait sûrement entendues parler de l'affaire Closer. »

Mais son récit livra vite ses failles. La police confirma bientôt que Harper avait été un pensionnaire du 103 Lambeth Palace Road et qu'il étudiait à l'hôpital St. Thomas depuis 1889. La fille de la logeuse, Emily Sleaper, affirma cependant que Harper était « une personne tout à fait respectable » et qu'il ne correspondait pas au signalement de « Fred ». La prochaine étape, pour les enquêteurs, consisterait donc à comparer la calligraphie des lettres expédiées à Wyatt et à Clarke pour voir si elles étaient de la même main. En outre, à la Division L, tous n'étaient pas aussi prompts que Mulvany et Harvey à éliminer Cream comme suspect. Une note fut ajoutée au dossier : « Obtenir un échantillon de l'écriture du Dr Neill. »

12

LE SUSPECT

Quand l'enquête se réorienta vers Cream, la Division L recruta John Haynes, l'ami américain du médecin, à titre d'informateur. « S'il est possible de se fier à Haynes, nota le commissaire Brannan, il pourra nous aider concrètement dans cette affaire. » Mais bientôt les enquêteurs purent compter sur une source plus digne de foi qui avait gagné la confiance de Cream.

Le sergent Patrick McIntyre, du bureau des enquêtes criminelles (Criminal Investigation Department), du quartier général de Scotland Yard, connut Cream en mai au pub Crown & Cushion. Après quinze ans de loyaux services dans les forces policières, McIntyre était un enquêteur chevronné qui, comme Haynes, avait contribué à contrecarrer les attentats à la bombe des Irlando-Américains. Cream était volubile, disait être « un type de St. Thomas » qui avait étudié la médecine à Édimbourg et à Dublin avant de s'installer aux États-Unis. Il soutint n'avoir jamais pratiqué, car la vente de médicaments pour la G. F. Harvey Company était plus lucrative. Quelque temps après, quand Cream se plaignit à McIntyre que des policiers le filaient, ils planifièrent une rencontre dans un autre pub, le Pheasant. McIntyre présenta Cream à l'inspecteur en chef Mulvany et à l'inspecteur Harvey, et lui dit que ces deux agents locaux examineraient sa réclamation auprès de la police. Les détectives qui enquêtaient sur les empoisonnements de Lambeth avaient beaucoup entendu parler de Cream, mais c'était la première fois qu'ils le voyaient en personne.

Cream apporta sa trousse d'échantillons défraîchie par l'usage pour prouver qu'il était bien le représentant d'une société pharmaceutique. La police n'avait pas d'autre raison de s'intéresser à lui, suggéra-t-il, que pour « les portraits indécents » qu'il avait sur lui. Il les avait détruits, assura-t-il. McIntyre se souvint que Cream avait avoué « avoir fréquenté beaucoup de femmes », sans toutefois dire qu'elles étaient des prostituées, « mais ne pensait pas que cela soit un crime ».

Le sergent Patrick McIntyre de Scotland Yard se procura un échantillon de l'écriture de Cream. (Collection de l'auteur)

McIntyre demanda à voir Cream chez lui quelques jours plus tard. À cette occasion, celui-ci lui refit, en l'embellissant, le récit dont il avait gratifié Haynes : un détective du nom de Murray lui avait fait part des allégations contre Walter Harper. Se pouvait-il qu'il s'agisse du même homme qui, dans une lettre au coroner Wyatt, avait accusé l'étudiant en médecine d'avoir empoisonné les quatre victimes de Lambeth ? McIntyre ne savait pas si le Murray en question existait vraiment, mais une chose était sûre : Cream en savait long sur les empoisonnements de Lambeth.

« Il parlait volontiers des filles, se remémora le sergent, et je lui signalai qu'il semblait être très au courant des détails de l'affaire. »

Sans s'en formaliser, Cream rétorqua qu'il avait suivi le déroulement de l'enquête dans le *British Medical Journal,* qui comparait déjà « l'empoisonneur de prostituées » de Lambeth à Jack l'Éventreur. « Étant moi-même médecin, dit Cream, je m'intéresse à ces questions. »

McIntyre profita de l'occasion pour demander au médecin un spécimen de son écriture et, curieusement, Cream acquiesça à sa demande. Il y avait sur place un exemplaire de la revue médicale. L'inspecteur lui en dicta un passage que Cream retranscrivit au crayon sur un papier à lettre de qualité dont McIntyre nota le filigrane : Fairfield Superfine.

■ ■ ■

Robert Anderson était pressé de trouver un coupable dans l'affaire de Lambeth. Nommé commissaire adjoint de la MET pendant la tuerie de Jack l'Éventreur, il supervisait l'enquête de la Division L depuis la mort de Donworth en octobre. Mais à la mi-mai, quand Henry Matthews, secrétaire d'État pour le Home Office et ministre responsable de Scotland Yard, demanda un compte rendu à jour de l'enquête, Anderson eut peu de choses à signaler. Les prostituées qui avaient sans doute rencontré Fred étaient traquées et interrogées, dit-il au ministre, mais avec un succès très mitigé. « Ces femmes sont si peu dignes de foi », avait noté un enquêteur frustré dans un rapport interne. Au cas où Fred aurait été marin, la Division L continuait d'établir la liste des navires amarrés au port de Londres en avril et durant le mois d'octobre précédent. L'agent dépêché à Brighton n'avait trouvé personne qui connaissait Harper et aucun élément de preuve pour étayer les allégations de Cream contre l'étudiant en médecine. Un autre agent était revenu bredouille d'une incursion aux bureaux du gouvernement à Somerset House, sur le Strand, où une plongée dans les registres des décès de Londres n'avait produit aucune mention de Louisa Harvey. Le 23 mai, conférant à nouveau une certaine urgence à l'enquête, le Dr Thomas Stevenson soumit les résultats préliminaires de ses analyses sur la dépouille exhumée de Matilda Clover. Il y avait trouvé de la strychnine. L'empoisonneur semblait avoir fait quatre victimes – Clover, Donworth, Marsh et Shrivell – et peut-être une cinquième, Harvey.

C'est alors que Cream se glissa carrément sous le regard d'Anderson. Il retint les services du cabinet d'avocats Waters & Bryan et déposa contre la police une plainte officielle pour harcèlement. Il avait été suivi, interrogé plusieurs fois et, soutinrent ses avocats dans une lettre datée du 26 mai, menacé d'être arrêté s'il tentait de sortir de Londres. « Puisque notre client n'est pas conscient d'avoir commis quelque faute que ce soit, il ressent vivement le désagrément auquel on le soumet. » Son travail de représentant de commerce avait souffert de cette situation. Ses avocats exigèrent que tout contact ultérieur avec la police passe par eux.

Le commissaire de la MET renvoya la plainte à Anderson, qui convoqua McIntyre. Le sergent expliqua que Cream craignait d'être arrêté s'il quittait Londres pour rendre visite à sa fiancée, Laura Sabbatini, à Berkhamsted. « Je lui ai dit qu'il n'avait rien à craindre », affirma McIntyre, et il lui avait offert de l'accompagner à Scotland Yard afin de confirmer qu'il était libre de se déplacer. Ils s'étaient engagés sur le pont de Westminster, à un jet de pierre du quartier général de la MET, quand Cream changea d'idée, comme s'il pensait que McIntyre voulait l'attirer dans un guet-apens. « Il refusa d'aller plus loin, rappela McIntyre, car il pensait que je n'étais pas franc avec lui et parce qu'on lui avait conseillé de consulter un avocat. » Le sergent s'étonna que cet incident ait fait l'objet d'une plainte officielle.

Anderson vit là une occasion de tourner l'allégation de harcèlement à l'avantage de Scotland Yard. Selon lui, l'investigation de Lambeth, qui piétinait, avait atteint un point critique. Le moment était venu d'en confier la direction à un agent plus expérimenté. Il entra en contact avec les avocats de Cream. « Je tiens à passer toute cette affaire au crible », leur promit-il, ajoutant qu'il désirait connaître la version de leur client. L'inspecteur John Bennett Tunbridge, un de ses détectives principaux, ferait enquête. Mais Cream ignorait que ce détective, qu'il s'apprêtait à rencontrer, se moquait éperdument de la façon dont il avait été traité par la police. Le nouvel inspecteur avait été mandaté par Scotland Yard pour enquêter sur les empoisonnements de Lambeth.

Tunbridge était une étoile montante à Scotland Yard. Entré dans les rangs de la MET à dix-neuf ans, il avait gagné ses galons de sergent en moins de quatre ans et avait été promu inspecteur avant même ses trente ans. Aux yeux de ses collègues, il était l'un des plus brillants détectives de la force. « Méfiant comme un épervier et vif d'esprit », écrivit un journaliste admiratif qui l'avait vu témoigner. George Dilnot, le policier devenu écrivain, gardait de lui l'image d'un enquêteur méthodique « capable d'extraire des conclusions brillantes d'une matière très mince ». Il partageait cependant la méfiance de ses collègues envers les innovations de la lutte contre la criminalité et l'introduction de la science dans l'art de la recherche. En 1888, ayant été prié d'évaluer une proposition portant sur l'utilisation des empreintes digitales pour le signalement des criminels, il conclut que la collecte et la comparaison des empreintes était un processus trop « délicat », comme il le dit, pour être intégré au travail policier. Tunbridge avait l'âge de Cream, quarante et un ans, mais paraissait beaucoup plus jeune. On voyait à la raie impeccable de ses cheveux et aux pointes recourbées de son épaisse moustache qu'il apportait à son apparence le même soin qu'à ses enquêtes.

L'inspecteur John Bennett Tunbridge. « Méfiant comme un épervier et vif d'esprit. » (Collection de l'auteur)

Tunbridge abordait ses missions dans un esprit d'ouverture et de connaissance des faits propre au Sherlock Holmes d'Arthur Conan Doyle. « C'est une erreur capitale de théoriser avant d'avoir les données en main », dit Holmes au Dr Watson dans « A Scandal in Bohemia » (« Un scandale en Bohême »), la première d'une série de nouvelles publiées dans le *Strand Magazine* à compter du juillet précédent. « On en vient imperceptiblement à adapter les faits aux théories plutôt que les théories aux faits. » Les agents de la Division L avaient très vite attribué la mort d'Ellen Donworth à un suicide pour aussitôt faire une abrupte volte-face et accuser un innocent de l'avoir tuée. Ils avaient perdu un temps fou à rechercher des marins et des marchands de poisson en conserve qui semblaient maintenant n'être en aucun cas reliés aux décès d'Alice Marsh et d'Emma Shrivell. Tunbridge était bien décidé à passer au peigne fin la moindre bribe de preuve et à examiner les faits d'un œil neuf avant de conclure à l'identité du tueur que la presse appellerait bientôt l'Empoisonneur de Lambeth.

Il se rapporta au commissaire Brennan au poste de Kennington Lane dans l'après-midi du 26 mai. Mulvany et Harvey l'avaient mis au parfum et lui avaient remis l'épais dossier de l'enquête. Tunbridge constata que la Division L soupçonnait toujours Walter Harper ; voire, aux yeux de certains enquêteurs, l'étudiant en médecine était un suspect plus vraisemblable que Cream. Une erreur, selon Tunbridge. Il était sûr que Cream avait inventé le supposé chantage exercé sur Harper. Il s'était ensuite servi de Haynes pour transmettre cette fiction à la police, donnant ainsi lieu à de nouvelles enquêtes qui lui avaient fait gagner du temps.

« Si la déclaration de Haynes est vraie, nota Tunbridge dans son premier rapport d'enquête, Neill accuse très clairement Harper d'être l'assassin. Pourquoi agirait-il ainsi ? Je crois que cela montre plutôt que Neill est ou bien fou, ou bien lui-même l'assassin, car il me semble impossible de croire même une seconde que M. Harper puisse être coupable des meurtres. » Il parcourut les descriptions qu'avaient données de Fred les témoins oculaires. La plupart parlaient de strabisme ou de loucherie, une « particularité de Neill ». Tunbridge remarqua autre chose. Shrivell avait dit que l'homme qui lui avait donné des capsules était médecin. « Nous avons donc un homme qui répond au signalement de Neill pour ce qui est du gabarit et de l'âge, un homme qui portait des lunettes et, surtout, qui disait être médecin. »

Tunbridge cogna à la porte de Cream à onze heures le 29 mai en prétextant vouloir des renseignements supplémentaires concernant sa plainte pour harcèlement. Sabbatini était avec lui. « Il était extrêmement nerveux, se souvint l'inspecteur, et il tremblait visiblement. » Cream, qui avait consommé plus d'opium et de morphine que d'habitude, semblait ne plus supporter la pression de la surveillance policière. Quand il refusa de discuter des affaires d'empoisonnement, Tunbridge n'insista pas et s'intéressa plutôt à son travail de représentant. Cream lui montra sa trousse d'échantillons et décrivit quelques-uns des médicaments. Les pilules de la compagnie G. F. Harvey étaient « beaucoup plus agréables et faciles d'emploi que les anciennes potions qu'il fallait prendre à la cuillère », dit-il. Une fiole attira l'attention de Tunbridge. L'étiquette mentionnait que les minuscules granules renfermaient un seizième de grain de strychnine chacune. « Ce serait extrêmement dangereux si ces articles tombaient entre des mains profanes », fit remarquer Cream. Ses seuls clients étaient des médecins et des pharmaciens « qui en administrent de justes doses à leurs patients ».

Tunbridge resta une heure en compagnie de Cream. Quand il sortit dans le soleil éclatant du printemps, il savait à quoi s'en tenir. « Compte tenu des circonstances, dit-il à ses supérieurs, je fais valoir respectueusement que les indices actuels indiquent très fortement que Neill est l'assassin. »

13

« IL Y A ERREUR SUR LA PERSONNE »

{Juin 1892}

LA LETTRE MENAÇANT DE RÉVÉLER que son fils était un assassin avait causé tout un choc au Dr Joseph Harper. Il l'avait reçue en mai, et son expéditeur, un certain W. H. Murray, prétendait détenir « des preuves incontestables » de la culpabilité de Walter Harper dans l'empoisonnement d'Alice Marsh et d'Emma Shrivell. Murray exigeait mille cinq cents livres pour occulter cette information, à défaut de quoi il préviendrait la police. « Si ces preuves sont rendues publiques, ce sera la ruine pour vous et votre famille », prédisait l'expéditeur. Il avait inclus un article du *Lloyd's Weekly Newspaper* sur les décès de Marsh et de Shrivell et sommé le médecin de publier une annonce dans le *Daily Chronicle* de Londres, indiquant qu'il rémunérerait Murray pour ses « services ».

Bien entendu, le Dr Harper ignorait tout des autres lettres de Murray que Scotland Yard avait recueillies, qui toutes accusaient son fils. Il avait consulté un avocat, mais celui-ci n'avait pas jugé utile de prévenir la police. Le Dr Harper garda la lettre et la fit lire à son fils quand celui-ci, en congé d'études, rentra à la maison environ deux semaines plus tard. Walter Harper était bien évidemment fort troublé, mais ne savait rien des femmes

Le quartier général de Scotland Yard sur la rive de la Tamise opposée à Lambeth, en 1891. (Collection de l'auteur)

concernées et n'était même pas à Londres au moment de leur mort. Ce n'est qu'une mauvaise plaisanterie, songea-t-il. Ils n'entendirent plus parler de W. H. Murray.

Plus d'un mois après cet incident, le deuxième jour de juin, un détective de Scotland Yard examina la lettre chez Harper, à Barnstaple. Tunbridge avait fait le trajet en train de Londres au Devon du Nord pour découvrir ce que le Dr Harper savait des allégations calomnieuses dont était victime son fils. En voyant l'écriture, il sut qui était l'auteur de la missive.

« Il ne fait aucun doute que Neill a écrit cette lettre », dit-il à ses supérieurs. L'écriture correspondait parfaitement à celle du spécimen remis par Cream au sergent McIntyre. Quand Sherlock Holmes avait reçu la lettre qui démarrait l'intrigue de « Un scandale en Bohême », il en avait noté le filigrane. Tunbridge fit de même. La lettre était écrite sur du papier Fairfield Superfine, comme le spécimen de Cream. C'était une marque rare, et Tunbridge découvrit bientôt qu'elle n'était pas vendue dans les papeteries londoniennes. Elle était fabriquée aux États-Unis.

Cette preuve suffisait à accuser Cream d'extorsion, une grave offense, passible d'une peine maximale d'emprisonnement à perpétuité. Mais il n'avait pas de temps à perdre. Haynes avait entendu dire que Cream comptait sortir de Londres dans l'après-midi du 4 juin, supposément pour rendre visite à la famille de Sabbatini, à Berkhamsted. Tunbridge craignait qu'il n'essaie de quitter le pays. Il fallait préparer de toute urgence un mandat d'arrêt, pressa-t-il ses supérieurs. « Sans quoi, il sera peut-être trop tard. »

Le commissaire adjoint Robert Anderson remit ces nouveaux éléments de preuve au directeur des procureurs de la Couronne, sir Augustus Stephenson, qui entérina le mandat. Le Home Office fut prévenu. Après une « investigation des plus minutieuses », dit Anderson au secrétaire d'État, il était certain que Cream avait assassiné Clover, Donworth, Marsh et Shrivell.

« Les preuves morales de sa culpabilité sont nombreuses, poursuivit-il, mais en dépit de tous mes efforts, je n'ai pas réussi à rassembler des éléments de preuve directs de son implication dans ces crimes. » L'affaire Lambeth plaçait Scotland Yard devant les mêmes défis que celle de Jack l'Éventreur, soit de trouver des témoins dignes de confiance et des preuves tangibles. « Compte tenu de la nature et des mœurs de la classe à laquelle appartenaient ses victimes, fit-il remarquer, l'action de la police se heurte à des difficultés similaires à celles qui se sont révélées insurmontables dans les meurtres de Whitechapel. » L'accusation de chantage constituait une première étape visant à empêcher Cream de s'échapper. L'enquête sur les meurtres pourrait alors se poursuivre pendant que le principal suspect serait en sûreté derrière les barreaux. « Je ne désespère pas le moins du monde de rassembler suffisamment de preuves pour l'accuser d'un délit passible de la peine de mort », poursuivit Anderson.

■ ■ ■

Tunbridge arrêta Cream à sa chambre du 103 Lambeth Palace Road à dix-sept heures trente, le 3 juin. « Il y a erreur sur la personne, dit Cream après qu'on lui eut lu l'accusation d'extorsion. Allez-y. »

Tunbridge lui montra l'enveloppe adressée à Joseph Harper.

« Voici ce qu'on vous accuse d'avoir expédié », dit-il.

« Ce n'est pas mon écriture. »

Le détective tira de l'enveloppe la lettre dont il était certain qu'elle était de la main de Cream.

Cream ne dit rien.

En vidant ses poches, on y trouva moins de cinq livres en monnaie.

On l'emmena au poste de police de Bow Street, au centre de Londres, célèbre pour avoir été l'ancienne base de la première force policière de la ville, les Bow Street Runners. Cream demanda à consulter ses avocats.

« Expédiez-leur un télégramme, dit Tunbridge. Je vous fais apporter un formulaire. »

« Je n'écrirai rien, répliqua Cream, qui devait regretter d'avoir fourni un spécimen de son écriture au sergent McIntyre. Vous l'enverrez pour moi. »

Le lendemain, Cream fut accusé de chantage devant la cour des Magistrats de Bow Street. La mise en liberté sous caution lui étant refusée, il demeurerait en détention en attendant son procès. Trois cent sept jours après être sorti du pénitencier d'État de l'Illinois, Cream était à nouveau derrière les barreaux.

Tunbridge discuta avec les procureurs des prochaines étapes de l'investigation. Pour monter un dossier conséquent, Scotland Yard devrait poursuivre l'enquête hors de la Grande-Bretagne. Des documents trouvés dans la chambre du médecin dévoilaient son véritable patronyme et ce qui reliait sa famille à la ville de Québec. Outre le fait qu'il était arrivé de New York à Londres au cours du mois d'octobre précédent, la police ne savait presque rien de ses antécédents. « Des enquêtes doivent être menées aux États-Unis et au Canada, écrivit Tunbridge à la suite de cette rencontre, pour retracer les déplacements de Neill avec le plus de précision possible au cours des dernières années (au moins cinq ans). » Puisque la trousse d'échantillons pouvait impliquer Cream dans les quatre empoisonnements, il fallait absolument contacter la G. F. Harvey Company dans l'État de New York. « Il faut veiller à ce que cette société nous donne le plus de détails possible sur les pilules, etc., qu'elle lui a remises, nota Tunbridge dans un rapport daté du 11 juin, car il y a un espace vide dans sa trousse d'échantillons qui pourrait bien avoir contenu des capsules de strychnine. »

Ce rapport aboutit sur le bureau d'Anderson le 13 juin. Le Home Office avait émis une directive à la suite de l'arrestation de Cream : la police ne doit pas négliger « le moindre indice relié à cet individu ».

Anderson prit la plume et agrafa une note au rapport : « Je dépêcherai un agent en Amérique. »

III

UNE MAIN AMIE

New York, Québec, Ontario,
Angleterre, Écosse • 1850-1879

14

JARVIS DE SCOTLAND YARD

{New York et Québec • Juin 1892}

L'INSPECTEUR FREDERICK SMITH JARVIS débarqua à New York à la fin juin. L'arrivée, à bord du navire à vapeur *Umbria*, d'un homme en qui le *New York Times* voyait « un des plus astucieux détectives de Scotland Yard » ne passa pas inaperçue. La presse avait été informée qu'il était venu rendre visite à son beau-père, à Yonkers. Mais le *Times* découvrit bien vite sa mission véritable : la reconstitution du passé du médecin accusé de chantage et soupçonné de meurtre.

Jarvis, soixante-quatre ans, un type costaud mesurant six pieds, en imposait. « Le plus grand bonhomme du Yard », plaisanta un journaliste, et pas seulement en raison de sa taille. Au nombre impressionnant de ses enquêtes et de ses arrestations figuraient la simple capture de faux-monnayeurs jusqu'à la résolution d'un meurtre commis à bord du train de Brighton. Et comme le sergent Patrick McIntyre et John Haynes, il avait contribué à intercepter des plastiqueurs fenians. Après être entré dans la MET au début des années 1850, il avait « fait converger ses énergies vers un seul but, la connaissance parfaite des méthodes criminelles », pouvait-on lire dans un compte rendu de sa carrière. Il avait assisté à des procès, visité des prisons, fréquenté des escrocs et des voyous. Il s'était vite fait remarquer pour ses aptitudes au travail de détective. C'était « un dur, capable de se

Zones couvertes par la carte principale
Villes où Cream a vécu ou tué
Autres grandes villes
CANADA
QUÉBEC
NOUVEAU-BRUNSWICK
ONTARIO
Québec
Montréal
Waterloo
MAINE
VERMONT
NEW HAMPSHIRE
Lac Supérieur
Lac Huron
Lac Michigan
Lac Ontario
Lac Érié
WISCONSIN
MICHIGAN
London
Détroit
NEW YORK
MASSACHUSETTS
Boston
RHODE ISLAND
CONNECTICUT
New York
r. Hudson
f. Delaware
f. Susquehanna
r. Mississippi
Milwaukee
IOWA
Belvidere/ Garden Prairie
Chicago
Joliet
Cleveland
PENNSYLVANIE
NEW JERSEY
Philadelphie
r. Wabash
r. Illinois
ILLINOIS
INDIANA
OHIO
MARYLAND
DELAWARE
f. Potomac
Washington, D.C.
Indianapolis
Cincinnati
r. Ohio
VIRGINIE-OCCIDENTALE
Saint-Louis
VIRGINIE
OCÉAN ATLANTIQUE
MISSOURI
KENTUCKY
r. Tennessee
Nashville
CAROLINE DU NORD
ARKANSAS
TENNESSEE
CAROLINE DU SUD
r. Chattahoochee
Atlanta
MISSISSIPPI
GÉORGIE
ALABAMA
Tallahassee
FLORIDE
LOUISIANE
La Nouvelle-Orléans
Golfe du Mexique
0 150 300 milles
0 150 300 kilomètres
0 50 100 mi.
0 50 100 km.
OCÉAN ATLANTIQUE
Écosse
Glasgow
Édimbourg
mer du Nord
GRANDE-BRETAGNE
Dublin
mer d'Irlande
IRELANDE (ca. 1890)
Liverpool
PAYS DE GALLES
ANGLETERRE
f. Tamise
Londres
Manche

fondre dans les basses classes de la société » et aussi « un homme très instruit, habile à diriger les autres », le mariage idéal pour un inspecteur de Scotland Yard, de l'avis d'un admirateur.

Il était logique qu'il mène une enquête complexe à l'étranger. « Un homme du monde à la nature cosmopolite, dit un autre détective ; il connaît New York aussi intimement que Londres. » Il avait un jour traqué un fraudeur de Londres à Philadelphie. Ses collègues s'émerveillaient de son flegme sous la pression. Quand un individu soupçonné de meurtre avait pointé un pistolet sur sa tempe, il avait lentement refermé la main sur l'arme pour la glisser hors de celle de son assaillant. « Un tremblement de terre n'aurait pas pu ébranler son sang-froid », soutint l'ancien policier George Dilnot. C'était aussi un expert en filatures, capable de se cacher au grand jour. « Des milliers de personnes ont vu Jarvis au travail sans même s'en douter », déclara le *Daily Telegraph* de Londres. Mais remonter la piste d'un homme déjà incarcéré et soupçonné d'avoir empoisonné jusqu'à cinq femmes était une tout autre histoire. L'enquête nord-américaine très médiatisée de Jarvis susciterait des manchettes partout où il irait.

Il eut un entretien avec Thomas Byrne, le tout nouveau chef de la police de New York, l'homme qui s'était vanté de pouvoir attraper Jack l'Éventreur en moins de quarante-huit heures. Byrne lui assigna deux détectives et le trio éplucha les registres de la police et des services de santé de New York, Brooklyn, Hoboken et Jersey City. Rien ne démontrait que Cream y eut pratiqué la médecine et « aucune mort suspecte » n'y avait été documentée depuis cinq ans, nota Jarvis. Cette recherche futile prouvait que très peu de détails de la vie de Cream étaient connus. Le médecin avait passé quelques jours, tout au plus, dans la région de New York.

Jarvis fila vers le nord. Fin juin, un train de nuit lui fit franchir la frontière de la province de Québec. À Québec, il rencontra le frère de Cream, Daniel, ainsi que le bon ami de son père, Thomas Davidson, qui lui fit part de certains détails de sa jeunesse dorée. À Montréal, des représentants de l'Université McGill confirmèrent que Cream y avait obtenu un doctorat en médecine en 1876. Jarvis rendit ensuite visite au Dr Herbert

Reddy, un membre de la promotion de 1876, à son bureau du 999 de la rue Dorchester, non loin du campus de McGill. Reddy, qui avait étudié avec Cream à l'hôpital St. Thomas de Londres, en avait long à dire sur lui.

Ce soir-là, de retour à son hôtel, Jarvis se hâta de transcrire tout ce qu'il avait entendu. Un incendie à la pension où Cream habitait à Montréal quand il était étudiant, vraisemblablement destiné à lui procurer l'argent de l'assurance. Un mariage forcé, peu après l'obtention de son diplôme, à une jeune femme de Waterloo, une petite localité des Cantons-de-l'Est, au Québec. Et, fait le plus curieux entre tous, l'arrestation possible de Cream en Ontario, à la fin des années 1870, après que le cadavre d'une femme eut été découvert à proximité de sa clinique.

Un incendie criminel. Une fraude liée à l'assurance. Un ancien mariage. Un autre meurtre potentiel au Canada. Tout cela était nouveau pour Scotland Yard. Reddy ne savait rien des détails du décès qui s'était produit en Ontario, dit Jarvis à ses supérieurs, mais il pensait que Cream était « venu à bout de cette affaire » d'une manière ou d'une autre. Jarvis suivrait ces pistes, entre autres, au cours des semaines à venir, quand il parcourrait l'est des États-Unis et du Canada pour exhumer le passé de Cream.

15

« UN JEUNE HOMME EXCEPTIONNELLEMENT DOUÉ »

{Glasgow et Québec • 1850-1872}

Chaque immeuble en pierre grise avec son toit en tôle, chaque statue, chaque monument, chaque rue en méandres de la ville de Québec était chargé d'histoire. Les journaux qualifiaient encore de « vieille capitale » cet ancien pôle de la puissance française en Amérique du Nord et la porte d'entrée du fleuve Saint-Laurent et du continent. Au dix-huitième siècle, une bataille avait décidé de l'avenir du continent sur les vastes plaines d'Abraham, à l'orée de la ville. Sous ses pavés étaient enfouis les vestiges des fortifications où des Habits rouges et des milices canadiennes avaient repoussé une invasion américaine pendant la guerre de l'Indépendance. Son architecture néo-médiévale et ses rues étroites, ces rappels des vieilles villes de France transplantées en Amérique du Nord, étaient figées dans le temps. « Les touristes en quête d'une ville remarquable pour son activité commerciale, ses beaux édifices et son modernisme ne devraient pas venir à Québec », dit un ancien guide touristique canadien.

Les anciennes industries prospères de Québec, soit l'exportation de bois d'œuvre et la construction de grands voiliers en bois, étaient en chute libre en cette ère d'acier et de propulsion à vapeur. Abandonnée par le monde moderne, la ville semblait avoir été « rangée dans un coin et isolée du reste du continent », ainsi que le remarqua l'inspecteur Jarvis dans un de ses rapports officiels. Dès la dernière décennie du dix-neuvième siècle, Québec n'offrait plus rien aux visiteurs que son histoire. Et cette histoire était précisément ce pour quoi Jarvis était venu d'Angleterre.

■ ■ ■

William Cream, le père de l'homme enfermé dans une prison londonienne, était né en Irlande vers 1820 et avait grandi à Belfast. Quand un recenseur rencontra la famille Cream en 1841, elle s'était installée en Écosse, à Dalkeith, non loin d'Édimbourg. En juin 1849, William épousa Mary Elder, originaire de la région de Glasgow. Leur premier enfant, Thomas, naquit le 27 mai 1850 à Barony, au nord de la ville. Moins d'un an plus tard, William Cream était commis de recouvrement pour la Glasgow Gas-Light Company, qui transformait du charbon en gaz d'éclairage, et le couple habitait au 60 Wellington Lane, non loin du centre-ville. La famille eut deux autres enfants, Daniel et Christina, avant d'émigrer vers les colonies britanniques en Amérique du Nord, une étroite bande de territoire appartenant à l'empire à la lisière nord des États-Unis et sur le point de constituer une nouvelle nation, le Dominion du Canada, en 1867.

Les Cream débarquèrent à Québec en 1854. Un visiteur illustre, Charles Dickens, avait admiré l'imposante citadelle de la ville perchée sur une falaise haute de trois cents pieds, circulé dans ses « rues pittoresques et escarpées, et ses allées sombres » accrochées aux pentes et déclaré qu'elle était « la Gibraltar de l'Amérique ». Avec une population d'un peu plus de quarante mille âmes, Québec était un important centre commercial et un avant-poste militaire essentiel. D'immenses trains de bois abattu à l'intérieur des terres étaient transportés par flottage jusqu'à Québec, où les billes étaient triées et exportées en Grande-Bretagne. « Le moindre madrier équarri sur les rives du Saint-Laurent se retrouvait à Québec », observera plus tard l'historien

Arthur Lower. Au milieu du siècle, les navires en construction étaient si nombreux que, par endroits, les rives du fleuve n'étaient qu'« un immense chantier naval ».

Jarvis découvrit que William Cream avait été embauché comme commis au chantier de triage de bois et de construction navale d'Allan Gilmour, à Wolfe's Cove (aujourd'hui l'anse au Foulon), à un mille et demi en amont de la ville. Gilmour était directeur des opérations maritimes pour l'entreprise Pollok, Gilmour & Company de Glasgow, un acteur important du commerce transatlantique du bois d'œuvre. Gilmour, d'autres propriétaires et gestionnaires étaient originaires de la région de Glasgow. Quand ils durent pourvoir en personnel leurs installations à l'étranger, ils embauchèrent d'anciens camarades d'école et des membres de leur famille, des gens qu'ils connaissaient et en qui ils pouvaient avoir confiance. Il se peut que Cream ait été recruté pour son poste à Québec avant son départ de Glasgow.

Wolfe's Cove était alors un amas d'ateliers, de maisons et de quais au pied d'une haute falaise. D'énormes billes de bois étaient empilées sur des estacades qui se projetaient loin dans le fleuve en attendant d'être ramassées et transportées à bras d'homme dans les cales des navires. De nouveaux bâtiments à différentes étapes de leur construction étaient hissés sur des cales de halage le long de la rive. Les Cream emménagèrent dans une des maisons de la compagnie. Les odeurs de goudron et de bois fraîchement abattu, le bruit incessant des coups de marteau et les cris des flotteurs sur une toile de fond de bois d'œuvre et de grands voiliers – tel fut l'univers de Thomas jusqu'à l'âge de seize ans.

Promu au poste de directeur des travaux, William Cream supervisait jusqu'à mille charpentiers de marine et débardeurs. On lui confia également la responsabilité des exportations de bois d'œuvre. Quand les navires de Gilmour s'échouaient ou faisaient naufrage, il ramassait les pots cassés. Lors de différends avec les capitaines des navires, les clients de l'étranger ou les représentants du gouvernement, il assurait la circulation de la marchandise. La frontière entre profit et faillite pouvait dépendre de son aptitude à prévoir le prochain ralentissement économique ou à éviter les tempêtes de l'Atlantique Nord. « C'est sûrement le désespoir qui pousse les gens vers le commerce du bois et la folie qui fait qu'ils y restent », déplora un de ses collègues commerçants.

L'expertise de Cream attira l'attention d'un exportateur concurrent. James Maclaren, un autre Glasvégien transplanté en Amérique du Nord, était « un homme d'affaires énergique et futé » qui érigeait en empire une exploitation forestière et une scierie sur la rivière des Outaouais. Ils firent connaissance en 1865, lorsque Maclaren confia à la compagnie Gilmour la vente d'une partie de son bois d'œuvre. Quand Cream l'assura qu'il serait plus profitable pour lui de négocier directement avec ses acheteurs britanniques, Maclaren fit de lui son représentant à Québec. Leur relation ne fut cependant pas de tout repos. Entêté et très prompt, Cream s'irrita quand Maclaren ne le traita pas d'égal à égal. « Vous parlez de moi comme d'un serviteur dans une lettre récente, écrivit-il avec irritation à l'occasion d'un de leurs conflits professionnels. Je ne pense pas que ce soit le cas. »

Cream dirigea une petite équipe d'employés dans les bureaux de James Maclaren & Company, au 28 de la rue Saint-Pierre, le centre financier de Québec, à un jet de pierre du port. Il faisait la navette entre son bureau et le parc à bois de Maclaren sur la rive opposée du fleuve, dans l'Indian Cove West (aujourd'hui l'anse aux Sauvages), où il avait accès à une maison vraisemblablement devenue une résidence d'été pour sa famille. Il empochait un gros salaire et investissait souvent personnellement dans les expéditions de bois d'œuvre de l'entreprise, ce qui lui valait une partie des profits. Aussi, William Cream devenait-il l'un des hommes d'affaires les plus riches en ville.

■ ■ ■

Si Québec restait bien enracinée dans son passé français, l'anglais était la langue du gouvernement et du commerce. Dans les années 1860, quarante pour cent de sa population était d'ascendance britannique ou fraîchement immigrée du Royaume-Uni, et cette élite anglaise reléguait la majorité canadienne-française au rang de citoyens de deuxième classe. La configuration de la ville reflétait ce fossé profond entre les deux communautés. Les administrateurs, les commerçants, les avocats et les médecins anglophones habitaient dans la haute-ville ou possédaient de spacieuses résidences suburbaines. Les artisans et les ouvriers canadiens-français et irlandais catholiques s'entassaient dans la basse-ville, la partie la plus ancienne de la ville, et dans les quartiers voisins des chantiers navals. Les débardeurs et les flotteurs de trains de bois, ces « hommes rudes et forts qui travaillaient comme des chevaux [...], buvaient et se battaient avec la même énergie », fréquentaient les tavernes et les bordels de la basse-ville. Quand les commerçants manquaient de membres d'équipage, ils engageaient des voyous en guise de « marchands d'hommes » (*crimps*, en anglais) qui ratissaient les quais et les garnis à la recherche de matelots pouvant être persuadés, ou forcés sous la menace d'une arme si nécessaire, de déserter leurs navires.

Quand William Cream quitta la compagnie Gilmour pour celle de Maclaren, il dut déraciner sa famille. Ils laissèrent derrière eux le chaos de Wolfe's Cove et emménagèrent en banlieue, dans le quartier Saint-Louis, où trois résidents sur quatre étaient anglophones. Dans l'annuaire de rues de 1867, quand Thomas était âgé de six ou sept ans, ils vivaient au 26, rue D'Artigny, au sommet d'une pente douce surplombant la haute-ville. Thomas était alors l'aîné de six enfants. La famille avait pour domestique une jeune veuve irlandaise.

Le père de Thomas était un membre actif de sa paroisse, généreux de son temps et de son argent. Quand la Irish Protestant Benevolent Society fut créée, en 1859, dans le but de venir en aide aux immigrants irlandais à leur arrivée au pays, William Cream en fut l'un des membres fondateurs et siégea au comité des finances. C'était un fervent presbytérien – un homme « dévot », au dire de l'homme d'affaires et ami de la famille Thomas Davidson – qui inculqua ses croyances à ses enfants. Le Seigneur « m'a nourri et guidé toute ma vie », leur dit-il, priant pour que « leur génération se place à Son service ». Les presbytériens suivaient les enseignements de Jean Calvin et de John Knox. Ils croyaient qu'on ne devient pas pécheur, mais qu'on naît pécheur et que seules l'autodiscipline et la retenue peuvent nous aider à surmonter cet état de péché et à espérer en la miséricorde divine et le salut. C'était une religion dure et exigeante que les enfants Cream parurent embrasser. « Chacun d'eux s'est distingué par son intégrité et sa droiture exceptionnelles [...] a été un membre dévoué de sa paroisse, du catéchisme du dimanche et de toute association propre à les édifier », affirma plus tard Davidson. La famille priait entre les murs de pierre de l'église d'inspiration néo-gothique Chalmers, dont le clocher, le plus haut de la ville, affirmait la présence.

Le parc à bois de la compagnie Gilmour, dans Wolfe's Cove, où Cream grandit et fréquenta l'école jusqu'à l'adolescence. (Musée McCord N-0000.193.200.2)

Un incident survenu dans la jeunesse de Thomas révéla les opinions tranchées de William Cream en matière de religion et une répugnance très peu chrétienne envers le pardon. En mai 1866, « insatisfait de la chorale », comme on peut le lire dans les archives de la fabrique, il cessa de fréquenter l'église Chalmers. Thomas avait une belle voix. Il se peut que son père n'ait pas apprécié la façon dont son fils était traité dans la chorale. La famille transporta ses dévotions dans une autre assemblée presbytérienne, la Congregational Church. Il fallut plus de quatorze ans pour que William Cream revienne à Chalmers.

Thomas fréquenta une école de Wolfe's Cove que la compagnie Gilmour exploitait pour ses employés. Les presbytériens croyaient fermement aux vertus de l'éducation. Savoir lire et comprendre la Bible était une aptitude jugée indispensable au salut d'une personne et à la poursuite de l'œuvre missionnaire de l'église. À l'adolescence, quand sa famille fréquentait encore l'église Chalmers, Thomas y enseigna le catéchisme. Compte tenu de l'importance de l'éducation pour les presbytériens, il devait être considéré comme un membre responsable et digne de confiance de l'assemblée des fidèles. Il semblait aussi être à la hauteur des idéaux et des principes chrétiens de son père. Thomas Davidson se disait certain que le jeune homme était « incapable de la moindre action honteuse ».

■ ■ ■

À cette époque, les décès étaient nombreux et survenaient rapidement. La maladie, les épidémies et le manque d'hygiène faisaient des ravages, surtout parmi les jeunes. À Montréal, au milieu du dix-neuvième siècle, seuls trois enfants sur cinq vivaient plus de cinq ans et l'espérance de vie moyenne au Canada était de quarante-deux ans. Un historien observa un siècle plus tard qu'« un des aspects qui distingue la vie familiale au dix-neuvième de notre réalité plus protégée est une plus grande familiarité avec la maladie et la mort. Il fallait être prêt et s'attendre à ce que la mort survienne, souvent avec une rapidité cruelle ».

La famille Cream ne fut pas épargnée. Thomas n'avait que cinq ans quand mourut sa sœur Christina, née à Glasgow peu avant le départ de la famille pour le Canada. Elle avait un an à peine, et on inscrivit la « poussée dentaire » comme cause du décès. En février 1861, une autre de ses sœurs, Hannah, âgée de dix mois, mourut d'une inflammation pulmonaire. Ce fut ensuite au tour de sa mère de tomber gravement malade, sans doute en raison de complications dues à une grossesse tardive: Mary Cream avait accouché de son huitième enfant en 1867, à l'âge de quarante-trois ans. Thomas était dévasté. « Son affection pour sa mère et son anxiété durant sa longue maladie, les soins attentifs qu'il lui prodigua avec sollicitude pour hâter son rétablissement étaient dignes de louanges », se remémora un de ses enseignants. Mais le 17 janvier 1870, un méchant jour d'hiver, de pluie et de gadoue, elle mourut, à quatre mois du vingtième anniversaire de Thomas. Les amis furent invités, par une brève annonce dans le journal, à se joindre au cortège funèbre avec la famille dans la rue D'Artigny, deux jours plus tard, à quatorze heures.

Thomas était alors commis au chantier naval Baldwin, dans le quartier Saint-Roch, sur la rive de la rivière Saint-Charles, au nord de la ville. William H. Baldwin, un constructeur de troisième génération d'origine écossaise et ami intime de William Cream, avait sans doute contribué à lui procurer cet emploi. Baldwin et son cousin Peter dirigeaient un des chantiers les plus occupés de Québec et employaient jusqu'à quatre cents hommes. Thomas était commis de confiance, responsable de la comptabilité et du registre des entrées et sorties des gens de métier payés à l'heure. Puisque les hommes se présentaient au travail dès six heures du matin, il faisait la plupart du temps encore nuit quand Thomas partait de chez lui pour entreprendre à pied le trajet de vingt-cinq minutes jusqu'au chantier naval. La construction d'un grand voilier durait au moins six mois et la majeure partie du travail avait lieu en hiver, même dans les grands froids, pour une mise à l'eau au printemps. Puisque, à Québec, la plupart des charpentiers de marine étaient canadiens-français, Thomas maîtrisait sans doute bien leur langue.

Les Baldwin ne tarissaient pas d'éloges pour leur jeune employé. « Un jeune homme idéal et un bon chrétien », approuva William Baldwin. Peter Baldwin, qui assumait la direction de l'entreprise depuis 1870, fut heureux de dire que Thomas « donne satisfaction, il est honnête, sobre, attentif et digne de confiance à tous égards ».

■ ■ ■

Puis, ce fut la catastrophe. Un incendie fit rage à Saint-Roch en mai 1870, détruisant presque complètement le chantier naval Baldwin. La déflagration porta sérieusement préjudice à toute l'industrie navale de la ville. Les chantiers britanniques construisaient depuis des années des navires en fonte et en acier, tandis que les constructeurs québécois s'efforçaient de se moderniser. Baldwin fut le premier à intégrer à ses plans des poutres et d'autres composantes structurelles en fer pour produire des vaisseaux « composites » plus solides. Ceux-ci supplantèrent les navires à coque de bois et « prouvèrent que Québec pouvait concurrencer le monde en matière de construction navale », dit un journaliste. Mais ses prototypes furent détruits dans l'incendie.

Baldwin restaura son chantier et mit d'autres navires à l'eau qui tous avaient une coque traditionnelle. Aucun autre constructeur naval local ne fit l'essai de navires composites ou à structure métallique. Tandis que les navires à vapeur et les coques d'acier représentaient la voie de l'avenir, les chantiers de Québec continuèrent de construire des voiliers en bois, qui attiraient de moins en moins les acheteurs. Le marché du bois d'œuvre britannique s'effondrait aussi, portant un autre coup dur à l'économie de la ville. Les hommes d'affaires de la rue Saint-Pierre, notamment le père de Thomas, recherchèrent d'autres débouchés. William Cream opta pour la cimenterie, fit l'acquisition d'une fabrique de poterie et investit son argent dans des banques et des compagnies d'assurance.

Thomas semblait impatient d'échapper à une industrie en voie de disparition. Il resta au service de Baldwin encore un an environ après l'incendie. Puis, en 1871, il partit étudier à Lachute, au nord-ouest de Montréal, dans un collège privé qu'avait fondé un pasteur presbytérien. La Lachute Academy (Académie anglaise de Lachute) offrait aux jeunes plus âgés une éducation supérieure qui surpassait les matières de base enseignées dans les écoles publiques. Le curriculum substantiel incluait des cours de latin et de grec, de philosophie, de mathématiques et de chimie. Thomas avait plus de vingt ans, mais il ne fut sans doute pas dépaysé, puisque plus de la moitié des étudiants avaient seize ans ou plus. L'école attendait de grandes choses de ses diplômés. Un ancien directeur dit avec fierté que « du fait de l'influence de l'Académie, dans toutes les professions des hommes doivent le début de leur carrière et une bonne part de leur réussite subséquente à l'instruction qu'ils ont reçue dans ses salles de cours ».

Thomas avait pour copensionnaire un de ses professeurs, que son caractère et son potentiel impressionnaient. James Emslie se souvint que Thomas était « sérieux, travailleur, bienveillant et très respecté de tous ceux qui le connaissaient ». Son comportement en dehors de la classe lui plaisait tout autant. « J'ai toujours trouvé qu'il était scrupuleusement correct dans ses habitudes, assidu dans sa fréquentation de l'église et strict dans le choix de ses amis. »

Thomas confia à son père qu'il désirait poursuivre une carrière en médecine. Pourquoi la médecine ? L'inspecteur Jarvis posa cette question à Thomas Davidson au cours de ses enquêtes. Davidson savait seulement qu'à un moment donné, Thomas avait « exprimé le souhait de devenir médecin », une profession appropriée pour l'aîné d'une famille aisée et respectée. En outre, son impuissance durant la longue maladie de sa mère et la perte de ses sœurs cadettes avaient sans doute éveillé en lui le désir d'aider et de guérir son prochain. Il entra à la faculté de médecine de l'Université McGill en 1872.

Ainsi que se le remémora James Robertson, un autre ami de la famille, Cream partit s'installer à Montréal à l'automne. C'était « un jeune homme extrêmement doué, destiné à laisser son empreinte dans le monde ».

16

« L'INSTINCT ANIMAL »

{Montréal • 1872-1876}

Un groupe d'étudiants tapageurs de l'Université McGill s'assembla dans une salle d'audience de Montréal un jour de l'automne 1875. Ils venaient encourager un camarade étudiant de médecine, arrêté pour avoir déterré un cadavre. C'était une infraction mineure, et quand le juge imposa une amende, il leur suffit de passer le chapeau pour amasser la somme nécessaire. Le condamné fut ensuite porté en triomphe dans les rues de la ville par ses camarades, qui « brandissaient leurs outils de profanateurs de tombeaux en chantant des hymnes à la victoire », rapporta le *Daily Witness*.

Le manque de cadavres rendait difficile pour les étudiants de McGill l'acquisition d'aptitudes chirurgicales, expliqua le journal du campus peu après ces célébrations estudiantines. Ils étaient témoins de quelques dissections au cours d'un semestre, alors que les écoles de médecine britanniques en offraient jusqu'à trois par jour. Une connaissance parfaite de l'anatomie fait partie inhérente de la formation médicale, et rien n'offre de substitut à la chose réelle. « Il est préférable d'apprendre en disséquant un mort que de faire un gâchis sur une personne vivante », fit remarquer un détrousseur de cadavres. Mais il faudrait attendre encore dix ans avant que le gouvernement du Québec n'adopte une loi obligeant les hôpitaux, les asiles, les prisons et d'autres institutions publiques à remettre les corps non réclamés aux écoles de médecine. Pendant ce temps, un professeur d'anatomie de McGill, Francis Shepherd, s'approvisionnait sur le marché noir, payant jusqu'à cinquante dollars chaque dépouille livrée à sa salle de dissection. Parmi les détrousseurs de cadavres, il y avait des étudiants de McGill désireux d'empocher quelques dollars ou de s'offrir des plaisirs macabres. Ils se qualifiaient de « résurrectionnistes ».

L'année où Cream entra à l'école de médecine, nota plus tard Shepherd, « pratiquement tous les sujets de dissection étaient obtenus illégalement » auprès d'étudiants entreprenants et autres profanateurs de tombeaux.

■ ■ ■

Par un matin humide et froid d'octobre de 1872, quelques-uns des nouveaux étudiants se réunirent pour entamer leur formation médicale à McGill. Le professeur William Wright, qui leur enseignerait bientôt la préparation de médicaments, s'adressa aux futurs médecins en ces termes : « Puissiez-vous marquer d'une pierre blanche le matin où vous avez pénétré pour la première fois dans ces lieux de savoir. »

C'était un jour solennel pour McGill aussi, celui de l'ouverture officielle des nouveaux locaux de sa faculté de médecine. L'immeuble de deux étages abritait un musée de modèles anatomiques et de spécimens, un laboratoire et une salle de dissection dotée d'un sol hygiénique recouvert de plomb. L'arrivée de la classe de Cream à l'automne 1872 porta à cent cinquante-quatre le nombre d'étudiants inscrits au programme d'études d'une durée de quatre ans. Wright leur lança un appel à lutter contre la maladie et la mort. Un diplôme de médecine « vous arme contre les maux dont la chair est l'héritière », déclara-t-il, puis il les implora de se hisser « au rang de Dieu » et d'assumer leur place « entre les vivants et les morts ».

À son arrivée à Montréal, Cream avait vingt ans. Sise dans une île au milieu du Saint-Laurent, Montréal comptait près de cent dix mille habitants, soit deux fois plus que sa ville natale. On vantait auprès des visiteurs en puissance ses qualités de ville « solide et progressiste », dotée de rues larges, de boutiques spacieuses et d'« édifices neufs et élégants ». Comme à Québec, une élite anglophone fortunée dominait la majorité canadienne-française du haut d'une oasis de maisons de maîtres surnommée le Mille carré doré (Golden Square Mile). Le campus de McGill surplombait cette enclave du pouvoir sur le flanc du mont Royal, la montagne qui donnait son nom à la ville. La faculté de médecine, première école de médecine au Canada, offrait le programme de prestige de l'université. La médecine fluctuait quand Cream en entreprit l'étude, la science transformant un art ancien en profession de la modernité. Joseph Lister, un chirurgien britannique, faisait œuvre de pionnier en utilisant l'acide carbolique comme désinfectant durant ses interventions. Le célèbre médecin français Louis Pasteur démontrait que les bactéries étaient responsables de maladies et d'infections. Le chloroforme, utilisé comme anesthésiant dès 1847, remplaçait le brandy et l'éther pour épargner aux patients les douleurs atroces de la chirurgie.

Mais les vieilles méthodes avaient la vie dure. De nombreux médecins s'obstinaient à croire que les infections et les maladies étaient dues aux miasmes, refusant la notion voulant que des germes invisibles tuaient les gens. Quand Arthur Conan Doyle entreprit des études de médecine à Édimbourg, dans les années 1870, il connut des sceptiques qui qualifiaient la théorie des germes et les techniques antiseptiques de Lister de « lubie démesurée ». Pour les vieux médecins, se souvint Conan Doyle, le chloroforme était « une nouveauté dangereuse » et le stéthoscope, pourtant en usage depuis un demi-siècle, « un jouet français dernier cri ». Dans les années 1870, les pharmaciens conservaient encore des jarres pleines de sangsues, même si la plupart des médecins reconnaissaient que la saignée ne purgeait pas le corps de sa maladie.

Comme les médecins de la vieille école qu'avait rencontrés Conan Doyle, McGill était en retard sur son époque. George Fenwick, un professeur de chirurgie réputé pour être le meilleur chirurgien de Montréal, opérait ses patients vêtu d'un sarrau noir taché de sang séché. Personne ne se donnait la peine de laver ou de stériliser les scalpels et les autres instruments chirurgicaux. « Compte tenu de ce manque d'hygiène, nota Francis Shepherd, le fait que des patients se rétablissent tenait du miracle. » Rares étaient ceux qui s'en tiraient. Les infections postopératoires étaient si mortelles que les médecins refusaient d'ouvrir l'abdomen d'un patient pour en retirer une tumeur, à plus forte raison un appendice rompu. Les fractures ouvertes et les amputations chirurgicales étaient le plus souvent fatales. Les étudiants de McGill disséquaient des membres et des muscles en préparation du jour où ils trancheraient dans la chair d'êtres vivants, dit Shepherd, mais ils n'exploraient que rarement les organes internes ou le cerveau : il ne leur servait à rien de s'exercer à des chirurgies qu'ils ne pratiqueraient jamais.

Cream et ses camarades apprenaient par l'observation et l'écoute, rarement par le geste. La cohorte de leurs professeurs préférait les exposés aux démonstrations et ânonnait pratiquement mot pour mot les textes des manuels. Les étudiants pratiquaient des dissections sans supervision, ou presque. Ils suivaient les médecins durant leurs visites aux malades à l'Hôpital général de Montréal, mais il leur était interdit d'examiner ou de traiter les patients. Puisque la chirurgie était souvent une mesure de dernier ressort, les étudiants n'assistaient en général qu'à trois interventions majeures par mois. Pour passer le cours d'obstétrique, Cream dut être témoin de seulement une douzaine d'accouchements sous la direction d'une sage-femme. De nombreux étudiants obtenaient leur diplôme sans jamais avoir vu de médecin se servir de forceps et sans jamais assister un médecin accoucheur.

Cream constata qu'il devrait parfois se substituer à Dieu, choisir une vie au détriment d'une autre. Un cours d'obstétrique explorait quand et comment pratiquer des avortements. « Ils étaient parfois nécessaires pour sauver la vie de la mère », dit Cream plus tard. Son professeur de maïeutique révéla aux étudiants comment les médecins pouvaient savoir si un avortement était le résultat d'un accident ou d'une maladie, ou s'il avait été délibérément « provoqué » et constituait un acte criminel. Dans un cours sur la nouvelle science de la médecine légale, Cream apprit à déterminer si un décès résultait d'un crime ou de causes naturelles et le processus exact de la mort par pendaison. Un autre professeur lui enseigna que le chloroforme était une « lame à double tranchant », sécuritaire quand on s'en servait correctement comme anesthésiant chirurgical, létal s'il était administré en quantité excessive. Une personne à qui l'on ferait inhaler de force du chloroforme non dilué mourrait bientôt d'un arrêt cardiaque. Puisque la plupart des médecins fabriquaient leurs propres compositions médicamenteuses, le professeur Wright donnait un cours sur l'utilisation des herbes médicinales, des composés chimiques, de l'opium et d'autres narcotiques. Il était courant d'incorporer des poisons tels la strychnine et l'arsenic en quantités traces à de nombreux médicaments d'ordonnance. Un tel savoir pouvait guérir. Ou tuer.

Les étudiants s'immunisaient contre la vue du sang et s'habituaient à la puanteur de la mort. La table d'opération des chirurgiens de l'hôpital était primitive et le bois de son plateau noirci du sang des patients qui s'y étaient succédé. Le sol « taché de sang dégageait des odeurs pestilentielles », se remémora un étudiant. Dans la salle de dissection, on décidait à pile ou face qui aurait la tâche répugnante de retirer les organes internes d'un cadavre pour exposer les muscles sous-jacents. Mais certains étudiants participaient très volontiers à la profanation de tombeaux dans les cimetières. Rien ne prouve que Cream ait pris part à ces activités nocturnes, mais il devait connaître la provenance de la plupart des sujets de dissection et il savait sans doute ou imaginait lesquels de ses camarades les avaient exhumés. Même l'école fermait les yeux sur cette pratique et promettait aux étudiants « une abondance de matière fraîche » à disséquer, sans en spécifier l'origine.

Certains étudiants se délectaient de ces études macabres. Un des camarades de Cream avoua en 1874 que « l'ambiance et le curriculum d'une école de médecine dégagent un je-ne-sais-quoi qui, comme les oreillons, se communique par contagion d'une personne à l'autre et libère l'instinct animal ».

À McGill, Cream vivait seul pour la première fois de sa vie. Il n'y avait pas de dortoirs. Les étudiants en médecine habitaient « où ils voulaient et leur vie privée ne faisait l'objet d'aucune surveillance, ou presque », nota ultérieurement Jarvis dans un rapport à ses supérieurs de Scotland Yard alors qu'il enquêtait sur les années d'études de Cream. Quand ils en avaient assez des notes de cours et des manuels, vingt minutes à pied séparaient le campus des tavernes et des bordels du « Red Light », le quartier chaud. Un éditorial du journal *McGill Gazette,* qui exigeait pour les étudiants des résidences sur le campus, demanda : « Quel homme sensé lâcherait son fils dans la plus grande ville du pays tout en sachant qu'il y aurait une presque entière liberté d'action » et qu'il y serait exposé « aux nombreuses tentations qui ne manqueraient pas de l'assaillir ? »

Dans les années 1870, McGill comptait environ trois cent cinquante étudiants, tous des hommes, dont près de la moitié faisaient des études de médecine. Il faudrait attendre encore dix ans pour que les femmes soient admises à cette faculté. La vie du campus s'articulait autour de la société littéraire, du club de raquettes et de sports d'équipe tels que le football et le hockey. Des étudiants doués pour la musique formèrent une petite chorale dans le but d'organiser des concerts caritatifs et, comme l'espéra la *McGill Gazette*, « d'insuffler à nos hommes l'esprit du chant ». Cream en fit peut-être partie, car sa voix était assez belle pour lui valoir d'être invité à chanter à l'occasion d'un dîner de la société littéraire de l'université, en janvier 1876.

Dans son exposé d'introduction, Wright mit en garde la promotion de 1876 contre « les pièges des mauvaises habitudes » qu'étaient notamment le tabac et l'alcool. Ils pouvaient, leur dit-il, « être tout ou presque, sauf un médecin ivre ». Cream s'adonnait à l'un des vices que Wright déplorait : il fumait une longue et fine pipe d'argile à laquelle il substitua par la suite du tabac à chiquer. Comme ses camarades, il buvait sûrement à l'excès. Selon le *Harper's Magazine*, les étudiants en médecine de cette époque avaient la réputation d'être « d'exubérants oiseaux de nuit, sans foi ni loi ». Après des repas bien arrosés dans les restaurants de Montréal, les étudiants ivres de McGill se répandaient dans les rues de la ville, où ils avaient des démêlés avec la police.

Cream loua une chambre à proximité du campus, au 106 de la rue Mansfield, chez Jane Porter, une professeure de musique qui tenait pension. Il demeura à cette adresse durant ses quatre années d'études à McGill, en compagnie de guichetiers de banque, de commis des chemins de fer et d'une autre pensionnaire à long terme, une veuve du nom de Mary Blackwood. « Il s'est toujours comporté en gentleman », dit Porter à Jarvis quand le détective lui rendit visite. Mais pour les professeurs et les étudiants, il était un tout autre personnage, un sale type qui faisait étalage de sa fortune. James Bell, qui le suivait d'un an, et Walter Sutherland, de la promotion de 1874, jugeaient préférable d'éviter sa compagnie. « Ils le fréquentaient le moins possible, car ils n'appréciaient pas sa manière d'être », nota Jarvis dans un rapport. Bell et Sutherland ne dirent jamais exactement ce qui les irritait, et Jarvis confirma que ses comportements ne firent jamais l'objet d'une plainte auprès de la direction de l'université durant ses études à McGill. Mais Cream acquit la réputation de dépenser sans compter et de mener une vie dissolue. Pour Robert Craik, professeur de chimie à l'école de médecine, il était « plutôt sans-gêne et mettait de l'ostentation à exhiber ses vêtements et ses bijoux ».

Les étudiants en médecine avaient six mois de congé chaque année, du début d'avril à la fin de septembre, et on les encourageait à profiter de ce temps pour suivre des cours facultatifs à l'hôpital afin de s'instruire sur les maladies et leurs traitements. Cream préféra rentrer à Québec et travailler pour son père. En mars 1874, alors que Thomas en était à sa deuxième année d'études, William Cream se remaria avec Elizabeth Harbeson, la fille d'un comptable de Québec, de quatorze ans sa cadette. Cream avait idolâtré sa mère. Nous ne savons rien de sa réaction au mariage de son père ni de sa relation avec sa belle-mère.

Le père de Thomas procura à ce dernier un travail bien rémunéré, se souvint Daniel Cream, de telle sorte qu'« il ne manqua pas d'argent à l'université, l'hiver venu » pour assouvir ses coûteux caprices. Pendant ses études, il commanda une série de photos au célèbre photographe montréalais William Notman, qui s'annonçait comme le « photographe de la reine » et prodiguait ses services aux politiques, aux hommes d'affaires et aux vedettes du temps. Il s'offrit au moins quatre séances de pose pendant sa fréquentation de McGill. Une de ces photos le montre en redingote, coiffé d'un haut-de-forme, en chemise à collet monté avec une cravate à rayures retenue par une épingle. Dans une autre, il est en tenue décontractée, il a largué la redingote mais gardé le haut-de-forme, il est en manches de chemise, une montre gousset est suspendue à son gilet, il tient une pipe d'argile dans une main et une copie du journal étudiant de McGill dans l'autre. Sur d'autres photos, il a enfilé un épais manteau de fourrure, puis, adossé à une colonne, il a glissé sa main droite entre deux boutons, dans une pose napoléonienne. Cette garde-robe était coûteuse. Thomas souscrivit une police d'assurance sur le contenu de sa chambre de la rue Mansfield, en 1874. La Commercial Union Insurance Company de Montréal assura ses vêtements et autres effets personnels jusqu'à concurrence de mille dollars, l'équivalent aujourd'hui de dix-huit mille dollars américains.

Cream tient une pipe dans une main et un exemplaire du journal étudiant de McGill dans l'autre lors d'une séance de pose au Studio photographique Notman en 1874. (Musée McCord I-99946.1)

Sur ces photos, Cream n'a encore que vingt-cinq ans environ, mais il affiche un début de calvitie et des tempes dégarnies. Les sourcils épais et le teint mat accentuent le gris de ses yeux. Son trait le plus marquant est le menton carré légèrement creusé d'une fossette. Associée à ses épaules étroites, sa tête paraît un peu trop grosse. « Carrure costaude, visage plein et front large [...] mâchoires et menton épais », le décrit un portrait assez peu flatteur. Il mesure cinq pieds et neuf pouces, pèse environ cent quatre-vingts livres et porte des bottes de pointure neuf. La moustache de Cream s'allonge et s'épaissit durant ses quatre années à McGill et, pendant quelque temps, il la porte recourbée en croc. À vingt-six ans, il lui ajoute d'épais favoris auburn en côtelettes qui laissent son menton glabre. Ce nouveau look rétrécit et équilibre son visage, ce qui est sans doute le but visé.

Sa personnalité se transforma en même temps que son apparence. Il était de plus en plus difficile de trouver en lui des traces du jeune homme au bon cœur que James Emslie avait eu pour étudiant à l'Académie anglaise de Lachute, ou du bon chrétien qui avait enseigné le catéchisme, puis impressionné son employeur, William Baldwin. Cream était hautain et égocentrique, un grossier personnage qui dilapidait son argent. Vaniteux et pourtant indifférent à l'opinion des autres. Sans-gêne. Libertin. Quelqu'un à éviter. Le professeur Wright avait demandé aux futurs médecins de McGill de mener des vies exemplaires, d'être « charitables, bons et affables » et d'éviter « les folies de la jeunesse ». Cream avait oublié ce conseil ou il avait choisi de ne pas en tenir compte.

■ ■ ■

La collation des grades de la promotion de 1876 commença à quinze heures, le 31 mars, au pavillon Molson, situé dans l'aile ouest de l'édifice principal du campus de McGill. Dehors, des restes de neige fondaient. À l'intérieur de la salle bondée, il faisait une chaleur suffocante. Le directeur John William Dawson, secondé par Robert Craik, ce professeur de chimie aux yeux de qui Cream passait pour un dandy malotru, remettait les diplômes. Dawson, un géologue réputé qui enseignait la botanique à l'école de médecine, eut pour chaque diplômé des conseils et des encouragements. Cream et trente-trois autres étudiants étaient maintenant autorisés à faire suivre leur nom des initiales MDCM : doctorat en médecine et maîtrise en chirurgie.

Suivirent des discours. John S. Archibald, de la faculté de droit, exhorta les diplômés à « consacrer leurs aptitudes à la réalisation des plus hautes compétences de leur domaine professionnel ». Le juge Frederick W. Torrance formula l'espoir que « la pureté de leur carrière soit une de leurs plus grandes aspirations ». Si les avocats œuvraient sous les feux des projecteurs, les médecins accomplissaient leur travail « dans l'intimité des chambres de malades, loin du regard des hommes », Dieu étant le seul témoin et le seul juge de leurs actes. « Votre patient, leur rappela-t-il, est entièrement à votre merci, totalement et absolument entre vos mains. »

La promotion de 1876 de l'École de médecine de McGill. Cream est agenouillé dans la deuxième rangée, au centre de la photographie. (Archives de l'Université McGill, PL007815)

Cream exercerait bientôt ce pouvoir de vie et de mort. Il avait passé ses examens finaux à l'oral et à l'écrit, dans tout un éventail de matières, de l'hygiène à la chirurgie, en passant par l'anatomie, les maladies des femmes et celles qui affectent les enfants. Ces examens comprenaient la question suivante : « En quoi les poisons sont-ils mortels et sur quels tissus agissent-ils ? » Chaque diplômé avait rédigé une thèse autour d'un sujet médical et l'avait défendue devant ses camarades et ses professeurs. La thèse de Cream ne survécut pas. Elle traitait du chloroforme et explorait sans doute un aspect abordé dans un cours, les effets potentiellement létaux du chloroforme mal utilisé ou administré en concentrations excessives. Chaque étudiant fit serment en latin de « pratiquer l'art de la médecine avec prudence, droiture et excellence » et « d'administrer fidèlement tout ce qui se rapporte à la santé et au bien-être des malades ». Cream apposa sa signature au registre surdimensionné et relié en cuir de la faculté de médecine. Dans la photo de groupe, il apparaît au centre, son bras droit entourant les épaules de Steven Robinson, un Ontarien accroupi par terre devant lui. Dans cette mer de visages solennels et pensifs, figés pour une longue prise de vue, Cream est l'un des rares futurs médecins à avoir l'air heureux.

17

FLORA ELIZA BROOKS

{Waterloo, Québec • 1876}

ILS SEMBLAIENT ÊTRE BIEN ASSORTIS. Lui, le fils d'un commerçant riche et respecté de Québec qui serait bientôt médecin. Elle, la fille de Lyman Brooks, le commandant de la milice locale et propriétaire de Brooks House, le meilleur hôtel de Waterloo, un grandiose édifice de quatre étages en brique rouge dans la rue principale du village. Avant de se tourner vers l'hôtellerie, Brooks avait été tenancier de taverne, boutiquier et maître de poste régional pendant près de vingt ans, restant ainsi quotidiennement en contact avec ses voisins et les gens de passage. Il rencontrait et jaugeait constamment de nouveaux venus. S'il avait des doutes ou des appréhensions au sujet de Thomas Neill Cream, le jeune homme qui faisait la cour à sa fille, Flora Eliza, au printemps 1876, apparemment, il les gardait pour lui.

Dans le cours de son enquête sur le passé de Cream, Jarvis se rendit ensuite à Waterloo, à environ soixante milles à l'est de Montréal. Ce village lacustre sur un arrière-plan de collines usées par les glaciers et dont la silhouette évoque des créatures géantes endormies était l'un des premiers arrêts du train qui reliait Montréal aux Cantons-de-l'Est. « Un des plus beaux paysages du continent », affirmait un prospectus touristique, un rustique amalgame de fermes, de lacs et de forêts « constituant un décor qui rappelle résolument la campagne anglaise ». Située juste en deçà de la frontière entre le Québec et le Vermont, Waterloo, dont le nom évoque la défaite de Napoléon, fut fondée par des Loyalistes qui fuyaient la guerre de l'Indépendance américaine et affirmaient ainsi une présence anglaise dans une province à prédominance francophone. La population comptait alors deux mille cinq cents habitants à peine, mais dans une histoire de la ville publiée en 1877, Cyrus Thomas, le directeur de la Waterloo Academy, signale que « l'élégance urbaine et la substance de plusieurs de ses édifices publics et privés ne peuvent que frapper un étranger en visite à Waterloo ».

L'hôtel Brooks House à Waterloo, au Québec, propriété du beau-père de Cream. (Collection de l'auteur)

Flora Brooks avait rencontré Cream au début de 1876, à l'occasion d'un séjour à Montréal où elle rendait visite à des amis. Elle avait vingt-trois ans et lui en aurait vingt-six en mai. Après qu'ils furent tombés sous le charme l'un de l'autre, ils durent observer les rituels des fréquentations de l'ère victorienne. Le parti devait attendre d'être invité à rendre visite à la jeune femme chez elle en présence d'au moins un membre de sa famille. Le couple devait être chaperonné pendant ses sorties, mais avec un peu d'ingénuité, il pouvait éluder cette surveillance. Au cours des mois suivants, se souvint Lyman Brooks, Cream « rendit régulièrement visite à

Flora» à Waterloo «et l'on en vint à considérer qu'ils étaient fiancés». Cream devint un habitué de Brooks House et le couple s'échangea des lettres quand il retourna à Montréal. Ils se découvrirent plusieurs points communs, outre les avantages que leur conférait le revenu imposant de leurs pères respectifs. Ils étaient tous les deux aînés de la famille et orphelins d'un parent – la mère de Brooks était décédée deux ans plus tôt. Sa famille était anglicane, si bien que le protestantisme représentait un autre dénominateur commun, et non des moindres au dix-neuvième siècle.

Mais Brooks savait fort peu de choses sur son prétendant, et jamais n'aurait-elle pu imaginer ce dont il était capable. En avril de cette année-là, environ deux semaines après sa collation des grades à McGill, Cream annonça à sa logeuse, Jane Porter, qu'il quittait la pension du 106 de la rue Mansfield. Il lui demanda s'il pouvait y laisser ses effets personnels jusqu'à ce qu'il les récupère et elle accepta, même après qu'il lui eut annoncé qu'un squelette humain en faisait partie. (De nombreux étudiants en médecine se procuraient des squelettes, des ossements ou des organes préservés dans le formol pour la poursuite de leurs études d'anatomie.) Deux jours plus tard, le 18 avril, un incendie se déclara dans la chambre. Quand les pompiers arrivèrent sur les lieux, le mobilier avait été presque entièrement détruit. Le feu semblait s'être déclaré dans une commode maintenant réduite en cendres. Cream avait couché le squelette dans son lit. En le trouvant, les pompiers en conclurent que l'occupant de la chambre était mort calciné.

Porter sut expliquer la présence du squelette, mais pas comment un incendie avait pu se déclarer dans la commode d'une chambre inoccupée. Elle était sûre que personne n'y était entré. La compagnie d'assurance suspecta un incendie criminel. Quand Cream lui présenta une liste détaillée de ses biens et une réclamation de 978,40 $, soit presque le maximum auquel sa police lui donnait droit, la Commercial Union Insurance Company refusa de payer. L'affaire fut soumise à l'arbitrage et Cream finit par accepter un règlement amiable de trois cent cinquante dollars.

Cet incident préfigurait le comportement curieux et destructeur qui serait le sien. Quand l'incendie vint à la connaissance de Jarvis au cours de son enquête de l'été 1892, ce dernier fut convaincu que Cream était retourné à sa chambre pour y mettre le feu. Mais d'autres questions restaient en suspens. Cream, qui était capable d'allumer un incendie et de machiner une fraude, avait-il tenté de simuler sa mort? Comment s'était-il procuré le squelette? À qui appartenaient les restes trouvés dans son lit calciné?

■ ■ ■

L'été 1876 à Waterloo fut torride, une longue et sèche canicule que l'hebdomadaire local, le *Waterloo Advertiser*, qualifia de « presque inégalée dans les annales canadiennes ». Les ruisseaux s'asséchèrent. Les fermiers se démenèrent pour récolter les céréales venues trop tôt à maturité. Il y avait tant de poussière qu'une charrette aménagée pour la circonstance arrosa la chaussée en gravier au long de laquelle se trouvaient Brooks House et d'autres commerces.

Mais en dépit de la chaleur, un jeune couple pouvait s'adonner à de nombreuses activités. Les Red Stockings de Waterloo jouaient cet été-là les premières parties de base-ball dans un village où le cricket était depuis longtemps le sport favori. Brooks et Cream pouvaient assister à l'un des concerts en plein air du Hubbard's Brass Band ou se joindre aux groupes de jeunes qui traversaient le lac Waterloo à la rame pour aller pique-niquer à l'écart de leurs chaperons. Le cirque W. W. Cole, avec ses clowns, ses acrobates et ses animaux exotiques, arriva le 4 août à bord de trente-six wagons de train. Venues applaudir les éléphants et les zèbres, les courses de chars et la bravoure de Conklin, le dompteur de lions, quelque huit mille personnes débarquèrent à cette occasion dans les hôtels de Waterloo, dont Brooks House. Flora Brooks devait être heureuse qu'un homme lui offre son bras, puisque les femmes se plaignaient des vagabonds et des ivrognes qui les insultaient dans la rue. « Nous conseillons aux dames de ne pas s'aventurer à l'extérieur de chez elles à la nuit tombée sans être accompagnées, les mit en garde le rédacteur en chef de l'*Advertiser*. Il y a trop de canailles dans les rues pour qu'elles y soient en sécurité. »

Cream lui promit de l'épouser. Cela suffit pour que Flora accepte de consommer leur relation. Puis, au soir du 9 septembre, elle tomba gravement malade. Entendant ses cris, des membres de la famille accoururent à sa chambre et la trouvèrent atrocement souffrante. Lyman Brooks appela leur médecin. Le diagnostic du Dr Cornelius Phelan fut choquant. Elle avait subi un avortement, « provoqué par des médicaments ou des instruments ». Phelan n'était pas certain de la méthode utilisée, mais il était clair que Cream était à la fois le père et l'avorteur.

Phelan annonça la nouvelle au père de Flora le lendemain. Lyman Brooks aurait pu déposer une plainte auprès des autorités, car en vertu de la loi canadienne, l'avortement provoqué et l'administration ou la procuration d'une substance nocive dans l'intention d'induire une fausse-couche constituaient des actes criminels. Certaines substances couramment incorporées à des médicaments, telles que la tanaisie, le genévrier Sabine, la racine de cotonnier et l'ergot, étaient bien connues pour produire l'effet désiré, et en tant que diplômé d'une école de médecine, Cream pouvait facilement se les procurer et les administrer. Mais Brooks savait qu'une poursuite exposerait sa fille à la diffamation pour un résultat limité. Une grossesse hors mariage, nota un contemporain, condamnait la femme à « un véritable calvaire ». Dans une collectivité aussi petite que Waterloo, il en serait fait de sa réputation.

Lyman Brooks prit le train pour Montréal où Cream logeait à l'hôtel. Il demanda l'aide de la police, mais seulement pour faire en sorte que sa proie accepte de revenir avec lui à Waterloo. Deux agents l'accompagnèrent à l'hôtel de Cream.

« Qu'est-ce que ça signifie ? » demanda Cream, que la présence des agents de police ébranlait.

« Ça signifie que tu reviens chez moi pour épouser ma fille. »

Cream ne pouvait ni discuter ni refuser.

« J'en avais justement l'intention », rétorqua-t-il. Il mentait sûrement.

L'après-midi du 11 septembre, un lundi, une réunion tendue rassembla quelques personnes chez les Brooks pour la négociation du contrat de mariage. Un avocat local, Thomas Brassard, avait été mandaté pour en esquisser les clauses. Cyrus Thomas, l'historien de la ville et directeur de l'école, agissait comme témoin. L'entente de six pages en jargon juridique et commercial ne parvenait pas à masquer un courant sous-jacent de répugnance et d'hostilité. Quatre pages furent couvertes de l'écriture fluide de Brassard avant que les parties au contrat ne reconnaissent comme après coup « l'amour et l'affection » qu'ils éprouvaient l'un pour l'autre. Des ratures et des ajouts en marge montraient que le document avait été rédigé à la hâte et qu'il était le produit de négociations houleuses. Lyman Brooks valida le contrat par sa signature. Il en avait vraisemblablement dicté les conditions draconiennes.

Il n'y aurait pas de communauté de biens, à plus forte raison de dot. Cream n'aurait aucun droit sur la propriété existante de sa femme, constituée de mille dollars hérités de sa mère, de « tenues vestimentaires, bijoux et colifichets » d'une valeur de deux cents dollars ou de tout ce que lui léguerait son père. Cream accepta de couvrir les dépenses du ménage et de pourvoir à la subsistance et à l'éducation de tout enfant « né de leur mariage consenti ». S'ils avaient des enfants et que Cream demandait le divorce, il verserait à sa femme un montant de dix mille dollars, une somme faramineuse, l'équivalent aujourd'hui de près de deux cent mille dollars américains. Dans l'éventualité où Flora mourrait sans enfant, l'offre de ce « généreux » cadeau serait, bien entendu, « nulle et non avenue ».

Il ne restait plus qu'à voir aux formalités. Il faisait déjà nuit quand l'archidiacre David Lindsay, recteur de l'église anglicane St. Luke, présida la cérémonie privée à la résidence de la famille Brooks. Trop faible pour se tenir debout, la mariée resta étendue sur une chaise longue. La canicule était passée et les températures nocturnes frôlaient le point de congélation. L'air froid du dehors s'accordait à l'ambiance qui régnait à l'intérieur. Aucun membre de la famille de Cream ne semble avoir été présent. Son frère, Daniel, dit plus tard à l'inspecteur Jarvis qu'il n'avait jamais rencontré Flora Brooks. Un bref faire-part du mariage entre Cream et Brooks fut publié dans l'*Advertiser* sans aucune allusion au drame qui s'était joué la veille de la cérémonie.

Cream s'enfuit le lendemain du mariage. Il annonça à son beau-père qu'il « devait aller quelque temps en Angleterre pour terminer ses études de médecine ».

Lyman et Flora Brooks ne le revirent jamais.

18

L'ÉTUDIANT N° 2016

{Londres • 1876-1877}

AUX YEUX DU MÉDECIN PERSONNEL de Sa Majesté, l'endroit était malsain et inapproprié. « Je ne pense pas que la rive d'une rivière fangeuse soit un choix judicieux pour l'érection d'un hôpital, protesta sir James Clark. Il serait aéré, mais en toute saison cet air ne serait pas des plus purs. Il transporterait en été les émanations de la rivière et, en hiver, il serait chargé d'humidité, de la fumée de la ville et du vent froid de l'est. » La reine ne tint pas compte de ces mises en garde. En 1868, Victoria elle-même présidait quand fut posée la première pierre du nouvel hôpital St. Thomas, à Lambeth, au bord de la Tamise. Quand elle revint sur les lieux trois ans plus tard pour l'ouverture officielle de cet établissement de six cents lits, Londres était aussi humide et fumeuse que jamais, mais un nouveau système d'égouts avait libéré la rivière de ses eaux usées et de ses odeurs pestilentielles.

L'hôpital St. Thomas, l'un des plus anciens de la ville, avait ses origines dans une infirmerie fondée par un ordre religieux aux environs de 1106. Il fut aussi l'une des premières écoles de médecine d'Angleterre, puisque les futurs médecins purent y faire leur apprentissage dès 1550. Promoteur précoce de la vaccination, cet hôpital fut aussi l'un des précurseurs du recours au chloroforme en guise d'anesthésiant. Lorsque Florence Nightingale revint des champs de bataille de Crimée pour mettre sur pied une école de formation des infirmières, en 1860, elle choisit St. Thomas. La construction d'une voie ferrée avait déplacé l'hôpital sur les berges de la rivière, en face du tout nouveau parlement.

Les diplômés de McGill poursuivaient très souvent leurs études en Grande-Bretagne ou en Europe pour se familiariser avec les dernières procédures et techniques, ou s'orienter vers une spécialité telle que l'obstétrique ou la pathologie. Cream opta pour Londres et l'hôpital St. Thomas, avec comme but ultime son entrée dans le prestigieux Collège royal de chirurgie d'Angleterre. Les lettres MRCS à la suite de son nom promettaient de lui ouvrir des portes et le portefeuille des patients.

■ ■ ■

Les huit édifices du complexe hospitalier de St. Thomas occupaient une bande étroite de la berge sur une distance d'un demi-mille au sud du pont de Westminster. C'était « le meilleur hôpital de Grande-Bretagne, voire du monde entier », affirmait le *British Medical Journal*. Une rangée de quatre blocs identiques de quatre étages rassemblait une suite de pavillons reliés par des couloirs et des salles ensoleillées et bien aérées, selon un design conçu par Florence Nightingale. L'école de médecine occupait un édifice plus petit dans la partie sud du complexe, au bas d'une tour de style italianisant qui marquait son emplacement, tel un phare environné de terre. Cette école avait d'illustres voisins. Elle s'adossait aux loges crénelées de Lambeth Palace, la résidence de l'archevêque de Canterbury depuis le Moyen Âge. Les étudiants qui tournaient leurs regards dans le sens opposé, au-delà de la Tamise, pouvaient lire l'heure au cadran de Big Ben.

Les installations modernes et la réputation d'excellence de St. Thomas promettaient de compenser les lacunes de la formation qu'avait suivie Cream à McGill. C'était un des hôpitaux les plus achalandés de la ville, puisque trois mille quatre cents patients y étaient admis chaque année, auxquels s'ajoutaient les sept mille patients de ses cliniques externes. « Tous les étudiants, promettait le prospectus, ont la possibilité d'effectuer des travaux pratiques » et pouvaient suivre un vaste éventail de cours dans de nouveaux champs de spécialisation, notamment les maladies mentales, les affections de l'œil, de la peau et des dents, ainsi que les maladies propres aux femmes et aux enfants. Sa relocalisation à Lambeth « suscita une renaissance de l'école de médecine », proclame l'histoire officielle de l'hôpital, et attira un groupe de jeunes et talentueux médecins « possédant les compétences nécessaires pour former des étudiants dans toutes les branches de la médecine et de la chirurgie ».

L'hôpital St. Thomas, à Lambeth. (Collection de l'auteur)

Au croisement de la pauvreté, de la criminalité et de l'industrie, Lambeth était la destination logique du nouvel hôpital St. Thomas. En tant qu'institution caritative, il soignait les malades qui n'avaient pas les moyens de s'offrir un médecin ou des soins à domicile. Ainsi que l'avait expliqué Sydney Jones, un chirurgien et professeur à l'école de médecine, « l'hôpital devrait être situé dans un quartier densément peuplé, facilement accessible à la population et à proximité des usines et des quartiers où les accidents sont fréquents ». C'était le cas. Les immeubles locatifs sordides et le manque d'hygiène remplissaient de malades les salles de l'hôpital St. Thomas, les victimes d'agressions et de bagarres entre ivrognes venaient faire panser leurs blessures dans les cliniques externes, et les usines amenaient à l'hôpital un flux constant d'ouvriers estropiés.

Mais il y avait un inconvénient. Les filles de rue et les bordels de Lambeth tentaient les jeunes étudiants de St. Thomas. « On ne doit pas s'étonner qu'une certaine complaisance excessive fasse suite à une liberté soudaine dans un grand centre animé », protesta un étudiant en médecine qui se porta à la défense du collectif.

L'inspecteur John Bennett Turnbridge, qui dirigeait l'enquête de Scotland Yard sur les empoisonnements de Lambeth, avait confirmé la présence de Cream à St. Thomas dès les débuts de l'investigation. Cream était arrivé à Londres pour la première fois en octobre 1876, à l'âge de vingt-six ans, et son matricule d'étudiant était le 2016. Il faisait partie d'un groupe de près de deux cents « carabins », comme on désignait tous les étudiants en médecine, même les hommes qui, comme lui, possédaient déjà un doctorat et désiraient se spécialiser ou renforcer leurs compétences. Cream s'orienta vers l'obstétrique, un domaine prometteur et très ouvert pour un jeune médecin, étant donné que la profession médicale commençait à peine à s'immiscer dans un champ jusque-là réservé aux sages-femmes. Il prétendit ensuite avoir examiné ou traité cinq cents femmes enceintes pendant ses deux années d'études à St. Thomas, et avoir assisté et conseillé d'autres médecins quand ceux-ci pratiquaient des avortements pour sauver la vie de la mère.

Cream quitta St. Thomas avec un prix d'honneur. Mais dans le registre de l'hôpital où l'on consignait les travaux et les réalisations des étudiants, une seule entrée le concerne et confirme qu'il était bandagiste. Ces assistants qui accompagnaient les chirurgiens dans leurs visites aux malades, qui observaient leurs diagnostics et leurs évaluations, effectuaient un travail fastidieux : ils soignaient les plaies et changeaient les pansements. « En général, les bons bandagistes font de bons chirurgiens », remarqua un médecin formé à St. Thomas.

Les étudiants désireux d'enrichir leur expérience se voyaient offrir des places de commis dans les salles ou les cliniques externes. Cream ne postula pas, ou ses demandes furent rejetées. Ceux qui, comme lui, étaient déjà des médecins qualifiés pouvaient superviser les étudiants de premier cycle en obstétrique, en ophtalmologie et dans d'autres spécialités. Il ne le fit pas. Le secrétaire de l'école de médecine, George Rendle, incita les étudiants à consacrer « le plus de temps possible aux formations cliniques dans les salles et les services de consultation externe ». Le maigrichon dossier d'étudiant de Cream permet de supposer qu'il avait d'autres façons d'occuper ses loisirs.

Des étudiants préparent des remèdes dans un laboratoire de chimie de l'hôpital St. Thomas. (*Graphic*, 2 octobre 1886 / Collection de l'auteur)

Il n'était pas venu à Londres uniquement pour renforcer ses titres de compétence, mais aussi pour fuir désespérément son passé et son mariage forcé. Mais, même dans une aussi grande ville séparée du Canada par un océan, Cream croisa des gens qui le connaissaient. Quatre autres diplômés de McGill étudiaient à St. Thomas à l'automne 1876, y compris trois membres de sa promotion. La première année, il fit en sorte d'en éviter un, Herbert Reddy, qui connaissait les pétrins où il s'était mis. L'incendie à la pension de Mlle Porter à Montréal ? Reddy en avait entendu parler : il était convaincu que Cream avait mis le feu à sa chambre pour toucher l'argent de l'assurance. La fille de l'hôtelier qu'il avait séduite et son mariage forcé ? Reddy était au courant de cela aussi.

Puis, l'archidiacre David Lindsay, qui avait béni son mariage au Québec, arriva en Angleterre en novembre 1876 après le décès de son frère, un commerçant de Londres. Flora Brooks lui avait demandé de livrer un colis à son mari. Cream alla le récupérer auprès de Lindsay chez le frère décédé de ce dernier dans North London. Après son départ, des parents de Lindsay s'enquirent de son visiteur et reconnurent son nom. Il courtisait une riche jeune femme du quartier, une certaine Mlle Alexander. Apprenant peu après que son prétendant était déjà marié, Mlle Alexander le quitta.

Quelques mois plus tard, il poursuivit de ses assiduités la fille de sa logeuse de Gough Square, une impasse voisine de Fleet Street où il louait un garni. Cette femme avait aussi des contacts au Canada. En mars 1877, elle reçut une lettre d'une amie de Montréal, Charlotte Louisa Botterill, lui annonçant que Cream avait mis une jeune fille respectable enceinte, puis l'avait abandonnée au lendemain de leur mariage. Outré par ces révélations, Cream engagea un avocat de Londres et menaça de poursuivre la dame pour diffamation, malgré la justesse de son compte rendu. Botterill s'excusa de ses propos, mettant ainsi fin au conflit. On peut supposer qu'entre-temps, sa lettre mit également fin au dernier flirt de Cream.

■ ■ ■

La Grande-Bretagne comptait dix-neuf organismes d'attribution des permis d'exercer la médecine, ce qui se traduisait par une « multiplicité déconcertante de qualifications », ainsi que le formula un éminent chirurgien. Le Collège royal de chirurgie d'Angleterre était le plus grand et le plus influent de tous avec ses seize mille membres. Les candidats devaient réussir une ou deux séries d'examens, en fonction de leur formation et de leurs qualifications médicales antérieures. Un jury d'examinateurs composé de *fellows* de l'université possédant un minimum de six années d'expérience dirigeait les épreuves et formulait les questions. Le taux d'échec était élevé. En 1876, des sept cents candidats qui complétèrent l'épreuve préliminaire d'entrée au Collège, moins de la moitié se vit attribuer la note de passage. Un candidat sur quatre échoua au second examen et fut rejeté. Il traitait d'anatomie chirurgicale, ainsi que des principes et de la pratique de la chirurgie et de la médecine.

Cream acquitta les frais d'inscription de cinq shillings et se présenta à l'examen dans l'après-midi du 16 avril 1877, en même temps que des diplômés de St. Bartholomew, du University College et d'autres écoles londoniennes. Les registres du Collège ne disent pas s'il fut soumis à l'évaluation préliminaire ou si ses cinq années de formation à McGill et à St. Thomas lui valurent de passer directement à l'épreuve finale. Il avait trois heures pour répondre à quatre questions exigeant une compréhension parfaite de l'anatomie, de la maladie et des traitements. Il n'y avait que deux issues possibles : le candidat était approuvé ou « renvoyé », un terme poli pour dire qu'il avait échoué.

Cream fut renvoyé.

Les candidats renvoyés pouvaient tenter leur chance à nouveau après une période d'attente de plusieurs mois, mais Cream ne le fit pas. Il demeura à Londres et poursuivit ses études à St. Thomas. Il termina sa formation de bandagiste en juillet 1877.

Les étudiants s'aventuraient souvent pendant leur formation dans les taudis de Lambeth pour visiter des malades incapables de se rendre à l'hôpital. Dans le cadre de leurs études d'obstétrique, ils assistaient aussi des sages-femmes, et puisque, à cette époque, les accouchements avaient lieu à la maison, Cream et ses camarades de cours furent témoins des pires conditions que le quartier avait à offrir. Le célèbre écrivain W. Somerset Maugham, qui étudia à St. Thomas un peu plus de dix ans après Cream, se souvient de ses incursions nocturnes dans des dédales de rues où un étranger risquait d'être volé ou agressé. On le précédait sans qu'il ressente de l'inquiétude dans des allées sombres et des immeubles locatifs sordides et surpeuplés où « la police hésitait à entrer, mais où mon sac noir me protégeait amplement ».

Tout comme Maugham, Cream vit le respect et la confiance que les gens de Lambeth accordaient aux médecins. Il n'oublierait pas leur saleté repoussante et leur désespoir, il n'oublierait pas que dans les taudis de Londres, on vivait sur le fil du rasoir, entre le bien et le mal, la vie et la mort.

Il n'oublierait pas non plus les femmes qui monnayaient leur corps dans les rues de Lambeth.

19

UNE MORT PRÉMATURÉE

{Waterloo, Québec • Été 1877}

Un notaire de Waterloo fut appelé à la résidence de Lyman Brooks par un chaud jour d'été pour voir Flora. Elle était trop malade pour quitter sa chambre et trop jeune pour avoir demandé ce genre particulier de service juridique. Louis Jodoin trempa sa plume dans l'encrier, nota la date du 25 juillet 1877 au haut d'une page vierge et se mit à la tâche.

« Étant malade du corps, mais saine d'esprit, de mémoire, de jugement et de compréhension, devant la perspective de son décès », écrivit-il dans une langue plus ou moins fluide, l'épouse de « Thomas N. Cream, médecin et chirurgien [...], a prié le Notaire ci-après nommé d'entendre et rédiger son testament et ses dernières volontés ».

La santé défaillante de Flora Brooks laissait perplexe. Elle s'était remise des conséquences de l'avortement subi un an plus tôt, elle s'était « bien rétablie », comme le dit son père. Elle n'avait pas revu son mari depuis le lendemain du mariage, mais elle lui avait écrit pendant ses études à St. Thomas et lui avait fait parvenir un colis en apprenant que l'archidiacre Lindsay séjournerait à Londres. Flora espérait sans doute que Cream reviendrait à Waterloo à la fin de ses études pour faire d'elle l'épouse d'un médecin, pas seulement de nom.

Puis, presque aussi soudainement que la fois précédente, elle tomba gravement malade. Au dire d'un témoin, elle sombra dans « une semi-inconscience » et « une quasi débilité » apparente. Elle mit du temps à recouvrer l'usage de la parole. Le médecin de la famille, Cornelius Phelan, fut appelé à son chevet, mais ne put expliquer ses symptômes.

Flora admit alors qu'elle avait pris des médicaments que Cream lui avait envoyés.

Phelan lui ordonna de cesser sur-le-champ, et les symptômes s'estompèrent. Les médicaments en question ne furent soumis à aucune analyse, mais le médecin était sûr qu'une de leurs composantes était responsable de la maladie de Flora.

La santé de la jeune femme demeura fragile. À l'été 1877, à l'article de la mort, elle dicta son testament à un notaire. Elle soupçonnait peut-être Cream d'avoir voulu la tuer avec ses médicaments. Elle avait peut-être su qu'il courait le jupon à Londres, ou peut-être Lyman Brooks l'avait-il convaincue de ne pas laisser son mari profiter de sa mort. Quoi qu'il en ait été, elle fit de son père son légataire universel.

Flora Brooks rendit l'âme dix-huit jours plus tard, le 12 août, quand le ciel déversa plus d'un pouce de pluie sur Waterloo. Elle fut inhumée dans un cimetière à un coin de rue au sud de l'église anglicane St. Luke. La pierre tombale, sculptée d'une simple rose, comportait, avec son nom de jeune fille, la mention « Épouse du Dr T. N. Cream » dans le souci de préserver sa réputation. Le graveur n'oublia pas d'inscrire aussi son âge, vingt-quatre ans, neuf mois et trois jours, comme preuve évidente d'une vie tragiquement fauchée trop tôt.

Cream apprit bientôt la nouvelle. Au lieu de condoléances, il fit parvenir à Lyman Brooks la lettre d'un cabinet d'avocats de Londres qui, sans tenir compte de son contrat de mariage et du testament de Flora qui ne lui laissait rien, lui réclamait mille dollars de la succession de sa femme. Deux autres demandes suivirent jusqu'à ce qu'une dernière missive, datée du 10 avril 1878, propose un règlement amiable de deux cents dollars. Jodoin conseilla à Brooks d'accepter. Si vexant que cela fût, Brooks émit un chèque à l'ordre de son gendre.

Pierre tombale de Flora E. Brooks à Waterloo, Québec, qui la désigne comme l'« Épouse du Dr T. N. Cream ». (Photo de l'auteur)

Aucun registre officiel du décès de Flora ne semble avoir survécu. Le *Waterloo Advertiser* rapporta qu'elle était morte « des suites d'une longue maladie ». Les affections pulmonaires étant l'une des principales causes de décès dans la région de Waterloo dans les années 1870, Lyman Brooks prétendit plus tard que sa fille avait souffert d'une bronchite qui s'était transformée en consomption, cette maladie alors mortelle que l'on commençait à peine à désigner par son appellation actuelle, la tuberculose.

Flora Brooks fut-elle assassinée ? Cream lui avait-il expédié des médicaments empoisonnés ? Il avait certainement de bonnes raisons de la préférer morte. Le fait d'avoir une épouse qui l'attendait au Canada avait bousillé ses relations avec au moins deux femmes qu'il courtisait à Londres. Divorcer était impensable : le contrat de mariage obligeait Cream à lui verser, tant qu'elle vivrait, la somme accablante de dix mille dollars s'il tentait de mettre fin à leur mariage. Sa mort ne fut pas que soudaine ; elle tombait pile.

Si un poison ou l'avortement subi au cours du mois de septembre précédent avait causé le décès de Flora, Cream risquait d'être accusé de meurtre. La loi canadienne autorisait la poursuite pour homicide dans le cas où « le coup [avait] été reçu ou la cause de la mort [avait] été administrée » l'année d'avant. Il existait un précédent impliquant un autre diplômé de McGill, le Dr Eric Sparham, médecin de Brockville, en Ontario, qui, en 1875, avait été condamné pour le meurtre d'une femme morte des suites de l'avortement qu'il avait pratiqué.

Le Dr Phelan aurait dû alerter le coroner local au sujet des symptômes curieux de Brooks et des médicaments suspects que

Cream lui avait expédiés de Londres. Mais il n'en fit rien. Aucune enquête ne fut ouverte sur la troublante série d'événements qui avaient culminé par la mort de la jeune femme.

Il en viendrait à regretter cette décision. Quinze ans plus tard, il reçut la visite d'un détective de Scotland Yard. Les entretiens de l'inspecteur Jarvis avec Lyman Brooks et l'archidiacre David Lindsay avaient mis au jour l'avortement, le mariage forcé et la fuite du nouveau marié en Angleterre pour étudier à l'hôpital St. Thomas. Curieux de connaître son opinion sur les causes de la mort prématurée de Flora, l'inspecteur entra ensuite en contact avec le Dr Phelan. Il désirait savoir si elle avait été la première du nombre croissant des victimes de Cream.

Le Dr Phelan « n'a jamais vu les médicaments que Cream a fait parvenir à sa femme », rapporta Jarvis après leur discussion de l'été 1892, « mais l'a soupçonné d'avoir commis un acte criminel ».

20

LE PERMIS D'EXERCER

{Édimbourg • Avril 1878}

TROIS FOIS PAR ANNÉE, LES DIPLÔMÉS des écoles de médecine britanniques se réunissaient à Édimbourg. En janvier, avril et juillet, les deux corps professionnels de Londres, soit le Collège royal des médecins et le Collège royal des chirurgiens, évaluaient l'admissibilité des candidats au permis d'exercer la médecine et la chirurgie. C'était la seule double attestation offerte au Royaume-Uni. Puisque, en outre, il n'en coûtait que vingt et une livres sterling pour l'obtention des deux permis, l'affaire était encore plus intéressante. « Les droits à payer sont modérés, le voyage sympathique, la localité intéressante et belle », fit remarquer l'auteur d'un survol de la formation médicale en Grande-Bretagne dans les années 1870. « On épargne aussi beaucoup d'ennuis au candidat qui n'affronte qu'un seul comité d'examen. » Il ajoute que, pour les étudiants en médecine, la capitale de l'Écosse est un endroit « où les diplômes ne coûtent pas cher et sont facilement accessibles ».

Édimbourg, berceau des Lumières écossaises, était un foyer de savoir depuis des siècles, « l'Athènes du Nord », comme la désignaient ses admirateurs. C'était aussi une ville sale et polluée, surnommée *Auld Reikie* – Vieille enfumée – en raison de son air vicié par la fumée de houille. La ville était blottie au pied d'un château éponyme qui couronnait un pic rocheux tel un second Parthénon. Avec une population de deux cent mille âmes, elle était deux fois plus petite que Glasgow, distante de quarante milles à l'ouest, où Cream avait brièvement vécu dans son enfance. Avec ses mille trois cents étudiants à une époque où la population étudiante des onze grandes écoles de Londres totalisait moins de mille neuf cents individus, l'école de médecine de l'Université d'Édimbourg était la plus importante de Grande-Bretagne. Les techniques chirurgicales y étaient plus avancées que celles qu'avait observées Cream à Montréal. La table d'opération dont se servaient les professeurs d'Édimbourg pour leurs démonstrations était propre et recouverte d'un matériau imperméable. Dessous, un plateau de sciure de bois recueillait le sang du patient. Les techniques antiseptiques de Joseph Lister, une nouveauté à McGill, étaient ici d'usage courant.

Cream au milieu des années 1870.
(Musée McCord II-24647.1)

Après avoir échoué à obtenir son permis d'exercer à Londres, Cream tenta sa chance plus au nord. Il arriva à Édimbourg au printemps 1878, à quelques jours de son vingt-huitième anniversaire. L'épreuve consistait en deux jours d'examens écrits, suivis quelques jours plus tard d'une évaluation à l'oral devant un comité d'examen. Les candidats devaient aussi pratiquer des interventions chirurgicales sur des cadavres s'il y en avait en nombre suffisant, et les évaluateurs du Collège des médecins attendaient aussi des postulants remplis d'espoir qu'ils examinent des patients hospitalisés, « malades et souffrants », et posent un diagnostic.

Cream séjourna deux semaines à Édimbourg en raison de ce processus prolongé. Le printemps était gris et terne, et la plupart du temps, le soleil ne lui apportait guère plus de deux heures d'éclaircie par jour. Il est possible que Cream ait croisé là Arthur Conan Doyle, ou même fait sa connaissance, car le futur auteur, qui y complétait sa deuxième année d'études de médecine, demeura en ville presque tout le mois d'avril. Cream but sans doute quelques bières ou sirota du xérès au bar Rutherford, dans Drummond Street, un des lieux de prédilection de Conan Doyle et d'autres carabins.

Cream connut certainement le professeur préféré de Conan Doyle, un des médecins les plus célèbres d'Édimbourg, le Dr Joseph Bell. Puisqu'il était secrétaire-trésorier du Collège royal des chirurgiens d'Édimbourg en 1878, Cream et les autres candidats devaient aller chez lui, au 20 Melville Street, déposer leurs dossiers d'études et de formation et payer les frais d'inscription à l'examen. Élancé, avec un nez en bec d'aigle, le Dr Bell était professeur de chirurgie. Il émerveillait ses étudiants par son aptitude à jauger ses patients d'un simple coup d'œil, un talent indispensable à une époque où le diagnostic ne reposait le plus souvent que sur l'apparence d'une personne et ses symptômes visibles. Mais il semblait tout aussi capable de lire leurs pensées. Quelques secondes lui suffisaient pour identifier correctement leur lieu de naissance, l'endroit où ils vivaient, leur gagne-pain et un tas d'autres détails personnels. Conan Doyle, qui fut l'assistant du Dr Bell pendant ses études et interviewait ses patients quelques minutes avant sa visite afin de préparer leur dossier, avait pour lui une profonde admiration. « Son intuition était extraordinaire », dit-il. Des années après, alors que Conan Doyle envisageait d'abandonner la médecine pour se consacrer à l'écriture et cherchait un modèle pour le personnage d'un détective, il se souvint du phénoménal don d'observation du Dr Bell et de la façon dont celui-ci basait ses déductions ultra-rapides sur la logique et l'évidence. C'est à cet instant que naquit Sherlock Holmes.

Les facultés remarquables du Dr Bell consistaient en observations minutieuses dont il tirait ses déductions. L'accent, disait-il à ses étudiants, révèle le lieu de naissance. Les vêtements trahissent une vie de misère ou une vie fortunée. L'occupation est inscrite dans les mains. « Les cicatrices du mineur diffèrent de celles du tailleur de pierre », souligna-t-il, tout comme les callosités sur les mains du charpentier « ne sont pas celles du maçon ». Les soldats et les marins ont une démarche particulière. Les tatouages évoquent des pays lointains. Ces détails étaient éloquents et importants. Les étudiants ne devaient jamais oublier « la très grande importance de ces petites distinctions, la signification infinie de ces broutilles ».

Le Dr Bell mettait parfois ses raisonnements déductifs au service des enquêtes criminelles en secondant le Dr Henry Littlejohn, chirurgien de la police d'Édimbourg. Ses investigations apportèrent la solution à au moins une affaire de meurtre, en 1877. Bell fut le seul à remarquer qu'Eugene Chantrelle avait desserré une conduite de gaz dans sa résidence d'Édimbourg, pour faire croire que le meurtre de sa femme était accidentel. Bell était persuadé que ses méthodes pouvaient être plus courantes dans les enquêtes criminelles. Des détails apparemment insignifiants, tels que la démarche d'un suspect ou une tache de boue sur le pantalon de la victime d'un meurtre, suffisaient parfois à résoudre le mystère. « Ce serait une grande chose, croyait-il, si la police apprenait à observer plus attentivement. »

■ ■ ■

À Édimbourg, les examens commencèrent le 2 avril et testèrent les connaissances de Cream en anatomie, en physiologie et en chimie. En 1878, un candidat sur trois échoua à cette épreuve.

Cette fois, Cream réussit.

La deuxième épreuve couvrait des matières plus spécialisées, dont la chirurgie, l'anatomie chirurgicale, la pharmacologie, l'exercice de la médecine et la maïeutique. Le 13 avril, quelques jours après avoir complété le second examen écrit, Cream parut devant les six membres du comité d'examen pour l'épreuve orale. Le Dr Bell faisait partie des membres de ce comité qui représentaient le Collège des chirurgiens.

Un quart des candidats ayant accédé à la deuxième épreuve furent rejetés. Cream figura parmi les cent cinquante-neuf candidats qui reçurent leur permis d'exercer.

Le président du Collège des chirurgiens, le Dr Patrick Heron Watson, approuva les conclusions du comité : les connaissances de Cream « en anatomie, en chirurgie et en pharmacologie » avaient été éprouvées et l'on en avait conclu qu'il était « qualifié pour l'exercice de ces arts ». Ainsi muni de l'attestation des deux corps professionnels d'Édimbourg, Cream était autorisé à faire suivre son nom des titres abrégés LRCP Ed. (Licentiate of the Royal College of Physicians of Edinburgh – Licencié du Collège royal des médecins d'Édimbourg) et LRCS Ed. (Licentiate of the Royal College of Surgeons of Edinburgh – Licencié du Collège royal des chirurgiens d'Édimbourg). Cette double attestation, nota un expert en médecine de l'époque, « devrait permettre à son détenteur d'exercer toutes les branches de la profession dans tous les dominions de Sa Majesté ».

Le Dr Bell eut amplement le loisir de jauger Cream pendant les épreuves du 13 avril, de tirer des conclusions de ses tics et de son apparence, et d'y chercher des indices comme il l'avait fait si souvent à l'ébahissement de ses étudiants. Cream n'avait jamais perdu son accent écossais, si bien que Bell dut trouver facile d'identifier Glasgow comme sa ville natale. Il dut déduire correctement à la vue de sa tenue vestimentaire luxueuse que cet héritier d'une famille canadienne fortunée qui dorait son blason de médecin outre-mer était vaniteux, égocentrique et un enfant gâté. Mais malgré son aptitude surhumaine à l'observation et à la déduction, pas même Joseph Bell ne sut percevoir la force du mal que recelait Thomas Neill Cream.

21

CATHARINE HUTCHINSON GARDNER

{London, Ontario • 1879}

UNE JEUNE FILLE ALLA À LA TOILETTE EXTÉRIEURE derrière le commerce familial, Bennet's Fancy Store. C'était le premier jour de mai, mais cette année-là, à London, en Ontario, le printemps se faisait attendre. Un frimas tenace recouvrait les carreaux des fenêtres depuis trois jours.

Jessie Bennet ouvrit la porte.

À l'intérieur, une femme d'environ vingt-cinq ans était assise, immobile et affaissée contre la paroi. Un chapeau de paille noir orné de tulle et d'une plume d'autruche grise reposait à ses pieds. La robe violette défraîchie, les chaussures râpées, la bague à deux sous avec un faux grenat à sa main droite révélaient une femme aux ressources modestes. Bennet alla chercher son frère. Celui-ci supposa que la femme dormait ou qu'elle était ivre. Les enfants alertèrent un agent de police qui passait par là. L'agent William Rider toucha la femme. Elle était morte.

À côté d'elle, sur le siège, il y avait un petit mouchoir de soie et un flacon ouvert contenant un liquide incolore. Rider appela un médecin, James Niven, et ce dernier conclut qu'elle était morte depuis le lever du soleil. Il détecta une odeur que tous les médecins connaissaient, une odeur « douceâtre et insidieuse », dans les mots d'Arthur Conan Doyle. Du chloroforme. Le nez et les joues de la femme étaient couverts de marbrures, à vif, brûlés, sans doute, estima le Dr Niven, d'avoir été en contact avec la substance chimique.

Un autre médecin se présenta avant que la dépouille ne soit transportée à l'hôpital général de London pour une autopsie. Sa clinique, voisine de la boutique de Bennet, était située à l'étage du 204 Dundas Street, au-dessus des écuries de louage Hiscox's Livery Stable. Une ruelle et un escalier extérieur reliaient son immeuble aux latrines dans la cour. Il dit que la morte était une femme de chambre de l'hôtel Tecumseh House, non loin de là. Il connaissait aussi son nom : Kitty Gardner. Elle l'avait consulté plusieurs fois. Un journaliste sur les lieux griffonna le nom de cet obligeant témoin : le Dr Cream.

■ ■ ■

L'inspecteur Jarvis se rendit à London à la mi-juillet 1892, après que le Dr Herbert Reddy lui eut fait part de l'implication de son camarade de l'Université McGill dans le décès d'une femme de cette localité de l'Ontario plus de dix ans auparavant. Jarvis apprit que Cream y avait ouvert un cabinet à l'automne 1878. Muni des permis d'exercer la médecine et la chirurgie obtenus à Édimbourg, il était rentré en Amérique du Nord pour y chercher une ville où étaient requis les services d'un médecin. Il aboutit à Des Moines, un centre d'extraction houillère et capitale de l'Iowa. « N'aimant pas cet endroit », ainsi qu'il le dit plus tard, il rentra au Canada et débarqua du train à London, à mi-chemin entre Détroit et Toronto.

Les usines et les fonderies de la banlieue étaient si nombreuses que cette ville, la plus grande du sud-ouest de l'Ontario, évoquait « une Pittsburgh en miniature ». Sa population atteindrait bientôt vingt mille âmes et, ainsi que le nota un historien local, London se débarrassait « de la nouveauté brute et de la fugacité » de ses premières décennies. Les voyageurs arrivant à la gare Great Western Railway étaient attirés par l'hôtel Tecumseh House, dont la somptuosité pouvait convenir à la famille royale. Sa construction avait du reste été achevée à temps pour qu'y séjourne le futur roi d'Angleterre, en 1860. Mais les trottoirs de bois et les rues boueuses faisaient un pied de nez à la noblesse toute de brique et de pierre du Tecumseh et des autres constructions récentes de ce secteur commercial.

Après un séjour de deux ans dans la capitale britannique, Cream retrouva dans ce nouveau chez-soi des toponymes familiers. London enjambait la rivière Thames, il pouvait se promener dans les rues Oxford, Regent et Pall Mall. Il y avait aussi un village voisin appelé Lambeth.

Le cabinet de Cream à London, en Ontario, était au-dessus de l'écurie de louage que l'on aperçoit à droite sur cette photographie. Le corps de Catharine Gardner fut découvert dans une toilette extérieure derrière l'immeuble. (Musée McCord N-0000.193.27.1-2)

En septembre 1878, Cream annonça l'ouverture de son cabinet à la une des journaux de London, le *London Free Press* et le *Daily Advertiser*. Il prit le haut du pavé dans la section médicale des annonces classées, poussant du coude des médecins et des dentistes déjà établis et vantant ses qualifications édimbourgeoises, sa spécialisation en maïeutique et sa formation à l'hôpital St. Thomas. Il loua une chambre au 250 Queens Avenue, une des plus belles rues résidentielles de la ville, à quelques minutes à pied de son cabinet.

Cream était un membre actif de sa collectivité. Il vota aux élections provinciales de l'Ontario. Il fréquenta l'église presbytérienne de Park Avenue. Selon James Reid, un citoyen qui s'était lié d'amitié avec lui, il était un « pilier » de leur communauté de fidèles. Dans la classe du dimanche, il aidait les enfants à mieux lire et écrire, tout en les familiarisant avec les Évangiles et l'œuvre missionnaire de l'église. Il se joignit à la section locale du YMCA, l'Alliance universelle des unions chrétiennes de jeunes gens, un groupement fondé dans les années 1840 pour répondre aux besoins de jeunes célibataires tels que Cream. Dans les mots d'un rédacteur, le YMCA leur offrait « un milieu chrétien sécuritaire » qui les tenait à distance « des tentations de l'alcool, du jeu et de la prostitution ». Celui de London organisait des événements sportifs et des excursions de camping. Le vendredi soir, Cream fréquentait parfois le lieu de rencontre de la loge des Oddfellows, une très ancienne fraternité internationale, où il retrouvait le Bachelors' Club, un groupe de célibataires qui se réunissaient pour promouvoir « les relations sociales et le renforcement moral ». Il continua de chanter lors d'événements publics, comme il l'avait fait à McGill. En mars 1879, quand une autre communauté presbytérienne, la Ladies' Aid Society, organisa une soirée de musique et de lectures, il chanta *La Marseillaise* devant environ six cents personnes.

Mais il y avait deux Thomas Neill Cream. Le jeune médecin respectable à la jolie voix, chrétien pratiquant animé d'un esprit communautaire, disparaissait au coucher du soleil, remplacé par un personnage mystérieux, sensible aux tentations que le YMCA incitait les jeunes gens à fuir. Le soir, « on le trouvait toujours en compagnie de certains des esprits les plus conviviaux de London », dit James Reid. Il fréquentait les hôtels de la ville « avec ses amis plus intimes » et « levait généreusement le coude », une façon polie de dire qu'il s'enivrait. C'était un comportement scandaleux pour un homme instruit, issu d'une famille en vue, et qui exerçait une profession libérale. Ainsi qu'on peut le lire dans une étude sur la vie quotidienne à l'époque victorienne, « les gens respectables ne s'enivraient pas et ne se comportaient pas comme des sauvages », comme le faisait Cream. Il se mit à avoir une double vie. « Il sut sauvegarder sa réputation, ajouta Reid, ne se montrant jamais pendant la journée s'il n'était pas parfaitement sobre. »

Cream était un hypocrite en un âge où régnait l'hypocrisie. Une façade respectable pouvait dissimuler un appétit pour l'alcool, les relations sexuelles illicites et tant d'autres péchés dénoncés tous les dimanches du haut de la chaire. Ainsi que le fit remarquer un historien de cette période, de nombreux hommes de l'ère victorienne qui « se réclamaient d'un idéal sexuel de pureté et de retenue traînaient le soir dans les milieux clandestins de la prostitution et des déviances sexuelles ». Quelques années plus tard, l'écrivain Robert Louis Stevenson explorera ce qui lui paraissait être « la profonde et primitive dualité de l'homme » dans son classique, *The Strange Case of Dr Jekyll and Mr Hyde* (*L'Étrange Cas du Dr Jekyll et de Mr Hyde*). Tout comme Cream, le médecin Henry Jekyll jouissait « du respect accordé aux hommes sages et bons », mais cachait ses plaisirs coupables. À l'abri du regard des autres, il « mettait de côté sa retenue et plongeait dans l'opprobre ». Jekyll concocta une potion qui libéra son démon intérieur débauché et meurtrier. Cream libérait à son tour le M. Hyde qui résidait en lui.

Six mois après son arrivée, sa réputation professionnelle fut mise en cause. Traîné devant le magistrat de police Lawrence Lawrason en février 1879 et accusé d'exercer sans permis en vertu de la loi médicale de l'Ontario, Cream affirma qu'il s'agissait d'un malentendu. Il avait payé la cotisation requise, mais le Conseil médical de l'Ontario ne lui avait pas délivré de permis d'exercer. La cause fut suspendue pour une semaine afin de permettre à l'inspecteur du conseil de se renseigner auprès de ses supérieurs à Toronto. Quelques jours plus tard, les deux journaux de London rapportèrent le retrait de l'allégation. Cream « a payé sa cotisation et obtenu son permis d'exercer avant d'ouvrir son cabinet », dit le *Daily Advertiser* pour rassurer ses lecteurs, « et les autorités ont eu tort d'entamer des procédures ». Mais c'était la presse qui était dans l'erreur, non pas les autorités médicales. La cause portant le n° 199 au rôle d'audience demeura en vigueur pendant des mois tandis que Lawrason multipliait les ajournements. Pendant ce temps, les journaux locaux ne semblent pas avoir publié de mise à jour. En ce qui concernait la population, Cream était un médecin habilité.

Le magistrat examinait encore l'allégation d'exercice illégal de la médecine quand Catharine Gardner fut trouvée morte dans les latrines situées à quelques pas du cabinet de Cream. « De l'avis général, il s'agit d'un suicide », apprirent les lecteurs quand le *London Free Press* publia la nouvelle le 3 mai. On supposa que la victime était enceinte et qu'elle avait « avalé du poison pour cacher sa situation honteuse ».

L'article comportait une mise en garde : « Mais on ne pourra pas déterminer la cause véritable de sa mort avant la tenue de l'enquête. »

■ ■ ■

« Il est souhaitable, en effet », que les enquêtes sur des décès soudains et inattendus « soient ouvertes sans délai ; toutefois, rien n'est plus répréhensible qu'une hâte *inopportune* », dit William Fuller Alves Boys, un avocat ontarien et l'autorité phare de la province pour ce qui concernait le Bureau du coroner. Dans leur zèle à vouloir prendre en main un cadavre, certains coroners rôdaient au chevet des victimes de violence ou d'accidents quand elles étaient à l'article de la mort. Un comportement aussi disgracieux, mit en garde Boys, porte atteinte à la dignité de la profession. « On ne saura jamais trop réprouver les coroners qui, sans que cela soit justifié, ajoutent à la souffrance dont une mort soudaine a déjà été la cause », écrit-il dans son ouvrage déterminant, *A Practical Treatise on the Office and Duties of Coroners in Ontario.*

Une enquête était-elle nécessaire pour confirmer ce qui semblait être une évidence, soit que Gardner s'était enlevé la vie ? Cette décision revenait au Dr John R. Flock, le coroner de la ville de London, âgé de quarante-six ans et médecin depuis vingt ans. La loi était claire : il était tenu d'enquêter sur tout décès attribuable à un acte criminel, une négligence, « de la violence ou des méthodes illicites » et de ne pas tenir compte des victimes « de simples accidents ou malchances ». Il était devant un choix difficile. Un débat houleux avait lieu cette année-là dans la presse ontarienne au sujet du nombre d'enquêtes en cours et de la conduite des coroners. Le signataire d'une lettre vitriolique publiée dans la capitale nationale, Ottawa, soutenait que seules de rares enquêtes, environ une sur cent, étaient justifiées. Les coroners s'en mettaient plein les poches aux dépens des contribuables, et « des querelles où l'on en était presque venu aux mains » avaient opposé des coroners concurrents qui s'arrachaient des dépouilles. Le coroner d'une petite localité se porta avec passion à la défense de la profession. Si on n'enquêtait pas pour confirmer ou infirmer un meurtre, « rien ne protégerait l'existence, les vies humaines seraient à la merci de l'assassin secret qui exercerait son art mortel dans une relative impunité ».

Les coroners étaient les principaux acteurs des enquêtes de meurtre pendant une grande partie du dix-neuvième siècle. À la fois juges et détectives, ils avaient la responsabilité de rassembler les éléments de preuve et de les soumettre à un jury qui conclurait ou non à un crime et, si possible, nommerait le responsable. Dès l'annonce d'un décès, ils devaient accourir sur les lieux du crime « pendant que le corps était encore frais », écrit William Boys. Ils devaient examiner le cadavre, y vérifier la présence de plaies, d'ecchymoses ou d'autres indices pouvant les renseigner sur la cause de la mort. Ils devaient noter aussi les taches de sang ou de boue sur la dépouille de la victime ou ses vêtements et éplucher les alentours à la recherche de sang et d'empreintes de pied. Si l'on soupçonnait un empoisonnement, « tout contenant ayant récemment servi à la préparation de nourriture devait être examiné et son contenu soumis à des analyses ». En cas de mort suspecte, Boys ne s'inquiétait pas que l'enquête soit ouverte rapidement; il fallait l'enclencher le plus tôt possible. Le coroner dominait aussi entièrement l'étape suivante de l'investigation. Il décidait qui serait appelé à témoigner, interrogeait les témoins et notait soigneusement leurs réponses par écrit. Si le jury concluait à un meurtre, le coroner pouvait ordonner l'arrestation du suspect. Les preuves amassées étaient alors transmises au procureur, qui portait l'affaire devant les tribunaux. En dépit de leur rôle clé et des exigences de leurs tâches, il n'était pas nécessaire pour les coroners de l'Ontario d'avoir reçu une formation médicale ou juridique. Comme Flock, la plupart étaient médecins, mais on ne leur demandait que d'être « sains d'esprit » et de posséder un « niveau d'instruction et des aptitudes mentales suffisants pour l'exercice compétent de leur devoir ». Il fallait aussi connaître les bonnes personnes. Les nominations résultaient de la recommandation des politiques locaux et des éminences grises qui exerçaient leur influence sur le gouvernement ontarien. Le guide indispensable de Boys résumait les procédures et les concepts juridiques que devait comprendre le coroner, depuis la tenue quasi judiciaire de l'audience jusqu'aux nuances qui séparaient le meurtre du moins répréhensible homicide involontaire coupable. Il était vraisemblable que le Dr Flock ait eu un exemplaire de ce livre sur son bureau pour le consulter en cas de besoin. Le guide enjoignait au coroner de mener son enquête « avec une grande prudence et même un certain scepticisme, et de ne jamais perdre de vue que les conclusions hâtives ou les omissions irréfléchies risquaient de compromettre à la fois sa réputation et la vie de son prochain ».

Un coroner inexpérimenté pouvait mettre une enquête en péril ou laisser un tueur s'en tirer impunément. Quand une femme était morte à Sarnia, en Ontario, quelques jours avant Catharine Gardner, son estomac avait été prélevé durant l'autopsie, déposé dans un bocal en verre et expédié pour analyses à Toronto, la capitale provinciale. Un médecin était impliqué dans son décès et les autorités soupçonnaient qu'il lui avait administré un quelconque poison pour provoquer un avortement. Mais le coroner ou l'assistant qui avait expédié cet élément de preuve avait mal refermé le bocal, si bien qu'un peu du liquide qu'il contenait s'en était échappé. Le sous-procureur général de l'Ontario, John Scott, accueillit cette nouvelle avec incrédulité et réprimanda vertement un fonctionnaire local : « À cause de l'insouciance avec laquelle l'estomac et son contenu ont été expédiés à l'analyste, il est impossible de prouver qu'ils lui sont parvenus dans l'état qui était le leur au moment de sortir des mains du coroner. »

Le rôle du coroner fut progressivement dévolu à la police au long du dix-neuvième siècle. Dans les années 1860, les forces policières de Boston, New York, Chicago et d'autres grandes villes américaines avaient mis sur pied des escouades de détectives et menaient leurs propres enquêtes sur les homicides. En Angleterre, les détectives de la MET, la police métropolitaine, peu désireux d'attendre que le coroner en ait terminé de son travail, ramassaient parfois les individus soupçonnés de meurtre pour les traduire directement devant les tribunaux. Une rivalité s'installa entre les coroners et la police pour savoir lequel des deux groupes mènerait les enquêtes. Le vainqueur, se plaignit un coroner britannique, était souvent « le premier qui mettait la main au collet du suspect ».

Dans une petite localité comme London, en Ontario, où les crimes étaient rares et où les forces policières souffraient d'un manque d'effectifs, le monopole traditionnel du coroner sur les homicides restait intact. La police s'en remettait à l'expertise du Dr Flock et les agents jouaient un rôle de soutien : ils témoignaient aux enquêtes s'ils avaient été présents sur la scène de crime et contribuaient à rassembler les témoins. Le chef de police William T. T. Williams, qui avait été détective en Angleterre, ne disposait que de la moitié des effectifs dont il avait besoin pour patrouiller la ville en expansion. Ses agents, mal rémunérés et mal entraînés, étaient davantage appréciés pour leur gabarit et leur aptitude à maîtriser des fauteurs de troubles que pour leur intelligence et leur compétence en matière d'investigation. « On ne peut pas embaucher des hommes pour servir dans la police à un salaire de un dollar vingt-cinq par jour. » Les constables passaient déjà leur temps à cueillir les chahuteurs et les ivrognes. Ceux-ci furent l'objet de près de la moitié des arrestations effectuées par les vingt membres de la force policière en 1878. La semaine où le corps de Gardner fut découvert, les agents se firent reprocher d'avoir ignoré des délinquants qui constituaient, du moins aux yeux de la presse, une grave menace à l'ordre public – les bestiaux errants. « Les bêtes rôdent la nuit et détruisent les arbres et les boulevards », déplora un journal de la ville.

Le coroner Flock ordonna rapidement la tenue d'une enquête sur la mort de Gardner, mais une erreur capitale avait déjà été commise : on avait retiré son corps de la toilette extérieure avant qu'un jury du coroner ne puisse la voir. « La dépouille devrait autant que possible être examinée dans la posture où elle a été trouvée », dit Boys aux coroners provinciaux. Le Dr Flock aurait dû conduire les jurés à la toilette extérieure derrière le magasin Bennet's Fancy Store quand Gardner s'y trouvait encore, avec le flacon de chloroforme à côté d'elle. Il aurait dû attirer leur attention sur les brûlures à son visage et sur d'autres blessures, ainsi que sur toutes les autres marques visibles sur son corps et ses vêtements, et ce, avant qu'elle ne soit transportée ailleurs. Il aurait aussi dû leur indiquer les empreintes de pas sur le sol environnant, car celles-ci prouvaient sans doute la présence de quelqu'un d'autre.

Boys formulait cette mise en garde dans son manuel : « On sait que les assassins placent parfois délibérément leurs victimes dans des poses qui font croire à un accident ou à un suicide. »

22

PAR UNE PERSONNE INCONNUE

{Mai-juillet 1879}

Le Dr Flock ouvrit l'enquête sur la mort de Catharine Gardner à la « maison des morts » – la morgue – de l'hôpital de London quelques heures après la découverte du corps. Un jury fut assermenté afin de voir le cadavre et d'entendre les témoignages. En Ontario, ces jurys devaient être constitués d'au moins douze membres, « des hommes honnêtes et respectueux des lois », âgés de moins de soixante ans et suffisamment instruits pour pouvoir écrire leur nom.

L'agent Rider avait apporté à l'enquête le flacon de médicaments et le mouchoir récupérés dans la toilette extérieure, ainsi que deux lettres trouvées dans les poches de Gardner. Des amis et des collègues de l'hôtel Tecumseh House furent assermentés à leur tour et décrivirent la femme qu'ils connaissaient sous le surnom de Kitty. Catharine Hutchinson Gardner avait grandi dans une ferme des environs de Kinkardine, à environ cent milles au nord de London. Ne se sentant pas bien, elle avait quitté l'hôtel la semaine précédente. Selon un témoin, elle se sentait « déprimée » d'être trop faible pour travailler, mais il n'était venu à l'idée de personne qu'elle puisse songer au suicide. Le flacon de chloroforme portait l'étiquette de la pharmacie locale dont le propriétaire jura qu'il ne vendait ce produit qu'à des médecins.

Le Dr James Niven avait déjà pratiqué l'autopsie – même s'ils avaient une formation médicale, les coroners étaient tenus de déléguer cette tâche au médecin local le plus qualifié – et il put révéler pourquoi Gardner s'était sentie faible. Elle était enceinte de deux mois. Mais il écarta la thèse du suicide. Les brûlures indiquaient que le tampon de chloroforme avait été pressé fortement contre son visage. Le Dr Niven émit le doute que Gardner ait pu maintenir le mouchoir sur son nez assez longtemps pour se tuer. « Les marques produites m'incitent à penser que le poison fut appliqué de force, possiblement par une personne qui se tenait face à la morte », expliqua-t-il. À son avis, Catharine Gardner avait été assassinée.

Le Dr Flock reporta l'audience afin de convoquer d'autres témoins. Il lui faudrait retracer les déplacements de Gardner dans les jours précédant sa mort. Il devrait identifier le père de son enfant et savoir d'où provenait le chloroforme. Il cherchait un meurtrier.

■ ■ ■

À la reprise de l'enquête dans l'après-midi du 7 mai, deux autres médecins appuyèrent la théorie du Dr Niven. Le mouchoir trouvé à côté du corps de Gardner était trop petit et n'avait pu absorber en une fois assez de chloroforme pour causer sa mort, dirent-ils. Il avait sûrement été saturé du produit et pressé contre son visage à plusieurs reprises. De toute façon, Gardner aurait été inconsciente avant de pouvoir inhaler une dose létale. Un des médecins, Charles Moore, avait examiné ses mains à la morgue. « Il n'y avait sur elles aucune trace de chloroforme », rapporta-t-il.

Des rumeurs circulèrent à London sur l'identité du coupable. Un nom revenait régulièrement durant l'enquête. Gardner avait été vue le vendredi soir précédant sa mort dans Dundas Street; elle se dirigeait vers le cabinet de Cream.

Sarah Long, une femme de chambre de l'hôtel Tecumseh House, déclara que le père du bébé était un certain Johnson qui vivait dans une autre ville. L'auditoire fut surpris de l'entendre raconter ensuite une sinistre histoire de mensonge et de tentative de chantage. Gardner avait demandé à Cream de pratiquer un avortement, mais il avait refusé de s'en charger et même de lui donner un abortif. Long déclara qu'au lieu de cela, il avait enjoint à Gardner de séduire un client éminent du Tecumseh, un riche homme d'affaires du nom de William H. Birrell. Elle pourrait ensuite accuser ce Birrell d'être le père. Cream avait promis d'appuyer sa demande de reconnaissance de paternité. Ce devait être un complot secret, et Long affirma que Cream avait ordonné à Gardner de « ne jamais associer son nom » à cette affaire.

Le témoin suivant, Birrell, assura Flock qu'il n'avait jamais rencontré Gardner et ne lui avait jamais adressé la parole. Puis, ce fut au tour de Cream. Il avait fait la connaissance de Gardner peu après être arrivé en ville et avait traité ses petits bobos. Elle était presbytérienne. Il était possible qu'ils se soient rencontrés dans le cadre d'activités paroissiales. L'examen du 5 avril avait confirmé sa grossesse.

« Elle m'a offert cent dollars pour remédier à sa situation, dit-il. Je lui ai répondu que je n'en ferais rien, même pour mille dollars. Elle s'est mise à pleurer et a menacé d'avaler du poison. J'ai insisté que je ne pouvais rien pour elle. » Trois jours plus tard, poursuivit-il, quelqu'un glissa une lettre sous la porte de son cabinet, signée par Gardner. Cream dit avoir reconnu son écriture. Il avait remis cette lettre au coroner un peu plus tôt dans la journée :

> *Je suis venue cet après-midi pour rediscuter de ce dont nous avions parlé samedi dernier, mais vous étiez sorti. Je vais de mal en pis et je grossis à vue d'œil. [...] Je vous ai déjà dit que M. W. H. Birrell est responsable de ma situation. Il m'assure que vous serez très bien rémunéré si vous y remédiez, car il se fait beaucoup de souci pour moi.*
>
> *Je ne pourrai pas sortir demain, mais je viendrai vous voir jeudi en espérant que vous acquiescerez à ma demande.*

Cream insista qu'il l'avait vue pour la dernière fois le 20 avril et affirma qu'il n'y avait pas de chloroforme dans son bureau. Curieusement, il ne fut pas interrogé au sujet de l'allégation de chantage.

Cream n'avait pas d'alibi pour la veille de la découverte du corps. Il déclara avoir été absent presque toute la soirée, puis être revenu à son cabinet à vingt-trois heures pour y passer la nuit. Il reconnut s'être trouvé à proximité quand le corps avait été déposé dans la toilette extérieure. La lettre accusant Birrell d'être le père de son bébé et qu'il disait avoir reçue de Gardner ne paraissait pas authentique. Sarah Long l'examina et dit que ni l'écriture ni la signature ne lui rappelaient d'autres lettres de Gardner qu'elle avait eu l'occasion de voir. Robert Gardner, le frère de la morte, certain « de bien connaître son écriture », jura que la lettre avait été écrite par quelqu'un d'autre.

Les jurés délibérèrent plus de quatre-vingt-dix minutes avant de rendre leur verdict : Catharine Gardner avait été assassinée, empoisonnée avec du chloroforme « administré par une ou plusieurs personnes inconnues ». Ils n'avaient pas vu son corps dans les latrines, mais conclurent qu'il y avait été déposé après son décès pour faire croire à un suicide. Les jurés identifièrent également Johnson comme le père de l'enfant, exonérant ainsi Birrell de « tout blâme ».

Il n'y eut pas d'exonération pour Cream, qui demeura le principal suspect. Le journal *Free Press* exhorta les Londoniens à garder l'esprit ouvert. Le médecin semblait « connaître quelques détails de la transaction, mais aucune preuve ne l'y relie de façon malhonnête », put-on lire dans un éditorial deux jours après le verdict des jurés. Cream s'était « résolument opposé » à interrompre la grossesse de Gardner et rien ne permettait de supposer que quiconque, y compris le médecin, avait eu un mobile pour la tuer. Il faut tenir compte de cela, soutint le journal, « avant de suspecter un individu, quel qu'il soit, d'avoir commis un crime aussi grave qu'un meurtre ».

Le lendemain, le *Free Press* publia une lettre des lecteurs qui faisait de Cream la victime d'une enquête « extrêmement partiale ». Si des doutes persistaient quant à la lettre que Cream avait produite, il convenait de consulter des experts aptes à déterminer si elle était de la main de Gardner. « Il semble qu'on n'ait pas joué franc-jeu dans cette affaire mystérieuse et que l'"éclairage" jeté sur cette enquête n'ait pas été suffisant », concluait la lettre. Elle était signée du pseudonyme Veritas.

Qui avait tué Gardner ? Où et quand était-elle morte ? Les preuves incriminant Cream étaient circonstancielles mais accablantes. Il avait été son médecin. Elle l'avait supplié de « remédier à sa situation » et, comme il l'avait dit lui-même, elle lui avait offert une somme importante s'il lui procurait un abortif ou pratiquait l'avortement. La dernière fois qu'elle avait été vue vivante, elle se dirigeait vers son cabinet. Son corps avait été découvert à quelques pas de l'immeuble où Cream pratiquait et celui-ci faisait partie des premiers témoins arrivés sur les lieux après la découverte du corps. On chuchotait que le médecin avait voulu anesthésier Gardner au chloroforme pour pratiquer un avortement, mais que la substance chimique avait tué sa patiente. Cream avait alors placé son cadavre dans les latrines pour faire croire à un suicide.

Le coroner Flock aurait pu consulter un expert, ainsi que le laissait entendre le signataire de la lettre, Veritas, afin de déterminer si Gardner avait réellement écrit le message qui pointait commodément du doigt un autre suspect. La graphologie avait joué un rôle clé à Boston dans un procès pour meurtre qui avait fait couler beaucoup d'encre trente ans auparavant. En Angleterre, des graphologues étaient régulièrement consultés dans les affaires criminelles et civiles quand la paternité d'un document était remise en cause. Dans son guide à l'intention des coroners de l'Ontario, William Boys suggérait diverses méthodes d'évaluation de l'écriture : les doutes exprimés par des témoins connaissant l'écriture de quelqu'un – Sarah Long et le frère de Gardner, par exemple – suffisaient pour que le document soit considéré comme faux et rejeté. Boys mettait aussi les coroners en garde contre un témoin tel Cream, sur la défensive, qui fait tout en son pouvoir pour s'exonérer ou accuser d'autres personnes. Son manuel note que « le coupable est apte à se trahir par un excès de prudence ou la multiplication de suggestions improbables quant à la cause du décès ».

Le Dr Flock ne fit rien pour remettre en question les déclarations intéressées de Cream ou s'assurer que Gardner avait bien écrit la lettre. Sa dernière responsabilité en tant que coroner fut de soumettre le verdict et une transcription des témoignages au procureur local. Les autorités s'en tinrent à cela, et le meurtre de Catharine Gardner ne fut jamais résolu.

Le coroner et le procureur auraient peut-être été plus sceptiques et curieux s'ils avaient su que Cream avait pratiqué un avortement sur Flora Brooks ou que sa thèse à McGill portait sur le chloroforme.

En outre, personne ne se doutait que Cream était de plus en plus habile à forger des lettres, à faire dévier le blâme sur quelqu'un d'autre et à exercer son chantage.

■ ■ ■

Cream comparut de nouveau au tribunal le 27 mai, jour de son vingt-neuvième anniversaire, et plaida coupable d'avoir exercé la médecine sans permis. Il écopa de l'amende minimale à laquelle s'ajoutèrent les frais de justice, pour un total d'un peu plus de vingt-sept dollars. Les journaux locaux ne publièrent aucun compte rendu de sa déclaration de culpabilité. Mais sa notoriété soudaine, outre les questions sans réponses que suscitait la mort de Gardner, l'obligèrent à quitter London. « Il avait beau être innocent aux yeux de la loi, se remémora son ami londonien James Reid, même ses amis le croyaient coupable et on continuait de le montrer du doigt. »

Le 5 juillet, un jour torride de canicule de ce début d'été, il quitta la ville pour aller vers l'ouest.

■ ■ ■

Treize ans plus tard, presque jour pour jour, l'inspecteur Frederick Smith Jarvis débarqua du train dans la ville ontarienne. Le tuyau que lui avait refilé le médecin montréalais Herbert Reddy s'était avéré : Cream, l'ancien camarade de cours de Reddy à McGill, avait été mêlé au meurtre d'une femme à London. Jarvis eut un entretien avec le chef de la police qui lui décrivit la découverte du corps de Catharine Gardner dans une toilette extérieure derrière le cabinet de Cream, ses brûlures au visage et le flacon de chloroforme trouvé à côté d'elle. Tout comme l'inspecteur qui avait mené l'enquête, Jarvis fut convaincu qu'il s'agissait d'un meurtre et non pas d'un suicide. « Le tampon de chloroforme avait été maintenu contre le visage de la victime trop longtemps pour qu'elle ait pu le faire elle-même, écrivit-il dans son rapport à Scotland Yard. Elle aurait perdu conscience presque tout de suite et aurait, par conséquent, été incapable de garder les mains au visage le temps nécessaire pour causer des lésions. » Mais Cream avait nié l'avoir vue ce soir-là, nota Jarvis, « et aucune preuve ne réfutait sa déclaration ».

Entre-temps, en Angleterre, les supérieurs de Jarvis avaient fouillé le passé de Cream. Scotland Yard montait un dossier visant à l'inculper d'un ou plusieurs des meurtres de Lambeth avec, pour première étape, l'enquête du coroner sur la mort de Matilda Clover. Des rumeurs vinrent aux oreilles de l'inspecteur John Bennett Tunbridge, l'enquêteur en chef, selon lesquelles Cream aurait été impliqué dans le décès d'autres femmes à Chicago. C'est alors qu'il reçut une lettre de l'agence nationale de détectives Pinkerton. Frank Murray, le directeur des bureaux de l'agence à Chicago, avait lu des comptes rendus de l'arrestation de Cream dans les journaux locaux et il était certain que l'homme qui se faisait appeler Thomas Neill était un ancien client ayant purgé une peine pour meurtre au pénitencier d'État de l'Illinois.

Tunbridge demanda que cette information soit transmise à Jarvis « dans les plus brefs délais ». Pendant que l'investigation se poursuivait à Londres, la portion nord-américaine de l'enquête sur les crimes de Thomas Neill Cream serait bientôt ramenée aux États-Unis.

IV

L'ENQUÊTE

Londres • Juin-juillet 1892

23

LES PIÈCES MANQUANTES DU PUZZLE

L'INSPECTEUR TUNBRIDGE S'ARRÊTA À LA PHARMACIE de Benjamin Priest au 22 Parliament Street. Le détective désirait en savoir davantage sur les capsules de strychnine que Cream avait apportées à Londres des États-Unis dans la trousse d'échantillons de la G. F. Harvey Company. Il opta pour la boutique de Priest parce qu'elle était située à proximité de Scotland Yard. Une surprise l'y attendait.

Il constata que, « curieusement », le personnel connaissait Cream.

Les commis confirmèrent les visites de Cream à la pharmacie l'automne précédent et produisirent un formulaire de commande qu'il y avait complété. Selon leurs registres, Cream s'était procuré de la strychnine deux jours avant la mort d'Ellen Donworth, le 13 octobre, en quantité « suffisante pour entraîner la mort de plusieurs personnes », nota Tunbridge. John Kirkby dit à ce dernier que Cream avait acheté des capsules de gélatine vides et lui montra celles qu'il avait en stock. Tunbridge se rappela les « longues pilules » qu'Emma Shrivell avait dit avoir reçues de Fred. Les longues capsules correspondaient justement à de *longues pilules*, remarqua-t-il. Les registres de Priest indiquaient que Cream avait acheté les capsules à la mi-octobre, quelques jours après que Donworth eut été empoisonnée. Voilà qui expliquait pourquoi il l'avait tuée en incorporant de la strychnine à une boisson, songea Tunbridge. Quand il tua Matilda Clover une semaine plus tard, Cream avait reçu les capsules de gélatine et put s'en servir pour administrer le poison.

Tunbridge était tombé par hasard sur au moins une des sources d'approvisionnement en strychnine de Cream. Avant cette découverte, les agents avaient, en vain, passé Londres au crible à la recherche d'un pharmacien, d'un grossiste médical ou d'un médecin ayant pu fournir de longues capsules et de la strychnine à un homme répondant au signalement de Fred. Et voilà que le fournisseur recherché se trouvait à deux pas du quartier général de la MET. Ou bien la boutique de Parliament Street avait échappé à l'attention des enquêteurs, ou bien le personnel de la pharmacie de Priest n'avait pas su, avant la visite de Tunbridge, faire le lien qui s'imposait.

Un choc encore plus grand attendait l'enquêteur en chef des empoisonnements de Lambeth. Quelques jours après l'arrestation de Cream en juin, Tunbridge découvrit que la lettre de chantage expédiée au Dr William Broadbent figurait aux dossiers de Scotland Yard depuis l'automne précédent. Cette lettre accusait l'éminent médecin d'avoir empoisonné Matilda Clover à la strychnine. L'importance de ce document n'échappa pas à Tunbridge. « Jusqu'à il y a une dizaine de jours », soit quand le corps avait été exhumé et soumis à des analyses, « seule la personne qui lui avait donné le poison pouvait savoir que Clover avait été empoisonnée à la strychnine », écrivit-il dans un rapport le 6 juin. « On peut donc présumer que l'auteur de la lettre est l'empoisonneur. »

Il compara la lettre à des échantillons de l'écriture de Cream. Tout concordait. Un élément de preuve d'une importance capitale était depuis des mois entre les mains de Scotland Yard, qui ne l'avait pas pris en compte. Il y avait aussi une deuxième lettre. Celle-là, également de la main de Cream, accusait Frederick Smith, un député, d'avoir assassiné Ellen Donworth. Les dossiers de la police mentionnaient une troisième lettre, adressée à la comtesse Mabel Russell, accusant son mari d'avoir empoisonné

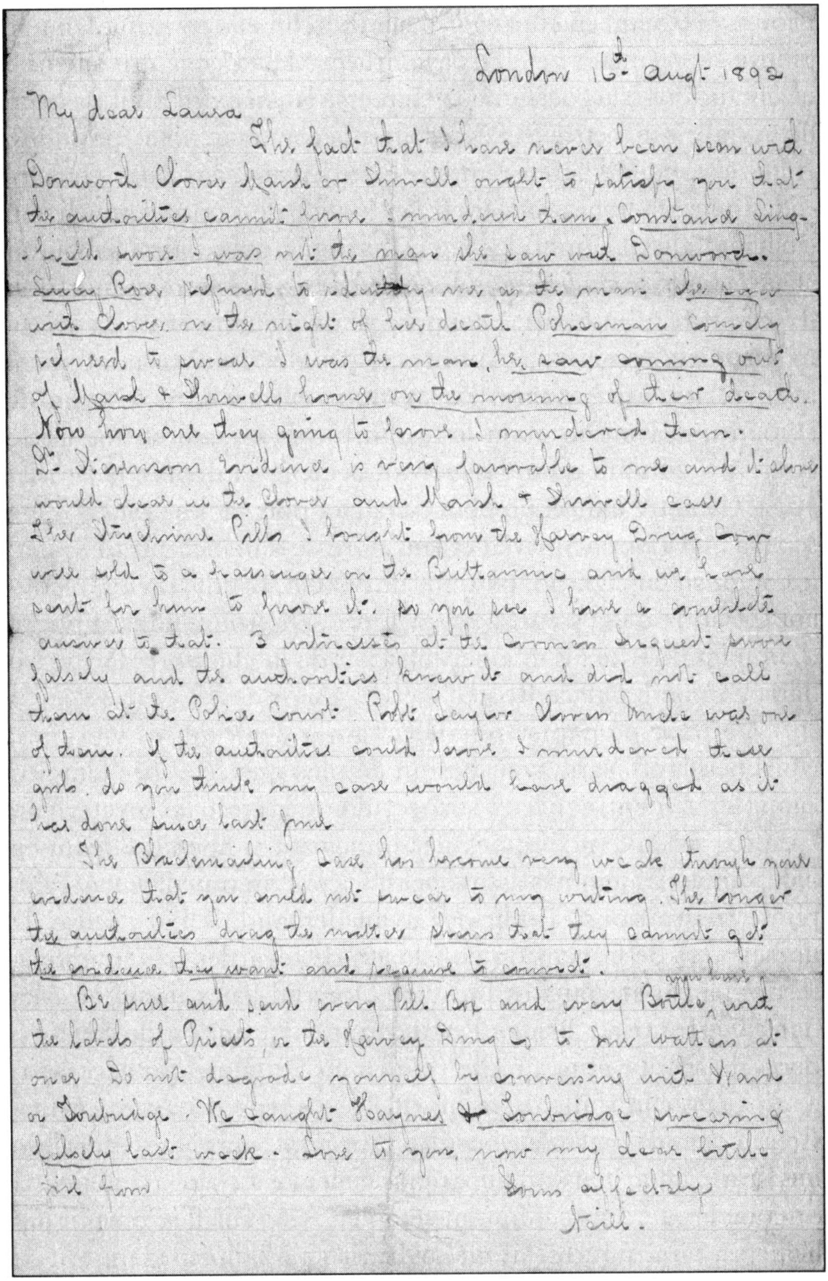

London 16th Augt 1892

My dear Laura

The fact that I have never been seen with Donworth Clover Marsh or Shrivell ought to satisfy you that the authorities cannot prove I murdered them. Constance Linfield swore I was not the man she saw with Donworth. Lucy Rose refused to identify me as the man she saw with Clover on the night of her death. Policeman Comely refused to swear I was the man he saw coming out of Marsh & Shrivell's house on the morning of their death. Now how are they going to prove I murdered them. Dr Stevenson's evidence is very favorable to me and it alone would clear me in the Clover and Marsh & Shrivell case. The Strychnine Pills I bought from the Harvey Drug Co were sold to a passenger on the Britannic and we have sent for him to prove it, so you see I have a complete answer to that. 3 witnesses at the Coroner's Inquest swore falsely and the authorities knew it and did not call them at the Police Court. Robt Taylor Clover's Uncle was one of them. If the authorities could prove I murdered these girls, do you think my case would have dragged as it has done since last June.

The Blackmailing case has become very weak through your evidence that you would not swear to my writing. The longer the authorities drag the matter shows that they cannot get the evidence they want and require to convict.

Be sure and send every Pill Box and every Bottle you have, with the labels of Priests, or the Harvey Drug Co to Mr Waters at once. Do not degrade yourself by conversing with Ward or Tunbridge. We caught Haynes & Tunbridge swearing falsely last week. Love to you, now my dear little girl from

Yours affectly

Neill.

Une lettre montrant l'écriture caractéristique de Cream,
adressée à son ancienne fiancée, Laura Sabbatini.
(Science and Society Picture Library, Londres, image 10658283)

Clover. Si Cream en était également l'auteur, elle constituerait une preuve supplémentaire qu'il l'avait tuée. Mais l'agent qui avait été en contact avec le cocher de la comtesse Russell ne l'avait pas gardée. Il fallait se mettre en rapport avec la comtesse, nota Tunbridge, et lui demander de nous remettre cette lettre « sans délai ».

Des recherches menées à l'extérieur de Londres révélèrent d'autres indices. Tunbridge eut un entretien avec Laura Sabbatini chez la mère de cette dernière à Berkhamsted. Elle était mortifiée d'être reliée à un homme soupçonné de meurtre et de chantage et hésitait à remettre à Tunbridge des documents que Cream avait écrits. Mais quand l'inspecteur monta dans le train de Londres, il avait en main le testament de Cream et une lettre écrite à Sabbatini quand elle avait accepté sa demande en mariage. Un autre indice, un bout de papier portant les noms d'Alice Marsh et d'Emma Shrivell et leur adresse dans Stamford Street, le conduisit à Brighton. La sœur de Marsh, Fanny Taylor, reconnut l'écriture de sa sœur. Le papier avait été trouvé dans la poche d'un pantalon lors d'une perquisition de la chambre de Cream dans Lambeth Palace Road.

Ce bout de papier reliait Cream à deux de ses victimes. Mais Scotland Yard avait besoin de plus que cela, des témoins capables d'identifier leur suspect comme étant le mystérieux Fred, ou mieux encore, des personnes ayant aperçu Cream en compagnie des femmes assassinées. C'était un travail lent et rempli de frustrations. Tunbridge avait demandé à Lucy Rose, la domestique de la pension de Clover, de regarder très attentivement Cream et d'autres individus lors de leurs déplacements dans Westminster Bridge Road avant l'arrestation de son suspect. Il espérait ainsi qu'elle voie en lui l'homme qui accompagnait Clover la veille de sa mort. Rose « regarda longuement » Cream quand il passa devant elle, rapporta Tunbridge, et déclara que son « gabarit et son apparence générale » correspondaient à ceux de Fred. Mais cet homme était en plein soleil et portait des lunettes, tandis que celui qu'elle avait vu à la lueur d'un bec de gaz sept mois plus tôt avait une moustache plus foncée, le teint plus pâle et n'avait pas de lunettes. Déçu, Tunbridge nota que, « par conséquent, elle ne croit pas que ce soit lui ».

Constance Linfield, qui avait vu un homme avec Ellen Donworth le soir où elle avait été empoisonnée, échoua elle aussi à identifier Cream. Charles Burdett, l'homme de théâtre ami d'Alice Marsh, dit que Cream était « le capitaine » qu'il avait aperçu dans Stamford Street. Mais plusieurs semaines auparavant, quelqu'un, possiblement un agent de police, avait dit à Burdett que Cream était soupçonné des meurtres, si bien que son témoignage fut inutilisable à des fins de procès. Des reconnaissances par témoins furent organisées à la station de police de Bow Street avant la comparution de Cream devant un tribunal sous une inculpation de chantage. On fit appel à quelques journalistes pour une des séances d'identification ; ils se tinrent aux côtés de l'objet de leurs articles pendant que deux témoins défilaient devant eux. Ni l'un ni l'autre ne reconnut Cream. Pis, l'un d'eux pointa un journaliste réputé et déclara : « Il ressemble à l'homme que j'ai vu. »

La presse londonienne associa aussitôt l'allégation de chantage à l'enquête des meurtres de Lambeth. Dans les jours suivant l'interpellation de Cream, il fut rapporté que Scotland Yard s'efforçait de relier aux empoisonnements un suspect en état d'arrestation. L'*Observer* écrivit : « Des empoisonnements antérieurs n'ont jamais été résolus de manière satisfaisante et tous les soupçons à propos de ces affaires se portent sur l'homme en question. » Celui-ci n'était pas nommé. Les juges britanniques, qui n'approuvaient pas que la presse endosse leurs fonctions, pouvaient exercer leur pouvoir de sanction pour outrage au tribunal et imposer une amende ou incarcérer les journalistes qui concluaient à un verdict ou présumaient de la culpabilité d'un suspect.

Pour alerter les lecteurs à l'identité de l'homme sans porter sur les nerfs des juges, un journal eut la bonne idée de mentionner les preuves qui semblaient établir la culpabilité d'un homme non désigné nommément, puis d'enchaîner avec une mise à jour de la poursuite judiciaire de Cream pour chantage. Selon la *Pall Mall Gazette*, la police détenait des preuves « laissant croire à l'empoisonnement systématique de femmes et de jeunes filles », tandis que le *Standard* assurait ses lecteurs que ce n'était plus

« qu'une question de temps avant qu'on ne trouve les pièces manquantes du puzzle ». Le *Daily News* s'efforçait déjà de comprendre l'esprit tordu du meurtrier. « Il souffre d'une forme particulière de démence qui se manifeste dans le désir d'enlever la vie, supposa le journal avant de comparer ce tueur de prostituées au plus célèbre assassin de Londres, Jack l'Éventreur. Ainsi que l'illustre l'histoire des meurtres de Whitechapel, l'assouvissement de cette tendance homicide sur des femmes particulièrement vulnérables n'est pas exclusive à l'empoisonneur de Lambeth. »

Les journaux américains, moins circonspects que leurs équivalents britanniques et à l'abri du pouvoir de sanction des juges de Grande-Bretagne, ne perdirent pas de temps à identifier Cream comme étant suspect. Des manchettes et des articles l'associant aux empoisonnements parurent à Philadelphie et à Cincinnati moins d'une semaine après sa comparution sous une inculpation de chantage. Il était « très sérieusement soupçonné d'avoir empoisonné quatre jeunes filles de mauvaise vie, voire davantage, en leur faisant avaler des capsules de strychnine », selon une dépêche de Londres dans le *Cincinnati Inquirer.* L'article ajoutait que « les gens de Scotland Yard s'attendent à incriminer Neill pour huit de ces meurtres ». Le *New York Times* désigna Neill comme suspect dans les meurtres de Clover, Donworth, Shrivell et Marsh. « L'impression générale qui se dégage est que Neill, dans ses tentatives de chantage, s'est mis dans une situation si fâcheuse qu'il ne s'en sortira qu'avec beaucoup d'ingéniosité, apprirent les lecteurs du *Times*. On croit qu'une accusation d'homicide volontaire sera bientôt portée contre lui. » Les éditeurs du *Buffalo Morning Express*, de New York, ne crurent pas nécessaire d'attendre une accusation, encore moins une condamnation. Un compte rendu des preuves amassées contre Cream portait le titre suivant : « Jack l'Empoisonneur ».

Pendant ce temps, l'enquêteur en chef de Scotland Yard rassemblait toujours les « pièces manquantes du puzzle » dont il avait besoin pour inculper Cream de meurtre. L'enquête sur la mort de Matilda Clover, qui devait débuter prochainement, promettait de dévoiler de nouvelles preuves et des indices permettant d'associer Cream à la victime et aux trois autres femmes empoisonnées. En outre, il était déterminé à trouver Louisa Harvey, la cinquième victime que Cream avait mentionnée à John Haynes et au sergent Patrick McIntyre. Les agents de toutes les divisions de Scotland Yard en ville reçurent l'ordre de passer au crible la totalité des décès enregistrés à Londres au cours des quatre derniers mois de 1891. Ce n'était qu'une question de temps avant que la date de son assassinat ne soit connue, Tunbridge en était sûr.

■ ■ ■

Quand son corps fut exhumé au début du mois de mai, Matilda Clover était sous terre depuis plus de six mois. La dépouille fut entreposée dans une remise du cimetière de Lambeth, à Tooting, une banlieue de South London, pendant encore sept semaines avant qu'un jury du coroner ne puisse la voir à la fin juin. Une plaque sur le couvercle du cercueil portait son nom, mais le visage de la morte était enflé et méconnaissable. D'autres indices permirent de confirmer qu'il s'agissait bien d'elle : les vêtements, la longue chevelure brune, les dents de devant saillantes et l'ongle légèrement déformé de l'index de sa main droite.

Leur sombre mission accomplie, les vingt-trois jurés se réunirent pour l'enquête à la salle paroissiale de Tooting, le Vestry Hall, à un mille du cimetière. Pendant que le coroner Wyatt présidait l'investigation des décès de Donworth, Marsh et Shrivell, le corps de Clover avait été exhumé et soumis à une autopsie relevant de la compétence de A. Braxton Hicks, le coroner du Mid-Surrey. Son enquête serait beaucoup plus exhaustive que celle qui, des années auparavant, avait échoué à relier Cream au meurtre de sa patiente Catharine Gardner dans la province canadienne de l'Ontario. Hicks promit à Robert Anderson, de Scotland Yard : « Je ferai de mon mieux pour élucider cette affaire. »

La salle pouvait accueillir cent cinquante personnes. Les avocats, les témoins, la police et les journalistes occupaient la majorité des sièges. Un journaliste remarqua que « la foule babillarde et rieuse » des résidents de Tooting qui remplissait la galerie semblait considérer l'audience comme « un spectacle conçu pour son amusement ». Quand les principaux témoins vinrent livrer tour à tour leur témoignage à la barre, les membres chahuteurs de l'assistance ne manquèrent pas de se rabrouer les uns les autres. Beaucoup de femmes étaient venues avec leur bébé. Le coroner Hicks, que les pleurs irritaient, ordonna à plusieurs d'entre elles de sortir. « Un tribunal du coroner, observa-t-il avec un sarcasme évident, n'est pas une pouponnière. »

Cream, qui avait fait sous surveillance le trajet de sa cellule de la prison Holloway à l'audience, était assis à une table à l'avant de la salle. Son avocat était en retard. Cream se vit offrir un crayon et du papier pour prendre des notes, mais il hésita à les accepter. La police, protesta-t-il, pourrait les confisquer et s'en servir comme pièces à conviction. « Mon avocat m'a conseillé de ne rien écrire, dit-il, et depuis mon arrestation, je n'ai rien écrit. » Hicks lui promit qu'il pourrait conserver toutes ses notes. Il griffonna tout le temps que durèrent les témoignages, même après l'arrivée de son avocat. Les journalistes qui se tournaient pour le regarder le voyaient souvent soutenir sa tête d'une main, tout en baissant les yeux sur son crayon. Il paraissait calme, dit l'un d'eux, presque provocateur.

Lucy Rose, la domestique du 27 Lambeth Road, et d'autres témoins décrivirent la mort horrible de Clover. Hicks attira l'attention sur le diagnostic erroné de ses symptômes et sur le certificat de décès inexact grâce auxquels un meurtrier avait pu échapper pendant des mois à la police. Il fustigea le Dr Robert Graham de s'être fié à l'évaluation de Francis Coppin, qui n'était pas un médecin qualifié. « Si vous aviez connu les faits avec exactitude, lui reprocha-t-il, vous n'auriez pas signé ce certificat. » Kirby, le commis de la pharmacie de Priest, fut réprimandé d'avoir vendu de la strychnine à Cream. « Vous devrez être un peu plus prudent à l'avenir », lui conseilla Hicks.

Le Dr Thomas Stevenson, l'expert qui avait constaté la présence de strychnine dans les dépouilles de Marsh et de Shrivell, présenta les résultats de ses analyses sur celle de Clover. Il y avait récupéré un seizième de grain de strychnine. Ce résidu était insuffisant pour tuer, mais il indiquait que Clover en avait ingéré une quantité beaucoup plus grande avant de mourir et « suggérait qu'une dose fatale lui avait été administrée ». Hicks lut à voix haute ses notes des descriptions que les témoins avaient faites des symptômes de Clover. « Non seulement ces symptômes sont-ils exactement ceux d'un empoisonnement à la strychnine, mais ils pointent vers lui », confirma le Dr Stevenson, qui souligna la négligence dont avait fait preuve le Dr Graham en certifiant que le délirium tremens était la cause du décès.

Lucy Rose ne put cependant dire avec certitude que Cream était l'homme qu'elle avait aperçu brièvement dans la pénombre du couloir de la pension de Clover. Robert Taylor déclara qu'au pub Mason's Arm, sa nièce, Clover, lui avait présenté un homme qu'elle appelait Fred, un « aristo » qui lui donnait « beaucoup d'argent ». Il ajouta que l'homme « ressemblait » à Cream, mais qu'il était certain que cette rencontre avait eu lieu au moins un mois avant la mort de Clover, c'est-à-dire avant l'arrivée de Cream à Londres. La logeuse de Clover, Emma Phillips, ajouta à cette confusion quand elle assura que Fred était le père de l'enfant de Clover et qu'elle l'avait rencontré à plusieurs reprises. Elle jura n'avoir jamais vu Cream auparavant.

Entre-temps, l'affaire du chantage semblait mal tourner elle aussi. En juin de cette année-là, Cream comparut plusieurs fois devant le tribunal du magistrat dans Bow Street quand les procureurs convoquaient des témoins pour justifier qu'on l'accuse d'avoir voulu faire chanter le Dr Joseph Harper. Quand Tunbridge eut découvert les lettres expédiées au Dr Broadbent et au député Frederick Smith, la poursuite annonça qu'elle porterait d'autres accusations d'extorsion. Ces lettres avaient été lues au tribunal le 20 juin, deux jours avant le début officiel de l'enquête. Le graphologue George Smith Inglis affirma que Cream avait écrit chacune d'elles, y compris les trois qui accusaient Harper des meurtres de Marsh et de Shrivell. « À mon avis, elles sont toutes de la main du même individu », déclara-t-il. Il ajouta que Cream avait tenté, dans certaines d'entre elles, de camoufler son écriture, mais qu'il n'y était pas parvenu.

Sir John Bridge, le magistrat, lui demanda s'il entretenait certains doutes quant à ses conclusions.

« Pas le moins du monde, répondit-il en prenant deux lettres pour exemple. L'écriture de celle-ci est penchée vers l'avant et celle-ci vers l'arrière, mais elles sont de la même main. »

Graphologue depuis dix ans, Inglis avait dévoilé au tribunal des signatures bidon sur des testaments et mis en cause l'authenticité d'autres documents. Ainsi que l'affirma le *Strand Magazine*, « il était le plus important graphologue de son époque ». Mais Tunbridge, qui était présent dans la salle d'audience, s'inquiéta quand l'avocat de Cream, John Waters, commença son contre-interrogatoire. Waters paraissait ravi qu'un expert reconnu croie que son client avait rédigé toutes ces lettres de chantage. « J'étais certain, dit Tunbridge, qu'Inglis se trompait. »

Il eut une intuition. Après l'audience, Tunbridge put obtenir un spécimen de l'écriture de Laura Sabbatini qu'il compara, lettre par lettre, à trois des missives. « J'ai compris sur-le-champ, dit-il plus tard, qu'elle les avait indubitablement écrites. » Quand il la mit devant les faits à son appartement de Londres, celle-ci avoua les avoir rédigées à la demande de Cream. Inglis soumit un rapport révisé dans lequel il reconnaissait son erreur, mais il avait déjà perdu toute crédibilité.

Les enquêteurs firent quelques progrès à mesure qu'avançait l'enquête sur la mort de Clover. Tunbridge trouva enfin les témoins oculaires qu'il cherchait – Elizabeth Masters et Elizabeth May, les prostituées qui avaient rencontré Cream l'automne précédent. Elles le reconnurent lors d'une séance d'identification et affirmèrent à l'enquête du coroner qu'il était bien l'homme qu'elles avaient vu avec Clover. Emily Sleaper, la fille de la logeuse du 103 Lambeth Palace Road, dit avoir eu avec Cream des conversations troublantes. Ce dernier l'avait priée de faire pour lui une petite enquête au 27 Lambeth Road, l'ancienne pension de Clover. « Je connais une fille qui habite là, et je pense qu'elle a été empoisonnée, lui avait-il dit. Je veux savoir si elle est morte. » Il ajouta que lord Russell l'avait tuée. Emily Sleaper refusa de lui rendre ce service. Peu après la mort de Marsh et de Shrivell, il lui parla encore et déclara que Walter Harper avait tué les deux femmes. « Ce vaurien devrait être traduit en justice », ajouta-t-il.

Un dessinateur judiciaire a capté Laura Sabbatini au moment où elle vient livrer son témoignage à l'enquête sur la mort de Matilda Clover. (*Penny Illustrated Paper*, 2 juillet 1892)

Laura Sabbatini fut ensuite appelée à témoigner. Des murmures s'élevèrent dans la salle. Cream qui, jusque-là, était resté calme, voire nonchalant, pendant les divers témoignages fut clairement surpris et contrarié de voir son ex-fiancée. Tunbridge la fit entrer dans la salle d'audience et précisa qu'elle collaborait avec la police. Elle portait une robe noire aux manches en dentelle agrémentées de petits rubans roses. Elle était voilée, mais son regard croisa un moment celui, glacial, de Cream avant qu'elle ne s'assoie en lui tournant le dos. Sa main qui tenait un exemplaire du Nouveau Testament trembla quand elle jura de dire la vérité. Elle chuchotait d'une voix si faible qu'elle dut répéter ses réponses pour que le coroner et les membres du jury puissent les entendre.

Elle confirma qu'elle et Cream avaient été fiancés et qu'à l'occasion d'une de ses visites dans sa famille, à Berkhamsted, il lui avait demandé d'écrire des lettres pour lui. Elle transcrivit les accusations qu'il lui dictait, à savoir que Walter Harper avait tué Marsh et Shrivell. Elle trouva curieux de les signer du nom de William Murray, dit-elle, et elle demanda à Cream pourquoi il formulait ces allégations. Il refusa de répondre. « Laisse tomber, dit-il. Un jour, je te le dirai. »

Au troisième jour de l'enquête, le dernier témoin, John Haynes, décrivit un incident survenu à bord d'un omnibus en compagnie de Cream à la fin mai. Alors qu'ils passaient devant des camelots qui criaient « Une importante arrestation dans l'affaire de Stamford Street », Cream, sous le choc, fut impatient de descendre du véhicule à l'arrêt de Charing Cross et d'acheter les journaux. Il était si nerveux que Haynes dut lui lire l'article. « Il parut très soulagé », dit Haynes, d'apprendre que l'article concernait la poursuite engagée contre un imprésario de Stamford Street accusé de grossière indécence envers des jeunes femmes qui espéraient faire carrière au théâtre. Durant son témoignage, Haynes mentionna également Louisa Harvey, l'identifiant comme une des femmes dont Cream disait qu'elles avaient été empoisonnées. Il ajouta qu'il n'avait pu la retracer malgré ses recherches.

Quand l'audience fut suspendue, le 24 juin, l'enquête de Scotland Yard semblait s'effondrer. Si une condamnation pour chantage paraissait assurée, les preuves reliant Cream aux meurtres étaient faibles et circonstancielles. Il avait été vu avec Clover. Il avait su avant tout le monde qu'elle était morte empoisonnée. Mais personne ne pouvait affirmer avec certitude qu'il était le meurtrier des prostituées de Lambeth.

À sa sortie de la salle d'audience, menottes aux poignets et flanqué de gardiens, Cream fut accueilli par des huées. Les bobbies retinrent la foule pendant qu'il s'engouffrait dans un fiacre. Quand le véhicule entreprit sa traversée de la ville jusqu'à la prison de Holloway, un groupe de jeunes courut à côté en criant par-dessus le bruit des sabots et des roues. Cream, coiffé de son haut-de-forme, les regarda. Il souriait.

24

UNE RÉSURRECTION

Un homme strabique, bien mis, coiffé d'un haut-de-forme, qui distribuait des capsules à des prostituées. Ces mots sautèrent aux yeux de Louisa Harvey quand elle les lut dans un compte rendu journalistique de l'enquête du coroner sur la mort de Matilda Clover. Pouvait-il s'agir du médecin nord-américain qu'elle avait rencontré l'automne précédent ? « La ressemblance m'a frappée », se souvint-elle. La description des longues capsules évoquait celles qu'il avait tant voulu lui faire avaler pour éclaircir son teint. Elle veilla à se procurer aussi l'édition du lendemain matin d'un des quotidiens de Londres, le *Daily Telegraph*, pour en savoir davantage. Un exposé du témoignage de John Haynes y figurait. Haynes y disait qu'il s'était efforcé de retracer une victime de l'empoisonneur de Lambeth qui, croyait-on, était morte dans la rue devant un music-hall. Harvey n'en crut pas ses yeux: un nom était imprimé comme une épitaphe dans l'impeccable police de caractères du journal – le sien.

Harvey vivait à Brighton quand elle découvrit que les détectives de Scotland Yard la croyaient morte. Même Cream, l'homme qui, au dire des enquêteurs, était son assassin, supposa qu'elle était décédée quelques heures après avoir avalé les capsules. Elle avait quitté Londres et sa vie de prostituée, changé son patronyme pour celui de Harris et recommencé sa vie pour échapper à son passé. Mais en ce jour de juin, celui-ci avait fini par la rattraper.

Elle demanda à son conjoint, Charles Harvey, d'écrire deux lettres. La première fut adressée à sir John Bridge, le magistrat de Bow Street qui recueillait des témoignages au sujet des allégations de chantage, et l'autre au coroner A. Braxton Hicks. Louisa Harvey était bien vivante, affirmaient ces lettres. Et elle était disposée à témoigner.

■ ■ ■

« Louisa Harris. » Bien peu de gens dans la salle du Vestry Hall connaissaient l'identité du témoin appelé à la barre quand l'enquête reprit le 7 juillet. Même Cream devait l'ignorer jusqu'à ce qu'elle prête serment et mentionne le nom qui était le sien à l'automne 1891.

Le sort de Louisa Harvey avait sans doute été « l'aspect le plus mystérieux de toute cette affaire », écrivit un journaliste du *Daily News* de Londres. Des détectives avaient perdu des semaines à chercher son certificat de décès et sa sépulture. Et voilà que Louisa Harvey était là, dans une tenue audacieuse qui la graverait dans les mémoires – veste bleue, robe verte à garnitures marron, ses cheveux remontés en chignon sous une capeline noire ornée de roses rouges. Elle était bronzée, nota un spectateur, depuis qu'elle avait échappé au brouillard de Londres pour « le soleil de Brighton ».

Elle semblait parler calmement, mais sa voix était trop faible pour porter jusqu'aux dernières rangées de la salle. Elle dut répéter chacune de ses déclarations, ce qui les amplifia. Cream baissait la tête et griffonnait furieusement, comme s'il s'efforçait de reproduire chacun de ses mots. Il comprenait l'importance de son témoignage. Elle dit comment il avait voulu lui faire avaler des capsules ce soir-là, sur le Thames Embankment, et comment elle avait été plus maline que lui. C'étaient de longues capsules comme celles qu'il s'était procurées chez le pharmacien Priest, qui devaient contenir de la strychnine. Sinon, pourquoi Cream l'aurait-il crue morte ? Scotland Yard détenait enfin la preuve que son principal suspect distribuait des capsules aux prostituées de Londres.

Ce spectaculaire témoignage éclipsa celui d'un autre témoin surprise qui ajouta une pièce au puzzle. Après que son divorce compliqué eut fait la une de tous les journaux, la comtesse Mabel Russell avait été réticente à se mêler aux allégations de meurtre et de chantage qui pesaient sur Cream. Elle prêta serment, puis confirma qu'elle avait reçu, l'automne précédent, une lettre accusant son ex-mari de meurtre. Elle l'avait portée à l'attention de Scotland Yard, dit-elle, mais n'avait pu la retrouver. La lettre disait que le prétendu crime avait été commis « avec du poison », mais la comtesse ne se souvenait pas s'il y était question de strychnine. Elle était cependant certaine que le patronyme de la victime que mentionnait l'expéditeur était Clover.

■ ■ ■

Les plus grands journaux de Londres envoyèrent des reporters à Tooting pour couvrir les témoignages du Vestry Hall. Les meurtres, les menaces de chantage envers des personnes en vue, le sexe illicite, la débauche... Tous ces récits sordides et scandaleux révulsaient et titillaient les lecteurs de l'époque victorienne. De nombreux organes de presse reproduisaient intégralement les témoignages et publiaient des croquis des principaux témoins. Les journalistes tentaient d'interviewer des connaissances de Cream. John Haynes ne manquait pas d'anecdotes au sujet du comportement louche de son ami abruti de stupéfiants. « Du matin au soir, il ne parlait que de femmes », dit Haynes au *Star.* « Neill était fou, affirma-t-il dans une autre interview. Personne ne pourrait consommer une quantité aussi phénoménale de drogues et malmener à ce point sa santé tout en étant sain d'esprit. » Ces déclarations furent corroborées par d'autres personnes de sa connaissance et des prostituées dont il était un client. « Il était d'emblée très aimable et très agréable, rapporta le *Lloyds Weekly Newspaper*, mais il suffisait de le connaître un peu mieux pour voir qu'il n'avait pas toute sa tête. »

La presse britannique repiqua volontiers les reportages américains sur le passé de Cream. Manquant de précision dans les détails, ils traçaient cependant un portrait général exact de ce médecin capable de meurtre et de fautes professionnelles. La « carrière criminelle » de Cream au Canada et aux États-Unis, rapporta le *Illustrated Police News*, incluait la mort d'au moins deux femmes et une longue peine dans une prison américaine.

L'avocat de Cream, John Waters, chercha à endiguer le flot de ces divulgations. « Des accusations plus graves » que le chantage étaient possibles, se plaignit-il lors d'une audience dans Bow Street, tandis que des rumeurs non fondées et des nouvelles déformées risquaient d'influencer les membres du jury si Cream « avait la malchance d'être traduit devant les tribunaux ». Le magistrat Bridge reprocha aux journalistes présents de ne pas avoir su restreindre leurs exposés aux preuves présentées au tribunal. « Toute autre déclaration concernant le détenu est parfaitement injuste et déplacée », dit-il. De nombreux journaux ignorèrent cette mise en garde et continuèrent de publier des comptes rendus du passé de Cream. Dans un mépris flagrant du magistrat, le *Lloyd's Weekly Newspaper* cita son commentaire et le fit suivre des dernières révélations au sujet de la « carrière perverse » de Cream en Amérique du Nord.

Témoins et scènes de la mise en accusation pour chantage et de l'enquête sur la mort de Clover. (*Illustrated Police News*, 9 juillet 1892)

Waters s'efforça également d'éviter que les journaux offrent des portraits de Cream à leurs lecteurs. Il s'opposa à la publication de croquis par des portraitistes judiciaires et de gravures basées sur des photographies, arguant qu'ils pouvaient influencer les témoins appelés à identifier son client dans des séances d'identification de la police. Mais des photos de Cream avaient été présentées comme preuves et Bridge souligna le fait que les journaux avaient « le droit de publier tout ce qui avait lieu dans la salle d'audience ». Il aurait pu ajouter que la couverture de la presse venait aussi au secours de l'enquête policière, puisque Louisa Harvey n'aurait sans doute jamais été retracée si elle n'avait pas lu son nom dans un journal. Le *Lloyd's Weekly Newspaper* fut encore une fois le premier à réagir en publiant des portraits de Cream et en priant tous ceux qui le reconnaîtraient de se manifester.

■ ■ ■

Les audiences reprirent le 13 juillet pour un cinquième et dernier jour de témoignages. Rappelé à la barre, le Dr Thomas Stevenson présenta les résultats des tests effectués sur les dépouilles de Marsh et de Shrivell, ainsi que son analyse des capsules que renfermait la trousse d'échantillons de Cream. Selon lui, neuf granules de strychnine pouvaient suffire à tuer une personne et chaque capsule que Cream possédait en contenait environ vingt-cinq. Si ces granules étaient réduites en poudre, une capsule en contiendrait l'équivalent d'une trentaine.

Dans son tout premier témoignage, l'inspecteur Tunbridge révéla un élément de preuve accablant. Sur une enveloppe trouvée dans le tiroir du haut d'une commode dans la chambre de Cream, il y avait des dates et des initiales correspondant à celles des femmes assassinées. Les initiales « L. H. », pour Louisa Harvey, y figuraient également.

Cream ne semblait pas toujours conscient du poids des preuves circonstancielles toujours plus nombreuses qui le reliaient aux meurtres. Un jour, il était joyeux et souriant quand il prit place au banc des accusés de Bow Street. Une autre fois, il fit l'éloge des témoins qui renforçaient les accusations de meurtre pesant contre lui. « Dieu merci, aucun d'eux ne se parjure », laissa-t-il échapper, comme si leurs témoignages aidaient sa cause. Il alla trouver Tunbridge durant une pause et lui serra la main. « Ça se passe bien pour moi », dit-il haut et fort, dans une résurgence du comportement bizarre qu'avaient pu constater ses connaissances de Lambeth.

Vers la fin des audiences, le coroner Hicks annonça qu'il avait reçu une curieuse lettre et qu'il désirait en faire la lecture officielle :

> *Cher Monsieur,*
>
> *L'homme que vous détenez, le Dr Neill, est aussi innocent que vous l'êtes vous-même. Au fait de son apparence, je me suis déguisé pour lui ressembler et j'ai fait la connaissance des filles qui ont été empoisonnées. Je leur ai donné des pilules pour les libérer de toutes leurs misères humaines, et elles sont mortes. Mademoiselle L. Harris est plus intelligente que je ne le pensais, mais je finirai bien par l'avoir.*

L'auteur de la lettre, qui avait manifestement suivi l'affaire de près, accusa à son tour le comte Russell « d'être impliqué dans l'empoisonnement de Clover ». Il clôturait sa missive par un conseil : « Si j'étais vous, je relâcherais le Dr Neill, sinon vous pourriez vous mettre dans le pétrin. Son innocence sera prouvée tôt ou tard. Une fois remis en liberté, il pourrait intenter une poursuite et demander réparation. » Une mise en garde terminait la lettre : « Méfiez-vous tous. Je préviens, mais une seule fois. »

Hicks lut ensuite la signature : Jack l'Éventreur.

La salle éclata de rire. Cream rit aussi. Mais cette lettre rappelait à tous que les empoisonnements de Lambeth constituaient l'attaque la plus meurtrière qu'avaient subie les femmes les plus vulnérables de Londres depuis les tueries de Whitechapel, en 1888.

Cream était le dernier témoin. Il prêta serment, mais refusa de témoigner. « J'ai reçu l'ordre de ne pas témoigner dans cette affaire, dit-il. Je refuse d'ouvrir la bouche. » Il refusa aussi de confirmer son nom et d'admettre qu'il était médecin.

Dans son exposé définitif, le coroner Hicks résuma la situation pour le bénéfice des jurés. L'auteur de la lettre de chantage expédiée au Dr Broadbent savait que Matilda Clover avait été empoisonnée à la strychnine plusieurs mois avant que son corps ne soit exhumé. L'écriture de cette lettre était celle de Cream. Ce dernier connaissait Clover ainsi que son adresse, et il avait été vu en sa compagnie. « Pouvaient-ils raisonnablement douter que Neill était l'homme qui avait administré le poison et qu'il devait être traduit en justice pour meurtre ? » demanda-t-il.

Si les jurés avaient eu des doutes, ceux-ci se volatilisèrent en moins de vingt minutes. « Nous sommes unanimes à dire, affirmèrent-ils dans un billet que lut le coroner à leur retour dans la salle d'audience, que Matilda Clover est morte empoisonnée à la strychnine et que le poison lui a été administré par Thomas Neill dans l'intention de lui enlever la vie. »

Tous les regards se tournèrent vers Cream, mais il demeura impassible. Dehors, une escouade de neuf agents retenait une foule d'environ un millier de personnes attroupées autour du fiacre qui le ramènerait à sa cellule. Quand une poignée d'hommes franchit le cordon et en vint aux mains avec la police, les gardiens de Cream profitèrent de cette diversion pour le pousser dans le fiacre et prendre la fuite.

Le jury du coroner loua les efforts déployés par la police dans l'enquête sur le meurtre de Clover, et Hicks souligna le travail « exemplaire » des enquêteurs, plus particulièrement celui de Tunbridge et de l'inspecteur George Harvey. Mais l'enquête avait aussi révélé l'échec de Scotland Yard à enquêter sur les lettres de chantage expédiées au Dr Broadbent et au Dr Russell, deux indices qui auraient pu orienter la police vers le meurtrier de Clover quelques semaines à peine après la mort de cette dernière, sauvant peut-être ainsi la vie de Marsh et de Shrivell. Pour l'heure, la presse était d'humeur magnanime. Le *Daily News* écrivit que « la vigilance soutenue de la police rassemble une à une les pièces de ce puzzle apparemment insoluble au départ ».

Le verdict du jury confirma que Cream subirait un procès pour au moins un des meurtres. Au cours des semaines suivantes, Scotland Yard aurait en main suffisamment de preuves pour l'accuser aussi des meurtres de Marsh, Shrivell et Ellen Donworth.

Entre-temps, outre-Atlantique, l'inspecteur Frederick Smith Jarvis reconstituait la vie de Cream aux États-Unis dans les années 1880. Son enquête mettrait au jour d'autres crimes et fournirait des preuves supplémentaires du penchant de ce médecin pour la cruauté et le meurtre.

V

CRIMES ET CHÂTIMENT

Illinois, Canada, État de New York • 1880-1892

25

MARY ANNE MATILDA FAULKNER

{Chicago • Août 1880}

DES PAS RÉSONNÈRENT PENDANT LA NUIT au plafond de l'appartement d'Elizabeth Green. À l'aube, Hattie Mack, la locataire de l'étage au 1056 West Madison Street, fut vue qui s'éloignait avec ses trois enfants. L'odeur nauséabonde et sans équivoque de la mort se répandit peu à peu dans tout l'immeuble. La puanteur s'intensifia dans la chaleur du mois d'août. George, le mari de Green, grimpa l'échelle de sauvetage branlante jusqu'au deuxième étage et voulut ouvrir la porte, mais elle était verrouillée. Il alla au poste de police de West Lake Street, à Chicago, pour faire état du départ précipité de sa voisine et de l'odeur qui régnait.

Quand deux agents en uniforme bleu avec leur insigne arrivèrent sur les lieux, les piétons dans la rue se bouchaient le nez en passant devant la maison. Le lieutenant Edward Steele et le sergent John Rehm enfoncèrent la porte. Le cadavre d'une femme gisait sur un lit trempé de sang. Ses bras étaient doucement repliés sur sa poitrine, mais son visage et son cou étaient affreusement putréfiés, enflés et noirs. Les agents reculèrent, le souffle coupé.

Elizabeth Green dit aux agents qu'il s'agissait sûrement de la délicate et élégante jeune femme qui avait emménagé avec

Mack une dizaine de jours auparavant. Mack était une sage-femme et une infirmière connue dans le quartier. Un médecin était venu à son appartement deux ou trois fois par jour depuis son arrivée. Un jour, Green avait demandé à ce médecin qui était malade. Il lui avait répondu qu'il soignait un des enfants de Mack et lui avait remis sa carte de visite au nom de Thomas Neill Cream.

Steele et Rehm trouvèrent Cream à la pharmacie White Brothers, à quelques coins de rue de là, où il louait une chambre à l'arrière. Une perquisition de son cabinet du 434 West Madison, distant d'un demi-mille de l'appartement de Mack, produisit deux billets. Le premier indiquait que la morte était Mary Anne Matilda Faulkner, originaire d'Ottawa, au Canada. L'autre, rédigé à la mine de plomb et bourré de fautes de grammaire et d'orthographe, provenait de Hattie Mack, qui avait disparu :

> *Dr Cream Je serai pas à la maison à soir J'ai asseyé de vous voir j'ai la clé je peux pas amener les enfants tant quelle est la j'ai rien dit à personne laissez moi vous voir au plus vite je suis sur les nerf Je suis chez ma sœur.*
>
> *H. M.*
>
> *Le châssis est ouvert attention à la femme en haut.*

Les agents emmenèrent Cream au poste et l'interrogèrent en route. Il reconnut que Faulkner avait été sa patiente. Elle l'avait consulté pour un problème de dysenterie. Il se dédit ensuite, déclarant plutôt qu'elle souffrait de lésions cervicales ou, dans ses termes, d'une « ulcération de l'utérus ».

Quand la police cueillit Mack chez sa sœur, elle accusa Cream d'avoir pratiqué un avortement. Elle avait fait de son mieux pour soigner la femme, mais son état s'était aggravé après l'intervention. Confronté à la version de Mack, Cream modifia une fois de plus son récit. Mack avait agi seule et bousillé l'avortement, et une infection s'était déclarée.

« Une violente faute médicale », clama en manchette le *Chicago Daily News* le 21 août 1880, le lendemain de la découverte du corps. Cream et Mack furent détenus dans les cellules du poste de West Lake Street jusqu'à ce que le jury du coroner puisse examiner les éléments de preuve et décider lequel des deux disait la vérité.

■ ■ ■

Cream était arrivé à Chicago en juillet 1879 peu après avoir quitté l'Ontario en vitesse. Huit ans seulement s'étaient écoulés depuis qu'un incendie majeur avait fait des centaines de victimes et réduit en cendres une zone du centre-ville d'une superficie de plus de trois milles carrés. À la lisière du « Burnt District », la zone incendiée, les ruines des églises et des autres édifices se dressaient encore tels des monuments commémoratifs du désastre. Mais un ambitieux projet de reconstruction était déjà en cours. De nouveaux édifices en pierre et en brique, à l'épreuve du feu, certains d'une hauteur de sept étages, bordaient les rues du centre-ville. « La ville est renée de ses cendres, s'émerveilla une autrice britannique en visite, lady Duffis Hardy, et elle est plus somptueuse et majestueuse que jamais. » D'autres cherchaient les mots qui décriraient justement la résilience et la croissance acharnée de la ville. L'actrice Sarah Bernhardt, venue en 1881, qualifia Chicago de « pouls de l'Amérique ». Même le chancelier allemand Otto von Bismarck se demanda pourquoi on faisait si grand cas de cette ville. « J'aimerais aller aux États-Unis, est-il réputé avoir dit, ne serait-ce que pour voir Chicago. »

Chaque année, des immigrants déferlaient sur la ville, pour une bonne part en provenance du tout nouvel Empire allemand de Bismarck. Sa population doubla presque dans la décennie qui suivit le grand incendie, pour atteindre un demi-million d'âmes et fit de la Chicago ressuscitée la quatrième ville en importance aux États-Unis. Au début des années 1880, lady Hardy découvrit une ville « pleine d'énergie et d'entreprise [...] entièrement vouée à l'accumulation du capital ». Des milliers de jeunes femmes entrèrent dans la danse, cherchèrent du travail et un nouveau départ dans cette ville qui se réinventait. Elles provenaient de fermes du Midwest, du Canada et même d'Europe. Elles travaillèrent en usine ou se firent couturières, enseignantes, infirmières ou vendeuses de magasin, mais la plupart de celles qui entrèrent sur le marché du travail aux États-Unis dans les années 1870 – on parle d'un million dans tout le pays – œuvraient comme domestiques dans des résidences privées. Âgée de vingt-neuf ans au moment de sa mort, Faulkner avait été servante et avait expédié une partie de ses gages au Canada, à sa mère veuve, pour l'aider à subvenir aux besoins de sa fratrie. Elle avait quitté son emploi précédent de serveuse environ six semaines avant sa mort et annoncé à son employeur son mariage imminent.

Une ville « pleine d'énergie et d'entreprise ». State Street, à Chicago, dans les années 1880. (Collection de l'auteur)

Cream, tout aussi impatient de refaire sa vie, établit sa pratique dans le West Side. Le State Board of Health de l'Illinois (Conseil de santé) inscrivit son nom au registre des médecins habilités le 22 août 1879. Le travail ne devait pas manquer pour un médecin fraîchement débarqué à Chicago. L'eau potable polluée tirée du lac Michigan, rendu insalubre par les eaux usées, provoquait de fréquentes épidémies de fièvre thyphoïde et de choléra. La dysenterie d'origine hydrique, qui occasionnait des douleurs abdominales et des diarrhées sanglantes, était si courante qu'on la qualifiait de « maladie estivale ». Mais Cream avait du mal à attirer des patients et il déménagea plusieurs fois son cabinet. Il lui était « extrêmement difficile de joindre les deux bouts », avoua-t-il plus tard.

À son arrivée à Chicago à l'été 1892, l'inspecteur de Scotland Yard, Frederick Smith Jarvis, constata que le cabinet de Cream était situé au 434 West Madison, au-dessus d'un salon de barbier, en face d'une écurie de louage et du West End Opera House. Il était entouré d'immeubles locatifs et de garnis miteux bourrés de nouveaux venus et de personnes que l'incendie avait chassées de chez elles. Les eaux d'égout se déversaient dans les sous-sols à cause de la plomberie défaillante, les ordures s'empilaient dans les cours arrière et les gens du quartier fermaient leurs fenêtres dans la chaleur de l'été pour échapper aux miasmes. À un mille à peine du centre-ville, cette zone était aux antipodes des impressionnants édifices neufs de Chicago.

Le West Side était un des quartiers les plus violents et les plus dangereux de Chicago, une « pépinière de criminels », comme s'en était plaint un journal peu avant l'arrivée de Cream. La nuit, ses rues étaient envahies de clochards et de gangs qui agressaient et volaient les passants. La prostitution y était florissante, et un éditeur offrait même un guide pour « hédonistes » qui promettait avec audace que « tous les goûts, toutes les préférences y [étaient] promptement satisfaits ». L'administration du maire Carter Harrison, élu en 1879, autorisait l'exploitation de salles de jeu et de lupanars – ou « maisons de sports », comme les désignait un euphémisme – dans les quartiers mal famés aux noms aussi honteux que leurs établissements : Hell's Half-Acre (L'infernal demi-âcre), Bad Lands, Satan's Mile (Le mille de Satan). Les barons de la pègre et les tenanciers de maisons closes contrôlaient les élections et soudoyaient la police pour qu'elle ferme les yeux. « Chicago est dans un bien piètre état, se lamenta un citoyen auprès d'un ami new-yorkais ; des joueurs professionnels et des escrocs la dominent entièrement. » De son quartier général dans un tripot du centre-ville appelé The Store (Le magasin), le plus puissant baron de la pègre, Mike McDonald, dirigeait un empire de maisons de jeu – et, au dire de plusieurs personnes, la police et la ville tout entière.

Faulkner et d'autres jeunes filles de sa condition qui erraient « à la dérive dans une grande ville », comme les décrivit un journal, et étaient aux prises avec des comportements hostiles et discriminatoires risquaient d'être entraînées dans la prostitution volontairement ou de force. Elles touchaient des salaires inférieurs à ceux des hommes, même quand elles ne bénéficiaient pas du soutien matériel d'un mari ou d'un père. Les propriétaires refusaient de louer des chambres aux femmes célibataires, sous prétexte qu'elles étaient forcément de mœurs légères. Ainsi que l'affirma une femme de l'époque: « Si une fille n'habitait pas chez ses parents, nous pensions qu'elle était débauchée. » Les femmes célibataires étaient attirées par le West Side et d'autres quartiers louches parce qu'elles pouvaient s'y loger à prix raisonnable et échapper aux questions. Mme Leander Stone, présidente de la Women's Christian Association (Association chrétienne des femmes) qui, dans les années 1880, exploitait à Chicago une pension pour femmes seulement, souligna les difficultés et le désespoir auxquels bon nombre d'entre elles étaient confrontées. « Durant l'hiver qui approche, elles mourront de froid dans des greniers ou de faim dans des caves, déplora-t-elle, épouvantée, ou bien, dans un sort pire que la mort (Dieu les en préserve), elles sacrifieront leur honneur pour de la nourriture et de la chaleur. » Les souteneurs et les maquerelles s'en prenaient aux pauvres et aux vulnérables, mais certaines femmes se prostituaient volontairement pour échapper à une vie de pauvreté et de dur labeur. Les couturières et les dentelières des ateliers clandestins de Chicago travaillaient de longues heures pour moins de trois dollars par semaine, le dixième de ce que pouvait gagner une travailleuse du sexe.

Quand elles tombaient enceintes, les femmes célibataires et les prostituées trouvaient facilement des avorteurs. Selon un journal, cette pratique était « florissante » dans une ville où « une multitude de soi-disant médecins en faisaient un commerce de gros ». Certains offraient même leurs services pour aussi peu que deux dollars, disait-on, c'est-à-dire beaucoup moins que le prix courant de dix dollars demandé à New York et à Boston. Un avortement pratiqué dans les premières semaines de la grossesse n'était pas un crime jusqu'au dix-neuvième siècle. On croyait que le fœtus n'était pas vivant tant que la femme ne le sentait pas bouger, soit environ quatorze semaines après la conception. Mais au milieu des années 1800, l'avortement ou la fausse-couche provoquée, à tout moment de la grossesse, était un acte criminel.

La certitude que la vie ne commençait que plusieurs mois après la conception perdurait néanmoins, et de nombreuses femmes s'autorisaient à interrompre une grossesse à ses débuts. Un bureau de santé d'État estima qu'un tiers de toutes les grossesses étaient ainsi interrompues. Certaines mixtures domestiques, notamment un mélange nocif de térébenthine et de sucre, étaient censées provoquer un avortement. Tout un éventail de médicaments brevetés annoncés dans la presse promettait aux femmes le soulagement des « irrégularités féminines » et le rétablissement du cycle menstruel – formules codées pour parler d'interruption de grossesse. Certains fournisseurs mettaient en garde contre les effets secondaires souhaités : « Il n'est pas conseillé à ces dames qui pensent être enceintes de prendre ces comprimés », signalaient les promoteurs des pilules Friar's French Female Regulator. De nombreuses femmes suppliaient leur médecin de leur donner un abortif ou de pratiquer un avortement. « Quand ces pauvres malheureuses vous demandent d'intervenir pour les soulager, ayez pitié d'elles de tout votre cœur, mais réagissez à leurs prières par un refus, prompt et catégorique », conseilla un médecin à ses collègues en 1875. Certains praticiens prenaient toutefois le risque d'être traduits en justice. En 1880, les journaux de Chicago firent souvent état d'avortements illégaux à travers les États-Unis, y compris de ceux, fort nombreux, qui se soldèrent par la mort de la femme et des accusations d'homicide pour le médecin.

Cream, qui était à court d'argent et peinait à monter sa pratique, vit une occasion favorable dans ces grossesses désespérées. Il annonça ses services de spécialiste en « maladies de l'utérus », une solution futée pour qu'on le sache disposé à interrompre une grossesse inopportune. Une certaine Mme Goodwin lui loua un espace dans le West Side, puis l'évinça quand elle eut découvert la nature réelle de sa pratique. Elle remarqua de manière acerbe que « les avortements constituaient la plus grande partie de son entreprise ». Selon un compte rendu journalistique, Cream finit par avouer qu'il se spécialisait dans ceux-ci pour aider les femmes célibataires « à résoudre leurs problèmes », ainsi qu'il le formula. Hattie Mack, sa supposée complice dans la mort de Faulkner, affirma que Cream pratiquait des avortements pour au moins quinze prostituées d'une des nombreuses maisons closes de la ville.

L'idée prédominante était que toute femme non mariée et enceinte était responsable de sa situation malencontreuse, et non pas le père putatif. « Tant et aussi longtemps que la passion poussera les femmes à avoir des relations illicites avec des hommes, pontifia le *Chicago Daily Tribune* à l'été 1880, certaines d'entre elles rechercheront ou subiront un avortement pour échapper à la honte et à leurs ennuis. »

Quand Mary Anne Faulkner sut qu'elle était enceinte, elle demanda l'aide d'un compatriote canadien. Sa mort épouvantable menaça de mettre un terme à la turbulente carrière médicale de Cream.

■ ■ ■

Le matin du 23 août, un lundi, le poste de police de West Lake Street fut assailli par une foule qui s'arrachait les places libres dans la salle d'audience. Les retardataires attendirent à l'extérieur jusqu'à ce que des agents sortent les disperser. Mack, le premier témoin, dit avoir été forcée de veiller sur Faulkner, parce qu'elle s'était endettée envers Cream et ne pouvait refuser sa requête. Leur entente devait demeurer secrète. « Le Dr Cream m'a plusieurs fois conseillé de verrouiller les portes et de ne laisser entrer personne », dit-elle dans son témoignage. Le médecin se rendit quelques fois par jour au chevet de sa patiente et, à l'occasion d'une de ces visites, apporta des instruments chirurgicaux et pratiqua un avortement. Il rinça les instruments tachés de sang dans l'évier de la cuisine, dit-elle, et elle put voir le fœtus avant qu'il ne l'emporte. Elle s'enfuit de l'appartement après la mort de Faulkner et écrivit un billet à Cream pour le supplier de lui venir en aide. Quand elle put enfin le rejoindre, il lui dit qu'il s'occuperait du corps.

« Quels meubles emporteras-tu ? lui avait-il demandé. J'ai l'intention de mettre le feu aux meubles et à la maison. » Devant son refus d'un dédommagement de trente-cinq dollars, il avait songé à recruter deux hommes pour venir chercher le corps en pleine nuit. « Si qui que ce soit avait cherché à l'entraver, rapporta-t-elle, il l'aurait abattu. »

Son tour venu de parler, Cream était nerveux. Ses mains et ses lèvres tremblaient et il avait parfois de la difficulté à s'exprimer. Après avoir énuméré ses titres de compétence, il insista sur le fait qu'il ignorait tout de Faulkner et de son état jusqu'à ce que Mack lui demande de venir à son appartement. Faulkner lui avait alors dit qu'elle avait fait une fausse-couche après être tombée, dit-il, mais il l'avait soupçonnée de mentir.

« J'ai insisté, je l'ai priée de me dire, pour son bien et pour le mien, si des instruments avaient été utilisés », prétendit-il, et Mack avait fini par admettre qu'elle s'était servie d'un cathéter pour provoquer un avortement. Il était trop tard pour sauver la vie de Faulkner, dit-il, mais il avait fait ce qu'il avait pu en lui prescrivant de la quinine en guise d'analgésique. Il avait aussi demandé au Dr Donald Fraser, un collègue de McGill qui avait sa pratique dans le West Side de Chicago, d'examiner Faulkner et de lui donner son avis sur son état. Après la mort de cette dernière, ajouta Cream, il avait enjoint à Mack de prévenir la police et le cooner.

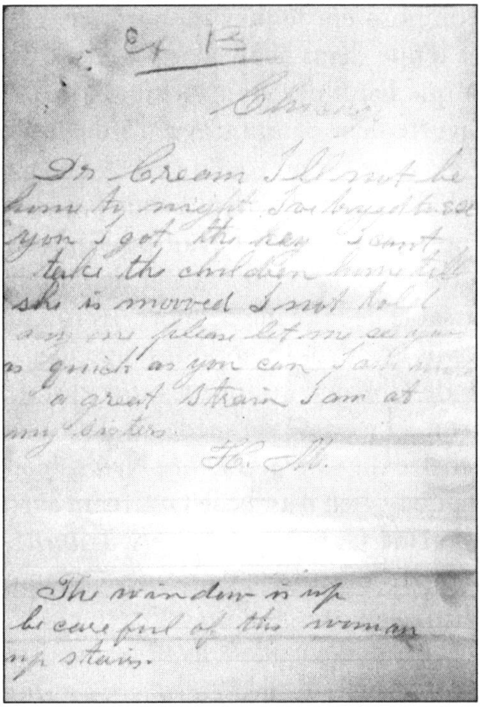
Ex 13

Chicago

Dr Cream I'll not be home to night I've [illegible] to see you I got the key I can't take the children home till she is moved I not told any one please let me see you as quick as you can I am [illegible] a great strain I am at my sisters.

H. M.

The window is up be careful of the woman up stairs.

Le billet de la sage-femme Hattie Mack annonçant à Cream qu'elle s'est enfuie de la maison où le corps de Mary Anne Faulkner a ensuite été découvert par la police. (Case No. 10926, Criminal Court of Cook County, 1880)

Le coroner adjoint du comté de Cook, le major W. E. Waite, se dit surpris que Cream, un médecin habilité, n'ait pas signé de certificat de décès. « Ne savez-vous pas que le médecin traitant doit produire un certificat de décès ? »

« Monsieur, je n'ai eu à signer qu'un seul certificat depuis mon arrivée ici, répondit Cream, et je ne savais pas très bien comment procéder. »

« Vous avez perdu un seul patient ? »

« Oui, monsieur, dit-il avant d'ajouter, comme si cela pouvait faire une différence : et c'était un enfant. »

Le rapport d'autopsie fut lu. Il confirmait qu'un avortement avait été pratiqué à l'aide d'instruments suffisamment acérés pour perforer l'utérus et provoquer une infection fatale. Appelé à la barre, le Dr Fraser confirma qu'il avait examiné Faulkner à la demande de Cream et qu'il l'avait trouvée gravement malade des suites d'un avortement. Curieusement, ni l'un ni l'autre médecin n'avait paru envisager de la faire hospitaliser.

On montra au Dr Fraser le cathéter censé avoir servi à l'avortement de Faulkner en lui posant la question suivante : « Un médecin qui utiliserait cet instrument serait-il un boucher ? »

« Je pense que tout homme qui pratique ce genre d'opération est un boucher. »

Les six hommes qui composaient le jury du coroner rendirent leur verdict en moins d'une demi-heure. Le président du jury, William Neff, déclara que Faulkner était morte d'une infection « consécutive à un avortement commis avec l'aide et les connaissances du Dr Thomas N. Cream et de Mme Hattie Mack ». En vertu de la loi de l'Illinois, le couple était passible d'une peine de dix ans d'emprisonnement s'il avait pratiqué un avortement illégal. Mais le décès de Faulkner faisait de l'intervention une infraction punissable de la peine de mort. Ils furent détenus en attendant d'être mis en accusation pour homicide.

Entre-temps, la presse de Chicago connut les démêlés de Cream avec la loi en Ontario. « Le passé du médecin n'est pas reluisant », clama une manchette du *Chicago Daily News*, bien que le journaliste ait reconnu que « rien n'ait lié le Dr Cream avec certitude » au décès de Catharine Gardner. Le *Daily Tribune*, par contre, refusa de lui accorder le bénéfice du doute. Comme Faulkner, Gardner était morte des suites d'un avortement et Cream, qui espérait « faire croire à un suicide », avait transporté son corps dans la toilette extérieure.

Cream s'efforça de sauver sa réputation. Quand des journalistes l'interrogèrent en prison, il insista sur le fait qu'« aucun médecin de formation » tel que lui n'emploierait du chloroforme pour provoquer un avortement. Les brûlures au visage de Gardner laissaient croire à l'intervention d'un « amateur inexpérimenté ». « Il a été administré par son séducteur, affirma-t-il, pour empêcher qu'elle rentre dans sa famille dont il aurait, lui, subi le châtiment. » Mais apparemment, le mal était fait. À Chicago, nota un intervieweur, « de l'avis général » on jugeait le Dr Cream responsable de la mort de Faulkner.

La mauvaise presse ne s'arrêta pas là. « Le crime de Cream » refaisait régulièrement la manchette des journaux convaincus de sa culpabilité. Le *Chicago Times* fit des calembours de son patronyme : le titre « Churning Cream » coiffa un reportage, mais fut aussitôt déclassé par « Cream a Tartar[2] ». Certains reportages le qualifièrent de charlatan ou firent suivre son titre d'un point d'interrogation pour laisser planer un doute sur son état de médecin. Sa réputation fut ternie entre les pages du *New York Times* dans un article qui le disait impliqué dans « un cas révoltant et fatal de faute professionnelle ». Sa supposée victime, au contraire, était dépeinte comme un ange déchu. Faulkner était une femme respectable issue d'une famille « pauvre mais honnête », ainsi qu'on put le lire dans un journal, pas du tout une des résidentes des maisons closes qui, disait-on, sollicitaient les services de Cream. Mack relata un reportage crève-cœur qui racontait comment, constatant qu'elle était à l'article de la mort, Faulkner réclama du papier et un crayon pour y noter l'adresse de sa mère et l'emplacement d'une malle qui renfermait ses quelques effets personnels.

Quand un avorteur notoire du nom de Charles Earll fut accusé du meurtre d'une patiente quelques jours après le décès de Faulkner, le *Daily Tribune* somma les autorités de mettre fin à cette « pratique diabolique ». Earll, « un boucher professionnel »,

2. Premier de plusieurs jeux de mots intraduisibles sur le patronyme *Cream* (crème) : *Churning Cream* (crème à fouetter), *Cream a Tartar* (crème de tartre). NdlT.

siffla un éditorialiste, avait déjà purgé une peine d'un an pour homicide involontaire après un autre avortement fatal, et Cream semblait être « tout aussi incompétent, sans scrupule et impitoyable, et avoir déjà de l'expérience dans cette entreprise plus que cruelle ». Le *Daily Tribune* exigea que les délinquants fassent l'objet « d'impitoyables poursuites pénales ». « Si Earll et Cream sont les coupables, comme semblent le démontrer les preuves amassées, *pendez-les haut et court!* C'est sûrement le meilleur remède contre la pratique prédominante de l'avortement. »

Cream partagea la cellule 45 de la prison du comté de Cook – une pièce de six pieds sur neuf dans un bloc de cellules sis à un étage supérieur et qualifié de couloir des assassins – avec Earll, à qui la barbe grise conférait une allure bienveillante et bon-papa. Ils trouvèrent « beaucoup de réconfort dans la compagnie l'un de l'autre », rapporta un journaliste. Durant les heures d'exercice, on les voyait souvent bavarder ensemble, peut-être s'échanger des stratégies de défense. Cream voulait désespérément redorer son blason, mais se lier d'amitié avec ce « boucher professionnel » qu'était Earll n'était pas une bonne façon de s'y prendre. Quand un journaliste du *Daily Tribune* voulut l'interviewer, il se plaça sur la défensive. Pour prouver qu'il possédait les qualifications requises et démentir sa réputation de charlatan, il exhiba le permis d'exercer obtenu à Édimbourg, son diplôme de McGill et d'autres certificats. « Pourquoi pratiquerais-je un avortement sur une inconnue qui n'a ni argent ni amis ? » demanda-t-il. « Il est confiant qu'il sera acquitté triomphalement de ce qu'il considère être une fausse accusation, fit remarquer le reporter, et il affirme bénéficier de l'appui de tous les honnêtes médecins de la ville, qui pourraient se laisser prendre au même piège. »

Cette bravade n'était pas anodine. L'un des avocats les plus accomplis, les plus controversés et les plus coûteux de Chicago avait été retenu pour sa défense, nul doute grâce à l'argent du père de Cream. À trente-quatre ans, Alfred Trude, ses cheveux noirs ramenés en pointe à l'arrière de la tête et son regard intense braqué sur sa cible, avait déjà dix ans d'expérience. Un journaliste calcula plus tard qu'il avait fait acquitter « plus d'assassins, de voleurs et de vauriens que tout autre avocat vivant de

Chicago ». En 1880, il avait défendu une trentaine d'hommes et de femmes accusés de meurtre ; une poignée seulement avaient été déclarés coupables et aucun n'avait été pendu. Son plus tristement célèbre client était le roi des maisons de jeu, Mike McDonald, qui comptait sur lui pour s'assurer que ses pions n'iraient pas en prison. Éloquent, caustique et sans peur dans la salle d'audience, il défendit sa position quand un juge menaça de lui coller une amende pour outrage au tribunal : « Il n'a pu que me condamner à une amende de cinq dollars, alors que mon mépris en valait un million », rétorqua Trude. Il était tout aussi brusque quand il s'en prenait aux témoins à charge, mais il savait également persuader les jurés indécis. « C'est un fin connaisseur de la nature humaine, remarqua un admirateur, et il sait influencer un jury. » Il était aussi très minutieux et mettait un point d'honneur à visiter les lieux de crime quand il préparait sa défense.

On disait cependant que Trude ne s'appuyait pas seulement sur des arguments juridiques convaincants et son pouvoir de persuasion pour gagner ses causes. Le système de droit de Chicago était notoirement corrompu, et Trude semblait avoir respecté les règles de ce jeu malhonnête aussi bien que personne. Quelques années plus tard, un journal accuserait l'homme qui s'apprêtait maintenant à défendre Cream d'avoir soudoyé des témoins, des fonctionnaires de justice et des jurés. Le *Chicago Herald* soutiendrait que Trude avait ourdi « contre la justice tout un ensemble de machinations dénuées de scrupule pour défendre des joueurs, des voleurs et des assassins ».

26

« PURE CREAM »

{Novembre 1880}

DES ROUFLAQUETTES SOIGNEUSEMENT TAILLÉES encadraient le visage de Cream quand il entra avec ses gardiens dans la salle d'audience le 15 novembre. Il transportait une pile de livres et de rouleaux de papier : des dessins anatomiques tracés de sa main. L'homme nerveux et insaisissable de l'enquête sur Faulkner avait disparu. Cream affichait un air de professionnalisme et de confiance, remarqua un observateur, et projetait une image « d'intelligence et de pouvoir ». Il portait un complet-veston et une cravate blanche qui, au dire d'un observateur, lui donnait l'air d'être « un des avocats concernés par cette affaire et non pas l'homme accusé d'un crime horrible qui jouait sa vie à ce procès ».

Une centaine de personnes, dont plusieurs Afro-Américains, étaient assises dans la salle quand démarra la procédure. On supposa qu'elles venaient appuyer Hattie Mack, qui était noire. Les deux prévenus devaient être jugés séparément et Mack, qui avait conclu une entente avec la poursuite, était le principal témoin contre Cream. Le procès se déroulait au tribunal pénal de Michigan Street, un édifice construit trois ans après l'incendie de Chicago et qui avait « de quoi séduire par sa nouveauté et sa blancheur immaculée ». La prison du comté était juste à côté. Détenu depuis presque trois mois, Cream effectuait sous escorte l'aller-retour entre la prison et la salle d'audience par un passage surélevé que les détenus appréhensifs avaient surnommé le « pont des soupirs ». Des condamnés à mort avaient été pendus à un jet de pierre des fenêtres du tribunal.

Joseph Eaton Gary, un juge itinérant peu loquace admiré pour son bon sens et sa connaissance profonde de la loi, présidait le procès. « Les hommes malhonnêtes le craignent. Les avocats rusés l'évitent », observa le *Daily Tribune.* À la veille de ses soixante ans, il avait dans le regard la lassitude de celui qui a vu trop de misère humaine durant ses dix-sept ans au tribunal. Il menait ses procès tambour battant et clouait rapidement le bec aux avocats qui mettaient sa patience à l'épreuve. Quelqu'un remarqua que « les envolées oratoires hors de propos » étaient rares dans son tribunal. Il allait cependant montrer une tolérance remarquable pour les effets de toge et la grandiloquence d'Alfred Trude dans sa défense de Cream.

La constitution du jury dura toute une journée pendant laquelle Trude et l'adjoint au procureur de l'État, George Ingham, interrogèrent les candidats au sujet de leur connaissance de l'affaire et de l'attitude qu'elle leur inspirait. Ils furent rejetés les uns après les autres, si bien que des fonctionnaires ratissèrent le voisinage pour rassembler d'autres personnes. Laissant entrevoir son intention d'attaquer le principal témoin de la poursuite, Trude demandait aux jurés potentiels s'ils croiraient « une femme de mauvaise vie ». Un homme fut considéré inapte à porter un jugement sur le médecin « parce qu'il était coupable d'avoir lu le journal », ironisa un journaliste.

« Lequel devrait donc être puni, le prévenu principal ou la dupe ? » demanda Ingham aux jurés dans son exposé introductif. On pouvait raisonnablement conclure que le médecin était l'avorteur plutôt qu'« une Noire ignorante », dit-il, et les témoins appelés à la barre corroboreraient la version de Mack. La position de la défense était simple, riposta Trude. Cream, ce professionnel « auquel peu d'autres médecins de cette ville, voire aucun, peuvent se mesurer », était trop compétent pour avoir pratiqué l'intervention grossière qui avait tué Faulkner.

Mack répéta ses allégations contre Cream et au moins quelques-uns des journalistes présents furent persuadés qu'elle disait la vérité. Trude la soumit à un long contre-interrogatoire fait de « questions directes et d'insinuations », dit un journaliste, sans parvenir « le moindrement » à semer le doute sur ses déclarations. Il eut plus de succès avec d'autres témoins qui se demandaient si Mack, la supposée signataire de la lettre incriminante adressée à Cream, savait écrire. En outre, après que Mack eut juré n'avoir soufflé mot à personne de son témoignage, Trude eut la curieuse initiative d'appeler le procureur à la barre. Ingham reconnut qu'il s'était brièvement entretenu avec Mack la veille.

Les agents de police renforcèrent le témoignage de Mack. Le lieutenant Steele et le sergent Rehm mentionnèrent les évasions de Cream après son arrestation. Ils dirent avoir trouvé la lettre de Mack ainsi que les bijoux et le portefeuille de Faulkner à son cabinet. Trude réussit cependant à soutirer aux témoins médicaux de la poursuite quelques éléments favorables. Theodore Bluthardt, le médecin du comté de Cook ayant pratiqué l'autopsie, croyait que les blessures de Faulkner lui avaient été infligées par « une personne ignorante et imprudente » et reconnut que « les femmes étaient essentiellement responsables de ces infanticides ». Fraser, le médecin qui avait examiné Faulkner avant sa mort, fut d'accord pour dire que ses blessures étaient dues à « l'incompétence » d'un amateur.

L'avocat de Cream, Alfred Trude, avait fait acquitter « plus d'assassins, de voleurs et de vauriens que tout autre avocat vivant de Chicago ». (Collection de l'auteur)

Trude appela une demi-douzaine de témoins qui attestèrent la moralité de Cream, notamment un homme d'affaires ayant longtemps connu son père, mais son témoin vedette fut son client lui-même. Les jurés purent examiner ses diplômes et ses permis d'exercer pendant qu'il décrivait les études qu'il avait entreprises au Canada et en Grande-Bretagne pour acquérir « une connaissance approfondie de la médecine ». Ni Cream ni Trude n'eurent à rappeler aux jurés que Chicago grouillait de charlatans qui promettaient des cures miracles et exploitaient les malades et les désespérés. L'un de ceux-ci, le Dr Fritz, un autre médecin de West Madison Street, se vantait d'être « le plus grand médecin des temps modernes » et soignait la rage par l'application d'une « pierre folle » sur la morsure de l'animal. Les journaux regorgeaient d'annonces pour Sandford's Radical Cure (le traitement radical de Sandford), la Mountain Rock Oil (l'huile de pierre de montagne) et d'autres mixtures supposées combattre tout un éventail d'affections médicales, du rhumatisme aux brûlures, en passant par les tumeurs, la « congestion cérébrale » et la déprime. Le State Board of Health (Bureau de la santé) et l'Illinois State Medical Society (Société médicale d'État de l'Illinois), qui menaient en 1880 une guerre très médiatisée contre les charlatans, les patamédicaments[3] et les praticiens non habilités, exposaient et poursuivaient les pires délinquants. Avec son permis délivré à Édimbourg et ses autres titres de compétence, Cream semblait être l'un des médecins les plus qualifiés de la ville, comme l'affirmait Trude.

Cream débita calmement sa version de l'histoire. Il avait été appelé au chevet de Faulkner après l'avortement et fait tout en son pouvoir pour lui sauver la vie. Il ignorait que l'utérus avait été perforé, expliqua-t-il, et croyait plutôt qu'il s'agissait d'une septicémie. Il accusa Mack de lui avoir tendu un piège pour lui faire porter le chapeau de son opération bâclée. Déroulant ses dessins de l'anatomie féminine, il donna aux jurés une description « très explicite du processus de l'accouchement », nota un journaliste. Quand on lui présenta des fioles de médicaments saisis à son cabinet et à l'appartement de Mack, « de quoi approvisionner une petite pharmacie », selon un autre compte rendu de la presse, Cream décrivit les propriétés de chaque substance. Quand il ouvrit quelques-unes des

3. En anglais : *Snake-oil medicine.*

fioles et en goûta le contenu, des rires fusèrent dans la salle. Il expliqua la découverte du portefeuille et des bijoux de Faulkner à son cabinet : après la mort de cette dernière, Mack avait confié à sa garde ce qu'il appela ses « colifichets ».

Ingham fouilla le passé turbulent de Cream dans son contre-interrogatoire. Cream nia avoir quitté London, en Ontario, parce qu'une femme avait été trouvée morte à proximité de son cabinet. Il n'avait « jusqu'à présent jamais été arrêté où que ce soit dans le monde pour avoir commis un crime », dit-il en pesant ses mots. Confiant que personne dans la salle d'audience n'avait entendu parler de Flora Brooks, il ajouta qu'il n'avait « jamais de sa vie pratiqué un avortement ».

Dans ses conclusions finales, Trude accusa la police d'avoir ourdi une machination contre un innocent. Le sergent Rehm, soutint-il, avait « instruit et entraîné » Mack, et ce serait « monstrueux » si le jury lui accordait foi au détriment du témoignage sous serment d'« un honorable médecin qui n'avait jamais été accusé de quoi que ce soit ». Médecin accompli, pourvu d'une éducation supérieure et s'étant hissé « aux tout premiers échelons de la science et de l'apprentissage », Cream n'aurait jamais pratiqué l'intervention empreinte d'amateurisme qui avait tué Faulkner. Puis il joua son va-tout. Si les jurés mettaient en doute la version de Cream, ils devaient le déclarer coupable de meurtre. « Il n'y a pas de juste milieu, tonna-t-il ; ou bien le Dr Cream est innocent et doit être acquitté, ou bien il est coupable d'un meurtre que seul pourrait avoir commis un empirique, un charlatan et un rebouteux, auquel cas il doit être pendu. » Deux ou trois membres du jury, touchés par cette émouvante plaidoirie, versèrent quelques larmes.

Puis, Ingham se leva. À moins de trente ans, on le disait l'un des avocats les plus intelligents et les plus doués de Chicago. « Un avocat consciencieux, dur à la tâche et minutieux », dit un observateur, et aussi direct et posé que Trude était gueulard et tape-à-l'œil. Des éléments de preuve corroboraient la version de Mack, affirma-t-il, et Trude attaquait la police en désespoir de cause, pour étayer une défense vacillante. Il adopta ensuite un ton mélodramatique pour rappeler aux jurés que Faulkner avait vécu ses dernières heures « seule et sans amis, puis, sentant l'ombre de la mort planer au-dessus d'elle, elle écrivit le nom et l'adresse de sa mère sur un bout de papier ». Un des journalistes regarda Cream, curieux de voir sa réaction à la description de la mort de Faulkner. « Ses yeux gris et froids furent animés d'un éclat cruel, remarqua-t-il, et un sourire parfaitement sardonique se dessina sur ses lèvres. »

Les instructions du juge invitèrent ni plus ni moins le jury à l'acquitter. Les jurés, dit Gary, devaient se demander si les blessures de Faulkner étaient « l'œuvre d'un médecin compétent et éduqué ou celle d'une personne ignorante et dépourvue de qualifications ». Ils devaient prendre en compte « la moralité et la réputation de l'homme et du médecin ». Si Cream avait pratiqué une intervention sur Faulkner et lui avait fait prendre des médicaments « parce qu'il était honnêtement convaincu que cela lui ferait du bien », il fallait déclarer son innocence. Gary mit le jury en garde contre le récit de Mack. Il devrait « examiner attentivement et accepter avec beaucoup de circonspection » le témoignage d'une personne qui avait avoué sa complicité dans un meurtre, surtout quand, comme Mack, ce témoin s'était vu accorder l'immunité de poursuite si son témoignage servait à faire condamner Cream.

Les jurés sortirent de la salle pour entamer leurs délibérations à quinze heures trente. Moins d'une heure plus tard, ils étaient de retour.

« Nous, les membres du jury, annonça le président, déclarons l'accusé, Thomas Cream, non coupable. »

Cream jubilait. Il se leva d'un bond au prononcé du verdict et serra vigoureusement la main de Trude, puis celle de chacun des jurés.

Les attaques et les intimidations de Trude avaient fonctionné. Si Mack et son témoignage avaient laissé les jurés sur leur faim, les diplômes et les permis impressionnants de Cream avaient fait pencher la balance en sa faveur. Mais il y avait peut-être une explication plus sordide à la façon nonchalante et familière qu'il avait eu de serrer la main des hommes qui, quelques minutes plus tôt, auraient pu le condamner à mort. La subornation de jurés était chose courante à Chicago, et Trude était soupçonné de les soudoyer pour gonfler le nombre de ses acquittements dans des procès pour meurtre. « À une époque où un juré qui se voit offrir des pots-de-vin souvent les accepte, put-on lire dans le *Chicago Daily News* quelques jours après le verdict, qu'il y ait des condamnations dans notre tribunal pénal a de quoi étonner. »

Le procureur de l'État retira l'accusation de meurtre contre Mack le lendemain de l'acquittement, même si son témoignage n'avait pas conduit à une condamnation. Les deux suspects dans le meurtre de Mary Anne Faulkner s'en tirèrent indemnes. Le *Chicago Times* annonça en manchette l'exonération du médecin et fit un dernier calembour de son patronyme : « Pure Cream[4] ».

■ ■ ■

Cream alla plusieurs fois bavarder avec Trude à son bureau après le procès. Nul doute qu'il lui était reconnaissant pour ses efforts, mais il semblait plus intéressé à faire valoir ses connaissances en médecine. « Il était tout à fait charmant, se souvint Trude, et si on le laissait s'exprimer sur ses théories de prédilection » au sujet des médicaments et des gens, « il pouvait en parler pendant des heures ».

Les prostituées étaient l'un de ses thèmes préférés. Elles étaient, selon lui, « des menaces pour la société ». Trude abondait en ce sens. Il dit au *Chicago Times* quelques mois après le procès qu'il ne fallait pas laisser les filles de joie « transmettre des maladies, arnaquer et voler les hommes qui leur faisaient confiance ». Il entérinait la solution qu'avait trouvée Chicago de tolérer la prostitution dans des quartiers chauds désignés, hors de la vue des citoyens respectables. Il « n'arrêtait pas de dire qu'il voulait débarrasser la planète de ces malheureuses créatures ».

■ ■ ■

Près de douze ans plus tard, à l'été 1892, l'inspecteur Frederick Smith Jarvis descendit du train à Chicago durant sa fouille du passé de Cream. Un agent de police local, un certain O'Hara,

4. Cent pour cent crème.

lui fit part de la réputation d'avorteur du médecin et des éléments de preuve qui avaient été présentés à son procès pour le meurtre de Mary Anne Faulkner. Cream avait été acquitté de justesse, mais cette victoire semblait l'avoir enhardi. Dans les mois suivants, Cream impliquerait d'autres individus dans des empoisonnements suspects et des soupçons pèseraient sur lui. Ainsi que Jarvis le constaterait bientôt, un de ces meurtres aurait dû être son dernier.

27

ELLEN STACK ET SARAH ALICE MONTGOMERY

{Mars-avril 1881}

Ellen Stack ne se sentait pas bien depuis plusieurs jours quand elle consulta un médecin un soir de mars. Née en Irlande, elle était âgée de vingt-cinq ans et était employée comme domestique chez Charles Bowler, un marchand de vêtements de Chicago. À son retour à la résidence des Bowler, elle annonça à ses employeurs que le Dr Beebe l'avait vaccinée contre la variole. Il lui avait aussi remis une ordonnance pour deux médicaments qu'elle s'était procurés dans une pharmacie de West Madison Street.

Stack pris les médicaments avant de se coucher. Ses gémissements réveillèrent Charles Bowler vers une heure du matin. Elle « était agitée de secousses dans son lit » quand il se précipita dans sa chambre, dit-il plus tard, « et semblait beaucoup souffrir ». Son corps et ses membres étaient parcourus de convulsions. « De l'eau », haleta-t-elle. Bowler fit appeler Donald Fraser, le même médecin qui avait participé à la défense de Cream au procès pour le meurtre de Faulkner. Il habitait à plus de trois milles de distance. Quand il arriva, Stack était morte.

Stack n'avait pas consulté un certain Dr Beebe. Elle avait vu un autre médecin qui l'avait eue pour patiente dans le passé, ainsi qu'on le sut plus tard. Sachant qu'ils ne l'auraient pas approuvée, elle avait menti à ses employeurs. L'épouse de Bowler, Minnie, lui avait dit à plusieurs reprises : « Tu ne dois jamais plus consulter ce Dr Cream. »

■ ■ ■

Cream rouvrit son cabinet du 434 West Madison après sa mise en liberté. Bien qu'un journal ait prétendu que le procès pour le meurtre de Faulkner n'avait « en rien entaché sa réputation », celle-ci avait été détruite. Et Cream ne s'était pas rendu service en assistant au procès pour meurtre d'Earll au début de décembre 1880, soit deux semaines à peine après son acquittement. Des journalistes l'aperçurent dans la salle d'audience et la rumeur voulut qu'il témoignerait sans doute pour la défense de son ancien compagnon de cellule, peut-être même en tant que témoin expert. Mais il assista de la salle à la condamnation d'Earll pour tentative d'avortement, une infraction moins grave qui valut à ce dernier une peine de cinq ans de prison.

Cream publia une annonce classée dans le *Daily Tribune* à la fin de 1881. Elle disait, en caractères gras, que « le Dr CREAM, diplômé du Collège royal de médecine et de chirurgie d'Édimbourg, en Écosse », avait rouvert son cabinet. Pour impressionner ses patients, il fit imprimer un bloc d'ordonnances qui mentionnaient ses titres de compétence édimbourgeois et sa formation à l'hôpital St. Thomas. Cream emménagea au 105 West 13th Street, à environ un mille au sud de son cabinet, dans un quartier encore plus sordide en bordure des taudis des rues Maxwell et Halstead. C'était un secteur que la police de Chicago qualifiait de « district de la terreur », un cloaque de criminalité, de pauvreté et de misère. Il loua une chambre à une veuve, Mary McClellan, et se fiança bientôt avec la fille de cette dernière, Lena, âgée de vingt-huit ans.

■ ■ ■

Le médecin du comté de Cook, Theodore Bluthardt, pratiqua une autopsie sur le corps d'Ellen Stack dans l'après-midi du

10 mars 1881. Selon un journal, « l'autopsie révéla que la jeune fille n'avait pas été empoisonnée ni maltraitée ». Le journaliste ne mentionna aucune des analyses effectuées pour détecter la présence de poison. Bluthardt non plus, qui indiqua comme cause du décès « un malaise dû à une colique spasmodique » – une obstruction ou une inflammation du tube digestif.

Pourquoi sa consultation avec Cream, l'avorteur le plus connu de Chicago, avait-elle eu lieu le soir ? La réponse paraissait évidente. « Selon certaines rumeurs, la fille serait morte des suites d'un avortement », rapporta le *Chicago Times*. Mais l'autopsie n'avait aucunement démontré qu'elle était enceinte ou qu'elle s'était fait avorter. L'examen de Bluthardt avait « fait valoir sa moralité », comme le formula un article de journal. Elle pensait peut-être être enceinte quand elle avait consulté Cream, mais elle se trompait.

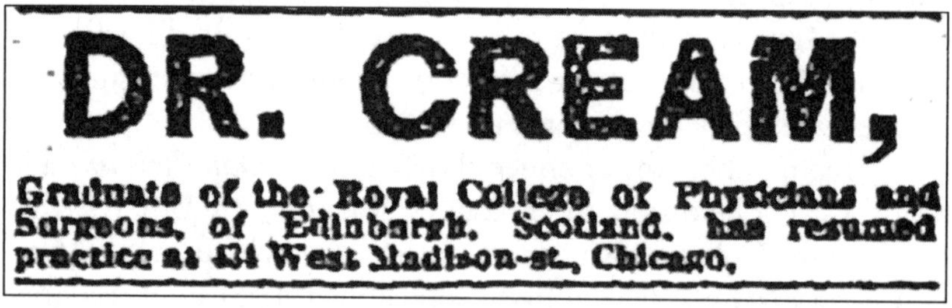

L'annonce que Cream fit paraître dans le *Chicago Daily Tribune* en janvier 1881.

Les journalistes trouvèrent Cream qui reconnut avoir reçu la visite de Stack. « La jeune femme présentait tous les symptômes d'une variole naissante », déclara-t-il. De la fièvre, des douleurs et parfois des vomissements précédaient l'éruption cutanée et les lésions révélatrices de la maladie. Il y avait aussi eu de petites éruptions isolées de variole à Chicago au cours de cette année-là. Oui, il l'avait vaccinée et oui, il lui avait prescrit deux médicaments. « C'est curieux, s'étonna Cream, que cette fille soit morte quelques heures après » la consultation. Les médicaments prescrits, assura-t-il aux journalistes, « n'étaient pas de ceux qui provoquent des spasmes et des convulsions ». Il leur donna même la quantité exacte de chaque ingrédient, telle que les spécifiait l'ordonnance.

En dépit des conclusions de Bluthardt, Cream laissa entendre que Stack avait été empoisonnée. Il pointa du doigt Frank Pyatt, un pharmacien originaire de New York dont le commerce était situé à deux portes de son cabinet. Cream demanda que soit ouverte une enquête du coroner et que les médicaments que Stack avait pris soient analysés pour déterminer « si une erreur avait été commise dans la préparation des ordonnances ». Mais il y avait un problème. Dans la confusion qui avait entouré la mort de Stack, la potion et les capsules que Pyatt avait préparées pour elle, c'est-à-dire les médicaments qui, au dire de Cream, prouveraient que Pyatt, et non pas lui, était responsable, avaient disparu. « Le médecin insiste beaucoup sur le fait que ces médicaments sont introuvables, dit le *Daily Tribune*. Il espère que l'enquête aura lieu rapidement et que toute la lumière sera faite sur cette affaire. »

Pyatt avait-il commis une erreur tragique ? Des empoisonnements accidentels dus à des médicaments faisaient parfois la manchette, si bien que la ville de New York avait introduit un règlement qui obligeait les pharmaciens à garder sous clé les poisons tels que l'arsenic. Chicago n'exigeait pas d'eux la même prudence, mais de nombreux pharmaciens prenaient quand même cette précaution. Cela n'empêchait pas que des erreurs soient commises. Quelques semaines avant le décès de Stack, un pharmacien de Chicago avait par inadvertance incorporé de la morphine à une préparation. Deux enfants étaient morts d'avoir ingéré ce médicament et le responsable avait été traduit en justice pour négligence criminelle.

Aucune enquête ne fut ouverte en dépit des allégations de Cream contre Pyatt. Stack fut inhumée au Calvary Catholic Cemetary deux jours après l'autopsie. Le *Daily Tribune* se rétracta vingt-quatre heures après avoir publié la déclaration de Cream et s'excusa publiquement d'avoir entaché la réputation de Pyatt. « Il ne fait aucun doute, déclara le journal, que les médicaments préparés étaient conformes à l'ordonnance. »

La police de Chicago se doutait déjà que Cream était capable de commettre un meurtre. Bluthardt aussi, qui avait examiné la dépouille de Mary Anne Faulkner quelques mois auparavant. Une tendance se dessinait. De jeunes patientes de Cream perdaient la vie. Ce dernier aurait dû être le principal suspect dans la mort mystérieuse de Stack. Mais par sa sortie publique, en déclarant que Stack avait été empoisonnée et en réclamant une enquête, Cream avait brouillé les pistes. Un examen plus approfondi du corps de la victime aurait sans doute permis de déceler des traces de poison, mais en l'absence d'un échantillon du médicament pour analyse, ce serait la parole de Cream contre celle de Pyatt. Agir ainsi était risqué, mais Cream avait une raison encore plus sordide de passer à l'offensive et de rejeter le blâme sur quelqu'un d'autre.

Le 13 mars, un jour après avoir été exonéré dans les pages du *Daily Tribune*, Pyatt reçut une lettre de Cream. « Je constate que mon commentaire au sujet de la mort d'Ellen Stack vous a irrité, disait la lettre. Il n'y avait là aucune mauvaise intention de ma part. » Pyatt devait cependant savoir que sa situation était très grave :

> *Je m'attends à ce que vous soyez arrêté et détenu pour la mort d'Ellen Stack, car il ne fait aucun doute qu'elle a été empoisonnée. Des analyses l'ont prouvé. Cette information m'est parvenue ce matin, et c'est en témoignage de mon amitié que je vous écris pour vous la transmettre afin que vous preniez les mesures que pourrait vous dicter la prudence. Pour l'amour du Ciel, ne dites rien et ne faites confiance à personne. Ma pénible expérience m'a appris à me méfier de tout le monde. Je suis navré pour vous de la tournure des événements.*

Ces menaces avaient des airs de chantage, parce qu'elles en étaient. Dans une lettre subséquente datée du 24 mars, Cream prétendit qu'un avocat qui enquêtait sur la mort de Stack s'était entretenu avec lui. « Ils se préparent à vous traduire en justice, mit-il Pyatt en garde, car ils montent un dossier solide qui vous accuse. » La fiole remise à Stack portait une étiquette de Pyatt rédigée de sa main : « [*contient*] très certainement *du poison.* » Cream avait dit à la presse que les médicaments avaient disparu. Il laissait maintenant entendre à Pyatt qu'il avait par-devers lui la fiole et les capsules, et qu'il pouvait les produire. « *Aucune procédure ne serait engagée* » contre Pyatt s'il récupérait ces preuves compromettantes, expliqua Cream. Et il ajouta, menaçant : « Si cette affaire est encore rapportée dans les journaux, votre entreprise et votre réputation en seront à jamais détruites. Je vous ai transmis cette information par amitié. »

Cream voulait-il de l'argent ou cherchait-il par ses menaces à faire taire Pyatt ? Si c'était vrai qu'il avait en main les médicaments de Stack comme il le laissait entendre dans sa lettre, comment les avait-il obtenus ? Pyatt n'en savait rien. Mais le jour où il avait rempli son ordonnance, il avait vu Stack se diriger vers le cabinet de Cream en sortant de sa pharmacie. Si elle y était effectivement allée, le médecin avait eu le loisir d'altérer les médicaments. En outre, après la mort de Stack, Cream s'était présenté à la pharmacie et avait accusé Pyatt d'avoir fait une erreur de préparation qui avait tué la femme. Il lui avait dit de détruire l'ordonnance. « Je lui ai demandé s'il me prenait pour un imbécile, fit Pyatt, et je l'ai mis à la porte. »

Les lettres de chantage que Pyatt reçut ensuite le convainquirent que Cream cherchait à le faire faussement accuser de meurtre. Aucun doute ne subsistait dans son esprit quant à l'identité de l'assassin de Stack. Cream l'avait empoisonnée « en substituant les médicaments du flacon et des capsules, allégua-t-il par la suite, puis il s'efforça d'en rejeter le blâme sur le pharmacien ».

■ ■ ■

Une femme frappa un coup sur le timbre de la réception de l'hôtel Sheldon House dans West Madison à environ vingt et une heures, un samedi soir. Âgée d'une vingtaine d'années, elle avait le teint clair, les cheveux et les yeux bruns. Elle portait une mante noire drapée sur sa robe contre la fraîcheur du tôt printemps et une élégante plume d'autruche agrémentait son chapeau blanc. Une femme élégante et d'un goût raffiné, songea le propriétaire de l'hôtel, Samuel Sharp. Distinguée. Elle demanda une chambre pour la nuit mais refusa de dire son nom. Il lui donna la clé de la chambre 43 au dernier étage. Elle demanda un verre et une cuillère à soupe, puis monta l'escalier en portant un petit sac de voyage en cuir.

Moins d'une heure plus tard, Sharp entendit des cris et trouva sa cliente qui se tordait de douleur par terre dans un couloir. Elle fut transportée à sa chambre et couchée sur le lit. Les deux médecins appelés à son chevet lui donnèrent de l'éther pour apaiser sa souffrance. Ils crurent reconnaître la cause de ses spasmes violents et de ses convulsions, les mêmes qui avaient torturé Ellen Stack durant son agonie : un empoisonnement à la strychnine. Avait-elle avalé quelque chose ? « Oui », répondit-elle, mais elle était trop faible pour poursuivre. Elle perdit conscience et mourut quelques minutes plus tard.

« Un décès marqué par de nombreuses circonstances curieuses et suspectes, annonça le *Daily Tribune* le lendemain, 10 avril 1881. Nous ne savons pas encore s'il s'agit d'un meurtre, d'un suicide ou d'un empoisonnement dû à une négligence criminelle ou à une impardonnable ignorance. »

La police de Chicago et les journalistes identifièrent rapidement la jeune femme et établirent quels avaient été ses déplacements dans les heures précédant sa mort. Sarah Alice Montgomery était serveuse à la salle à manger de l'Illinois Eye and Ear Infirmary (Dispensaire de l'Illinois pour les affections de l'œil et de l'oreille), à vingt minutes à pied du Sheldon House. « Elle était très intelligente, enjouée, pleine d'esprit et très estimée à son travail », dit un journal. Celle qui se faisait appeler par son deuxième nom, Alice, était originaire d'Illiopolis, un village voisin de la capitale de l'État, Springfield. Venue se faire soigner à cet hôpital de Chicago, elle y était restée comme serveuse à la salle à manger. À sa mort, elle venait tout juste d'avoir vingt-deux ans.

En fouillant sa chambre, la police trouva un flacon contenant un liquide sombre et une ordonnance pour de l'ergot, un alkaloïde que les médecins prescrivaient souvent pour induire le travail de l'accouchement. L'ergot provoquait aussi un avortement. À forte dose, il pouvait être fatal, mais le flacon était encore presque plein. Alice Montgomery n'en avait pris qu'une cuillerée ou deux.

Montgomery avait quitté le dispensaire la veille de sa mort, dans l'après-midi, après avoir dit à sa compagne de chambre qu'elle allait chez une amie. Elle se rendit plutôt au bureau du directeur de l'hôpital, lui annonça qu'elle avait trouvé du travail ailleurs et demanda sa paie. Elle entra à seize heures à la pharmacie de H. F. Kraft dans West Madison avec une ordonnance pour de l'ergot dilué dans de l'eau. Le commis hésita, car l'ordonnance n'était qu'une copie. Montgomery lui expliqua que le Dr Donald Fraser, le médecin qui avait été appelé au chevet d'Ellen Stack un mois plus tôt à peine, avait prescrit le médicament à une amie, et que celle-ci lui avait permis de faire un duplicata de l'ordonnance. Le commis, qui savait sans doute pourquoi la jeune femme avait besoin d'ergot et aussi que la dose prescrite était inoffensive, prépara le flacon.

L'autopsie révéla que Montgomery était enceinte de trois mois. Quand on donna à un chat un échantillon du contenu de son estomac, l'animal mourut en une vingtaine de minutes. La préparation d'ergot était apparemment en cause. Mais une analyse du liquide dans le flacon montra plus tard qu'il contenait aussi de la strychnine. Qui l'y avait ajoutée et quand ? La mort de Montgomery ne ressemblait plus à un suicide ou à l'empoisonnement accidentel d'une femme désespérée. « Quelqu'un a commis une erreur fatale, voire un meurtre », affirma le *Daily Inter Ocean* de Chicago.

L'enquête que l'analyse du flacon avait retardée fut enfin ouverte le 23 avril au salon funéraire J. Rogerson & Son, au 487 West Madison. Le commis de la pharmacie était catégorique : il n'avait pas confondu la strychnine avec un autre ingrédient au moment de remplir l'ordonnance. Le coroner du comté de Cook, Canute Matson, produisit des lettres qu'il avait reçues après le décès de Montgomery. Il n'en connaissait pas l'origine avec certitude, mais l'une d'elles, possiblement de la main même de Montgomery, accusait le Dr Fraser d'avoir accepté de pratiquer un avortement. Le médecin, qui était présent à l'enquête, bondit de son siège et nia avoir commis un acte répréhensible. Appelé à témoigner, le Dr Fraser insista qu'il n'avait jamais rencontré Montgomery.

Il incomba au jury de six hommes de passer au crible les éléments de preuve confus et conflictuels. Sa conclusion fut que

Montgomery avait été empoisonnée à la strychnine en ingérant le liquide contenu dans le flacon d'ergot. « Nous affirmons en outre que le pharmacien n'est en aucune façon responsable de la strychnia[5] trouvée dans le flacon. »

D'importantes questions restèrent sans réponses. Le *Daily Tribune* demanda : « Comment la strychnine a-t-elle fini dans le flacon ? » Et où était Montgomery durant l'intervalle de presque cinq heures entre seize heures, quand son ordonnance avait été remplie, et son arrivée au Sheldon House ? « Alice a-t-elle reçu des médicaments de quelqu'un d'autre ? Dans l'affirmative, était-ce de la strychnine qu'elle était censée ajouter au flacon d'ergot ? » demanda le *Chicago Times*. Le *Daily Tribune* résuma les résultats de l'enquête en trois mots : « Très peu satisfaisants. »

Il y avait pourtant un suspect évident, un médecin du West Side qui, moins d'un mois plus tôt, avait fait parler de lui dans les journaux en alléguant qu'Ellen Stack avait été empoisonnée. Le cabinet de Cream était à deux coins de rue de Sheldon House, sur le trajet que Montgomery avait vraisemblablement suivi pour aller à la pharmacie de Kraft puis à l'hôtel. Si elle s'était arrêtée à son cabinet, il avait pu altérer le médicament. En outre, la police savait qu'il était un « avorteur habituel », comme le formula plus tard un agent.

Mais les autorités de Chicago se laissèrent aussi facilement duper par un assassin habile et retors que leurs homologues de London, en Ontario. Tout comme le Dr John Flock avant lui, le coroner Matson s'efforçait tant bien que mal de débrouiller un ramassis de preuves contradictoires et de fausses accusations : une jeune femme voulant désespérément interrompre sa grossesse ; un flacon de médicaments auquel on avait ajouté un poison mortel ; de mystérieuses lettres, sans doute des faux, qui montraient du doigt un autre suspect. Et comme le coroner de London, Matson sembla avoir été très peu soutenu par la police de Chicago. Les policiers-patrouilleurs et les détectives étaient surmenés, mal entraînés et faciles à soudoyer. « On croise des tueurs à tous les coins de rue, pourtant la justice semble impuis-

5. Ancien nom donné à la strychnine.

sante à traduire ces malfaiteurs devant les tribunaux, déplora un homme d'affaires en vue de Chicago peu avant la mort de Faulkner, Stack et Montgomery. La police est faible et leurs chefs sont incompétents. » Certains délinquants savaient qu'un pot-de-vin de dix dollars à l'agent qui les arrêtait suffirait pour voir leur accusation retirée. Les patrouilleurs en uniforme fréquentaient ouvertement les saloons et les bordels dans l'exercice de leurs fonctions. Le roi du jeu Mike McDonald payait régulièrement les policiers de divers grades, y compris les capitaines des commissariats et les chefs de police, pour qu'ils protègent ses activités et pour encourager les rafles chez ses rivaux. Alfred Trude était connu comme l'avocat et le combinard de McDonald. Sa défense énergique de Cream, ses attaques envers les agents qui avaient enquêté sur la mort de Faulkner laissaient entendre à la police que le médecin canadien était intouchable.

Si Cream avait empoisonné Montgomery et voulu en rejeter le blâme sur quelqu'un d'autre, le Dr Fraser était une cible tout indiquée. Cream le connaissait, non seulement parce qu'ils avaient étudié ensemble à McGill et parce qu'il avait témoigné dans l'affaire Faulkner, mais aussi parce qu'ils étaient voisins. La résidence du Dr Fraser était à deux coins de rue du garni de Cream dans West 13th Street. Des bulletins de nouvelles annonçaient l'arrestation imminente du Dr Fraser. Les lettres l'avaient mis « dans un très sale pétrin », dit le *Chicago Times*. Mais il ne fut jamais traduit en justice. Personne ne fut traduit en justice. Le 24 avril, le *Daily Tribune* déclara : « Le mystère de la mort d'Alice Montgomery est toujours un mystère. »

Cependant, le nom de l'assassin présumé de Montgomery fut rendu public plusieurs mois plus tard. La source de cette révélation était étonnante. Elle provenait du principal responsable de l'application de la loi à Belvidere, une localité à environ soixante-dix milles au nord-ouest de Chicago, juste en deçà de la frontière entre l'Illinois et le Wisconsin. Albert T. Ames, le shérif du comté de Boone, ne mâcha pas ses mots quand il déclara à un journaliste : « Cream est l'assassin d'Alice Montgomery. »

28

UN IGNOBLE COMPLOT

{Juin 1881}

LE FACTEUR LIVRA TROIS CARTES POSTALES à une adresse du West Side de Chicago par un après-midi chaud et ensoleillé de l'été 1881. Le destinataire était Joseph Martin, un fourreur de trente ans, originaire d'Angleterre, qui vivait au 129 West 13th Street avec sa femme, Deborah, et leurs deux fillettes. À mesure qu'il lisait les messages, Martin sentait monter en lui la surprise et l'indignation.

« Je me trouve dans l'obligation d'annoncer à vos voisins et à vos employeurs, disait une carte, que vous, votre épouse et vos enfants êtes atteints d'un mal abominable, la syphilis, afin qu'ils se protègent. » Elle était signée du Dr Cream. Les autres messages où figuraient les initiales T. N. C. accusaient Deborah Martin de l'avoir insulté. « Vous feriez bien d'apprendre à ce grossier et vil personnage mal embouché qu'est votre femme de fermer sa gueule, conseilla l'auteur du message. C'est un jeu qui se joue à deux. J'ai entendu de source sûre que vous avez été forcé de quitter l'Angleterre parce que vous y aviez engendré un bâtard. »

Martin aurait su qui était l'expéditeur même en l'absence d'une signature. Cream, qui habitait à quelques rues de chez lui, lui avait déjà envoyé deux lettres de menaces et son écriture lui était connue. Le médecin prétendait avoir obtenu deux ordonnances d'un pharmacien qui prouvaient que la famille se faisait soigner pour la syphilis. Si troublant qu'aient été ces messages, les derniers l'étaient encore davantage, puisque tout le monde peut lire une carte postale couverte d'allégations dégoûtantes et offensantes.

Cream fut arrêté par les marshals de l'United States Marshals Service avant la fin de la journée. Il était accusé d'avoir enfreint une loi fédérale selon laquelle le recours au service postal pour distribuer des messages « indécents, lubriques et obscènes » constituait une infraction. Ces allégations étaient graves. S'il était condamné, Cream risquait une amende de cinq mille dollars – l'équivalent de cent vingt mille dollars aujourd'hui – et une peine d'un à dix ans de travaux forcés. Lors de sa présentation devant le tribunal le 20 juin, il prétendit ignorer la loi et parut admettre qu'il avait expédié les cartes choquantes. « Les gens font cela au Canada, protesta-t-il, sans se mettre dans le pétrin. »

Cette accusation replaça Cream sous le feu des projecteurs. Les journaux rappelèrent à leurs lecteurs que, l'année précédente, « le fameux Dr Cream » avait été traduit en justice pour le meurtre de Mary Anne Faulkner. Le *Daily Tribune* était ravi de le savoir à nouveau devant les tribunaux « en espérant qu'il recevra la récompense qu'il mérite ». Certains rédacteurs en chef écrivirent son nom, "D^r^" Cream, en encadrant son titre de guillemets pour montrer qu'il n'était qu'un charlatan. Il fut l'objet de dérision dans des manchettes insinuant qu'il était coupable : « Whipped Cream » (crème fouettée) ou « Off-Color "Cream" » (crème de mauvais goût).

Il retint les services d'un avocat et bénéficia d'un ajournement d'une semaine. Le cautionnement fut fixé à mille deux cents dollars et Cream fut remis en liberté quand Mary McClellan, sa logeuse et la mère de sa fiancée, offrit sa propriété en garantie. Le *Daily Tribune* suggéra une raison qui avait poussé Cream à expédier les cartes postales choquantes. Cream prétendait que Martin lui devait des honoraires de vingt dollars, rapporta le journal, et « il opta pour l'odieux stratagème » de la menace et des insultes pour le forcer à payer. Mais Martin insista sur le fait qu'il avait entièrement réglé sa note auprès de Cream et que l'allégation selon laquelle il avait contracté une maladie vénérienne qu'il avait transmise à sa femme et à ses enfants était « une infâme fausseté ».

Cream ne se présenta pas à une audience relativement aux allégations tenue le lundi 27 juin. Mary McClellan, qui ne l'avait pas vu depuis plusieurs jours, perdit son cautionnement – l'équivalent aujourd'hui de près de trente mille dollars américains. Un mandat d'arrêt fut émis.

« La poursuite contre Cream est très claire, lut-on dans le *Daily Tribune*, et il sait sûrement que, s'il est jugé, il fera un séjour d'un an ou deux au pénitencier. » Mais le risque de purger une peine parce qu'il avait expédié des messages obscènes était bien le cadet de ses soucis.

29

DANIEL STOTT

{Garden Prairie et Belvidere, Illinois • Juin-juillet 1881}

IL ÉTAIT TARD, DEUX HEURES DU MATIN, quand le train dans lequel se trouvait Julia Stott entra à la gare ferroviaire Chicago & North Western de Garden Prairie, un village du nord de l'Illinois. Son mari, Daniel Stott, le chef de gare, était épileptique et un médecin de Chicago lui avait prescrit des remèdes qui apaisaient ses crises et ses symptômes. Elle revenait du cabinet du médecin qui avait renouvelé l'ordonnance.

Le lendemain soir, pendant qu'un grondement de tonnerre s'estompait au loin et que les gouttières drainaient les restes de l'orage du jour, Daniel Stott déboucha à l'aide d'un canif un flacon qui portait l'étiquette de la pharmacie Buck & Rayner, à Chicago. Il se versa une cuillerée à table de la potion et l'avala, puis prit les trois capsules que le médecin lui avait données. Il grimaça. L'amertume du remède le surprit.

Environ quinze minutes plus tard, alors qu'il était couché, il hurla de douleur en agrippant son ventre. Julia Stott alluma une lampe. « Sa lèvre supérieure était retroussée, dit-elle par la suite en évoquant cette horrible nuit, et ses yeux étaient à moitié exorbités. » Elle essaya plusieurs fois de l'aider à se lever, mais chaque fois son dos ne résista pas, et il se tordit de douleur sur le lit.

« Mon Dieu ! s'écria-t-il. Je meurs. »

« Non, Dan. Je t'ai déjà fait sortir de tes crises. Essaie de m'aider. »

« Ça ne sert à rien. Tu as fait ton possible. Celle-ci va m'achever. »

Quelques minutes plus tard, il était mort. Stott alerta un voisin qui vérifia le pouls et les battements du cœur, puis confirma le décès.

Les proches se réunirent autour de la tombe de Stott deux jours plus tard, le 14 juin 1881, dans un cimetière à la lisière est du village. Mais son corps, et le secret qu'il renfermait, ne restèrent pas longtemps sous terre.

■ ■ ■

Un courrier de Western Union rejoignit le Dr Frank Whitman à son cabinet de la ville voisine de Belvidere deux jours plus tard et lui remit un télégramme transmis de Chicago. « Faites examen corps de Dan Stott Garden Prairie, exigeait l'expéditeur. Analysez contenu estomac délit soupçonné. » Un second télégramme arriva le lendemain matin, qui réitérait la demande d'enquête et conseillait au Dr Whitman de s'emparer des remèdes achetés juste avant la mort de Stott.

Les dépêches laissèrent perplexe le Dr Whitman, coroner du comté de Boone, un homme costaud à barbiche. La mort de Stott n'avait rien de suspect, une autopsie et une enquête n'étaient pas nécessaires. Quelque chose avait-il échappé aux autorités ? Qui était l'expéditeur des télégrammes ? L'un d'eux provenait d'un certain Dr Crame et l'autre, d'un Dr Cram. Le coroner feuilleta son exemplaire du répertoire des médecins en exercice de l'Illinois, mais aucun de ces deux noms n'apparaissait dans la section de Chicago. Comment ce mystérieux médecin avait-il appris si rapidement la mort de Stott, se demanda-t-il, et pourquoi était-il si convaincu de la nécessité d'une enquête ?

Jeune trentenaire, le Dr Whitman pratiquait à Belvidere, la plus importante agglomération du comté de Boone, depuis près de dix ans et il était coroner depuis cinq ans. « Ses compétences et ses remarquables aptitudes » de médecin le placent au premier rang, affirma un admirateur. Il savait flairer une mort suspecte. Il était tout aussi confiant de pouvoir détecter l'œuvre d'un farceur. Il en conclut que quelqu'un « s'employait à lui jouer un tour de très mauvais goût ». Il ignora les demandes.

Une lettre lui parvint ensuite de Chicago qui portait la même date que le premier télégramme, le 6 juin. Elle insistait pour qu'une enquête soit tenue. Stott « n'est pas mort de causes naturelles, soutenait le signataire. Il semble avoir été empoisonné à la strychnine, mais ce sera à vous de le dire après l'investigation ». Le procureur local, Reuben Coon, reçut un billet rédigé de la même main. L'expéditeur se plaignait de l'inaction du coroner et répétait que son patient, Stott, avait été empoisonné. « Il ne souffrait d'aucune maladie qui puisse l'emporter si brusquement. » Les signatures des deux missives révélaient enfin la source de ces allégations: Thomas N. Cream.

Ce samedi 18 juin, le Dr Whitman fit en train le court trajet jusqu'à Garden Prairie, afin de s'entretenir avec l'épouse de Stott. « Il est mort d'une de ses crises d'épilepsie, affirma-t-elle au coroner, sauf que la violence de celle-là l'a tué. » Le Dr Whitman emporta le flacon de médicaments mais ne crut pas nécessaire de faire exhumer le corps.

« Personne n'est coupable, répondit-il au Dr Cream. Si crime il y a, il repose sans doute sur les épaules du pharmacien qui a préparé le remède. » Ou encore, l'ordonnance « n'était pas appropriée ». Le procureur de l'État approuva le coroner. Coon promit qu'il prendrait « rapidement et avec joie » les mesures nécessaires pour « dénicher le criminel et le traduire devant les tribunaux » si Cream lui fournissait la preuve que Stott avait été empoisonné.

Cream était furieux. « L'ordonnance était appropriée, rétorqua-t-il par lettre le 20 juin. J'ai préparé plus de remèdes que la plupart des médecins de l'Illinois que je connais. » Il menaça d'exiger une exhumation par la voie des journaux. En outre, le temps pressait. « Il fait plus chaud, la décomposition est plus rapide, ajouta-t-il comme s'il faisait la leçon à un enfant au lieu de s'adresser à un pair, et si vous ne procédez pas sur-le-champ, votre examen ne vaudra pas grand-chose. »

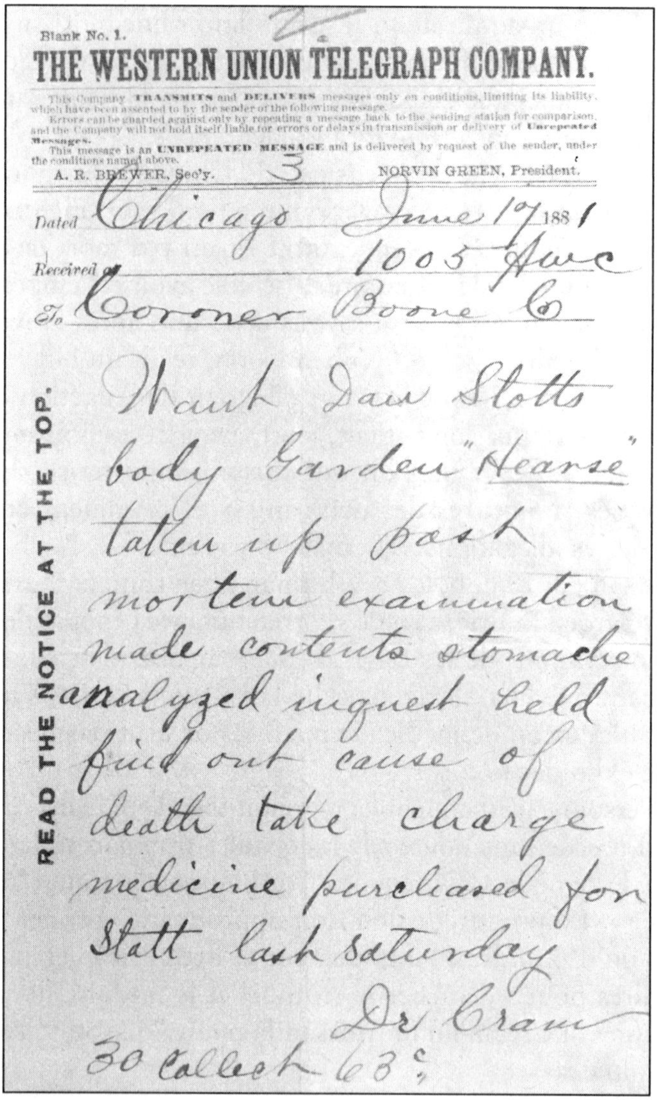

Blank No. 1.

THE WESTERN UNION TELEGRAPH COMPANY.

This Company TRANSMITS and DELIVERS messages only on conditions, limiting its liability, which have been assented to by the sender of the following message.
Errors can be guarded against only by repeating a message back to the sending station for comparison, and the Company will not hold itself liable for errors or delays in transmission or delivery of Unrepeated Messages.
This message is an UNREPEATED MESSAGE and is delivered by request of the sender, under the conditions named above.

A. R. BREWER, Sec'y. 3 NORVIN GREEN, President.

Dated Chicago June 17 1881

Received at 1005 Awc

To Coroner Boone Co

Want Dan Stotts body Garden "Hearse" taken up post mortem examination made contents stomache analyzed inquest held find out cause of death take charge medicine purchased for Stott last saturday

Dr Cram

30 Collect 63 c

READ THE NOTICE AT THE TOP.

Un des télégrammes que Cream expédia au coroner de Belvidere, en Illinois, pour exiger la tenue d'une autopsie et une enquête sur la mort de Daniel Stott. (Case N° 4580, Circuit Court of Boone County, 1881)

Le lendemain, Cream s'excusa de s'être emporté – « J'étais vraiment très en colère » – et fit une suggestion au Dr Whitman. Le coroner Whitman devrait donner une cuillerée à table du reste du remède à un chien ou à un chat. « Il est possible que la quantité de strychnine incorporée aux autres ingrédients du flacon ait été plus importante que ce qui était prescrit, nota-t-il. Ce ne serait pas la première fois qu'une telle erreur est commise. » Il expliqua ensuite de manière fort curieuse la façon dont il avait appris le décès de Stott. Une femme qu'il n'avait jamais vue s'était présentée à son cabinet le lendemain des funérailles, une voyante qui prétendait lui avoir été envoyée pour lui dire la bonne aventure. « Je ne crois pas à ces balivernes », poursuivit Cream, et pour la mettre à l'épreuve, il lui fit parler de ses patients. En entendant le nom de Stott, elle lui dit qu'il était mort empoisonné. Consulter une diseuse de bonne aventure n'avait rien d'inhabituel. Jusqu'à une douzaine de voyantes annonçaient chaque jour leurs services dans les journaux de Chicago et promettaient de révéler l'avenir pour aussi peu que vingt-cinq cents. Madame Zaphara, la grande prophétesse égyptienne de Wabash Avenue, affirmait pouvoir lire l'avenir et soigner les rhumatismes en personne ou par correspondance. Mais ces voyantes n'avaient pas l'habitude de se pointer sans prévenir au cabinet d'un médecin pour lui faire part de la mort d'un patient.

Le Dr Whitman suivit les conseils de Cream en dépit de la condescendance de ce dernier et de sa diseuse de bonne aventure saugrenue. Il donna une cuillerée du médicament de Stott à un chien. Quelques instants après, le chien se laissa tomber sur le côté et entra en convulsions. Moins de vingt-cinq minutes plus tard, il était mort. Le Dr Whitman retourna à Garden Prairie pour faire exhumer le corps. Il en retira l'estomac, comme Cream le lui avait suggéré, et l'envoya pour analyse à un professeur de chimie et de toxicologie du Rush Medical College de Chicago. Le Dr Walter Hynes y détecta de la strychnine et estima que Scott en avait ingéré plus de trois grains, soit « plusieurs fois la quantité requise pour entraîner la mort », rapporta-t-il. L'analyse du contenu du flacon révéla la présence de deux grains et demi de poison par once liquide.

Il ne faisait plus aucun doute que Stott avait été assassiné. Le Dr Whitman et le procureur de l'État, Reuben Coon, étaient certains de connaître le responsable.

■ ■ ■

Daniel Stott était arrivé à Garden Prairie à la fin de la guerre de Sécession. Il avait été commerçant au Canada jusqu'à ce que son entreprise fasse faillite. Sa deuxième femme l'avait quitté. Son fils unique était mort jeune. Il était venu refaire sa vie à Boone County.

Ce district limitrophe du Wisconsin avait gardé des relents de Far-West. Les premiers colons blancs y étaient arrivés moins de cinquante ans auparavant, si bien que de nombreux résidents étaient plus vieux que le comté lui-même. Après qu'une voie ferrée eut relié cette région à Chicago dans les années 1850, des villages s'agglutinèrent à des gares. L'un d'eux reçut son nom quand un passager descendu sur le quai contempla les champs environnants et déclara que l'endroit était « un jardin dans la prairie ». Belvidere, le chef-lieu du comté, avec sa population d'environ trois mille âmes, était située à quelques milles à l'ouest du nouveau séjour de Stott.

Stott devint le chef de gare de Garden Prairie. Il entra dans la loge maçonnique. Il possédait une maison spacieuse dotée d'une véranda, idéale pour bavarder avec les voisins quand ils passaient devant chez lui. « Un homme affable et de bonnes mœurs, selon une source, très estimé et respecté de tous ceux qui le connaissaient. » Il s'était bien intégré, contrairement à sa troisième femme. Julia Abbey était née en Angleterre et avait servi comme domestique dans quelques familles de la région. Son mariage avec le chef de gare l'avait catapultée au sommet d'un petit cercle social, et elle en était parfaitement consciente. Les ragots parvinrent aux oreilles du Dr Whitman. « Julia était snob avec ses voisins », dit-il carrément. Elle était trop chic dans ses goûts, trop hautaine dans son attitude. Le couple avait eu un enfant, Revel, une fille née en 1871, mais on disait que leur mariage était en difficulté. Daniel Stott était malade depuis plusieurs années et Julia était de trente-six ans sa cadette. « Des rumeurs vagues mais persistantes laissaient entendre qu'elle était lasse de son mari vieillissant », dit le Dr Whitman.

Stott avait consulté Cream au début de 1881 et était satisfait de ses soins. « Mon état s'améliore rapidement grâce à vous », écrivit-il à son nouveau médecin. Les médicaments que Cream lui avait prescrits avaient amélioré sa digestion, « fait des miracles pour les reins » et il dormait mieux. Même son humeur était meilleure. Grâce aux remèdes, dit-il, « je me sens heureux ». Cream n'examina son patient qu'une fois. Tous les dix jours environ, Julia Stott prenait le train de Chicago et allait au cabinet du Dr Cream renouveler l'ordonnance pour les médicaments de son mari. Si le médecin était trop occupé ou qu'elle avait d'autres courses à faire, la logeuse de Cream, Mme Gridley, lui ouvrait une de ses chambres. Elle y passa la nuit à au moins une occasion. Sa dernière visite avait eu lieu le 11 juin, un samedi. Elle était rentrée chez elle après minuit avec la potion et les capsules que son mari avait avalées juste avant de mourir.

Julia Stott. (*Complete Detective Cases*, mai 1940 / Collection de l'auteur)

Le *Belvidere Standard* publia la nouvelle de l'empoisonnement soupçonné à la fin de juin dans un article en dernière page, où il était dit que Cream avait demandé une enquête, l'exhumation du corps et l'expérience menée sur le chien. « Si une enquête plus poussée démontre que M. Stott a avalé du poison, fût-ce accidentellement, ce sera terrible. »

L'enquête eut lieu à Belvidere, au cabinet du Dr Whitman, le soir du 14 juillet. James Rayner, un associé de la pharmacie Buck & Rayner, et l'un de ses commis avaient été convoqués de Chicago. Ils insistèrent sur le fait qu'aucune erreur n'avait été faite dans la préparation de l'ordonnance de Cream, qui ne devait comporter qu'une infime quantité de strychnine. « Nous rangeons tous les poisons à l'abri de la lumière dans une armoire », dit Rayner, pour que les commis soient conscients du fait qu'ils manipulaient des substances dangereuses. Incorporer à la potion de Stott la dose importante qui l'avait tué était « tout à fait impossible ».

Julia Stott décrivit son voyage à Chicago pour en rapporter les médicaments, et la mort soudaine de son mari. Elle avait fait à pied l'aller et retour de plus de trois milles pour que Buck & Rayner remplisse l'ordonnance même s'il y avait des pharmacies à proximité du cabinet de Cream. Cream n'avait pas touché à la potion quand elle était retournée le voir. Par contre, il avait ouvert une des capsules et en avait goûté le contenu.

Son récit s'embrouilla quand l'interrogèrent le Dr Whitman et le procureur de l'État. Elle avait laissé les médicaments au cabinet de Cream, mais ne croyait pas qu'il y ait touché. Elle déclara d'abord ne pas avoir reparlé à Cream depuis la mort de Stott, puis elle avoua être retournée à Chicago pour lui mettre sous le nez les lettres et les télégrammes dans lesquels il exigeait l'ouverture d'une enquête.

« D'après vous, ai-je mal administré son remède ? » lui avait-elle demandé.

« Cela ne m'est jamais venu à l'esprit, Mme Stott, avait-il répondu comme elle se rappelait leur conversation. Même une surdose ne l'aurait pas tué. » À condition, bien entendu, « que la potion ait été correctement formulée ».

La réputation de Cream fut sérieusement mise à mal. Le commis qui avait préparé l'ordonnance savait que le médecin avait été « mêlé à des affaires louches ». Le réexamen par les avocats de la déclaration du médecin selon laquelle une voyante lui avait annoncé la mort de Stott provoqua quelques froncements de sourcils. Julia Stott mentionna que Cream avait été incarcéré jusqu'au mois de décembre précédent. L'avait-elle déjà vu ivre ? « Il m'est arrivé de le voir quand il paraissait avoir bu », dit-elle avant d'ajouter une chute inattendue : « Il était toujours un peu plus intelligent quand il avait un peu bu. »

Le témoignage du Dr Whitman fut le plus accablant. Il lut à voix haute les télégrammes de Cream et produisit ses lettres comme éléments de preuve. Le médecin avait été assigné comme témoin à l'enquête, remarqua-t-il, mais ne se présenta pas. Le coroner révéla à son tour des renseignements glanés au cours de ses conversations avec Julia Stott. Son mari, lui avait-elle confié, lui avait un jour dit que Cream était un type « très fourbe dont il fallait se méfier ».

Les jurés exonérèrent les pharmaciens et conclurent qu'une seule personne pouvait avoir incorporé de la strychnine à la potion. « Les preuves indiquent que Thomas N. Cream est l'assassin de la victime. » Le shérif du comté de Boone, Albert Ames, se rendit à Chicago armé du mandat d'arrêt. Mais Cream, qui devait comparaître pour avoir expédié des cartes postales obscènes – un de ses télégrammes au coroner avait été mis à la poste le 17 juin, soit en même temps que ses messages indécents à son ancien patient, le fourreur de Chicago, Joseph Martin –, était déjà loin. Il avait pris la fuite plus de deux semaines auparavant.

Soupçonnant Julia Stott d'avoir été la maîtresse de Cream et d'avoir comploté avec lui pour se débarrasser de son mari, Ames et le Dr Whitman continuèrent de l'interroger sur ses rencontres avec lui. Elle changea à nouveau son récit : lorsqu'elle l'avait confronté après la mort de son mari, Cream lui avait demandé une procuration, car il voulait poursuivre Buck & Rayner pour avoir mis trop de strychnine dans la potion. « Les pharmaciens sont responsables de cette erreur et ils doivent payer », lui avait-il dit. Un tribunal pourrait lui octroyer plusieurs milliers de dollars de dommages. Elle avait refusé sa proposition.

Le Dr Whitman rendit ces nouveaux renseignements publics durant la dernière semaine de juillet. « Il s'est agi d'un empoisonnement délibéré », confia-t-il au *Belvidere Standard*, et d'une « machination » destinée à accuser faussement les pharmaciens et les poursuivre. Cream semblait avoir planifié le meurtre de Stott et empoisonné ce dernier dans le cadre d'un curieux complot de chantage qui s'était retourné contre lui. Son insistance à réclamer une enquête et une exhumation n'avait réussi qu'à l'incriminer.

« Le Dr Cream, ajouta le journal, est maintenant l'homme recherché. »

30

« CROOKED CREAM »

{Belle River, Ontario, et Belvidere, Illinois • Juillet-septembre 1881}

Un soir de juillet 1881, deux hommes descendirent du train du Great Western Railway en provenance de Windsor, en Ontario, et se dirigèrent vers l'hôtel Gauthier. Le soleil qui se couchait sur Belle River, un village lacustre de quelques centaines d'âmes en deçà de la frontière canadienne, était obscurci par des nuages venus du nord-ouest. Un employé de l'hôtel leur indiqua à l'étage la chambre d'un client qui se faisait appeler Dr Donald Ross. Juste sous sa fenêtre, une échelle était appuyée au mur de l'hôtel. Leur proie s'apprêtait à prendre rapidement la fuite.

Ils élaborèrent un plan d'action. Le shérif Albert Ames, un homme à la coiffure impeccable et à la moustache retombante, resterait au bas de l'échelle, au cas où l'homme tenterait de s'échapper quand William Bains cognerait à sa porte. Bains, chef de police de Windsor, une localité qui, de ce côté-ci d'un vaste fleuve, regardait Detroit avec méfiance, une ville vingt fois plus grande qu'elle, était souvent mobilisé pour aider des hommes de loi américains à traquer des fugitifs. La porosité de la frontière internationale faisait de Windsor une porte d'accès pour des « escrocs de tout acabit » qui fuyaient la justice américaine, « une zone de sécurité pour les perceurs de coffre-fort, les bandits, les voleurs et les vagabonds », comme le déplorait un journal local.

Bains frappa à la porte à une heure du matin, quand tout l'hôtel dormait. Cream l'ouvrit juste avant que l'agent ne l'enfonce. Quand ce dernier produisit un mandat d'arrêt pour le meurtre de Daniel Stott, Cream protesta de son innocence. Selon un compte rendu dans la presse, mis en présence d'Ames « il blêmit et trembla comme une feuille ».

Il comparut devant un magistrat le lendemain 28 juillet, à Windsor, et nia encore une fois son implication dans ce meurtre. Il s'était enfui de Chicago, dit-il, pour échapper « à la notoriété de l'affaire », et pour consulter son père et d'autres membres de sa famille. Sa propre négligence était responsable de la découverte de sa cachette ontarienne. Des fonctionnaires de la poste de Chicago avaient intercepté une lettre qu'il avait expédiée à quelqu'un de la ville et en avaient prévenu Ames.

« Je ne vois pas comment on peut m'impliquer dans cette affaire, dit-il à un journaliste venu le jour même l'interviewer dans sa cellule de Windsor. J'ai été le premier à exiger qu'une enquête soit ouverte. »

« Pourquoi vous êtes-vous enfui si vous êtes si certain de pouvoir prouver votre innocence ? » lui demanda-t-on.

« J'ai eu quelques ennuis, ça n'allait pas très bien, j'ai voulu m'installer ailleurs », bégaya-t-il en laissant le journaliste combler les vides en ce qui concernait sa mise en accusation pour envoi de cartes postales obscènes et défaut de comparaître. Il avait quitté Chicago à la mi-juin, fit-il remarquer, plusieurs semaines avant d'être accusé d'avoir tué Stott.

Cream accepta de revenir en Illinois pour subir son procès. Il était à court d'argent et d'options. À son arrivée au Canada, il n'avait que trente-cinq dollars en poche et avait mis ses bijoux au mont de piété pour ne pas devoir se priver de whisky pendant qu'il se terrait à l'hôtel. Le fait de s'opposer à son extradition ne ferait, au mieux, que retarder l'échéance de deux ou trois semaines. Le vol et le forçage de coffre-fort ne faisaient pas partie des crimes couverts par le traité d'extradition entre les deux pays, mais le meurtre, si.

Un journaliste du *Daily Tribune* intercepta Cream à la gare riveraine du Michigan Central Railroad vers huit heures le matin du 2 août, quand lui et Ames changèrent de train à Chicago pour le dernier segment du trajet de trois cent cinquante milles qui les amenait à Belvidere. Menotté et débraillé, Cream ne s'était pas rasé depuis deux semaines. Il se disait innocent dans « l'affaire de Garden Prairie », comme il la désignait, et avait confiance que son père retiendrait les services « du meilleur avocat criminaliste de l'État » pour le défendre. Il nia avoir altéré les médicaments de Stott. Il nia avoir monté un chantage ou vouloir poursuivre Buck & Reyner. Julia Stott était « la pire menteuse qui soit ayant échappé à la pendaison », et il était impatient de lui faire face au tribunal.

Ames monta avec lui à bord d'un train du chemin de fer Chicago & North Western qui quitta la gare à neuf heures quinze. En entrant dans le comté de Boone, ils virent jusqu'au bout de l'horizon des champs de terre noire parsemés de fermes et de hauts silos en pierre. Juste avant d'arriver à Belvidere, le train roula devant une tombe fraîchement creusée et la petite gare en bois de Garden Prairie qui avait été celle de Daniel Stott. À midi, Cream était derrière les barreaux au palais de justice du comté.

■ ■ ■

La presse condamna Cream bien avant son procès. Les journaux rappelèrent à leurs lecteurs que cet « avorteur notoire de Chicago » avait été jugé pour meurtre l'année précédente. L'un d'eux affirma qu'il s'agissait d'une cause « en tous points analogue » au meurtre irrésolu d'Alice Montgomery, commis quelques mois plus tôt, tandis que l'empoisonnement et la tentative de chantage allégués correspondaient parfaitement à l'affaire Ellen Stack. Le *Daily Tribune* publia un compte rendu détaillé de l'histoire sordide qui se déroulait dans sa cour. « Rarement vit-on un empoisonnement plus bizarre dans les annales de la criminalité, déclara le journal. Si les preuves disent la vérité, la cruauté et l'infamie du crime de cet homme sont sans égales. » Au procès, ce serait la parole de Cream contre celle de Julia Stott, et le *Daily Tribune* avait déjà choisi son camp. « Rien dans la conduite de Mme Stott ne montre qu'elle était au courant d'un complot pour tuer son mari », put-on y lire ; elle n'avait été « pour lui [Cream] qu'un instrument commode ».

Cette publicité lui causa le plus de dommages à Belvidere, puisque les futurs membres du jury bénéficièrent d'un avant-goût des arguments de la poursuite et d'un aperçu du passé louche de l'accusé. « L'idée la plus répandue semble être que Mme Stott a administré le poison à son insu », rapporta le *Belvidere Standard* quelques jours après l'arrestation. Cream avait manigancé pour « imputer la responsabilité de l'empoisonnement » à Buck & Rayner et espéré qu'un chantage lui « rapporterait une jolie somme ». Le journal fit émerger les détails de l'affaire Catharine Gardner en Ontario. Et quand le shérif Ames accusa Cream du meurtre d'Alice Montgomery à Chicago, le *Standard* publia cette nouvelle à la une en l'accompagnant de la prédiction suivante : « Le "D^r^" devra répondre de plusieurs meurtres. » Les titriers ridiculisèrent une fois de plus son nom : « Crooked Cream[6] », fit l'un ; « Bad Cream[7] », écrivit l'autre. Le journal de Belvidere osa un calembour sarcastique : « Un pareil lâche devrait être envoyé au four crème-atoire. »

■ ■ ■

Le procès de Cream pour meurtre, son deuxième en moins d'un an, démarra à Belvidere le lundi 19 septembre. Des centaines de personnes convergèrent vers le palais de justice du comté de Boone, un édifice en brique rouge agrémenté de fenêtres en ogives et d'une tour centrale qui faisait la fierté de la ville. Plusieurs d'entre elles y avaient été convoquées comme témoins ou étaient membres du jury. À l'intérieur, nota un visiteur, les plantes vertes dont l'épouse du shérif avait décoré les couloirs et la salle d'audience fraîchement repeinte rendaient « ce lieu vraiment très agréable », du moins pour ceux dont la vie ne dépendait pas du jugement du tribunal.

---

6. Crème tournée.
7. Crème caillée.

Il fallut presque une journée entière pour constituer le jury. De si nombreux candidats furent rejetés, vraisemblablement en raison de la publicité négative autour du procès, que des fonctionnaires de justice durent en rassembler de nouveaux choisis dans l'assistance et les rues avoisinantes. La plupart des jurés retenus étaient de Belvidere et certains des citoyens les plus en vue du comté, « des hommes au jugement sûr, consciencieux et honnêtes », selon un observateur.

Quand le premier témoin vint à la barre le 20 septembre, la nation était en deuil. Le président James Garfield, tombé sous la balle d'un assassin plusieurs semaines auparavant, était mort durant la nuit. « Un nuage noir d'affliction et de tristesse recouvre le pays tout entier », dit un article du quotidien de Belvidere. Les magasins furent tendus de deuil, les bureaux fermés. Mais la poursuite contre Cream ne ralentit pas son rythme. Le témoin principal des procureurs était Julia Stott. Incarcérée, elle était accusée de meurtre pour le rôle qu'on la soupçonnait d'avoir joué dans la mort de son mari. Mais le juge avait ordonné que les deux prévenus soient jugés séparément et elle avait accepté de témoigner contre Cream. Puisqu'on s'attendait à ce que son témoignage aborde des questions trop scabreuses pour les femmes présentes, celles-ci furent priées de quitter les lieux.

Cream subit son procès pour le meurtre de Daniel Stott au palais de justice du comté de Boone, à Belvidere, en Illinois. (Collection de l'auteur)

Petite et maigre comme un échalas, Stott regarda Cream nerveusement dans la salle bondée. Elle répondit timidement et d'une voix fluette aux questions, et son témoignage fut accablant. « Elle s'est mise au service de la poursuite et a tenté de faire condamner le Dr Cream pour sauver sa peau », écrivit le correspondant du *Daily Tribune*. Abandonnant la version des faits qu'elle avait relatée lors de l'enquête du coroner, elle dit que Cream lui avait enjoint de faire remplir son ordonnance chez Buck & Rayner, qu'il l'y avait accompagnée et que, de retour à son cabinet, il avait touché aux médicaments. « Elle l'a vu les manipuler, mais ne l'a pas vu y mettre quoi que ce soit », écrivit un journaliste. Elle confirma la nouvelle très répandue selon laquelle Cream l'avait incitée à poursuivre les pharmaciens en dommages-intérêts. Elle avoua en outre pour la première fois qu'elle et Cream avaient été amants – ou « criminellement intimes », comme on disait à l'époque. Sa fille, Revel, l'avait accompagnée durant au moins une de ses visites au cabinet de Cream. « Le Dr Cream m'a dit qu'il aimait ma mère, dévoila la fillette de dix ans quand elle fut appelée à témoigner, et qu'il souhaitait qu'elle lui appartienne. »

Le témoignage de Mary McClellan, l'ancienne logeuse de Cream, fut encore plus accablant. Le 12 juin, le jour même de la mort de Stott, Cream lui avait rendu visite et lui avait prédit une chose extraordinaire, apparemment sans l'intervention d'une voyante. « Il s'attendait à apprendre incessamment la nouvelle de la mort de Stott, car ce dernier avait été empoisonné. » Elle affirma en outre qu'il avait eu en sa présence des propos encore plus incriminants : à Julia Stott, il avait dit pouvoir « concocter une potion qui tuerait son mari en vingt minutes ».

La poursuite présenta les résultats des analyses du Dr Walter Haines, du Rush Medical College de Chicago, qui avait détecté de la strychnine dans la dépouille de Stott et dans le flacon de potion. En Grande-Bretagne, les erreurs de laboratoire et les divergences d'opinions rendaient les jurés hésitants à retenir le point de vue des experts. Les Américains tenaient les médecins et les scientifiques appelés à témoigner dans les causes criminelles en plus basse estime encore. « Le public ne se fie pas au témoignage des experts », dit carrément un collaborateur du *Journal of American Medical Association*. En raison des différends que suscitaient les marches à suivre et les résultats, les experts étaient « la cible des moqueries et de la dérision de tous ». La presse les accusait d'« avoir menti avec un sans-gêne tapageur » ou qualifiait leur témoignage de « pure plaisanterie ». Cependant, Cream qui, le premier, avait affirmé que Stott était mort empoisonné à la strychnine ne pouvait pas faire volte-face et remettre en question des analyses de laboratoire qui lui donnaient raison. Son avocat, Daniel Munn, résuma comme suit pour le bénéfice du jury l'opinion de la défense : Stott avait été empoisonné, soit, mais ils « jugeaient la mauvaise personne ».

Cream s'était vanté qu'il retiendrait les services du meilleur avocat de l'État, mais son père avait refusé d'assumer le coût de sa défense. Daniel Cream et ses sœurs avaient mis leurs ressources en commun pour contribuer d'un montant de trois cents dollars à ses frais juridiques. Munn, l'avocat de Cream lors de son inculpation pour obscénité, accepta de le défendre. Ce fut une rude bataille. Étranger venu de Chicago, il était confronté à un trio d'éminents avocats du lieu qui travaillaient pour la poursuite – le procureur de l'État Reuben Coon, son frère Amos et Charles Fuller, un sénateur dont tant ses partisans que ses adversaires politiques admiraient « la combativité ». Munn interrogea Stott des heures durant, mais elle ne dérogea pas de sa nouvelle version des faits. McClellan avoua son « ressentiment » envers Cream, qui l'avait forcée à payer un cautionnement de mille deux cents dollars et qui avait quitté sa fille, mais elle aussi survécut au contre-interrogatoire de Munn.

Cream en fut réduit à se sauver lui-même. Il fut assermenté au troisième jour du procès. « Un homme ordinaire et mauvais genre », selon un journaliste du *Belvidere Standard*, au front dégarni, n'ayant que « très peu » de cheveux noirs. Il avait trente et un ans mais paraissait en avoir dix de plus. Sa voix profonde résonnait dans la salle d'audience. Il niait d'une voix si forte et si emphatique qu'on pouvait sûrement l'entendre dans la rue, croyait le journaliste.

Julia Stott lui avait demandé de la strychnine, dit-il. Il avait refusé, mais elle avait trouvé un moyen de s'en procurer. Elle la lui avait montrée, jurant qu'« elle en préparerait une dose » à l'intention de son mari. Il nia avoir tué Daniel Stott. « Rien, dans mon ordonnance, ne pouvait entraîner la mort. » Il nia aussi avoir eu des relations sexuelles avec Julia Stott, l'avoir envoyée à la pharmacie Buck & Rayner, et avoir altéré les médicaments de Stott.

Pourquoi avait-il exigé la tenue d'une enquête ? lui demanda-t-on.

« Je soupçonnais Mme Stott d'avoir empoisonné son mari. »

Le procureur n'en fit qu'une bouchée. Durant le contre-interrogatoire, Cream « avoua beaucoup de choses qui l'incriminèrent, rapporta le *Chicago Times*, et ses dénis ne suffirent pas à démentir les arguments de la poursuite ». Les télégrammes et les lettres de Cream furent produits et montrèrent que certains aspects de son témoignage étaient « exactement contraires » à ses assertions antérieures.

Les exposés définitifs durèrent plus de sept heures et le procès s'étala sur quatre jours. Munn avait été « brillant, compétent et éloquent » dans sa défense de Cream, rapporta la presse. Fuller, un orateur envoûtant au regard intense et profond, présenta également « une magistrale et convaincante argumentation ». Le juge passa en revue les éléments de preuve et la loi pour le bénéfice des jurés et ceux-ci se retirèrent aux environs de dix-sept heures. Le tambourinement de la pluie sur les carreaux des fenêtres en ogives du palais de justice accompagna leurs délibérations. Les membres de l'assistance parièrent sur l'issue du procès ; la balance pencha vers un jury divisé.

Les jurés rendirent leur verdict aux environs de vingt et une heures : coupable.

Les journalistes surent qu'au premier tour, ils étaient à neuf contre trois en faveur du verdict de culpabilité. Un débat de quatre heures avait convaincu les récalcitrants. Ils avaient aussi décidé de la peine de Cream. Seulement trois membres du jury avaient voté pour la potence. Sa peine serait l'emprisonnement à perpétuité et une journée par année en isolement cellulaire. Un journaliste jeta un coup d'œil à Cream pour voir sa réaction. « Pas un muscle de son visage n'a tressailli au prononcé de cette terrible sentence. »

Munn songea à porter le jugement devant la Cour suprême de l'État, mais un nouveau procès comportait un risque énorme: un second jury pourrait voter en faveur de la peine de mort. Quand il s'adressa à la presse après le procès, Fuller se dit confiant que justice avait été rendue: « S'il est un homme qui a bénéficié d'un procès équitable et d'une défense compétente, le Dr Cream est cet homme. La culpabilité de l'accusé ne fait absolument aucun doute. »

■ ■ ■

À son arrivée à Chicago en 1892, l'inspecteur Frederick Smith Jarvis rencontra le Dr Walter Haines, le chimiste qui avait trouvé de la strychnine dans le contenu de l'estomac de Daniel Stott. Il se rendit ensuite à Belvidere, au nord, afin d'en savoir davantage sur l'affaire qui avait fait condamner Cream pour meurtre. Le shérif du comté de Boone, Albert Ames, lui fournit les détails de l'enquête sur Stott et du procès. Mais curieusement, il ne lui dit rien d'un autre homicide qui, comme celui de Stott, comportait des remèdes altérés, un empoisonnement à la strychnine et de fausses accusations évoquant les meurtres de Lambeth. En 1881, convaincu que Cream avait empoisonné Alice Montgomery peu avant de tuer Stott, le shérif Ames l'avait même déclaré coupable de meurtre dans la presse. Mais tant d'années après, pour une raison ou une autre, il ne porta pas la mort de cette dernière à l'attention de Jarvis et l'inspecteur ne mentionna pas l'empoisonnement de Montgomery dans ses rapports à Scotland Yard.

■ ■ ■

Julia Stott passa six mois derrière les barreaux à la prison du comté de Boone, mais elle ne subit jamais de procès. Beaucoup de gens la soupçonnaient de complicité dans le meurtre et même Fuller déclara publiquement que Cream et elle étaient « coupables de meurtre à parts égales ». Mais les procureurs avaient convenu de la relâcher si elle leur révélait ce qu'elle savait du décès de son mari et elle avait tenu parole. Elle fut remise en liberté en février 1882.

Entre-temps, Cream fut transféré au pénitencier d'État de l'Illinois le 1er novembre 1881 pour y purger sa peine à perpétuité. « La fin d'une dangereuse carrière », annonça la une du *Chicago Daily News*.

Cette prédiction s'avéra prématurée.

31

LE MATRICULE 4374

{Joliet, Illinois • 1881-1885}

Les nouveaux venus au pénitencier d'État de l'Illinois à Joliet étaient qualifiés de « poissons frais » par les vieux de la vieille..Les récidivistes sourcillaient à peine à la vue de ses murs hostiles, mais « les criminels novices », remarqua Sidney Wetmore, le commis aux documents de la prison, « sont horrifiés et frappés de terreur. Ils blêmissent, ils tremblent nerveusement en regardant l'immense édifice où ils enterreront pendant des années et parfois pour la vie tous leurs espoirs, leurs ambitions, leur être même. » Thomas Neill Cream avait été incarcéré auparavant dans l'attente de ses procès pour les meurtres de Mary Anne Faulkner et Daniel Stott, mais cette fois-ci était différente. Il savait qu'il n'en sortirait sans doute jamais vivant.

Le shérif Albert Ames déposa Cream à la prison le premier jour de novembre 1881. Une fois à l'intérieur, Cream fut conduit à l'accueil, où il reçut l'ordre de se déshabiller. Un commis, vraisemblablement Wetmore, inscrivit la date dans un registre et prit soigneusement note de ses caractéristiques identitaires. Il pesait cent quatre-vingt-deux livres, était de forte carrure et avait « des mâchoires et un menton massifs ». Le commis nota aussi la durée de la peine – « *Le reste de sa vie* » – en en soulignant chaque mot. À « Occupation légitime » il écrivit qu'il était médecin. Son « État mental » fut jugé bon et ses « Habitudes de vie », par exemple, chiquer le tabac, « modérées ». Cream déclara qu'il était veuf, mais personne ne lui demanda comment sa femme était morte. Les responsables de l'administration pénitentiaire s'intéressaient davantage à la cicatrice profonde qui zébrait le côté gauche de son abdomen. Il avait subi une intervention chirurgicale, leur répondit Cream, mais il ne leur dit pas pour quel motif.

On lui ordonna de prendre un bain dans une pièce dépourvue de porte, puis on lui remit un manteau, une veste, un bonnet pointu et un pantalon à rayures horizontales noires et blanches. Ces zébrures le rendraient visible s'il essayait de s'évader. L'uniforme avait aussi pour but d'humilier les détenus. Une femme qui visitait son mari pour la première fois dit qu'il avait l'air d'un clown. La barbe de Cream fut rasée et ses cheveux coupés court, ce qui l'identifiait encore plus comme détenu à une époque où les hommes portaient les cheveux longs et arboraient une moustache ou une barbe. Il fut photographié et sa photo intégrée à « la collection des repris de justice » de la prison, afin de pouvoir plus facilement le traquer s'il parvenait à en escalader les hauts murs et à éluder les tireurs de précision qui les patrouillaient. Il reçut aussi une nouvelle identité. Il était maintenant le matricule 4374.

Le pénitencier d'État de l'Illinois, mieux connu sous le nom de Prison de Joliet, était un des établissements carcéraux les plus durs et les plus célèbres du pays. Ainsi que le formulait Wetmore, « les pires vauriens et les criminels les plus endurcis des États-Unis, issus avec déshonneur de toutes les couches de la société », en occupaient les neuf cents cellules. Inauguré en 1869, c'était un vaste ensemble de blocs cellulaires et d'ateliers entouré d'un mur érigé par une génération précédente de détenus qui avaient construit leur propre prison. Au moment de l'arrivée de Cream, environ mille cinq cents hommes y purgeaient une peine.

Comme le dirait un jour un historien, les dernières décennies du dix-neuvième siècle constituaient « l'âge des ténèbres des prisons américaines ». Les conditions de vie y étaient primitives. Les cellules exiguës, prévues pour un seul homme, en recevaient deux. Les blocs cellulaires étaient mal chauffés et faiblement éclairés. Dix heures par jour, les détenus extrayaient de la pierre d'une carrière ou travaillaient en silence dans des ateliers. On croyait que le dur labeur et la discipline guériraient leurs penchants criminels. Les directeurs de la prison pouvaient, au choix, châtier ceux qui enfreignaient les règles ou désobéissaient aux ordres, ou les réformer. Le châtiment l'emportait le plus souvent. Quand Cream fut enfermé à Joliet, le fouet, le bâillonnement, les douches d'eau glacée et d'autres pratiques archaïques avaient été délaissés en faveur de l'isolement cellulaire. Le directeur de Joliet, Robert McClaughry, un partisan de la réforme, s'expliqua ainsi : « Ma notion du châtiment est d'empêcher un homme de commettre d'autres délits sans lui infliger de souffrance ou quoi que ce soit qui puisse évoquer une rétribution, mais en même temps le retenir avec suffisamment de fermeté pour qu'il n'oublie pas qu'il est entre les mains de la justice. »

Un bloc cellulaire du pénitencier d'État de l'Illinois à Joliet et le couloir des cellules d'isolement. (Collection de l'auteur)

Cream passa sa première nuit dans le grand couloir qui longeait les cellules dans la partie de l'édifice réservée à l'isolement cellulaire. Ce rite de passage répondait à l'exigence d'une journée d'isolement par année de détention, mais rappelait aussi aux nouveaux venus le sort qui attendait les délinquants. L'aumônier de la prison lui lut ensuite le règlement de Joliet. Il lui était interdit de parler aux gardiens, aux visiteurs et même à ses codétenus sans l'autorisation préalable du personnel de la prison. Le soir, il pourrait bavarder avec son compagnon de cellule « à voix basse », mais pas avec les occupants des cellules voisines. Couvre-feu à vingt et une heures. Un bain par semaine en été, un toutes les deux semaines en hiver. Il assisterait aux offices chaque dimanche à la chapelle, sauf s'il était malade ou en était dispensé. En signe de respect, il toucherait son couvre-chef ou son front avant de parler à un directeur de la prison. Les directives n'en finissaient plus. En cas de désobéissance ou de mauvaise conduite, il risquait de perdre sa ration hebdomadaire de tabac ou de bougies, ou d'aboutir en isolement cellulaire. L'aumônier lui remit, pour s'y référer, une carte où était résumé le règlement. S'il la salissait ou l'endommageait, il serait « sévèrement puni ».

Cream fut emmené à sa cellule, un tombeau en pierre, un placard de sept pieds de hauteur, sept pieds de longueur et à peine quatre pieds et demi de largeur. Pour tout mobilier, des lits superposés en fer, deux tabourets et une étagère pour les livres et les journaux. L'espace suffisait à peine à un homme, mais quelques centaines de détenus seulement avaient une cellule à eux seuls. Cream dormirait sur un mince matelas en paille, sous une couverture en laine rêche assortie aux rayures de son uniforme. On lui donna deux seaux, l'un pour se laver, l'autre en guise de toilette. Il s'habituerait à la puanteur de l'urine et des excréments. Il n'y avait pas de fenêtre, seulement un trou d'aération qui débouchait dans la toiture. Une planchette en bois fixée à la porte à barreaux de fer affichait son nom et son matricule.

Tous les matins, sauf le dimanche, la cloche réveillait Cream à cinq heures quarante-cinq et démarrait la journée de travail. Les hommes se hâtaient de se laver, de s'habiller et de faire leur lit. Quinze minutes plus tard, des gardiens ouvraient les portes des cellules et conduisaient les prisonniers dehors jusqu'aux égouts, où ils jetaient le contenu de leurs seaux. Ils faisaient cette navette ainsi que l'aller et le retour du travail et des repas à la file indienne, en emboîtant le pas. Chaque matin, Cream se composait un petit déjeuner de café, de pain et de ragoût ou de hachis, et l'engloutissait dans sa cellule. À six heures quarante-cinq retentissait le sifflet à vapeur de la chaufferie et Cream partait travailler. Il bossait de sept heures à dix-huit heures et bénéficiait d'une pause-déjeuner de quarante-cinq minutes. Ce repas comportait habituellement une généreuse portion de viande et de pommes de terre. Après un souper léger de pain et de café ou de thé dans sa cellule, il pouvait se reposer ou lire à la lueur d'une chandelle jusqu'à vingt et une heures.

Chaque soir, quand la nuit tombait, on entendait tousser dans le silence sinistre du bloc cellulaire. Les hommes épuisés s'endormaient. Puis, un gardien pressait un bouton. La cloche du matin sonnait. Et tout recommençait.

■ ■ ■

Cream fut assigné à l'atelier de sculpture sur pierre, où étaient créés des monuments et des ornements architecturaux, par exemple un aigle devant décorer le bureau des douanes de Terre Haute, en Indiana – une commande classique. Les directeurs de la prison avaient sans doute pensé que sa carrure le rendait apte à un boulot si exigeant. Il comptait, parmi ses collègues de travail, un concussionnaire extradé de son refuge sud-américain et un ancien agent de police qui purgeait une peine de vingt-cinq ans pour meurtre. Ils travaillaient côte à côte dix heures par jour, six jours par semaine, mois après mois, en silence. Celui qui osait parler ou lever les yeux de son travail courait le risque d'être dénoncé et puni. « Le silence, l'obéissance et la rigoureuse attention au travail sont la loi inflexible qui règne en cet endroit », fit remarquer Wetmore.

Des actions coup-de-poing contre les récidivistes entraînèrent une vague de nouvelles détentions au moment où Cream commençait à purger sa peine. « La prison se remplit rapidement des pires escrocs, dit le *Chicago Daily Tribune*, dont la plupart entreprennent leur deuxième, troisième ou quatrième incarcération. » Des voleurs de banque emboîtaient le pas à des perceurs de coffre-fort, à des violeurs et à des bandits, tandis que des tueurs travaillaient ensemble dans les ateliers. La violence menaçait d'éclater à tout moment. Les détenus se cherchaient querelle ou attaquaient les gardiens. Ceux-ci s'en prenaient aux prisonniers entêtés et indisciplinés. Dix-huit mois après l'arrivée de Cream, Mike Mooney, incarcéré pour vol, affûta méthodiquement une lime volée et attendit que son compagnon de cellule, John Anderson, se soit endormi pour le poignarder à mort. En 1884, Frank Rande, un desperado de l'Ouest soupçonné d'avoir tué plus de dix hommes, avait purgé sept ans d'une peine de prison à perpétuité quand il attaqua et faillit tuer un directeur adjoint de la prison.

Certains détenus tentaient de s'évader. Selon Wetmore, seulement un sur cent y parvenait. La plupart de ceux qui réussissaient à escalader le mur ou à s'échapper d'une équipe de travail étaient vite capturés. Un homme ôta d'un cercueil le cadavre d'un prisonnier, se coucha à sa place et s'enfuit après que le cercueil eut été transporté au-delà des murs de la prison. Un autre, caché dans une charrette remplie de crottin de cheval, fut découvert. Ils pouvaient aussi s'évader autrement. Trente-neuf détenus moururent dans la seule année 1885, la plupart de tuberculose, « libérés par la mort », comme le formula un journal. D'autres étaient transférés dans des asiles de fous. Certains hommes capitulaient et se pendaient dans leur cellule. Un détenu s'ouvrit une veine à l'aide d'un couteau de cuisine et mourut, vidé de son sang. Quand le corps d'un détenu décédé n'était pas réclamé par sa famille, il était inhumé dans un cimetière au sommet d'une colline distante d'un demi-mille de la prison. Des centaines de planches de pin plantées dans le sol et portant en lettres noires le nom du défunt, son matricule, son âge et la date de sa mort indiquaient l'emplacement de sa tombe pendant quelques années, jusqu'à ce que le bois pourrisse.

Les détenus vivaient une double vie, dit Franklin Hollingrood, qui purgea une peine en même temps que Cream. Après « une existence diurne monotone et semi-consciente », beaucoup d'entre eux se plongeaient le soir dans des périodiques et des livres jusqu'à ce qu'on leur dise de souffler leur chandelle.

Pendant quelques heures au moins, leur esprit était libre. Ils pouvaient emprunter des livres à la bibliothèque de la prison ou s'abonner à des journaux et à des revues. À l'arrivée de Cream, cette bibliothèque comptait plus de huit mille volumes, notamment sur l'histoire, la religion, la science, les arts et la philosophie. On y trouvait aussi quelques traités de médecine et un ouvrage de chimie intitulé *The Narcotics We Indulge In; The Poisons We Select; The Odors We Enjoy*. Cream pouvait se réfugier dans les romans de Jane Austen, Charles Dickens, Victor Hugo, Herman Melville et Mark Twain. Une cruauté involontaire permettait à ces hommes qui n'avaient nulle part où aller de se perdre dans plus de six cents guides touristiques.

Cream pouvait recevoir une visite tous les deux mois. Son frère Daniel fit plusieurs fois le trajet de mille milles jusqu'à la prison, même s'il ne pouvait y rester plus de trente minutes. Le sujet de conversation des deux frères était toujours le même. « Chaque fois, dit Daniel, Cream proclamait son innocence et soutenait que de faux témoignages étaient responsables de sa condamnation. » Un seul autre membre de la famille semble avoir gardé le contact avec lui pendant son séjour à Joliet, une cousine de Brooklyn avec qui il échangea une correspondance.

Les détenus de Joliet se déplacent en emboîtant le pas. (Collection de l'auteur)

McClaughry, le directeur de la prison, apprit à connaître Cream. Il le voyait chaque jour, du moins à distance, jusqu'à ce qu'il remette sa démission en 1888 pour prendre la direction d'un autre pénitencier. « C'était un fonctionnaire modèle, dit Wetmore de son supérieur hiérarchique ; il était respecté, craint et admiré de tous les criminels. » Des années après, un journaliste eut de bonnes raisons de s'enquérir d'un de ces criminels, le Dr Cream. « C'était un type intelligent, dit McClaughry, et il prétendait toujours qu'il avait été condamné sur de faux témoignages. »

■ ■ ■

La petite annonce classée publiée dans le *Belvidere Standard* en mars 1885 aurait facilement pu passer inaperçue. « AVIS EST ICI DONNÉ que le soussigné entend présenter au gouverneur de l'Illinois un recours en grâce. » Le soussigné en question était Thomas N. Cream.

Depuis son arrivée à Joliet, Cream avait écrit régulièrement à son père pour plaider son innocence et le supplier de lui venir en aide. William Cream accepta d'appuyer sa requête auprès du gouverneur Richard Oglesby et, pour la défrayer, il expédia au directeur de Joliet, à l'été 1885, une somme équivalente aujourd'hui à cinq mille dollars américains. Cream père « ne croyait guère aux proclamations d'innocence de son fils », remarqua le directeur McClaughry, qui lisait et approuvait la correspondance des détenus, « mais il était d'accord pour financer cette démarche si elle parvenait à démontrer qu'il était innocent ».

Dans l'Illinois du dix-neuvième siècle, une peine à perpétuité ne signifiait pas forcément que le détenu passerait sa vie derrière les barreaux, sauf s'il y décédait. Le gouverneur pouvait gracier un prisonnier ou lui accorder une réduction de peine, et les pressions politiques étaient souvent un facteur décisif. Selon une étude du système pénal de l'État, l'octroi d'une libération anticipée « n'était pas tant une admission de la réhabilitation du prisonnier qu'une preuve de la sympathie qu'il avait su éveiller chez des citoyens influents ». Si un détenu bénéficiait de l'appui de personnes ayant des relations et aptes à rassembler un nombre suffisant de signatures au bas d'une pétition, la liberté était peut-être à sa portée. Des cent cinquante-trois tueurs condamnés à perpétuité en Illinois entre 1818 et 1885, quarante-deux furent graciés, dans certains cas après à peine un an d'incarcération. La peine d'une douzaine d'autres fut commuée en emprisonnement d'une durée déterminée. Cream avait une chance sur trois d'obtenir sa libération anticipée.

Il avait déjà retenu les services d'un avocat. Omar Wright, de Belvidere, qui était également membre de l'Assemblée législative de l'Illinois, défendit sa cause bien qu'il ait représenté Julia Stott durant l'enquête du coroner sur le décès de son mari. C'était un choix astucieux, et pas seulement parce que Cream et lui pensaient que Julia Stott s'était parjurée. Wright était républicain, tout comme le gouverneur Oglesby qui venait d'affecter Wright, avec deux autres personnes, à la commission chargée d'encadrer le système carcéral de l'Illinois.

Wright monta un dossier en collaboration avec un avocat de Chicago, John Jennison. Celui-ci rassembla des déclarations sous serment de plusieurs personnes qui avaient entendu Cream discuter avec Mary McClellan. Aucune ne se souvenait qu'il ait fait allusion à la mort prochaine de Stott ou offert de « concocter une potion » qui le tuerait en vingt minutes. Jennison s'entretint également avec McClellan. Il s'avéra qu'elle avait eu plusieurs raisons d'embellir son témoignage. Elle pensait que Cream envisageait de l'empoisonner ainsi que sa fille, Lena, après son mariage avec cette dernière, afin d'hériter de son patrimoine. « Il a eu ce qu'il méritait », dit-elle. En outre, elle n'avait pas perdu le cautionnement de mille deux cents dollars qu'elle avait déposé avant que Cream ne s'enfuie au Canada. McClellan était d'humeur à causer; le shérif Ames l'avait assurée qu'il serait « à son avantage » de témoigner contre Cream, dit-elle de son propre chef. Apparemment, c'était le cas. « Elle s'en est tirée, rapporta Jennison, sans avoir à débourser quoi que ce soit » pour honorer son cautionnement. L'avocat inclut au dossier sa propre déclaration sous serment. Celle-ci détaillait l'entretien au cours duquel Cream lui avait dit, peu après la mort de Stott, que Julia Stott avait menacé d'empoisonner son mari. Jennison confirma que Cream avait suivi les conseils de cette dernière et contacté le coroner du comté de Boone pour exiger l'exhumation du corps.

Wright, un ancien directeur d'école à barbe blanche – les avocats de la partie adverse le surnommaient « le prof avocat » dans son dos –, concentra son attaque sur Julia Stott. Il avait refusé de la représenter après l'enquête du coroner, dit-il au gouverneur, et il se sentait autorisé à divulguer ses échanges confidentiels avec elle, puisqu'il était convaincu qu'elle avait agi seule et assassiné son mari. Elle s'était parjurée quand elle avait déclaré à l'enquête que Cream n'avait pas touché aux médicaments de son mari, ou encore au procès, quand elle avait affirmé qu'il les avait altérés. Le procès même avait été injuste : les rumeurs et la presse avaient condamné Cream à l'avance et, pis encore, l'huissier qui avait convoqué les jurés reconnaissait maintenant que le jury était « plein » d'individus enclins à déclarer le prévenu coupable. Wright fit également circuler une pétition en faveur de la grâce, dont le préambule dépeignait Cream comme la victime de préjugés et de faux témoignages et affirmait que la véritable meurtrière « s'en était tirée indemne en devenant témoin à charge ». Plus de cent soixante-dix personnes la signèrent, y compris des voisins de la famille Stott à Garden Prairie.

Cream joua aussi son rôle. En mai, il rédigea sur cinq pages un recours en grâce verbeux. Il soutint que les preuves contre lui étaient sans fondement et déclara « n'être coupable en aucune façon, que ce soit en parole, en pensée ou en acte ». Deux mois plus tard, il demanda au gouvernement du Canada d'intervenir en sa faveur. En 1885, le Canada était une nation autoadministrée depuis moins de vingt ans et la Grande-Bretagne gérait encore ses relations avec les pays étrangers. La requête de Cream fut renvoyée au consulat britannique de Chicago. Après s'être entretenu avec Wright à plusieurs reprises, le vice-consul, John Dunn, accepta de soumettre au gouverneur le recours de Cream et les documents afférents, dont les transcriptions des audiences et les déclarations sous serment comportant de nouveaux éléments de preuve. Dans la lettre d'accompagnement au dossier qu'il soumit à l'attention d'Oglesby au début de novembre, Dunn écrivit : « Je suis certain que cet homme a été injustement condamné et qu'il est innocent du délit dont il a été accusé. »

Entre-temps, en avril 1885, Cream avait passé une semaine en isolement cellulaire parce qu'il avait gâché une partie de son ouvrage. Quatre mois plus tard, il y passait encore huit jours pour « ne pas avoir fait du bon travail », selon les registres pénitentiaires. Ses manquements à la discipline lui vaudraient encore deux isolements. Faire un tour au « trou » était une expérience épouvantable, une torture pour l'âme, qui mettait en péril la santé physique et mentale d'un individu. Les cellules de cette prison dans une prison étaient dépourvues de tout, sauf d'un lit fait d'une simple planche posée sur la pierre froide du sol. Un petit vasistas laissait entrer un filet de lumière, mais une lourde porte en bois coupait le prisonnier du monde extérieur. Les détenus subsistaient grâce à une ration quotidienne d'une demi-tranche de pain et d'une petite tasse d'eau. Cream avait été menotté aux barreaux de la porte de sa cellule chaque jour pour l'obliger à rester debout pendant les dix heures où il aurait dû être au travail. Ceux qui résistaient recevaient des coups de bâton. À ceux qui hurlaient pour qu'on les libère, on mettait un bâillon en cuir.

Le directeur McClaughry croyait au pouvoir de cette ségrégation pour la réhabilitation d'un prisonnier. « Une terrible solitude les oppresse et ils cèdent immanquablement », dit-il à un auditoire de Chicago en 1882. Un ancien codétenu de Cream, dans les années 1880, soutint que plusieurs prisonniers en isolement cellulaire étaient devenus fous. L'un d'eux, qui avait été enfermé quinze jours, « n'était plus qu'une épave quand il sortit », affirma l'ancien détenu, et il mourut au bout de dix-huit mois.

Le gouverneur ne sut rien de l'inconduite de Cream, puisque son dossier disciplinaire ne fut pas inclus dans le recours en grâce. Mais Charles Fuller, le procureur lors du procès, intervint en faveur de la condamnation pour meurtre. Il était maintenant membre de la Chambre des représentants de l'Illinois et un autre éminent républicain capable de retenir l'attention d'Oglesby. « Jamais je n'ai cru que je contribuais à jeter un *innocent* en prison pour la vie », affirma-t-il au gouverneur, et il était sincère. Les preuves présentées au procès de Cream « ont été suffisantes pour établir sa culpabilité au-delà même d'un doute *possible* ». Mais après s'être entretenu avec Wright, Fuller assouplit sa position et dit à Oglesby qu'il ne s'objecterait pas à ce que la peine à perpétuité de Cream soit commuée en une peine de quatorze ans de prison.

Des protestations plus radicales tombèrent sur le bureau du gouverneur dans la capitale, Springfield. James Rayner, des pharmaciens de Chicago Buck & Rayner, la cible du complot de chantage raté que Cream avait ourdi après la mort de Stott, lui soumit quatre lettres qui contestaient une grâce possible. « Cream est un homme trop dangereux pour être relâché dans la nature », le mit-il en garde. Le meurtre de Stott était « un des plus sordides jamais connus : tout à fait gratuit, froidement et méticuleusement prémédité, conçu et exécuté », disait une des lettres. Une autre assurait qu'« à Chicago, certains hommes ont de bonnes raisons de croire que ce n'est pas le premier meurtre de cette nature dont il est responsable ». En outre, on s'attendait à ce que le juge ayant présidé le procès, les jurés et d'autres fonctionnaires du comté de Boone signent une contre-requête s'opposant à la décision de gracier le prisonnier. Elle circulait encore en décembre 1885. On laissa le mot de la fin au Dr Frank Whitman, le coroner qui avait exhumé le corps de Stott à la demande de Cream. Cet homme ne doit pas être gracié, dit-il au gouverneur, car il est responsable « d'un des meurtres les plus prémédités, les plus diaboliques et les plus monstrueux jamais perpétrés » dans le comté de Boone.

■ ■ ■

Le dernier jour de 1885, alors qu'il faisait le ménage en prévision de l'année suivante, Oglesby griffonna une décision d'une page et l'inséra dans l'épais dossier intitulé « Recours en grâce no 613 ». La condamnation et la peine à perpétuité de Cream étaient maintenues. Si le matricule 4374 et ses partisans avaient remis en question les motivations et les déclarations des principaux témoins, Julia Stott avait insisté sur le fait qu'elle avait dit la vérité en accusant le médecin d'avoir altéré les médicaments de son mari. Aux yeux d'Oglesby, les doutes quant à la culpabilité du prisonnier n'avaient pas été « suffisamment dissipés » pour justifier sa réhabilitation. « Si Cream est réellement innocent de ce crime, des preuves à l'effet de le disculper pourraient émerger », écrivit-il. Ces preuves n'ayant pas encore été produites, ce serait « une grave erreur » de permettre à un homme sans doute « conscient de sa culpabilité » d'échapper à la justice « parce qu'il aura proclamé son innocence ».

Cream en fut sûrement anéanti. Ajoutées aux nombreux appuis en faveur de sa réhabilitation, les preuves accablantes que Wright avait rassemblées d'un possible parjure et de la subornation des jurés devaient l'avoir rempli d'espoir. Mais quelques traits de plume d'Oglesby avaient suffi pour balayer tous ces mois de travail et de manœuvres de couloir. Cream était incarcéré à Joliet depuis quatre ans et deux mois et y passerait possiblement le reste de sa vie, enfermé dans une cellule minuscule ou à sculpter la pierre en silence. Sa haine de Julia Stott, la traîtresse qui l'avait envoyé derrière les barreaux, s'intensifia. Sa certitude que les prostituées étaient un fléau qu'il fallait éliminer eut tout le temps de s'enraciner dans son esprit. Son mépris des femmes s'envenima.

Le rejet du recours en grâce ne surprit pas Robert McClaughry. Depuis dix ans qu'il était le directeur de Joliet, il avait vu des centaines d'hommes y entrer et en sortir. Il se glorifiait de pouvoir distinguer entre les criminels endurcis et les délinquants susceptibles d'être réformés et réintégrés dans la société. « Il est des hommes qui naissent criminels, d'autres qui conquièrent le crime et d'autres à qui le crime s'impose », dit-il pour paraphraser le *Songe d'une nuit d'été* de Shakespeare.

Cream, croyait-il, était « un homme aux instincts et aux tendances criminels », capable de délits encore plus horribles.

32

« AUSSI INNOCENT QU'UN ENFANT À NAÎTRE »

{1886-1891}

CENT DIX-SEPT HOMMES OCCUPAIENT LES PREMIERS BANCS dans la vaste chapelle de la prison de Joliet en juin 1886, un bouquet de fleurs blanches épinglé à leur veste rayée. Cream était du nombre. Face à la chaire, ils pouvaient lire les enseignements inspirants peints en lettres gothiques sur le mur au-dessus. « Si le méchant se détourne de sa méchanceté pour pratiquer le droit et la justice, il sauvera sa vie », promettait le prophète Ézéchiel de l'Ancien Testament. Les douze musiciens de l'orchestre de la prison jouaient. Des bouquets de fleurs animaient la salle sombre où des assassins, des violeurs, des voleurs et des bandits se rassemblaient chaque semaine pour prier.

« L'Empoisonneur de Belvidere », comme le surnommait maintenant le *Chicago Daily Tribune*, s'avança pour confirmer sa conversion au catholicisme. L'archevêque de Chicago, Patrick Feehan, traça sur son front le signe de la croix et lui donna un petit soufflet sur la joue pour lui rappeler, ainsi que le nota un observateur, qu'à l'avenir il lui faudrait « souffrir avec patience et même mourir pour le Christ ».

Cream avait renoncé à la religion presbytérienne plusieurs années auparavant. Interrogé sur sa religion à son entrée au pénitencier, il avait répondu « Aucune ». Il avoua plus tard s'être converti au catholicisme pour accroître ses chances d'être gracié. Le salut auquel il aspirait n'était pas spirituel. Il voulait éviter de finir ses jours en prison. Environ un an après la cérémonie, il reçut une nouvelle qui lui fit espérer une libération anticipée.

■ ■ ■

William Cream supportait mal les rudes hivers de Québec. Il souffrait de problèmes respiratoires et, chaque automne, quand le froid s'installait et que les glaces empêchaient l'exportation de bois d'œuvre vers l'Europe, il mettait le cap sur le sud. Comme il recherchait les centres de cure et les sources géothermiques qui apaisaient son mal, Little Rock, en Arkansas, devint pour lui une destination de prédilection. Puisqu'il avait du temps sur les bras et de l'argent à investir, il se mit à flirter avec le marché immobilier et songea même à fonder une banque. Il fut bientôt considéré comme « un important propriétaire » foncier de Little Rock et de Conway, un comté au nord de la ville. Il revenait à Québec chaque année au printemps, mais son association acrimonieuse avec l'exportateur de bois d'œuvre James Maclaren prit fin en 1882, après une brouille au sujet de la répartition des profits. Il continua à acheter et vendre du bois et prépara son second fils, Daniel, à prendre le relais de l'entreprise. William Cream était à Dansville, une station thermale de l'ouest de l'État de New York, quand il mourut le 12 mai 1887, à l'âge de soixante-quatre ans.

Ses liquidateurs évaluèrent sa succession à environ soixante mille dollars. Elle se composait de diverses propriétés au Canada et en Arkansas, d'actions dans des banques du Québec et d'autres investissements. Selon les termes de son testament rédigé en 1885, cinq de ses six enfants héritèrent de cinq mille dollars chacun, l'équivalent aujourd'hui d'environ cent quarante mille dollars américains. Thomas Cream n'eut rien. L'aîné « ayant déjà reçu près de cinq mille dollars de moi ne touchera rien de ma succession », stipulait le testament. William Cream avait payé ses études de médecine et très probablement acquitté ses frais juridiques lors de son premier procès pour meurtre en 1880. Il n'irait pas plus loin.

Le reliquat de la succession devait servir à appuyer le missionnariat de l'église presbytérienne et d'autres causes religieuses. Un journal de Little Rock jugea une disposition du testament assez curieuse pour la mentionner dans ses pages. Le « vieux monsieur excentrique » avait fait un legs en vue d'aider une « association œuvrant à la conversion des juifs ». Un autre legs montrait clairement qu'il n'aurait pas approuvé que son fils embrasse la religion catholique : une certaine somme devait soutenir un ministre du culte américain qui s'efforçait « d'évangéliser les catholiques romains ». Il ne déshérita cependant pas complètement son aîné. « Je désire laisser sa situation au jugement de mes liquidateurs, avait précisé William dans son testament. Ils pourront lui apporter une aide financière s'ils le jugent nécessaire. » Ces montants devront toutefois « demeurer modestes ».

Un des liquidateurs, un homme d'affaires de Québec du nom de Thomas Davidson, se demanda s'il serait possible d'obtenir la libération du fils de son vieil ami. Il entra en contact avec les autorités de l'Illinois et rassembla des copies de documents et d'éléments de preuve de l'affaire Stott. Cette lecture le convainquit que Cream était innocent et que sa condamnation avait reposé uniquement sur le faux témoignage de Stott. Il sentit aussi le besoin de redresser une autre injustice. William Cream, il en était sûr, était mort prématurément, usé par « le poids écrasant de sa terrible affliction ». Il était bien décidé, expliqua-t-il plus tard, « à faire jouer toutes les influences possibles » pour persuader les politiques de l'Illinois de libérer Thomas Neill Cream. Daniel Cream, qui avait subi les protestations d'innocence de son frère à chacune de ses visites à la prison de Joliet, appuya sa démarche.

Davidson obtint d'amis et d'anciens associés de William Cream des lettres attestant de l'excellente réputation de la famille et de sa dévotion religieuse. Les Cream « étaient et sont encore des gens très respectables, écrivit un de leurs défenseurs, et je dirais même d'une très haute moralité ». Pour d'anciens employeurs et des résidents de la ville de Québec, Cream avait été un jeune homme honnête et dur à la tâche, mais ils l'avaient perdu de vue quand il alla poursuivre des études de médecine. Dans sa propre lettre, Davidson se fit le porte-parole de nombreuses personnes quand il se dit incapable de croire que « le digne fils de parents aussi dévots ait pu devenir du jour au lendemain ce meurtrier dont avait décidé le verdict du jury ».

Davidson eut aussi un allié inattendu. Charles Fuller, qui avait contribué à envoyer Cream en prison, fut mobilisé pour l'en faire sortir. « J'ai étudié minutieusement cette affaire », annonça Fuller au bureau du gouverneur à la fin de 1888, et les gens du comté de Boone « estiment qu'il a été suffisamment puni ». Une nouvelle requête demandant que sa peine à perpétuité soit commuée en une peine de quatorze ans d'emprisonnement recueillit les signatures de certains des hommes les plus influents de la société locale – le maire de Belvidere et trois conseillers municipaux, de hauts dirigeants de la ville et du comté, des éditeurs de journaux, des hommes d'affaires, des avocats.

Le sort de Cream reposait maintenant entre les mains d'un nouveau gouverneur républicain. Joseph Fifer, qui avait remplacé Oglesby en janvier 1889, était un vétéran de la guerre de Sécession et un ancien procureur. Selon lui, les pardons et les réductions de peine devaient se fonder sur les antécédents du détenu, sa conduite et l'équité du procès, et non pas sur sa popularité ou son poids politique. Certains jurys imposaient des punitions sévères, et d'autres, qu'il qualifiait de « jurys d'acquittement », optaient pour les peines les plus légères possible. « Cela ne me paraît pas juste », avait-il dit un jour. Le procureur, qui détenait le pouvoir d'intervenir, devait aplanir ces disparités et « tempérer la sévérité de la justice par une indulgence rationnelle ».

On lui demanda bientôt d'étudier une cause qui semblait correspondre sur mesure à l'exercice d'un recours en grâce, celle d'un détenu qui soutenait être la victime innocente d'un faux témoignage et d'un jury partial. Fuller, un ami intime du gouverneur, servit d'intermédiaire. Il expédia les lettres de Davidson et les autres documents au bureau du gouverneur et répondit à ses questions au sujet du dossier. Quand Fifer voulut s'assurer que Cream quitterait l'Illinois s'il était relâché, Fuller transmit cette demande à Daniel Cream. Ce dernier lui répondit, en juin 1889 : « Vous pouvez promettre au gouverneur que mon frère quittera cet État dès sa remise en liberté. Il ira vraisemblablement en Angleterre ou en Écosse, où il a des relations et pourra refaire sa vie. »

Le gouverneur de l'Illinois, Joseph Fifer, misait sur son pouvoir pour « tempérer la sévérité de la justice par une indulgence rationnelle ». (Collection de l'auteur)

Davidson maintint la pression. Il écrivit directement au gouverneur en mars 1890, en insistant sur le fait que Cream avait été victime d'une poursuite déloyale. « Dites le mot qui rendra sa liberté au détenu et faites en sorte que d'opprimé il devienne un homme libre. » Il sollicita ensuite l'appui de Frances Willard, la présidente, en Illinois, de la Woman's Christian Temperance Union (Société chrétienne de tempérance des dames), qui préconisait inlassablement la prohibition, le droit de vote des femmes et d'autres réformes. Cream était « aussi innocent qu'un enfant à naître », insista Davidson. Quelques jours après, la pertinence de la condamnation de Cream était examinée à Washington. Willard exerça des pressions auprès du sénateur Shelby Moore Cullom, anciennement gouverneur de l'Illinois, qui accepta d'aborder le problème avec Fifer. Si, ainsi que Davidson, Wright et maintenant Willard le croyaient, « le Dr Cream est innocent, dit Cullom à Fifer en 1890, il doit évidemment être gracié ».

Mais Davidson ne disait pas tout au cercle toujours plus grand de ses partisans. Il commençait à douter de la santé mentale de Cream. Certaines des lettres que ce dernier lui expédiait de Joliet étaient inquiétantes, « tout à fait extraordinaires et incohérentes ». Cream, craignait-il, était « déséquilibré ».

Un changement encourageant intervint au printemps 1891, quand Daniel Cream persuada le pharmacien de Chicago James Rayner de cesser de s'opposer à la libération de Cream. Entretemps, Fuller maintint la pression sur Fifer. En juin, il lui dit : « La punition déjà infligée a servi la justice. »

Fifer fléchit enfin le 12 juin, comme par hasard le jour du dixième anniversaire du décès de Daniel Stott. « Compte tenu de l'incertitude entourant les preuves et des doutes que soulève la culpabilité du demandeur, écrivit le gouverneur, Cream se qualifie pour l'octroi d'une remise de peine. » La peine d'emprisonnement à perpétuité fut commuée en peine de dix-sept ans. C'était un pardon absolu déguisé, puisque la remise en liberté de Cream n'était que l'affaire de quelques semaines. Sa bonne conduite à Joliet, en dépit des infractions qui lui avaient valu des isolements cellulaires, avait réduit sa peine au temps déjà purgé. Il serait libéré le 31 juillet.

Des allégations voulant que Cream ait monnayé sa liberté firent surface dans la presse. « La judicieuse répartition de 5000 $ parmi quelques hommes politiques a valu au Dr Cream d'être remis en liberté », dit le *St. Louis Post-Dispatch*. Alfred Trude, l'avocat de Chicago qui avait obtenu l'acquittement du médecin à son procès pour le meurtre de Mary Anne Faulkner en 1880, était d'avis qu'« un libre recours à l'argent » avait facilité l'« évasion » de Cream de Joliet – selon ses termes. Les cinq mille dollars avaient été « déposés entre les mains d'un politique connu qui en a fait bon usage », dit-il à un journaliste. Il ne nomma pas l'homme politique en question, mais Trude était un éminent démocrate, et puisque les républicains étaient au pouvoir dans la capitale de l'État, il dut apprécier d'avoir une occasion d'attaquer ses concurrents. Daniel Cream avoua plus tard que la libération de son frère avait délesté sa famille de mille dollars – l'équivalent aujourd'hui de vingt-huit mille dollars américains –, mais il ne dit pas qui avait exigé ou perçu cette somme. Le liquidateur, Thomas Davidson, déclara qu'il n'avait rien à se reprocher. La famille de Cream et les liquidateurs avaient « tiré parti de tous les appuis légitimes » à leur disposition, sans plus, insista-t-il. Le vertueux Davidson croyait sans doute qu'un paiement de cinq mille dollars était une solution « légitime » pour mettre fin à ce qu'il considérait être une grave injustice.

Si Fifer avait lu correctement le dossier, il savait que Cream avait été jugé pour meurtre et que des soupçons pesaient sur lui dans d'autres homicides commis à Chicago durant l'année précédant la mort de Stott. Même s'il était innocent de l'empoisonnement de Belvidere, Cream était réputé dangereux. Un nombre inouï de femmes qui l'avaient consulté pour se faire soigner ou se faire avorter étaient mortes.

STATE OF ILLINOIS

Executive Department.

JOSEPH W. FIFER, Governor of Illinois.

To the Warden of the Illinois State Penitentiary at Joliet Greeting:

WHEREAS, Thomas N. Cream was convicted at the September Term, A. D. 1881 of the Circuit Court of Boone County, of the crime of Murder and was sentenced therefor to confinement in the Penitentiary for the term of his natural life and whereas, it has been represented to me by divers good citizens of said County, that said Thomas N. Cream is a fit and proper subject for Executive clemency;

NOW KNOW YE, That I, JOSEPH W. FIFER, Governor of Illinois, by authority in me vested by the Constitution of this State, do, by these presents,

COMMUTE THE SENTENCE

of the said Thomas N. Cream to confinement in the Illinois State Penitentiary for a term of Seventeen years

IN TESTIMONY WHEREOF, I hereto set my hand and cause to be affixed the Great Seal of State. Done at the City of Springfield, this 12th day of June in the year of our Lord one thousand eight hundred and ninety one and of the Independence of the United States the one hundred and fifteenth

By the Governor Joseph W. Fifer Governor.

I. N. Pearson Secretary of State.

Ordonnance de mise en liberté de Cream en 1891. Il avait purgé près de dix ans d'une peine à perpétuité pour meurtre. (Archives de l'État de l'Illinois)

Après avoir tâté du polar avec son personnage de Sherlock Holmes, Arthur Conan Doyle fit du crime et de sa punition un sujet de réflexion. Certains hommes, conclut-il, sont si dangereux et si susceptibles de récidiver qu'ils ne devraient jamais être remis en liberté. Quand un tueur libéré tuait à nouveau, « l'État n'est-il pas complice du crime, de la même façon qu'un dompteur de fauves qui ouvrirait délibérément la cage du tigre serait responsable des victimes de ce prédateur » ?

■ ■ ■

Après sa sortie de Joliet le 31 juillet, Cream se rendit au bureau de Chicago de l'Agence nationale de détectives Pinkerton. Il avait retenu les services de cette célèbre agence un an plus tôt pour retrouver Julia Stott, qui avait quitté Garden Prairie après le procès. Si elle avouait avoir menti dans son témoignage, avait-il expliqué alors, cela améliorerait ses chances d'obtenir une remise de peine. Les agents de Pinkerton avaient suivi une piste montrant qu'elle s'était remariée ou menait « une vie dissolue » à St. Louis, mais ne l'avaient pas retrouvée. Et voilà que Cream pressait Frank Murray, le directeur des bureaux de Chicago de l'agence, de continuer à la chercher même s'il n'était plus nécessaire qu'elle se rétracte.

C'était « une tâche impossible, dit le détective à Cream, un gaspillage d'argent ». L'agence, dit-il, ne ferait aucune autre investigation. Si Cream voulait se venger, autrement dit, s'il désirait confronter la femme qui l'avait fait mettre en prison ou lui faire du tort, Murray ne voulait plus jamais avoir affaire à lui. « Il semblait très impatient de retracer Mme Stott, dit-il, mais il a fini par renoncer. »

Cream n'était que de passage à Chicago en route pour Québec, où il séjourna jusqu'à la fin de l'été, avant de repartir pour l'Angleterre. Il ne sut jamais ce qui était arrivé à Julia Stott. Mais il n'oublierait pas le nom de Murray. Et quand il inventa un détective pour faire avancer un de ses nombreux complots de chantage à Londres, il donna le nom de W. H. Murray à ce limier fantôme.

33

UNE CHASSE AUX FANTÔMES

{États-Unis et Canada • Juin-septembre 1892}

En parcourant le dossier carcéral de Cream durant son séjour en Illinois à l'été 1892, l'inspecteur Frederick Smith Jarvis put confirmer que le suspect de Scotland Yard avait été relâché de la prison de Joliet deux mois à peine avant le premier empoisonnement de Lambeth. Il expédia sur-le-champ une copie des registres à l'inspecteur John Bennett Tunbridge, à Londres. L'ancien directeur de Joliet, Robert McClaughry, qui prônait le recours au bertillonnage, ce système de mensurations permettant d'identifier les criminels récidivistes, se vantait de pouvoir déceler les détenus capables de commettre d'autres délits après avoir été relâchés. Il ne fut pas surpris d'apprendre que le matricule 4374 était à nouveau soupçonné de meurtre. « Il se souvient bien de Cream, puisqu'il le voyait presque tous les jours », nota Jarvis dans un résumé de ses enquêtes à Chicago. McClaughry estimait que Cream était « un homme licencieux, apte à se mettre dans de pareils pétrins ».

Entre-temps, à Londres, un Canadien du nom de John Cantle remit à Scotland Yard des renseignements susceptibles d'aider les agents qui enquêtaient sur les meurtres de Lambeth. Ayant vu la photo de Cream dans les journaux, Cantle avait reconnu le passager ivre et intoxiqué rencontré en janvier à bord du paquebot SS *Sarnia*, quand Cream rentrait à Québec pour s'y procurer de l'argent et de la strychnine. Cream, dit-il, lui avait montré une boîte pleine de capsules vides et affirmé qu'il détenait des informations sur une femme empoisonnée à Londres. Un sergent transcrivit sa déposition ainsi que les noms et adresses d'autres passagers canadiens à bord du paquebot. Cantle était certain qu'ils se souviendraient de Cream.

L'information fut transmise par câblogramme à Jarvis, alors à Chicago. Celui-ci retourna dare-dare au Canada pour s'entretenir avec le révérend Robert Caswell, l'aumônier de la prison qui avait entendu Cream se vanter de ses conquêtes féminines durant la traversée. Il contacta aussi William Sellar, le représentant de commerce qui, dans sa cabine, avait enduré les visites tardives d'un Cream en état d'ivresse. Sellar « le croyait coupable d'avoir empoisonné les femmes », rapporta Jarvis. Le chef de police de Québec, Leon Vohl, fut, non sans raison, réticent à lui parler de ses rencontres avec Cream. Il avait dîné en compagnie d'un homme incohérent qui disait pratiquer des avortements illégaux et avoir réalisé une « étude spéciale » sur les poisons. Un mois passa avant que Vohl ne consente à faire une déclaration officielle. Il s'avéra que Cream était allé plusieurs fois à son bureau durant son séjour à l'hôtel Blanchard. Vohl lui avait même demandé de lui rapporter des cravates de chez un tailleur de Londres, et il les reçut après que Cream fut rentré en Angleterre. Cream, qui s'amuserait à berner le sergent McIntyre et le détective amateur John Haynes à son retour à Londres, était sûrement ravi de se lier d'amitié avec le plus haut gradé de la police de sa ville natale.

Tunbridge demanda aussi à Jarvis d'enquêter sur la mort de la belle-mère de Cream. Louisa Mary Read était décédée le 29 août 1891 à l'âge de soixante-trois ans, pendant un séjour de la famille dans un chalet des environs de Québec. Libéré depuis peu et sur le point de retourner en Angleterre, Cream était des leurs. On disait que Read avait été vue en sa compagnie moins de deux jours avant sa mort. Elle était en parfaite santé. En retraçant le Dr Henry Russell, qui l'avait soignée pour une forme de choléra, Jarvis apprit qu'une hémorragie cérébrale était la cause officielle du décès. Read était faible et le médecin « m'a assuré que sa mort n'avait rien de suspect », dit Jarvis à Tunbridge. Sachant que Cream avait été incarcéré pour empoisonnement, le Dr Russell, un des plus éminents médecins de Québec, avait été « sur ses gardes », dit-il au détective. Aucun symptôme d'empoisonnement à la strychnine ou par un autre poison n'avait été détecté et aucune exhumation n'avait été planifiée ou requise. « Il n'y a pas la moindre raison de soupçonner qu'un délit a été commis », conclut Jarvis.

D'autres enquêtes n'aboutirent à rien ou certaines allégations ne furent pas explorées. Jarvis était allé à Hamilton et à Kingston après avoir lu dans les journaux que Cream avait pratiqué dans ces deux localités ontariennes, mais il conclut à de fausses nouvelles. Edward Levi, un aubergiste originaire d'Angleterre ayant connu Cream quand ils vivaient tous deux à Chicago, lui confia que le médecin lui avait dit avoir empoisonné deux femmes à Québec à la fin des années 1870. L'une d'elles était peut-être sa femme, Flora Brooks. Tunbridge songea à demander à la police de Québec de procéder à une enquête, mais les allégations de Levi ne suscitèrent aucune action concrète.

Jarvis entendit parler d'un autre empoisonnement alors qu'il se trouvait à Montréal. Il eut un entretien avec Emily Turner. Cette dernière avait travaillé au Royal Aquarium de Londres l'hiver précédent et était de retour en ville. Elle avait fait la connaissance d'un homme à l'aquarium, un certain major Hamilton, qui l'avait plusieurs fois invitée à dîner. Âgé d'environ quarante ans, avec « des yeux un peu particuliers », il avait offert de lui louer un garni dans Lambeth Palace Road, la rue où Cream habitait, si elle acceptait de vivre avec lui. L'homme lui avait donné des capsules de gélatine qui lui avaient brûlé la langue et l'avaient rendue malade. Jarvis lui montra un spécimen de l'écriture de Cream ; elle nota sa ressemblance avec celle des billets que l'homme lui avait expédiés. Certain d'avoir trouvé un témoin important, Jarvis lui fit voir une photo de Cream. Non, dit Turner, ce n'est pas le major Hamilton. Jarvis crut qu'elle mentait, peut-être pour éviter de se trouver dans l'embarras ou d'avoir à confronter Cream au tribunal. « Selon moi, cette jeune femme en sait plus qu'elle n'est disposée à révéler », dit-il à ses supérieurs. Mais puisqu'elle niait catégoriquement que Cream ait été l'homme qui lui avait donné des capsules, « il me semble inutile de pousser plus loin cette enquête ». L'analyse révéla que les capsules ne contenaient que de la quinine, un remède courant et sûr, au goût amer. Puisqu'elles étaient inoffensives, nota Tunbridge après avoir pris connaissance du rapport de Jarvis, qu'elle les ait reçues de Cream n'avait « aucune importance ».

Jarvis dut ensuite retrouver les échantillons de médicaments de Cream. Il se rendit en train à Saratoga Springs, dans l'Upstate New York, afin de s'entretenir avec le président de la G. F. Harvey Company, George Harvey. Ce dernier lui parla de sa rencontre avec Cream et de sa réticence à l'embaucher comme représentant de la firme à Londres. Jarvis inspecta la liste des médicaments et des ingrédients vendus à Cream, y compris la strychnine et les autres poisons expédiés à l'hôtel Blanchard. Harvey lui montra une trousse d'échantillons des produits de son entreprise. « Elle était identique à celle qui fut trouvée dans les effets personnels de Neill », rapporta Jarvis.

Mais la percée la plus importante eut lieu pour Jarvis le jour où un homme déclara à la police de Montréal qu'il détenait des renseignements importants sur cette affaire. John McCulloch rencontra Jarvis et lui révéla les propos que Cream lui avait tenus alors qu'ils séjournaient tous les deux au Blanchard plus tôt durant l'année. Cream, dit le représentant de commerce, lui avait avoué donner des capsules de poison à des femmes pour les libérer « de leur fardeau ». Il décrivit le flacon de poison que Cream lui avait montré. Jarvis reçut l'ordre d'envoyer McCulloch témoigner à Londres.

Jarvis avait prévu de rentrer en Angleterre à la mi-juillet, mais de nouvelles pistes réclamèrent son attention et ses supérieurs lui enjoignirent de pousser plus loin ses investigations. Scotland Yard voulait s'assurer que Cream ne s'était pas approvisionné en poison ailleurs qu'auprès de la firme Harvey. Le détective passa en revue les pharmacies et les grossistes en médicaments de Montréal, Québec et New York, trois villes où

Cream avait séjourné après sa sortie de prison. Comme c'était une tâche herculéenne, Jarvis eut recours à l'aide des forces policières de chaque localité. Il se rendit en personne dans plusieurs pharmacies et chez plusieurs grossistes en brandissant chaque fois la photo de Cream. Il publia une annonce dans les journaux de Québec, offrant une récompense de vingt-cinq dollars à quiconque lui dirait où Cream avait pu se procurer de la strychnine. Jarvis supervisa aussi une seconde série de contrôles dans chacune de ces villes quand Scotland Yard apprit que Cream avait peut-être acheté ou volé le poison à un médecin ou à un vétérinaire. « Si possible, il est d'une importance capitale de relier la strychnine à Cream », nota l'inspecteur Tunbridge après s'être entretenu avec les procureurs. Mais en dépit de cette recherche intensive, aucune autre source d'approvisionnement en strychnine ne fut découverte.

Scotland Yard rappela finalement Jarvis à la mi-septembre. Le 28 septembre, à Liverpool, il descendit la passerelle de débarquement d'un vapeur de la Allan Line, le *Mongolian*, après plus de trois mois d'une « enquête épuisante », dit-il. Ses entretiens et ses découvertes relataient l'histoire d'un jeune et talentueux médecin canadien qui, à l'image du Dr Jekyll, était devenu un monstre. Un avorteur. Un maître-chanteur. Un empoisonneur. Un tueur implacable. Le rapport détaillé de Jarvis fournit aux procureurs les éléments dont ils avaient besoin dans l'éventualité où Cream tenterait une fois de plus de se faire passer pour un éminent professionnel faussement accusé de crimes sordides. Le *Chicago Daily Tribune* rapporta que Jarvis était rentré à Londres avec les preuves nécessaires pour « fortement et catégoriquement réfuter tout argument de défense que Neill, ou Cream, pourrait faire valoir ».

VI

« JACK L'EMPOISONNEUR »

Londres • Octobre-novembre 1892

34

« UNE FAÇON DE PROCÉDER SYSTÉMATIQUE ET DÉLIBÉRÉE »

LE PROCÈS DE CREAM S'OUVRIT dans l'après-midi du 17 octobre 1892 à la Haute Cour criminelle de Londres, Old Bailey. Depuis plus de deux siècles, certains des plus célèbres criminels de Grande-Bretagne avaient été jugés dans ce palais de justice à l'aspect de forteresse, notamment William Palmer, le pionnier des empoisonneurs à la strychnine, un médecin aussi tristement célèbre à son époque que Cream était en train de le devenir. Dans une salle d'audience lambrissée pleine d'avocats et de curieux, Cream écouta les accusations portées contre lui. Dans les galeries en surplomb, les bavardages s'étaient tus. Le juge Henry Hawkins, en toge écarlate bordée d'hermine, coiffé d'une perruque dont les pans retombaient sur ses épaules, présidait en fronçant les sourcils. Au banc des jurés, les douze hommes qui décideraient du sort de Cream étaient aussi immobiles et impassibles que les statues de cire de Madame Tussauds. La lumière du jour filtrait à travers les hautes fenêtres face aux murs sinistres de la prison de Newgate, où Cream serait détenu pendant toute la durée du procès.

Les journalistes scrutèrent Cream. Une barbe roussâtre que lui avaient valu quatre mois de captivité couvrait son menton carré. Des lunettes à monture dorée corrigeaient son strabisme incriminant. Il portait un veston et un gilet noirs, et une cravate blanche nouée en nœud plat. Les gardiens de Newgate disaient qu'il était nerveux, irritable et qu'il dormait mal. Mais dans la salle d'audience, il était aussi impassible que les jurés, se contentant de se pencher de temps à autre pour chuchoter quelque chose à ses avocats. Seuls un léger tic de la bouche et une occasionnelle agitation trahissaient son émoi. Des délinquants accusés de crimes mineurs, songea un journaliste, paraissaient plus effrayés et désemparés que ce tueur en série qui affrontait la pendaison.

« Thomas Neill Cream au banc des accusés du Old Bailey. » (*Black and White : A Weekly Illustrated Record and Review*, 29 octobre 1892 / Collection de l'auteur)

Cream se retira dans un coin du banc des accusés, aussi loin que possible des jurés et de Newgate quand sir Charles Russell se leva pour prononcer la déclaration liminaire de la poursuite. Cet Irlandais aux yeux caves, au regard perçant et à la présence imposante avait été à Londres l'un des plus éminents avocats de sociétés avant de se lancer en politique en 1880. Il fut fait chevalier quelques années plus tard, et deviendrait un jour lord Russell de Killowen. Sa prise en charge personnelle de la poursuite en sa qualité de procureur général – il avait été nommé à ce poste deux mois plus tôt quand le premier ministre William Gladstone avait été élu pour un quatrième mandat – soulignait la gravité des allégations. Réputé pour sa préparation minutieuse et sa redoutable efficacité dans les contre-interrogatoires des témoins, il était considéré comme l'un des plus grands avocats britanniques de son temps. « Russell, dit un collègue, produisait sur un témoin le même effet qu'un cobra sur un lapin. » Ses arguments étaient tout aussi simples, directs et convaincants. Selon un autre collègue : « Sa méthode tient en quelques mots : une déclaration sans équivoque livrée avec la force du marteau de Thor. »

Sept chefs d'accusation pesaient maintenant sur Cream. Après que l'enquête du coroner de juillet l'eut jugé responsable de la mort de Matilda Clover, une audience préliminaire devant un magistrat de Bow Street lui avait valu d'être accusé des meurtres d'Ellen Donworth, qui s'était affaissée devant la gare de Waterloo, d'Alice Marsh et d'Emma Shrivell, les deux femmes empoisonnées dans leur garni de la rue Stamford, à Lambeth. Cream était également accusé de tentative de meurtre sur la personne de Louisa Harvey, qui avait feint d'avaler ses capsules de poison, et de deux tentatives de chantage. Mais Russell expliqua aux jurés que, pour l'instant, le médecin ne serait jugé que pour le meurtre de Clover.

La « vie obscure et misérable » de Clover avait connu une fin atroce et soudaine un an auparavant, presque jour pour jour, fit remarquer Russell. Et pendant des mois, reconnut-il, même les détectives de Scotland Yard qui enquêtaient sur les empoisonnements d'autres prostituées de Lambeth n'avaient rien su de son assassinat. Mais quelqu'un était au courant depuis le début, poursuivit-il pour focaliser l'attention sur le cœur du dossier de la poursuite : « Une seule personne vivante pouvait savoir qu'une terrible tragédie avait été ourdie dans son cas, et cette personne était celle qui lui avait fait ingérer une dose fatale de strychnine. » Russell était bien décidé à prouver que cet homme était au banc des accusés, accoudé à la balustrade et la main sur le front, apparemment plongé dans une profonde réflexion.

■ ■ ■

Des curieux attendaient pendant des heures chaque matin devant Old Bailey pour pouvoir assister à l'audience du jour. Des barricades les empêchaient de se ruer sur les portes à leur ouverture. Des fonctionnaires de justice acceptaient un shilling ou deux de la part de ceux qui n'hésitaient pas à payer pour entrer – « des êtres désœuvrés » comme les décrivait avec condescendance le correspondant du *New York Times* affecté au procès, « qu'une simple curiosité poussait à regarder deux hommes se battre pour la vie d'un autre ». Des femmes se bousculaient aussi pour y trouver une place et leurs grands chapeaux à plumes se mêlaient aux perruques poudrées des avocats en herbe impatients d'observer les poids lourds en action. Un public beaucoup plus vaste pouvait vivre le dernier drame criminel dans les pages des plus grands quotidiens de Londres, qui publiaient chaque jour des comptes rendus exhaustifs des témoignages.

Le premier des quatre avocats que Cream avait engagés pour le défendre se mit à critiquer la version de l'accusation. Gerald Geoghegan était un vétéran dont on disait qu'il avait défendu plus d'assassins que tout autre plaidant au pays. Fils d'un poète irlandais très estimé, il avait un accent apaisant, un charme et une finesse d'esprit qui séduisaient les jurés. Un collègue dit de lui qu'« entre ses mains, les causes les plus “désespérées” pouvaient toujours se clore par un acquittement ». C'était « un des plus grands orateurs du Barreau, reconnut un autre, mais comme la plupart de ces hommes, il n'acceptait pas facilement de se taire ». Hors de la salle d'audience, Geoghegan était tout aussi bavard quand il avait un verre à la main. Il insistait toujours pour que ses collègues l'accompagnent et levait encore plus le coude quand il craignait qu'un de ses clients ne soit déclaré coupable. L'alcool détruisait à petit feu sa brillante carrière juridique. Quelques années avant d'accepter le dossier de Cream, il s'était retiré en tant qu'avocat principal dans un important procès pour meurtre, probablement parce qu'il s'était pris une cuite. Son client, un immigrant polonais du nom d'Israel Lipski, accusé d'avoir forcé une jeune femme à boire de l'acide, avait été trouvé coupable et pendu.

Mais au moment d'établir la défense de Cream, Geoghegan était au sommet de sa forme et paraissait sobre. Il interrogea Elizabeth Masters et Elizabeth May, les femmes de Lambeth qui avaient vu Cream suivre Clover à sa pension et les seuls témoins aptes à établir un lien entre cette dernière et le médecin. Il remit en cause l'équité des séances d'identification du poste de police de Bow Street, puisque Cream, qui n'avait pu se raser en prison, était le seul barbu des hommes qu'avaient vus les témoins. Il présenta des arguments juridiques visant à empêcher Russell de révéler ce que Clover avait dit avant de mourir, à savoir qu'un certain Fred lui avait fait avaler des capsules de poison. Et pour semer le doute dans l'esprit des jurés, il demanda à Francis Coppin, l'assistant médical, et au Dr Robert Graham d'affirmer à nouveau que Clover était morte non pas d'un empoisonnement à la strychnine, mais d'une consommation excessive d'alcool.

■ ■ ■

Le témoin suivant fut le Dr Thomas Stevenson, le réputé chimiste qui avait détecté la présence de strychnine dans les restes de Clover. Il avait été sous les feux de la rampe trois ans plus tôt quand l'attention de la Grande-Bretagne s'était portée sur le procès sensationnel de Florence Maybrick, accusée d'avoir empoisonné son mari, un riche commerçant de Liverpool. Ses analyses avaient confirmé la découverte, par un autre chimiste, d'une dose létale d'arsenic dans le corps de la victime. Maybrick avait été condamnée pour meurtre, en dépit du fait que James

Maybrick était hypocondriaque et qu'il prenait tout un éventail de remèdes contenant de l'arsenic et d'autres poisons. En dépit de sa longue expérience et de son expertise, le Dr Stevenson n'était jamais à l'aise à la barre des témoins. Visiblement nerveux, surtout dans les contre-interrogatoires, il répondait avec brusquerie et affichait « un air curieusement défensif », selon les dires d'un journaliste. De toute évidence, il redoutait de devoir s'extraire de l'intimité de son laboratoire pour expliquer et défendre ses découvertes dans la plus publique des tribunes.

Geoghegan passa à l'offensive et s'acharna implacablement sur le seul expert médical témoin de la poursuite et les seules preuves directes de l'assassinat de Clover. La strychnine est un poison qui agit rapidement, fit remarquer Geoghegan, les convulsions tétaniques commencent généralement une demi-heure après l'ingestion et la mort a lieu une heure ou deux ensuite. Pourtant, Clover était couchée depuis plusieurs heures quand commencèrent les convulsions. « Quand une personne dort, suggéra le Dr Stevenson, l'action de la strychnine peut être retardée de deux à trois heures. »

Geoghegan était incrédule. Laissait-il entendre que le sommeil pouvait à lui seul retarder les effets de ce poison mortel ?

Le Dr Stevenson fit marche arrière. C'était possible si la victime avait également ingéré de l'opium ou de la morphine.

Avait-il trouvé des traces de ces substances dans la dépouille de Clover ?

Non, reconnut-il. Mais l'on savait que certaines victimes d'empoisonnement à la strychnine avaient survécu de cinq à six heures après le début des convulsions.

Geoghegan rappela aux jurés que Clover était alcoolique et en mauvaise santé. Si elle avait été empoisonnée à la strychnine, comment aurait-elle pu survivre pendant près de six heures ?

« Une personne à la limite du delirium tremens serait, selon moi, plus sensible à la strychnine, concéda le médecin. Je pense qu'elle en subirait les effets plus rapidement qu'une autre, dont le mode de vie est mesuré et sain. »

Geoghegan suggéra que le décès avait peut-être une autre cause. Une affection de l'épine dorsale pouvait-elle provoquer les spasmes violents dont avait souffert Clover ?

Le Dr Stevenson reconnut que la chose était possible. Et bien que son examen de la colonne vertébrale n'y ait pas détecté de maladie, il admit que ces affections étaient difficiles à déceler dans un cadavre exhumé plusieurs mois après le décès.

Geoghegan cibla ensuite les analyses de laboratoire. Une grenouille était morte après avoir reçu en injection sous-cutanée un liquide extrait de la dépouille de Clover. N'aurait-il pas été plus approprié, se demandait Geoghegan, de tester ce liquide sur un lapin ou un chien, bref, sur un animal au sang chaud, comme les humains ?

Le Dr Stevenson lui expliqua qu'on préférait les grenouilles pour les tests d'empoisonnement, parce que, chez elles, les symptômes apparaissent presque tout de suite. « La grenouille est un animal très délicat », remarqua-t-il.

Geoghegan saisit l'occasion qui venait de lui être offerte. Une grenouille n'était-elle pas trop délicate, trop sensible à une telle injection ?

Le témoin revint une fois de plus sur ses propos. « Je ne pense pas qu'elle soit très sensible. »

Les alcaloïdes toxiques tels que la strychnine étaient-ils difficiles à détecter ?

Ils l'étaient, approuva le Dr Stevenson.

Pouvait-on se fier au test colorimétrique de détection de la strychnine dans le liquide prélevé sur la dépouille ? N'était-il pas vrai que les résultats de pareilles analyses pouvaient être « incertains et erronés » ?

« Si les substances ne sont pas pures, une personne sans expérience peut se tromper, rétorqua le Dr Stevenson. La couleur que je recherche est le bordeaux-violet, suivi de toute une gamme de nuances. [...] Je ne connais rien d'autre qui provoque ces effets de couleurs. »

À ce point, Geoghegan rappela aux jurés que les preuves de la mort de Clover par empoisonnement à la strychnine se résumaient à une grenouille morte, quelques nuances de couleurs et l'opinion d'un seul et unique médecin.

Impatient de réparer les dommages, Russell se leva. Il invita le Dr Stevenson à résumer les résultats de ses analyses et ses conclusions. Le test colorimétrique positif. La découverte d'un seizième de grain de strychnine dans les restes de Clover, permettant de croire qu'elle avait ingéré une dose mortelle beaucoup plus élevée. Les convulsions et la mort rapide de la grenouille qui avait reçu en injection un liquide prélevé dans les tissus du corps de la victime. « J'en ai conclu que la strychnine était la cause du décès, non pas sur la base de chaque élément pris isolément, mais en tenant compte de leur cumul et de leur interdépendance », expliqua le Dr Stevenson.

John McCulloch et John Haynes, les anciens confidents de Cream, furent eux aussi soumis à un contre-interrogatoire. McCulloch, le représentant de commerce qui avait rencontré Cream à l'hôtel Blanchard de Québec, expliqua difficilement pourquoi il était resté en bons termes avec un homme qui se vantait de distribuer à des femmes des capsules de poison. Geoghegan accusa Haynes d'avoir voulu gagner la faveur de Scotland Yard dans l'espoir de s'y faire embaucher comme détective. Dans l'esprit des jurés, cela pouvait constituer un motif suffisant pour qu'il embellisse sa version de l'affaire. L'avocat choisit cependant de ne pas remettre en question le témoignage du nouveau graphologue de la poursuite, Walter de Grey Birch, du département des manuscrits du British Museum, substitut de George Smith Inglis, qui s'était couvert de honte. Birch était confiant que la lettre accusant le Dr William Broadbent, médecin de la famille royale, du meurtre de Clover était de la main de Cream. Geoghegan reconnaissait volontiers que son client était un maître-chanteur, quoique ses tentatives dans ce domaine n'aient pas été très fructueuses.

Appelé à la barre des témoins le troisième jour du procès, l'inspecteur Tunbridge admit que Scotland Yard n'avait pas suivi la piste de la lettre adressée à Broadbent, qu'elle s'était contentée d'essayer de tendre un piège au maître-chanteur.

Le juge Hawkins n'en crut pas ses oreilles. « Vous n'avez pas ouvert d'enquête sur cette jeune Clover ? » beugla-t-il.

« Absolument aucune », confirma Tunbridge. Le document fut considéré comme étant l'œuvre d'un « aliéné mental », ajouta-t-il. La police recevait souvent de ces lettres bidon.

Cette explication ne suffit pas au juge. « Voici une personne en chair et en os, habitant au 27 Lambeth Road, dont on dit qu'elle a été empoisonnée à la strychnine. Ce renseignement est transmis à Scotland Yard dont les bureaux sont à un quart d'heure à pied du lieu du délit. Comment se fait-il que personne ne se soit donné la peine d'aller enquêter dans Lambeth Road ? »

« Eh bien, cela n'a pas été fait, votre honneur. »

« J'en suis abasourdi », répliqua le juge Hawkins. La police avait clairement considéré plus important d'attraper celui qui voulait faire chanter le Dr Broadbent que d'essayer de savoir si une jeune femme avait été assassinée, comme semblait le révéler la lettre. « Auriez-vous enquêté sur Clover si le maître-chanteur avait été arrêté ? » demanda-t-il.

« Je suppose que oui, votre honneur. »

« Je suppose que non, à en juger par les événements », rétorqua Hawkins, acerbe.

Le juge venait d'entrouvrir une porte que Geoghegan enfonça en faisant son possible pour mettre Scotland Yard dans l'embarras. Le télégraphe reliait le quartier général de la MET à ses postes périphériques, admit Tunbridge durant son contre-interrogatoire.

Pour s'enquérir de Clover, demanda Geoghegan, quelqu'un avait-il expédié un télégramme à Kennington Lane, le poste le plus près de Lambeth Road ?

« Non, répondit Tunbridge. La faute, si faute il y a, est imputable à Scotland Yard. »

■ ■ ■

Le sort de Cream pouvait maintenant dépendre de la décision du juge Hawkins sur une question que la jurisprudence anglaise n'avait pas encore réglée. La poursuite avait-elle le droit de renforcer sa cause avec des « preuves de faits similaires », autrement dit, de faire effectivement juger un prévenu pour des délits similaires non inclus dans l'inculpation dont ce tribunal était saisi ? Russell pouvait-il présenter des preuves impliquant Cream dans les trois autres empoisonnements et la tentative de meurtre de

Louisa Harvey ? La défense laissait entendre que le décès de Clover était dû à des causes naturelles, soutint Russell, ce qui devrait lui permettre de tracer un modèle de comportement, « une façon de procéder systématique et délibérée », qui désignait Cream comme son assassin. Les témoins supplémentaires démontreraient que Cream avait de la strychnine en sa possession, qu'il en donnait des capsules à des femmes et qu'il était lié à des homicides similaires.

Henry Warburton, un autre des avocats de la défense, s'objecta. Cette étoile montante dans le groupe soudé des avocats d'Old Bailey fit valoir que cela équivaudrait à forcer Cream à subir simultanément un procès pour tous les actes d'accusation. Un prévenu avait droit à un jury qui « décide individuellement de l'issue de chaque cause ». Les preuves de faits similaires devraient être admissibles uniquement si le prévenu affirmait qu'un décès était accidentel ou involontaire, et la défense de Cream n'allait pas du tout dans ce sens. Bien que Russell ait fait état de précédents pour appuyer sa requête, Warburton souligna que, dans tous les cas, le prévenu avait donné de la nourriture à la victime et affirmé avoir ignoré qu'elle contenait du poison. Dans le cas de Cream, des preuves supplémentaires montrant qu'il avait eu en sa possession « de la strychnine, une substance relativement commune » que pouvaient se procurer facilement médecins et pharmaciens, n'étaient pas nécessaires. Il s'inquiétait surtout de l'influence que les preuves des autres crimes pourraient exercer sur le jury. Elles risquaient de nuire à l'équité du procès.

La décision incombait à l'un des juges les plus accomplis et les plus admirés de Grande-Bretagne. Sir Henry Hawkins était l'un de ceux que les prévenus et la police craignaient le plus. « Un homme du monde aguerri, froid et déterminé », écrivit le correspondant du *New York Times* qui couvrait le procès de Cream. Frederick Wensley, de Scotland Yard, se souvenait de ce « juge sévère », et Tunbridge, la dernière cible de son courroux, était sûrement d'accord. Âgé de soixante-quinze ans, il était juge depuis 1870, quand sa performance éblouissante dans l'affaire sensationnelle du Requérant (Tichborne Claimant), un imposteur qui revendiquait être l'héritier de la fortune des Tichborne, le propulsa au sommet de la profession. Il fut ensuite connu sous le nom de « Hanging Hawkins » (Hawkins le pendeur) – un sobriquet courant chez les juges à une époque où une condamnation pour meurtre entraînait automatiquement la peine capitale – et il lui arriva de condamner en une semaine quatre délinquants à la potence. Sous ses dehors bourrus, c'était un excentrique. Il tenait beaucoup à ce que sa longue perruque qui cachait une calvitie identique à celle de Cream soit chaque jour rafraîchie avec de la pommade et de la poudre. Il raffolait de son fox-terrier, Jack, qui l'accompagnait parfois au tribunal. Il incorpora à ses mémoires, publiés de nombreuses années plus tard, quelques chapitres rédigés du point de vue du chien. Jack avait la réputation de grogner quand les réquisitoires s'éternisaient et d'indiquer ainsi aux avocats au nom de son maître qu'il était temps de conclure.

Le juge Hawkins rejeta les arguments de la défense. Les preuves de faits similaires pouvaient se révéler utiles dans l'établissement du mobile et « plus elles sont inhabituelles, plus elles sont rares, plus le mobile est injustifiable et plus il s'avère nécessaire de présenter des sous-éléments de preuve », observa-t-il. Il croyait manifestement que les empoisonnements fortuits de quatre femmes et la tentative d'assassinat d'une cinquième entraient dans cette rare catégorie de crimes. Il autorisa le procureur général à présenter ces preuves. Le jury déciderait en fin de compte si elles avaient un rapport avec la mort de Clover. « L'admissibilité de la preuve est une chose, souligna-t-il, et le poids de la preuve en est une autre. » Warburton supplia le juge de renvoyer la question à la Cour pour les espèces criminelles réservées (Court of Crown Cases Reserved), une forme embryonnaire de tribunal d'appel, pour la décision finale. Le juge Hawkins assura l'équipe de défense de Cream que ce n'était pas nécessaire. Il était persuadé du « bien-fondé » de sa décision.

■ ■ ■

Ce fut le point tournant du procès. Louisa Harvey témoigna sur la tentative, par Cream, de lui faire avaler des capsules le soir de leur rendez-vous sur l'Embankment près de la gare de Charing Cross, « une preuve accablante », fit remarquer le *Standard* de Londres, qui plaçait l'arme du meurtre dans les mains de l'accusé. Les morts horribles de Donworth, Marsh et Shrivell furent décrites aux jurés. Laura Sabbatini identifia les lettres de chantage qu'elle avait rédigées à la demande de son ex-fiancé.

Le procureur général sir Charles Russell démontra, preuves à l'appui, que Cream était impliqué dans les quatre empoisonnements de Lambeth. (Collection de l'auteur)

L'arrogance de Geoghegan se volatilisa. Il posa quelques questions et ne formula aucune objection quand, les uns après les autres, les témoins firent état des mensonges de son client, de ses menaces de chantage et des liens qui le rattachaient aux autres femmes assassinées. Quand Russell présenta ses conclusions finales au quatrième jour du procès, Geoghegan déclara qu'il ne soumettrait aucun témoin au regard de cobra du procureur général. Aucun expert médical ne contesterait les résultats des analyses du Dr Stevenson. En osant avancer que la presse se trompait, que son client jouissait d'une excellente réputation et qu'il était un médecin compétent, Geoghegan aurait offert à la poursuite une excellente occasion de présenter des contre-preuves et de déployer les résultats accablants de l'enquête de l'inspecteur Frederick Smith Jarvis.

La défense d'aliénation mentale attendue ne se matérialisa jamais. Geoghegan n'avait sans doute pas trouvé d'aliénistes – on désignait ainsi les psychiatres, puisqu'on pensait que les malades mentaux étaient aliénés de leur état normal – convaincus qu'un tueur aussi calculateur et implacable n'était pas responsable de ses actes. En Illinois, Cream avait par deux fois déclaré sous serment ne pas être coupable de meurtre, mais en Grande-

Bretagne, il n'était pas autorisé à témoigner en son nom. On croyait que les accusés criminels étaient incapables de dire la vérité, et il faudrait attendre encore six ans pour que la loi britannique leur permette d'être assermentés comme témoins. Certains juges laissaient toutefois les prévenus s'adresser au jury après la présentation des preuves. Cream choisit de ne rien dire.

L'exposé définitif de Geoghegan dura presque tout l'après-midi. Des milliers de moustachus respectables, vêtus de manteaux sombres et coiffés de hauts-de-forme circulaient dans les rues de Londres. Les témoins qui avaient identifié Cream pouvaient-ils s'être trompés ? Et comment Clover avait-elle pu survivre aussi longtemps si, comme l'avait affirmé le Dr Stevenson, elle avait été empoisonnée à la strychnine, un poison à action rapide ? Il n'excusa pas le mode de vie de son client toxicomane et obsédé sexuel, et rappela aux jurés qu'il subissait un procès pour meurtre, non pas pour immoralité. Il se pouvait aussi que Cream ait entendu parler de la mort de Clover en bavardant avec les prostituées de Lambeth qu'il connaissait si bien. Étant médecin, il avait constaté que ses symptômes correspondaient à ceux de l'empoisonnement à la strychnine et tiré parti de ses soupçons pour menacer le Dr Broadbent. L'usage abusif que Cream faisait de l'opium et de la morphine, fit-il valoir, pouvait expliquer ses tentatives de chantage dignes d'un amateur et les « absurdités » contenues dans ses lettres. Geoghegan se moqua des méthodes utilisées pour détecter la présence de strychnine dans la dépouille de Clover, affirmant qu'il était ridicule de comparer les symptômes d'une grenouille à ceux d'un être humain. « La science, représentée ici par le Dr Stevenson, ne les a pas aidés », dit-il aux jurés, et aucune conclusion « dont dépendrait la vie d'un homme ne peut être tirée de l'analyse ainsi réalisée ».

Des applaudissements discrets se firent entendre quand il s'assit, plus vraisemblablement en guise d'admiration pour sa prestation passionnée qu'en appui à son client répugnant. Le juge ordonna d'un ton bourru aux responsables de s'arrêter.

Russell présenta rapidement ses conclusions finales. Des témoignages reliaient Cream à Clover et une lettre de sa main révélait qu'il savait plusieurs mois avant l'exhumation de sa dépouille qu'elle avait été empoisonnée à la strychnine. « Est-il concevable, demanda-t-il, qu'un innocent qui serait soupçonné d'un tel meurtre ait préféré adresser par lettre une menace de chantage au Dr Broadbent au lieu de prévenir la police ? » Geoghegan n'avait mentionné qu'en passant le témoignage accablant de Louisa Harvey. Selon Russell, son « remarquable compte rendu » de l'incident sur l'Embankment de la Tamise, qui confirmait que Cream incitait des femmes à avaler des capsules, « jetait sur l'affaire un éclairage éblouissant ». Si le fait de lui administrer un remède pour éclaircir son teint avait été « un geste non pas meurtrier, mais aimable », l'accusé aurait pu lui remettre une ordonnance. Mais il avait préféré ce rendez-vous nocturne et insisté pour qu'elle prenne les capsules sur-le-champ. Russell défendit les preuves médico-légales de la poursuite en soulignant les « réalisations scientifiques » de son témoin expert et ses « conclusions définitives », selon lesquelles Clover avait ingéré une dose létale de poison. « Le Dr Stevenson n'avait aucun intérêt à servir, sinon celui de la vérité, déclara-t-il, et l'on peut supposer qu'il a eu recours aux méthodes de détection les plus établies. » Le procureur général rappela aux jurés que si, en vertu des preuves présentées au procès, ils étaient « solennellement certains de la culpabilité de cet homme », un seul verdict était possible.

35

« UN MEURTRE SI DIABOLIQUE »

« IL NE FALLAIT PAS S'ATTENDRE à des preuves formelles qu'un crime a été commis », dit le juge Hawkins aux jurés à la reprise du procès le lendemain matin. Souvent, ajouta-t-il, il n'y a pas non plus de témoins oculaires, comme c'est le cas ici. Le jury devrait s'orienter dans un dédale de preuves circonstancielles pour déterminer si elles suffisaient à démontrer que Cream était un assassin.

Les curieux s'étaient rués sur les sièges dès l'ouverture des portes pour assister au dernier acte de la tragédie de Lambeth. « Pas un pouce carré de la salle n'est inoccupé », nota le journaliste du *Morning Post* en survolant la salle d'audience. Quant aux retardataires, ils restaient debout entre les tables et les sièges. Laura Sabbatini était venue connaître le sort réservé à l'homme qu'elle avait failli épouser. Un tel silence régnait qu'on entendait le froissement des feuilles de papier que les journalistes remettaient à des messagers pour qu'ils les emportent à la rédaction de leurs journaux respectifs, dans Fleet Street. Matilda Clover était morte un an plus tôt, jour pour jour.

Cream prit sa place habituelle au banc des accusés. Il était plus blême et un peu moins à l'aise que la veille quand on le fit entrer dans la salle d'audience, mais il avait bien dormi, mieux que jamais au cours des derniers mois, avait-il affirmé à l'un de ses avocats. Son acquittement semblait ne faire aucun doute à ses yeux. Il avait demandé à l'avocat en question s'il risquait de subir un procès pour chantage une fois réglée l'affaire du meurtre de Clover.

Le juge Henry Hawkins, « froid et déterminé », surnommé « Hanging Hawkins » (Hawkins le pendeur), était convaincu de la culpabilité de Cream. (Collection de l'auteur)

Le juge avait un autre verdict en tête quand il formula ses instructions au jury. On avait ouvert des fenêtres pour aérer le tribunal, où régnait une chaleur suffocante et, au moment précis où il entamait ses remarques, l'une d'elles retomba avec la violence d'une guillotine. C'était mauvais signe. Les habitués d'Old Bailey savaient que le juge Hawkins faisait tout son possible pour obtenir une condamnation quand il était certain de la culpabilité d'un suspect. Trois heures durant, sans jamais consulter ses notes, il passa minutieusement en revue les éléments de preuve, combla les failles dans le dossier de la poursuite et mit en lumière le moindre indice de la culpabilité de Cream. Si le jury accordait foi aux témoignages d'Elizabeth Masters et d'Elizabeth May, qui avaient vu Cream en compagnie de Clover, l'homme au banc des accusés – il se tourna vers lui et l'indiqua de son crayon pour appuyer ses dires – connaissait la victime et lui avait rendu visite. Il se rallia à Russell, selon lequel l'auteur de la lettre à Broadbent, Cream, en l'occurrence, devait avoir empoisonné Clover.

Le juge Hawkins n'ignorait rien de l'expertise et de l'excellente réputation du Dr Stevenson, puisque dix ans auparavant, il avait présidé le procès pour meurtre du Dr George Henry Lamson.

À cette occasion, l'analyste avait produit des preuves déterminantes qu'un poison rare, l'aconitine, avait tué le jeune beau-frère de l'accusé. Il connaissait aussi la méfiance persistante dont faisaient l'objet les médecins légistes ; les jurés étaient réticents à envoyer un criminel à la potence sur la foi d'expériences scientifiques et d'opinions que bien peu parmi eux étaient en mesure de comprendre. Le juge était fermement décidé à dissiper les doutes que Geoghegan avait pu semer dans l'esprit des membres du jury. Le Dr Stevenson, dit-il à ces derniers, était « un homme ayant cumulé d'importantes réalisations scientifiques, un homme doté d'une vaste expérience et animé d'une inlassable persévérance pour la découverte de la vérité ». Ses analyses de laboratoire ne laissaient aucun doute sur le fait que Clover était morte d'une dose létale de strychnine.

Un dernier point restait à éclaircir. Le juge expliqua aux jurés qu'ils avaient entendu des descriptions des autres empoisonnements de Lambeth parce qu'il leur aurait été « impossible d'en arriver à une conclusion satisfaisante » en l'absence de ces éléments probants. Puis, presque après coup, il ajouta que Cream avait droit à ce qu'ils lui accordent le bénéfice du doute quant à sa culpabilité. « Mais s'ils étaient sûrs qu'il était effectivement l'auteur de ce crime, ils avaient le devoir de le dire, courageusement et résolument. »

Les jurés sortirent de la salle d'audience à treize heures quarante-cinq. L'assistance eut à peine le temps de commenter l'exposé du juge que les douze hommes revinrent, prêts à rendre leur verdict. Le juge Hawkins dut se frayer un chemin parmi la foule pour retourner à son siège. Cream était déjà dans le passage souterrain qui menait à la prison de Newgate quand ses gardiens lui firent faire demi-tour pour le ramener dans la salle d'audience. Debout face au jury, il s'appuya avec nonchalance à la barrière du banc des accusés.

Un greffier posa la question suivante : le prisonnier était-il coupable ou non coupable du meurtre de Matilda Clover ?

Coupable, répondit le président du jury.

Cream ne broncha pas, il demeura impassible. L'indifférence et la passivité apparentes qu'il avait projetées au long des quatre mois de sa présence au tribunal ne fléchirent pas. Pour la seconde fois en un peu plus de dix ans, il venait d'être déclaré coupable de meurtre.

On entendit quelques sanglots, le cri d'une femme dans la galerie et des bruits de pas quand quelques personnes se bousculèrent pour aller annoncer la nouvelle à la foule massée à l'extérieur sous un ciel sombre et chargé de pluie. Personne dans la salle d'audience n'ignorait ce qui se passerait ensuite.

« Pouvez-vous dire pourquoi le tribunal ne devrait pas vous condamner à mort en vertu de la loi ? » demanda un greffier.

Cream hocha lentement la tête. Des gardiens vinrent l'encadrer au banc des accusés. Un aumônier se glissa par la fente du rideau rouge derrière le juge pour prendre place à sa gauche. Un assistant s'avança et posa un carré de tissu noir, le « bonnet de condamnation » si appréhendé, sur la perruque fraîchement graissée et poudrée du juge. Cream a été déclaré coupable d'un « crime épouvantable, déclara le juge Hawkins, un meurtre si diabolique et empreint d'une cruauté si implacable que l'on ose à peine en mentionner le détail ». La « torture » infligée à Clover a été d'une « atrocité inégalée », dit-il à Cream, un crime « que seule votre mort pourra expier ». Il ordonna à Cream de retourner à Newgate en attendant son exécution.

« Que le Seigneur ait pitié de votre âme. »

36

« FOU, MAIS PAS AU SENS DE LA LOI »

PEU APRÈS LE PROCÈS DE CREAM, le juge Henry Hawkins rendit visite à Melville Macnaghten, le chef constable de la MET à Scotland Yard. Dans un costume de coupe impeccable, ce qui lui restait de cheveux gris coupé presque au ras du crâne, le juge paraissait beaucoup plus petit qu'au tribunal. Et sans sa perruque et sa toge écarlate, on aurait pu le prendre pour un homme d'affaires venu porter plainte pour un cambriolage ou une fraude commise par un employé. Mais l'objet de la visite du juge était beaucoup plus grave.

Le juge Hawkins estimait être un spécialiste de la façon dont la police devait faire son travail. Il était réputé pour soumettre les agents à un contre-interrogatoire, comme du temps où il était avocat. « Malheur à l'agent de police qui commet une bévue durant son témoignage. » Un discours sur la conduite policière prononcé dix ans auparavant, dans lequel il exposait son point de vue sur tout, des meilleures méthodes d'interrogation des suspects aux méfaits du papotage et de l'oisiveté, avait été inclus dans un manuel destiné aux membres de la MET. Le devoir d'un agent n'était pas limité à l'arrestation des délinquants, croyait-il. En étant alerte et vigilant, l'agent devait aussi dissuader les criminels d'enfreindre la loi. « Quand la criminalité est particulièrement importante dans un district donné, fait-il remarquer dans le manuel, il est permis de soupçonner des déficiences dans la surveillance dont il fait l'objet. »

Quatre empoisonnements commis sous le nez de Scotland Yard dans une zone restreinte de Londres, et en deçà de six mois, cela sous-entendait un scandaleux manque de vigilance. En n'enquêtant pas sur le meurtre de Clover à la fin de 1891 quand le Dr Broadbent s'était plaint d'avoir reçu des menaces de chantage, Scotland Yard avait raté une belle occasion de mettre la main au collet de Cream avant qu'il ne fasse d'autres victimes. Pis, la police avait ignoré une seconde lettre, celle qui accusait le comte Russell du meurtre de Clover. Cette bavure n'avait jamais été mentionnée durant le procès. La comtesse Mabel Russell avait été trop malade pour témoigner et le juge Hawkins avait paru ignorer que la police était passée à côté d'une autre piste importante.

L'échange acerbe entre le juge et Tunbridge et une allusion, dans son exposé au jury, au « faible effort » déployé pour trouver le maître-chanteur qui avait menacé le Dr Broadbent incitèrent la presse londonienne à lancer sa propre attaque. « Quatre malheureuses avaient été tuées, déplora le *Pall Mall Gazette*, et la police n'avait pourtant aucune idée de l'identité du meurtrier. » Selon le *Daily News*, Scotland Yard était coupable d'une « extraordinaire et inexplicable négligence » dans sa façon de réagir à la lettre adressée au Dr Broadbent. Bien que plus discret dans sa critique, le *Times of London* dit clairement que le public ne tolérerait plus de telles erreurs dans les enquêtes futures. Le *Reynolds' Newspaper* publia une lettre des lecteurs sous le titre « Criminalité et police ». Son auteur, qui signait du pseudonyme Northumbrian, n'y mentionnait pas la capture de Cream, mais insistait sur le fait qu'un nouveau genre de détective s'avérait nécessaire pour combattre la criminalité qui sévissait à Londres. « Pour repérer des criminels, il faut une race d'hommes intelligents et bien formés aux façons d'agir des classes criminelles, soutenait Northumbrian, des hommes calmes, actifs et athlétiques, bien éduqués et capables de supporter n'importe quelle fatigue, n'importe quelles privations et n'importe quelles épreuves. » L'auteur de la lettre aurait aussi bien pu décrire Sherlock Holmes, le détective infaillible qui n'aurait jamais laissé des preuves aussi vitales lui échapper.

Le juge Hawkins avait déjà essayé de réparer les dommages à la réputation de Scotland Yard. À l'audience qu'il tint pour statuer sur une nouvelle affaire le 22 octobre, le lendemain de la condamnation de Cream, il offrit en quelque sorte ses excuses à la police. Celle-ci lui avait « apporté une explication absolument satisfaisante » de sa réaction à la lettre adressée à Broadbent et il souhaitait dissiper « toute mauvaise impression » que ses commentaires avaient pu créer. « Loin de vouloir censurer la police, je pense que sa conduite a été admirable du début à la fin de cette affaire. » Le comportement de l'inspecteur Tunbridge et des agents de la division de Lambeth, ajouta-t-il, avait été « tout à fait honorable ».

La visite du juge à Macnaghten était sans doute aussi une tentative de réconciliation. Pendant leur discussion de l'affaire, le juge Hawkins mentionna un détail qui l'intriguait : pourquoi Cream avait-il écrit les lettres qui avaient signé son arrêt de mort ? Macnaghten proposa une hypothèse. Cream, dit-il, était un « individu irrémédiablement dépravé » qui, après avoir satisfait « sa soif démente de cruauté », avait connu des épisodes de dépression. « Il avait ensuite écrit *à quelqu'un* pour apaiser sa conscience, en quelque sorte, et lui avait expliqué qu'un meurtre avait été commis. » Le chantage était presque secondaire, ce qui justifiait sans doute qu'il n'ait rien fait pour percevoir l'argent exigé. « Cream, suggéra Macnaghten, avait ressenti le besoin d'avouer à quelqu'un ses secrets coupables. »

■ ■ ■

« Le Dr Thomas Neill Cream, proclama le journal londonien *News of the World*, est sûrement le pire monstre d'iniquité de ce siècle. » Outragé, le rédacteur en chef du *Standard* qualifia le meurtre de Clover d'« impitoyable atrocité [...] n'ayant pour ainsi dire pas d'égale dans les noires annales du crime ». Le magazine londonien *Black and White* décrivit Cream comme « le plus cruel et le plus vil de tous les meurtriers de notre époque ». Il précisa que, malgré sa sauvagerie, Jack l'Éventreur n'avait jamais torturé ses victimes ni tenté de profiter de leur décès, tandis que Cream avait opté pour un poison dont il savait qu'il provoquerait une mort lente et atroce. Le *Daily Chronicle*, le journal dont Cream avait fait à son insu un allié dans sa tentative de chantage du Dr Broadbent et du Dr Joseph Harper, mit ses crimes sur le compte d'un mélange toxique de « sordide avidité, de vulgaire fourberie, de brutalité impitoyable et de cruauté diabolique ».

Un illustrateur de presse imagina la façon dont le « monstre d'iniquité » se remémorerait « son terrible passé » en attendant son exécution. (*Illustrated Police News,* 5 novembre 1892)

Les meurtres violents de Cream étaient-ils l'œuvre d'un fou ? La qualification de la folie dans la loi britannique, formulée un demi-siècle plus tôt dans l'affaire Daniel M'Naghten, l'homme qui avait tenté d'assassiner le premier ministre Robert Peel, exigeait de prouver qu'un délinquant présentait les caractères du délire et qu'il souffrait d'une grave maladie mentale. Les facteurs clés à prendre en compte étaient les suivants : le meurtrier était-il conscient qu'il enlevait la vie à quelqu'un et comprenait-il que tuer un autre être humain était mal ? Le procureur général, sir Charles Russell, s'était assuré de la présence de quatre experts médicaux au procès de Cream pour prendre des notes et témoigner au besoin. Geoghegan disposait d'éléments de preuve, y compris le comportement excentrique de Cream durant ses visites à des amis et des parents au Canada, l'incarcération traumatisante à la prison de Joliet et ses isolements cellulaires, une épreuve qui avait rendu fous d'autres détenus. Même son strabisme pouvait avoir nui à son état mental. Selon James Aitchison, l'opticien que Cream avait consulté à Londres, les problèmes de vision et les maux de tête incessants qui l'affectaient depuis la naissance avaient fait de lui un morphinomane et cette dépendance avait en retour « provoqué des changements étonnants et répugnants dans sa moralité ». À l'autre bout du monde, à Chicago, l'avocat qui avait défendu Cream avec succès en 1880, quand il avait été accusé de meurtre, se dit surpris que son état mental n'ait pas été mentionné au procès. « Une bonne douzaine de personnes à Chicago témoigneraient du fait que c'est un homicide dément, déclara Alfred Trude dans une interview republiée en Grande-Bretagne, et j'en fais partie. »

Une défense établie sur le fondement de l'aliénation mentale aurait cependant été futile. Les Règles de M'Naghten, ainsi qu'on les appelait, imposaient une norme juridique qui ne s'accordait pas à certaines définitions médicales de la folie. Ainsi que l'avait noté un juriste : « Toutes sortes de personnes démentes et absolument pas responsables de leurs actes pouvaient être déclarées coupables. » Les meurtres et les chantages bizarres de Cream semblaient avoir été ourdis par un lunatique. Quel être rationnel expédierait de telles lettres qui, rédigées de sa main, prouvaient sa culpabilité ? Mais il n'avait pas eu les gestes incontrôlés d'un fou. Il avait choisi ses cibles au hasard, soit, mais ses meurtres obéissaient à des constantes bien précises et leur mobile était peut-être l'argent. Cream puisait à sa connaissance professionnelle des poisons et raffina avec le temps sa manière d'administrer la strychnine. Il savait ce qu'il faisait. En essayant d'incriminer d'autres personnes et d'éviter son arrestation, il montrait qu'il savait que tuer était mal. Dans un rapport présenté la veille du procès, un médecin de la prison de Newgate déclara aux procureurs qu'il n'avait constaté « aucune indication de démence » au cours des quatre mois de détention de Cream. Selon le respecté *British Medical Journal,* qui s'intéressait de près à l'affaire, son état mental correspondait à la définition de la sanité des Règles M'Naghten. « Sur le plan moral, il n'y a aucun doute que cet homme est fou, soutinrent les éditeurs de la revue, mais pas au sens de la loi. »

Apparemment, Cream était un monstre nouveau genre. Mais, mit en garde le *Times of London*, d'autres hommes étaient comme lui « dépourvus de tout sens moral » et capables de commettre des crimes tout aussi horribles. « Leur seul but dans la vie est de satisfaire leurs viles passions, et ils poursuivent cet objectif sans se soucier de la souffrance d'autrui, sans scrupule et sans remords. » Il faudrait attendre des décennies avant que les termes pouvant correctement décrire Cream n'entrent dans l'usage : *psychopathe* et *tueur en série*. Melville Macnaghten, de Scotland Yard, le qualifia de maniaque sexuel « assoiffé de sang ». L'habitude que ce maniaque spécifique avait d'écrire des lettres pour attirer l'attention sur ses meurtres laissa à Macnaghten une impression dont un éditorial du *Daily News* se fit l'écho : « Cela faisait partie de sa manie de vouloir que ses crimes fassent sensation, même si cela devait entraîner sa perte. »

Les avocats de Cream jouèrent enfin la carte de la démence quand la pendaison fut fixée au 8 novembre. Le Home Office accepta de différer l'exécution jusqu'à ce qu'arrivent du Canada les déclarations sous serment de parents et d'amis qui promettaient d'éclairer l'état mental de Cream. Ces déclarations suffiraient peut-être à convaincre H. H. Asquith, le secrétaire du Home Office et futur premier ministre, de commuer la peine de mort et d'enfermer Cream dans un asile pour criminels aliénés. L'exécution fut retardée d'une semaine.

La presse dénonça l'idée d'épargner la vie d'un tueur aussi impitoyable. « Aucune clémence ne doit être envisagée pour Neill », conclut le *Pall Mall Gazette*. « Cet homme est coupable de crimes contre l'humanité, dit solennellement le *Spectator* de

Londres, et doit être privé avec justice d'en commettre encore. » Le *Standard* exigea aussi le maintien de la peine de mort. « Cream appartient à cette "tribu de vermine humaine", affirmait le journal, que toute civilisation est contrainte de prendre au piège et de détruire pour sa propre protection. » Même des criminels endurcis semblaient croire qu'il méritait d'être pendu pour s'être lâchement servi de poison. « Neill est une fichue ordure, et je lève mon chapeau à 'Enery 'Awkins », écrivit un lecteur dans le tabloïd londonien *Illustrated Police News*.

■ ■ ■

L'univers de Cream était maintenant une cellule en pierre de quatorze pieds sur huit. Une natte en fibre de coco isolait ses pieds du sol glacé. Pour tout ameublement, une petite table, un tabouret et un lit; pour toute lecture, une Bible et un hymnaire. Une fenêtre en hauteur empêchait les prisonniers de voir, dans la cour intérieure, le hangar où l'on pendait les condamnés, où Cream devait mourir à neuf heures du matin, le 15 novembre.

« Jamais ils ne me pendront ! » avait-il affirmé à ses gardiens peu après que le verdict eut été rendu. Il fut mis sous surveillance étroite, au cas où il déciderait de gagner le bourreau de vitesse. Ses lunettes à monture dorée furent remplacées par des montures en corne pour qu'il n'avale pas un morceau de métal tranchant ou ne s'en serve pour se taillader. Il mangeait avec des ustensiles en bois. Quand il demanda de quoi écrire, on lui apporta une plume d'oie au lieu d'une plume en acier. Un des agents qui avaient enquêté sur les empoisonnements jugea ces précautions inutiles. « Il se moque totalement de la vie des autres, affirma-t-il à un journaliste, mais il est très précautionneux en ce qui concerne la sienne. »

Il dormait bien, jusqu'à douze heures par jour, et accompagnait ses repas d'une ration quotidienne de deux chopes de bière. Il sortait de sa cellule uniquement lorsqu'il demandait à aller marcher dans la cour. Son avocat, John Walters, et l'aumônier de Newgate étaient les seuls à lui rendre régulièrement visite. Il écrivit à Sabbatini pour qu'elle vienne aussi, mais elle ne lui répondit pas. Cream, l'ancien maître de catéchisme devenu tueur, connaissait la Bible et récitait par cœur l'évangile selon saint Matthieu. Des gardiens s'étonnaient de son calme et le trouvaient énervant. Un jour, il lâcha : « Si seulement j'avais servi Dieu aussi bien que j'ai servi ma luxure et ma méchanceté, je n'aurais jamais été enfermé ici. » Il parut même pardonner au juge Hawkins d'avoir entravé sa défense. « Le juge était farouchement contre moi, dit-il une autre fois. Mais je suppose que c'était son devoir de l'être. »

Cream se souvenait de ses études de médecine à McGill. Il y avait appris que la pendaison entraîne rapidement la mort. « Si les choses en viennent au pire, dit-il à Walters, cela ne durera que quelques secondes, puis tout sera terminé. » Il paraissait cependant confiant que le gibet lui serait épargné, comme cela avait été le cas deux fois. En apprenant le sursis d'une semaine qui lui avait été accordé, il dansa et chanta dans sa cellule, disant que c'était « bon signe », comme le raconta un témoin. « Il était sûr d'échapper à la mort. »

Jour après jour, les journaux offrirent aux lecteurs des exemples récents de sa cruauté et de sa corruption. Dans des lettres expédiées de prison à Sabbatini, que les autorités interceptèrent et transmirent à la presse après le procès, Cream protestait de son innocence et cherchait à convaincre son ancienne fiancée qu'un député, qu'il ne nommait pas, avait rassemblé deux cents témoins aptes à le disculper. Cette correspondance montrait aussi qu'il avait tenté de la convaincre de détruire des preuves et de mentir en sa faveur. « J'étais tout à fait en sécurité avant que tu ne témoignes contre moi », déplora-t-il dans une de ces missives. Il fallait qu'elle se rétracte, qu'elle nie avoir rédigé des lettres de chantage à sa demande et qu'elle jure qu'elle était incapable de reconnaître son écriture. Il la trafiqua d'ailleurs dans ces lettres pour éviter de fournir d'autres éléments de preuve à la police, mais découvrit ensuite que Sabbatini en avait confié des échantillons avec son testament à l'inspecteur Tunbridge. Il fut scandalisé de cette trahison et proféra des menaces : « Si tu me contraries de quelque façon que ce soit ou si tu me fais du tort [...] tu t'attireras de sérieux ennuis. » « Quand je pense à tout le mal que tu m'as fait, ajouta-t-il, hostile, dans une autre lettre, cela me rend fou. »

La révélation la plus incriminante fut celle de John Haynes. Au chômage, ne survivant que grâce à des contributions de Scotland Yard – Tunbridge, qui avait besoin de son témoignage et craignait qu'il ne se suicide, avait autorisé ces paiements –, Haynes accordait encore des interviews à la presse, vraisemblablement contre rétribution. Il évoqua une conversation accablante qu'il avait négligé de mentionner au procès. Il affirma avoir un jour reproché à Cream de bavarder en plein jour avec des prostituées.

« Pfuitt ! J'ai tué un tas de ces vaches. »

« Tu avoues que tu as tué des femmes ? »

« Oui, avait répondu Cream. Toutes leurs pareilles doivent mourir ! »

Les camelots de Londres crièrent bientôt la manchette : « Le Dr Neill avoue » ! *News of the World* rapporta qu'il avait admis avoir empoisonné trois des victimes de Lambeth, autrement dit toutes, sauf Ellen Donworth. La nouvelle fut vite déclarée fausse. L'agence de presse londonienne Central News fit alors paraître un communiqué selon lequel Cream avait confessé avoir « tué un grand nombre de femmes » au Canada à la fin des années 1870. Comme Clover, elles avaient été « inhumées en l'absence de tout soupçon d'acte répréhensible ». Cette nouvelle aussi était fausse.

Les empoisonnements de Lambeth firent sensation sur la scène internationale grâce au télégraphe et au câble sous-marin, qui constituaient le premier réseau mondial de communications. Des comptes rendus du procès de Cream furent dépêchés de Old Bailey à des salles de rédaction dans toute la Grande-Bretagne, ils furent imprimés dans de petites agglomérations et de grandes villes des États-Unis et du Canada, puis transmis par code morse à des récepteurs jusqu'en Australie. Les lecteurs du *Herald* de Glasgow, près de la ville natale de Cream, surent qu'il avait écouté sans broncher le prononcé de sa peine. « Neill est-il lunatique ? » demanda en manchette le *Globe* de Toronto. À Montréal, la ville où il avait reçu son diplôme de médecine, la *Gazette* publia dès le lendemain un compte rendu détaillé des derniers moments du procès et qualifia l'exposé définitif du juge Hawkins de « chef-d'œuvre de clarté et de concision ». L'exécution imminente fit la une à St. Paul, la capitale du Minnesota. Le directeur du *True Republican*, à Sycamore, en Illinois, une localité de trois mille habitants, était d'avis que le condamné « méritait bien son sort ». En Australie, des entrefilets sur les aveux supposés de Cream parurent dans le journal *Argus* de Melbourne et dans l'*Observer* d'Adelaide. Un résumé du procès fit son chemin dans la section des nouvelles de Londres du *Tasmanian*.

« Toute la vie de Neill a été marquée par le crime, observa le *New York Times*. Personne n'a douté de la justesse du verdict. » Un autre quotidien new-yorkais, le *Sun*, qualifia Cream de meurtrier « le plus dangereux, le plus habile et le plus dépravé » de l'époque « et l'un des plus célèbres de l'histoire ». À Belvidere, en Illinois, on déplora qu'un jury du comté de Boone ait échoué à condamner Cream à mort en 1881. « La planète aurait été débarrassée d'un monstre, put-on lire dans un éditorial du *Belvidere Standard*, et le gouverneur Fifer n'aurait pas commis la pire erreur de sa vie en le graciant. » À Chicago, où les autorités avaient failli à traduire Cream devant les tribunaux pour pas moins de trois meurtres, l'accent était mis sur le meurtrier, non pas sur les défaillances de la police locale et des procureurs. « La nature de l'homme n'avait rien pour le dédouaner, conclut le *Chicago Times*. Il s'est adonné au crime dès le jour où il a été autorisé à pratiquer la médecine. » Les directeurs d'un des quotidiens de la ville tentèrent de détourner le blâme et de mettre les choses au clair. De nombreux articles firent de Cream un Américain, mais le *Daily Inter Ocean* tint à dire : « Il est canadien, et non pas américain dans le sens habituel et convenu du terme. »

Certaines personnes voulurent exploiter financièrement la notoriété de Cream. Le Londonien H. J. Meech, qui façonnait des têtes de personnages renommés ou tristement célèbres, annonça « une reproduction réaliste de première qualité du Dr Neill et de sa victime Matilda Clover ». L'*Illustrated Police News*, misant sur le fait qu'il n'y aurait pas d'autre sursis, déclara que sa livraison du 19 novembre inclurait une illustration pleine page de l'exécution d'après les descriptions des directeurs de la prison, puisqu'aucun journaliste n'était autorisé à y assister. Le journal s'attendait à en vendre « une quantité phénoménale » et invitait les lecteurs à réserver leur exemplaire au prix d'un penny. Des phrénologues demandèrent au Home Office la permission de produire un moule de la tête de Cream avant sa mort, afin d'en observer et d'en étudier la forme « dans l'intérêt de la science ». Un fonctionnaire du gouvernement les qualifia de « charlatans » et rejeta leur demande. Il y eut une surenchère pour l'achat de ses vêtements et de ses effets personnels. Madame Tussauds s'opposa aux deux cents livres sterling demandées, si bien qu'un forain de Glasgow remporta la mise. Le produit de la vente était censé rembourser les frais juridiques de Cream. Le musée Madame Tussauds ne se laissa pas démonter. Une effigie de cire du meurtrier fut intégrée à sa Chambre des horreurs quatre jours après sa condamnation. Il en coûtait un shilling pour la voir, mais les enfants avaient accès au faux Empoisonneur de Lambeth pour six pence.

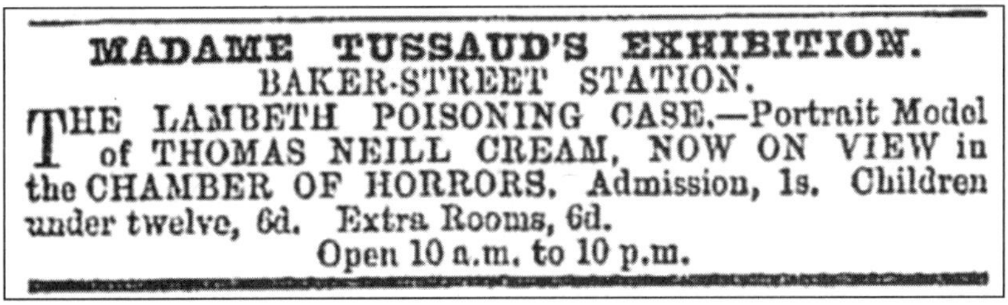
MADAME TUSSAUD'S EXHIBITION.
BAKER-STREET STATION.
THE LAMBETH POISONING CASE.—Portrait Model of THOMAS NEILL CREAM, NOW ON VIEW in the CHAMBER OF HORRORS. Admission, 1s. Children under twelve, 6d. Extra Rooms, 6d.
Open 10 a.m. to 10 p.m.

Quelques jours après sa condamnation pour meurtre, une effigie de Cream fut intégrée à la Chambre des horreurs du musée de cire Madame Tussauds, à Londres. (*Reynold's Newspaper*, 1er janvier 1893)

Le Home Office rassembla un tas de documents sur cette affaire, y compris des coupures de presse de la vaste couverture du procès qu'avait réalisée le *Times of London* et les notes exhaustives du juge Hawkins sur les éléments de preuve. Godfrey Lushington, sous-secrétaire au Home Office, signala dans une note de service que les comptes rendus de la presse et les résultats de l'enquête de l'inspecteur Jarvis en Amérique avaient « mis en lumière une terrible carrière axée sur le crime, les avortements et le meurtre ». Les déclarations sous serment de quelques parents et amis de Cream arrivèrent du Canada et firent état de son comportement instable après sa sortie de la prison de Joliet. « Ils ne devaient pas croire sérieusement qu'il était dément, signala un fonctionnaire du Home Office après avoir passé ces documents en revue, s'ils le jugeaient capable de se rendre seul en Angleterre. » Aucune évaluation médicale, aucune opinion de médecin ne furent produites. Cream présenta une requête rédigée à la main dans laquelle il contestait l'essentiel des preuves contre lui et niait « avoir commis le moindre meurtre ».

Le secrétaire Asquith rendit publique sa décision le 11 novembre. « Il n'y a aucunement lieu de considérer que Neill n'était pas entièrement responsable de ses actes, expliqua-t-il dans une note de service adressée à son personnel. La loi doit suivre son cours. »

37

LE COULOIR DE LA MORT

LE 15 NOVEMBRE, CREAM se leva vers sept heures. Après une nuit d'insomnie, il avait le visage hâve et les traits tirés. Il picora un petit déjeuner composé d'œufs, de pain et de thé, puis il enfila le pantalon brun et la veste noire qu'il portait au procès. Il ajustait un col de chemise autour de son cou quand une voix se fit entendre. « À votre place, je m'en dispenserais ce matin », dit un gardien. Cream réfléchit une seconde et laissa le col de côté.

L'aumônier de la prison arriva vers les huit heures, revêtu d'une chasuble blanche, et l'invita à demander la miséricorde de Dieu. Ils restèrent blottis quarante-cinq minutes dans le lugubre éclairage au gaz de la cellule. Cream parla peu, puis il brisa enfin son silence par une brève déclaration qui ressemblait à un aveu, mais sans autre explication. Le Home Office sut par la suite qu'il avait « prié Dieu de lui pardonner les crimes qu'il avait commis sans aucune circonstance atténuante ».

Des pas lourds résonnèrent dans le couloir. Le gouverneur de Newgate entra dans la cellule à neuf heures moins trois, en compagnie d'autres directeurs de la prison et de gardiens. James Billington, le bourreau de Londres, se hâta de lier les bras de Cream dans son dos avec des courroies en cuir. Pendant ce temps, Cream remercia le gouverneur et ses gardiens pour leur gentillesse. « Grâce à vous, ces deux derniers jours ont été les plus heureux de ma vie. »

L'aumônier et un gardien précédèrent le groupe dans un couloir sombre, « le couloir de la mort ». Les criminels exécutés étaient inhumés sous les dalles du sol. Une simple lettre, l'initiale du patronyme, gravée dans la paroi, marquait l'emplacement de la sépulture.

Le groupe mit une minute à atteindre le hangar du côté opposé de la cour sous une pluie fine qui les trempa jusqu'aux os. Les curieux avaient commencé à se masser au-delà des hauts murs de Newgate une heure plus tôt, même s'il ne leur était pas possible d'assister aux derniers moments de Cream. Ils totalisèrent bientôt cinq mille personnes, la foule la plus importante jamais réunie à Londres pour une pendaison, dit-on, depuis que les exécutions publiques avaient été bannies dans les années 1860. La plupart étaient des hommes « pris de boisson » et des « gonzesses répugnantes », écrivit un journaliste qui se trouvait parmi eux. Des bobbies s'évertuaient à désencombrer la rue pour faciliter la circulation. D'autres curieux s'étaient postés aux fenêtres des maisons avoisinantes. L'ambiance était survoltée, comme si une fête foraine se déroulait en plein cœur de Londres. La pluie et l'humidité qui glaçaient jusqu'aux os ne semblaient déranger personne. « Mieux vaut être dehors, lança un homme, que se balancer au bout d'une corde à l'intérieur. »

Flanqué de gardiens, Cream entra dans le hangar un peu avant neuf heures. Une corde de chanvre d'un pouce de diamètre que terminait un nœud coulant pendait d'une lourde chaîne boulonnée à une poutre. « Je suis la résurrection et la vie », récita l'aumônier quand ils entrèrent dans la pièce au revêtement de brique. Billington enferma les jambes de Cream dans une courroie, couvrit sa tête d'une capuche blanche et lui passa la corde au cou. On entendit la cloche de la prison. À neuf heures, celles de la cathédrale Saint-Paul et de l'église du Saint-Sépulcre sonnèrent l'heure.

« Au milieu de la vie, nous sommes dans la mort », poursuivit l'aumônier. Billington actionna un levier. La trappe sous les pieds de Cream s'ouvrit avec un bruit sourd, qui se répercuta dans toute la prison. Son corps tomba d'une hauteur de cinq pieds avant que la corde ne se resserre et lui casse le cou. Le médecin de la prison descendit sous la potence et prit le pouls de Cream au poignet gauche. Il n'y en avait pas.

La prison hissa le drapeau noir annonçant que le bourreau avait fait son travail. Des acclamations, des applaudissements et des rires fusèrent. Dans la foule, quelqu'un s'écria : « Il se balance ! » La fête s'entendait jusque dans le hangar. Le corps resta suspendu une heure.

Quelques jours après l'exécution, l'*Illustrated Police News* publia des croquis des derniers instants de Cream. (19 novembre 1892)

Il serait inhumé au début de l'après-midi sous les dalles du couloir de la mort et une initiale s'ajouterait bientôt aux autres sur la paroi.

La foule se dispersa. Le lendemain, quelques personnes rôdèrent sous la pluie devant les portes en fer de la prison de Newgate, où étaient affichées les annonces officielles écrites sur du papier bleu et jaune vif. Le texte de l'avis qui confirmait l'exécution de Thomas Neill Cream fut bientôt trop trempé de pluie pour être lisible; il ne fut plus que coulées d'encre et salissures. Le déchaînement violent de « l'odieux assassin des filles perdues », comme le désigna un bulletin de nouvelles, avait pris fin.

38

« JE SUIS JACK... »

La condamnation et l'exécution de Cream évitèrent à la réputation de Scotland Yard d'être à nouveau noircie comme elle l'avait été à la suite des meurtres de l'Éventreur. Les bévues qui avaient failli faire déraper l'enquête sur l'Empoisonneur de Lambeth – les lettres de chantage égarées ou ignorées, un innocent accusé du meurtre d'Ellen Donworth – avaient été dissimulées avec la fermeture du dossier par la MET. Dans son dernier rapport au commissaire adjoint Robert Anderson, le commissaire James Brannan de la Division L loua les agents qui avaient identifié et capturé « un des criminels les plus monstrueux et subtils de notre époque ». Ses hommes s'étaient voués à cette affaire jour et nuit pendant des semaines, nota Brennan. À l'affût d'un homme dont le signalement correspondait à celui de l'assaillant, ils avaient interrogé de nombreuses prostituées et patrouillé le Strand et les rues principales de Lambeth. La découverte de la lettre au coroner Wyatt, que Cream avait rédigée de sa main et qui avait dirigé les enquêteurs vers le Dr Harper et son fils, avait été le point décisif de cette enquête. Il passa sous silence les menaces de chantage que Scotland Yard avait rejetées sous prétexte qu'elles étaient l'œuvre d'un plaisantin ou de lunatiques, et la pire bévue de toutes, soit l'absence d'enquête sur le fait qu'une femme du nom de Matilda Clover avait été empoisonnée, comme le prétendaient certaines des lettres.

Anderson était tout aussi désireux de focaliser l'attention sur les résultats plutôt que sur les erreurs commises. Plusieurs jours avant l'exécution de Cream, il fit circuler une note de service pour féliciter les agents ayant permis que le tueur soit traduit en justice. Scotland Yard distribuait des récompenses quand d'importantes affaires étaient résolues. Les inspecteurs Tunbridge, Jarvis et Harvey, de même que six de leurs collègues qui avaient contribué à élucider l'affaire, se partagèrent environ vingt livres sterling, grosso modo deux mille sept cents dollars américains actuels. En reconnaissance de son rôle d'enquêteur principal, Tunbridge toucha la récompense la plus élevée, soit cinq livres sterling. « Sa conduite de l'affaire, nota Anderson, a affermi encore plus la réputation d'excellence dont il jouissait déjà. » Il fut promu au rang d'inspecteur en chef en 1894 et, trois ans plus tard, il prit la tête de la police nationale de Nouvelle-Zélande avec le mandat de réformer la force constabulaire de ce pays, minée par les scandales. Il demeura en poste jusqu'à sa retraite et son retour en Angleterre en 1903.

L'élucidation du mystère des empoisonnements de Lambeth fut reconnue comme l'une des plus grandes réussites de la MET, un triomphe fort bienvenu après l'échec de l'affaire Jack l'Éventreur. « Un exemple frappant de la vigilance et de l'attention incessantes, caractéristiques de Scotland Yard », déclara le journaliste W. Teignmouth Shore dans les années 1920. Quand le *Reader's Digest* publia une compilation des « causes célèbres » de cette force policière dans les années 1970, l'histoire sordide de Cream vint en tête de liste. L'historien de Scotland Yard, Douglas Browne, fut cependant incapable de comprendre pourquoi les menaces de chantage avaient été classées et oubliées. « En règle générale, il va de soi d'enquêter sur ce genre d'accusations, si improbables soient-elles », fit-il remarquer.

Scotland Yard avait de bonnes raisons d'être fière du travail accompli pour faire condamner Cream. Les longues heures de porte à porte avaient produit des résultats. Les analyses de détection de strychnine réalisées par le Dr Stevenson avaient résisté à l'examen d'un des meilleurs avocats londoniens de la défense. Jarvis avait accompli un impressionnant travail sur le terrain dans le but de confirmer les crimes commis par Cream aux États-Unis et au Canada. L'« inspecteur Chance » et le « sergent Bonne Fortune » avaient participé à l'enquête, conduisant Tunbridge à la pharmacie de Benjamin Priest et à la découverte de la lettre de chantage que Cream avait négligemment expédiée au Dr Joseph Harper après l'avoir rédigée de sa main. La police ne devait encourir aucun blâme pour avoir failli à enquêter sur la mort de Clover quand elle avait eu lieu, puisque le certificat de décès préparé par le Dr Robert Graham, qui attribuait la mort à des causes naturelles, avait prévenu toute enquête à l'automne 1891. Sa négligence ne resta pas impunie. Il passa en jugement en janvier 1893 pour avoir produit un faux certificat de décès, et fut condamné et tenu de verser une caution de cent livres sterling qui serait confisquée s'il était à nouveau trouvé coupable d'inconduite. Ainsi qu'un journaliste le rappela à la profession après son procès, l'exactitude des certificats de décès était indispensable « pour empêcher que des crimes soient commis impunément ».

L'affaire Cream affermit la réputation du Dr Thomas Stevenson et renforça la confiance des citoyens dans les analyses de laboratoire pour la détection de la strychnine et d'autres poisons. En outre, le Home Office lui demanda d'analyser des échantillons ou de témoigner dans au moins deux douzaines de cas d'empoisonnements au cours des trente années suivantes, soit plus souvent que tout autre analyste ou chimiste du pays. Il fut ennobli en 1904. À sa mort, en 1908, les manchettes louèrent ce « Découvreur de poisons » et « Maître des poisons ». « La justice britannique vient de perdre l'un de ses meilleurs alliés, déplora un journaliste, sans doute celui qui a le mieux percé les mystères des poisons à notre époque. » Deux ans après, une équipe d'analystes dont faisait partie le Dr Bernard Spilsbury, qui avait succédé au Dr Stevenson en tant que sommité de la médecine légale en Grande-Bretagne, détecta la présence d'hyoscine, un alcaloïde toxique, dans des restes humains enterrés dans une cave de Londres, et les relia à l'épouse disparue d'un médecin américain, Hawley Harvey Crippen. Le procès dramatique de Crippen et sa condamnation en 1910 furent des événements décisifs pour la criminalistique qui, depuis l'époque du Dr Alfred Taylor, peinait à se rallier les sceptiques. Le pacte que nous tenons aujourd'hui pour acquis et qui unit scientifiques et détectives dans la lutte contre la criminalité reposait enfin sur des bases solides.

Mais de dures vérités perduraient. Scotland Yard avait fermé les yeux pendant des mois sur les activités meurtrières de Cream, ce dont la négligence du Dr Graham n'était qu'en partie responsable. La Division L avait vite conclu qu'Ellen Donworth s'était suicidée pour échapper à la prostitution, même si la manière dont elle avait pu se procurer de la strychnine n'avait pas été élucidée. Cream avait pu facilement – trop facilement – détourner les soupçons et jeter de la poudre aux yeux aux enquêteurs avec ses histoires à dormir debout au sujet de Walter Harper, qui logeait dans la même pension que lui. Ses titres de compétence et sa trousse d'échantillons de médicaments avaient suffi à convaincre des hauts gradés qu'il était innocent, qu'il se tenait informé et qu'il était seulement coupable d'aimer les prostituées. Une fois de plus, son statut de médecin lui avait pratiquement permis d'échapper à la justice.

Les agents de police qui poursuivaient Cream n'avaient pas tenu compte des prostituées de Lambeth parce qu'elles « n'inspiraient pas confiance ». Les pièges que Scotland Yard avait tendus pour tenter de mettre la main au collet de l'homme qui menaçait de chantage d'éminents citoyens londoniens dévoilaient ses préjugés et sa politique des deux poids, deux mesures. Comme l'avait souligné le juge Hawkins au procès, cette vigilance lui avait fait défaut quand il s'était agi d'effectuer des enquêtes de routine pour confirmer la mort, à Lambeth, d'une « malheureuse » du nom de Matilda Clover. Mais quatre femmes avaient contribué à identifier et à faire condamner Cream. Elizabeth Masters et Elizabeth May étaient les seuls témoins qui l'avaient vu en compagnie de Clover. En dépit du choc et de l'humiliation subis en constatant qu'elle avait failli épouser un monstre, Laura Sabbatini avait eu le courage d'identifier l'écriture de Cream et de reconnaître qu'elle avait été complice à son insu de ses tentatives de chantage. Enfin, Louisa Harvey avait été tout aussi déterminée à décrire, pour le bénéfice du jury, la manière dont Cream avait empoisonné ses victimes et ce témoignage avait scellé son sort.

Après la détermination de la peine, l'*Illustrated Police News* fit paraître un survol des meurtres de Cream. (29 octobre 1892)

Scotland Yard avait eu de la chance. Contrairement à l'Éventreur, Cream avait semblé très enclin à aider ses poursuivants. Il avait rédigé des lettres de chantage de son écriture caractéristique. Il avait exhibé ses échantillons de médicaments et de poisons. Il s'était lié d'amitié avec un agent de police, le sergent Patrick McIntyre, et un détective amateur, John Haynes. Il avait tenté maladroitement de convaincre ces derniers que quelqu'un d'autre avait commis les meurtres. Mais la vraie question était la suivante : pourquoi Scotland Yard avait-elle mis tant de temps à se rendre compte que l'Empoisonneur de Lambeth se cachait là où tout le monde pouvait le voir, que c'était un médecin toxicomane, client des prostituées, qu'il avait accès à de la strychnine et qu'il en savait beaucoup trop sur les morts sordides de quatre femmes ?

■ ■ ■

« Je suis Jack… »

Pendant plus d'un siècle, ces trois mots alimentèrent l'hypothèse voulant que Cream et Jack l'Éventreur soient un seul et même homme. Des articles de journaux soutinrent, une décennie après l'exécution de Cream, que ce furent là ses derniers mots, prononcés au moment où la trappe s'était ouverte sous ses pieds dans le hangar de la potence à la prison de Newgate. Étaient-ils son aveu ultime, brusquement interrompu, des meurtres de Whitechapel ?

Les évidentes similitudes entre les deux tueurs n'étaient pas passées inaperçues à l'époque des empoisonnements de Lambeth. Tous deux s'en prenaient à des femmes d'un quartier défavorisé de Londres avec pour seul mobile apparent leur désir de tuer. « Les ressemblances sont remarquables », reconnut le *Pall Mall Gazette* le lendemain de la condamnation de Cream. Sauf que l'Empoisonneur de Lambeth était incarcéré dans une prison de l'Illinois pendant que l'Éventreur traquait ses victimes. Il avait un alibi en béton.

À moins que… Était-il possible que Cream ait pu acheter sa sortie de prison avant 1888 et se rendre à Londres ? Un écrivain canadien, Don Bell, émit cette hypothèse dans les années 1970 sans tenir compte de la masse importante de preuves documentaires confirmant que le matricule 4374 n'avait pas été relâché avant 1891. Mais cette idée fit son petit bonhomme de chemin et Cream vint s'ajouter à la liste des candidats soupçonnés d'être l'Éventreur, en compagnie de suspects tout aussi invraisemblables que le prince Albert Victor, duc de Clarence, un héritier au trône décédé en 1892. Une curieuse hypothèse fut formulée pour justifier que les registres de la prison confirment son incarcération : Cream avait peut-être un sosie qui purgea sa peine à sa place pendant qu'il faisait d'autres victimes en toute impunité.

Ces supposés aveux sur l'échafaud furent d'abord publiés dans quelques journaux américains en janvier 1902. Un entrefilet attribué au *London Chronicle* rapporta que le bourreau de Cream, James Billington, l'avait entendu prononcer les mots « Je suis Jack... » et avait affirmé avoir pendu Jack l'Éventreur. Ces comptes rendus, publiés après la mort de Billlington, n'attirèrent guère l'attention. Aucun autre témoin de l'exécution ne corrobora cette affirmation, mais elle fut reprise au fil des ans dans les relations des meurtres de Cream. La plupart des spécialistes des meurtres de Whitechapel ne considèrent pas Cream comme un suspect crédible, et pas seulement parce qu'il était incarcéré dans une prison américaine en 1888. « Une autre méthode, un autre endroit, un autre homme » étaient en jeu, firent remarquer les éditeurs intellectuels d'une compilation de documents et d'hypothèses au sujet de l'Éventreur. Un « éventreur armé d'un couteau », tel Jack l'Éventreur, « ne se transforme pas en empoisonneur prudent », soutinrent-ils.

Un lien possible peut cependant rattacher les deux plus célèbres tueurs en série de l'époque victorienne : il se peut que les meurtres de l'Éventreur aient inspiré Cream à traverser l'Atlantique et à s'attaquer aux prostituées de Londres. Mais ses aveux douteux suffirent à lui assurer une place dans la mythologie des meurtres de Whitechapel. Aujourd'hui, dans leurs visites de la Londres de Jack l'Éventreur, quand les guides touristiques mentionnent les noms des coupables possibles, celui du Dr Thomas Neill Cream en fait sans doute partie.

Épilogue

« UNE HORRIBLE TRAGÉDIE ÉLISABÉTHAINE »

Un éditorial du *British Medical Journal* au sujet des empoisonnements de Lambeth prédit que les futurs historiens de la fin du dix-neuvième siècle « ne pourraient pas ignorer l'actuelle épidémie d'homicides ». Trois ans à peine s'étaient écoulés depuis que l'Éventreur avait terrorisé Whitechapel. En août, pendant que Cream attendait son procès, la jeune Lizzie Borden fut accusée d'avoir tué son père et sa mère à coups de hache à Fall River, au Massachusetts. Dans les premiers mois de 1892, la nouvelle de la condamnation et de l'exécution de Frederick Deeming en Australie fit le tour du monde. Né en Angleterre, ce monteur d'installations au gaz fut reconnu coupable du meurtre d'une femme à Melbourne. Il était aussi impliqué dans la mort de ses deux épouses et de ses quatre enfants. Mais il faudrait attendre encore dix ans pour qu'un monstre de la trempe de Cream se manifeste en Grande-Bretagne : George Chapman, qui empoisonna trois femmes et fut pendu en 1903. Des dizaines d'années plus tard, en réfléchissant à ce qui rend un polar anglais classique populaire auprès du plus grand nombre – l'appât du gain, le sexe ou les deux comme mobile, et le poison comme arme du crime –, George Orwell considéra que Cream faisait partie des tueurs « dont la réputation avait résisté à l'épreuve du temps ».

Une anthologie de crimes célèbres publiée aussi récemment que dans les années 1950 mit de l'avant les termes maladroits « meurtre sériel » ou « multicide » pour désigner une suite de meurtres commis par la même personne. La désignation « tueur en série » ne fit pas son apparition dans les comptes rendus des médias avant les années 1980 et, depuis, les érudits et les responsables de l'application de la loi poursuivent leurs discussions pour en venir à une définition exacte. Le FBI (US Federal Bureau of Investigation) donne à ce terme une signification étendue et qualifie de tueur en série toute personne ayant assassiné deux personnes ou plus en des occasions différentes. Ces assassins tuent pour de l'argent, pour du sexe ou pour le plaisir pervers de faire souffrir. Contrairement aux massacreurs qui tuent par une pluie de balles, les tueurs en série recherchent leurs victimes, planifient soigneusement la manière et le moment d'agir, et tuent sur une période de plusieurs mois, voire de plusieurs années. Les meurtres de Cream présentaient toutes ces caractéristiques. En outre, comme de nombreux tueurs en série, Cream semblait avoir allumé au moins un incendie criminel dans sa jeunesse. Huit de ses meurtres correspondaient au même schéma : il avait altéré une ordonnance ou ajouté de la strychnine à des capsules médicamenteuses, puis accusé des pharmaciens ou d'éminents personnages d'être les empoisonneurs. Ses victimes avaient ingéré sans hésiter les capsules ou le remède offert. Il était médecin, la « personne de confiance », et sa profession le protégeait des soupçons ou lui procurait le temps dont il avait besoin pour accuser quelqu'un d'autre et planifier sa fuite.

Nous ne saurons jamais avec certitude combien de meurtres Cream a commis. Il fut condamné deux fois pour meurtre dans un laps de temps de quinze ans, il fut jugé pour un troisième et fut accusé de celui de trois autres personnes. Il fut aussi le principal suspect dans quatre autres empoisonnements. Les dossiers judiciaires et les comptes rendus de la presse existants démontrent de façon convaincante sa culpabilité dans ces dix homicides. Il avait vraisemblablement voulu tuer Louisa Harvey et quelques personnes que ses remèdes prescrits avaient rendues malades. Cream avait commencé sa vie de criminel en tant qu'incendiaire et avorteur, passa ensuite au meurtre, puis avait fabriqué des faux et eu recours au chantage pour brouiller les pistes ou tirer profit des décès, même si rien ne prouve qu'il ait mené à bien l'une ou l'autre de ses menaces de chantage. Quand il arriva à Londres en 1891, il avait perfectionné sa technique. L'inclusion de strychnine dans des capsules de gélatine en masquait l'amertume et lui donnait le temps de fuir avant que les effets du poison ne se fassent sentir. Il était devenu une machine à tuer. S'il n'avait pas été incarcéré pendant près d'une décennie ou si Scotland Yard l'avait identifié comme l'empoisonneur de Lambeth des semaines ou des mois plus tard, il n'y a aucun doute qu'il aurait tué encore.

Neuf des dix victimes connues de Cream étaient des femmes. Le sexisme et l'hypocrisie de la fin du dix-neuvième siècle furent ses complices invisibles et poussèrent dans ses griffes ces femmes vulnérables et désespérées. L'étude érudite et exhaustive des meurtres de Cream que publia, dans les années 1990, l'universitaire canadien Angus McLaren fouille minutieusement les archives de Scotland Yard afin d'explorer les raisons des crimes qu'il a commis et la façon dont il a été capturé. L'auteur considère que Cream était « un rejeton malade de sa société ». En Grande-Bretagne, la législation matrimoniale et le droit en matière de divorce imposaient une politique éloquente de deux poids, deux mesures. L'homme pouvait demander le divorce pour motif d'adultère, mais pour la femme qui désirait se libérer d'un mauvais mariage, d'autres motifs étaient imposés, en l'occurrence, l'abandon, la cruauté, et même le viol. Avant 1870, la femme cédait la totalité de son patrimoine à son mari le jour de son mariage. Les punitions pour délit de prostitution ne visaient que les femmes, comme si elles seules étaient responsables du comportement immoral des hommes. Chaque année, à Londres, des milliers de femmes étaient accusées « d'avoir harcelé des personnes du sexe masculin dans un but de prostitution », mais leurs clients n'étaient que rarement poursuivis en justice. Jusqu'au milieu des années 1880, la police britannique qui patrouillait les quartiers voisins de bases militaires avaient le pouvoir d'arrêter des femmes soupçonnées de se prostituer, de les forcer à subir un examen médical et d'être traitées pour des maladies sexuellement transmises. Les lois sur les maladies contagieuses (Contagious Diseases Acts) avaient été conçues pour protéger les soldats et les marins, mais aucune action n'était prise pour identifier les hommes infectés ou les empêcher de transmettre ces maladies.

Le sexisme omniprésent et l'iniquité propre à cette époque isolaient également les prostituées et les femmes célibataires enceintes, et les forçaient à vivre en marge de la société. Les femmes consultaient Cream pour obtenir un avortement ou un médicament qui provoquerait une fausse-couche afin d'échapper à l'exclusion sociale, à l'état de « morte-vivante » qu'entraînait la maternité hors mariage. La pauvreté, le chômage et les rares occasions d'emploi pour les femmes célibataires en poussaient d'autres vers la prostitution ou les y attiraient. Ces « malheureuses », ces « femmes dépravées », ainsi que les décrivaient les journaux, étaient des objets de pitié et de mépris. Mais dans l'esprit tordu de Cream, les prostituées n'étaient pas que scandaleuses ou immorales. Elles étaient moins qu'humaines, du « bétail » à abattre, une « menace » à éliminer. Dans « l'avilissement et l'incapacité à se défendre », les victimes de Cream à Lambeth, fit remarquer le *South London Chronicle* non sans un soupçon de sentiment de culpabilité, « demandaient en vain une protection ». Bien peu leur fut offert. Certains des agents de Scotland Yard qui pourchassaient Cream condamnaient en privé la « nature » et les « mœurs » de ses victimes et firent peser sur elles la responsabilité des retards que subit l'enquête.

Les noms des victimes connues ou soupçonnées de Cream cachaient une vie d'épreuves, de luttes, de désespoir. La grossesse de Flora Brooks hâta son mariage avec l'homme qui, vraisemblablement, l'avait tuée. Les jeunes célibataires Catharine Gardner, Mary Anne Faulkner et Alice Montgomery gagnaient péniblement leur vie comme domestiques ou serveuses quand elles surent qu'elles étaient enceintes. Apparemment, Ellen Stack, la femme de chambre de Chicago, qui demanda à Cream de lui donner un abortif, croyait l'être aussi. Matilda Clover, vingt-sept ans et alcoolique, qui peinait à élever seule son enfant, croyait avoir trouvé un homme généreux disposé à lui venir en aide.

Alice Marsh avait quitté son emploi de domestique pour s'installer à Londres avec une amie, Emma Shrivell, prétendument pour travailler dans une manufacture de biscuits. Shrivell avait cohabité avec un homme pendant un an avant son arrivée à Lambeth, bien qu'elle n'ait eu que dix-huit ans. Ellen Donworth tomba enceinte à seize ans, mais le bébé mourut peu après sa naissance et elle se tourna vers la prostitution après avoir perdu son emploi dans une usine d'embouteillage. L'indifférence et l'humiliation avaient été le lot de ces neuf femmes qui méritaient d'être protégées, comprises et traitées avec sympathie. Neuf vies prématurément interrompues.

Les tueurs en série continuent de cibler les marginaux – travailleurs et travailleuses du sexe, sans abri, personnes itinérantes, toxicomanes, adolescentes et adolescents fugueurs. Beaucoup d'entre eux sont plongés dans le désespoir et le risque, leur mode de vie les incite à se méfier de la police tout en les rendant vulnérables aux agressions. S'ils disparaissent – et à supposer que quelqu'un rapporte leur disparition –, la police dispose en général de peu de pistes et n'est guère encline à mener une enquête. Le criminologue Steven Egger définit ces victimes comme étant « moins mortes », autrement dit, peu estimées ou valorisées par la société et leur décès est jugé moins important que celui de personnes issues de la classe moyenne. Pendant que Jack l'Éventreur se déchaînait, le *Times of London* publia dans le courrier des lecteurs une lettre stupéfiante qui félicitait le tueur de « débarrasser l'East End de ses résidentes dépravées ». Tout comme celles de l'Éventreur, les victimes de Cream pouvaient être sacrifiées. « Les femmes n'avaient pas de voix et fort peu de droits, et les pauvres étaient vus comme des paresseux et des dégénérés, dit l'historienne Hallie Rubenhold au sujet de l'époque qui vit naître ces tueurs. Le fait d'être les deux était la pire chose qui soit. » Ces attitudes perdurent. Peter Sutcliffe assassina au moins treize femmes, sans doute davantage, dans le nord de l'Angleterre entre 1975 et 1980. Plusieurs des victimes de celui qui s'attira le surnom d'« Éventreur du Yorkshire » (Yorkshire Ripper) étaient des travailleuses du sexe, mais ses crimes retinrent davantage l'attention de la police et scandalisèrent encore plus la population quand il s'attaqua à des femmes « respectables ». Les délits révoltants de Cream sont encore d'actualité en ces jours où des prédateurs meurtriers se tapissent dans l'ombre d'une société tout aussi fanatique de crimes et d'enquêtes policières que l'étaient ses ancêtres de l'époque victorienne. Les tueurs en série continuent de s'en prendre aux « moins morts » et d'échapper à la police en dépit des preuves génétiques, du profilage et des autres avancées de la criminalistique. Et les enquêteurs ont à ce jour de la difficulté à relier à un seul et unique assassin des crimes apparemment sans mobile dont les victimes semblent avoir été choisies au hasard.

À son insu, Cream a facilité la condamnation d'autres tueurs en série. Le recours par la poursuite à des preuves accablantes de chacun de ses meurtres londoniens a fourni un cadre à l'admission de preuves de faits similaires dans les cas de meurtres multiples ou lorsqu'une suite d'attaques ou d'agressions semble obéir à un modèle. La décision du juge Henry Hawkins a été citée dans les tribunaux australiens en 1893 quand un couple a été condamné pour le meurtre d'un bébé. Les restes d'une douzaine d'autres nourrissons ont été retrouvés enterrés dans leurs résidences antérieures et ces preuves jugées admissibles. Quand Georges Joseph Smith a subi son procès à Old Bailey en 1915 pour avoir noyé sa femme dans une baignoire, le précédent Cream a permis aux procureurs de montrer qu'il avait tué deux autres femmes de la même façon. Smith, ou le tueur des « mariées dans la baignoire » (Brides in the Bath), comme il était connu, a écopé de la pendaison. En vertu de la règle de preuve en vigueur aux États-Unis, en Grande-Bretagne, au Canada et dans les autres pays où la *common law* est appliquée, les preuves de faits similaires sont encore admissibles dans les affaires pénales.

■ ■ ■

La réputation infamante de Cream fut fermement établie avec la publication, en 1923, de la transcription des audiences à Old Bailey dans la série des Notable British Trials, une compilation de procès sensationnels dont font partie ceux de deux autres médecins de l'époque victorienne devenus empoisonneurs, William Palmer et Edward Pritchard. « Toute cette histoire ressemble à une horrible tragédie élisabéthaine », écrit dans son introduction l'éditeur intellectuel du livre, W. Teignmouth Shore, qui s'efforce de comprendre ce qui pouvait bien pousser Cream à tuer. « Le fait de savoir que la vie des malheureuses qu'il assassinait était en son pouvoir, que leur sort était entre ses mains devait le rendre fou de joie », affirme-t-il. Deux pionniers des histoires de meurtres basées sur des faits réels tentèrent de déterminer si Cream était fou. Edmund Pearson, un écrivain américain connu surtout pour son compte rendu de l'affaire Lizzie Borden, était convaincu que les meurtres de Cream étaient trop bien planifiés pour être l'œuvre d'un malade mental. « Il était calme et serein dans la conduite de ses activités, déclara-t-il en 1927. Il n'aurait pas tué s'il ne s'était pas cru capable de jouer au plus malin avec la justice et d'en éviter les sanctions. » Selon F. Tennyson Jesse, petite-nièce du poète Alfred, lord Tennyson, et autrice de nombreux récits d'affaires criminelles britanniques, ses meurtres « semblaient être l'œuvre d'un fou mais n'étaient pas dépourvus de méthode ». Shore se joignit au consensus selon lequel l'état mental de Cream correspondait à la définition légale de la sanité : il savait ce qu'il faisait et que c'était mal. « Il utilisait à ses fins ses connaissances médicales, et il comprenait parfaitement qu'il commettait des actes illégaux. »

C'étaient les actes délibérés d'un sadique qui joue à être Dieu. « Chez Cream, le fait de se prendre pour Dieu tenait de la manie, conclut dans les années 1950 Philip Lindsay, un écrivain australien. Il éprouvait de la satisfaction à savoir que des gens mouraient de sa main invisible. » Pendant les études de médecine de Cream à Montréal, un de ses professeurs incita les médecins en herbe à « se rendre utiles et semblables à Dieu ». Il choisit d'exploiter les pouvoirs divins du médecin, non pas pour sauver des vies, mais pour décider de la vie ou de la mort d'autrui. Il tua certaines des femmes qu'il connut et en épargna d'autres, selon sa fantaisie. Il laissa mourir Marie Anne Faulkner après un avortement raté. Il enfouit presque certainement le visage de

Catharine Gardner dans un tampon de chloroforme jusqu'à ce qu'elle en meure. Mais ce furent là des exceptions à sa tendance, qui était de tuer de loin. Il causa la mort de la plupart de ses victimes avec des bombes à retardement sous forme de capsules létales, en les faisant mourir d'une main invisible.

L'histoire de Cream fut publiée dans des anthologies du crime et refit surface de temps à autre dans des journaux et des magazines. Le Dr Frank Whitman, le coroner de l'Illinois qui avait contribué à le faire condamner pour le meurtre de Daniel Stott, raconta son histoire dans les pages de la feuille de chou *Complete Detective Stories* en 1940. Certains récits furent à l'origine de quelques mythes ou en perpétuèrent d'autres. Les aveux de Jack l'Éventreur, trop beaux pour être vrais, étaient irrésistibles et sont encore repris de nos jours comme des faits établis. De nombreuses versions affirment avec certitude que Cream avait été forcé d'épouser Flora Brooks sous la menace du revolver ou qu'il avait hérité de la totalité de la succession paternelle. Un auteur lui inventa une fin mélodramatique, à savoir que son dernier souhait fut qu'on lui remette une fiole de strychnine.

Des récits fictifs parurent aussi. *The Gentleman from Chicago*, publié dans les années 1970, présentait les aveux macabres et intéressés que Cream aurait pu écrire en attendant son exécution. L'auteur dramatique canadien David Fennario conféra à cette histoire une ambiance lyrique qui aurait sans doute plu au Cream amateur de musique, dans une pièce comportant un chœur de prostituées et une chanson dont les paroles disaient: « *I want to kill, kill, kill* » (Je veux tuer, tuer, tuer). Sous la plume de l'écrivain et scénariste britannique David Pirie, Arthur Conan Doyle et son mentor, le Dr Joseph Bell, luttèrent ensemble contre la criminalité dans une suite de romans et dans la mini-série de la BBC *Murder Rooms: Mysteries of the Real Sherlock Holmes* (*Les Mystères du véritable Sherlock Holmes*), dont la première diffusion eut lieu en 2000. Dans un des épisodes, ils se lancent à la poursuite de Cream, connu lors de ses études de médecine à Édimbourg, « le seul homme que j'ai jamais rencontré, dit le personnage de Conan Doyle, qui mérite un qualificatif pire que "démoniaque" ».

Cream personnifie le méchant typique de l'époque victorienne, un individu inquiétant coiffé d'un haut-de-forme, avec un rire forcé et un regard sinistre de strabique. Le Jack l'Éventreur des empoisonneurs. Un M. Hyde de son époque. L'incarnation du mal et de la dépravation. Dans la série *River*, de Netflix, sortie en 2015, Cream, sous les traits d'un « ange de la mort » spectral interprété par l'acteur Eddie Marsan, tourmente un détective de Londres qu'affecte le meurtre d'un collègue. « Ne craignons jamais les voleurs ni les meurtriers », dit un empoisonneur de Lambeth menaçant en citant Victor Hugo. « Ce sont là les dangers du dehors, les petits dangers. Craignons-nous nous-mêmes. [...] Les grands dangers sont au dedans de nous. »

■ ■ ■

L'effigie de cire de Cream fut exposée pendant plus de soixante-dix ans dans la Chambre des horreurs du musée Madame Tussauds à Londres. Ce sosie était représenté avec une plume et du papier, comme s'il était en train de rédiger les lettres de chantage qui contribueraient à l'envoyer à la potence. Il y côtoyait Deeming, Chapman et d'autres criminels anglais notoires. Des millions de visiteurs purent se rappeler Cream et ses meurtres jusqu'en 1968, quand sa statue fut retirée de l'exposition pour faire place à de nouvelles générations de monstrueux meurtriers.

Quelques lambeaux seulement de l'univers de Cream survivent. L'église Chalmers existe toujours à Québec, et les registres de la paroisse rappellent aux chercheurs que « le malheureux et célèbre fils » de William Cream fréquentait cette église et y enseignait le catéchisme. Brooks House n'existe plus, mais la pierre tombale de Flora Brooks est juste en deçà de la clôture à mailles losangées qui entoure ce que les francophones de Waterloo, au Québec, appellent le « cimetière anglais ». Cream figure toujours sur la liste des diplômés de l'Université McGill, à Montréal, en dépit de l'éclairage importun qu'il projette sur son alma mater. À Chicago, le réaménagement urbain a entraîné la disparition du quartier de West Madison Street, où Cream pratiquait sa profession de médecin et de tueur. Le palais de justice du comté de

Boone, où il fut jugé pour le meurtre de Daniel Stott, domine cependant toujours une colline de Belvidere, en Illinois. La prison de Joliet a fermé ses portes en 2002, mais ses murs sans gardien et ses cellules vides rappellent combien il avait été absurde de lui permettre de tuer à nouveau en lui rendant sa liberté.

Le temps et les bombardements de la Deuxième Guerre mondiale ont oblitéré plusieurs des points de repère du Lambeth de Cream. L'hôpital St. Thomas, endommagé lors du Blitz, a été modernisé, mais l'aile médicale où Cream a étudié dans les années 1870, vide et en état de décrépitude, tient encore debout. Devant la gare de Waterloo, le pub et hôtel Wellington sont les témoins silencieux des derniers instants d'Ellen Donworth, qui s'était affaissée sur le trottoir d'en face. Le pub Mason's Arm, à quatre portes de la maison, démolie depuis longtemps, où Matilda Clover a vécu et est morte, perdure lui aussi. La maison en rangée du 103 Lambeth Palace Road, où Cream habitait, et celles où ses autres trois victimes sont décédées n'existent plus. Mais un visiteur peut emboîter le pas à l'assassin dans Hercules Road et se tenir à l'angle des rues où Elizabeth Masters et Elizabeth May ont été témoins de sa rencontre avec Clover, ou encore franchir le pont de Westminster et l'imaginer quand il s'arrête en son milieu et refuse de suivre le sergent Patrick McIntyre à Scotland Yard. « L'ombre de cet homme sinistre hante encore les rues ternes de Lambeth », écrivit W. Teignmouth Shore dans les années 1920. Quand on retrace ses pas aujourd'hui, quelque cent trente années après qu'il eut commis ses crimes, la lugubre impression que ceux-ci peupleront ces rues à jamais nous étreint.

Le pub King Lud, à Ludgate Circus dans le centre de Londres, où Cream offrit à boire à Elizabeth Masters, est maintenant un restaurant à la mode. Le Northumberland Arms, où il but un verre de vin avec Louisa Harvey avant d'essayer de la tuer, est toujours un pub, mais il porte le nom de Sherlock Holmes. Dans une salle de l'étage sont exposés des objets qui auraient pu figurer dans l'appartement de Baker Street de l'éminent détective. Quand la prison de Newgate ferma ses portes en 1902, un peu avant qu'elle ne soit démolie pour faire place au nouvel édifice qui accueillerait la Haute Cour criminelle

– aujourd'hui Old Bailey –, les restes des prisonniers exécutés furent exhumés et transportés au cimetière municipal de Londres, au nord-est du centre, dans Manor Park. Cream repose dans une tombe anonyme de la section 339. Deux des victimes de Jack l'Éventreur, Catherine Eddowes et Mary Ann Nichols, sont également enterrées dans ce vaste cimetière. La trousse d'échantillons, avec sa fiole de strychnine, que Cream avait apportée des États-Unis fut intégrée à Londres en 2015 à une exposition d'objets du Musée du crime de Scotland Yard.

La pierre tombale érodée de Daniel Stott à Garden Prairie, en Illinois. (Photo de l'auteur)

Mais le rappel le plus effrayant des horribles meurtres de Cream se trouve dans un cimetière battu par le vent à Garden Prairie, dans l'Illinois. Une pierre tombale érodée par les éléments marque l'emplacement de la sépulture de Daniel Stott. On dit qu'elle a été érigée par ses amis à la faveur de la nuit. Elle porte l'inscription suivante : « Empoisonné par sa femme et par le Dr Cream. »

Les personnages

L'EMPOISONNEUR DE LAMBETH

- Thomas Neill Cream, médecin, avorteur, maître-chanteur, tueur en série

VICTIMES CONNUES ET PRÉSUMÉES

- Flora Eliza Brooks, épouse de Cream, Waterloo, QC
- Matilda Clover, Londres
- Ellen Donworth, Londres
- Mary Anne Matilda Faulkner, Chicago
- Catharine Hutchinson Gardner, London, ON
- Alice Marsh, Londres
- Sarah Alice Montgomery, Chicago
- Emma Shrivell, Londres
- Ellen Stack, Chicago
- Daniel Stott, Garden Prairie, IL

CIBLES DE TENTATIVES D'EMPOISONNEMENTS OU D'EMPOISONNEMENTS PRÉSUMÉS

- Violet Beverly, Londres
- Louisa Harvey, également connue sous le nom de Louisa Harris, Londres
- Matilda Nadeau, Québec
- Louisa Mary Read, mère de la belle-sœur de Cream, Jessie Read, Québec
- Emily Turner, Londres

LA FAMILLE CREAM

- Daniel Cream, son frère ; époux de Jessie Read
- Mary Cream, sa sœur

- Mary Elder Cream, sa mère
- William Cream, son père, marchand de bois de Québec
- Elizabeth Harbeson, sa belle-mère

ENQUÊTEURS DE LA POLICE

Chicago

- John Rehm, sergent
- Edward Steele, lieutenant

Belvidere, IL

- Albert T. Ames, shérif du comté de Boone

Londres

- Robert Anderson, commissaire adjoint, Metropolitan Police (MET – Scotland Yard)
- James Brannan, commissaire, Division L (Lambeth)
- Colin Chisholm, inspecteur en chef, Division L
- George Comley, constable, Division L
- George Harvey, inspecteur, Division L
- Frederick Smith Jarvis, inspecteur, Metropolitan Police (MET)
- George Lowe, inspecteur, Division L
- Melville Macnaghten, constable chef, Metropolitan Police (MET)
- Patrick McIntyre, sergent, Metropolitan Police (MET)
- John Mulvany, inspecteur en chef, Division L
- John Bennett Tunbridge, inspecteur, Metropolitan Police (MET)
- Alfred Ward, sergent, Division L

CORONERS ET ENQUÊTEURS JUDICIAIRES

London, ON

- Dr John R. Flock, coroner
- Dr James Niven, médecin

Chicago

- Dr Theodore Bluthardt, médecin du comté de Cook
- Dr Walter Haines, professeur de chimie et de toxicologie, Rush Medical College
- Canute Matson, coroner du comté de Cook
- Major W. E. Waite, coroner adjoint du comté de Cook

Belvidere, IL

- Dr Frank Whitman, coroner du comté de Boone

Londres

- A. Braxton Hicks, coroner du mid-Surrey
- Dr Thomas Kelloch, médecin résident, hôpital St. Thomas
- Dr Thomas Stevenson, chimiste et analyste pour le Home Office
- George Percival Wyatt, coroner des comtés de Londres et de Surrey
- Dr Cuthbert Wyman, médecin résident, hôpital St. Thomas

PRINCIPAUX TÉMOINS

Canada

- Lyman Brooks, hôtelier et père de Flora Brooks, Waterloo, QC
- John Cantle, représentant de commerce, Toronto
- Robert Caswell, aumônier de prison, Toronto
- Robert Gardner, frère de Catharine Gardner
- David Lindsay, archidiacre et recteur de l'église anglicane Saint-Luke, Waterloo, QC
- Sarah Long, femme de chambre d'hôtel, London, ON
- John McCulloch, représentant de commerce, Toronto
- Dr Cornelius Phelan, Waterloo, QC
- Dr Herbert Reddy, camarade de classe de Cream à la faculté de médecine de McGill, Montréal
- William Sellar, représentant de commerce, Montréal
- Leon Vohl, chef de la police, Québec

États-Unis

- George Harvey, président, G. F. Harvey Company, société pharmaceutique, Saratoga Springs, NY
- Martin Kingman, représentant pour la G. F. Harvey Company
- Joseph Martin, cible de cartes postales obscènes, Chicago
- Robert McClaughry, directeur, Illinois State Penitentiary, Joliet; ensuite, chef de la police de Chicago
- Mary McClellan, logeuse de Cream et mère de sa fiancée, Lena, Chicago

- Frank Murray, directeur, Pinkerton's National Detective Agency, Chicago
- Julia Stott, épouse de Daniel Stott ; maîtresse et coaccusée de Cream, Garden Prairie

Angleterre

- Francis Coppin, assistant médical, Londres
- Robert Graham, médecin, Londres
- John Haynes, mécanicien de navire et ancien détective privé pour le gouvernement britannique, Londres
- Elizabeth Masters, Londres
- Elizabeth May, Londres
- Emma Phillips, logeuse de Matilda Clover, Londres
- Lucy Rose, domestique d'Emma Phillips, Londres
- Laura Sabbatini, fiancée de Cream ; couturière, Berkhamsted
- Emily Sleaper, fille de la logeuse de Cream, Londres
- Charlotte Vogt, logeuse d'Alice Marsh et d'Emma Shrivell, Londres

CIBLES DE MENACES DE CHANTAGE

- Dr William Broadbent, médecin, Londres
- Dr Joseph Harper, médecin, Barnstaple, Angleterre
- Walter J. Harper, fils de Joseph Harper, étudiant en médecine, hôpital St. Thomas, Londres
- Frank Pyatt, pharmacien, Chicago
- James Rayner, pharmacien, Chicago
- Comtesse Mabel Russell, épouse du comte Russell, Londres
- William Frederick Danvers Smith, libraire et député, Londres

AVOCATS DE LA POURSUITE

- Amos Coom, avocat, Belvidere, IL
- Reuben Coon, procureur de l'État, Belvidere, IL
- Charles Fuller, avocat et sénateur de l'État, Belvidere, IL
- George Ingham, procureur adjoint de l'État, comté de Cook, Chicago
- Sir Charles Russell, procureur général, Londres

AVOCATS DE CREAM

- Gerald Geoghegan, avocat plaidant, Londres
- John Jennison, Chicago
- Daniel Munn, Chicago
- Alfred Trude, Chicago
- Henry Warburton, avocat plaidant, Londres
- John Waters, avocat, Londres
- Omar Wright, Belvidere, IL

JUGES ET MAGISTRATS

- Sir John Bridge, magistrat, Londres
- Joseph Eaton Gary, juge itinérant, Chicago
- Sir Henry Hawkins, Haute Cour criminelle, Londres
- Horace Smith, magistrat, Londres

PERSONNAGES PRINCIPAUX DE LA REQUÊTE DE CLÉMENCE DE CREAM

- Shelby Moore Cullom, sénateur américain originaire de l'Illinois
- Thomas Davidson, liquidateur de la succession de Cream et ami de la famille, Québec
- John Dunn, vice-consul, consulat de Grande-Bretagne, Chicago
- Joseph Fifer, gouverneur de l'Illinois
- Richard Oglesby, gouverneur de l'Illinois
- Frances Willard, présidente, Woman's Christian Temperance Union

Sources

CHAQUE LETTRE A ÉTÉ COLLÉE SOIGNEUSEMENT sur une mince feuille de carton pour empêcher qu'elle ne s'émiette. Le papier a acquis avec le temps une teinte sépia, il s'effiloche sur les bords à force d'avoir été manipulé, mais les mots, écrits il y a cent trente ans, donnent toujours aussi sinistrement froid dans le dos. Dans la calme salle de lecture des Archives nationales de Grande-Bretagne à Kew, à une heure de train de la congestion du centre de Londres, l'Empoisonneur de Lambeth débite une fois de plus ses menaces et ses mensonges. Les lettres de chantage qui ont facilité la condamnation de Thomas Neill Cream pour le meurtre de Matilda Clover, rédigées, pour certaines, dans son écriture typique inclinée vers la gauche, sont conservées dans l'épais dossier que le Home Office a compilé avant de décider d'envoyer Cream à la potence.

Il faut un moment pour que la réalité s'impose. Ce ne sont pas des copies. Un des plus prolifiques tueurs en série de l'histoire a manipulé ces feuilles de papier. Il a pris la plume pour soigneusement composer les lettres qui lui ont passé la corde au cou. Un chercheur qui ouvre les cartons beiges usés indexés HO 144/245 et 144/246 ouvre aussi une fenêtre sur le passé et se retrouve face à face avec un tueur.

Quand George Orwell publia son article intitulé « Decline of the English Murder » (« Le déclin du meurtre anglais ») en 1946, un demi-siècle après les meurtres de Lambeth, il n'était pas certain que l'on en vienne à oublier Thomas Neill Cream. Comme d'autres tueurs notoires de l'époque victorienne, où arrivent en tête Jack l'Éventreur et le Dr William Palmer, « presque tout le monde, écrit Orwell, connaîtrait au moins dans les grandes lignes » sa cruauté et sa dépravation. Après tout, il faisait partie des criminels suffisamment connus pour mériter tout un volume dans la série des Notable British Trials dans les années 1920. Mais Cream s'est estompé de nos mémoires en même temps que les noms de ses victimes. On ignore même le nombre exact des personnes qu'il a tuées ou tenté d'empoisonner et il s'est écoulé trop de temps pour qu'il soit encore possible de le découvrir.

Ceci est le premier compte rendu exhaustif des délits de Cream et de la chasse à l'homme de Scotland Yard qui l'a conduit devant les tribunaux. Il met en lumière la façon dont le sexisme et les préjugés de l'époque victorienne ont permis à ce monstre d'empoisonner des femmes vulnérables et désespérées, dont plusieurs avaient sollicité son aide. Il révèle les failles, dans trois pays différents, des enquêtes policières et judiciaires qui l'ont aidé à déjouer les soupçons et à échapper à la justice, et comment, même après une condamnation et une incarcération pour meurtre, il a été relâché et libre de tuer à nouveau. Il décrit les mois d'un infatigable travail de détective, les bévues, les revers et les extraordinaires percées qui ont mis fin à sa folie meurtrière. À une époque où la mort survenait soudainement et résultait de la maladie ou d'autres causes naturelles, un médecin, avec son aide et ses remèdes, pouvait tuer presque impunément. C'est précisément ce que Cream a fait en trahissant cruellement la confiance de ses victimes.

The Case of the Murderous Dr. Cream est un récit documentaire que j'ai voulu le plus fidèle possible aux sources historiques. Il ne comporte aucun ajout et aucun embellissement. Chaque scène est fondée sur une description contemporaine des événements et des lieux où ils se sont produits. Toutes les citations et tous les dialogues sont reproduits tels qu'ils ont été consignés dans les comptes rendus journalistiques, les mémoires, les rapports de police et les transcriptions de procès. À mon avis, l'authenticité et non pas l'inventivité est ce qui rend les histoires vraies si aptes à retenir l'attention, à étonner et à éduquer. Une vérité indéniable constitue le cœur de ce livre : tout ce qu'on y lit est arrivé.

Les notes de fin présentent en détail les sources qui ont permis la reconstitution des meurtres de Cream et de son univers du dix-neuvième siècle. Certains de ces documents n'avaient jamais encore été publiés. Je m'étais donné comme objectif de localiser le plus d'originaux possible. Pour ce faire, j'ai parcouru les provinces canadiennes du Québec et de l'Ontario, je suis allé jusqu'en Illinois et à Londres. Le dossier de l'enquête de Scotland Yard aux Archives nationales, qui totalise des centaines de pages de comptes rendus et de notes de service, montre comment les empoisonnements de Lambeth ont été résolus et inclut les minutieux rapports de l'inspecteur Frederick Smith Jarvis sur les meurtres que Cream a commis aux États-Unis et au Canada. La collection de cartes et d'annuaires de rues des Archives de Lambeth a facilité mon retour dans le temps et la localisation des scènes de crime et des adresses des victimes. Un dossier concernant la demande de libération anticipée de Cream, conservé aux Illinois State Archives à Springfield, m'a permis de mieux comprendre ses années de jeunesse, ses années de détention et les efforts interminables qu'il a déployés pour faire commuer sa peine perpétuelle. J'ai découvert des documents touchant le procès de Cream pour le meurtre de Mary Anne Faulkner dans une caisse de dossiers disparates aux archives du tribunal itinérant du comté de Cook, à Chicago. Il comprend le texte des directives du juge au jury. Des renseignements glanés dans ces registres, dans les documents originaux et les transcriptions du procès pour le meurtre de Daniel Stott, toujours conservés au palais de justice du comté de Boone à Belvidere, en Illinois, sont reproduits ici pour la première fois.

La transcription intégrale du procès de Cream en 1892, qui documente les meurtres de Londres, est consultable en ligne dans les *Proceedings of the Old Bailey, London's Central Criminal Court, 1674 to 1913* (www.oldbaileyonline.org). Une autre version de la transcription du procès, qui comprend en outre les exposés initiaux et les conclusions finales des avocats, ainsi que les directives du juge au jury, a été reproduite dans l'ouvrage du journaliste W. Teignmouth Shore, *Trial of Thomas Neill Cream*, inclus dans la série des Notable British Trials en 1923. Mais quiconque désire comprendre les actes criminels de Cream doit lire avant tout l'étude exhaustive de ces meurtres et de leur contexte, *A Prescription for Murder: The Victorian Serial Killings of Dr. Thomas Neill Cream*, de l'historien canadien Angus McLaren, publiée en 1993.

Outre les sources mentionnées ci-dessous, j'ai consulté les cahiers de recensements et les registres généalogiques du site Web Ancestry (www.ancestry.com) pour recueillir de l'information sur la famille immédiate de Cream et ses origines écossaises. Les conditions météorologiques relatives à certains jours spécifiques ont été confirmées par les journaux et les prévisions officielles et, en ce qui concerne le Canada, par les données historiques sur le climat du site Web du gouvernement du Canada (www.climat.meteo.gc.ca). Tous les montants ont été ramenés à la valeur actuelle au moyen des outils de conversion du site Web Measuring Worth (www.measuringworth.com) et sont présentés en dollars américains. J'ai examiné des photographies et des cartes du dix-neuvième siècle afin de reproduire le plus fidèlement possible l'environnement physique et l'ambiance du monde révolu que je dépeins dans ce livre. Enfin, j'ai refait le trajet meurtrier de Cream de Waterloo, au Québec, jusqu'aux rues de Lambeth afin de voir de mes propres yeux dans quelles ombres se tapissait ce « monstre d'iniquité » quand il décidait qui il laisserait vivre et qui il ferait mourir.

PROLOGUE : Des fantômes

11 **dernier jour de juillet** La remise en liberté de Cream a été consignée dans Secretary of State, Executive Section, Convict Register, 1866-1887, Record Series 103.103, Illinois State Archives, Springfield. Les gardiens armés qui patrouillaient les murs sont décrits dans S. W. Wetmore, « Life in a Great Prison », *Illustrated American*, 8 mars 1890, p. 58.

11 **modeste cadeau** Frank Morn, *Forgotten Reformer: Robert McClaughry and Criminal Justice Reform in Nineteenth-Century America*, Lanham, MD, University Press of America, 2011, p. 45.

11 **Une taie d'oreiller contenait** S. W. Wetmore, « Life in Joliet Prison » (manuscrit), 2-3, MSS Alphar W, S. W. Wetmore Collection, Chicago History Museum, p. 158.

11 **Il avait aussi un billet** Morn, *Forgotten Reformer*, p. 88.

12 **ayant jour après jour emboîté le pas** La nécessité d'emboîter le pas est signalée dans S. W. Wetmore, *Behind the Bars at Joliet: A Famous Prison, Its Celebrated Inmates and Its Mysteries*, Chicago, Western News, 1892, p. 27.

12 **Sa tenue civile** « Crime, Its Causes », *Chicago Daily Tribune*, 14 avril 1882.

13 **Le système se fondait sur onze** Colin Beavan, *Fingerprints: The Origins of Crime Detection and the Murder Case that Launched Forensic Science*, New York, Hyperion, 2001, p. 80-81.

13 **S'il était possible que chez deux hommes** Henry T. F. Rhodes, *Alphonse Bertillon: Father of Scientific Detection*, Londres, George G. Harrap, 1956, p. 82.

13 **permet d'identifier** Wetmore, *Behind the Bars at Joliet*, p. 213, 215.

14 **La police de Birmingham** Dominic Midgley, « World's First Ever Mugshots: An Early Rogues Gallery of 19th Century Criminals », *Daily Express* (Londres), 14 juin 2018, www.express.co.uk/life-style/life/947039/mugshot-police-criminal-worlds-first-birmingham.

14 **les récidivistes soient identifiés** Morn, *Forgotten Reformers*, p. 92. L'accroissement de la population carcérale due à la loi de l'Illinois sur les récidivistes est signalée dans « Joliet Prison », *Chicago Daily Tribune*, 4 juillet 1884.

14 **il se lassa de rédiger des fiches** On trouve une description des antécédents de Bertillon et du développement de son système d'identification anthropométrique dans Beavan, *Fingerprints*, p. 76-93.

15 **La certitude se substitue** Cité dans Morn, *Forgotten Reformer*, p. 93. Ce système était utilisé à Joliet pendant les quatre ans qui ont précédé la mise en liberté de Cream, et bien que les mensurations de ce dernier aient été consignées, son casier judiciaire ne renferme aucune donnée de bertillonnage. Sa photo signalétique en est également absente.

15 **forces policières et prisons américaines** Jürgen Thorwald, *The Century of the Detective*, New York, Harcourt Brace & World, 1965, p. 93.

15 **devint la marque distinctive** Raymond B. Fosdick, « The Passing of the Bertillon System of Identification », *Journal of Criminal Law and Criminology*, vol. 6, nº 3, 1915, p. 364.

15 **le bertillonnage avait des inconvénients** *Ibid.*, p. 364-65.

15 **aucun registre central** Un registre américain des données de bertillonnage et d'autres renseignements au casier judiciaire serait créé à Washington, D.C. en 1910. Voir Morn, *Forgotten Reformer*, p. 294.

16 **qui mettraient encore de nombreuses années** Beavan, *Fingerprints*, p. 13, 17, 40, 42-46, 186-87.

16 **aucun homme ne peut** Cité par Morn, *Forgotten Reformer*, p. 255.

16 **pour le plaisir de tuer** « Neill Committed for Murder », *Chicago Daily Tribune*, 19 juillet 1892.

16 **l'un des premiers tueurs en série aux États-Unis** Erik Larson, *The Devil in the White City: Murder, Magic, and Madness at the Fair that Changed America*, New York, Crown, 2003 [*Le Diable dans la ville blanche*, Huvert Tézénas, trad., Paris, Librairie générale française, Le Livre de poche, 2012]. Holmes a confessé vingt-sept meurtres, mais des recherches récentes indiquent qu'il n'en aurait pas commis plus de neuf, tous après 1891. Voir Adam Selzer, *H. H. Holmes: The True History of the White City Devil*, New York, Skyhorse, 2017, p. 375-76.

CHAPITRE 1. « Une grande ville sous le joug du péché »

21 **Revêtu d'un mackintosh** Témoignage d'Emily Sleaper, « Trial of Thomas Neill », octobre 1892, *Proceedings of the Old Bailey, London's Central Criminal Court, 1674 to 1913*, p. 1430. La transcription intégrale du procès est consultable en ligne à www.oldbaileyonline.org.

22 **un des scandales** Cité par Jerry White, *London in the Nineteenth Century: « A Human Awful Wonder of God »*, Londres, Jonathan Cape, 2007, p. 301.

23 **une grande ville sous le joug du péché** Cité par Leonard Piper, *Murder by Gaslight: True Tales of Murder in Victorian and Edwardian England*, Londres, Michael O'Mara Books, 1991, p. 50.

23 **pour avoir confronté des voyous** Frederick Porter Wensley, *Forty Years of Scotland Yard: The Record of a Lifetime's Service in the Criminal Investigation Department*, Garden City, NY, 1931, p. 2.

23 **la colonie bien connue** Peter Quennell, *London's Underworld: Henry Mayhew*, Londres, Bracken Books, 1983, p. 138, 188.

23 **Fagin, Bill Sikes** Simon Winchester, *The Professor and the Madman: A Tale of Murder, Insanity, and the Making of the Oxford English Dictionary*, New York, HarperCollins, 1998, p. 3 [*Le fou et le professeur: une histoire de meurtre, de démence, de mots et de dictionnaire*, Gérard Meudal, trad., Paris, Librairie générale française, Le Livre de poche, 2001].

23 **rendaient l'air étouffant** Cette description des industries et des chemins de fer de Lambeth trouve sa source dans Hannah Renier, *Lambeth Past: Kennington, Vauxhall, Waterloo*, Londres, Historical Publications, 2006, p. 103-11, 118-23.

23 **était un dépotoir, dans tous les sens du terme** Peter Ackroyd, *London: The Biography*, Londres, Chatto & Windus, 2000, p. 692 [*Londres: la biographie*, Bernard Turle, trad., Paris, Stock, 2003].

23 **le plus obscène et le plus infect** Geoffrey Best, *Mid-Victorian Britain, 1851-75*, Londres, Fontana Press, 1979, p. 51.

25 **Whoreterloo** Renier, *Lambeth Past*, p. 123.

25 **arcades sombres et humides** Cité par Janet Roebuck, *Urban Development in 19th-Century London: Lambeth, Battersea and Wandsworth, 1838-1888*, Londres, Phillimore, 1979, p. 121.

25 **malheureuses** On trouve ce terme dans d'innombrables organes de presse de l'époque. Le lecteur en trouvera des exemples dans le *British Medical Journal*, 29 octobre 1892; le *South London Chronicle*, 29 octobre 1892; Angus McLaren le cite également dans *A Prescription for Murder: The Victorian Serial Killings of Dr. Thomas Neill Cream*, Chicago, University of Chicago Press, 1993, p. 74, 127.

25 **La vie [...] était précaire** Voir Janet Howarth, « Gender, Domesticity and Sexual Politics » dans *The Nineteenth Century: The British Isles, 1815-1901*, Colin Matthew, éd., Oxford, Oxford University Press, 2000, p. 185.

25 **leurs activités physiques habituelles** Kathryn Hughes, *Victorians Undone: Tales of the Flesh in the Age of Decorum*, Baltimore, Johns Hopkins University Press, 2018, p. 235.

25 **bosser comme une esclave** Quennell, *London's Underworld*, p. 53-55.

25 **plus de femmes** Cité dans Thomas R. C. Gibson-Brydon, *The Moral Mapping of Victorian and Edwardian London: Charles Booth, Christian Charity, and the Poor-but-Respectable*, Montréal, McGill-Queen's University Press, 2016, p. 65-66.

26 **Il était très rebelle** Rapport de l'inspecteur Frederick Smith Jarvis, 30 juin 1892 (Québec), Metropolitan Police Office Records, MEPO 3/144, National Archives, Londres.

26 **Il souhaitait renoncer** Lettre de Thomas Davidson au révérend George Matthews, 15 décembre 1891, Home Office Records, HO 144/246 A 54360/25, National Archives, Londres.

26 **Ses actions étaient parfois** Déclaration sous serment de Jessie Read, 29 octobre 1892, HO 144/246 A 54360/23.

26 **dérangement mental** Déclaration sous serment de Thomas Davidson, 29 octobre 1892, *ibid.*

26 **Davidson et Daniel Cream** Rapport Jarvis, 30 juin 1892 (Québec), MEPO 3/144.

27 **comptait l'envoyer** Rapport Jarvis, 7 juillet 1892 (Montréal), *ibid.*

27 **Nous pensions** Déclaration sous serment de Davidson. Davidson fit aussi état de la logique de leur décision dans le rapport Jarvis, 30 juin 1892 (Québec), *ibid.*

27 **sain d'esprit** *Records Relating to the Will of Thomas Neill Cream*, 9 septembre 1891, Bibliothèque et Archives nationales du Québec, Québec.

27 **pour lui annoncer son arrivée** Rapport Jarvis, 4 juillet 1892 (Montréal), MEPO 3/144.

27 **Avec son élégant décor** Cette description du restaurant et de son menu est tirée de Nathaniel Newnham-Davis, *Dinners and Diners: Where and How to Dine in London*, Londres, Grant Richards, 1899, p. 68-71.

27 **c'était un homme cultivé qui avait beaucoup voyagé** « The Poisoner Neill: A Study of His Crimes by One Who Knew Him » [Neill l'Empoisonneur: une étude de ses crimes par une personne qui le connaissait], *St. James's Gazette*, Londres, 24 octobre 1892. Les commentaires subséquents sur les énoncés, les goûts et les habitudes de Cream ont été puisés de cette source.

28 **loucherie de l'œil gauche** Rapport de l'inspecteur John Bennett Tunbridge, 28 mai 1892, MEPO 3/144.

28 **un opticien de Fleet Street** *Ibid.*

28 **diagnostiqua une hypermétropie** « Neill's Eyesight », *Times of London*, 27 octobre 1892; et « The Convict Neill », *Standard* (Londres), 12 novembre 1892.

28 **Il lui en remit deux paires** Témoignage de James Aitchison, « Trial of Thomas Neill », p. 1418.

29 **Je n'ai pas l'habitude** Témoignage de John George Kirkby, *ibid.*, p. 1422-23.

CHAPITRE 2. « La fièvre détective »

30 **Ressentez-vous** Wilkie Collins, *The Moonstone*, New York, Harper & Brothers, 1868, p. 151 [*La Pierre de lune*, Paris, Libella, Phébus, 2011]. Les autres citations de ce paragraphe proviennent des pages 55, 57 et 73 de l'édition originale.

30 **de véritables obsessions** Sauf indication contraire, les exemples qui montrent la popularité de la criminalité et du meurtre sont puisés de Judith Flanders, *The Invention of Murder: How the Victorians Revelled in Death and Detection and Created Modern Crime*, Londres, HarperPress, 2011, chap. 1-4.

30 **déclara que «rien ne vaut»** Cité par Michael Diamond, *Victorian Sensation: Or, the Spectacular, the Shocking and the Scandalous in Nineteenth-Century Britain*, Londres, Anthem Press, 2003, p. 154.

31 **Les lecteurs recherchaient le «sensationnel»** *Ibid*, p. 1-3.

31 **une forme de pornographie** Stephen Carver, *The 19th Century Underworld: Crime, Controversy & Corruption*, Barnsley, RU, Pen & Sword History, 2018, p. 135, 147.

31 **crimes ordinaires** Richard D. Altick, *Deadly Encounters: Two Victorians Sensations*, Philadelphie, University of Pennsylvania Press, 1986, p. 10.

31 **la semaine a été terne** *Spectator*, Londres, 13 juillet 1861, p. 738.

31 **dans l'espoir d'apercevoir** L'immense intérêt qu'a suscité le meurtre de lord William Russell, assassiné par un membre de sa domesticité dans sa résidence de Londres en 1840, est typique de cet engouement. Voir Claire Harman, *Murder by the Book: A Sensational Chapter in Victorian Crime*, Londres, Viking, 2018, p. 24, 91.

31 **Mince alors!** Cité par Diamond, *Victorian Sensation*, p. 5-6.

32 **La création d'un bon meurtre** Thomas De Quincey, *On Murder Considered as One of the Fine Arts*, Londres, Penguin Classics, 2015, p. 5, 53 [*De l'assassinat considéré comme un des beaux-arts*, Rosière-en-Haye, Camion blanc, 2018].

32 **« intelligence inhabituelle» et leur** Charles Dickens, « A Detective Police Party », *Household Words*, 27 juillet 1850.

32 **visiblement réfléchi et à l'œil de lynx** Charles Dickens, *Bleak House*, Londres, Chapman & Hall, 1868, p. 189 [*Bleak House*, Sylvère Monod, trad., Paris, Gallimard, 2018].

32 **« Rien ne lui échappe», écrit Dickens** *Ibid*., p. 438.

32 **Le sergent Cuff lui fut inspiré** Kate Summerscale, *The Suspicions of Mr. Whicher: A Shocking Murder and The Undoing of a Great Victorian Detective*, New York, Walker, 2008, p. 87 [*L'Affaire de Road Hill House: l'assassinat du petit Saville Kent*, Éric Chédaille, trad., Paris, 10-18, 2009].

32 **Edgar Allan Poe** Julian Symons, *Bloody Murder: From the Detective Story to the Crime Novel*, Harmondsworth, RU, Viking, 1985, p. 39.

33 **Arthur Conan Doyle maria** Conan Doyle reconnut que ses récits détectives suivaient « les traces de Poe ». Voir Richard Lancelyn Green, comp., *The Uncollected Sherlock Holmes*, Harmondsworth, RU, Penguin Books, 1983, p. 270.

33 **sens de l'observation et** John Dickson Carr, *The Life of Sir Arthur Conan Doyle*, New York, Barnes & Noble Books, 1994, p. 44-45 [*La Vie de Sir Arthur Conan Doyle*, André Algarron, trad., Paris, Laffont, 1958].

33 **nouvelle conception du détective** Interview avec Conan Doyle pour les actualités filmées, 1927, affichée sur YouTube par Objet d'Art le 1er mai 2016, www.youtube.com/watch?v=tVgN2-vNknw.

34 **un authentique détective** Cité par Michael Sims, *Arthur & Sherlock: Conan Doyle and the Creation of Holmes*, Londres, Bloomsbury, 2017, p. 157.

34 **détective conseil** Arthur Conan Doyle, *A Study in Scarlet* [*Étude en rouge*], dans *« A Study in Scarlet » and « The Sign of the Four »*, New York, Peebles Press, 1975, p. 23 [*Étude en rouge: [suivi de] Le signe des quatre*, Pierre Baillargeon et Michel Landa, trad., Paris, Laffont, 1975]. Ce titre professionnel est repris dans d'autres nouvelles.

34 **Ils me présentent** *Ibid.*

34 **destiné à devenir un classique du genre** C'est là une des recensions reproduites dans *Sherlock Holmes and Conan Doyle in the Newspapers*, Mattias Boström et Matt Laffey, éd., vol. 1, *1881-1892*, Indianapolis, Gasogene Books, 2015, p. 54.

34 **dépassée par les événements** Arthur Conan Doyle, *A Study in Scarlet* [*Étude en rouge*], dans *« A Study in Scarlet » and « The Sign of the Four »*, New York, Peebles Press, 1975, p. 149 [*Étude en rouge: [suivi de] Le signe des quatre*, Pierre Baillargeon et Michel Landa, trad., Paris, Laffont, 1975].

34 **Vous avez élevé** Conan Doyle, *A Study in Scarlet* [*Étude en rouge*], p. 42.

35 **presque insatiable** John Curran, introduction à Israel Zangwill, *The Perfect Crime: Big Bow Mystery*, Detective Club Crime Classics, Londres, Collins Crime Club, 2015, p. vi [*Le Grand Mystère du Bow*, Sylvie Rozenker, trad., Toulouse, Ombres, 1998].

35 **Les cohues** Cité par Symons, *Bloody Murder*, p. 73.

35 **Ajustant leurs heures d'ouverture** Reginald Pound, *The Strand Magazine, 1891-1950*, Londres, Heinemann, 1966, p. 92.

35 **Selon une estimation** Christopher Sandford, *The Man Who Would Be Sherlock: The Real Life Adventures of Arthur Conan Doyle*, Stroud, RU, History Press, 2017, p. 28.

35 **les grands quotidiens** Sims, *Arthur & Sherlock*, p. 189-90. Les journaux américains qui reproduisirent la première nouvelle, « A Scandal in Bohemia » [« Un scandale en Bohême »], sont énumérés dans *Arthur Conan Doyle Encyclopedia*, mise à jour le 6 novembre 2019, www.arthur-conan-doyle.com/index.php?title=A_Scandal_in_Bohemia.

35 **les crimes commis passionnaient moins** Flanders, *Invention of Murder*, p. 294.

35 **figuraient sur les étagères** *Catalogue of the Library of the Illinois State Penitentiary, Joliet, Illinois*, Joliet, Joliet Daily Republic Print, 1883, p. 140, 143, 167.

36 **l'ultime et plus haute cour d'appel** Conan Doyle, *Sign of the Four*, p. 149.

36 **comme un troupeau de bisons** Arthur Conan Doyle, « The Boscombe Valley Mystery » [« Le mystère du val Boscombe »], dans *The Adventures of Sherlock Holmes*, Londres, HarperPress, 2009, p. 88 [*Les Aventures de Sherlock Holmes*, Éric Wittershein, trad., et préface, Paris, Omnibus, 2015].

36 **force policière officielle** Arthur Conan Doyle, « A Scandal in Bohemia », dans *ibid.*, p. 2.

36 **qui défiaient le plus grand talent** Voir la publicité de *The Adventures of Sherlock Holmes* dans le *Westminster Budget*, 10 novembre 1893. La citation était puisée d'une recension du *Liverpool Courier.*

36 **les agents de police étaient** Diamond, *Victorian Sensation*, p. 75.

36 **Section défective** Cité par Haia Shpayer-Makov, *The Ascent of the Detective: Police Sleuths in Victorian and Edwardian England*, Oxford, Oxford University Press, 2011, p. 202.

36 **étourdis** *Ibid.*, p. 212.

36 **incapables gâcheurs** H. Paul Jeffers, *Bloody Business: An Anecdotal History of Scotland Yard*, New York, Barnes & Noble Books, 1992, p. 97.

36 **pullulait d'imbéciles** S. Theodore Felstead, *Shades of Scotland Yard: Stories Grave and Gay of the World's Greatest Detective Force*, Londres, John Long, 1950, p. 14.

36 **sarcasme persistant** Cité par Shpayer-Makov, *Ascent of the Detective*, p. 276.

36 **Selon mon expérience** Lettre de Conan Doyle à Mme Robert Barr, *ca.* 1917, Series 1: Arthur Conan Doyle Correspondence, 1888-1930, Box 1, Folder 34, C. Frederick Kittle Collection of Doyleana, Newberry Library, Chicago (mise en relief dans l'original).

37 **l'exercice de la raison pure** Frederick Porter Wensley, *Forty Years of Scotland Yard: The Record of a Lifetime's Service in the Criminal Investigation Department*, Garden City, NY, Garden City, 1931, p. 68.

37 **Quand un médecin** Arthur Conan Doyle, « The Adventure of the Speckled Band » [« Le ruban moucheté »], dans *The Adventures of Sherlock Holmes*, Londres, HarperPress, 2009, p. 186 [*Les Aventures de Sherlock Holmes*].

CHAPITRE 3. Ellen Donworth

38 **Je veux rentrer chez moi** Ce compte rendu de la mort de Donworth est puisé de « Death by Poisoning, Suicide », L Division Report, 23 octobre 1891, Me tropolitan Police Office Records, MEPO 3/144, National Archives, Londres; « Suspicious Death of a Girl in Lambeth », *Morning Advertiser* (Londres), 16 octobre 1891; « Poisoning Mystery in Lambeth », *Lloyd's Weekly Newspaper* (Londres), 18 octobre 1891; et « The Poisoning Mystery in Lambeth », *Lloyd's Weekly Newspaper* (Londres), 25 octobre 1891.

39 **parfaitement raisonnable** « Poisoning Mystery in Lambeth », *Lloyd's Weekly Newspaper* (Londres), 25 octobre 1891.

39 **Un grand brun qui louchait** *Ibid.*

39 **Elle en avait tous les symptômes** Témoignage de John Johnson, octobre 1892, « Trial of Thomas Neill », *Proceedings of the Old Bailey, London's Central Criminal Court, 1673 to 1913*, p. 1418-21, 1458, www.oldbaileyonline.org.

39 **Laissez-moi mourir** « Death by Poisoning, Suicide. »

39 **Elle faisait le tapin** Le premier jour de l'enquête du coroner fut rapporté dans « Suspicious Death of a Girl in Lambeth » et dans « Poisoning Mystery in Lambeth », *Lloyd's Weekly Newspaper* (Londres), 18 octobre 1891.

39 **des produits** « Sad End of a Girl's Career », *North-Eastern Daily Gazette* (Middlesborough, Yorkshire), 17 octobre 1891.

40 **ouvrit un dossier** La première entrée au dossier nº 73854 est datée du 19 octobre 1891, MEPO 3/144.

40 **La police a pu établir** « Death by Poisoning, Suicide. »

40 **Plus celle d'une dame** Témoignage du deuxième jour de l'enquête relaté dans « The Lambeth Poisoning Mystery Case at Lambeth », *Pall Mall Gazette* (Londres), 23 octobre 1891 ; et dans « Poisoning Mystery in Lambeth », *Lloyd's Weekly Newspaper* (Londres), 25 octobre 1891.

41 **Je vous écris pour vous dire** Cette lettre a été lue au procès de Cream en 1892. Un graphologue a déclaré qu'elle était de la main de ce dernier. « Trial of Thomas Neill », p. 1440, 1460.

41 **La mort est due à** « Lambeth Poisoning Mystery. »

41 **Il est évident** « Death by Poisoning, Suicide. »

41 **Je ne pense pas** *Ibid.*

42 **Il s'agit clairement** Annotation du rapport, *ibid.*

42 **C'est le poison** « Supposed Capture of the Lambeth Poisoner », *Morning Advertiser* (Londres), 4 novembre 1891.

42 **il assista à l'interpellation de Slater** Rapport de l'inspecteur George Harvey, 3 novembre 1891, MEPO 3/144.

42 **C'est lui** « The Charge of Attempting to Poison », *Daily News* (Londres), 23 novembre 1891.

42 **Capture présumée** *Morning Advertiser* (Londres), 4 novembre 1891.

43 **La police avait échoué** Rapport Harvey, Division L, 23 novembre 1891, MEPO 3/144.

43 **trop de doute** « Charge of Attempting to Poison. »

43 **il était coupable tout au plus** *Ibid.*

43 **poursuite ridicule** « A Ridiculous Prosecution », *Daily News* (Londres), 17 décembre 1891. Slater se plaignit d'avoir été « complètement ruiné » par cette poursuite et la publicité dont elle avait fait l'objet, mais le gouvernement rejeta sa demande de compensation. Voir « This Morning's News », *Daily News* (Londres), 30 juin 1892.

CHAPITRE 4. Matilda Clover

44 **toute convulsionnée** Sauf indication contraire, ce compte rendu de la mort de Clover se fonde sur les déclarations de Lucy Rose, Francis Coppin et Emma Phillips, 28 avril 1892, Metropolitan Office Records, MEPO 3/144, National Archives, Londres ; le témoignage de Rose à l'enquête sur la mort de Clover tel que rapporté dans « The Mysterious Poisoning Cases in Lambeth », *Daily News* (Londres), 23 juin 1892 ; et « Trial of Thomas Neill », octobre 1892, *Proceedings of the Old Bailey, London's Central Criminal Court, 1674 to 1913*, p. 1423-29, 1432-37, www.oldbaileyonline.org.

46 **contorsionné, ses membres tordus** Arthur Conan Doyle, *The Sign of the Four* [*Le Signe des quatre*], dans *« A Study in Scarlet » and « The Sign of the Four »*, New York, Peebles Press, 1975, p. 187 [*Étude en rouge [suivi de] Le Signe des quatre*]. Les autres citations de ce paragraphe proviennent des pages 188 et 195.

46 **Le Dr Graham avait brièvement parlé** À l'enquête sur la mort de Clover, Rose dit avoir transmis ces renseignements à Graham. Voir « Mysterious Poisoning Cases in Lambeth » ; et « The Mysterious Poisoning of Girls », *Reynolds's Newspaper* (Londres), 26 juin 1892.

47 **Quand elle posait** Un dessin d'après photo illustrait l'article « The Charge of Poisoning in South London », *Penny Illustrated Paper* (Londres), 23 juillet 1892, p. 57. Une description de Clover figure dans le Rapport du Dr Thomas Stevenson de l'exhumation du corps de Matilda Clover, décédée, et de l'analyse des viscères, 6 mai 1892, MEPO 3/144, ainsi que dans les rapports de Stevenson reproduits dans W. Teignmouth Shore, éd., *Trial of Thomas Neill Cream*, Londres, William Hodge, 1923, p. 197, 205.

48 **Il avait un regard particulier** Témoignages d'Elizabeth Masters et d'Elizabeth May, « Trial of Thomas Neill », p. 1418-21.

49 **M. Clover, 27 ans** Témoignage de John Measures, *ibid.*, p. 1429.

49 **Quatorze autres cercueils** Shore, *Trial of Thomas Neill Cream*, p. 26.

49 **Fosse no 2215H** Note de service de l'inspecteur en chef John Mulvany et de l'inspecteur George Harvey, 28 avril 1892, MEPO 3/144.

49 **une pauvre paria** *St. James's Gazette* (Londres), 22 octobre 1892, cité par Angus McLaren, *A Prescription for Murder : The Victorian Serial Killings of Dr. Thomas Neill Cream*, Chicago, University of Chicago Press, 1993, p. 73.

CHAPITRE 5. « Un "loup-garou" humain »

50 **Londres entra dans son cauchemar** Sauf indication contraire, les détails des meurtres de l'Éventreur sont puisés de Maxim Jakubowski et Nathan Braund, éd., *The Mammoth Book of Jack the Ripper*, Londres, Robinson, 2008, p. 3-57.

50 **Whitechapel est pratiquement la proie** Éditorial, *Observer* (Londres), 16 septembre 1888.

51 **des femmes de la classe défavorisée** Ces descriptions des victimes ont paru dans « The Shocking Murder in Whitechapel », *Observer* (Londres), 2 septembre 1888 ; « East End Outrages », *Observer* (Londres), 9 septembre 1888 ; et « The East End Murders », *Observer* (Londres), 23 septembre 1888.

51 **Hallie Rubenhold, montra** Hallie Rubenhold, *The Five : The Untold Lives of the Women Killed by Jack the Ripper*, Boston, Houghton Mifflin Harcourt, 2019.

51 **Beaucoup ont peur** « The Whitechapel Panic », *Guardian* (Manchester), 10 octobre 1888.

51 **Une opération policière d'envergure** Ces mesures ont été rapportées dans « The Shocking Murder in Whitechapel » ; « The East End Murder : The Adjourned Inquest », *Guardian* (Manchester), 14 septembre 1888 ; « From Our London Correspondent », *Guardian* (Manchester), 3 octobre 1888 ; « The East End Murders », *Times of London*, 8 octobre 1888 ; « The Murders in London », *Times of London*, 21 octobre 1888 ; et « Notes », *Observer* (Londres), 11 novembre 1888. Voir aussi Frederick Porter Wensley, *Forty Years of Scotland Yard : The Record of a Lifetime's Service in the Criminal Investigation Department*, Garden City, NY, Garden City, 1931, p. 4 ; et Douglas G. Browne, *The Rise of Scotland Yard : A History of the Metropolitan Police*, Londres, George G. Harrap, 1956, p. 208.

51 **Sans aucune exception** Melville L. Macnaghten, *Days of My Years*, Londres, Edward Arnold, 1914, p. 56.

51 **Dans une caricature du *Punch*** Cette caricature est reproduite dans Peter Stubley, *1888 : London Murders in the Year of the Ripper*, Stroud, RU, History Press, 2012, dans l'iconographie qui suit la page 140.

51 **un maître incontesté** « The Detection of Crime, *Times of London*, 11 octobre 1888.

51 **l'ignorance des méthodes de détection** « The Whitechapel Fiend », *New York Tribune*, 11 novembre 1888.

52 **Même si l'une d'elles mourait** J. North Conway, *The Big Policeman : The Rise and Fall of America's First, Most Ruthless, and Greatest Detective*, Guilford, CT, Lyons Press, 2010, p. 5.

52 **Toutes nos méthodes** Éditorial, *Times of London*, 15 novembre 1888.

53 **Une jeune recrue** Wensley, *Forty Years of Scotland Yard*, p. 1.

53 **Un détective doit** W. C. Gough, *From Kew Observatory to Scotland Yard : Being Experiences and Travels in 28 Years of Crime Investigation*, Londres, Hurst & Blackett, 1927, p. 18.

53 **la visite du Musée du crime** Gordon Honeycombe, *The Murders of the Black Museum 1870-1970*, Londres, Bloomsbury Books, 1992, p. 13.

53 **sur les paliers et ici et là** Andrew Lansdowne, *A Life's Reminiscences of Scotland Yard*, Londres, Leadenhall Press, ca., 1890, p. 15.

53 **de nombreux enquêteurs préféraient** *Ibid.*, p. 105 ; et Wensley, *Forty Years of Scotland Yard*, p. 19.

54 **Le criminel moyen** Gough, *From Kew Observatory to Scotland Yard*, p. 20-21.

54 **Un jour, Wensley se terra** Wensley, *Forty Years of Scotland Yard*, p. 65, 80.

54 **Les deux meilleurs détectives** Gough, *From Kew Observatory to Scotland Yard*, p. 47.

54 **Un meurtrier qui enfreint**, George Dilnot, *Triumphs of Detection : A Book about Detectives*, Londres, Geoffrey Bles, 1928, p. 244.

CHAPITRE 6. Louisa Harvey

57 **attendit devant la façade gothique** Ce compte rendu des rencontres de Harvey et de Cream, qui eurent lieu du 20 au 25 octobre 1891, se fonde sur son témoignage au procès de Cream en 1892. « Trial of Thomas Neill », octobre 1892. *Proceedings of Old Bailey, London's Central Criminal Court, 1674 to 1913*, p. 1452-54, www.oldbaileyonline.org. Des détails supplémentaires proviennent de W. Teignmouth Shore, éd., *Trial of Thomas Neill Cream*, Londres, William Hodge, 1923, p. 28-29 ; « The Lambeth Poisoning Cases », *Daily News* (Londres), 8 juillet 1892 ; et « The London Poisoning Cases », *Standard* (Londres), 10 juillet 1892. Dans de nombreux comptes rendus de l'affaire Cream, son prénom est raccourci en Lou ou Loo.

57 **Maintenant entièrement éclairé** *London and Fashionable Resorts : A Complete Guide*, Londres, J. P. Segg, 1892, p. 117.

57 **mondialement connus** *Ibid.*

57 **le haut-de-forme** Robert C. K. Ensor, *England : 1870-1914*, Oxford, Oxford University Press, 1936, p. 337.

58 **immense théâtre de variétés de style mauresque** Ce théâtre est décrit dans « Alhambra Theatre », Cinema Treasures, www.cinematreasures.org/theatres/30493. On trouve une description des spectacles de l'Alhambra dans « Vaudeville Theatre », *Times of London*, 13 octobre 1891 ; et dans « The London Music Halls », *Era* (Londres), 17 octobre 1891.

58 **Des spectacles de variétés de très haute qualité** *London and Fashionable Resorts*, p. 116.

58 **propositions malhonnêtes** Tracy C. David, *Actresses as Working Women: Their Social Identity in Victorian Culture*, Londres, Routledge, 1991, p. 83.

58 **Des femmes impudentes** Liza Picard, *Victorian London: The Life of a City, 1840-1870*, Londres, Phoenix, 2006, p. 246.

58 **demi-mondaines** Davis, *Actresses as Working Women*, p. 151.

CHAPITRE 7. Des lettres de chantage

62 **Si elles sont rendues publiques** Les lettres adressées à Frederick Smith ont été lues au procès de Cream. Voir « Trial of Thomas Neill », octobre 1892, *Proceedings of the Old Bailey, London's Central Criminal Court, 1674 to 1913*, p. 1440, www.oldbaileyonline.org ; et W. Teignmouth Shore, éd., *Trial of Thomas Neill Cream*, Londres, William Hodge, 1923, p. 97.

63 **alerta les autorités** Shore, *Trial of Thomas Neill Cream*, p. 10.

63 **Slater, le prévenu** Cette lettre a été reproduite dans « The Lambeth Poisonings », *Daily News* (Londres), 18 octobre 1892 ; il en est également fait mention dans Shore, *Trial of Thomas Neill Cream*, p. 55.

63 **Le magistrat Smith montra** Déposition de Frank Thorpe, Central Criminal Court Records, CRIM 1/38/1, National Archives, Londres.

64 **Je ne plaisante pas** La lettre adressée à Broadbent a été reproduite dans « Lambeth Poisonings » ; et dans Shore, *Trial of Thomas Neill Cream*, p. 49.

64 **Un autre piège fut tendu** Témoignage du Dr William Broadbent, « Trial of Thomas Neill », p. 1421 ; et Angus McLaren, *A Prescription for Murder: The Victoria Serial Killings of Dr. Thomas Neill Cream*, Chicago, University of Chicago Press, 1993, p. 25.

64 **plongée dans les querelles** George Robb et Nancy Erber, éd., *Disorder in the Court: Trials and Sexual Conflict at the Turn of the Century*, Londres, Macmillan Press, 1999, p. 144.

64 **être en mesure d'obtenir** Shore, *Trial of Thomas Neill Cream*, p. 180 ; et McLaren, *Prescription for Murder*, p. 25, 152, n. 14-15.

65 **Ce nom était connu** Charles Wilson, *First With the News: The History of W. H. Smith, 1792-1972*, Londres, Jonathan Cape, 1985, p. 4, 186.

65 **son nom apparaissait quotidiennement** Voir, notamment, « The Illness of Prince George », *Daily News* (Londres), 23 novembre 1891. Les détails biographiques ont été puisés de « Obituary: Sir William Broadbent, *Times of London*, 11 juillet 1907. La maladie du prince est décrite dans George Arthur, *King George V: A Sketch of a Great Ruler*, Londres, Jonathan Cape, 1929, p. 44-45. Broadbent se doutait que l'intérêt de la presse pour les soins qu'il prodiguait au prince l'avait rendu vulnérable à cette menace de chantage. Voir

Jeffrey Bloomfield, « The Doctor Wrote Some Letters », *Criminologist*, vol. 15, n° 4, hiver 1991, p. 233.

65 **Le divorce des Russell** Voir « The Russell Matrimonial Suit », *Pall Mall Gazette* (Londres), 26 novembre 1892 ; et « Russell Matrimonial Case », *Lloyd's Weekly Newspaper* (Londres), 29 novembre 1891.

65 **Le fait d'accuser un homme** « England Is Called Blackmailer's Home », *Daily Inter Ocean* (Chicago), 31 décembre 1905.

66 **ignoraient tout des lettres** L'enquêteur principal fit pour la première fois état d'une des lettres, celle qui avait été expédiée à lady Russell, en juin 1892. Rapport de l'inspecteur John Bennett Tunbridge, 6 juin 1892, Metropolitan Police Office Records, MEPO 3/144, National Archives, Londres.

66 **Tu ne me reconnais pas?** Témoignage de Louisa Harvey, « Trial of Thomas Neill », p. 1453. Harvey relata aussi leur conversation, avec quelques variantes de formulation, dans une lettre adressée à la cour des Magistrats de Bow Street et lors de son témoignage à l'enquête du coroner sur la mort de Matilda Clover, en juin 1892. Voir Shore, *Trial of Thomas Neill Cream*, p. 29, 187.

67 **une jeune femme** On trouve une description de Sabbatini dans « The Lambeth Poisoning Cases », *Daily News* (Londres), 25 juin 1892.

67 **Je serai pour toi l'homme le plus fidèle** Lettre à Sabbatini datée du 1er décembre 1892, reproduite dans « Neill Still in Newgate », *Lloyd's Weekly Newspaper* (Londres), 30 octobre 1892. Leurs brèves fréquentations sont décrites dans Shore, *Trial of Thomas Neill Cream*, p. 117-18, 184-85 ; et dans le témoignage de Laura Sabbatini, « Trial of Thomas Neill », p. 1451.

67 **et qu'il était opiomane** Témoignage de Sabbatini, « Trial of Thomas Neill », p. 1451.

67 **exempt du moindre vice** Déposition de Mme Sabbatini, 23 septembre 1892, MEPO 3/144.

68 **devrait être « confiné »** Rapport de l'inspecteur Frederick Smith Jarvis, 4 juillet 1892 (Montréal), *ibid.*

68 **Son esprit semblait être** Déclaration sous serment de Thomas Davidson, 29 octobre 1892, Home Office Records, HO 144/246 A 54360/23, National Archives, Londres.

68 **Ses amis désirent** Thomas Davidson au révérend George Matthews, 15 décembre 1891, HO 144/246 A 54360/25.

68 **Il annonça à Sabbatini** Témoignage de Sabbatini, « Trial of Thomas Neill », p. 1451 ; et Shore, *Trial of Thomas Neill Cream*, p. 118.

CHAPITRE 8. « Un homme vil et sans raffinement »

69 **Il était très agité** L'évocation de la traversée par Sellar est consignée dans le Rapport de l'inspecteur Frederick Smith Jarvis, 2 septembre 1892 (Montréal), Metropolitan Police Office Records, MEPO 3/144, National Archives, Londres.

70 **c'était un vrai gentleman** Rapport Jarvis, 15 juillet 1892 (Toronto), *ibid.* ; et Déposition de William Fisher, 21 juillet 1892, *ibid.* Fisher, le steward de la cabine de Cream, confirma qu'il avait été « plus ou moins ivre » pendant toute la durée du voyage et qu'il « parlait de prostituées et de femmes sans discontinuer ».

70 **il n'arrêtait pas de parler de femmes** Rapport Jarvis, 29 juillet 1892 (New York), *ibid.* Pour les antécédents de Vohl, voir William Cochrane, éd., *The Canadian Album : Men of Canada*, vol. 2, Brantford, ON, Bradley, Garretson, 1893, p. 88.

71 **une femme empoisonnée** Note de service du sergent John Cragg, 20 juin 1892, MEPO 3/144.

71 **Cream débarqua** La date de l'arrivée de Cream est consignée dans le Rapport Jarvis, 30 juin 1892 (Québec), *ibid.*

71 **C'est du poison** Rapport Jarvis, 19 juillet 1892 (Montréal), *ibid.*; et Témoignage de Wilson McCulloch, « Trial of Thomas Neill », octobre 1892, *Proceedings of the Old Bailey, London's Central Criminal Court, 1674 to 1913*, p. 1438-39, www.oldbaileyonline.org.

72 **aux chambres bon marché** *The Maritime Provinces : A Handbook for Travelers*, Boston, Houghton Mifflin, 1890, p. 255.

72 **Dans l'état actuel des choses** Rapport Jarvis, 30 juin 1892 (Québec), MEPO 3/144.

72 **son frère Daniel lui rendit visite** *Ibid.*

72 **complètement abruti** Rapport Jarvis, 19 juillet 1892 (Montréal), *ibid.*

73 **débauché** Rapport Jarvis, 21 juillet 1892 (Saratoga, NY), *ibid.*

73 **tout un éventail de narcotiques** La commande de Cream a été consignée dans le Rapport Jarvis, 25 août 1892 (Montréal), *ibid.*

73 **Il s'attendait à ce que cela lui rapporte** Rapports Jarvis, 4 juillet 1892 (Montréal) et 19 juillet 1892 (Montréal), *ibid.*

73 **Prends-en une à l'heure du thé** « The London Blackmailer », *Quebec Saturday Budget* (Québec), 16 juillet 1892.

74 **il commanda à un imprimeur local** Rapports Jarvis, 30 juin 1892 (Québec), 4 juillet 1892 (Montréal) et 7 juillet 1892 (Montréal), *ibid.*

74 **La mort d'Ellen Donworth** Cette circulaire est reproduite dans W. Teignmouth Shore, éd., *Trial of Thomas Neill Cream*, Londres, William Hodge, 1923, en regard de la page 17.

75 **une remise sur les médicaments** Rapports Jarvis, 21 juillet 1892 (Saratoga, NY) et 25 août 1892 (Montréal), MEPO 3/144.

75 **l'une des deux cent vingt cabines** Rapport Jarvis, 7 juillet 1892 (Montréal), *ibid.* Le *New York Times* nota que le nom de Cream figurait sur la liste des passagers dans un article intitulé « Off to Europe », 24 mars 1892.

CHAPITRE 9. Alice Marsh et Emma Shrivell

76 **il entendit grincer la porte** La description que fait Comley de Cream se fonde sur ses notes et ses témoignages devant le tribunal. Voir « Trial of Thomas Neill », octobre 1892, *Proceedings of the Old Bailey, London's Central Criminal Court, 1674 to 1913*, p. 1455-56, www.oldbaileyonline.org; W. Teignmouth Shore, éd., *Trial of Thomas Neil Cream*, Londres, William Hodge, 1923, p. 189; et Rapport du constable George Comley, 12 avril 1892, Metropolitan Police Office Records, MEPO 3/144, National Archives, Londres.

76 **fourmillait de maisons closes** Thomas R. C. Gibson-Brydon, *The Moral Mapping of Victorian and Edwardian London: Charles Booth, Christian Charity, and the Poor-but-Respectable,* Montréal, McGill-Queen's University Press, 2016, p. 65.

77 **Il y en a une autre à l'intérieur** Rapport Comley, 12 avril 1892, MEPO 3/144.

77 **un poison très puissant** Rapport du constable William Eversfield, 13 avril 1892, *ibid.*

77 **Elle en indiqua la dimension** Les détails de la déclaration de Shrivell se fondent sur les rapports des agents, les témoignages et les dépositions de Comley et d'Eversfield, Central Criminal Court Records, CRIM 1/38/1, National Archives, Londres.

77 **Empoisonnement accidentel** Rapport de l'inspecteur George Lowe, Division L, 12 avril 1892, MEPO 3/144.

78 **L'Amirauté britannique** « The Admiralty and the Tinned Fish », *Pall Mall Gazette* (Londres), 6 mai 1892.

78 **Les journaux londoniens du lendemain** « Fatal Poisoning Case », *Times of London*, 13 avril 1892; et « Mysterious Death of Two Girls », *Pall Mall Gazette* (Londres), 13 avril 1892.

78 **un poison mortel spécifique** Témoignage du Dr Cuthbert Wyman, « Trial of Thomas Neill », p. 1456.

78 **Pensez-vous** « The Poisoning of Two Girls in South London », *Daily News* (Londres), 14 avril 1892. Les preuves présentées le premier jour de l'enquête ont été résumées dans le Rapport Lowe, 13 avril 1892, MEPO 3/144.

78 **avait pratiqué des autopsies** Les notes de Stevenson concernant Marsh et Shrivell sont reproduites dans Shore, *Trial of Thomas Neill Cream*, p. 192.

79 **Ce constat donne à penser** Rapport de l'inspecteur en chef John Mulvany et de l'inspecteur George Harvey, 21 avril 1892, MEPO 3/144.

79 **Nous ne ménagerons aucun effort** *Ibid.*

79 **Il faut trouver *Clifton*** Rapport Lowe, 12 avril 1892, *ibid.* (mise en relief dans l'original).

80 **elle était intègre** Lettre de l'inspecteur-détective Samuel Jupp et du chef constable James Terry au commissaire James Brannan, 13 avril 1892, *ibid.*; et « Poisoning of Two Girls in South London ».

80 **elles avaient trouvé du travail** Jupp et Terry à Brannan, 13 avril 1892.

80 **Brannan dépêcha un sergent** Rapport du sergent John McCarthy, 21 avril 1892, et Rapports de Mulvany et Harvey, 21 avril 1892, MEPO 3/144.

80 **les couronnes de fleurs** Lettre de l'inspecteur-détective Samuel Jupp au chef constable James Terry, 28 avril 1892, *ibid.*

80 **écrite sur le papier en-tête** Copie de la lettre trouvée à l'adresse des victimes, datée du 10 avril 1892, *ibid.*

80 **La force constabulaire locale** Rapport de Mulvany et Harvey, 16 avril 1892, *ibid.*; et lettre du commissaire Edward Coppinger au commissaire James Brannan, 28 avril 1892, *ibid.*

80 **Nous nous efforçons de tout savoir** Rapport de Mulvany et Harvey, 16 avril 1892, *ibid.*

80 **Slater était grand** Témoignage de George Harvey, « Trial of Thomas Neill », p. 1447.

81 **Comley fut affecté** Rapport de Mulvany et Harvey, 21 avril 1892, MEPO 3/144.

81 **Tous nos efforts pour retracer** Rapport de Mulvany et Harvey, 28 avril 1892, *ibid.*

CHAPITRE 10. Un remède amer

82 **J'ai fait la procédure habituelle** Description des analyses et des conclusions de Stevenson d'après ses notes et son rapport, reproduite dans W. Teignmouth Shore, éd., *Trial of Thomas Neill Cream*, Londres, William Hodge, 1923, p. 192-96, 203-5, ainsi que son témoignage au procès, consigné dans « Trial of Thomas Neill », octobre 1892, *Proceedings of the Old Bailey, London's Central Criminal Court, 1674 to 1913*, p. 1456-57, www.oldbaileyonline.org.

83 **était en vente libre** Linda Stratmann, *The Secret Poisoner: A Century of Murder*, New Haven, CT, Yale University Press, 2016, p. 19-20.

83 **poudre de succession** John Emsley, *The Elements of Murder: A History of Poison*, Oxford, Oxford University Press, 2005, p. 142.

83 **Facilité fatale** *Punch*, 8 septembre 1849, reproduit dans Katherine Watson, *Poisoned Lives: English Poisoners and Their Victims*, Londres, Hambleton & London, 2004, 4e image de l'encart entre les pages 114 et 115.

83 **les symptômes d'une dose létale** Les effets et l'usage répandu de l'arsenic au dix-neuvième siècle sont étudiés dans Kathryn Harkup, *A Is for Arsenic: The Poisons of Agatha Christie*, Londres, Bloomsbury Sigma, 2015, p. 22-30 [*A comme Arsenic: les poisons d'Agatha Christie*, Philippe Bonnet, trad., Paris, Éditions du Masque, 2016].

83 **une analyse de laboratoire** Le test de Marsh pour détecter la présence d'arsenic dans les tissus humains porte le nom de son créateur, le chimiste britannique James Marsh. Il a été utilisé une première fois dans le cadre d'un procès criminel en 1840. *Ibid.*, p. 24-25.

84 **Livre des poisons** Tony Hargreaves, *Poisons and Poisonings: Death by Stealth*, Cambridge, Royal Society of Chemistry, 2017, p. 13.

84 **démodé** Stratmann, *Secret Poisoner*, p. 188.

84 **de multiples phytotoxines** Watson, *Poisoned Lives*, p. 20-21, et Jürgen Thorwald, *Proof of Poison*, Londres, Camelot Press, 1966, p. 44-45.

84 **s'attaque au système nerveux** Harkup, *A Is for Arsenic*, p. 239-40.

84 **comme stimulant musculaire** Les divers usages de la strychnine sont énumérés dans Hargreaves, *Poisons and Poisonings*, p. 66.

84 **aussi peu qu'un demi-grain** Harkup, *A Is for Arsenic*, p. 246.

84 **Dans l'état actuel** Cité dans Stratmann, *Secret Poisoner*, p. 144.

85 **en tête de liste des poisons** Harkup, *A Is for Arsenic*, p. 241.

85 **un des premiers empoisonneurs à la strychnine** Les preuves démontrant que Wainewright était un tueur en série sont présentées dans Andrew Motion, *Wainewright the Poisoner: The Confession of Thomas Griffiths Wainewright*, New York, Alfred A. Knopf, 2000, p. 153-54.

86 **La strychnine ne fit ses débuts** George R. Knott, « William Palmer – 1856 », dans *Famous Trials I*, Harry Hodge, éd., Melbourne, Londres et Baltimore, Penguin Books, 1941, p. 140.

86 **du brandy et du café** Sauf indication contraire, les détails de l'affaire Palmer proviennent de Stephen Bates, *The Poisoner : The Life and Crimes of Victorian England's Most Notorious Doctor*, New York, Overlook Duckworth, 2014 ; et Stratmann, *Secrety Poisoner*, p. 171-86.

86 **admit au procès de Palmer** Les conclusions de Taylor et la position de la défense sont étudiées dans Bates, *Poisoner*, p. 55, 199, 203-47.

87 **Un jeu mortel du chat et de la souris** Deborah Blum, *The Poisoner's Handbook : Murder and the Birth of Forensic Medicine in Jazz Age New York*, New York, Penguin Books, 2010, p. 2.

87 **une batterie de tests chimiques** Hargreaves, *Poison and Poisonings*, p. 226 ; et Thorwald, *Proof of Poison*, p. 63-64. Les tests gustatifs et les expériences sur des animaux sont décrits dans Harkup, *A Is for Arsenic*, p. 247 ; et dans Watson, *Poisoned Lives*, p. 26-28.

88 **tous les alcaloïdes végétaux toxiques** Cité dans Stratmann, *Secret Poisoner*, p. 217-18.

88 **n'avait qu'à se rendre** Watson, *Poisoned Lives*, p. 145-46.

88 **put se procurer trente grains** L'affaire Edmunds est relatée dans *ibid.*, p. 218-26 ; et dans Lisa Appignanesi, *Trials of Passion : Crimes Committed in the Name of Love and Madness*, New York, Pegasus Books, 2015, p. 13-134.

88 **Une substance aussi dangereuse** Cité dans Stratmann, *Secret Poisoner*, p. 226.

88 **près de deux cents médecins** Alannah Tomkins, *Medical Misadventure in an Age of Professionalisation, 1780-1890*, Manchester, Manchester University Press, 2017, p. 176-77.

88 **Le médecin n'est pas** Rupert Furneaux, *The Medical Murderer*, Londres, Elek Books, 1957, p. 9-10.

89 **qui attribuaient ces décès** L'affaire Pritchard est relatée dans *ibid.*, p. 55-61 : « A Deadly Bedside Manner », *Scotsman*, 18 novembre 2005 ; et Emsley, *Elements of Murder*, p. 229-32.

89 **un confrère médecin** Tomkins, *Medical Misadventures in an Age of Professionalisation*, p. 177.

89 **Entre tous les meurtres** Furneaux, *Medical Murderer*, p. 25.

89 **l'homme dont il est le plus difficile** « Doctors and Criminals », *Cincinnati Medical Journal*, vol. 12, nº 7, juillet 1895, p. 518.

90 **les plus problématiques** Boys, *Practical Treatise*, p. 81, 83-84, 88.

90 **avec un souci irréprochable** *Ibid.*, p. 138-40.

91 **L'opinion d'un homme distingué** Stratmann, *Secret Poisoner*, p. 193.

91 **croire aveuglément** Alfred S. Taylor, *On Poisoning by Strychnia, with Comments on the Medical Evidence Given at the Trial of William Palmer for the Murder of John Parsons Cook*, Londres, Longman, Brown, Green, Longmans & Roberts, 1856, p. 4.

91 **Thomas Smethurst** Les détails de l'affaire Smethurst sont puisés de Stratmann, *Secret Poisoner*, p. 193-202 ; et d'Emsley, *Elements of Murder*, p. 156-58.

92 **jeté sur sa branche de la profession** Cité dans Douglas G. Browne et E. V. Tullett, *Bernard Spilsbury: His Life and Cases*, Harmondsworth, RU, Penguin Books, 1951, p. 20.

92 **Aux yeux du public** Colin Evans, *The Father of Forensics: The Groundbreaking Cases of Sir Bernard Spilsbury, and the Beginnings of Modern CSI*, New York, Berkley Books, 2006, p. 3.

92 **se joignit à l'équipe** Sauf indication contraire, les données biographiques concernant le Dr Stevenson proviennent de Stratmann, *Secret Poisoner*, p. 241; Thorwald, *Proof of Poison*, p. 78-79; Watson, *Poisoned Lives*, p. 171-73; et « Sir Thomas Stevenson », *Guardian* (Manchester), 29 juillet 1908.

92 **Il ne tirait jamais de conclusions hâtives** « The Poison-Finder », *Guardian* (Manchester), 29 juillet 1908.

92 **Il était un véritable** « A Master of Poison », *Washington Post*, 16 août 1908.

92 **avec l'exactitude impitoyable** « Another Marathon Protest », *Sun* (New York), 9 août 1908.

92 **au moins cinquante** Thorwald, *Proof of Poison*, p. 78.

93 **George Henry Lamson** Les détails de l'affaire Lamson sont puisés de Hargrave L. Adam, « Dr Lamson – 1882 », de *Famous Trials 5*, James H. Hodge, éd., Londres, Penguin Books, 1955; et de Stratmann, *Secret Poisoner*, p. 239-45.

93 **un picotement et un engourdissement** Adam, « Dr Lamson – 1882 », p. 180.

93 **Aucune analyse chimique** Thorwald, *Proof of Poison*, p. 79.

CHAPITRE 11. « Un drôle de client »

95 **mort par strychnine** « The Stamford Street Poisoning Mystery », *Pall Mall Gazette* (Londres), 6 mai 1892.

95 **La police n'a pas** « The Stamford Street Poisoning Case », *Reynolds's Newspaper* (Londres), 8 mai 1892.

95 **des enquêtes exhaustives** Rapport de l'inspecteur en chef John Mulvany et de l'inspecteur George Harvey, 5 mai 1892, Metropolitan Police Office Records, MEPO 3/144, National Archives, Londres.

96 **Il faudra apparemment** « The Stamford Street Poisoning Case. » Ce compte rendu fait également état de la foule présente à l'audience.

96 **le commissaire James Brannan** Requête pour la tenue d'une enquête spéciale par les divisions, 27 avril 1892, MEPO 3/144. Cette requête fut mise à jour le 2 mai avec l'annotation suivante: « Aucune information n'a été obtenue. »

96 **À Chatham** Le commissaire Edward Coppinger au commissaire James Brannan, 1er mai 1892, *ibid.*

96 **un capitaine de navire** Cette citation et les autres citations de ce paragraphe proviennent de la déclaration de Charles Burdett, 6 mai 1892, *ibid.*

96 **La police de Liverpool** Le commissaire James Brannan au commissaire George Williams, 9 mai 1892, *ibid.*; et l'inspecteur en chef Georges Marsh au commissaire James Brannan, 18 mai 1892, *ibid.*

97 **faisant du porte à porte** Témoignages de George Comley et Alfred Ward, « Trial of Thomas Neill », octobre 1892, *Proceedings of the Old Bailey, London's Central Criminal Court, 1674 to 1913*, p. 1446-47, www.oldbaileyonline.org.

97 **Une autre affaire** Rapport de Mulvany et Harvey, 28 avril 1892, MEPO 3/144.

97 **autorisa l'exhumation** W. Teignmouth Shore, éd., *Trial of Thomas Neill Cream*, Londres, William Hodge, 1923, p. 197.

97 **Il ne fait aucun doute** Brennan à Williams, 8 mai 1892, MEPO, 3/144.

98 **Musical Eccentrics** Annonce classée en page 27 de *Era*, 7 mai 1892 et 14 mai 1892.

98 **se remémora Comley** Témoignages de Comley et Ward, « Trial of Thomas Neill », p. 1455-58; et Rapport de Mulvany et Harvey, 16 mai 1892, MEPO 3/144.

98 **n'avait qu'un but** Rapport de Mulvany et Harvey, 16 mai 1892, MEPO 3/144.

98 **Il importe** *Ibid.*

98 **boisson américaine** Rapport de Mulvany et Harvey, 18 mai 1892, *ibid.* Une photographie de la trousse d'échantillons a été reproduite dans Luke Spencer, « Getting in the Minds of Murderers at London's Hidden Crime Museum », *Atlas Obscura*, 17 février 2016, www.atlasobscura.com/articles/getting-in-the-minds-of-murderers-at-londons-hidden-crime-museum.

99 **Dr Neal** Rapport de Mulvany et Harvey, 19 mai 1892, MEPO 3/144.

99 **exactement ce que posséderait** Rapport de Mulvany et Harvey, 23 mai 1892, *ibid.*

100 **C'est un individu extrêmement** *Ibid.*

100 **un drôle de client** Rapport de Mulvany et Harvey, 20 mai 1892, *ibid.*

100 **Je sais par expérience** Annotation dans *ibid.*

100 **porta plainte** Rapport de Mulvany et Harvey, 19 mai 1892, *ibid.*

100 **Haynes avait travaillé** Témoignage de Patrick McIntyre, « Trial of Thomas Neill », p. 1446.

100 **avait ses habitudes** Ce compte rendu de Haynes provient de la Déclaration de John Patrick Haynes, 23 mai 1892, MEPO 3/144; et du Témoignage de John Patrick Haynes, « Trial of Thomas Neill », p. 1441-43.

101 **Cher Monsieur** Cette lettre a été lue au procès de Cream. Voir « Trial of Thomas Neill », p. 1440.

101 **Wyatt avait ignoré** Il est question des lettres adressées à Wyatt et à Clarke et de leur lien avec la circulaire concernant Donsworth dans le Rapport Mulvany et Harvey, 23 mai 1892, MEPO 3/144.

102 **à la condition que le coroner** Témoignage de Laura Sabbatini, « Trial of Thomas Neill », p. 1459.

102 **peut-être coupable** Déclaration de Haynes, 23 mai 1892, MEPO 3/144.

102 **Puisqu'il fréquente souvent** Rapport de Mulvany et Harvey, 23 mai 1892, *ibid.*

102 **une personne tout à fait respectable** Déclaration d'Emily Sleaper, 23 mai 1892, *ibid.*; et Témoignage d'Emily Sleaper, « Trial of Thomas Neill », p. 1431.

102 **Obtenir un échantillon** Annotation sur la Déclaration de Haynes, 23 mai 1892, MEPO 3/144.

CHAPITRE 12. Le suspect

103 **S'il est possible de se fier à Haynes** Annotation au Rapport de l'inspecteur en chef John Mulvany et de l'inspecteur George Harvey, 19 mai 1892, Metropolitan Police Office Records, MEPO 3/144, National Archives, Londres.

103 **Après quinze ans** Registre des départs de la MET, MEPO 4/144/62195.

103 **Cream était volubile** Ce compte rendu de l'entretien qui a eu lieu au 103 Lambeth Palace Road est puisé du Rapport de Mulvany et Harvey, 24 mai 1892, MEPO 3/144; et de la Déclaration de McIntyre, 30 mai 1892, *ibid.*

103 **un type de St. Thomas** Ce compte rendu des interactions entre McIntyre et Cream se fonde sur la Déclaration de Patrick McIntyre, 30 mai 1892, MEPO 3/144; et sur le Témoignage de Patrick McIntyre, « Trial of Thomas Neill », octobre 1892, *Proceedings of the Old Bailey, London's Central Criminal Court, 1674 to 1913*, p. 1444-46, www.oldbaileyonline.org.

105 **« l'empoisonneur de prostituées » de Lambeth** « The Case of Poisoning in Stamford Street », *British Medical Journal I*, n° 1637, 14 mai 1892, p. 1042.

105 **Étant moi-même médecin** Témoignage de McIntyre, « Trial of Thomas Neill », p. 1445.

105 **il supervisait l'enquête de la Division L** Voir son annotation dans « Death by Poisoning, Suicide », Rapport de la Division L, 23 octobre 1892, MEPO, 3/144.

105 **quand Henry Matthews, secrétaire d'État** Secrétariat d'État au commissaire adjoint Robert Anderson, 21 mai 1892, *ibid.*

105 **Ces femmes** Rapport de Mulvany et Harvey, 23 mai 1892, *ibid.* Concernant d'autres enquêtes parmi les prostituées de Lambeth, voir la Déclaration d'Ida B. Houstine, 23 mai 1892, *ibid.*; le Rapport de Mulvany et Harvey, 24 mai 1892, *ibid.*; la Déclaration d'Elizabeth Sullivan, 25 mai 1892, *ibid.*; et le Rapport de l'inspecteur George Harvey, 26 mai 1892, *ibid.* La liste des navires a été consignée dans le Rapport de Mulvany et Harvey, 24 mai 1892.

105 **L'agent dépêché à Brighton** Rapport du sergent John McCarthy, 26 mai 1892, *ibid.*

105 **une plongée dans les registres des décès** Rapport du sergent John McCarthy et de l'inspecteur George Harvey, 28 mai 1892, *ibid.*

105 **Il y avait trouvé de la strychnine** Le Dr Thomas Stevenson à sir Augustus Stephenson, 23 mai 1892, *ibid.*

106 **Puisque notre client n'est pas** Waters & Bryan à sir Edward Bradford, 26 mai 1892, *ibid.*

106 **Je lui ai dit** Déclaration de McIntyre, 30 mai 1892, *ibid.*

106 **Il refusa** *Ibid.*

106 **l'investigation de Lambeth, qui piétinait** Note de service, « Rewards in Thos. Neill's Case: Murder », 11 novembre 1892, MEPO 3/144.

106 **Je tiens à passer** Le commissaire adjoint Robert Anderson à Waters & Bryan, 27 mai 1892, *ibid.*

107 **Tunbridge était une étoile montante** Ces données biographiques sont puisées du Registre des départs de la MET, MEPO 4/340/52085; et de « John Bennett Tunbridge », *Te Ara: The Encyclopedia of New Zeland*, www.teara.govt.nz/en/biographies/2t52/tunbridge-john-bennett.

107 **l'un des plus brillants** Melville L. Macnaghten, *Days of My Years*, Londres, Edward Arnold, 1914, p. 274.

107 **Méfiant comme** « Alice Woodhall's Booty », *New York Times*, 6 juin 1888.

107 **capable d'extraire des conclusions** George Dilnot, *Triumphs of Detection: A Book about Detectives*, Londres, Geoffrey Bles, 1928, p. 245.

107 **un processus trop «délicat»** Colin Beavan, *Fingerprints: The Origins of Crime Detection and the Murder Case that Launched Forensic Science*, New York, Hyperion, 2001.

108 **Si la déclaration de Haynes** Rapport de l'inspecteur John Bennett Tunbridge, 28-29 mai 1892, MEPO 3/144. Les détails de l'entretien de Tunbridge avec Cream le 29 mai sont également puisés de ce rapport.

109 **Cream, qui avait consommé** Sa consommation croissante de drogue a été consignée dans *ibid;* Témoignage de John Patrick Haynes, « Trial of Thomas Neill », p. 1444; et « The Poisoner Neill: A Study of His Crimes by One Who Knew Him », *St. James Gazette*, Londres, 24 octobre 1892.

CHAPITRE 13. « Il y a erreur sur la personne »

110 **des preuves incontestables** Cette lettre a été reproduite dans « The Stamford Street Tragedy », *Observer* (Londres), 5 juin 1892.

110 **Il avait consulté** « Charge of Blackmailing », *Illustrated Police News* (Londres), 18 juin 1892.

111 **Ce n'est qu'une mauvaise** Appréciation de Walter Harper lors de son témoignage à l'enquête sur la mort de Clover. Voir « The Lambeth Poisoning Case », *Daily News* (Londres), 14 juillet 1892.

111 **Il ne fait aucun doute** Rapport de l'inspecteur John Bennett Tunbridge, 3 juin 1892, Metropolitan Police Office Records, MEPO 3144, National Archives, Londres.

112 **Elle était fabriquée** Le fabricant était la Fairfield Paper Company de Salon Falls, au Massachusetts. Voir « Trade Items », *American Stationer*, 16 juillet 1888, p. 181.

112 **Sans quoi, il sera peut-être** *Ibid.*

112 **une «investigation des plus minutieuses»** Cette citation et celle du paragraphe suivant sont puisées d'une communication du commissaire adjoint Robert Anderson au Home Office, 4 juin 1892, MEPO 3/144.

112 **Il y a erreur sur la personne** L'arrestation de Cream est décrite dans le Rapport Tunbridge du 6 juin 1892, *ibid.*; et dans le Témoignage de John Bennett Tunbridge, « Trial of Thomas Neill », octobre 1892, *Proceedings of the Old Bailey, London's Central Criminal Court, 1674 to 1913*, p. 1448-49, www.oldbaileyonline.org.

113 **Des enquêtes doivent être menées** Rapport Tunbridge, 11 juin 1892, MEPO 3/144.

114 **Il faut veiller** *Ibid.*

114 **le moindre indice** Sous-secrétaire du Home Office Godfrey Lushington au commissaire adjoint Robert Anderson, 9 juin 1892, *ibid.*

CHAPITRE 14. Jarvis de Scotland Yard

117 **un des plus astucieux** « Inspector Jarvis's Mission », *New York Times*, 29 juin 1892.

117 **Le plus grand bonhomme du Yard** « Bank Robbers Will Rejoice », *City Affairs* (Londres), 28 août 1897.

117 **contribué à intercepter** « The Dynamite Outrages », *Times of London*, 3 février 1885 ; « The Tower Explosion », *Guardian* (Manchester), 6 février 1885 ; et « The Dynamite Explosions », *Guardian* (Manchester), 24 février 1885.

117 **fait converger ses énergies** « A Famous Detective », *New York Times*, 6 septembre 1897 (reprise d'un compte rendu du *Daily Telegraph*).

117 **un dur**, *Ibid.*

119 **un homme très instruit** *Ibid.*

119 **un homme du monde** Melville L. Macnaghten, *Days of My Years*, Londres, Edward Arnold, 1914, p. 274-75.

119 **Il avait un jour traqué un fraudeur** « The United States », *Times of London*, 14 janvier 1889 ; et « The Charge against a Macclesfield Manufacturer », *Guardian* (Manchester), 19 avril 1889.

119 **Un tremblement de terre** George Dilnot, *Triumphs of Detection: A Book about Detectives*, Londres, Geoffrey Bles, 1920, p. 137.

119 **Des milliers de personnes** « Famous Detective. »

119 **L'enquête nord-américaine très médiatisée de Jarvis** Voir, par exemple, « Jarvis, of Scotland Yard », *Evening World* (New York), 28 juin 1892 ; « Inspector Jarvis's Mission » ; « Feeling against Cream », *Montreal Daily Herald*, 2 juillet 1892 ; « Tracing Cream's Record », *Montreal Daily Witness*, 15 juillet 1892 ; et « The Cream Case », *Quebec Saturday Budget*, 24 septembre 1892.

119 **aucune mort suspecte** L'inspecteur Frederick Smith Jarvis à Scotland Yard, 30 juin 1892, Metropolitan Police Office Records, MEPO 3/144, National Archives, Londres ; Rapport de l'inspecteur Frederick Smith Jarvis, 30 juin 1892 (Québec), *ibid.* ; et « Inspector Jarvis's Mission ».

119 **sa jeunesse dorée** Rapports Jarvis, 30 juin 1892 (Québec) et 4 juillet 1892 (Montréal), MEPO 3/144.

120 **venu à bout de cette affaire** Rapport Jarvis, 4 juillet 1892 (Montréal), *ibid.*

CHAPITRE 15. « Un jeune homme exceptionnellement doué »

121 **Les touristes en quête** *Guide to Quebec and The Lower Saint-Lawrence, Compiled Expressly for This Season* (Québec, 1882), p. 3. Cette description se base aussi sur *The Canadian Handbook and Tourist's Guide*, Montréal, M. Longmore, 1867, p. 17 ; et « Quebec », *New York Times*, 20 septembre 1867.

122 **rangée dans un coin** Rapport de l'inspecteur Frederick Smith Jarvis, 11 août 1892 (New York), Metropolitan Police Office Records, MEPO 3/144, National Archives, Londres.

122 **né en Irlande** Dans les états de recensement, le pays natal de William Cream est l'Irlande ; en outre, un ami intime a confirmé qu'il était originaire de Belfast. Thomas Davidson à Frances Willard, 22 juin 1890, Secretary of State,

Executive Section, Records of Commutations of Sentence, 1877-1928, Record Series 103.098, Illinois State Archives, Springfield.

122 **rues pittoresques et escarpées** Charles Dickens, *American Notes and Pictures from Italy*, Genève, Edito-Service, n.d., p. 249. [*Voyage en Amérique*, Gérard Piloquet et Éric Chedaille, trad., Paris, Libretto, 2021, et *Le Voyageur sans commerce*, Catherine Delavallade, trad., Talence, Arbre vengeur, 2009].

122 **la Gilbraltar de l'Amérique** *Ibid.*

122 **Le moindre madrier** Arthur R. M. Lower, *Great Britain's Woodyard: British America and the Timber Trade, 1763-1867*, Montréal, McGill-Queen's University Press, 1973, p. 215.

123 **un immense chantier naval** Eileen Reid Marcil, *The Charley-Man: A History of Wooden Shipbuilding at Quebec, 1763-1893*, Kingston, ON, Quarry Press, 1995, p. 123 [*On chantait « Charley-Man » : la construction de grands voiliers à Québec de 1763 à 1893*, Sainte-Foy, Éditions GID, 2000].

123 **un acteur important** *Ibid.*, p. 120. Les détails concernant l'entreprise Pollock, Gilmour & Company proviennent de Frederick William Wallace, *In the Wake of the Wind-Ships*, Toronto, Musson Book 1927, p. 78-80, et David Macmillan, « Allan Gilmour (1805-1884) », dans *Dictionary of Canadian Biography*, www.biographi.ca/en/bio/gilmour_allan_1805_84_11E.html [*Dictionnaire biographique du Canada*, www.biographi.ca/fr/bio/gilmour_allan_1805_84_11E.html].

123 **Il se peut que Cream** Cream est mentionné en tant que commis à Wolfe's Cove aussi tôt que 1856 dans les Fiches de la famille Cream, église unie Chalmers-Wesley, Québec. (Je suis redevable au secrétaire de l'église Chalmers-Wesley, David Rourke, de m'avoir accordé l'accès à ces fiches.) Cream est aussi désigné comme le « gérant de l'anse » dans George Gale, *Quebec: Twixt Old... and... New*, Québec, Telegraph Printing, 1915, p. 68.

123 **Les Cream emménagèrent** Rapport Jarvis, 30 juin 1892 (Québec), MEPO 3/144.

123 **responsabilité des exportations de bois d'œuvre** Pour des exemples des questions juridiques qui lui incombaient en tant que gérant, voir *William Cain v. William Cream*, 8 septembre 1866 ; et *Narcisse Morency v. William Cream*, Archives des notaires du Québec, Fonds Romuald Couillard de Beaumont (1865-82) et Marcel Bourget (1865-94), Bibliothèque et Archives nationales du Québec, Québec. Les deux litiges concernaient des expéditions de bois d'œuvre.

123 **C'est sûrement le désespoir** Cité dans Lorne F. Hammond, « Capital, Labour and Lumber in A. R. M. Lower's Woodyard: James Maclaren and the Changing Forest Economy, 1850-1906 », Thèse de doctorat, Université d'Ottawa, 1993, p. 85.

124 **un homme d'affaires énergique et futé** Richard M. Reid, « James Maclaren (1818-1892) », dans *Dictionary of Canadian Biography*, www.biographi.ca/en/bio/maclaren_james_12E.html [*Dictionnaire biographique du Canada*, www.biographi.ca/fr/bio/maclaren_james_12E.html].

124 **Ils firent connaissance en 1865** Les détails des fonctions d'agent et de sa relation avec Maclaren proviennent de Hammond, « Capital, Labour and Lumber », p. 162-66.

124 **Vous parlez de moi** *Ibid.*, p. 166.

124 **La configuration** Marc Lafrance et David-Thierry Ruddel, « Physical Expansion and Socio-Cultural Segregation in Quebec City, 1765-1840 », dans *Shaping the Urban Landscape: Aspects of the Canadian City-Building Process*, Gilbert A. Stelter et Alan F. J. Artibise, éd., Ottawa, Carleton University Press, 1982, p. 148-72.

125 **hommes rudes et forts** Frederick William Wallace, *Wooden Ships and Iron Men*, Londres, White Lion, 1973, p. 99.

125 **des voyous en guise de « marchands d'hommes »** Judith Fingard, *Jack in Port: Sailortowns of Eastern Canada*, Toronto, University of Toronto Press, 1982, p. 212, 215.

125 **trois résidents sur quatre** Lafrance et Ruddell, « Physical Expansion and Socio-Cultural Segregation », p. 162.

125 **généreux de son temps** En 1877 et 1878, notamment, il a fait des dons à un collège presbytérien et à un fonds de missionariat. *The Canadian Congregational Year Book 1877-8*, Toronto, Congregational Publishing 1977, p. 136 ; et *The Canadian Congregational Year Book 1878-9*, Ottawa, Congregational Publishing, 1878, p. 107, 168.

125 **l'un des membres fondateurs** Gale, *Quebec*, p. 245.

125 **dévot** Thomas Davidson au gouverneur de l'Illinois Joseph Fifer, 10 mars 1890, Records of Commutations of Sentence, 1877-1928, Record Series 103.098, Illinois State Archives, Springfield.

125 **m'a nourri** Testament de William Cream, novembre 1885, annexé à la requête d'homologation, 25 mai 1887, Registres de la Cour supérieure de la province de Québec, Bibliothèque et Archives nationales du Québec, Québec.

126 **Chacun d'eux** Davidson à Fifer.

126 **les murs de pierre de l'église d'inspiration néo-gothique** Les détails au sujet de l'église et de son histoire sont tirés de George W. Crawford, *Remember All the Way: The History of Chalmers-Wesley United Church, Quebec City*, Montréal, Price-Patterson, 2006, p. 145-68. On en trouve une description publiée dans *Quebec Gazette*, 7 mars 1853, p. 149.

126 **insatisfait de la chorale** Fiches de la famille Cream, église unie Chalmers-Wesley ; Eileen Marcil, « John Munn (1788-1859), dans *Dictionary of Canadian Biography*, www.biographi.ca/en/bio/munn_john_1788_1859_8E.html [*Dictionnaire biographique du Canada*, www.biographi.ca/fr/bio/munn_john_1788_1859_8E.html]. William Cream a recommencé à fréquenter l'église Chalmers en novembre 1888. Son fils Daniel et sa fille Rachel y étaient revenus en 1882 quand la Congretional Church avait fermé ses portes.

127 **une école de Wolfe's Cove que la compagnie Gilmour exploitait** Rapport Jarvis, 30 juin 1892 (Québec), MEPO 3/144.

127 **Thomas y enseigna** Angus McLaren, *A Prescription for Murder: The Victorian Serial Killings of Dr. Thomas Neill Cream*, Chicago, University of Chicago Press, 1993, p. 33 ; et « Old London's Sensation », *Globe* (Toronto), 28 juin 1892.

127 **incapable de la moindre action honteuse** Lettre de Thomas Davidson, 18 octobre 1888, Records of Commutations of Sentence, 1877-1928, Record Series 103.098, Illinois State Archives, Springfield.

127 **seuls trois enfants sur cinq** Résultats d'un sondage de 1867, cité dans Richard Gwyn, *John A., The Man Who Made Us: The Life and Times of John A. Macdonald*, vol. 1, *1815-1867*, Toronto, Random House Canada, 2007, p. 28.

127 **l'espérance de vie moyenne au Canada** Lance W. Roberts, Rodney A. Clifton, Barry Ferguson, Karen Kampen et Simon Langlois, éd., *Recent Social Trends in Canada, 1960-2000*, Montréal, McGill-Queen's University Press, 2005, p. 23.

127 **Un des aspects** J. K. Johnson, éd., *Affectionately Yours: The Letters of Sir John A. Macdonald and His Family*, Toronto, Macmillan of Canada, 1969, p. 11 [*Les Lettres de sir John A. Macdonald, 1836-1857*, J. K. Johnson, éd., Ottawa, Archives publiques du Canada, 1971].

127 **La famille Cream** Les décès de Christina et Hannah Cream ont été consignés dans le Registre d'inhumation du Mount Hermon Cemetery, Québec, 1846-1904, Bibliothèque et Archives nationales du Québec, consulté à www.ancestry.com.

128 **Son affection pour sa mère et son anxiété** James Emslie à Thomas Davidson, 18 octobre 1888, Records of Commutations of Sentence, 1877-1928, Record Series 103.098, Illinois State Archives, Springfield.

128 **une brève annonce dans le journal** *Quebec Mercury*, 18 janvier 1870 ; et *Morning Chronicle and Commercial and Shipping Gazette* (Québec), 18 janvier 1870. Thomas figure parmi les témoins à son inhumation : Extrait d'inhumation, Mary Cream, 19 janvier 1870, actes de l'état civil et registre religieux 1621-1968, Fonds Drouin, Institut généalogique Drouin, Montréal, consulté à www.ancestry.com. Les inhumations étaient souvent retardées jusqu'au printemps en raison du gel, mais des températures inhabituellement douces semblent avoir permis que Mary Cream soit immédiatement enterrée. De fait, cinquante-cinq inhumations ont eu lieu à Montréal dans la semaine se terminant le 15 janvier. « City Mortality », *Montreal Gazette*, 18 janvier 1870.

128 **un constructeur de troisième génération** Eileen Marcil, « William Henry Baldwin (1827-1894) », *Dictionary of Canadian Biography*, www.biographi.ca/en/bio/baldwin_william_henry_12E.html [*Dictionnaire biographique du Canada*, www.biographi.ca/fr/bio/baldwin_william_henry_12E.html].

128 **commis de confiance** Lettre de William H. Baldwin, 18 octobre 1888, et lettre de Peter Baldwin, 27 novembre 1888, Records of Commutations of Sentence, 1877-1928, Record Series 103.098, Illinois State Archives, Springfield. La date de l'arrivée de Thomas au chantier naval n'est pas claire, mais Peter Baldwin a déclaré qu'il avait travaillé pour William Baldwin « quelques années avant » 1870.

128 **Un jeune homme idéal** Lettre de William H. Baldwin, 18 octobre 1888.

128 **donne satisfaction** Lettre de Peter Baldwin, 27 novembre 1888.

129 **prouvèrent que Québec** Les descriptions de l'incendie, des efforts déployés pour sauver le chantier naval des Baldwin et des conséquences de l'incendie sur l'industrie sont tirées de « Tremendous Conflagration », *Morning Chronicle and Commercial and Shipping Gazette* (Québec), 24 mai 1870 ; « Great Fire in St. Roch's », *Quebec Mercury*, 25 mai 1870 ; et « The Recent Conflagration », *Quebec Mercury*, 26 mai 1870.

129 **continuèrent de construire des voiliers en bois** Sur le déclin de la construction navale et de l'industrie du bois d'œuvre, voir Wallace, *Wooden Ships and Iron Men*, p. 263, 269, 310 ; Marcil, *Charley-Man*, p. 68-69 ; et Lower, *Great Britain's Woodyard*, p. 130-33.

129 **William Cream opta pour la cimenterie** *Sessional Papers of the Parliament of the Dominion of Canada*, 1869 3, n° 6, Ottawa, Imprimeur de la Reine, 1869; *Gazette Officielle du Québec*, vol. 4, n° 32, 10 août 1872: p. 1318; « La poterie de Cap Rouge [...] au fil du temps », La société historique du Cap-Rouge, 16 juin 2015, shcr.qc.ca/nouvelle.php?no=172; et « Chroniques–Personnages–Joseph Bell Forsyth », La société historique du Cap-Rouge, 16 juin 2015, shcr.qc.ca/chronique.php?no=11; *Returns from the Chartered Banks of the Dominion of Canada*, Ottawa, MacLean, Roger, 1875, p. 4, 154, 213; et *Report of the Superintendent of Insurance, Dominion of Canada (1878)*, Ottawa, MacLean, Roger, 1879, p. 291, 321.

129 **Le curriculum substantiel** Les descriptions de l'académie et ses cours offerts sont tirés de Cyrus Thomas, *History of the Counties of Argenteuil, Québec, Prescott, Ontario*, Belleville, ON, Mika Publishing, 1981; édition originale, 1896, p. 233-36.

130 **sérieux, travailleur, bienveillant** James Emslie à Thomas Davidson, 18 octobre 1888.

130 **exprimé le souhait** Rapport Jarvis, 30 juin 1892 (Québec), MEPO 33/144.

130 **un jeune homme** Lettre de James Robertson, 26 octobre 1888, Records of Commutations of Sentence, 1877-1928, Record Series 103.098, Illinois State Archives, Springfield.

CHAPITRE 16. « L'instinct animal »

131 **brandissaient leurs outils de profanateurs de tombeaux** *Daily Witness* (Montréal), 12 novembre 1875, cité dans Royce MacGillivray, « Body-Snatching in Ontario », *Canadian Bulletin of Medical History/Bulletin canadien d'histoire de la médecine*, vol. 5, 1988, p. 58. L'incident a également été rapporté dans « Resurrectioning », *McGill Gazette* (Montréal), 1er décembre 1875.

131 **Le manque de cadavres** « College Items », *McGill Gazette* (Montréal), 15 décembre 1875.

131 **jusqu'à trois par jour** « A Communication », *University Gazette*, McGill (Montréal), 1er janvier 1874.

131 **Il est préférable** « My Last Experience of Resurrectionning », *University Gazette*, McGill (Montréal), 1er janvier 1874.

131 **le gouvernement du Québec n'adopte une loi** MacGillivray, « Body-Snatching in Ontario », p. 56, 58. La Loi sur l'anatomie du Québec a été adoptée en 1843, puis modifiée en 1883.

132 **cinquante dollars chaque dépouille livrée** Francis J. Shepherd, *Reminiscence of Student Days and Dissecting Room*, Montréal, à compte d'auteur, 1919, p. 24.

132 **pratiquement tous les sujets de dissection** *Ibid.*, p. 25.

132 **Puissiez-vous** W. Wright, *Introductory Lecture Delivered at the Opening of the 49th Session – Medical Faculty of McGill University*, Montréal, George E. Desbarats, 1872. Cette citation et les suivantes figurent aux pages 1, 10 et 15.

132 **L'arrivée de la classe de Cram** Cream fut l'un des derniers à s'inscrire. Registre étudiant, Faculté de médecine, Université McGill, 1824-1876, RG 38, Archives de l'Université McGill, Montréal. Le registre confirme la présence de Cream durant les trois années universitaires subséquentes.

133 **solide et progressiste** J. E. Pecher, *Flood's Guide Book of the Ottawa, St. Lawrence and Saguenay Rivers, Also Montreal and Quebec cities*, Montréal, John Lovell, 1872, p. 27.

133 **édifices neufs et élégants** *Ibid.*

133 **Mille carré doré** Jean-Claude Marsan, *Montréal en évolution : historique du développement de l'architecture et de l'environnement urbain montréalais*, 3e éd., revue, corrigée et mise à jour, Laval, Éditions du Méridien, 1994 (Première édition, Montréal, Fides, 1974) [*Montreal in Evolution : Historial Analysis of the Development of Montreal's Architecture and Urban Environment*, Montréal, McGill-Queen's University Press, 1981, p. 191, 257-58].

133 **faisait œuvre de pionnier** Ces innovations médicales sont décrites dans Paul Strathern, *A Brief History of Medicine from Hippocrates to Gene Therapy*, Londres, Constable & Robinson, 2005, p. 193-94, 280-83, 296-97.

133 **lubie démesurée** Arthur Conan Doyle, « The Romance of Medicine », dans *Conan Doyle's Tales of Medical Humanism and Values : Round the Red Lamp : Being Facts and Fancies of Medical Life, with Other Medical Short Stories*, Alvin E. Rodin et Jack D. Key, éd., Malabar, FL, Krieger Publishing, 1992, p. 466.

133 **une nouveauté dangereuse** *Ibid*, p. 19.

133 **les pharmaciens conservaient encore des jarres** Shepherd, *Reminiscences of Student Days and Dissecting Room*, p. 21.

133 **la plupart des médecins reconnaissaient** Thomas Neville Bonner, *Medicine in Chicago, 1850-1950 : A Chapter in the Social and Scientific Development of a City*, Madison, WI, American History Research Center, 1957, p. 31.

134 **Compte tenu de ce manque d'hygiène** Les citations et les descriptions de ce paragraphe sont tirées de Shepherd, *Reminiscences of Student Days and Dissecting Room*, p. 3, 5, 13, 15-16, 19-21.

134 **apprenaient par l'observation** Joseph Hanaway et Richard Cruess, *McGill Medicine*, vol. 1, *The First Half Century, 1829-1885*, Montréal, McGill-Queen's University Press, 1996, p. xxi-xxii, 18-9, 49-54, 59, 63-64 ; et Shepherd, *Reminiscences of Student Days and Dissecting Room*, p. 14-15.

134 **Un cours d'obstétrique** Ces exemples des matières enseignées à McGill proviennent des notes de cours d'un camarade de Cream à l'université, Robert Bell, de la promotion de 1878. Voir l'exposé du 18 février 1878, « Operations to Save Life of Mother by Sacrificing Child », consigné dans le Cahier 6, *Obstetrics Session 1877-78*, no 2 ; l'exposé du 13 novembre 1877, « Abortion », consigné dans le Cahier 8, *Midwifery Session 1877-78* ; partie de l'exposé du 26 novembre 1877, « Death by Hanging », consigné dans le Cahier 8, *Medical Jurisprudence, Session 1877-78*. Po78, Fonds John Bell, chemises 11 et 13, Bibliothèque Osler de l'histoire de la médecine, Université McGill, Montréal. Le commentaire au sujet de la « lame à deux tranchants » provient d'un exposé du 25 novembre 1875 dans le cadre du cours sur la Pratique de la médecine, Chemise 6, Cahier 8.

134 **Ils étaient parfois nécessaires** « Cream's Case », *Chicago Times*, 19 novembre 1880.

135 **sécuritaire quand on s'en servait correctement** Les effets du chloroforme et les débuts de son emploi comme anesthésiant sont décrits dans Joseph Lister, « Anæsthetics », dans *Systems of Surgery, Theoretical and Practical*, vol. 3, T. H. Holmes, éd., Philadelphie, Henry C. Lea's Son, 1882, p. 525-59.

135 **mourrait bientôt** Linda Stratmann, *The Secret Poisoner: A Century of Murder*, New Haven, CT, Yale University Press, p. 250.

135 **fabriquaient leurs propres compositions médicamenteuses** William Osler, « Introductory Lecture », *Canada Medical & Surgical Journal*, vol. 6, n° 5, novembre 1877, p. 199.

135 **taché de sang dégageait des odeurs pestilentielles** Shepherd, *Reminiscences of Student Days and Dissecting Room*, p. 3.

135 **on décidait à pile ou face** *Ibid.*, p. 20.

135 **une abondance de matière fraîche** *Annual Calendar of McGill College and University, Session of 1872-73*, Montréal, J. C. Becket, 1872, p. 57.

135 **l'ambiance et le curriculum** « My Last Experience of Resurrectionning. »

135 **où ils voulaient** Rapport de l'inspecteur Frederick Smith Jarvis, 4 juillet 1892 (Montréal), Metropolitain Office Records, MEPO 3/144, National Archives, Londres.

136 **des bordels du « Red Light »** Andrée Lévesque, « Éteindre le "Red Light" : Les réformateurs et la prostitution à Montréal, 1865-1925 », *Urban History Review*, vol. 17, n° 3, février 1989, p. 191. La prévalence des tavernes et des bordels est explorée dans Craig Heron, *Booze: A Distilled History*, Toronto, Between the Lines, 2003, p. 106 ; Marcel Martel, *Canada the Good: A Short History of Vice since 1500*, Waterloo, ON, Wilfrid Laurier University Press, 2014, p. 55 [*Une brève histoire du vice au Canada depuis 1500*, Geneviève Deschamps, trad., Québec, Presses de l'Université Laval, 2015] ; et Micheline Dumont, Michèle Jean, Marie Lavigne et Jennifer Stoddart, *L'Histoire des femmes au Québec depuis quatre siècles*, édition entièrement revue et mise à jour, Montréal, Le Jour, 1992 (première édition, Montréal, Quinze, 1982) [*Quebec Women: A History*, Toronto, Women's Press, 1987, p. 170].

136 **Quel homme sensé** « Boarding Houses, &c. », *McGill Gazette* (Montréal), 22 octobre 1875.

136 **Il faudrait attendre** Stanley Brice Frost, *McGill University: For the Advancement of Learning*, vol. 1, *1801-1895*, Montréal, McGill Queen's University Press, 1980, p. 261, 285-86.

136 **La vie du campus s'articulait autour de** *Ibid.*, p. 282, 287.

136 **d'insuffler à nos hommes l'esprit du chant** « College Items », *McGill Gazette* (Montréal), 22 octobre 1875.

136 **invité à chanter** Entrefilet sans titre, *McGill Gazette* (Montréal), 1er février 1876, p. 69.

136 **les pièges** Wright, *Introductory Lecture*, p. 14.

136 **être tout ou presque** *Ibid.*

136 **il substitua par la suite du tabac à chiquer** « Description of Convict », 1er novembre 1888, Secretary of State, Executive Section, Records of Commutations of Sentence, 1877-1928, Record Series 103.098, Illinois State Archives, Springfield.

136 **d'exubérants oiseaux de nuit, sans foi ni loi** « Medical Education in New York », *Harper's Magazine*, septembre 1882, p. 672.

136 **des repas bien arrosés** Shepherd, *Reminiscences of Student Days and Dissecting Room*, p. 6-7.

137 **Il s'est toujours comporté** Rapport Jarvis, 19 juillet 1892 (Montréal), MEPO 3/144. Porter a confirmé que Cream avait habité avec elle de 1872 à 1876.

137 **Ils le fréquentaient le moins possible** Rapport Jarvis, 4 juillet 1892 (Montréal), *ibid.* Bell et Sutherland sont identifiés dans Hanaway et Cruess, *McGill Medicine*, p. 126-27.

137 **plutôt sans-gêne et mettait de l'ostentation à** Rapport Jarvis, 4 juillet 1892 (Montréal), MEPO 3/144.

137 **des cours facultatifs** *Annual Calendar 1872-73*, p. 59-60.

137 **William Cream se remaria** Extrait de mariage, William Cream et Elizabeth Ann Clements Harbeson, 23 mars 1874, et Extrait de baptême, Elizabeth Harbeson (née le 6 septembre 1834), 14 juillet 1836. Actes de l'état civil et registres religieux 1621-1968, Fonds Drouin, Institut généalogique Drouin, Montréal, consulté à www.ancestry.com; et Contrat de mariage, William Cream et Elizabeth A. C. Harbeson, 21 mars 1874, Contrats des mariages de la région de Québec, 1761-1046, Bibliothèque et Archives nationales du Québec, Québec.

137 **il ne manqua pas d'argent** Rapport Jarvis, 4 juillet 1892 (Montréal), MEPO 3/144.

137 **une série de photos** Images I-96440.1 (1873-74), I-99946.1 (1874), I-99948.1 (1874), I-99949 (1874), II-16502.1 (1875), II-24646.1 (1876) et II-24647.1 (1876), Musée McCord, Montréal, www.collections.musee-mccord.qc.ca.

137 **Photographe de la reine** *The Canadian Handbook and Tourist's Guide*, Montréal, M. Longmoore, 1867, p. 215 : Stanley G. Triggs, « William Notman (1826-1891) », *Dictionary of Canadian Biography*, www.biographi.ca/en/bio/notman_william_12E.html [*Dictionnaire biographique du Canada*, www.biographi.ca/fr/bio/notman_william_12E.html].

138 **souscrivit une police d'assurance** Rapport Jarvis, 7 juillet 1892 (Montréal), MEPO 3/144.

139 **Carrure costaude** « Description of Convict. » Sa moustache auburn est décrite dans « The Abortionists », *Chicago Daily News*, 24 août 1880.

139 **charitables, bons et affables** Wright, *Introductory Lecture*, p. 13.

140 **consacrer leurs aptitudes** Ce compte rendu de la collation des grades se fonde sur les articles suivants : « Convocation Day at the University », *Daily Witness* (Montréal), 31 mars 1876 ; « McGill University » et « McGill University – Annual Meeting of Convocation », *Daily Witness* (Montréal), 1er avril 1876 ; « McGill University », *Montreal Evening Star*, 1er avril 1876 ; « McGill University », *Montreal Gazette*, 1er avril 1876. Les premiers doctorats en médecine et maîtrises en chirurgie ont été conférés en 1862. Hanaway et Cruess, *McGill Medicine*, p. 44.

141 **ses examens finaux** *Annual Calendar of McGill College and University, Montreal, Session of 1876-77*, Montréal, J. C. Becket, 1876, p. 59.

141 **En quoi les poisons** *Annual Calendar of McGill College and University, Montreal, Session of 1873-74*, Montréal, J. C. Becket, 1874, p. 233-35 ; et *Annual Calendar 1876-77*, p. 190.

141 **La thèse de Cream** Lori Podolsky, archiviste intérimaire de l'université, Archives de l'Université McGill, Montréal, courriel à l'auteur, 12 mai 2017. La plupart des thèses soutenues à l'époque de Cream auraient été perdues en 1907

dans l'incendie qui a détruit le pavillon de l'école de médecine. David S. Crawford, « Theses in the Osler Library Including that of Pierre de Sales Laterrière », *Osler Library Newsletter*, nº 111, 2009, p. 2. Le sujet de la thèse de Cream est consigné dans *Annual Calendar 1876-77*, page 59.

141 **pratiquer l'art de la médecine** Hanaway et Cruess, *McGill Medicine*, p. 43. La traduction anglaise se trouve à la p. 199.

141 **Cream apposa sa signature** Registre des diplômés, vol. 1, 1833-1961, Faculté de médecine, RG 38 C12 File 290, Archives de l'Université McGill.

CHAPITRE 17. Flora Eliza Brooks

142 **Brooks avait été tenancier** Famille Brooks, Dossier 429, Archives de la Société historique du comté de Brome, Lac-Brome (Knowlton), QC; Cyrus Thomas, *The History of Shefford: Ecclesiastical, Biographical and Statistical*, Montréal, Lovell Printing & Publishing, 1877, p. 119, 133 [*Histoire de Shefford*, M. l'abbé Ovila Fournier, trad., Île Perrot Nord, Éditions de la Libellule, 1973]; et *The Eastern Township Business and Farmers Directory* 1892, Toronto, Might's Directory, 1892, p. 616-18. Un article du *Waterloo Advertiser and District of Bedford Times* (QC), 14 octobre 1892, mentionne son service dans la milice du 79e Bataillon en tant que « capitaine L. H. Brooks ». L'hôtel, évalué à sept mille cinq cents dollars, était une des propriétés les plus chères du village: Rôle d'évaluation, 1869-1874, V008 – Fonds Ville de Waterloo, 1867-1974, Société d'histoire de la Haute-Yamaska, Granby.

142 **Un des plus beaux paysages** *The Canadian Handbook and Tourist's Guide*, Montréal, M. Longmoore, 1867, p. 47, 56.

143 **l'élégance urbaine** Thomas, *History of Shefford*, p. 122. Les détails concernant l'histoire et le développement de Waterloo sont tirés de *Waterloo, Québec: The First Hundred Years/Le premier cent ans 1867-1967*, Waterloo, Gaudet Printing, 1967, p. 13, 21, 25-37; *Guide du patrimoine bâti de la MRC de la Haute-Yamaska*, Granby, QC, Société d'histoire de la Haute-Yamaska, 2015, p. 123-45; Mario Gendron et Richard Racine, *Waterloo: 125 ans d'histoire*, Granby, QC, Société d'histoire de Shefford, 1992, p. 105-19; et *Eastern Township Gazetteer & Directory for the Years 1875-76*, Montréal, W. H. Irwin, 1875, p. 222-23.

143 **Flora Brooks avait rencontré** Rapport de l'inspecteur Frederick Smith Jarvis, 7 juillet 1892 (Montréal), Metropolitan Police Office Records, MEPO 3/144, National Archives, Londres.

143 **les rituels des fréquentations** Peter Ward, « Courtship and Social Space in Nineteenth Century English Canada », *Canadian Historial Review*, vol. 68, nº 1, mars 1987, p. 35-62.

143 **rendit régulièrement visite** Rapport Jarvis, 7 juillet 1892 (Montréal), MEPO 3/144.

144 **Cream devint un habitué** « Record of a Rascal », *Salt Lake (UT) Herald*, 30 juin 1892.

144 **se procuraient des squelettes, des ossements** La collection personnelle de Joseph Lister, notamment, incluait un squelette entier, un thorax, une vessie et une tête coupée à laquelle était encore attachée l'extrémité supérieure de

l'épine dorsale. Lindsey Fitzharris, *The Butchering Art: Joseph Lister's Quest to Transform the Grisly World of Victorian Medicine*, Londres, Allen Lane, 2017, p. 45.

144 **un incendie se déclara** L'incendie et la demande d'indemnité décrits au paragraphe suivant sont relatés dans les Rapports Jarvis du 7 juillet 1892 (Montréal) et du 19 juillet 1892 (Montréal), MEPO 3/144.

145 **presque inégalée** Les descriptions des conditions météorologiques et des événements locaux de ce paragraphe et du suivant sont tirées de comptes rendus et d'annonces publicitaires du *Waterloo Advertiser and District of Bedford Times* (QC), 4, 11, 18 et 24 août 1876.

145 **Cream lui promit** « Record of a Rascal. »

146 **provoqué par des médicaments ou des instruments** Rapport Jarvis, 7 juillet 1892 (Montréal), MEPO 3/144.

146 **des actes criminels** Samuel R. Clarke et Henry P. Sheppard, *A Treatise on the Criminal Law of Canada*, 2e éd., Toronto, Hart, 1882, p. 209-10.

147 **Certaines substances couramment incorporées** Angus McLaren, « Birth Control and Abortion in Canada, 1870-1920 », *Canadian Historical Review*, vol. 59, no 3, 1978, p. 329-30.

147 **un véritable calvaire** Cité dans Constance Backhouse, *Petticoats and Prejudice: Women and Law in Nineteenth Century Canada*, Toronto, Osgoode Society/Women's Press, 1991, p. 349, n. 4.

147 **Qu'est-ce que ça signifie?** « Record of a Rascal. » Certains comptes rendus de la jeunesse de Cream dans la presse affirment, ce dont on peut douter, que Brooks est allée à l'hôtel armée d'un revolver et qu'elle a menacé de tuer Cream s'il refusait d'épouser Flora, mais cela semble peu probable. Voir, notamment, « The Conviction of Neill », *Pall Mall Gazette* (Londres), 22 octobre 1892.

147 **l'amour et l'affection** Contrat de mariage, Thomas N. Cream, m.d., et Flora E. Brooks, 11 septembre 1876, Archives des notaires du Québec, District de Bedford, notaire Thomas Brassard, no 8589, Bibliothèque et Archives nationales du Québec, Sherbrooke.

147 **étendue sur une chaise longue** « Record of a Rascal. »

124 **jamais rencontré Flora Brooks** Rapport Jarvis, 4 juillet 1892 (Montréal), MEPO 3/144.

147 **fut publié dans l'*Advertiser*** *Waterloo Advertiser and District Bedford Times* (QC), 15 septembre 1876.

147 **devait aller quelque temps en Angleterre** Rapport Jarvis, 7 juillet 1892 (Montréal), MEPO 3/144.

CHAPITRE 18. L'étudiant no 2016

148 **Je ne pense pas** Sir James Clark à Florence Nightingale, 9 juillet 1867, cité dans E. M. McInnes, *St. Thomas' Hospital*, 2e éd., Londres, Special Trustees for St. Thomas' Hospital, 1990, p. 111.

149 **Les diplômés de McGill** Joseph Hanaway et Richard Cruess, *McGill Medicine*, vol. 1, *The First Half Century, 1829-1885*, Montréal, McGill-Queen's University Press, 1996, p. 65-69, 73.

149 **avec comme but ultime son entrée** Son camarade Herbert Reddy a expliqué pourquoi lui et Cream avaient opté pour St. Thomas dans un entretien avec un détective de Scotland Yard en 1892. Rapport de l'inspecteur Frederick Smith Jarvis, 4 juillet 1892 (Montréal), Metropolitan Police Office Records, MEPO 3/144, National Archives, Londres. Le nom de Reddy figure dans la liste des étudiants de la promotion de 1876 dans Hanaway et Cruess, *McGill Medicine*, p. 127.

149 **le meilleur hôpital** « The New St. Thomas's Hospital and Medical School », *British Medical Journal*, vol. 1, nº 383, 2 mai 1868, p. 435. Cette description de l'hôpital et de l'école de médecine s'inspire aussi de « St. Thomas's Hospital Medical School », *British Medical Journal*, vol. 2, nº 2122, 31 août 1901, p. 537 ; et de McInnes, *St. Thomas' Hospital*, p. 110-11.

149 **trois mille quatre cents patients** Walter Rivington, *The Medical Profession: Being the Essay to which Was Awarded the First Carmichael Prize of £200 by the Council of the Royal College of Surgeons, Ireland, 1879*, Dublin, Fannin, 1879, p. 319.

149 **Tous les étudiants** St. Thomas's Hospital Medical and Surgical College, Session 1872-1873, HO1/ST/MS/A/05/001, St. Thomas' Hospital, Medical School Records, London Metropolitan Archives.

150 **suscita une renaissance** McInnes, *St. Thomas' Hospital*, p. 136. Les débuts de la vaccination et de l'emploi du chloroforme sont mentionnés aux pages 137 et 148.

150 **En tant qu'institution caritative** « Hospital Wards for the "Well-to-Do" », *British Medical Journal*, vol. 1, nº 934, 23 novembre 1878, p. 781. En 1878, un pavillon fut réservé aux patients capables de payer et ces recettes affectées à l'admission de patients moins fortunés.

150 **L'hôpital devrait être situé** « Introductory Lectures: St. Thomas's Hospital », *British Medical Journal*, vol. 2, nº 145, 10 octobre 1863, p. 395.

151 **On ne doit pas s'étonner** « Medical Students at Work », *Graphic*, Londres, 2 octobre 1886, p. 367.

151 **confirmé la présence de Cream** Notes de service de l'inspecteur John Bennett Tunbridge, 21 juin 1892 et 8 juillet 1892, MEPO 3/144.

151 **son matricule d'étudiant était le 2016** Index to Pupil Entry Books 1825-1930, TH/FP12, St. Thomas's Hospital, Medical School Records, King's College London Archives.

151 **carabins** McInnes, *St. Thomas' Hospital, 75-76*. En 1878, l'école comptait 187 étudiants. Rivington, *Medical Profession*, p. 259.

151 **un domaine prometteur et très ouvert** Cet aspect est étudié dans Wendy Mitchinson, *The Nature of Their Bodies : Women and Their Doctors in Victorian Canada*, Toronto, University of Toronto Press, 1991, chap. 6.

151 **cinq cents femmes enceintes** Ce nombre fut mentionné par la sage-femme de Chicago Hattie Mack lorsqu'elle et Cream furent traduits en justice pour meurtre en 1880. Voir « Dr Cream's Crime », *Chicago Daily News*, 23 août 1880.

151 **avoir assisté et conseillé d'autres médecins** Mentionné lors de son témoignage à son procès pour meurtre, à Chicago, en 1880. « Cream's Case », *Chicago Times*, 19 novembre 1880 ; et « Dr. Cream », *Chicago Daily Tribune*, 19 novembre 1880.

151 **un prix d'honneur** « Murderers' Row », *Chicago Daily Tribune*, 17 novembre 1880.

151 **il était bandagiste** Registration of Pupils Attainment and Appointments 1869-1905, TH/FP13, St. Thomas' Hospital, Medical School Records, King's College London Archives. De nombreux comptes rendus de la carrière médicale de Cream mentionnent qu'il fut assistant obstétricien pendant ses études à St. Thomas. Voir, notamment, Angus McLaren, *A Prescription for Murder: The Victorian Serial Killings of Dr. Thomas Neill Cream*, Chicago, University of Chicago Press, 1993, p. 34. La case correspondant à ce poste n'a pas été cochée dans le dossier d'étudiant de Cream.

151 **Ces assistants qui accompagnaient les chirurgiens** Lindsey Fitzharris, *The Butchering Art: Joseph Lister's Quest to Transform the Grisly World of Victorian Medicine*, Londres, Allen Lane, 2017, p. 4.

151 **En général, les bons bandagistes** « Medical Students at Work », p. 367.

152 **Ceux qui, comme lui, étaient déjà** W. Somerset Maugham, qui étudia à St. Thomas au début des années 1890, dit que l'assistant obstétricien qui avait supervisé son travail était « un jeune homme qui s'était récemment qualifié ». Maugham, *Liza of Lambeth*, Londres, Vintage Books, 2000, p. vii [*Liza de Lambeth*, Paul Couturiau, trad., Paris, Librairie générale française, Le Livre de poche, 1996].

152 **le plus de temps possible** « Medical Students at Work », p. 364.

152 **Quatre autres diplômés de McGill** Joel Haley, King's College London Archives, courriel à l'auteur, 4 septembre 2017. Hanaway et Cruess, dans *McGill Medicine*, p. 127, mentionnent trois des quatre étudiants et signalent qu'ils faisaient partie de la promotion de 1876: Reddy, Alexander Munro et Arthur Ritchie.

152 **connaissait les pétrins** Rapport Jarvis, 4 juillet 1892 (Montréal), MEPO 3/144. Reddy, nota le détective, « [se souvient] que Cream avait été presque un an à l'hôpital, mais qu'il n'était pas un ami intime et qu'il n'a jamais su où il habitait à Londres ».

153 **reconnurent son nom** Rapport Jarvis, 7 juillet 1892 (Montréal), *ibid.* Un compte rendu journalistique, « Record of a Rascal », *Salt Lake (UT) Herald*, 30 juin 1892, dit de Mlle Alexander qu'elle était « riche et d'un statut privilégié ».

153 **il poursuivit de ses assiduités** La description comprise dans ce paragraphe se fonde sur la note de service du sergent George Bush, 27 juin 1892, MEPO 3/144.

153 **une multiplicité déconcertante** Rivington, *Medical Profession*, p. 6, 9, 45.

153 **Un jury d'examinateurs** *Calendar of the Royal College of Surgeons of England, 1876*, Londres, Taylor & Francis, 1876, p. 300-1. Les critères professionnels, les conditions relatives aux examens et les autres conditions d'admission sont énumérés aux pages 43-46, 47-49. Les résultats des examens de cette année-là, qualifiés de typiques par le président du collège, sont consignés aux pages 298-99 et 302.

154 **Cream acquitta les frais** *Examination Book*, vol. 7, *1867-1877*, RCS-EXA/2/2/1/6. Royal College of Surgeons of England Archives, Londres. Les résultats de Cream figurent à la ligne 100. (Il y est aussi erronément identifié en tant que diplômé de l'école de médecine de l'Université de Toronto.) Dans un courriel à l'auteur daté du 2 août 2016, l'archiviste Geraldine O'Driscoll a confirmé que le terme « renvoyé » signifiait que l'étudiant avait échoué à l'examen.

154 **exigeant une compréhension parfaite** Les questions de l'examen antérieur d'un an à celui que subit Cream ont été reproduites dans *Calendar of the Royal College of Surgeons of England, 1876*, p. 337-42.

154 **la police hésitait à entrer** « The Summing Up », dans W. Somerset Maugham, *Mr. Maugham Himself*, Garden City, NY, Doubleday, 1954, p. 566 [*The Summing Up : Mémoires*, Paul Couturiau et Sabine Delattre, trad., Paris, Librairie générale française, Le Livre de poche, 2000]. Le personnel et les étudiants de St. Thomas pratiquèrent 1620 accouchements à domicile en 1876. Voir *The Medical Directory for 1878, including the London and Provincial Medical Directory, the Medical Directory for Scotland, the Medical Directory for Ireland*, Londres, J. & A. Churchill, s. d., p. 250.

CHAPITRE 19. Une mort prématurée

156 **Étant malade du corps** Testament de Flora Eliza Brooks, 25 juillet 1877, Archives des notaires du Québec, District de Bedford, notaire Louis Jodoin, no 2251, Bibliothèque et Archives nationales du Québec, Sherbrooke.

156 **bien rétablie** Rapport de l'inspecteur Frederick Smith Jarvis, 7 juillet 1892 (Montréal), Metropolitan Police Office Records, MEPO 3/144, National Archives, Londres.

157 **une semi-inconscience** « Record of a Rascal », *Salt Lake (UT) Herald*, 30 juin 1892.

157 **Phelan lui ordonna** Rapport Jarvis, 7 juillet 1892 (Montréal), MEPO 3/144.

157 **il fit parvenir à Lyman Brooks** *Ibid.*

158 **des suites d'une longue maladie** *Waterloo Advertiser and District of Bedford Times* (QC), 15 août 1877.

158 **Les affections pulmonaires** Mario Gendron, « Mourir en 1870 », Société d'histoire de la Haute-Yamaska, 30 novembre 2010, www.shhy.info/sante/mourir-en-1870.

158 **le coup [avait] été reçu** Samuel R. Clarke et Henry P. Sheppard, *A Treatise on the Criminal Law of Canada*, 2e éd., Toronto, Hart, 1882, p. 194-95.

158 **le Dr Eric Sparham** Voir *A Defence of Dr. Eric Benzel Sparham, Charged and Convicted of the Crime of Murder: Being a Medico-Legal Inquiry into the Cause of the Death of Miss Sophia Elizabeth Burnham, His Supposed Victim*, Brockville, ON, Leavitt & Southworth, 1876.

159 **n'a jamais vu les médicaments** Rapport Jarvis, 7 juillet 1892 (Montréal), MEPO 3/144.

CHAPITRE 20. Le permis d'exercer

160 **Les droits à payer sont modérés** Walter Rivington, *The Medical Profession: Being the Essay to which Was Awarded the First Carmichael Prize of £200 by the Council of the Royal College of Surgeons, Ireland, 1879*, Dublin, Fannin, 1879, p. 46-47.

160 **l'Athènes du Nord** Robert Crawford, *On Glasgow and Edinburgh*, Cambridge, MA, Belknap Press/Harvard University Press, 2013, p. 27.

160 ***Auld Reikie*** *Ibid.*, p. 17.

161 **la plus importante de Grande-Bretagne** Rivington, *Medical Profession*, p. 258-59.

161 **La table d'opération** Conan Doyle décrivit les techniques opératoires telles qu'elles étaient durant ses années d'études dans « His First Operation » [Sa première opération], dans *Conan Doyle's Tales of Medical Humanism and Values: Round the Red Lamp: Being Facts and Fancies of Medical Life, with Other Medical Short Stories*, Alvin E. Rodin et Jack D. Key, éd., Malabar, FL, Krieger Publishing, 1992, p. 29-32.

161 **deux jours d'examens écrits** On trouve la description des examens et des matières abordées dans *The Medical Directory for 1878, including the London and Provincial Medical Directory, the Medical Directory for Scotland, the Medical Directory for Ireland*, Londres, J. & A. Churchill, s. d., p. 943-44.

161 **malades et souffrants** Helen M. Dingwall, *« A Famous and Flourishing Society: The History of the Royal College of Surgeons of Edinburgh*, Édimbourg, Edinburgh University Press, 2005, p. 171.

162 **y complétait sa deuxième année** Conan Doyle semble être resté à Édimbourg au moins jusqu'à la fin d'avril, quand il alla à Sheffield, dans le Sud, travailler comme assistant médical pendant trois semaines. Voir ses lettres à sa mère, Mary Doyle, datées des 26 et 29 mai 1878 dans Jon Lellenberg, Daniel Stashower et Charles Foley, éd., *Arthur Conan Doyle: A Life in Letters*, Londres, HarperPress, 2007, p. 102-4. Cependant, dans ses mémoires, Conan Doyle se souvient erronément que son séjour à Sheffield a pris fin « au début de l'été '78 ». Arthur Conan Doyle, *Memories and Adventures and Western Wanderings*, Newcastle upon Tyne, Cambridge Scholars Publishing, 2009, p. 16 [*Souvenirs et aventures*, s.n.d.t., Paris, Encre, 1985].

162 **un des lieux de prédilection** Rodin et Key, *Conan Doyle's Tales of Medical Humanism and Values*, p. 37. Conan Doyle se lia éventuellement d'amitié avec les écrivains Louis Stevenson et J. M. Barrie qui fréquentèrent l'Université d'Édimbourg à peu près en même temps que lui, et il soupçonna de les y avoir « côtoyés » pendant ses études. Voir Conan Doyle, *Memories and Adventures*, p. 185.

162 **son aptitude à jauger** Voir Conan Doyle, *Memories and Adventures*, p. 15-16; et Irving Wallace, *The Fabulous Originals: Lives of Extraordinary People Who Inspired Memorable Characters in Fiction*, Millwood, NY, Krause Reprint, 1972, p. 22-23.

162 **Son intuition** Harry How, « A Day with Dr. Conan Doyle », *Strand Magazine*, vol. 4, nº 20, août 1892, p. 186.

162 **Les cicatrices** *Ibid.*, p. 188.

163 **la très grande importance** « The Original of "Sherlock Holmes": An Interview with Dr. Joseph Bell », *Pall Mall Gazette* (Londres), 28 décembre 1893.

163 **Ses investigations apportèrent la solution** Wallace, *Fabulous Originals*, p. 36-38. Voir également Ely M. Liebow, *Dr. Joe Bell: Model for Sherlock Holmes*, Madison, WI, Popular Press, 2007, p. 119-22 [*L'Homme qui était Sherlock Holmes: une biographie du Dr Joe Bell*, Dominique Goy-Blanquet, trad., Paris, Éditions Baker Street, 2009].

163 **Ce serait** « Original of Sherlock Holmes. »

163 **un candidat sur trois** Les résultats des deux examens de 1878 furent consignés dans « Return, by the Registrar, of Results of Professional Examinations for Degrees, Diplomas, and Licenses granted in 1878 by the Bodies in Schedule (A.) of the "Medical Act (1858)" », annexé au *Special Report from the Select Committee on the Medical Act (1858) Amendment (No. 3) Bill [Lords]*, reproduit dans *Parliament of Great Britain, Reports from Committees*, vol. 12 (1878-79), p. 415.

163 **Le Dr Bell faisait partie** « Minutes of the Royal College of Surgeons of Edinburgh », vol. 16 (1878), p. 713, Royal College of Surgeons of Edinburgh Archives, Edinburgh. Concernant le rôle de secrétaire-trésorier de Bell, ses fonctions d'examinateur et l'obligation de présenter ses dossiers d'étudiant et de verser les frais d'inscription au 20 Melville Street, voir *Medical Directory for 1878*, p. 941, 943-44. *Transactions of the Royal Society of Edinburgh*, vol. 29 (1878-80), Édimbourg, Robert Grant & Son, 1880, p. 692 confirme qu'il s'agit bien de l'adresse personnelle de Bell à la fin des années 1870. En 1884, il emménagea non loin, au 2 Melville Crescent, où une plaque atteste de son lien avec le personnage de Sherlock Holmes. Michael Sims, « The scene of the crime… Sherlock Holmes and the indelible link to Edinburgh », *National* (Glasgow), 6 mars 2017.

164 **les connaissances de Cream « en anatomie »** « Minutes of the Royal College of Surgeons of Edinburgh », p. 713-14. La double qualification de Cream fut consignée le jour même, soit le 13 avril 1878, dans la « List of Licentiates », vol. 2 (1877-51), RCP/EXA/6/6, Records of the Royal College of Physicians of Edinburgh. L'affirmation d'Angus McLaren selon laquelle Cream avait reçu un permis d'exercer la maïeutique semble se fonder sur des annonces que Cream avait fait paraître dans des journaux pour mettre en évidence ses premières années de pratique médicale au Canada. La maïeutique faisait partie des matières abordées pendant les examens d'Édimbourg, mais selon les registres de ces écoles de médecine, Cream n'aurait pas bénéficié de cette qualification spécifique. Voir Angus McLaren, *A Prescription for Murder: The Victorian Serial Killings of Dr. Thomas Neill Cream*, Chicago, University of Chicago Press, 1993, p. 35.

164 **autorisé à faire suivre son nom** W. S. Craig, *History of the Royal College of Physicians of Edinburgh*, Oxford, Blackwell Scientific Publications, 1976, p. 307.

164 **devrait permettre à son détenteur** Rivington, *Medical Profession*, p. 44, 47.

164 **Cream n'avait jamais perdu** Son accent était encore décelable vers les trente ans. Voir « The Abortionists », *Chicago Daily News*, 24 août 1880.

CHAPITRE 21. Catharine Hutchinson Gardner

165 **Catharine Hutchinson Gardner** Elle fut abondamment désignée dans la presse sous le nom de Kate Lorne Gardner, mais son frère Robert fit éventuellement remarquer que son vrai nom était Catharine Hutchinson Gardner. Voir « Inquest File – Kate or Kitty Gardner », 3 mai 1879, Middlesex County Coroner Investigations and Inquests, RG 22-3395, Archives of Ontario, Toronto ; et « The Katie Gardner Case ! », *London (ON) Free Press*, 14 mai 1879.

165 **alla à la toilette extérieure** Cette description de la découverte du corps de Gardner est tirée des articles ci-après : « A Case of Suicide », *London (ON) Free Press*, 3 mai 1879 ; « A Case of Suicide », *London (ON) Free Press*, 5 mai 1879 ; et « Mysterious Death », *Daily Advertiser* (London), 5 mai 1879.

165 **une odeur «douceâtre et insidieuse»** Arthur Conan Doyle, «The Curse of Eve» («La malédiction d'Ève»), dans *Conan Doyle's Tales of Medical Humanism and Values: Round the Red Lamp: Being Facts and Fancies of Medical Life, with Other Medical Short Stories*, Alvin E. Rodin et Jack D. Key, éd., Malabar, FL, Krieger Publishing, 1992, p. 116.

166 **N'aimant pas cet endroit** «The Abortionists», *Chicago Daily News*, 24 août 1880.

166 **une Pittsburgh en miniature** Orlo Miller, *A Century of Western Ontario: The Story of London, "The Free Press," and Western Ontario, 1849-1949*, Westport, CT, Greenwood Press, 1972, p. 175.

166 **de la nouveauté brute et de la fugacité** Orlo Miller, *This Was London: The First Two Centuries*, Westport, ON, Butternut Press, 1988, p. 135. Le séjour du futur roi Édouard VII à Tecumseh House est mentionné en page 97.

167 **Cream annonça l'ouverture de son cabinet** Les premières annonces parurent dans le *Free Press* le 11 septembre 1878 et dans le *Daily Advertiser* (London), le 16 septembre 1878.

168 **une des plus belles rues résidentielles** *History of the County of Middlesex, Canada*, Toronto, W. A. & C. L. Goodspeed, 1889, p. 228.

168 **Il vota aux élections provinciales** *Ontario, Canada Voter Lists, 1867-1900*, City of London, Ward 4, 29 août 1879, p. 82, consulté à www.ancestry.com.

168 **un «pilier» de leur communauté de fidèles** Tout ce qui est ici attribué à James Reid est tiré d'une interview de 1892, «Dr. Cream's Career», *London (ON) Free Press*, 29 juin 1892, repris dans «The Murdered Woman», *Globe* (Toronto), 29 juin 1892.

168 **Dans la classe du dimanche** *Ibid.*

168 **il aidait les enfants à mieux lire et écrire** Le rôle des classes du dimanche est décrit dans Michael Paterson, *Life in Victorian Britain: A Social History of Queen Victoria's Reign*, Londres, Robinson, 2008, p. 173.

168 **Il se joignit à la section locale** L'adhésion de Cream au YMCA et ses fonctions dans la classe du dimanche sont documentées dans «Dr. Cream», *Chicago Daily Tribune*, 23 août 1880; et dans «Dr. Cream's Crime», *Chicago Daily News*, 23 août 1880.

168 **un milieu chrétien sécuritaire** J. William Frost, «Christianity and Culture in America», dans *Christianity: A Social and Cultural History*, 2e éd., Upper Saddle River, NJ, Prentice Hall, 1998, p. 476.

168 **des événements sportifs et des excursions de camping** Miller, *This Was London*, p. 140. Les excursions de camping sont mentionnées dans Jennifer Grainger, *Early London: A Photographic History from the Orr Collection* 1826-1914, Windsor, ON, Biblioasis, 2016, p. 114.

168 **les relations sociales** *History of the County of Middlesex, Canada*, p. 358. La présence de Cream aux rencontres de la fraternité est signalée dans la couverture de presse de l'enquête sur la mort de Gardner.

168 **il chanta *La Marseillaise*** «Social Entertainment», *London (ON) Free Press*, 14 mars 1879; et «Sociable», *Daily Advertiser* (London), 14 mars 1879.

169 **les gens respectables** Geoffrey Best, *Mid-Victorian Britain, 1851-75*, Londres, Fontana Press, 1979, p. 283-84.

169 **se réclamaient d'un idéal** Karen Halttunen, *Confidence Men and Painted Women: A Study of Middle-Class Culture in America, 1830-1870*, New Haven, CT, Yale University Press, 1982, p. xiii.

169 **la profonde et primitive dualité** Robert Louis Stevenson, *Dr. Jekyll & Mr. Hyde and Other Strange Tales*, Londres, Arcturus Publishing, 2009, p. 56-59 [*L'Étrange Cas du Dr Jekyll et de Mr Hyde*, Robert Latour, trad., Paris, Robert Laffont, 2016].

169 **accusé d'exercer sans permis en vertu de la loi médicale de l'Ontario** « Practising without a License », *London (ON) Free Press*, 24 février 1879.

169 **Il avait payé la cotisation requise** L'article du *Daily Advertiser* (London), 28 février 1879, fut reproduit dans « Local Court Fined Victorian Poisoner », *London (ON) Free Press*, 25 mai 1983. Voir aussi « Personal », *London (ON) Free Press*, 28 février 1879.

170 **demeura en vigueur pendant des mois** Les entrées du registre d'audience de Lawrason et d'autres archives judiciaires concernant la loi médicale furent reproduites dans « Local Court Fined Victorian Poisoner ». Cette source confirme qu'il n'y a pas eu d'autre couverture de presse de la poursuite.

170 **De l'avis général** « Case of Suicide », *London (ON) Free Press*, 3 mai 1879.

170 **Il est souhaitable, en effet** William Fuller Alves Boys, *A Practical Treatise on the Office and Duties of Coroners in Ontario*, 2e éd., Toronto, Hart & Rawlinson, 1878, p. 7. Les antécédents de Boys sont tirés de « Judge Boys passed away on Sunday », *Barrie (ON) Examiner*, 3 décembre 1914.

170 **médecin depuis vingt ans** Les données biographiques concernant Flock proviennent de George Maclean Rose, éd., *A Cyclopædia of Canadian Biography*, Toronto, Rose Publishing, 1886, p. 417; et *Medical Chronicle Appointments*, 2 octobre 1858; ou *Montreal Monthly Journal of Medicine and Surgery*, vol. 6, no 5, 1858, p. 239.

170 **de la violence ou des méthodes illicites** « Coroner's Bill for Upper Canada », *British American Medical and Physical Journal*, vol. 6, no 8, décembre 1850, p. 380-83; et J. C. E. Wood, « Discovering the Ontario Inquest », *Osgoode Hall Law Journal*, vol. 5, no 2, 1967, p. 246-48.

171 **des querelles où l'on en était presque venu aux mains** « Coroner's Inquests », *Ottawa Daily Citizen*, 28 octobre 1879. Des altercations similaires eurent lieu entre coroners rivaux à New York et dans le New Jersey à la même époque. Voir Colin Evans, *Blood on the Table: The Greatest Cases of New York City's Office of the Chief Medical Examiner*, New York, Berkley Books, 2008, p. 10-11.

171 **rien ne protégerait** « Coroner's Inquests », *Ottawa Daily Citizen*, 8 novembre 1879.

171 **pendant que le corps** Ces responsabilités sont énumérées dans Boys, *Practical Treatise*, vol. 6, p. 123-27, 155. Cet ouvrage était une référence incontournable pour les coroners ontariens en 1879. Voir la lettre de J. G. Scott à Julius P. Bucke, 16 septembre 1879, Deputy Attorney General Letterbooks, vol. 17, RG 4-26, Archives of Ontario, Toronto.

172 **Comme Flock, la plupart** Guy St-Denis, « The London District and Middlesex County, Ontario, Coroner's Inquests, 1831-1900 », *Archivaria*, vol. 31, hiver 1990-91, p. 143.

172 **sains d'esprit** Boys, *Practical Treatise*, p. 2-3.

172 **avec une grande prudence** *Ibid.*, p. 126.

172 **son estomac avait été prélevé** J. G. Scott à W. H. Ellis, 7 juin 1879 ; J. G. Scott à Julius P. Bucke, 7 juin 1879 ; et J. G. Scott à Julius P. Bucke, 16 septembre 1879, Deputy Attorney General Letterbooks, vol. 17, RG 4-26, Archives of Ontario. La dénommée Sarah Shingles est décédée le 28 avril. Les procédures de préservation et d'expédition des échantillons prélevés lors des autopsies sont décrites dans Boys, *Practical Treatise*, p. 139-40.

173 **avaient mis sur pied des escouades de détectives** Voir, notamment, Matthew Pearl, « The Incredible Untold Story of America's First Police Detectives », *Boston Globe Magazine*, 28 avril 2016, www.bostonglobe.com/magazine/2016/04/28/the-incredible-untold-story-america-first-police-detectives/jewdTrdVzkQZJuVZEEc9TJ/story.html.

173 **le premier qui mettait la main au collet** Rachael Griffin, « Detective Policing and the State in Nineteenth-Century England : The Detective Department of the London Metropolitan Police, 1842-1878 », thèse de doctorat, University of Western Ontario, 2016, p. 55-61, www.ir.lib.uwo.ca/cgi/viewcontent.cgi?article=4896&context=etd.

173 **les agents jouaient un rôle** Dans l'affaire Gardner, le constable qui avait découvert le corps témoigna à l'enquête. Un autre agent retraça un témoin qui avait déménagé dans une ville voisine. Voir « The Katie Gardner Mystery », *London (ON) Free Press*, 12 mai 1879.

173 **la moitié des effectifs** Par exemple, Toronto avait presque deux fois plus d'agents par habitant en 1878. Mark Richardson, *On the Beat : 150 Years of Policing in London, Ontario*, London, London Police Service/Museum London, 2005, p. 26. Le besoin d'un plus grand nombre d'agents est noté dans « The Police Force », *London (ON) Free Press*, 8 janvier 1879.

173 **On ne peut pas embaucher des hommes** Cité dans Miller, *Century of Western Ontario*, p. 198.

173 **près de la moitié des arrestations** « The Police Force. »

173 **Les bêtes rôdent la nuit** « The Cow By Law », *Daily Advertiser* (London), 8 mai 1879.

174 **La dépouille devrait autant que possible** Boys, *Practical Treatise*, p. 124-25.

CHAPITRE 22. Par une personne inconnue

175 **des hommes honnêtes et respectueux des lois** William Fuller Alves Boys, *A Practical Treatise on the Office and Duties of Coroners in Ontario*, 2e éd., Toronto, Hart & Rawlinson, 1878, p. 112, 116.

175 **déprimée** Le compte rendu du témoignage du premier jour de l'enquête se base sur « Inquest File – Kate or Kitty Gardner », 3 mai 1879, Middlesex County Coroner Investigations and Inquests, RG 22-3395, Archives of Ontario, Toronto ; « A Case of Suicide », *London (ON) Free Press*, 5 mai 1879 ; et « Mysterious Death », *Daily Advertiser* (London), 5 mai 1879.

176 **étaient tenus de déléguer** Boys, *Practical Treatise*, p. 134.

176 **il n'y avait sur elles aucune trace** Ce compte rendu du deuxième jour de l'enquête se fonde sur « Inquest File – Kate or Kitty Gardner » ; « The Katie Gardner Case », *London (ON) Free Press*, 8 mai 1879 ; et « Mystery », *Daily Advertiser* (London), 8 mai 1879.

176 **Des rumeurs circulèrent à London** L'intérêt du public pour cette affaire fut noté dans « Inquest », *Daily Advertiser* (London), 7 mai 1879 ; et « London », *Hamilton (ON) Spectator*, 8 mai 1879.

177 **Elle était presbytérienne** Registrations of Deaths, 1869-1938, MS935, reel 22, "Deaths – City of London, County of Middlesex, 1879", n° 134, p. 549, Archives of Ontario, Toronto.

178 **de bien connaître son écriture** « The Katie Gardner Mystery », *London (ON) Free Press*, 9 mai 1879.

178 **administré par une ou plusieurs** « Inquest File – Kate or Kitty Gardner. » L'exonération de Birrell par le jury est rapportée dans « The Katie Gardner Mystery », *London (ON) Free Press*, 14 mai 1879.

178 **connaître quelques détails** « Murder or Suicide – Which ? », *London (ON) Free Press*, 15 mai 1879.

178 **extrêmement partiale** « The Kate Gardner Mystery », *London (ON) Free Press*, 16 mai 1879.

179 **avait voulu anesthésier** « Dr. Cream », *Chicago Daily Tribune*, 23 août 1880.

179 **La graphologie avait joué un rôle** Paul Collins, *Blood & Ivy: The 1849 Murder that Scandalized Harvard*, New York, W. W. Norton, 2018, p. 197-200 ; et C. Ainsworth Mitchell, *The Expert Witness and the Applications of Science and of Art to Human Identification, Criminal Investigation, Civil Actions and History*, Cambridge, W. Heffer & Sons, 1923, p. 141.

179 **les doutes exprimés par des témoins connaissant** Boys, *Practical Treatise*, p. 106-7.

179 **le coupable** *Ibid.*

180 **plaida coupable** « Local Court Fined Victorian Poisoner », *London (ON) Free Press*, 25 mai 1983. L'amende minimale de vingt-cinq dollars est mentionnée dans « Fined », *Daily Advertiser* (London), 6 mai 1879.

180 **un jour torride** Cette canicule qui affecta la région de Toronto est signalée dans Greg Stott et Glen Stott, éd., *« Passing into Oblivion » : The Diaries of William Porte, Lucan, Ontario, 1864-1898*, Anokra, ON, Anokra Press, 2009, p. 94.

180 **il quitta la ville** Cream révéla la date de son départ dans une interview journalistique. Voir « The Other Side », *Daily Inter Ocean* (Chicago), 19 novembre 1880.

181 **Le tampon de chloroforme avait été** Rapport de l'inspecteur Frederick Smith Jarvis, 14 juillet 1892 (Toronto), Metropolitan Police Office Records, MEPO 3/144, National Archives, Londres.

181 **C'est alors qu'il reçut une lettre** Frank Murray à Robert Pinkerton, 12 juin 1892, et Robert Pinkerton au commissaire John Shore, 14 juin 1892, *ibid.* La réception par Scotland Yard des lettres de Pinkerton le 20 juin est confirmée dans la note de service du commissaire John Shore du 20 juin 1892, *ibid.*

181 **dans les plus brefs délais** Note de service de l'inspecteur John Bennett Tunbridge, 21 juin 1892.

CHAPITRE 23. Les pièces manquantes du puzzle

185 **curieusement** Les citations de ce paragraphe proviennent du Rapport de l'inspecteur John Bennett Tunbridge, 28 mai 1892, Metropolitan Police Office Records, MEPO 3/144, National Archives, Londres (mise en relief dans l'original).

186 **Jusqu'à il y a une dizaine de jours** Rapport Tunbridge, 6 juin 1892, *ibid.*

188 **Tunbridge eut un entretien avec Laura Sabbatini** *Ibid.*

188 **un bout de papier** Rapport Tunbridge, 11 juin 1892, *ibid.*

188 **regarda longuement** Rapport Tunbridge, 28 mai 1892, *ibid.*

189 **Ni l'un ni l'autre ne reconnut Cream** Les tentatives de Linfield et de Burdett pour identifier Cream sont soulignées dans le Rapport Tunbridge, 11 juin 1892, *ibid.*

189 **Il ressemble à l'homme que j'ai vu** « The Stamford Street Poisoning Case », *Reynolds's Newspaper* (Londres), 12 juin 1892.

189 **Des empoisonnements antérieurs** « The Stamford Street Tragedy », *Observer* (Londres), 5 juin 1892.

189 **Celui-ci n'était pas nommé** Voir, notamment, « The Mysterious Poisoning Cases in London », *Guardian* (Manchester), 10 juin 1892; et « The Lambeth Poisoning Mysteries », *Pall Mall Gazette* (Londres), 9 juin 1892. Concernant les restrictions imposées par la loi à la couverture médiatique des procès au dix-neuvième siècle, voir Galia Schneedaum et Shai J. Lavi, « The Riddle of Sub-judice and the Modern Law of Contempt », *Critical Analysis of Law: An International & Interdisciplinary Law Review*, vol. 2, nº 1, 2015, p. 191-93.

189 **un journal eut la bonne idée** « The South London Poisoning Cases », *Standard* (Londres), 10 juin 1892.

189 **laissant croire à l'empoisonnement systématique** « Lambeth Poisoning Mysteries. »

190 **avant qu'on ne trouve les pièces manquantes** « South London Poisoning Cases. »

190 **Il souffre** « The Lambeth Poisoning Cases », *Daily News* (Londres), 7 juin 1892.

190 **très sérieusement soupçonné** « Strychnine Given to Immoral Girls », *Cincinnati Inquirer*, 12 juin 1892. À Philadelphie, les comptes rendus sont les suivants: « Was Neill the Poisoner ? », *Philadelphia Inquirer*, 11 juin 1892; et « London's Poisoning Case », *Times* (Philadelphie), 11 juin 1892.

190 **L'impression générale** « Singular Blackmail Case », *New York Times*, 21 juin 1892. Ce compte rendu fut également publié sous le titre « Thomas Neill Case », *Baltimore Sun*, 21 juin 1892.

190 **Jack l'Empoisonneur** *Buffalo Morning Express*, 27 juin 1892.

191 **il était déterminé à trouver** Rapport Tunbridge, 11 juin 1892, MEPO 3/144.

191 **enflé et méconnaissable** L'état de la dépouille de Clover fut décrit dans le rapport et les notes de laboratoire du Dr Stevenson, reproduits dans W. Teignmouth Shore, éd., *Trial of Thomas Neill Cream*, Londres, William Hodge, 1923, p. 197, 205. La visite des jurés est mentionnée dans « The London Poisoning Mysteries », *Guardian* (Manchester), 23 juin 1892.

191 **Je ferai de mon mieux** Le coroner A. Braxton Hicks au commissaire adjoint Robert Anderson, 17 juin 1892, MEPO 3/144.

191 **La salle pouvait accueillir** *County of London: Theatres and Music Halls*, Londres, London County Council, 1904, p. 15.

191 **la foule babillarde et rieuse** « The Mysterious Poisoning Cases in Lambeth », *Daily News* (Londres), 24 juin 1892.

192 **Un tribunal du coroner** « The Mysterious Poisoning Cases in Lambeth », *Daily News* (Londres), 23 juin 1892.

192 **Mon avocat m'a conseillé** *Ibid.* L'attitude de Cream fut relevée dans « The Poisoning Mysteries », *Illustrated Police News* (Londres), 9 juillet 1892.

192 **Si vous aviez connu les faits** « The Mysterious Poisoning of Girls », *Reynolds's Newspaper* (Londres), 26 juin 1892.

192 **Vous devrez être** *Ibid.*

193 **suggérait qu'une dose fatale** Le témoignage de Stevenson à l'enquête a été rapporté dans *ibid.* Son rapport et ses notes de laboratoire du 10 juin 1892 ont été reproduits dans Shore, *Trial of Thomas Neill Cream*, p. 197-203, 205-6. Son rapport rédigé à la main, intitulé Report of Dr. Thomas Stevenson on Exhumation of Body of Matilda Clover deceased, and on Analysis of the Viscera, est déposé au dossier de l'enquête de Scotland Yard, MEPO 3/144. Ses analyses et leurs résultats ont été minutieusement décrits au procès de Cream en octobre 1892, *Proceedings of the Old Bailet, London's Central Criminal Court, 1674 to 1913,* p. 1432-38, www.oldbaileyonline.org.

193 **Lucy Rose ne put cependant** Le compte rendu des témoignages de Rose, Taylor et Phillips a paru dans « Mysterious Poisoning Cases in Lambeth », *Daily News* (Londres), 23 juin 1892.

193 **Cream comparut** Ce paragraphe se base sur les comptes rendus suivants: « The Stamford Street Poisoning Case », *Pall Mall Gazette* (Londres], 10 juin 1892; « The Mysterious Poisoning Cases », *Guardian* (Manchester), 11 juin 1892; « Stamford Street Poisoning Case », *Reynolds's Newspaper* (Londres); et « Charge of Blackmailing », *Illustrated Police News* (Londres), 18 juin 1892. La description de Cream au banc des accusés est inspirée de « The Poisoning Mysteries », *Lloyd's Weekly Newspaper* (Londres), 26 juin 1892.

193 **À mon avis, elles sont toutes** « Poisoning Mysteries », *Lloyd's Weekly Newspaper* (Londres).

194 **il était le plus important** Harry How, « An Expert in Handwriting », *Strand Magazine*, vol. 8, nº 3, septembre 1894, p. 293-94.

194 **J'étais certain** Rapport Tunbridge, 25 juin 1892, MEPO 3/144.

194 **Elles le reconnurent** *Ibid.*

194 **Je connais une fille** Un compte rendu du témoignage de Sleaper a paru dans « The Lambeth Poisoning Case », *Morning Post* (Londres), 25 juin 1892; « The Lambeth Poisoning Cases », *Times of London*, 25 juin 1892; et « The Lambeth Poisoning Cases », *Daily News* (Londres), 25 juin 1892.

195 **Laura Sabbatini fut ensuite** Son arrivée et son témoignage ont été signalés dans « Lambeth Poisoning Cases », *Daily News* (Londres); « Lambeth Poisoning Case », *Morning Post* (Londres); et « Poisoning Mysteries », *Lloyd's Weekly Newspaper* (Londres). La « nonchalance » de Cream pendant le procès a été signalée dans « Mysterious Poisoning of Girls ».

196 **Il parut très soulagé** Rapport Tunbridge, 28 mai 1892, MEPO 3/144. Un compte rendu du témoignage de Haynes est paru dans « Lambeth Poisoning Case », *Morning Post* (Londres); « Lambeth Poisoning Cases », *Daily News* (Londres);

et « Poisoning Mysteries », *Loyd's Weekly Newspaper* (Londres). La poursuite engagée contre l'imprésario a fait l'objet de comptes rendus dans « The Stamford-Street Road to Ruin », *Daily News* (Londres), 25 juin 1892; et « The Alleged Assaults on Stage Pupils », *Reynolds's Newspaper* (Londres), 26 juin 1892.

196 **fut accueilli par des huées** La scène devant la salle d'audience a été décrite dans « Lambeth Poisoning Cases », *Daily News* (Londres); et dans le Rapport Tunbridge, 4 juillet 1892, MEPO 3/144. Une illustration de cette scène portant la légende « The Poisoning Mysteries » a fait la une du *Illustrated Police News* (Londres), 9 juillet 1892.

CHAPITRE 24. Une résurrection

197 **La ressemblance m'a frappée** La lettre de Harvey au magistrat a été reproduite dans W. Teignmouth Shore, éd., *Trial of Thomas Neill Cream*, Londres, William Hodge, 1923, p. 28-29. Cette description de son témoignage du 7 juillet à l'enquête a été tirée des articles suivants: « The Lambeth Poisoning Cases », *Daily News* (Londres), 8 juillet 1892; « The Lambeth Poisoning Case », *Morning Post* (Londres), 8 juillet 1892; « The Lambeth Poisoning Cases », *Standard* (Londres), 8 juillet 1892; et « The London Poisoning Cases », *Reynolds's Newspaper* (Londres), 10 juillet 1892.

198 **l'aspect le plus mystérieux** « The Lambeth Poisoning Cases », *Daily News* (Londres).

198 **le soleil de Brighton** « London Poisoning Cases. »

199 **avait été réticente à se mêler** Elle ne se présenta pas à une audience ultérieure et la police dut l'assigner à comparaître. Cet incident, de même que les efforts déployés par Scotland Yard pour qu'elle retrouve la lettre disparue ont été consignés dans les Rapports de l'inspecteur John Bennett Tunbridge des 14 et 19 juin 1892; du 1er juillet 1892; et du 2 août 1892, Metropolitan Police Office Records, MEPO 3/144, National Archives, Londres.

199 **Du matin au soir** Cette interview fut reprise dans « The Poisoning Mysteries », *Lloyd's Weekly Newspaper* (Londres), 26 juin 1892.

199 **Neill était fou** « Neill's Life in London », *Lloyd's Weekly Newspaper* (Londres), 10 juillet 1892.

200 **Il était d'emblée très aimable** « Poisoning Mysteries. »

200 **carrière criminelle** « The Poisoning Mysteries », *Illustrated Police News*, 9 juillet 1892.

200 **Des accusations plus graves** Les citations de Waters et de Bridge de ce paragraphe sont tirées de « Poisoning Mysteries », *Lloyd's Weekly Newspaper* (Londres).

201 **le droit de publier** « The Mysterious Poisoning of Girls », *Reynolds's Newspaper* (Londres), 26 juin 1892.

201 **en publiant des portraits de Cream** « Poisoning Mysteries », *Lloyd's Weekly Newspaper* (Londres).

201 **son analyse des capsules** Le rapport du 11 juillet 1892 de Stevenson sur ses analyses des échantillons de capsules a été reproduit dans Shore, *Trial of Thomas Neill Cream*, p. 206-7.

201 **il était joyeux et souriant** « Prisoner at Bow-Street », *Lloyd's Weekly Newspaper* (Londres), 17 juillet 1892.

202 **Dieu merci** « Neill's Life in London », *Lloyd's Weekly Newspaper* (Londres), 10 juillet 1892.

202 **Ça se passe bien pour moi** *Ibid.*

202 **Cher Monsieur** Ce compte rendu de l'audience du 13 juillet, de la lettre signée « Jack l'Éventreur » et du verdict se fonde sur les articles suivants : « The poisoning in South London », *Standard* (Londres), 14 juillet 1892 ; « The Poisoning Mystery », *Morning Post* (Londres), 14 juillet 1892 ; « The Lambeth Poisoning Cases », *Daily News* (Londres), 14 juillet 1892 ; « The Lambeth Poisoning Case », *Times of London*, 14 juillet 1892 ; « London Poisoning Mysteries », *Lloyd's Weekly Newspaper* (Londres), 17 juillet 1892 ; et « The Poisoning Mysteries », *Reynolds's Newspaper* (Londres), 17 juillet 1892.

203 **retenait une foule** « Lambeth Poisoning Cases », *Daily News* (Londres), 14 juillet 1892.

203 **La vigilance soutenue de la police** « Lambeth Poisoning Cases », *Daily News* (Londres), 8 juillet 1892.

CHAPITRE 25. Mary Anne Matilda Faulkner

207 **Des pas résonnèrent** La nuit où Faulkner est décédée, la découverte de son corps, les arrestations de Cream et de Mack et leurs déclarations à la police ont fait l'objet de comptes rendus dans « A Horrible Case », *Chicago Daily News*, 21 août 1880 ; « Dr Cream's Crime », *Chicago Daily News*, 23 août 1880 ; « The Abortionists », *Chicago Daily News*, 17 novembre 1880 ; « Double Murder », *Chicago Daily Tribune*, 22 août 1880 ; « Murderous Malpractice », *Daily Inter Ocean* (Chicago), 23 août 1880 ; et « Cream's Crime », *Daily Inter Ocean* (Chicago), 18 novembre 1880.

208 **Le premier indiquait** Lettre constituant la pièce justificative B, déposée au dossier *People of the State of Illinois v. Thomas Cream et al.*, Case No. 10926, Box 46, Nineteenth-Century Felony Case Files, Criminal Court of Cook County, Circuit Court of Cook County, archives room 1113, Richard J. Daley Center, Chicago.

208 **Dr Cream Je serai** Lettre constituant la pièce justificative B, déposée dans *ibid.*

209 **Une violente faute médicale** *Chicago Daily News*, 21 août 1880.

209 **un incendie majeur** Les détails de la destruction du Grand incendie de Chicago sont tirés de Dominic A. Pacyga, *Chicago : A Biography*, Chicago, University of Chicago Press, 2009, p. 77.

209 **La ville est renée de ses cendres** Lady Duffus Hardy, *Through Cities and Prairie Lands : Sketches of an American Tour*, Chicago, Bedford, Clarke, 1882, p. 76-77.

209 **pouls de l'Amérique** Reproduit dans Stuart Shea, comp., *Chicago in Quotations*, Oxford, Bodleian Library, 2016, p. 26.

209 **J'aimerais aller** Cité dans Donald L. Miller, *City of the Century : The Epic of Chicago and the Making of America*, New York, Simon & Schuster, 1996, p. 131.

209 **pleine d'énergie** Hardy, *Through Cities and Prairie Lands*, p. 79.

210 **on parle d'un milion dans tout le pays** Thomas J. Schlereth, *Victorian America: Transformations in Everyday Life, 1976-1915*, New York, HarperCollins, 1991, p. 71.

210 **Âgée de vingt-neuf ans** Les détails concernant Faulkner proviennent de « Double Murder » et « Murderous Malpractice ».

210 **inscrivit son nom** Certificat de Thomas N. Cream (nº 4290), Register of Licensed Physicians and Surgeons, 1877-1952, Department of Professional Regulation, Record Series 208.028, Illinois State Archives, Springfield.

210 **de fréquentes épidémies** Thomas Neville Bonner, *Medicine in Chicago, 1850-1950 : A Chapter in the Social and Scientific Development of a City*, Madison, WI, American History Research Center, 1957, p. 23, 25. La réglementation de l'État concernant la profession médicale après 1877 est signalée en page 59.

210 **maladie estivale** « Cream a Tartar », *Chicago Times*, 24 août 1880.

210 **il déménagea plusieurs fois** Un de ses cabinets était situé au 807 West Madison. Ses déménagements fréquents ont été signalés dans « Churning Cream », *Chicago Times*, 25 août 1880.

210 **extrêmement difficile** « Abortionists. »

210 **au-dessus d'un salon de barbier** Les immeubles et commerces voisins ont été identifiés à l'aide d'articles de journaux et par le *United States Federal Census 1880*, Chicago Cook County Illinois, enumeration district 106, p. 12, consulté à www.ancestry.com.

211 **entouré d'immeubles locatifs et de garnis miteux** « House Inspection », *Chicago Daily Tribune*, 8 février 1881. Concernant la croyance voulant que les miasmes soient des agents de transmission des maladies, voir « Sanitary Subjects », *Chicago Daily Tribune*, 17 août 1879 ; et « The Death-Rate », *Chicago Daily Tribune*, 17 mai 1881.

211 **bourrés de nouveaux venus** Myriam Pauillac, « Near West Side », dans *Encyclopedia of Chicago*, www.encyclopedia.chicagohistory.org/pages/878.html.

211 **pépinière de criminels** *Chicago Daily News*, 7 juillet 1877, cité dans Pacyga, *Chicago*, p. 70.

211 **envahies de clochards et de gangs** John Flinn et John Wilkie, *History of the Chicago Police from the Settlement of the Community to the Present Time*, Chicago, Police Book Fund, 1887, p. 152.

211 **tous les goûts** Paul Durica et Bill Savage, éd., *Chicago by Day and Night : The Pleasure Seeker's Guide to the Paris of America*, Evanston, IL, Northwestern University Press, 2013, p. 3. Première édition, 1892.

211 **autorisait l'exploitation** Herbert Asbury, *The Gangs of Chicago : An Informal History of the Chicago Underworld*, New York, Thunder's Mouth Press, 2002, p. 3, 100-103.

211 **soudoyaient la police** « The Gamblers' Triumph », *Chicago Daily Tribune*, 28 janvier 1875. Concernant la corruption de la police à cette époque, voir Richard C. Lindberg, *To Serve and Collect : Chicago Politics and Police Corruption from the Lager Beer Riot to the Summerdale Scandal, 1855-1960*, Carbondale, Southern Illinois University Press, 1998, chap. 6.

211 **Chicago est dans un bien piètre état** Citation tirée d'une lettre de 1874 dans Richard C. Lindberg, *The Gambler King of Clark Street : Michael G.*

McDonald and the Rise of Chicago's Democratic Machine, Carbondale, Southern Illinois University Press, 2017, p. vii. Le livre de Lindberg documente aussi l'empire de maisons de jeu et le pouvoir politique de McDonald.

211 **à la dérive** « Doing a Good Work », *Boston Daily Globe*, 6 mai 1887.

212 **Si une fille n'habitait pas** Cité dans Joanne J. Meyerowitz, *Women Adrift: Independent Wage Earners in Chicago, 1880-1930*, Chicago, University of Chicago Press, 1988, p. 27.

212 **elles mourront de froid** Citée dans *ibid.*, p. 48. La pension de l'association a été mentionnée dans « Christian Women », *Chicago Daily Tribune*, 11 novembre 1881.

212 **le dixième** « City Slave Girls », *Chicago Times*, 30 juillet 1890.

212 **une multitude de soi-disant** « Lifting the Lid », *Pantagraph* (Bloomington, IL), 28 août 1880.

212 **pour aussi peu que deux dollars** « Irregular M.D.s », *Chicago Daily Tribune*, 7 février 1880.

212 **le prix courant de dix dollars** Schlereth, *Victorian America*, p. 274.

212 **ne le sentait pas bouger** Constance Backhouse, *Petticoats and Prejudice: Women and Law in Nineteenth-Century Canada*, Toronto, Osgoode Society/Women's Press, 1991, p. 147.

213 **Certaines mixtures domestiques** Alison Prentice, Paula Bourne, Gail Cuthbert Brandt, Beth Light, Wendy Mitchinson et Naomi Black, *Canadian Women: A History*, Toronto, Harcourt Brace Jovanovich, 1988, p. 164.

213 **irrégularités féminines** *Ibid.*

213 **Il n'est pas conseillé à ces dames** Angus McLaren, « Birth Control and Abortion in Canada, 1870-1920 », *Canadian Historical Review*, vol. 59, n° 3, 1978, p. 329.

213 **Quand ces pauvres malheureuses** Cité dans Backhouse, *Petticoats and Prejudice*, p. 149.

213 **firent souvent état d'avortements illégaux** Voir « Medical Malpractice », *Chicago Daily Tribune*, 12 juillet 1880 ; « Another Abortion », *Chicago Daily Tribune*, 6 novembre 1880 ; et « Refused to Prosecute », *Chicago Daily Tribune*, 23 novembre 1880.

213 **maladies de l'utérus** « The Cream Murder Trial », *Belvidere (IL) Standard*, 27 septembre 1881.

213 **les avortements constituaient** « Churning Cream. »

213 **à résoudre leurs problèmes** « Neill's Last Moments », *Illustrated Police News* (Londres), 26 novembre 1892.

213 **au moins quinze** Mack fit cette allégation à l'enquête du coroner sur la mort de Faulkner. « The Faulkner Inquest », *Chicago Daily Tribune*, 24 août 1880. L'argument selon lequel les tenancières de bordels retenaient les services d'avorteur de Cream est mentionné dans Vincent Starret, « The Chicago Career of Dr. Cream – 1880 », dans *Chicago Murders*, Sewell Peaslee Wright, éd., New York, Duell, Sloan & Pearce, 1945, p. 16.

214 **Tant et aussi longtemps que la passion** « A Hideous Crime », *Chicago Daily Tribune*, 29 août 1880.

214 **Le Dr Cream m'a plusieurs fois conseillé** Sauf indication contraire, ce compte rendu de l'enquête se fonde sur la déclaration écrite de Hattie Mack, déposée au dossier Inquest No. 1420, Mary A. Faulkner, Cook County Coroner's Inquest Records, 1872-1911, Illinois Regional Archives Depository, Northeastern Illinois University, Chicago, et sur les articles suivants: « The Faulkner Inquest », *Daily Inter Ocean* (Chicago), 24 août 1880; « Cream a Tartar »; « Dr Cream's Crime »; et « The Faulkner Inquest », *Chicago Daily Tribune*. Ces comptes rendus désignent Waite par son seul titre, mais son grade et ses initiales sont mentionnés dans « Sheriff Mann's Appointments », *Daily Inter Ocean* (Chicago), 19 novembre 1880.

215 **Dr Donald Fraser** Fraser a obteu son diplôme à McGill en 1869. Joseph Hanaway et Richard Crues, *McGill Medicine*, vol. 1, *The First Half-Century, 1829-1885*, Montréal, McGill-Queen's University Press, 1996, p. 124.

216 **consécutive à un avortement** Verdict, Inquest No. 1420, Mary A. Faulkner, Cook County Coroner's Inquest Records, 1872-1911.

216 **En vertu de la loi de l'Illinois** « Hideous Crime. »

216 **Le passé du médecin** « Dr Cream's Crime. »

216 **faire croire** « Dr. Cream », *Chicago Daily Tribune*, 23 août 1880.

217 **aucun médecin de formation** « Abortionists », *Chicago Daily News*, 24 août 1880.

217 **amateur inexpérimenté** *Ibid.*

217 **de l'avis général** « Dr. Cream », *Daily Advertiser* (London), 31 août 1880.

217 **Le crime de Cream** Voir « Dr Cream's Crime »; « Cream's Crime », 18 novembre 1880, *Chicago Times*; et « Cream's Crime », *Daily Inter Ocean* (Chicago).

217 **le qualifièrent de charlatan** « Murderous Malpractice »; « "Dr." Cream », *Daily Inter Ocean* (Chicago), 17 novembre 1880; et « Dr Cream's Crime ».

217 **un cas révoltant et fatal** « Murderous Malpractice », *New York Times*, 22 août 1880.

217 **pauvre mais honnête** « Murderous Malpractice. »

217 **réclama du papier et un crayon** Cette note fut déposée comme pièce justificative A au dossier *People of the State of Illinois v. Thomas Cream et al.*

217 **Quand un avorteur notoire** « Dr. Earll: The Notorious Abortionist at His Accursed Business Again », *Chicago Daily News*, 25 août 1880. Il fut trouvé coupable du délit moins grave de tentative d'avortement et condamné à une peine de cinq ans d'emprisonnement. Voir « For Five Years », *Chicago Daily Tribune*, 10 décembre 1880.

217 **pratique diabolique** « Hideous Crime » (mise en relief dans l'original).

218 **une peine d'un an** « The Murder Record », *Daily Inter Ocean* (Chicago), 26 avril 1884.

218 **d'impitoyables poursuites pénales** « Hideous Crime » (mise en relief dans l'original).

218 **Cream partagea** « Murderers' Row », *Daily Inter Ocean* (Chicago), 17 novembre 1880.

218 **beaucoup de réconfort** « Electric Brieflets: United States », *Daily Advertiser* (London), 31 août 1880; et « The Two Abortionists », *Chicago Daily News*, 28 août 1880.

218 **Pourquoi pratiquerais-je** « Murderers' Row », *Chicago Daily Tribune*, 17 novembre 1880.

218 **grâce à l'argent** Rien ne prouve que William Cream ait financé la défense de son fils, mais Cream n'avait pas beaucoup d'argent et il avait reçu 5000$ – environ 140000$ aujourd'hui – de son père avant le décès de ce dernier en 1887. Voir le testament de William Cream daté de novembre 1885, annexé à la requête d'homologation de Daniel Cream, 25 mai 1885, Registres de la Cour supérieure de la province de Québec, Bibliothèque et Archives nationales du Québec, Québec.

218 **plus d'assassins, de voleurs** « Attacking Mr. Trude », *Chicago Daily Tribune*, 22 décembre 1894. Un compte rendu de la carrière de Trude a paru dans « Alfred S. Trude, Famed Lawyer, Is Dead at 87 », *Chicago Daily Tribune*, 13 décembre 1933.

219 **il avait défendu une trentaine d'hommes** O. E. Turner, *Sturla-Stiles Tragedy*, Chicago, O. E. Hammond, 1883, p. 80.

219 **McDonald, qui comptait sur lui** Lindberg, *Gambler King of Clark Street*, p. 45.

219 **Il n'a pu que me condamner** « How Armour Gave A. S. Trude a Start », *Chicago Daily Tribune*, 3 mars 1901.

219 **C'est un fin connaisseur** Turner, *Strula-Stiles Tragedy*, p. 81. Ses visites de la scène de crime sont mentionnées en page 80.

219 **tout un ensemble de machinations** *Chicago Herald*, 25 mars 1883, cité dans Lindberg, *Gambler King of Clark Street*, p. 46.

CHAPITRE 26. « Pure Cream »

220 **Une image « d'intelligence et de pouvoir »** Les descriptions de Cream et les détails concernant la sélection des jurés, les exposés introductifs et les autres interventions des débuts de l'audience sont tirés des articles suivants : « Will Be Tried Separately », *Daily Inter Ocean* (Chicago), 16 novembre 1880 ; « The Criminal Court: The Murder of Mary Faulkner », *Chicago Times*, 17 novembre 1880 ; « The Abortionists », *Chicago Daily News*, 17 novembre 1880 ; « The Cream Case », *Chicago Journal*, 17 novembre 1880 ; « "Dr" Cream », *Daily Inter Ocean* (Chicago), 17 novembre 1880 ; « Cream's Crime », *Daily Inter Ocean* (Chicago), 18 novembre 1880 ; et « Dr. Cream », *Chicago Daily Tribune*, 18 novembre 1880.

220 **de quoi séduire par sa nouveauté** « Echoes of a Dead Past », *Chicago Globe*, 39 juin 1892 ; et John Moses et Joseph Kirkland, éd., *History of Chicago Illinois: Aboriginal to Metropolitan*, vol. 1, Chicago, Munsell, 1895, p. 215.

221 **pont des soupirs** « Echoes of a Dead Past. »

221 **Les hommes malhonnêtes** « Old Fashioned Judge Gary », *Chicago Daily Tribune*, 25 décembre 1897. Les données biographiques sont tirées de « Gallery of Local Celebrities: No. XII – Joseph Easton Gary », *Chicago Daily Tribune*, 15 avril 1900 ; « Judge Gary Dies "in the Harness" », *Chicago Daily Tribune*, 1er novembre 1906 ; et James Green, *Death in the Haymarket: A Story of Chicago, the First Labor Movement and the Bombing that Divided Gilded Age America*, New York, Pantheon Books, 2006, p. 210-11, 217.

221 **les envolées oratoires hors de propos** « This Is My Birthday », *Chicago Daily Tribune*, 9 juillet 1903.

222 **questions directes** Le témoignage de Mack est tiré de ces comptes rendus de la presse: « Cream's Crime », *Chicago Times*, 18 novembre 1880; « Dr Cream », *Chicago Journal*, 19 novembre 1880; et « Dr. Cream », *Chicago Daily Tribune*, 19 novembre 1880.

222 **les évasions de Cream** Des comptes rendus du témoignage de la police ont paru dans « Abortionists »; « Cream's Crime », *Daily Inter Ocean* (Chicago); et « Dr. Cream », *Chicago Daily Tribune*, 18 novembre 1880.

222 **une personne ignorante et imprudente** Les preuves médicales ont été mentionnées dans « The Cream Case », *Chicago Daily News*, 18 novembre 1880; « Cream's Case », *Chicago Times,* 19 novembre 1880; « The Other Side », *Daily Inter Ocean* (Chicago), 19 novembre 1880; et « Dr. Cream », *Chicago Daily Tribune*, 19 novembre 2021.

223 **une connaissance approfondie** Des comptes rendus du témoignage de Cream sont parus dans « Dr. Cream », *Chicago Journal*; « Cream's Case »; « Dr. Cream », *Chicago Daily Tribune*, 19 novembre 1880; « The Cream Case », *Chicago Daily News*, 19 novembre 1880; et « Other Side ».

223 **le plus grand médecin** « Doubtful Doctors », *Chicago Daily Tribune*, 20 février 1880; et « Presumably a Fraud », *Chicago Daily Tribune*, 3 août 1880.

223 **une guerre très médiatisée** Voir, notamment, « Irregular M.D.s », *Chicago Daily Tribune*, 7 février 1880; « State Board of Health », *Chicago Daily Tribune*, 11 avril 1880; « Illinois State Medical Society », *Chicago Daily Tribune*, 20 mai 1880; et « Quacks », *Chicago Daily Tribune*, 24 juillet 1880.

224 **instruit et entraîné** Ces conclusions finales ont été rapportées dans « Cream's Case », *Chicago Daily News*, 19 novembre 1880; « Dr. Cream », *Chicago Journal*; « Dr. Cream », *Chicago Daily Tribune*, 20 novembre 1880; « Who Did It? », *Daily Inter Ocean* (Chicago), 20 novembre 1880; et « Pure Cream », *Chicago Times*, 20 novembre 1880.

224 **Un avocat consciencieux, dur à la tâche** « Death of George C. Ingham », *Chicago Legal News*, 28 février 1891, p. 217.

225 **Ses yeux gris et froids** « Cream's Case », *Chicago Daily News*, 19 novembre 1880.

225 **l'œuvre d'un médecin compétent** Exposé du juge au jury déposé au dossier *People of the State of Illinois v. Thomas Cream et al.*, Case No. 10926, Box 46, Nineteenth-Century Felony Cases Files, Criminal Court of Cook County, Circuit Court of Cook County, archives room 1113, Richard J. Daley Center, Chicago.

225 **Nous, les membres du jury** Verdict, *ibid.*

225 **Il se leva d'un bond** La réaction de Cream figure dans « The Cream Case », *Chicago Daily News*, 20 novembre 1880; « Who Did It? »; et « Pure Cream ».

226 **À une époque** Billet de la page éditoriale, *Chicago Daily News*, 11 décembre 1880.

226 **retira l'accusation de meurtre** « Fourteen Years », *Chicago Daily Tribune*, 21 novembre 1880.

226 **Pure Cream** *Chicago Times*, 20 novembre 1880.

226 **Il était tout à fait** « A Psychological Wonder », *St. Louis Post-Dispatch*, 15 novembre 1892; et « Cream Executed », *Montreal Star*, 15 novembre 1892.

226 **transmettre des maladies** « The Trinity of Sin », *Chicago Times*, 16 avril 1881.

226 **n'arrêtait pas de dire** « A Psychological Wonder. »

226 **un certain O'Hara, lui fit part de** Rapport de l'inspecteur Frederick Smith Jarvis, 14 juillet 1892 (Toronto), Metropolitan Police Office Records, MEPO 3/144, National Archives, Londres.

CHAPITRE 27. Ellen Stack et Sarah Alice Montgomery

228 **était agitée de secousses** Sauf indication contraire, les détails de la mort de Stack et les commentaires de Cream sont tirés de « Died of Colic », *Chicago Daily Tribune*, 11 mars 1881 ; et « The Coroner's Work », *Daily Inter Ocean* (Chicago), 11 mars 1881.

229 **en rien entaché sa réputation** « Not an Abortionist », *Decatur Herald*, 20 novembre 1880.

229 **il témoignerait sans doute pour la défense** « Dr. Earll », *Chicago Daily Tribune*, 4 décembre 1880 ; « Waiting for the Verdict », *Daily Inter Ocean* (Chicago), 19 décembre 1880 ; et « Around Town », *Daily Inter Ocean* (Chicago), 4 décembre 1880. La condamnation et la peine du Dr Earll ont été signalées dans « For Five Years », *Chicago Daily News*, 10 décembre 1880.

229 **le Dr CREAM, diplômé** *Chicago Daily Tribune*, 23 janvier 1881. L'annonce figure à la page 7. Au sujet des poursuites menées par l'Illinois State Board of Health contre les charlatans, voir « Irregular M.D.s », *Chicago Daily Tribune*, 7 février 1880 ; « Local Crime », *Chicago Daily Tribune*, 6 mars 1880 ; et « State Board of Health », *Chicago Daily Tribune*, 11 avril 1880.

229 **un bloc d'ordonnances qui mentionnaient** Une copie de l'ordonnance qu'il rédigea pour Ellen Stack, en mars 1881, le montre. Voir Home Office Records, HO 144/245 A 54360/3, National Archives, Londres.

229 **district de la terreur** Richard C. Lindberg, *Gangland Chicago : Criminality and Lawlessness in the Windy City*, Lanham, MD, Rowman & Littlefield, 2016, p. 122.

229 **se fiança bientôt** La fiancée de Cream est identifiée dans « Skipped Out : The Notorious Dr. Cream », *Chicago Daily Tribune*, 28 juin 1881. Voir également Vincent Starret, « The Chicago Career of Dr. Cream – 1880 », dans *Chicago Murders*, Sewell Peaslee Wright, éd., New York, Duell, Sloan & Pearce, 1945, p. 23.

230 **L'autopsie révéla** « Coroner's Work. »

230 **Selon certaines rumeurs** « Sudden Death », *Chicago Times*, 11 mars 1881.

230 **La jeune femme présentait** « Coroner's Work. » Les journaux firent état de quelques cas de variole et la maladie fit cinquante victimes durant ce mois de juillet. Voir « Contagious Diseases », *Chicago Daily News*, 21 avril 1881 ; « The Small-Pox Again », *Chicago Daily News*, 28 avril 1881 ; et « The Deaths during July », *Chicago Daily News*, 6 août 1881.

231 **Des empoisonnements accidentels** Voir un article sur un empoisonnement au Minnesota : « Probably A Druggist's Mistake », *Chicago Daily Tribune*, 27 juillet 1880 ; et, au sujet d'une affaire similaire au New Jersey : « A Druggist's Blunder », *Chicago Daily Tribune*, 18 août 1880. Sur le règlement introduit par la ville de New York, voir « Poison in Prescriptions », *Chicago Daily News*, 8 septembre 1880.

231 **avait par inadvertance incorporé de la morphine** « A Druggist's Blunder », *Chicago Daily Tribune*, 30 janvier 1881.

231 **Aucune enquête ne fut ouverte** Rien ne fait état d'une enquête dans les archives du bureau du coroner du comté de Cook. Paul M. Hughes, interne à l'Illinois Regional Archives Depository, Northeastern Illinois University, Chicago. Communication téléphonique avec l'auteur, 27 juillet 2017.

231 **Stack fut inhumée** Voir la note de remerciement des parents et des amis de Stack à la famille Bowler qui avait « contribué à assurer à ses restes un enterrement convenable », publiée dans « The City: In General », *Chicago Daily Tribune*, 13 mars 1881 ; et « Chicago Brevities », *Daily Inter Ocean* (Chicago), 14 mars 1881. Son inhumation est enregistrée dans le *Cook County Illinois Deaths Index 1878-1922*, consultable à www.ancestry.com.

231 **Il ne fait aucun doute** « The City: In General », *Chicago Daily Tribune*, 12 mars 1881.

232 **Je constate que mon commentaire** Des copies des lettres de Cream datées du 13 et du 24 mars ont été déposées dans HO 144/245 A 54360/3 (mise en relief dans l'original).

233 **Je lui ai demandé** « Murdered by Poison: Astounding Criminal Career of Dr. T. N. Cream », *Chicago Daily Tribune*, 28 juin 1892.

233 **en substituant les médicaments** L'allégation de Pyatt figure dans la lettre du 26 juillet 1892 de J. Hayes Sadler, du consulat de Grande-Bretagne à Chicago, au Foreign Office, HO 144/245 A 54360/3. Des comptes rendus journalistiques ont dit plus tard que Cream était l'assassin de Stack. Voir « A Study of His Crimes: By the One Who Knew Him », *St. James's Gazette* (Londres), 24 octobre 1892 ; et « Well Known over Here », *Daily Review* (Decantur, IL), 16 novembre 1892. Cream est également associé à la mort de Stack dans W. Teighnmouth Shore, éd., *Trial of Thomas Neill Cream*, Londres, William Hodge, 1923, p. 4.

234 **Un décès marqué par** « Mysterious Death », *Chicago Daily Tribune*, 10 avril 1881. Sauf indication contraire, cette description de Montgomery, de ses déplacements et de sa mort se fondent sur cet article et les suivants : « Was It Suicide ? », *Chicago Times*, 10 avril 1881 ; « Alice Montgomery », *Chicago Daily Tribune*, 12 avril 1881 ; et « Suicide of an Illiopolis Girl », *Decatur (IL) Weekly Republican*, 14 avril 1881.

235 **Quelqu'un a commis** « Pith of the News », *Daily Inter Ocean* (Chicago), 12 avril 1881.

235 **produisit des lettres** Ces lettres furent reproduites dans le cadre de la couverture de presse de l'enquête. Voir « The Dead Speak », *Chicago Times*, 24 avril 1881 ; et « Very Unsatisfactory », *Chicago Daily Tribune*, 24 avril 1881.

236 **Alice a-t-elle reçu** « Dead Speak. »

236 **avorteur habituel** Rapport de l'inspecteur Frederick Smith Jarvis, 14 juillet 1892 (Toronto), Metropolitan Police Office Records, MEPO 3/144, National Archives, Londres.

236 **On croise des tueurs** Cité dans Herbert Asbury, *The Gangs of Chicago: An Informal History of the Chicago Underworld*, New York, Thunder's Mouth Press, 2002, p. 92.

237 **un pot-de-vin de dix dollars** Frank Morn, *Forgotten Reformer: Robert McClaughry and Criminal Justice Reform in Nineteenth-Centiry America*, Lantham, MD, University Press of America, 2011, p. 155.

237 **McDonald payait régulièrement** Richard C. Lindberg, *To Serve and Collect: Chicago Politics and Police Corruption from the Lager Beer Riot to the Summerdale Scandal, 1855-1960*, Carbondale, Southern Illinois University Press, 1998, p. 42; et Curt Johnson et R. Craig Sautter, *The Wicked City: Chicago from Kenna To Capone*, New York, Da Capo Press, 1998, p. 110.

237 **dans un très sale pétrin** « Dead Speak. »

237 **Le mystère de la mort d'Alice** « Very Unsatisfactory. »

237 **Cream est l'assassin** Nouvelle du *Rockford (IL) Register*, reproduite dans le *Belvidere (IL) Standard*, 13 septembre 1881. L'auteur et historien de Chicago Adam Selzer semble avoir été le premier écrivain à associer Cream au meurtre de Montgomery. Voir « Did Dr. Thomas Neill Cream Kill Alice Montgomery ? », *Mysterious Chicago: History at Its Coolest*, publié le 4 septembre 2015, www.mysteriouschicago.com/did-dr-thomas-neill-cream-kill-alice-montgomery.

CHAPITRE 28. Un ignoble complot

238 **Je me trouve dans l'obligation** Acte d'accusation, 22 novembre 1881, *United States v. Thomas N. Cream*, Criminal Case 686, Record Group 21 (Criminal Cases 1873-1939), Records of the US Circuit and District Courts, Northern District of Illinois, Eastern Division, Chicago, National Archives, Chicago. Le texte des cartes postales fut reproduit dans « "Dr." Cream: In the Toils for Sending Scurrilous Postal-Cards », *Chicago Daily Tribune*, 19 juin 1881.

238 **deux lettres de menaces** « "Dr." Cream. »

239 **une amende** Des comptes rendus dans les journaux mentionnent erronément une amende maximale de cinq cents dollars en 1881. Voir le rapport sur l'affaire du Kentucky *United States v. Smith* dans *Internal Revenue Record and Customs Journal* 28, 16 octobre 1882, p. 327.

239 **Les gens font cela au Canada** « Off-Colour "Cream" », *Chicago Daily Tribune*, 21 juin 1881.

239 **le fameux Dr Cream** Voir « Dr. Cream's Artifice », *Chicago Daily News*, 22 juin 1881; « Skipped Out: The Notorious Dr. Cream », *Chicago Daily Tribune*, 28 juin 1881; et « Doctor Cream's Crime », *Chicago Morning News*, 20 juin 1881.

239 **en espérant qu'il recevra la récompense** « "Dr." Cream. »

239 **en encadrant son titre de guillemets** Voir *ibid.*; « Whipped Cream: The Public Lash Is Again Wrapped around the Recreant Legs », *Daily Inter Ocean* (Chicago), 20 juin 1881; et « Off-Color Cream ».

239 **bénéficia d'un ajournement d'une semaine** Transcript of Proceedings, 2 juillet 1881, *United States v. Thomas N. Cream*, Criminal Case 686, Record Group 21 (Criminal Cases 1873-1939), Records of the US Circuit and District Courts, Northern District of Illinois, Eastern Division, Chicago.

239 **il opta pour** « "Dr." Cream. »

240 **perdit son cautionnement** Transcript of Proceedings; et « Dr. Cream Did Not Appear », *Chicago Daily News*, 27 juin 1881.

240 **La poursuite contre Cream** « Skipped Out. »

CHAPITRE 29. Daniel Stott

241 **Sa lèvre supérieure** Julia Stott décrit la mort de son mari dans Transcript of Evidence before the Coroner's Jury, 14 juillet 1881, p. 6-7, 12, filed in *People of the State of Illinois v. Thomas N. Cream and Julia A. Stott*, Case No. 4580, Circuit Court, Boone County, IL.

242 **Faites examen corps** Les originaux des télégrammes et des lettres de Cream à Whitman et Coon, ainsi que les réponses de ces derniers ont été déposés dans *ibid.*

242 **Ses compétences et ses remarquables** *Belvidere Illustrated: Historical, Descriptive and Biographical*, Belvidere, IL, Daily Republican, 1896, p. 88-89.

243 **s'employait à lui jouer** Frank S. Whitman et R. Lehman Neff, « Hidden Horror of the Pink Pills », *Completete Detective Cases*, vol. 2, n° 3, mai 1940, p. 55. Dans cet article, Whitman décrit sa réaction aux télégrammes et sa recherche des patronymes Crame et Cram.

243 **Il est mort d'une** Transcript of Evidence before the Coroner's Jury, 14 juillet 1881, p. 45-46, 49.

245 **Jusqu'à une douzaine** Voir, notamment, des annonces classées sous la rubrique « Clairvoyants », en page 3 du *Chicago Daily News*, 11 août 1880.

245 **Quelques instants après, le chien** Transcript of Evidence before the Coroner's Jury, 14 juillet 1881, p. 49.

245 **la quantité requise** Lettre, Walter Haines, *ibid.*, 8 juillet 1881.

246 **des relents de Far-West** La toile de fond de Garden Prairie, Belvidere, et du comté de Boone est tirée de *Images of America: Belvidere and Boone County*, Charleston, SC, Arcadia Publishing, 2015, p. 7-9, 17, 116.

246 **Un homme affable et de bonnes mœurs** « Doctor Cream », *Chicago Daily Tribune*, 1er août 1881. D'autre données biographiques sur Daniel et Julia Stott ont été puisées de cette source.

246 **Julia était snob** Whitman et Neff, « Hidden Horror of the Pink Pills », p. 40.

246 **Des rumeurs vagues mais persistantes** *Ibid.*

246 **Mon état s'améliore** Daniel Stott à Thomas Neill Cream, 18 mars 1881, lettre déposée dans *People of the State of Illinois v. Thomas N. Cream and Julia A. Stott.*

247 **Tous les dix jours environ** Transcript of Evidence before the Coroner's Jury, 14 juillet 1881, p. 1-2, 8-9, 13.

247 **Si une enquête plus poussée** « Local Items », *Belvidere (IL) Standard*, 28 juin 1881.

247 **L'enquête eut lieu** Toutes les citations et tous les témoignages de ce compte rendu de l'enquête sont tirés de Transcript of Evidence before the Coroner's Jury, 14 juillet 1881.

249 **Les pharmaciens sont responsables** Cet échange et les autres questions posées à Julia Stott ont été rapportés dans « Doctor Cream ».

249 **Il s'est agi** « Crooked Cream », *Belvidere (IL) Standard*, 26 juillet 1881.

CHAPITRE 30. « Crooked Cream »

250 **escrocs de tout acabit** Cité dans C. H. Gervais, *The Border Police: One Hundred and Twenty-Five Years of Policing in Windsor*, Waterloo, ON, Penumbra Press, 1992, p. 22.

251 **il blêmit** « Dr. Cream Nabbed », *Belvidere (IL) Standard*, 2 août 1881. Les détails concernant l'arrestation de Cream sont tirés de cet article et de « Alleged Murder », *Detroit Free Press*, 28 juillet 1881. Cream a traversé la frontière sous le nom de Thomas Creighton mais il est inscrit au registre de l'hôtel Belle River sous celui de Dr Ross. Voir « Doctor Cream », *Chicago Daily Tribune*, 1er août 1881.

251 **à la notoriété de l'affaire** « Alleged Murder. »

251 **pour consulter son père** Thomas Davidson à Frances Willard, 22 juin 1890, Records of Commutations of Sentence, 1877-1928, Record Series 103.098, Illinois State Archives, Springfield.

251 **Des fonctionnaires de la poste de Chicago** « Dr. Cream Nabbed. »

251 **Je ne vois pas comment** « The Notorious Cream », *Chicago Daily Tribune*, 29 juillet 1881.

251 **À son arrivée** « Doctor Cream. »

251 **ne faisaient pas partie des crimes** Samuel R. Clarke et Henry P. Sheppard, *A Treatise on the Criminal Law of Canada*, 2e éd., Toronto: Hart, 1882, p. 10, 19-20.

252 **l'affaire de Garden Prairie** « Dr. Cream », *Chicago Daily Tribune*, 3 juillet 1881.

252 **avorteur notoire de Chicago** *Pantagraph*, 28 juillet 1881. Son procès pour le meurtre de Mary Anne Faulkner a été signalé dans « Notorious Cream ».

252 **en tous points analogue** « Dr. Dream Again », *Daily Advertiser*, London, 28 juin 1881.

252 **les annales de la criminalité** « The Cream Poisoning Case », *Chicago Daily Tribune*, 2 août 1881.

253 **L'idée la plus répandue** « Dr. Cream Nabbed. »

253 **imputer la responsabilité de l'empoisonnement** « Local Items », *Belvidere (IL) Standard*, 2 août 1881.

253 **quand le shérif Ames accusa** « Local Items », *Belvidere (IL) Standard*, 16 août 1881; et un entrefilet du *Rockford (IL) Register*, reproduit dans le *Belvidere (IL) Standard*, 13 septembre 1881.

253 **en l'accompagnant de la prédiction** « Local Items », *Belvidere (IL) Standard*, 9 août 1881.

253 **Crooked Cream** « Local Items », *Belvidere (IL) Standard*, 26 juillet 1881.

253 **Bad Cream** *Pantagraph*, 28 juillet 1881.

253 **Un pareil lâche** « Local Items », *Belvidere (IL) Standard*, 9 août 1881.

253 **ce lieu vraiment très agréable** « Circuit Court », *Belvidere (IL) Standard*, 13 septembre 1881.

254 **Il fallut presque une journée entière** « Cream's Trial », *Chicago Times*, 21 septembre 1881.

254 **des hommes au jugement sûr** « Criminal News », *Chicago Daily Tribune*, 19 octobre 1881. Cinq des neuf premiers jurés étaient de Belvidere. Voir « The Cream Murder Trial – Latest », *Belvidere (IL) Standard*, 20 septembre 1881.

254 **d'affliction et de tristesse** « How the News Was Received », *Belvidere (IL) Standard*, 27 septembre 1881.

254 **des questions trop scabreuses** « The Cream Murder Trial », *Belvidere (IL) Standard*, 27 septembre 1881. Cet article est aussi la source de la description de Julia Stott durant son témoignage.

255 **Elle s'est mise au service de la poursuite** « Criminal News », *Chicago Daily Tribune*, 22 septembre 1881.

255 **Elle l'a vu les manipuler** « Cream's Trial », *Chicago Times*, 22 septembre 1881.

255 **criminellement intimes** *Ibid.*

255 **Le Dr Cream m'a dit** « Criminal News », *Chicago Daily Tribune*, 22 septembre 1881.

255 **Il s'attendait à apprendre** *Ibid.*

255 **concocter une potion** Transcript of the Evidence of Mary McClellan, septembre 1881), Records of Commutations of Sentence, 1877-1929, Records Series 103.098, Illinois State Archives, Springfield.

255 **Le public ne se fie pas** Cité dans Mark Essig, « Poison Murder and Expert Testimony: Doubting the Physician in Late Nineteenth-Centiry America », *Yale Journal of Law and the Humanities*, vol. 14, nº 1, 2002, p. 206.

256 **la cible des moqueries** Cité dans *ibid.*

256 **avoir menti avec un sans-gêne tapageur** Cité dans *ibid.*

256 **pure plaisanterie** Cité dans *ibid.*

256 **jugeaient la mauvaise personne** « Criminal News », *Chicago Daily Tribune*, 22 septembre 1881.

256 **avait refusé d'assumer le coût de sa défense** Rapport de l'inspecteur Frederick Smith Jarvis, 4 juillet 1891 (Montréal), Metropolitan Police Office Records, MEPO 3/144, National Archives, Londres.

256 **la combativité** *Belvidere Illustrated: Historical, Descriptive and Biographical*, Belvidere, IL, Daily Republican, 1896, p. 81.

256 **Munn interrogea Stott** « Cream Murder Trial. »

256 **ressentiment** « Criminal News », *Chicago Daily Tribune*, 23 septembre 1881.

256 **Un homme ordinaire et mauvais genre** « Cream Murder Trial. »

256 **elle en préparerait une dose** *Ibid.*

257 **Rien, dans mon ordonnance** « Criminal News », *Chicago Daily Tribune*, 23 septembre 1881.

257 **Je soupçonnais Mme Stott** *Ibid.*

257 **avoua beaucoup de choses** « Cream's Case », *Chicago Times*, 23 septembre 1881.

257 **exactement contraires** *Ibid.*

257 **brillant, compétent et éloquent** « Criminal News », *Chicago Daily Tribune*, 24 septembre 1881.

257 **une magistrale et convaincante** « Cream Sentenced for Life », *Chicago Times*, 25 septembre 1881.

257 **Les membres de l'assistance parièrent** « Cream Murder Trial. »

257 **à neuf contre trois** « Cream Sentenced for Life. »

257 **Pas un muscle** « Circuit Court. »

258 **pourrait voter en faveur de la peine de mort** Cet aspect a été souligné dans « Criminal News », *Chicago Daily Tribune*, 18 octobre 1881.

258 **S'il est un homme** « Criminal News », *Chicago Daily Tribune*, 18 octobre 1881.

258 **Jarvis rencontra le Dr Walter Haines** Les constatations du détective à Chicago et à Belvidere sont consignées dans les Rapports Jarvis, 11 juillet 1892 (Chicago) et 14 juillet 1892 (Toronto), MEPO 3/144.

258 **coupables de meurtre à parts égales** « Criminal News », *Chicago Daily Tribune*, 24 septembre 1881.

258 **avaient convenu de la relâcher** « Mrs. Stott Released », *Belvidere (IL) Standard*, 21 février 1882.

259 **La fin d'une dangereuse carrière** « Prison for Life », Chicago Daily News, 24 septembre 1881.

CHAPITRE 31. Le matricule 4374

260 **poisson frais** S. W. Wetmore, « Life in Joliet Prison » (manuscrit), p. 2-3, MSS Alphar W., S. W. Wetmore Collection, Chicago History Museum ; et « In Convict Garb », *Chicago Daily Tribune*, 20 novembre 1885. Sauf indication contraire, les descriptions des processus d'arrivée se fondent sur ces sources.

260 **des mâchoires et un menton massifs** « Description of Convict », 1er novembre 1881, Records of Commutations of Sentence, 1877-1928, Record Series 103.098, Illinois State Archives, Springfield. La photo signalétique de Cream est absente de son dossier carcéral.

261 **il avait l'air d'un clown** Frank Morn, *Forgotten Reformer: Robert McClaughry and Criminal Justice Reform in Nineteenth-Century America*, Lanham, MD, University press of America, 2011, p. 45, 88.

261 **les pires vauriens** Wetmore, « Life in Joliet Prison », p. 4, 8.

261 **environ mille cinq cents hommes** Environ six mois après l'arrivée de Cream, cette population était de 1504 détenus. « Crime, Its Causes », *Chicago Daily Tribune*, 14 avril 1882.

261 **l'âge des ténèbres** Edgardo Rotman, « The Failure of Reform: United States, 1865-1965 », dans *The Oxford Dictionary of the Prison: The Practice of Punishment in Western Society*, Norval Morris et David J. Rothman, éd., New York, Oxford University Press, 1995, p. 170.

262 **Ma notion du châtiment** Morn, *Forgotten Reformer*, p. 67.

262 **la partie de l'édifice réservée à l'isolement cellulaire** « In Convict Garb » ; et Wetmore, « Life in Joliet Prison », texte de l'exposé daté du 15 avril 1892.

263 **le règlement de Joliet** Ce règlement est reproduit dans Morn, *Forgotten Reformer*, p. 69n45. Il avait été mis en œuvre en 1876, mais était toujours en vigueur à l'arrivée de Cream. Voir *Catalogue of the Library of the Illinois State Penitentiary, Joliet, Illinois*, Joliet, Joliet Daily Republic Print, 1883, p. 4-5.

263 **un tombeau en pierre** Les cellules sont décrites dans S. W. Wetmore, *Behind the Bars at Joliet: A Famous Prison, Its Celebrated Inmates and Its Mysteries*, Chicago, Western News, 1892, p. 21-23.

263 **Il s'habituerait** L'« atmosphère » des cellules est signalée dans Everett J. Murphy, directeur de la prison, *Report of the Commissioners of the Illinois State Penitentiary at Joliet for the Two Years Ending Sept. 30, 1900*, Springfield, State of Illinois, 1901, p. 11-12.

263 **la journée de travail** En ce qui concerne le train-train quotidien, voir Wetmore, « Life in Joliet Prison », p. 6-8; et « Convict Life », *Chicago Daily Tribune*, 23 février 1884. Au sujet de la marche en emboîtant le pas, voir David J. Rothman, « Perfecting the Prison: United States, 1789-1865 », dans Morris et Rothman, *Oxford History of the Prison*, p. 122.

264 **Cream fut assigné** « Description of Convict. »

264 **un aigle devant décorer** « Joliet Jobs », *Chicago Daily Tribune*, 23 août 1885. Cet article identifie aussi ses collègues.

264 **Le silence, l'obéissance** Wetmore, « Life in Joliet Prison », p. 7.

264 **La prison se remplit rapidement** « Joliet Prison », *Chicago Daily Tribune*, 4 juillet 1884.

265 **affûta méthodiquement une lime volée** « Killed by His Cell-Mate », *Chicago Daily Tribune*, 1er juin 1883, Wetmore, *Behind the Bars at Joliet*, p. 129-32.

265 **un desperado de l'Ouest** « Frank Rande », *Chicago Daily Tribune*, 3 mars 1884; « Rande's Hand », *Cairo (IL) Bulletin*, 8 mars 1994; Wetmore, *Behind the Bars at Joliet*, p. 108-10.

265 **seulement un sur cent** Wetmore, *Behind the Bars at Joliet*, p. 89-100.

265 **Un homme ôta** Henri Le Caron, *Twenty-Five Years in the Secret Service: The Recollections of a Spy*, Londres, William Heinemann, 1893, p. 49-52.

265 **Trente-neuf détenus moururent** « Within Stone Walls », *Chicago Daily Tribune*, 18 janvier 1886. La turberculose comme principale cause de décès est signalée dans « Joliet Prison », *Daily Inter Ocean* (Chicago), 29 décembre 1886.

265 **libérés par la mort** « From Joliet », *Chicago Daily Tribune*, 8 août 1885.

265 **à l'aide d'un couteau de cuisine** Morn, *Forgotten Reformer*, p. 59. Wetmore décrit d'autres suicides dans « Life in Joliet Prison », p. 15.

265 **un cimetière au sommet d'une colline** S. W. Wetmore, « Life in a Great Prison », *Ilustrated American*, 8 mars 1890, p. 58; et Wetmore, « Life in Joliet Prison », p. 20-21.

265 **une existence diurne monotone et semi-consciente** Wetmore, *Behind the Bars at Joliet*, p. 52, 54.

266 **s'abonner à des journaux** *Ibid.*, p. 76, 101-2.

266 **cette bibliothèque comptait** *Catalogue of the Library of the Illinois State Penitentiary*. La section « Voyages and Travels » de vingt pages commence à la page 65. Le livre intitulé *The Narcotics We Indulge In; The Poisons We Select; The Odors We Enjoy* est répertorié à la page 87.

266 **il ne pouvait y rester plus de** Wetmore, « Life in Joliet Prison », p. 26.

266 **Chaque fois** Rapport de l'inspecteur Frederick Smith Jarvis, 4 juillet 1892 (Montréal), Metropolitan Police Records Office, MEPO 3/144, National Archives, Londres.

266 **il échangea une correspondance** *Ibid.*

267 **C'était un fonctionnaire modèle** Wetmore, « Life in Joliet Prison », p. 3.

267 **C'était un type intelligent** « McClaughry Talks of Cream », *Chicago Daily Tribune*, 27 juin 1892.

267 **La petite annonce** L'annonce a été reproduite dans un formulaire « Proof of Publication » dans le cadre du recours en grâce. Records of Commutations of Sentence, 1877-1928, Record Series 103.098, Illinois State Archives, Springfield.

267 **ne croyait guère** « McClaughry Talks of Cream. » Au sujet de la surveillance du courrier des détenus, voir Morn, *Forgotten Reformer*, p. 45.

267 **n'était pas tant** William Robert Greene, « Early Development of the Illinois State Penitentiary System », *Journal of the Illinois State Historical Society*, vol. 70, nº 3, août 1977, p. 192.

268 **Des cent cinquante-trois tueurs** « Lifers », *Chicago Daily Tribune*, 19 septembre 1885. Wetmore mentionne des stastistiques similaires dans *Behind the Bars at Joliet*, p. 137.

268 **qui venait d'affecter Wright, avec deux autres personnes** Le sénat d'État approuva la nomination du 16 avril 1885 le 28 mai de la même année. *Journal of the Senate of the Thirty-Fourth General Assembly of the State of Illinois*, Springfield, IL, Journal State Printers, 1885, p. 570, 627, 825.

268 **fait allusion à la mort prochaine de Stott** Déclarations sous serment de Fredericke Martin, Samuel Martin et Eva Adams, 26 mars 1885, Records of Commutations of Sentence, 1877-1928, Record Series 103.098, Illinois State Archives, Springfield.

268 **Il a eu ce qu'il méritait** Déclarations sous serment de John Jennison, 2 juillet 1884 et 21 avril 1885, *ibid.* McClellan avait sans doute une autre raison de se venger. Elle aurait dit au shérif Albert Ames que Cream avait séduit sa fille qui était tombée enceinte. Il avait pratiqué un avortement, avait-elle ajouté, et « elle s'en était tirée ». Rapport Jarvis, 11 juillet 1892 (Chicago), MEPO 3/144.

269 **le prof avocat** *Belvidere Illustrated: Historical, Descriptive and Biographical*, Belvidere, IL, Daily Republican, 1896, p. 129-30.

269 **concentra son attaque** Déclaration sous serment de O. H. Wright, 19 juillet 1884; O. H. Wright au gouverneur Richard Oglesby, 4 novembre 1885; requête au gouverneur Oglesby, 1er octobre 1885. Records of Commutations of Sentence, 1877-1928, Record Series 103.098, Illinois State Archives, Springfield.

269 **Il avait refusé de la représenter** Déclaration sous serment de O. H. Wright, 8 août 1997, *ibid.*

269 **n'être coupable en aucune façon** Requête de Thomas N. Cream, mai 1885, *ibid.*

269 **il demanda au gouvernement du Canada** « Thomas N. Cream – Asks Interference of Dominion Government to Secure His release from Illinois State Prison, July 1885 », Department of Justice Files, RG13-A-2, vol. 63, file 1885-744, Bibliothèque et Archives Canada, Ottawa. Le dossier lui-même est absent des fonds d'archives. Courriel d'Alison Pier, Services de référence, Bibliothèque et Archives Canada, à l'auteur, 17 mai 2017.

270 **Je suis certain** John Dun au gouverneur Richard Oglesby, 9 novembre 1885, Records of Commutations of Sentence, 1877-1928, Record Series 103.098, Illinois State Archives, Springfield.

270 **ne pas avoir fait du bon travail** Formulaire du bureau du directeur sur le comportement du détenu, 27 mai 1889 et 22 mai 1891, *ibid.*

270 **une torture pour l'âme** Les conditions de l'isolement cellulaire ont été décrites dans Wetmore, « Life in Joliet Prison », p. 20; et *Behind the Bars at Joliet*, p. 50.

270 **Une terrible solitude** « Crime, Its Causes. »

270 **plusieurs prisonniers en isolement cellulaire étaient devenus fous** « Revealed: An Ex-Convict, Just from Joliet, Tells Interesting Tales », *Chicago Daily Globe*, 21 octobre 1892.

270 **Jamais je n'ai cru** Charles Fuller au gouverneur Richard Oglesby, 17 novembre 1885, Records of Commutations of Sentence, 1877-1928, Record Series 103.098, Illinois State Archives, Springfield (mise en relief dans l'original).

271 **Fuller assouplit sa position** Charles Fuller au gouverneur Richard Oglesby, 1er janvier 1886, *ibid.*

271 **Cream est un homme trop dangereux** Buck & Rayner au gouverneur Richard Oglesby, 21 mars 1885, 20 novembre 1885 et 30 novembre 1885, *ibid.*

271 **on s'attendait à ce que** Buck & Rayner au gouverneur Richard Oglesby, 2 janvier 1886, *ibid.*; et Frank S. Whitman à James B. Rayner, 31 décembre 1885, *ibid.*

271 **un des meurtres les plus prémédités** Frank S. Whitman au gouverneur Richard Oglesby, 3 janvier 1886.

272 **suffisamment dissipés** Lettre du gouverneur Richard Oglesby, 31 décembre 1885, *ibid.*

272 **Il est des hommes qui naissent** « Crime, Its Causes. »

272 **un homme aux instincts** « McClaughry Talks of Cream. »

CHAPITRE 32. « Aussi innocent qu'un enfant à naître »

273 **Si le méchant** Voir les photographies de l'intérieur de la chapelle dans Joliet Prison Photograph Collection, 1987.0129, PPL, Chicago History Museum.

273 **souffrir avec patience** « Confirming Convicts », *Chicago Daily Tribune*, 7 juin 1886. Les bouquets de fleurs sont décrits dans « Convicts Confirmed », *Daily Review* (Decatur, IL), 8 juin 1886.

273 **Interrogé sur sa religion** « Description of Convict », 1er novembre 1881, Records of Commutations of Sentence, 1877-1928, Record Series 103.098, Illinois State Archives, Springfield.

274 **accroître ses chances** « Hanged at Newgate », *Chicago Daily Tribune*, 15 novembre 1892.

274 **Il souffrait de** Lorne F. Hammond, « Capital, Labour and Lumber in A. R. M. Lower's Woodyard: James Maclaren and the Changing Forest Economy, 1850-1906 », thèse de doctorat, Université d'Ottawa, 1993, p. 165-67. Les données concernant les ennuis de santé de Cream, ses séjours dans le Sud, ses investissements de Little Rock et sa rupture avec Maclaren sont tirés de cette source. Daniel Cream figure dans les annuaires de rues de Québec comme marchand de bois d'œuvre en remplacement de William Cream après 1886.

274 **un important propriétaire** « Died », *Daily Arkansas Gazette* (Little Rock), 4 juin 1887.

274 **Ses liquidateurs évaluèrent sa succession** Le liquidateur William Brown mentionna son estimation de la valeur de la succession en 1892 durant un entretien avec le détective de Scotland Yard Frederick Jarvis. Rapport de l'inspecteur Frederick Smith Jarvis, 30 juin 1892 (Québec), Metropolitan Police Office Records, MEPO 3/144, National Archives, Londres.

274 **ayant déjà reçu** Testament de William Cream, novembre 1885, annexé à la requête d'homologation de Daniel Cream, 25 mai 1887, Registres de la Cour supérieure de la province de Québec, Bibliothèque et Archives nationales du Québec, Québec. À la suite de l'arrestation de Cream, de nombreux journaux ont dit erronément qu'il avait hérité de 16 000 $, soit un quart de la succession – une valeur de 445 000 $ aujourd'hui. Un des premiers de ces comptes rendus provenait de Chicago. Voir « O'Neill Is Not His Name », *Chicago Daily News*, 28 juin 1892.

275 **vieux monsieur excentrique** « Local Items », *Daily Arkansas Gazette* (Little Rock), 22 juin 1887.

275 **Je désire laisser** Testament de William Cream, novembre 1885.

275 **le poids écrasant** Thomas Davidson au gouverneur Joseph Fifer, 10 mars 1890, Records of Commutations of Sentence, 1877-1928, Record Series 103.098, Illinois State Archives, Springfield.

275 **à faire jouer** Rapport Jarvis, 30 juin 1892 (Québec), MEPO 3/144; et Déclaration sous serment de Thomas Davidson, 29 octobre 1892, Home Office Records, HO 144/246 A 54360/23, National Archives, Londres.

275 **appuya sa démarche** Rapport Jarvis, 4 juillet 1892 (Montréal), MEPO 3/144.

275 **étaient et sont encore** James Emslie à Thomas Davidson, 18 octobre 1888, Records of Commutations of Sentence, 1877-1928, Record Series 103.098, Illinois State Archives, Springfield.

275 **Pour d'anciens employeurs** Lettre de William H. Baldwin, 18 octobre 1888; lettre de Rod Davidson, 20 octobre 1888; lettre de James Robertson, 26 octobre 1888; et lettre de Peter Baldwin, 27 novembre 1888, *ibid.*

276 **le digne fils** Davidson à Fifer, 10 mars 1890, *ibid.*

276 **J'ai étudié** Charles Fuller au gouverneur Richard Oglesby, 28 novembre 1888, *ibid.*

276 **Une nouvelle requête** Requête adressée au gouverneur Joseph Fifer, n.d., *ibid.*

276 **jurys d'acquittement** James O'Donnell Bennett, « *Private Joe* » *Fifer*, Bloomington, IL, Paragraph Printing & Stationery, 1936, p. 80.

276 **Cela ne me paraît pas** *Ibid.* Les données biographiques sur Fifer sont tirées des pages 69-70, 78-79; et « Private Joe Dies in His 98th Year; Victim of a Fall », *Chicago Daily Tribune*, 7 août 1938.

276 **Fuller, un ami intime** *Belvidere Illustrated: Historical, Descriptive and Biographical*, Belvidere, IL, Daily Republican, 1896, p. 81.

276 **Vous pouvez promettre** Daniel Cream à Charles Fuller, 4 juin 1889, et Charles Fuller au gouverneur Joseph Fifer, 8 juin 1889, Records of Commutations of Sentence, 1877-1928, Record Series 103.098, Illinois State Archives, Springfield.

277 **Dites le mot** Davidson à Fifer, 10 mars 1890, *ibid.*

277 **aussi innocent qu'un enfant** Thomas Davidson à Frances Willard, 22 juin 1890, *ibid.*

277 **le Dr Cream est innocent** Le sénateur Shelby Moore Cullom au gouverneur Joseph Fifer, 3 juillet 1890, *ibid.*

277 **tout à fait extraordinaires** Rapport Jarvis, 30 juin 1892 (Québec), MEPO 3/144.

277 **Cream persuada le pharmacien** James Rayner à Charles Fuller, 4 mai 1891, Records of Commutations of Sentence, 1877-1928, Record Series 103.098, Illinois State Archives, Springfield.

277 **La punition déjà infligée** Charles Fuller au gouverneur Joseph Fifer, 12 juin 1891, *ibid.*

278 **Compte tenu de** Cité dans H. Kenneth Scatliff, « Medical Lore in Chicagoland : A Mistress Foils the Master Plot », *Chicago Medicine,* vol. 68, nº 24, 27 novembre 1965, p. 1063.

278 **se qualifie pour** Ordre de commutation de la peine de Thomas N. Cream, 12 juin 1891, Department of Corrections, Penitentiary Mittimus Files, 1857-1916, Record Series 243.202, Illinois State Archives, Springfield.

278 **Sa bonne conduite** Formulaire du bureau du directeur sur la conduite du détenu, 22 mai 1891, Records of Commutations of Sentence, 1877-1928, Record Series 103.098, Illinois State Archives, Springfield. La formule utilisée pour réduire la durée de la peine d'un détenu (chaque année de bonne conduite entraînait une réduction de peine de six mois) est décrite dans « Friends of Felons », *Chicago Daily Tribune*, 7 octobre 1893.

278 **La judicieuse répartition** « Anarchist Neebe : He Will Leave Prison a Free Man on Thanksgiving Day », *St. Louis Post-Dispatch*, 20 novembre 1892.

278 **un libre recours à l'argent** Trude aborde ces paiements dans « Cream Executed », *Montreal Star*, 15 novembre 1892 ; et dans « Execution of Neill », *Illustrated Police News*, 19 novembre 1892.

278 **avait délesté sa famille** Daniel Cream au révérend George Matthews, 14 mai 1892, HO 144/245 A 54360/25. Wright semble au contraire n'avoir perçu que quarante dollars – environ 1100 $ d'aujourd'hui – pour tout ce qu'il a fait pour Cream. « McClaughry Talks of Cream », *Chicago Daily Tribune*, 27 juin 1892.

278 **tiré parti de tous les appuis légitimes** Déclaration sous serment de Thomas Davidson, 29 octobre 1892, HO 144/246 A 54360/23.

279 **l'État n'est-il pas** Arthur Conan Doyle, *Memories and Adventures and Western Wanderings*, Newcastle upon Tyne, Cambridge Scholars Publishing, 2009, p. 16 [*Souvenirs et aventures*, s.n.d.t., Paris, Encre, 1985]. Murray décrit aussi ses interactions avec Cream dans une lettre du 12 juin 1892 à Robert Pinkerton qui dirigeait le bureau de New York de la firme, dans MEPO 3/144.

CHAPITRE 33. Une chasse aux fantômes

281 **Il se souvient bien de Cream** Les détails de l'enquête de Chicago sont tirés des Rapports de l'inspecteur Frederick Jarvis, 11 juillet 1892 (Chicago) et 14 juillet 1892 (Toronto), Metropolitan Police Records Office, MEPO 3/144, National Archives, Londres ; et de la lettre de l'inspecteur Frederick Smith Jarvis au commissaire John Shore, 19 juin 1892, *ibid.*

281 **un homme licencieux** « McClaughry Talks of Cream », *Chicago Daily Tribune*, 27 juin 1892.

281 **John Cantle remit** Rapport du sergent John Craggs à l'inspecteur John Bennett Tunbridge, 20 juin 1892, MEPO 3/144.

282 **L'information fut transmise** Le commissaire John Shore demanda que l'information au sujet des passagers du *Sarnia* soit transmise à Jarvis. Voir son annotation sur la note de service de l'inpecteur John Bennett Tunbridge, 21 juin 1892, *ibid.*

282 **pour s'entretenir avec** Rapport de Jarvis sur le révérend Robert Caswell, 15 juillet 1892 (Toronto), *ibid.*

282 **le croyait coupable** Rapport Jarvis, 2 septembre 1892 (Montréal), *ibid.*

282 **Leon Vohl, fut, non sans raison, réticent** Rapports Jarvis, 30 juin 1892 (Québec) et 29 juillet 1892 (New York), *ibid.*

282 **décédée le 29 août 1891** Actes de l'état civil et registres religieux 1621-1968, Fonds Drouin, Institut généalogique Drouin, Montréal, consulté à www.ancestry.com. L'hémorragie cérébrale en tant que cause officielle du décès figure dans Mount Hermon Cemetery Index, 1846-1904, Québec, consulté à www.ancestry.com.

282 **Read avait été vue** Les soupçons de la police et les détails de la mort de Read sont décrits dans la note de service de Tunbridge, 6 septembre 1891, MEPO 3/144 ; et dans le Rapport Jarvis, 12 septembre 1892 (Québec), *ibid.*

283 **m'a assuré** Rapport Jarvis, 12 septembre 1892 (Québec), *ibid.* ; télégramme du commissaire John Shore à l'inspecteur Frederick Smith Jarvis, 7 septembre 1892, *ibid.* ; et lettre de Jarvis à Shore, 10 septembre 1892, *ibid.*

283 **était allé à Hamilton et à Kingston** Rapport Jarvis, 19 juillet 1892 (Montréal), *ibid.*

283 **avoir empoisonné deux femmes** Notes de service Tunbridge, 12 juillet 1892 et 14 juillet 1892, *ibid.* ; et témoignage d'Edward Levi, « Trial of Thomas Neill », octobre 1892, *Proceedings of the Old Bailey, London's Central Criminal Court, 1674 to 1913*, p. 1417, www.oldbaileyonline.org.

283 **des yeux un peu particuliers** Rapport Jarvis, 28 août 1892 (Montréal), MEPO 3/144.

284 **Selon moi** *Ibid.*

284 **il me semble inutile** *Ibid.*

284 **aucune importance** Note de service Tunbridge, 8 septembre 1892, *ibid.*

284 **Elle était identique** Rapport Jarvis, 21 juillet 1892 (Saratoga Springs, NY), *ibid.*

284 **McCulloch rencontra Jarvis** Rapport Jarvis, 19 juillet 1892 (Montréal), *ibid.*

284 **Jarvis avait prévu** Lettre de Jarvis à Shore, 11 juillet 1892, *ibid.*

284 **ses supérieurs lui enjoignirent** Telegramme de Shore à Jarvis, 10 août 1892; et Rapport Jarvis, 16 août 1892 (Montréal), *ibid.* Scotland Yard consentit à verser deux cents dollars par mois à McCulloch. Voir le Rapport Jarvis, 11 août 1892 (New York); et le télégramme de Jarvis à Scotland Yard, 10 août 1892, *ibid.*

285 **Si possible, il est d'une importance capitale** Note de service Tunbridge, 6 septembre 1892, *ibid.* Les démarches entreprises pour identifier la source de la strychnine sont décrites dans les Rapports Jarvis, 30 juin 1892 (Québec), 11 août 1892 (New York), 16 août 1892 (Montréal) et 25 août 1892 (Montréal), *ibid.* Concernant la récompense et les contrôles auprès des médecins et des vétérinaires, voir le télégramme de Shore à Jarvis, 7 septembre 1892, *ibid.*; Jarvis à Shore, 10 septembre 1892, *ibid.*; et le Rapport Jarvis, 12 septembre 1892 (Québec), *ibid.* Concernant la recherche à Brooklyn, voir « Where Did Neil Buy the Poison ? », *New York Times*, 18 septembre 1892.

285 **enquête épuisante** Rapport Jarvis, 29 septembre 1892 (Londres), *ibid.*; et le télégramme de Jarvis à Shore, 27 septembre 1892, *ibid.*

285 **fortement et catégoriquement réfuter** « Inspector Jarvis Ready to Take Up the Cream Poisoning Case », *Chicago Daily Tribune*, 11 août 1892. Le journal se trompait en pensant que le détective quitterait New York pour rentrer chez lui à la mi-août.

CHAPITRE 34. « Une façon de procéder systématique et délibérée »

289 **certains des plus célèbres criminels de Grande-Bretagne** La liste de ces délinquants est tirée de Walter Thornbury, « The Old Bailey », dans *Old and New London: A Narrative of Its History, Its People and Its Places*, vol. 2, Londres, Cassell, Petter & Galpin, 1878, p. 461-77, www.british-history.ac.uk/old-new-london/vol2/pp461-477.

289 **les bavardages s'étaient tus** « The Lambeth Poisonings », *Daily News* (Londres), 18 octobre 1892. Le silence dans la salle d'audience au moment de la lecture de la mise en accusation est signalé dans « Neill Put on Trial », *The New York Times*, 18 octobre 1892.

290 **nerveux, irritable** « The Lambeth Poisonings », *Daily News*, 20 octobre 1892.

290 **aussi impassible que** « On Trial for Poisoning », *New York Times*, 9 novembre 1892. Sauf indication contraire, les descriptions de la salle d'audience pendant le procès de Cream sont tirées de cet article.

290 **paraissaient plus effrayés** « The Lambeth Poisonings », *New York Times*, 18 octobre 1892. L'attitude de Cream est aussi décrite dans « Lambeth Murders » et « Lambeth Poisoning Cases », *Daily Telegraph* (Londres), 18 octobre 1892.

291 **Russell, dit un collègue** R. Barry O'Brien, *The Life of Lord Russell of Killowen*, New York, Longmans, Green, 1901, p. 101.

291 **sa méthode tient** O'Brien, *Life of Lord Russell*, p. 102.

291 **La vie obscure et misérable** L'exposé introductif de Russell est reproduit dans W. Teignmouth Shore, éd., *Trial of Thomas Neill Cream*, Londres, William Hodge, 1923, p. 45-59.

292 **des êtres désœuvrés** Cette description des foules à l'intérieur et à l'extérieur du tribunal est tirée de « On Trial fort Poisoning » ; « Lambeth Murders » ; « The Lambeth Murders », *Morning Post* (Londres), 19 octobre 1892 ; et « Lambeth Poisonings », *Daily News* (Londres), 20 octobre 1892.

292 **il avait défendu plus d'assassins** Martin L. Friedland, *The Trials of Israel Lipski: A True Story of a Victorian Murder in the East End of London*, Londres, Macmillan, 1894, p. 24.

292 **les causes les plus « désespérées »** Samuel Ingleby Oddie, *Inquest*, Londres, Hitchinson, 1941, p. 103.

292 **un des plus grands orateurs** Edward Marjoribanks, *For the Defence: The Life of Sir Edward Marshall Hall*, New York, Macmillan, 1947, p. 37. Son éloquence est également mentionnée dans « Irishmen at the Bar of England », *Irish Law Times and Solicitors' Journal*, vol. 30, n° 15417, 22 février 1896, p. 89.

293 **Il insistait toujours** Friedland, *Trials of Israel Lipski*, p. 30.

293 **il s'était pris une cuite** C'est là la conclusion de Friedland, auteur du compte rendu définitif de l'affaire. Voir *ibid.*, p. 30-31.

293 **Il interrogea** Sauf indication contraire, le contre-interrogatoire et les arguments juridiques de Geoghegan sont tirés de Shore, *Trial of Thomas Neill Cream*, p. 61-65, 70-72, 76, 78, 87-91, 102-4, 107-8, 118.

293 **sous les feux de la rampe** Le rôle du Dr Stevenson dans cette affaire est décrit dans Kate Colquhoun, *Did She Kill Him? A Victorian Tale of Deception, Adultery and Arsenic*, Londres, Little, Brown, 2014, p. 200, 249-53 [*L'a-t-elle empoisonné ? Une histoire de trahison, d'adultère et d'arsenic sous Victoria*, Christine Laferrière, trad., Paris, C. Bourgois, 2014].

294 **un air curieusement défensif** « The Poison-Finder », *Guardian* (Manchester), 29 juillet 1908.

294 **Quand une personne** Ce compte rendu du contre-interrogatoire de Stevenson et le résumé de ses constatations sont tirés de « Trial of Thomas Neill », octobre 1892, *Proceedings of the Old Bailey, London's Central Criminal Court, 1674 to 1913*, p. 1435-37, www.oldbaileyonliune.org.

296 **Vous n'avez pas ouvert d'enquête** Shore, *Trial of Thomas Neill Cream*, p. 111.

297 **entrouvrir une porte que Geoghegan enfonça** *Ibid.*, p. 115.

298 **une façon de procéder systématique** Les arguments juridiques concernant les preuves de faits similaires et la décision de Hawkins sont tirés de *ibid.*, p. 118-20 ; « Trial of Thomas Neill » p. 1451- 52 ; « Lambeth Poisonings », *Daily News* (Londres), 20 octobre 1892 ; et « The Lambeth Murders », *Morning Post* (Londres), 20 octobre 1892.

298 **Cette étoile montante** « Reviews », *Law Magazine and Review*, n° 306, novembre 1897, p. 157.

298 **Un homme du monde aguerri, froid et déterminé** « On Trial for Poisoning. »

298 **ce juge sévère** Frederick Porter Wensley, *Forty Years of Scotland Yard: The Record of a Lifetime's Service in the Criminal Investigation Department*, Garden City, NY, Garden City, 1931, p. 29.

299 **Hanging Hawkins** Concernant la carrière de Hawkins, voir « Mr. Justice Hawkins », *London Illustrated News*, 18 novembre 1876 ; « Sir Henry Hawkins », *Spectator*, 5 novembre 1904 ; « Sir Henry Hawkins », *New York Times*,

10 décembre 1904; « Good Legal Stories », *New York Times*, 10 février 1906; et « Lord Brampton Dead », *New York Times*, 7 octobre 1907.

299 **il lui arriva de condamner** Wensley, *Forty Years of Scotland Yard*, p. 31.

299 **rafraîchie avec de la pommade et de la poudre** « English Judge's Outfit », *New York Times*, 31 août 1895.

299 **rédigés du point de vue du chien** Richard Harris, éd., *The Reminiscences of Sir Henry Hawkins, Baron Brampton*, vol. 2, Londres, Edward Arnold, 1904, chap. 44-46.

299 **Jack avait la réputation** « Sir Henry Hawkins », *New York Times*.

300 **une preuve accablante** Éditorial, *Standard* (Londres), 22 octobre 1892.

301 **il n'était pas autorisé à témoigner** Friedland, *Trials of Israel Lipski*, p. 96.

301 **L'exposé définitif de Geoghegan** L'exposé définitif de la défense est reproduit dans Shore, *Trial of Thomas Neill Cream*, p. 137-48.

301 **Des applaudissements discrets** « No Witness for the Defense », *New York Times*, 21 octobre 1892.

302 **Est-il concevable** Concernant l'exposé définitif de Russell, voir Shore, *Trial of Thomas Neill Cream*, p. 148-52.

CHAPITRE 35. « Un meurtre si diabolique »

303 **Il ne fallait pas** L'exposé de Hawkins au jury a été publié dans W. Teignmouth Shore, éd., *Trial of Thomas Neill Cream*, Londres, William Hodge, 1923, p. 153-64.

303 **Pas un pouce carré** « The Lambeth Murders », *Morning Post* (Londres), 22 octobre 1892.

303 **il avait bien dormi** *Ibid.*

304 **la violence d'une guillotine** La fermeture brutale de la fenêtre est notée dans « Lambeth Poisonings », *Lloyd's Weekly Newspaper* (Londres), 23 octobre 1892.

304 **quand il était certain** Walter Preston Armstrong, « A Famous English K. C. », *Yale Law Journal*, vol. 29, n° 7, mai 1920, p. 722.

304 **sans jamais consulter ses notes** Faits divers, *Pall Mall Gazette* (Londres), 22 octobre 1892, p. 6.

305 **Les jurés sortirent de la salle d'audience** Cette description de l'annonce du verdict et de la réaction de l'assistance est tirée des articles suivants: « Lambeth Murders »; « The Lambeth Poisonings », *Daily News*, 22 octobre 1892; « The Murders in Lambeth », *Guardian* (Manchester), 22 octobre 1892; « Neill Sentenced to Death », *New York Times*, 22 octobre 1892; « Lambeth Poisonings », *Lloyd's Weekly Newspaper* (Londres); et « Lambeth Poisoning Mystery Solved », *Reynolds's Newspaper* (Londres), 23 octobre 1892.

306 **Un assistant s'avança** Une description de cette partie du rituel figure dans « English Judge's Outfit », *New York Times*, 31 août 1895.

306 **un crime épouvantable** Une transcription du verdict a été publiée dans Shore, *Trial of Thomas Neill Cream*, p. 165.

CHAPITRE 36. « Fou, mais pas au sens de la loi »

307 **rendit visite à Melville** Macnaghten décrit leur rencontre et leur conversation dans Melville L. Macnaghten, *Days of My Years*, Londres, Edward Arnold, 1914, p. 115-16.

307 **Malheur à l'agent de police** « Lord Brampton Dead », *New York Times*, 7 octobre 1907.

307 **Quand la criminalité** Sir Henry Hawkins, « The Duties of Police Constables », reproduit dans *Irish Law Times and Solicitors' Journal*, vol. 16, nº 823, 4 novembre 1882, p. 534-36.

308 **La comtesse Mabel Russell** Rapport de l'inspecteur John Bennett Tunbridge, 14 octobre 1892, Metropolitan Police Office Records, MEPO 3/144, National Archives, Londres. Aucun lien de parenté du couple avec l'avocat de la poursuite de Cream, sir Charles Russell.

308 **faible effort** W. Teignmouth Shore, éd., *Trial of Thomas Neill Cream*, Londres, William Hodge, 1923, p. 159.

308 **Quatre malheureuses** « Unparalleled atrocity », *Pall Mall Gazette* (Londres), 22 octobre 1892.

308 **une extraordinaire et inexplicable négligence** « The Lambeth Poisonings », *Daily News* (Londres), 22 octobre 1892.

308 **le public ne tolérerait plus** Éditorial, *Times of London*, 22 octobre 1892.

308 **Pour repérer des criminels** « Crime and the Police », *Reynolds's Newspaper* (Londres), 23 octobre 1892.

309 **une explication absolument satisfaisante** Shore, *Trial of Thomas Neill Cream*, p. 169. Le *mea culpa* de Hawkins a fait l'objet de nombreux comptes rendus dans la presse. Voir « The Conviction of Neill », *Pall Mall Gazette* (Londres), 22 octobre 1892 ; et « Lambeth Poisoning Mystery Solved », *Reynolds's Newspaper* (Londres), 23 octobre 1892.

309 **Le Dr Thomas Neill Cream** « Neill's Career », *News of the World* (Londres), 23 octobre 1892.

309 **impitoyable atrocité** Éditorial, *Standard* (Londres), 22 octobre 1892.

309 **le plus cruel** Article, *Black and White: A Weekly Illustrated Record and Review* (Londres), 29 octobre 1892, p. 488.

310 **sordide avidité** Cité dans Leonard Piper, *Murder by Gaslight: True Tales of Murder in Victoria and Edwardian England*, Londres, Michael O'Mara Books, 1991, p. 50.

311 **quatre experts médicaux** Signalé dans « The Convict Neill », *Standard* (Londres), 24 octobre 1892 ; et « Neill Still in Newgate », *Lloyd's Weekly Newspaper* (Londres), 30 octobre 1892.

311 **provoqué des changements** « Neill's Fate – the Law to Take Its Course », *Pall Mall Gazette* (Londres), 12 novembre 1892.

311 **Une bonne douzaine** *Ibid.*

311 **Toutes sortes de personnes** F. A. Whitlock, *Criminal Responsibility and Mental Illness*, Londres, Butterworths, 1963, p. 3.

312 **aucune indication de démence** Lettre du Dr Philip Francis Gilbert, 14 octobre 1892, Home Office Records, HO 144/245 A 54360/10, National Archives,

Londres. Son évaluation a été soulignée dans « Respite of Neill », *Lloyd's Weekly Newspaper* (Londres), 6 novembre 1892.

312 **Sur le plan moral** « The Case of Thomas Neill », *British Medical Journal*, vol. 2, nº 1661, 29 octobre 1892, p. 961.

312 **dépourvus de tout sens moral** Éditorial, *Times of London*.

312 **entrent dans l'usage** Peter Vronsky, *Sons of Cain: A History of Serial Killers from the Stone Age to the Present*, New York, Berkley, 2018, p. 11-14, 266-67.

312 **assoiffé de sang** Macnaghten, *Days of My Years*, p. 100-101, 115.

312 **Cela faisait partie** « Lambeth Poisonings. »

312 **Aucune clémence ne doit être envisagée** « Unparalleled Atrocity. »

312 **crimes contre l'humanité** « Thomas Neill », *Spectator*, 29 octobre 1892.

313 **Cream appartient** Éditorial, *Standard*.

313 **Neill est une fichue ordure** « Passing Notes », *Illustrated Police News* (Londres), 12 novembre 1892.

313 **une cellule en pierre de quatorze pieds sur huit** Une description de la cellule figure dans « The Condemned Poisoner in Newgate », *Pall Mall Gazette* (Londres), 24 octobre 1892 ; et « Neill Still in Newgate ».

313 **Jamais ils ne me pendront!** « Neill's Prison Life », *Illustrated Police News* (Londres), 5 novembre 1892. Le quotidien de Cream et les mesures prises pour prévenir une tentative de suicide ont été décrits dans les articles suivants : « Respite of Neill » et « Neill's Fate – the Law to Take Its Course ».

313 **Il se moque totalement** Cité dans Shore, *Trial of Thomas Neill Cream*, p. 36.

314 **Si seulement j'avais servi** « Neill's Last Moments », *Illustrated Police News* (Londres), 26 novembre 1892.

314 **Le juge était farouchement** « Convict Neill. »

314 **Si les choses en viennent** « Execution of Neill », *Reynolds's Newspaper* (Londres), 20 novembre 1892.

314 **bon signe** « Respite of Neill. » Ultérieurement, des journalistes semblent s'être trompés sur le moment où Cream a eu le cœur à la fête et dit qu'il a chanté et dansé dans sa cellule après le convaincant exposé définitif de Geoghegan au procès. Voir, notamment, Shore, *Trial of Thomas Neill Cream*, p. 34, 36.

314 **les journaux offrirent aux lecteurs des exemples récents** Pour des exemples d'articles sur ses crimes antérieurs, voir « The Lambeth Poisoning Cases: Neill's Career », *Reynolds's Newspaper* (Londres), 23 octobre 1892 ; et « Neill's Career ».

314 **J'étais tout à fait en sécurité** « Neill Still in Newgate. » Il prétend bénéficier du soutien d'un député dans une lettre datée du 16 juillet 1892, reproduite dans Shore, *Trial of Thomas Neill Cream*, p. 31.

314 **Si tu me contraries** Lettre du 28 juin 1892 publiée dans le *Daily Telegraph*, 24 octobre 1892, et reproduite dans Shore, *Trial of Thomas Neill Cream*, p. 29-30.

314 **Quand je pense à** Lettre du 5 août 1892, reproduite dans Shore, *Trial of Thomas Neill Cream*, p. 31-32.

315 **craignait qu'il ne se suicide** Rapport Tunbridge, 26 septembre 1892, MEPO 3/144.

315 **Pfuitt!** « Neill Still in Newgate. » L'interview a paru dans *Morning*, un journal londonien fondé plus tôt durant l'année. Voir « The Lambeth Poisoner », *Aberdeen Weekly Journal*, 29 octobre 1892.

315 **Le Dr Neill avoue** « The Condemned Prisoner in Newgate. »

315 **tué un grand nombre de femmes** « The Convict Neill », *Morning Post* (Londres), 28 octobre 1892. Ces aveux ont été réfutés dans « The Convict Cream », *Guardian* (Manchester), 25 octobre 1892; « The Neill Case », *Daily News* (Londres), 25 octobre 1892; et « The Convict Neill », *Standard* (Londres), 29 octobre 1892.

315 **Des comptes rendus du procès de Cream** Les articles mentionnés dans ce paragraphe ont paru dans les journaux suivants: « The Poisoning of Girls in London », *Glasgow Herald*, 22 octobre 1892; « General London Cables », *Globe* (Toronto), 1er novembre 1892; « Sentenced to Be Hanged », *Gazette* (Montréal), 22 octobre 1892; « Neill Will Be Hanged », *Daily Globe* (St. Paul, MN), 22 octobre 1892; « Local », *True Republican* (Sycamore, IL), 29 octobre 1892; « The Lambeth Poisoning Cases », *Observer* (Adelaide), 29 octobre 1892; et « Miscellaneous », *Tasmanian* (Launceston), 29 octobre 1892.

316 **Toute la vie de Neill** « Thomas Neill Hanged », *New York Times*, 16 novembre 1892.

316 **le plus dangereux** « Cream Hanged at Newgate », *Sun* (New York), 16 novembre 1892.

316 **La planète aurait été** « Dr. Cream to Be Hung », *Belvidere (IL) Standard*, 26 octobre 1892.

316 **La nature de l'homme n'avait rien** « Cream's Day of Doom », *Chicago Times*, 15 novembre 1892.

262 **il est canadien** « Popular King Oscar », *Daily Inter Ocean* (Chicago), 6 novembre 1892.

316 **une reproduction réaliste de première qualité** Annonce, *Eva* (Londres), 12 novembre 1892.

317 **une quantité phénoménale** « Execution of Dr. Neill », annonce, *Illustrated Police News* (Londres), 12 novembre 1892.

317 **dans l'intérêt de la science** Francis Thorburn, phrénologue, au secrétaire du Home Office, H. H. Asquith, 29 octobre 1892, HO 144/246 A 54360/13; note de service du sous-secrétaire du Home Office, 29 octobre 1892, *ibid.*; et Lorenzo N. Fowler, phrénologue, au secrétaire du Home Office, H. J. Asquith, 4 novembre 1892, HO 144/246 A 54360/18.

317 **Madame Tussauds s'opposa** « The Value of Murderer's Relics », *Pall Mall Gazette* (Londres), 28 octobre 1892; « Neill's Prison Life ». Le fait que le produit de la vente devait rembourser les frais juridiques de Cream est relevé dans « Condemned Poisoner in Newgate ».

317 **Une effigie de cire** Annonce, *Standard* (Londres), 24 octobre 1892.

317 **Le Home Office rassembla** HO 144/245 et 144/246.

318 **mis en lumière une terrible carrière** Note de service de Lushington, 2 novembre 1892, HO 144/246 A 54360/23.

318 **Ils ne devaient pas croire sérieusement** Note de service, 9 novembre 1892, HO 144/246 A 54360/23.

318 **avoir commis le moindre meurtre** Requête de Thomas Neill, 23 octobre 1892 et 2 novembre 1892, HO 144/245 A 54360/11.

318 **Il n'y a aucunement lieu** Annotation datée du 10 novembre à la note de service du 9 novembre 1892, HO 144/246 A 54360/23. La décision fut annoncée dans les journaux du soir. Voir « The Fate of Neill », *Daily News* (Londres), 11 novembre 1892.

CHAPITRE 37. Le couloir de la mort

319 **À votre place** Sauf indication contraire, les détails de l'exécution de Cream se fondent sur « Execution of Neill in Newgate », *Pall Mall Gazette* (Londres), 15 novembre 1892 ; « Execution of Neill », *Standard* (Londres), 20 novembre 1892 ; et « Neill's Last Moments », *Illustrated Police News* (Londres), 26 novembre 1892.

319 **prié Dieu** Everard Milman, gouverneur de Newgate, au Home Office, 15 novembre 1892, Home Office Records, HO 144/246 A 54360/32, National Archives, Londres.

319 **Grâce à vous** « Execution of Neill », *Standard* (Londres).

320 **le couloir de la mort** « The Condemned Poisoner in Newgate », *Pall Mall Gazette* (Londres), 24 octobre 1892.

322 **des hommes pris de boisson** La foule massée devant Newgate est décrite dans « Execution of Neill in Newgate » ; et « Execution of Neill », *Morning Post* (Londres), 16 novembre 1892.

322 **quelques personnes rôdèrent** « The Last of a Murderer », *Pall Mall Gazette* (Londres), 17 novembre 1892.

322 **coulées d'encre et salissures** *Ibid.*

322 **l'odieux assassin** « Execution of Neill », *Reynolds's Newspaper* (Londres).

CHAPITRE 38. « Je suis Jack... »

323 **Un des criminels les plus monstrueux** Rapport du commissaire James Brennan, 22 octobre 1892, Metropolitan Police Office Records, MEPO 3/144, National Archives, Londres.

324 **Sa conduite de l'affaire** Note de service, « Rewards in Thos. Neill's Case : Murder », 11 novembre 1892, *ibid.* Tunbridge fut promu au rang d'inspecteur en chef peu avant sa retraite en 1895. Voir Richard S. Hill, « Tunbridge, John Bennett », *Dictionary of New Zealand Biography/Te Ara : The Encyclopedia of New Zealand*, www.teara.govt.nz/en/biographies/2t52/tunbridge-john-bennett.

324 **Un exemple frappant** W. Teignmouth Shore, éd., *Trial of Thomas Neill Cream*, Londres, William Hodge, 1923, p. 169.

324 **causes célèbres** Elizabeth Jenkins, « Thomas Neill Cream, Poisoner », *Great Cases of Scotland Yard*, vol. 1, Londres, Reader's Digest Association, 1978, p. 15-106. L'enquête sur l'affaire Cream fut aussi présentée comme une des grandes réussites de Scotland Yard dans Normand Lucas, *The CID*, Londres, Arthur Baker, 1867, p. 36-37.

324 **En règle générale** Douglas G. Browne, *The Rise of Scotland Yard: A History of the Metropolitan Police*, Londres, George G. Harrap, 1956, p. 240.

325 **pour empêcher que des crimes** Éditorial, *Liverpool Mercury*, 14 janvier 1892. Le procès a fait l'objet d'un compte rendu dans « Central Criminal Court », *Standard* (Londres), 14 janvier 1893.

325 **La justice britannique vient de perdre** « Man Who Detected Many Poisons », *Victoria (BC) Daily Times*, 20 août 1908. Voir aussi « The Poison-Finder », *Guardian* (Manchester), 29 juillet 1908 ; « Sir Thomas Stevenson », *Guardian* (Manchester), 29 juillet 1908 ; et « A Master of Poisons », *Washington Post*, 16 août 1908.

325 **des événements décisifs** Colin Evans, *The Father of Forensics: The Groundbreaking Cases of Sir Bernard Spilbury, and the Beginnings of Modern CSI*, New York, Berkley Books, 2006, p. 31. Concernant l'affaire Crippen, voir Douglas G. Browne et E. V. Tullett, *Bernard Spilbury: His Life and Cases*, Harmondsworth, RU, Penguin Books, 1951, p. 35-54.

328 **Les ressemblances** « The Conviction of Neill », *Pall Mall Gazette* (Londres), 22 octobre 1892.

328 **émit cette hypothèse** Don Bell, « Jack the Ripper: The Final Solution ? », *Criminologist*, vol. 9, no 33, été 1974, p. 40-51. Voir également « Montreal This Morning », *Montreal Gazette*, 6 janvier 1975 ; « The Judge Called him "Diabolical, Wicked" », *Montreal Gazette*, 24 février 1979 ; et « McGill Grad Took His Secret to the Gallows », *Montreal Gazette*, 26 février 1979.

329 **suspects tout aussi invraisemblables** Une liste des personnes soupçonnées d'être l'Éventreur figure dans Donald Rumbelow, *The Complete Jack The Ripper*, Londres, Virgin Books, 2013, p. 136-280.

329 **Une curieuse hypothèse** Voir Jay Robert Nash, *Almanac of World Crime*, New York, Bonanza Books, 1986, p. 293. L'éminent avocat plaidant britannique Edward Marshall Hall accorda une certaine crédibilité à cette hypothèse quand il évoqua sa défense d'un homme accusé de bigamie à Londres au milieu des années 1880. L'accusation fut abandonnée quand son client prouva qu'il était détenu en Australie durant ces mariages, et Hall soupçonna l'homme de s'être fabriqué un alibi en faisant appel à un « "sosie" du monde interlope ». Quelques années plus tard, quand il assista au procès de Cream à Old Bailey, Hall fut convaincu qu'il s'agissait de l'homme accusé de bigamie qu'il avait défendu. Mais Hall avait une mauvaise mémoire des visages et le fait qu'il ait laissé entendre que Cream avait été relâché avant 1891 et qu'il avait demandé à un criminel détenu à l'autre bout du monde en Australie de mentir pour lui était aussi incongru que l'hypothèse voulant qu'il soit Jack l'Éventreur. Voir Edward Marjoribanks, *For the Defence: The Life of Sir Edward Marshall Hall*, New York, Macmillan, 1947, p. 35-36, 249.

329 **Ces supposés aveux** « The Last of Jack the Ripper », *Marion (OH) Star*, 11 janvier 1902, semble être le premier compte rendu de la déclaration « Je suis Jack… » qui ait cité le *London Chronicle*. L'entrefilet a été republié dans le *Baltimore Sun* et des journaux de moindre importance du Connecticut, de la Pennsylvanie, du Kansas, de la Louisiane et de la Californie au cours des semaines suivantes. Cette affirmation a été reprise en 1913 dans un article sur les dernières paroles des condamnés à la potence, puis semble être tombée

dans l'oubli jusqu'aux années 1950. Voir « Scaffold Good-Bys: Dramatic Last Words », *Times-Democrat* (Nouvelle-Orléans), 22 juin 1913 ; et « Jack the Ripper ! », *Chicago Sunday Tribune*, 14 janvier 1951.

329 **Ces comptes rendus, publiés après la mort de Billington** Il n'y a « pas de source officielle et aucun témoin indépendant », a signalé le biographe de Billington, qui confirme la déclaration de Cream ou le fait que son bourreau s'est vanté plus tard d'avoir pendu Jack l'Éventreur. Voir Alison Bruce, *Billington: Victorian Executioner*, Stroud, RU, History Press, 2009, p. 62-63.

329 **elle fut reprise au fil des ans** Trois exemples parmi tant d'autres: Grierson Dickson, *Murder by Numbers*, Londres, Robert Hale, 1958, p. 86; Roy Harley Lewis, *Victorian Murders*, Newton Abbot, RU, David & Charles, 1988, p. 188 ; et Leonard Piper, *Murder by Gaslight: True Tales of Murder in Victorian and Edwardian England*, Londres, Michael O'Mara Books, 1991, p. 50.

329 **Une autre méthode, un autre endroit** Maxim Jakubowski et Nathan Braund, éd., *The Mammoth Book of Jack the Ripper*, p. 459, 462. La déclaration de Cream selon laquelle il aurait été Jack l'Éventreur a aussi été réfutée dans Donald Rumbelow, *The Complete Jack the Ripper*, Londres, Robinson, 2008, p. 209-11; Jeffrey Bloomfield, « Gallows Humor: The Alleged Ripper Confession of Dr. Cream », *Ripper Notes: The International Journal for Ripper Studies*, n° 23, juillet 2005, p. 50-58; et plus récemment dans Bruce Robinson, *The All Love Jack: Busting the Ripper*, New York, HarperCollins, 2015, p. 164.

329 **Aujourd'hui, dans leurs visites** Quand l'auteur participa à la populaire promenade « Jack the Ripper Walk » organisée par la firme London Walks, le 25 mars 2018, le nom de Cream comme suspect possible fut mentionné.

ÉPILOGUE : « Une horrible tragédie élisabéthaine »

330 **les futurs historiens** « The Case of Poisoning in Stanford Street », *British Medical Journal*, vol. 1, n° 1637, 14 mai 1892, p. 1042.

330 **à Fall River** « Lizzie Borden Charged with Murder », *Chicago Daily Tribune*, 12 août 1892.

330 **fit le tour du monde** Maurice Gurvich et Christophe Wray, *The Scarlet Thread: Australia's Jack the Ripper, A True Crime Story*, Sydney, NSW, Fairfax Books, 2007.

330 **pour qu'un monstre de la trempe de Cream** Danid Wilson, *A History of British Serial Killing*, Londres, Sphere, 2009, p. 8. Concernant l'affaire Chapman, voir Helena Wojtczak, *Jack the Ripper at Last? The Mysterious Murders of George Chapman*, East Sussez, RU, Hastings press, 2014.

330 **dont la réputation avait résisté** George Orwell, *Decline of the English Murder*, Londres, Penguin Books, 2009, p. 15.

331 **«meurtre sériel» ou «multicide»** Grierson Dickson, *Murder by Numbers*, Londres, Robert Hale, 1958, p. 13. Dans sa recherche, Peter Vronsky laisse entendre que l'expression « tueur en série » a paru pour la première fois dans le *New York Times* en 1981. Voir son ouvrage *Sons of Cain: A History of Serial Killers from the Stone Age to the Present*, New York, Berkley, 2018, p. 13.

331 **toute personne ayant assassiné** Robert J. Morton et Mark A. Hilts, éd., *Serial Murder: Multi-Disciplinary Perspectives for Investigators*, Federal Bureau of Investigation, National Center for the Analysis of Violent Crime, 2005, p. 9, www.fbi.gov/stats-services/publications/serial-murder#two. Voir également Berit Brogaard, « What Defines a Serial Killer ? », *Psychology Today*, 31 mai 2017, www.psychologytoday.com/ca/blog/the-superman-mind/201705/what-defines-serial-killer.

331 **Ces assassins tuent pour** Voir Eric W. Hickey, *Serial Murderers and Their Victims*, 4e éd., Belmont, CA, Thomson Wadsworth, 2006, p. 16-19, 22-23. Le lien entre les incendies criminels et le meurtre en série est mentionné aux pages 31-32.

332 **un rejeton malade** Angus McLaren, *A Prescription for Murder : The Victorian Serial Killings of Dr. Thomas Neill Cream*, Chicago, University of Chicago Press, 1993, p. 140.

332 **L'homme pouvait demander le divorce** Geoffrey Best, *Mid-Victorian Britain, 1851-75*, Londres, Fontana Press, p. 303.

332 **la femme cédait la totalité** *Ibid.*, p. 304.

332 **avoir harcelé des personnes du sexe masculin** McLaren, *Prescription for Murder*, p. 65, 67-68.

332 **le pouvoir d'arrêter des femmes soupçonnées de se prostituer** Mary Lyndon Shanley, *Feminism, Marriage, and the Law in Victorian England, 1850-1895*, Princeton, NJ, Princeton Universitty Press, 1989, p. 82-86.

333 **l'avilissement et l'incapacité à se défendre** *South London Chronicle*, 29 octobre 1892, cité dans McLaren, *Prescription for Murder*, p. 127.

334 **moins mortes** Cité dans Vronsky, *Sons of Cain*, p. 80-83.

334 **débarrasser l'East-End** E. Fairfield, « To the Editor of the Times », *Times of London*, 1er octobre 1888.

334 **Les femmes n'avaient pas de voix** Hallie Rubenhold, *The Five : The Untold Lives of the Women Killed by Jack the Ripper*, Boston, Houghton Mifflin Harcourt, 2019, p. 12.

334 **ses crimes retinrent davantage l'attention** Voir Wilson, *History of British Serial Killing*, p. 161-91.

335 **citée dans les tribunaux australiens** Voir *R. v. Makin* (1893), 14 LR (NSW) 1, 30 mars 1893, p. 40 ; et *Makin v. Attorney General for New South Wales*, 1893, UKPC 56, 12 décembre 1893, p. 56.

335 **pour avoir noyé sa femme** Eric R. Watson, éd., *Trial of George Joseph Smith*, Glasgow, William Hodge, 1922, p. 34-35.

336 **Toute cette histoire** W. Teignmouth Shore, éd., *Trial of Thomas Neill Cream*, Londres, William Hodge, 1923, p. 32, 40.

336 **Il était calme et serein** Edmund Pearson, *Murder at Smutty Nose and Other Murders*, Garden City, NY, Doubleday, Page, 1927, p. 146-47.

336 **semblaient être l'œuvre d'un fou** F. Tennyson Jesse, *Murder and Its Motives*, Londres, George G. Harrap, 1924, p. 195.

336 **Il utilisait à ses fins ses connaissances médicales** Shore, *Trial of Thomas Neill Cream*, p. 37.

336 **Chez Cream** Philip Lindsay, *The Mainspring of Murder*, Londres, John Long, 1958, p. 75, 79.

336 **se rendre utiles et semblables à Dieu** W. Wright, *Introductory Lecture Delivered at the Opening of the 49th Session – Medical Faculty of McGill University*, Montréal, George E. Desbarats, 1872, p. 15.

337 **L'histoire de Cream fut publiée** Entre autres, dans Jay Robert Nash, *Almanac of World Crime*, New York, Bonanza Books, 1986, p. 22, 292-93, 318-19; et John Marlowe, *The World's Most Evil Psychopaths: Horrifying True Life Cases*, Londres, Arcturus Publishing, 2007, p. 43-50 [*Les + grands psychopathes*, Sarah Boux, trad., Paris, La Boîte à Pandore, 2014].

337 **raconta son histoire** Frank S. Whitman et R. Lehman Neff, « Hidden Horror of the Pink Pills », *Complete Detective Cases*, vol. 2, nº 3, mai 1940, p. 38-41, 55-58.

337 **Les aveux de Jack l'Éventreur** Cet aveu est annoncé comme un fait confirmé dans Nash, *Almanac of World Crime*, p. 239, 319. Bien que des anthologies récentes concèdent que Cream n'a sans doute jamais prononcé ces mots, elles supposent que Billington, son bourreau, était la source de ces supposés aveux et non pas les articles publiés après sa mort. Voir Marlowe, *World's Most Evil Psychopaths*, p. 50; et Jenni Davis, *Poison, a History: An Account of the Deadly Art & Its Most Infamous Practitioners*, New York, Chartwell Books, 2018, p. 88.

337 **forcé d'épouser Flora Brooks** Voir, notamment, Dickson, *Murder by Numbers*, p. 75.

337 **il avait hérité de la totalité de la succession** Par exemple, Max Haines, « Wicked Doctor Cream », *The Collected Works of Max Haines*, Toronto, Toronto Sun Publishing, 1985, p. 114.

337 **une fiole de strychnine** Frank Adams, « Dr. Cream: The Elegant Killer from Canada », *Globe and Mail* (Toronto), 17 avril 1962.

337 **les aveux macabres et intéressés** John Cashman, *The Gentleman from Chicago: Being an Account of the Doings of Thomas Neill Cream, M.D. (McGill), 1850-1892*, Londres, Hamish Hamilton, 1974. Pour un compte rendu fictif plus récent raconté du point de vue de Cream, voir A. J. Griffiths-Jones, *Prisoner 4374*, Londres, Austin Macauley Publishers, 2015.

337 ***I want to kill, kill, kill*** David Fennario, *Doctor Thomas Neill Cream (Mystery at McGill)*, Vancouver, Talon Books, 1993, p. 126.

337 **le seul homme que j'ai** David Pirie, *The Dark Water*, Londres, Arrow Books, 2005, p. 4.

338 **Ne craignons jamais** « Premier épisode », *River*, réalisation de Richard Laxton, Netflix, 2015. La citation complète de Victor Hugo est: « Ne craignons jamais les voleurs ni les meurtriers. Ce sont là les dangers du dehors, les petits dangers. Craignons-nous nous-mêmes. Les préjugés, voilà les voleurs; les vices, voilà les meurtriers. Les grands dangers sont au dedans de nous. »: Victor Hugo, *Les Miserables*, vol. 1, Ware, RU, Wordsworth Editions, 1994, p. 20 [*Les Misérables*, vol. 1, Paris, Hachette, 1875].

338 **L'effigie de cire de Cream** *Madame Tussaud's Exhibition: Official Guide & Catalogue*, juillet 1932, www.babel.hathitrust.org/cgi/pt?id=umn.319510020934977. Cette description est basée sur une photographie reproduite dans Richard D. Altick, *Victorian Studies in Scarlet*, Londres, J. M. Dent & Sons, 1970, p. 160-161.

338 **retirée de l'exposition** Communication par courriel avec Sedi Kukwikila, porte-parole de Madame Tussauds, 13 juin 2018.

338 **le malheureux et célèbre fils** Fiches de la famille Cream, église unie Chalmers-Wesley Québec.

338 **Cream figure toujours sur la liste** Les suggestions laissant entendre que le diplôme en médecine de Cream lui a été retiré seraient erronées. Voir Edward H. Bensley, « McGill University's Most Infamous Medical Graduate », *Canadian Medical Association Journal,* 109, 17 novembre 1973, p. 1024. La liste des questions les plus fréquentes sur le site Internet des archives de McGill inclut une référence au diplômé notoire de l'université. Voir « Did "Jack the Ripper" attend McGill University ? », www.mcgill.ca/library/branches/mua/archival-resources/archives-faqs.

339 **Quand on retrace ses pas** Shore, *Trial of Thomas Neill Cream*, p. 32.

339 **il porte le nom de Sherlock Holmes** Nicholas Utechin, « The Sherlock Holmes at 60 », *Sherlock Holmnes Journal*, vol. 33, n° 2, été 2017, p. 64-8.

340 **une tombe anonyme** Échange de courriels avec Richard Buteux, Services aux endeuillés, Cimetière et crématorium de Londres, 27 juin 2016.

340 **La trousse d'échantillons** « The Secret of Scotland Yard's Black Museum », *Daily Mail*, 4 septembre 2015, www.dailymail.co.uk/femail/article-3222439.

341 **On dit qu'elle a été érigée** « Old Murder Tale Revived in Story of Marble Shaft », *Belvidere (IL) Daily Republican*, 7 octobre 1929 ; et Whitman et Neff, « Hidden Horror of the Pink Pills », p. 58.

Remerciements

Quand il suivait la piste d'un tueur en série aux États-Unis et au Canada à l'été 1892, l'inspecteur Frederick Smith Jarvis, de Scotland Yard, travaillait seul. En ce qui me concerne, je n'aurais jamais pu retracer les meurtres de Thomas Neill Cream et recréer son univers sans le généreux soutien d'archivistes, de bibliothécaires, de conservateurs de musée, de fonctionnaires de justice et de chercheurs dans trois pays différents.

À Québec, David Rourke et Matt Bircher de l'église unie Calmers-Wesley, Shirley Nadeau, directrice de la rédaction du *Quebec Chronicle-Telegraph*, et Deborah van der Linde, gérante de la bibliothèque de la Literary and Historical Society du centre culturel Morrin Centre, m'ont aidé à documenter les années de jeunesse de Cream. Lori Podolsky, Melissa Como et Isabelle Morissette des archives de l'Université McGill à Montréal, de même que Christopher Lyons et Lily Szczygiel de la bibliothèque Osler de l'Université McGill ont rassemblé des documents relatifs à ses études de médecine. Lyz Damansa Falaise, du Musée McCord à Montréal, m'a fourni les photographies de Cream, étudiant en médecine, en provenance du Studio Notman. À Bibliothèque et Archives nationales du Québec, Nathalie Vaillancourt, Sylvie Bédard, Yvan Carette, Rénald Lessard, Joanie Levasseur et Éric Beaudin ont répondu à mes demandes de registres et d'images. J'ai fouillé la collectivité québécoise de Waterloo telle qu'elle existait à l'époque de Cream avec l'appui du personnel de deux musées locaux, Arlene Royea Ayotte et Cari Ensio de la Société historique du comté de Brome à Lac-Brome et Knowlton, et Cecilia Capocchi de la Société d'histoire de la Haute-Yamaska à Granby.

J'ai trouvé des documents concernant l'année où Cream a séjourné à London, en Ontario, avec le secours de Theresa Regnier, Anne Daniel et Connie Sutherland des Archives de l'Université Western, celui d'Arthur McClelland de la London Public Library, et celui de Jennifer Grainger et Jennifer Robertson de la London & Middlesex Historical Society. L'historien local Daniel Brock m'a aimablement orienté dans mes recherches durant mon séjour à London et a répondu à mes demandes de renseignements subséquentes. Je remercie également le personnel des Archives de l'Ontario à Toronto, ainsi que Peggy Perdue, qui supervise la Collection Arthur Conan Doyle de la Bibliothèque publique de Toronto, une Mecque pour les admirateurs de Sherlock Holmes.

Le jour où j'ai rencontré Julie Kleive dans les bureaux du tribunal itinérant (Circuit Court) du comté de Boone à Belvidere, en Illinois, j'ai été stupéfait de constater qu'elle avait devant elle le dossier de Cream relatif à son procès pour le meurtre de Daniel Stott perpétré en 1881. Par pur hasard, elle le consultait dans le cadre de ses propres travaux sur l'histoire de ce tribunal. L'huissière du tribunal itinérant, Linda J. Anderson, ainsi qu'Anna Pivoras et Lonna Bentley du Boone County Museum of History ont aussi facilité mes recherches à Belvidere. À Chicago, Douglas Bicknese des National Archives, Justin Cochran, Paul Hughes et William Wojtkiewicz des Illinois Regional Archives, et enfin, Phil Costello du département des Archives du tribunal itinérant du comté de Cook m'ont aidé à retracer les dossiers du procès et de l'enquête. Le personnel du centre de recherche du Chicago History Museum, de la bibliothèque Harold Washington et de la bibliothèque Newberry m'ont donné accès à des articles de journaux, des images et d'autres informations. John Reinhardt, des Illinois State Archives à Springfield, a localisé pour moi le dossier carcéral de Cream et ses requêtes de libération anticipée.

Les membres du personnel des National Archives à Kew, de la British Library et des London Metropolitan Archives ont répondu à mes demandes et m'ont apporté une aide indispensable durant mes séjours à Londres. Jon Newman, Zoe Darani et Stefanie Anderson, des Archives de Lambeth, m'ont aidé à reconstituer ce quartier tel qu'il était du temps de Cream et ont mis à ma disposition les annuaires de rues et les plans de ville de l'ère victorienne dont j'avais besoin pour localiser avec précision les scènes de crime. J'ai obtenu des registres de la formation médicale de Cream à l'hôpital St. Thomas grâce à l'appui de Joel Haley, Adam Cox et Diana Manioul des King's College London Archives. Geraldine O'Driscoll, du Collège royal des chirurgiens de Londres, a confirmé que Cream avait échoué à obtenir son permis d'exercer en Angleterre. Aaron Fleming, du Collège royal des chirurgiens d'Édimbourg, Estela Dunkan et Daisy Cunynghame, du Collège royal des médecins d'Édimbourg, de même qu'Alice Doyle, de la bibliothèque de l'Université d'Édimbourg, m'ont fourni des détails sur ses permis d'exercer la médecine. Richard Buteux, responsable des Services aux endeuillés de la ville de Londres, m'a aidé à localiser la tombe de Cream. Hugh Alexander aux National Archives, Chris Rawlings, Andrew Gough et Zoe Stansell, de la British Library, et enfin, Justin Hobson, Tracy Tran et Jasmine Rodgers, de la Science and Society Picture Library de Londres, m'ont aidé à enrichir l'iconographie de cet ouvrage.

J'ai pu monter un dossier de presse avec le soutien de Charles André Nadeau et des chercheurs étudiants du King's College, Emma Meldrum, Rebecca Cooker et Cory Funk. Jamie Gaetz m'a aidé en Ontario dans mes recherches archivistiques et mes recherches sur la famille Cream. À Halifax, Patricia Chalmers de la bibliothèque de l'Université de King's College et Helen Wojcik, de la bibliothèque Killam Memorial de l'Université Dalhousie, ont déniché pour moi des livres difficiles à trouver. Mary Rostand s'est chargée des cartes. Parmi les autres personnes auxquelles je suis redevable pour leur aide dans mes recherches, je tiens à nommer Roger Johnson, du *Sherlock Holmes Journal*; le conservateur du Musée du crime, Paul Bickley; les auteurs Adam Selzer, Paul Willetts et Trevor Cole; le spécialiste de Sherlock Holmes, Mattias Boström; et enfin, Nona Stancheva, Sedi Kikwikila et Claire Treacy, du musée Madame Tussauds de Londres.

Aucun auteur ne saurait trouver de meilleure alliée que mon agente, Hilary McMahon, de Westwood Creative Artists. Et aucun auteur ne trouverait de réviseure plus bienveillante qu'Amy Gash, chez Algonquin Books, à Chapel Hill. Amy m'a aidé à revoir ma façon de raconter cette histoire. Je lui suis reconnaissant pour ses conseils, sa perspicacité et son amitié. Un grand merci également à toute l'équipe d'Algonquin : Elisabeth Scharlatt, Abby Muller, Brunson Hoole, Jude Grant, Steve Godwin, Anne Winslow et Michael McKensie – ils ont tous participé à la naissance de cet ouvrage.

Contrairement à l'inspecteur Jarvis, je n'ai jamais été seul dans mon exhumation des meurtres de Cream et dans le long combat qui l'a conduit devant les tribunaux. Kerry Oliver a participé à chacune des étapes de ce parcours, de la recherche à la correction des épreuves du livre. Je lui sais gré, par-dessus tout, de son enthousiasme et de l'indéfectible soutien qu'elle me manifeste dans tout ce que j'entreprends.

Table des matières

Suivez-nous sur le Web et
les réseaux sociaux !

EDITIONS-HOMME.COM
EDITIONS-JOUR.COM
EDITIONS-PETITHOMME.COM
EDITIONS-LAGRIFFE.COM
RECTOVERSO-EDITEUR.COM
QUEBEC-LIVRES.COM
EDITIONS-LASEMAINE.COM

Imprimé chez Marquis Imprimeur inc. sur du Rolland Enviro.
Ce papier contient 100% de fibres postconsommation,
est fabriqué avec un procédé sans chlore
et à partir d'énergie biogaz.